FANTASY

Buch

Während des ersten Großen Krieges hatten die Druiden von Paranor mitansehen müssen, was geschieht, wenn Magie in die falschen Hände gerät. Seither widmen sie sich nur noch dem Studium der herkömmlichen Wissenschaften. Als der Druide Bremen sich dennoch mit den alten Geheimlehren befaßt, wird er aus ihrer Gemeinschaft ausgeschlossen. Doch nur der Ausgestoßene weiß, daß sich Paranor in trügerischer Sicherheit wiegt. Als von Norden her Trolle in die Vier Länder einfallen, befinden sich unter ihnen abtrünnige Druiden, die sich der Schwarzen Magie verschrieben haben. Ihr Anführer ist der Dämonenlord Brona, der die Vier Länder unterwerfen will. Jetzt rächt sich, daß die Druiden von Paranor längst die Regeln der Magie vergessen haben, mit deren Hilfe den Horden des Bösen begegnet werden könnte ...

Autor

Terry Brooks, geboren 1944 in Illinois, kam 1977 gleich mit seinem ersten Roman, dem Beginn seiner überaus erfolgreichen Shannara-Serie, in die Bestsellerlisten – und dort ist bis heute jedes seiner Bücher gelandet. Terry Brooks lebt mit seiner Frau Judine auf Hawaii und schreibt an einer neuen Dark-Fantasy-Serie, die ebenfalls bei Goldmann erscheinen wird.

Terry Brooks im Goldmann Verlag

Die Shannara-Saga

Das Schwert von Shannara (23828) – Der Sohn von Shannara (23829) – Der Erbe von Shannara (23830) • Die Elfensteine von Shannara (23831) – Der Druide von Shannara (23832) – Die Dämonen von Shannara (23833) • Das Zauberlied von Shannara (23893) – Der König von Shannara (23894) – Die Erlösung von Shannara (23895) • Die Kinder von Shannara (24535) – Das Mädchen von Shannara (24536) – Der Zauber von Shannara (24537) • Die Schatten von Shannara (11584) • Die Elfenkönigin von Shannara (24571) – Die Verfolgten von Shannara (24572) • Die Reiter von Shannara (24588) – Die Talismane von Shannara (24590) • Der Ausgestoßene von Shannara (24812)

Die Landover-Saga

Königreich zu verkaufen (23914) – Das schwarze Einhorn (23935) – Der verschenkte König (24502) • Das Zauberlabyrinth (24794) – Hexenzauber (24687)

Buch zum Film

Hook. Roman zum Film von Steven Spielberg (41326)

TERRY BROOKS

Der Ausgestoßene von Shannara

Fantasy-Roman

Aus dem Amerikanischen
von Susanne Gerold

GOLDMANN

Die amerikanische Originalausgabe erschien unter dem Titel
»First King of Shannara«
bei Ballantine Books, a division of Random House, Inc., New York.

Umwelthinweis:
Alle bedruckten Materialien dieses Taschenbuches
sind chlorfrei und umweltschonend.
Das Papier enthält Recycling-Anteile.

Der Goldmann Verlag
ist ein Unternehmen der Verlagsgruppe Bertelsmann

Deutsche Taschenbuchausgabe 8/98

Umschlaggestaltung: Design Team München
Umschlagillustration: Agt. Schlück/Kukalis
Satz: Uhl + Massopust, Aalen
Druck: Elsnerdruck, Berlin
Verlagsnummer: 24812
Redaktion: Regina Winter
V.B. · Herstellung: Peter Papenbrok
Printed in Germany
ISBN 3-442-24812-4

1 3 5 7 9 10 8 6 4 2

Für Melody, Kate,
Lloyd,
Abby und Russell,
Buchhändler der Extraklasse.

GEBIET von KERHALT
NORDLAND
SCHÄDELBERG
KENSROWE GEBIRGE
KIERLAK-WÜSTE
MESSERGEBIRGE
SARANDANON
EBENE von STRELEHEIM
INNISBORE
ARBORLON
PARANOR
TAL von RHENN
WESTLAND
KEEP DES DRUIDEN
ROCK SPUR GEBIRGE
PYKON
MERMIDON
DRACHENZÄHNE
GRIMPEN WARD
KERN
KENNON PASS
WILDERUN
HOLLOWS
VARFLEET
CALLAHORN
TYRSIS
IRRYBIS GEBIRGE
TIRFING
REGENBOGENSEE
BLAUE SPALTE
MYRIANSEE
WALD VON DULN
WING HOVE
LEAH
SHADY VALE
SÜDLAND
TIEFLAND VON CLETE

Malgsumpf
Charnal Gebirge
Morrowindl
Blaue Spalte
Killeshan
Arborlon
Lethe
Oberer Anar
Jannisson Pass
Ostland
Ebene von Rabb
Rabb
Altmoor
Darklin Reach
Maelmord
Grimpond See
Himmels brunner
Storlock
Jadepass
Hearth Stone
Graumark
Wolfsktaag Gebirge
Rooker-Station
Noose Pass
Dunn Fee Aran
Rabenhorn Gebirge
Silberfluss
Culhaven
Cillidellan See
Nebelsumpf
Wald von Anar
Wedge
Capaal
Unterer Anar
Tiefland von Battlemound

Der Untergang Paranors

Kapitel 1

Der alte Mann tauchte so plötzlich auf, als wäre er aus dem Nichts gekommen. Der Grenzländer beobachtete ihn von seinem Versteck oben am Hang aus; er hockte im Schatten eines Laubbaumes und konnte von dort alles überblicken, was zur Ebene von Streleheim gehörte, auch die Wege, die zur Ebene hinführten. Im hellen Schein des Vollmonds reichte die Sicht mindestens zehn Meilen weit, und dennoch hatte er den Alten nicht kommen sehen. Es war zermürbend und irgendwie auch beschämend, und die Tatsache, daß es jedesmal wieder geschah, ließ es kein bißchen angenehmer werden. Wie machte der alte Mann das nur? Der Grenzländer hatte beinahe sein ganzes Leben in dieser Gegend verbracht und sich mit Hilfe seines Verstands und einiger Erfahrung gut durchschlagen können. Er erspähte Dinge, deren Existenz andere nicht einmal ahnten. Er konnte an den Spuren im hohen Gras erkennen, wie und in welcher Richtung Tiere sich bewegt hatten. Er wußte, wie schnell und wie weit sie ihm voraus waren. Den alten Mann aber konnte er in der klarsten Nacht, auf dem übersichtlichsten Gelände nicht entdecken – nicht einmal wenn er bereits wußte, daß der Alte auf dem Weg war.

Es half auch nicht gerade, daß der alte Mann seinerseits keinerlei Schwierigkeiten hatte, *ihn* zu finden. Zielstrebig verließ er seinen Weg und ging auf den Grenzländer zu, langsamen und gemessenen Schrittes, den Kopf leicht gebeugt, den Blick aus dem Schatten der Kapuze heraus nach oben gerichtet. Wie alle Druiden trug er einen schwarzen Umhang mit Kapuze, was ihn noch dunkler als die Schatten erscheinen ließ, die er durchquerte. Er war weder hochgewachsen noch muskulös, aber er vermittelte den Eindruck von Härte und Entschlossenheit. Seine Augen, sofern sie sichtbar waren, wirkten meist grünlich. Manchmal jedoch schienen sie auch so weiß wie Knochen zu sein – so wie jetzt, da die Nacht die Farben verschluckte und alles in graue Schatten verwandelte. Der Blick des Alten erinnerte an den eines Tieres, das in einem Lichtstrahl gefangen ist – wild, stechend, zwingend. Der Mond beleuchtete auch das Gesicht des alten Mannes, arbeitete die tiefen Falten heraus, die es von der Stirn bis zum Kinn durchfurchten, spielte über die Kerben der uralten Haut. Die Haare des alten Mannes und sein Bart waren von einem hellen Grau und so strähnig und dünn wie verflochtene Spinnweben.

Der Grenzländer gab sich geschlagen und richtete sich langsam auf. Er war groß, schlank und breitschultrig und hatte seine langen, dunklen Haare im Nacken zusammengebunden. Seine braunen Augen blickten scharf und fest, und sein schmales Gesicht war ausgeprägt, aber auf gewisse Art sah er recht gut aus.

Ein Lächeln stahl sich auf das Gesicht des alten Mannes, als der jüngere aufstand. »Wie geht es dir, Kinson?« grüßte er.

Der vertraute Klang dieser Stimme ließ Kinson Ravenlocks Gereiztheit verschwinden wie Staub im Wind. »Es geht mir gut, Bremen«, antwortete er und streckte dem Alten die Hand entgegen.

Der alte Mann griff danach und drückte fest zu. Seine Haut war trocken und vom Alter faltig, aber die Muskeln darunter waren stark. »Wie lange wartest du schon?«

»Drei Wochen. Nicht so lange, wie ich angenommen hatte. Ich bin überrascht. Allerdings ist es dir auch noch jedesmal gelungen, mich zu überraschen.«

Bremen lachte. Er hatte den Grenzländer sechs Monate zuvor mit der Anweisung verlassen, ihn beim ersten Vollmond der vierten Jahreszeit nördlich von Paranor wiederzutreffen, genau dort, wo der Wald endete und die Ebene von Streleheim begann. Zeit und Ort des Treffens waren abgemacht, aber es war dennoch nie ganz sicher gewesen. Beide Männer waren sich der Unwägbarkeiten bewußt, denen der alte Mann ausgesetzt war. Bremen war nach

Norden in verbotenes Land gegangen, und es war klar, daß Ereignisse den Zeitpunkt und Ort seiner Rückkehr bestimmen würden, die keiner der beiden voraussehen konnte. Kinson war es gleichgültig, daß er drei Wochen hatte warten müssen. Es hätten ebensogut auch drei Monate sein können.

Der Druide sah den Grenzländer mit durchdringenden Augen an, die jede Farbe verloren hatten und im Mondlicht weiß schimmerten. »Hast du während meiner Abwesenheit viel erfahren? Hast du die Zeit gut genutzt?«

Kinson zuckte die Achseln. »Zum Teil. Setz dich und ruh dich aus. Hast du etwas gegessen?«

Er reichte dem alten Mann etwas Brot und Bier, und sie hockten sich nebeneinander und starrten auf die weite Ebene hinaus. Es war still da draußen, leer und grenzenlos und unermeßlich breitete sich das Land unter der Kuppel des nächtlichen Mondlichts aus. Der alte Mann kaute geistesabwesend; er ließ sich Zeit. Der Grenzländer hatte weder in dieser noch einer anderen Nacht, seit er seine Wache begonnen hatte, ein Feuer angezündet. Es wäre viel zu gefährlich gewesen.

»Die Trolle ziehen nach Osten«, begann Kinson nach einiger Zeit. »Es sind Tausende, weit mehr als ich zählen konnte, als ich bei Vollmond in ihr Lager schlich, das sie vor einigen Wochen ganz in der Nähe aufgeschlagen hatten. Ihre Zahl wächst, denn sie zwingen immer mehr Stämme, ihnen zu dienen. Soweit ich erkennen kann, beherrschen sie alles, was nördlich von Streleheim liegt.« Er machte eine Pause. »Hast du etwas anderes herausgefunden?«

Der Druide schüttelte den Kopf. Er hatte die Kapuze zurückgeschlagen, und sein graues Haar zeichnete sich im Mondlicht deutlich gegen den dunklen Hintergrund ab. »Nein; das alles gehört jetzt ihm.«

Kinson blickte ihn scharf an. »Dann ...«

»Was hast du noch gesehen?« Der alte Mann ignorierte die Reaktion.

Der Grenzländer nahm den Bierschlauch und trank. »Die Anführer der Armee halten sich abseits und bleiben in ihren Zelten. Niemand sieht sie. Die Trolle haben sogar Angst, ihre Namen auszusprechen. Das verheißt nichts Gutes. So schnell ist ein Felsentroll nicht zu verschrecken. Aber das hier macht ihnen offenbar angst.«

Er schaute den alten Mann an. »Manchmal jedoch, während ich auf dich wartete, sah ich nachts im Licht des Mondes und der Sterne Schatten über den Himmel huschen. Schwarzgeflügelte Wesen schwebten über die leere Ebene, als würden sie etwas jagen oder auskundschaften oder einfach nur das überwachen, was sie sich bereits genommen hatten – ich weiß es nicht und will es auch nicht wissen. Aber ich spüre, daß sie da sind. Sogar jetzt. Sie sind da draußen und kreisen. Ich spüre ihre Gegenwart wie ein Kitzeln. Nein, nicht wie ein Kitzeln – eher wie ein Zittern, das man spürt, wenn man sich beobachtet fühlt und entdeckt, daß die Person, der diese Augen gehören, böse Absichten hat. Ich bekomme eine Gänsehaut. Sie sehen mich nicht; ganz sicher nicht, denn wenn sie es getan hätten, wäre ich tot.«

Bremen nickte. »Schädelträger, ihm zu ewigem Dienst verpflichtet.«

»Also lebt er?« Kinson konnte sich nicht mehr bremsen. »Du weißt es? Du hast Gewißheit darüber?«

Der Druide stellte Bier und Brot beiseite und wandte sich dem Grenzländer zu. Seine Augen schienen in weite Ferne zu blicken und waren voller finsterer Erinnerungen.

»Er ist am Leben, Kinson. Er ist genauso am Leben wie du und ich. Ich habe ihn bis zu seinem Lager tief in den Schatten des Messergebirges verfolgt, dorthin, wo das Schädelreich neu erstanden ist. Ich war zuerst nicht sicher, wie du weißt. Ich hatte es vermutet, glaubte, daß es so wäre, aber ich hatte keine Beweise. Also reiste ich nach Norden, wie wir es geplant hatten, über die Ebenen und in die Berge. Ich sah auch die geflügelten Jäger, die nur in der

Nacht zum Vorschein kommen, große Raubvögel, die nach lebenden Wesen Ausschau halten. Ich machte mich so unsichtbar wie die Luft, durch die sie flogen. Sie sahen mich und auch wieder nicht. Magie umhüllte mich, aber es war nicht so viel, daß jene, die sich ihrer ebenfalls bedienen, mich bemerkt hätten. Ich zog westlich am Land der Trolle vorbei, fand es jedoch völlig unterworfen. Diejenigen, die Widerstand geleistet hatten, waren getötet worden. Wer konnte, war geflohen. Die anderen dienen ihm jetzt.«

Kinson nickte. Es war sechs Monate her, seit die räuberischen Trolle aus dem östlichen Charnalgebirge ausgeschwärmt waren und die systematische Unterwerfung ihres Volkes begonnen hatte. Ihre Armee war gewaltig und schnell, und in weniger als drei Monaten war jeder Widerstand gebrochen. Das Nordland geriet unter die Herrschaft des immer noch unbekannten und mysteriösen Anführers der Eroberer. Es gab Gerüchte über seine Identität, aber es blieben nur vage Vermutungen. In Wahrheit wußten nur wenige, ob er *überhaupt* existierte. Kein Wort über die Armee oder ihren Anführer war weiter nach Süden gedrungen als bis zur Grenze bei Varfleet und Tyrsis – Grenzposten zum Gebiet der Menschen. Aber im Osten und Westen, bei den Zwergen und Elfen, hatte sich die Kunde schnell verbreitet. Die Zwerge und Elfen waren enger mit den Trollen als mit den Menschen verbunden, die als ausgestoßene Rasse galten und noch vor kurzer Zeit der Feind aller anderen gewesen waren. Auch jetzt noch, dreihundertfünfzig Jahre danach, waren Erinnerungen an den Ersten Krieg der Rassen wach. Die Menschen lebten in ihren Städten im Südland weit abseits von den anderen, wie Kaninchen hasteten sie zu ihren Unterschlüpfen, furchtsam und zahnlos und ohne Bedeutung im großen Plan des Lebens, nicht viel mehr als Beute für Jäger.

Ich nicht, dachte Kinson finster. Niemals. Ich bin kein Kaninchen. Ich bin diesem Schicksal entgangen. Ich bin selbst zum Jäger geworden.

Bremen setzte sich ein wenig bequemer hin. »Ich bin bei meiner

Suche tief in die Wälder vorgedrungen«, fuhr er fort. »Je weiter ich kam, um so überzeugter wurde ich. Die Schädelträger waren überall. Es gab auch andere Wesen, Geschöpfe, die aus der Welt der Geister herbeigerufen worden waren, zu Leben erweckte Tote, das leibhaftige Böse. Ich habe mich von all dem ferngehalten. Ich wußte, wenn man mich entdeckte, würde meine Magie möglicherweise nicht ausreichen, um mich zu schützen. Die Finsternis in diesem Gebiet war überwältigend. Sie war bedrückend und vergiftet vom Geruch und Geschmack des Todes. Schließlich ging ich zum Schädelberg – ein einziger kurzer Besuch, denn das war alles, was ich riskieren konnte. Ich schlüpfte heimlich hinein und fand, wonach ich gesucht hatte.«

Er hielt stirnrunzelnd inne. »Und noch mehr, Kinson. Noch viel mehr, und nichts davon ist gut.«

»Aber er war dort?« drängte Kinson. Er war angespannt, und seine Augen blitzten.

»Er war dort«, bestätigte der Druide ruhig. »Er hat sich in Magie gehüllt und hält sich mit Hilfe des Druidenschlafs am Leben. Aber er benutzt ihn nicht weise, Kinson. Er glaubt, er stehe jenseits der Gesetze der Natur. Er sieht nicht, daß jeder, ganz gleich wie stark er auch ist, einen Preis zahlen muß für das, was er mit Gewalt an sich reißt und sich untertan macht. Aber vielleicht kümmert es ihn auch nicht. Er steht jetzt unter der Macht des Ildatch und ist vollkommen unfähig, sich selbst davon zu befreien.«

»Das Buch der Magie, das er aus Paranor gestohlen hat?«

»Vor vierhundert Jahren. Als er noch einfach Brona war, ein Druide wie wir und nicht der Dämonenlord.«

Kinson Ravenlock kannte die Geschichte. Bremen selbst hatte sie ihm erzählt, obwohl sie allen Rassen vertraut war und Kinson sie mindestens schon hundertmal gehört hatte. Galaphile, ein Elf, hatte fünfhundert Jahre zuvor den ersten Rat der Druiden einberufen, tausend Jahre nach der Zerstörung durch die Großen Kriege. Der Rat, eine Versammlung der weisesten Männer und Frauen aller

Rassen, hatte sich in Paranor getroffen. Es waren Männer und Frauen, die noch Erinnerungen an die alte Welt mit sich trugen, die noch ein paar zerfetzte, zerfallende Bücher besaßen oder deren Gelehrsamkeit die Barbarei der letzten tausend Jahre überlebt hatte. Der Rat hatte sich in einer letzten, verzweifelten Anstrengung versammelt, um die Rassen aus der Barbarei heraus- und einer neuen, besseren Zivilisation entgegenzuführen. Die Druiden hatten die mühsame Aufgabe übernommen, das noch vorhandene Wissen zu sammeln und zu vereinen, um es für das gemeinsame Ziel nutzbar zu machen. Sie strebten eine Verbesserung an, die allen zugute kommen sollte, und dafür arbeiteten sie zusammen, ganz gleich, was zuvor geschehen war. Menschen, Gnome, Zwerge, Elfen, Trolle – die Besten und Weisesten aus den neuen Rassen, die sich aus der Asche der alten erhoben hatten. Wenn sie ein bißchen Weisheit aus dem Wissen gewinnen konnten, das sie noch besaßen, mochte es für sie eine Chance geben.

Aber die Aufgabe erwies sich als langwierig und schwierig, und einige der Druiden wurden ruhelos. Einer von ihnen war Brona. Brillant und zielstrebig, aber ohne Rücksicht auf seine eigene Sicherheit, begann er mit Magie zu experimentieren. In der alten Welt hatte es davon nur wenig gegeben, seit dem Niedergang der Feen und dem Aufstieg der Menschen fast überhaupt nichts mehr. Aber Brona glaubte fest daran, daß die Zauberei wiederentdeckt und zurückgebracht werden müßte. Die alten Wissenschaften hatten versagt, und die Zerstörung der alten Welt war das direkte Ergebnis dieses Versagens. Die Druiden hatten jedoch offenbar beschlossen, die Lektion der Großen Kriege zu ignorieren. Die Magie ermöglichte einen neuen Zugang, und die Bücher, die sie lehrten, waren älter und bewährter als die wissenschaftlichen Schriften. Und das wichtigste Zauberbuch war der Ildatch, ein monströser, schrecklicher Band, der den Tod mit sich führte und jede Umwälzung seit Anbruch der Zivilisation überlebt hatte, weil er von finsteren Bannsprüchen geschützt wurde, zu denen einst geheimnisvolle Nöte getrieben hatten. Brona sah in diesen alten Seiten die Antworten, nach denen er gesucht hatte, die Lösungen all der Probleme, die die Druiden zu lösen trachteten. Sein weiterer Weg war vorgezeichnet.

Andere Druiden warnten ihn vor möglichen Gefahren. Sie waren nicht so ungestüm, nicht so unbekümmert gegenüber den Lektionen, die die Geschichte lehrte. Die Macht war ein zweischneidiges Schwert. Du mußt vorsichtig sein, warnten sie. Sei nicht rücksichtslos. Aber Brona und diejenigen, die sich ihm angeschlossen hatten, ließen sich nicht davon abbringen, und schließlich brachen sie mit dem Rat. Sie verschwanden mitsamt dem Ildatch, ihrem Schlüssel zu einer neuen Welt, zu Türen, die sie öffnen wollten.

Am Ende führte das nur zu ihrem Verderben. Die Macht begann sie zu beherrschen und dauerhaft zu verändern. Nun begehrten sie Macht um ihrer selbst willen, für ihren persönlichen Nutzen. Alles andere war vergessen, alle anderen Ziele aufgegeben. Der Erste Krieg der Rassen war das direkte Ergebnis. Die abtrünnigen Druiden benutzten die Menschen als Werkzeug und machten sie durch Magie willfährig, bis sie aus ihnen die Angriffswaffe geschmiedet hatten, die sie brauchten. Aber die vereinte Kraft des Druidenrats und der anderen Rassen machte ihre Bemühungen zunichte. Die Aggressoren wurden besiegt und die Menschen nach Süden ins Exil und in die Isolation getrieben. Brona und seine Anhänger verschwanden. Es hieß, die Magie hätte sie schließlich zerstört.

»Welch ein Narr«, sagte Bremen plötzlich. »Der Druidenschlaf hielt ihn am Leben, aber er nahm ihm Herz und Seele und ließ ihn als leere Hülle zurück. All die Jahre hielten wir ihn für tot. Und in gewissem Sinn war er das auch. Was überlebt hatte, war das Böse, über das die Magie die Herrschaft gewonnen hatte. Es war der Teil Bronas, der immer noch die gesamte Welt für sich beansprucht, mitsamt den Wesen, die auf ihr leben. Es war der Teil Bronas, der die absolute Macht anstrebt. Wen interessiert da noch der Preis, den der rücksichtslose Gebrauch des Druidenschlafes fordert? Welchen Unterschied machen die Veränderungen, die sich aus der Verlängerung eines bereits verschwendeten Lebens ergeben? Brona hat den Dämonenlord hervorgebracht und ist in ihm aufgegangen, und der Dämonenlord will unter allen Umständen überleben.«

Kinson schwieg. Auch Bremen benutzte den Druidenschlaf, und den Grenzländer störte die Leichtigkeit, mit der sein Gefährte Bronas Anwendung des Schlafs verurteilte, ohne sich selbst in Frage zu stellen. Bremen würde behaupten, daß er dieses Werkzeug in einer ausgewogeneren und kontrollierteren Weise benutzte, daß er auf die Forderungen achten würde, die sich daraus für seinen Körper ergaben. Außerdem würde er anführen, daß der Druidenschlaf für ihn eine Notwendigkeit sei, daß er ihn anwenden müsse, um bei der unausweichlichen Rückkehr des Dämonenlords zugegen sein zu können. Aber bei allen Versuchen Bremens, auf Unterschiede hinzuweisen, blieb doch die Tatsache, daß am Ende die Folgen die gleichen waren, egal, ob man der Dämonenlord oder ein Druide war.

Und eines Tages würde auch Bremen von ihnen eingeholt werden.

»Dann hast du ihn also gesehen?« fragte der Grenzländer, eifrig bestrebt mehr zu erfahren. »Auch sein Gesicht?«

Der alte Mann lächelte. »Er hat weder Gesicht noch Körper, Kinson. Ein Wesen, eingehüllt in einen Umhang mit Kapuze. So wie ich, denke ich manchmal, denn auch ich bin in diesen Tagen wenig mehr.«

»Das ist nicht wahr«, bestritt Kinson rasch.

»Nein«, stimmte der andere schnell zu, »es ist nicht wahr. Ich habe noch einen Sinn für das, was richtig und falsch ist, und ich bin noch kein Sklave der Magie. Aber genau das fürchtest du, nicht wahr?«

Kinson ging nicht darauf ein. »Erzähl mir, wie es dir gelungen ist, so dicht an ihn heranzukommen. Wie hast du es angestellt, nicht entdeckt zu werden?«

Bremen wandte den Blick ab und richtete ihn auf einen entfernten

Ort, eine entfernte Zeit. »Es war nicht einfach«, erwiderte er leise. »Und der Preis dafür war hoch.«

Er griff erneut nach dem Bierschlauch und nahm einen tiefen Schluck. Müdigkeit zeichnete sich deutlich auf seinem Gesicht ab. »Ich war gezwungen, mich einem von ihnen zu zeigen«, sagte er nach einem Augenblick. »Ich mußte in ihre Gedanken und Beweggründe kriechen, in das Böse, das in ihren Seelen wurzelt. Ich hatte mich unsichtbar gemacht, so daß meine körperliche Anwesenheit nicht auffiel, und war auf meinen Geist allein beschränkt. Diesen verbarg ich in der Finsternis, die ein Kennzeichen ihrer eigenen Seelen ist. Ich griff tief hinab in mein Innerstes, auf der Suche nach dem schwärzesten Teil dessen, was ich bin. Oh, ich sehe, du zweifelst daran, daß dies möglich war. Glaube mir, Kinson, in jedem Menschen steckt die Möglichkeit zum Bösen, und so auch in mir. Wir halten es geschickter zurück, halten es tiefer begraben, aber es lebt auch in uns. Um mich schützen zu können, war ich gezwungen, es aus dem Verborgenen hervorzubringen. Dieses Gefühl, wie es sich an mich schmiegte, so nah, so eifrig – es war grauenhaft! Aber es erfüllte seinen Zweck. Es hinderte den Dämonenlord und seine Untergebenen daran, mich zu entdecken.«

Kinson runzelte die Stirn. »Aber es hat dich nicht unberührt gelassen.«

»Für eine bestimmte Zeit. Der Rückweg gab mir die Möglichkeit zur Heilung.« Ein dünnes Lächeln stahl sich auf seine Lippen. »Das Problem ist nur, daß sich das Böse in einem Menschen, ist es seinem Gefängnis erst einmal so weit entflohen, dagegen wehrt, wieder eingesperrt zu werden. Es preßt sich gegen die Stäbe, ist noch erpichter auf Flucht als zuvor. Und besser vorbereitet. Und seit ich es so nahe an mich habe herankommen lassen, bin ich dieser Möglichkeit gegenüber verletzlicher.«

Er schüttelte den Kopf. »Wir müssen in unserem Leben immer wieder Prüfungen erdulden, nicht wahr? Dies ist nur ein weiteres Beispiel dafür.«

Schweigend starrten sich die beiden Männer an. Der Mond war zum südlichen Teil des Horizonts gewandert und schickte sich an zu verschwinden. Doch die Sterne schimmerten noch immer hell am wolkenlosen Himmel, der sich wie ein Stück schwarzen Samts in der unendlichen Stille ausbreitete.

Kinson räusperte sich. »Wie du schon sagtest, du hast getan, was nötig war. Du mußtest nahe genug an ihn herankommen, um Gewißheit über deine Vermutungen zu erhalten. Jetzt haben wir sie.« Er machte eine Pause. »Sag mir, hast auch du das Buch gesehen? Den Ildatch?«

»Er war dort, in seinen Händen, jedoch außerhalb meiner Reichweite, denn sonst hätte ich ihn sicherlich genommen und zerstört. Auch um den Preis meines eigenen Lebens.«

Der Dämonenlord und der Ildatch waren Wirklichkeit, so wirklich wie das Leben, kein Gerücht, keine Legende. Kinson Ravenlock schüttelte benommen den Kopf. Es war alles wahr, so wie Bremen befürchtet hatte. Wie sie beide befürchtet hatten. Und jetzt kam diese Armee von Trollen aus dem Nordland, um die anderen Rassen zu unterwerfen. Die Geschichte wiederholte sich. Der Krieg der Rassen begann wieder von vorn. Nur war diesmal vielleicht niemand da, um ihn vorzeitig zu beenden.

»Nun gut«, sagte er traurig.

»Da ist noch etwas«, bemerkte der Druide, hob den Kopf und sah den Grenzländer an. »Du mußt alles erfahren. Es gibt einen Elfenstein, den die geflügelten Jäger suchen. Einen Schwarzen Elfenstein. Der Dämonenlord hat aus dem Ildatch von ihm erfahren. Irgendwo in diesem unglückseligen Buch wird der Stein erwähnt. Es ist aber kein gewöhnlicher Elfenstein wie die anderen, von denen wir gehört haben, es ist keiner von den dreien – je einer für Herz, Geist und Körper des Benutzers –, deren Magie sich vereinigt, wenn sie beschworen wird. Die Magie dieses Steines ist zu unvorstellbar Bösem fähig. Es liegt ein Geheimnis über der Ursache für seine Erschaffung und dem Zweck, dem er ursprünglich dienen sollte. All dies ist im Laufe der Zeit verlorengegangen. Aber der Ildatch scheint gezielte Hinweise auf seine Fähigkeiten zu liefern. Ich hatte Glück, davon zu erfahren. Sie erwähnten den Stein, als ich mich in dem großen Zimmer, in dem die Geflügelten sich vor ihrem Meister versammeln, in die Schatten entlang der Wand drückte.«

Er beugte sich ein wenig vor. »Der Stein ist irgendwo im Westland versteckt, Kinson – tief inmitten einer alten Festung, und auf eine Art und Weise geschützt, über die wir nicht das geringste wissen. Seit der Zeit der Feen war er verborgen, verloren für die Geschichte und so vergessen wie die Magie und diejenigen, die sie einst beherrschten. Aber jetzt wartet der Schwarze Elfenstein darauf, entdeckt zu werden und seine Wirkung von neuem zu entfalten.«

»Und worin besteht seine Wirkung?« drängte Kinson.

»Er hat die Kraft, jede andere Magie, in welcher Form sie auch erscheinen mag, zu unterdrücken und zum Nutzen des Besitzers zu verwandeln. Egal, wie mächtig oder raffiniert die Magie des Gegenübers sein mag, wer den Schwarzen Elfenstein besitzt, beherrscht alles. Die Magie wird vom Gegner abgezogen und zur eigenen gemacht, und der andere ist vollkommen hilflos.«

Kinson schüttelte verzweifelt den Kopf. »Wie kann man gegenüber so etwas bestehen?«

Der alte Mann lächelte. »Nun, nun, Kinson, ganz so einfach ist es nun auch wieder nicht. Du erinnerst dich an unsere Unterrichtsstunden, nicht wahr? Jede Magie fordert ihren Preis. Alles hat Folgen, und je mächtiger die Magie ist, desto größer werden die Folgen sein. Aber laß uns darüber ein andermal diskutieren. Wichtig ist, daß der Dämonenlord nicht in den Besitz dieses Schwarzen Elfensteines gelangen darf, weil die Folgen für ihn keine Bedeutung haben. Er ist weit über den Punkt hinaus, wo Vernunft noch einen Einfluß auf ihn haben könnte. Deshalb müssen wir den Elfenstein finden, bevor er es tut – und zwar schnell.«

»Und wie sollen wir das machen?«

Der Druide gähnte und streckte müde seine Glieder; sein schwarzer Umhang raschelte. »Ich kann dir keine Antwort auf diese Frage geben, Kinson. Abgesehen davon müssen wir erst noch etwas anderes erledigen.«

»Du willst nach Paranor zum Druidenrat gehen?«

»Ich muß es tun.«

»Aber was kümmert er dich? Sie werden nicht auf dich hören. Sie mißtrauen dir. Einige fürchten dich sogar.«

Der alte Mann nickte. »Einige, aber nicht alle. Es gibt ein paar, die zuhören werden. Auf jeden Fall muß ich es versuchen. Sie sind in großer Gefahr. Der Dämonenlord erinnert sich nur zu gut daran, wie sie im Ersten Krieg der Rassen seinen Sturz herbeigeführt haben. Er wird ihnen nicht die Möglichkeit geben, ein zweites Mal einzuschreiten – selbst dann nicht, wenn sie für ihn längst keine Gefahr mehr darstellen.«

Kinson blickte in die Ferne. »Sie sind Narren, wenn sie dir keine Beachtung schenken, Bremen – aber genauso wird es ausgehen. Sie haben hinter ihren schützenden Mauern jede Verbindung zur Realität verloren. Sie sind so lange nicht mehr in die Welt hinausgegangen, daß sie überhaupt nicht mehr in der Lage sind, die Dinge richtig einzuschätzen. Sie haben ihre Identität verloren. Sie haben ihre Aufgabe vergessen.«

»Still jetzt.« Bremen legte die Hand fest auf die Schulter des hochgewachsenen Mannes. »Es hat keinen Sinn, wenn wir uns immer wieder aufs neue bestätigen, was wir bereits wissen. Wir werden tun, was wir können, und uns dann wieder auf den Weg machen.« Freundschaftlich drückte er Kinsons Schulter. »Ich bin sehr müde. Würdest du einige Stunden Wache halten, während ich schlafe? Danach können wir aufbrechen.«

Der Grenzländer nickte. »Ich werde Wache halten.«

Der alte Mann erhob sich und glitt tiefer in die Schatten unter dem weitausladenden Baumwipfel. Er wickelte sich in seinen Umhang und machte es sich auf einem weichen Grasflecken bequem.

Schon nach wenigen Minuten verrieten seine tiefen, gleichmäßigen Atemzüge, daß er eingeschlafen war. Kinson starrte ihn an. Selbst jetzt waren die Augen des alten Mannes nicht ganz geschlossen, und ein helles Schimmern drang durch schmale Schlitze.

Wie eine Katze, dachte Kinson und wandte seinen Blick schnell ab. Wie eine gefährliche Katze.

Die Zeit schritt voran, und die Nacht zog sich hin. Mitternacht kam und verging. Der Mond schlüpfte hinter den Horizont, und die Sterne trieben in ausgedehnten, kaleidoskopischen Mustern über den Himmel. Eine schwere, vollkommene Stille lag über ganz Streleheim, und nichts rührte sich auf der verlassenen Ebene. Selbst Kinson Ravenlock, der unter den Bäumen Wache hielt, hörte nur den Atem des alten Mannes.

Der Grenzländer schaute auf seinen Kameraden hinab. Bremen war ebenso ein Ausgestoßener wie er, allein mit seinen Überzeugungen und vertrieben wegen jener Wahrheiten, die nur er ertragen konnte.

In dieser Hinsicht waren sie einander sehr ähnlich. Kinson erinnerte sich an ihre erste Begegnung. Der alte Mann war in einem Wirtshaus in Varfleet auf ihn zugekommen und hatte um seine Dienste gebeten. Kinson Ravenlock war in den letzten zwanzig Jahren, seit seinem fünfzehnten Lebensjahr, meist Kundschafter gewesen, ein Fährtenleser, Forscher und Abenteurer. Er war in Callahorn aufgewachsen, ein Mitglied jener Handvoll von Familien, die in den Grenzländern geblieben waren, während alle anderen tiefer in den Süden gezogen waren und sich noch weiter von der Vergangenheit entfernt hatten. Nach dem Ende des Ersten Krieges der Rassen, als die Druiden die Vier Länder mit Paranor im Zentrum geschaffen hatten, waren die Menschen zu dem Entschluß gelangt, daß ein unbewohnter Streifen zwischen ihrem Land und dem der anderen Rassen ihnen sinnvollen Schutz bieten würde. Während sich also das Südland eigentlich bis zu den Drachenzähnen im

Norden erstreckte, hatten die Menschen beinahe das gesamte Gebiet nördlich des Regenbogensees verlassen. Nur wenige Familien waren dort geblieben; Familien, die an der Überzeugung festhielten, daß dies ihre Heimat war, die nicht bereit waren, in die stärker besiedelten Gebiete des ihnen zugewiesenen, neuen Landes zu ziehen. Zu ihnen gehörten auch die Ravenlocks.

So war Kinson als Grenzländer aufgewachsen. Es war ein Leben am Rande der Zivilisation, aber seine Verwandten verstanden sich mit den Elfen, Zwergen, Gnomen und Trollen so gut wie mit den Menschen. Kinson hatte die vier Länder bereist und sich mit ihren Gewohnheiten vertraut gemacht. Er hatte ihre Sprachen gelernt. Er studierte die Geschichte, und er hatte sie aus so vielen verschiedenen Perspektiven gehört, daß er glaubte, die wichtigsten Wahrheiten herauslesen zu können. Auch Bremen befaßte sich mit diesen Dingen, und von Anfang an hatten sie einige Überzeugungen geteilt. Eine davon war, daß die Rassen in ihren Bestrebungen, Frieden zu halten, nur dann erfolgreich sein würden, wenn sie die Verbindungen untereinander verstärkten, nicht aber, wenn sie sich voneinander entfernten. Eine andere bestand darin, daß das größte Hindernis auf diesem Weg der Dämonenlord war.

Selbst damals, vor nun fünf Jahren, hatten bereits Gerüchte die Runde gemacht. Etwas unglaublich Böses lebte im Schädelreich, hieß es, eine Ansammlung von Wesen, wie sie niemals zuvor gesehen worden war. Es gab Berichte von fliegenden Wesen, von geflügelten Ungeheuern, die auf der Suche nach Opfern nachts das Land durchkämmten. Es gab Geschichten von Männern, die in den Norden gegangen waren und nie wieder gesehen wurden. Die Trolle hielten sich vom Messergebirge und dem Malgsumpf fern, und sie versuchten auch nicht, die Kierlakwüste zu überqueren. Wenn sie auf ihren Reisen in die Nähe des Schädelreichs kamen, taten sie sich zu großen, schwerbewaffneten Gruppen zusammen. In diesem Teil des Nordlandes wuchs nichts, keine Wurzel faßte Fuß. Im Laufe der Zeit wurde das gesamte, verlassene Gebiet von Wolken und

Nebelschwaden eingehüllt. Es wurde trocken und unfruchtbar, verwandelte sich in Staub und Fels. Nichts konnte hier leben, hieß es. Nichts, das wirklich am Leben war.

Die meisten taten diese Geschichten ab. Viele beachteten die ganze Sache überhaupt nicht. Es ging ohnehin nur um einen abgelegenen und unfreundlichen Teil der Welt. Was machte es schon, was dort lebte oder nicht lebte? Aber Kinson war ins Nordland gegangen, um mit eigenen Augen zu sehen, was dort vorging. Er war gerade noch mit dem Leben davongekommen. Die geflügelten Wesen hatten ihn fünf Tage lang verfolgt, nachdem sie ihn dabei ertappt hatten, wie er am Rande ihrer Domäne umherstrich. Nur seinen Fähigkeiten und seinem Glück hatte er es zu verdanken, daß er entkommen konnte.

Als er Bremen kennenlernte, war für ihn daher längst klar, daß es der Wahrheit entsprach, was der Druide sagte. Es gab den Dämonenlord wirklich. Brona und seine Anhänger lebten im Norden, im Schädelreich. Es war keine Einbildung, daß die Vier Länder in Gefahr waren. Etwas sehr Bedrohliches nahm langsam Gestalt an.

Kinson hatte eingewilligt, den alten Mann auf seinen Reisen zu begleiten, ihm bei Bedarf als zweites Augenpaar zu dienen, sein Kurier und Kundschafter zu sein und ihm den Rücken zu decken, wenn Gefahr drohte. Der Grenzländer tat dies aus einer Reihe von Gründen, aber der zwingendste war, daß diese Aufgaben seinem Leben zum ersten Mal einen Sinn gaben. Er war es leid, nur so dahinzutreiben, nur zu leben, um noch einmal zu sehen, was er schon zuvor gesehen hatte. Er war gelangweilt und ziellos. Er brauchte eine Herausforderung.

Und die hatte Bremen ihm eindeutig gegeben.

Verwundert schüttelte Kinson den Kopf. Es überraschte ihn, wie nahe er und der alte Mann einander inzwischen standen. Und es überraschte ihn, wieviel ihm das bedeutete.

Weit draußen auf der Ebene von Streleheim erregte ein Flackern seine Aufmerksamkeit. Er blinzelte und starrte konzentriert in die

Dunkelheit. Er sah nichts. Dann erschien es wieder, ein kleines Flackern von Schwärze im Schatten einer langen Schlucht. Es war so weit entfernt, daß er sich nicht sicher war, was er sah, aber er hatte bereits eine Vermutung. Sein Magen zog sich zusammen. Er hatte so etwas schon öfter gesehen, und immer in der Nacht, immer in jenem verlassenen Gebiet entlang der Grenze des Nordlandes.

Er blieb reglos sitzen, beobachtete weiter und hoffte, sich getäuscht zu haben. Die flackernde Bewegung erschien erneut, diesmal jedoch näher. Etwas erhob sich vom Boden, hing vor den schattenhaften Umrissen der nächtlichen Ebene, tauchte dann wieder tief hinab. Es hätte ein großer Vogel auf der Suche nach Futter sein können, aber das war es nicht.

Es war ein Schädelträger.

Kinson wartete noch, er war entschlossen, sich erst über den weiteren Weg des Wesens Gewißheit zu verschaffen. Wieder schwang sich der Schatten ins Sternenlicht hinauf. Eine Zeitlang kreiste er über der Schlucht, suchte nach einem Weg und änderte dann die Richtung. Zielstrebig näherte er sich jetzt der Stelle, wo der Grenzländer und der Druide sich verborgen hielten. Wieder tauchte er tief hinunter und verschwand im Schatten der Erde.

Kinson wurde eiskalt, als er erkannte, was der Schädelträger tat. Er folgte einer Spur.

Bremens Spur.

Er drehte sich schnell um, doch der alte Mann stand bereits neben ihm und starrte ebenfalls in die Nacht. »Ich wollte dich gerade ...«

»Aufwecken«, beendete der Druide. »Ja, ich weiß.«

Kinson spähte wieder über die Ebene. Es war alles still, nichts bewegte sich. »Hast du es gesehen?« fragte er leise.

»Ja.« Bremens Stimme war wachsam, aber ruhig. »Einer von ihnen sucht nach mir.«

»Bist du sicher? Verfolgt er wirklich deine Spur und nicht die eines anderen?«

»Ich muß unvorsichtig gewesen sein.« Bremens Augen glitzerten.

»Er weiß, daß ich hier vorbeigekommen bin, und versucht herauszufinden, wohin ich mich gewendet habe. Im Schädelreich hat mich niemand sehen können, also muß er mich zufällig entdeckt haben. Ich hätte vorsichtiger sein sollen, als ich die Ebene überquerte, aber ich wähnte mich sicher.«

Sie beobachteten, wie der Schädelträger erneut ins Blickfeld geriet, sich in den Himmel erhob, geräuschlos über das Land glitt und sich dann wieder in die Schatten hinunterfallen ließ.

»Wir haben noch Zeit, bevor er uns erreicht«, flüsterte Bremen. »Ich denke, wir sollten uns auf den Weg machen. Wir werden unsere Spuren verwischen, um ihn zu verwirren – für den Fall, daß er uns weiter verfolgen sollte. Paranor und die Druiden warten. Komm, Kinson.«

Sie erhoben sich, wanderten im Schutz der Schatten die abgewandte Seite des Hügels hinunter und tauchten ins Dunkel des Waldes. Sie bewegten sich völlig geräuschlos, und ihre Bewegungen waren weich und geübt – ihre dunklen Gestalten schienen fast über den Boden zu gleiten.

Sekunden später waren sie verschwunden.

Kapitel 2

Den restlichen Teil der Nacht marschierten sie im Schutz des Waldes, Kinson voran, Bremen in seinen Fußstapfen. Den Schädelträger sahen sie nicht wieder. Bremen verwischte mit Hilfe seiner Magie ihre Spuren – gerade genug, um ihre Anwesenheit zu verbergen, ohne auf sie aufmerksam zu machen. Aber es schien, als hätte der geflügelte Jäger beschlossen, seine Suche nicht über die Ebene von Streleheim hinaus auszudehnen, denn wäre es so gewesen, hätten sie ihn gespürt. So jedoch nahmen sie nur die im Wald lebenden Wesen wahr. Im Augenblick waren sie in Sicherheit.

Unermüdlich schritt Kinson Ravenlock voran; die vielen Jahre, die er nun schon zu Fuß durch die Vier Länder reiste, hatten seine Bewegungen gefeilt und geformt. Der Grenzländer war groß und stark, ein Mann, der sich auf seine Kondition und Schnelligkeit verlassen konnte, wenn es darauf ankam. Bremen beobachtete ihn bewundernd; er erinnerte sich an seine eigene Jugend und dachte daran, wie weit er auf seinem Lebensweg bereits vorangeschritten war. Der Druidenschlaf hatte ihm ein längeres Leben verschafft als den meisten – ein längeres, als ihm die Gesetze der Natur zugestanden hätten. Aber es war immer noch nicht genug. Beinahe konnte er spüren, wie jeden Tag ein bißchen mehr Kraft aus seinem Körper floß. Noch konnte er mit dem Grenzländer mithalten, wenn sie reisten, allerdings ging es nicht mehr ohne die Hilfe der Magie. Mittlerweile benutzte er sie beinahe bei jedem Schritt und Tritt, und er wußte, daß sich seine Zeit in dieser Welt dem Ende zuneigte.

Dennoch war er zuversichtlich. Er war es immer gewesen, und genau das hatte ihn so stark und am Leben gehalten. Er war als junger Mann zu den Druiden gekommen, hatte dort die Geschichte und alte Sprachen studiert. Damals hatten sich die Druiden noch aktiv um die Entwicklung der Rassen gekümmert und daran gearbeitet, sie einander näherzubringen. Erst später, vor weniger als siebzig Jahren, hatten sie begonnen, ihre frühere Politik der Einmischung aufzugeben und sich statt dessen nur noch ihren Studien zu widmen. Bremen war mit dem Wunsch, etwas zu lernen, nach Paranor gekommen, und niemals hatte ihn dieses Bedürfnis verlassen. Aber Lernen bedeutete mehr, als in selbstgewählter Abgeschiedenheit zu studieren und zu meditieren. Es erforderte Reisen und den Austausch mit anderen, das Diskutieren über Themen, die für alle von Interesse waren. Es erforderte die Wahrnehmung von Veränderungen im Strom des Lebens, eine Fähigkeit, die nur aus der Beobachtung resultieren konnte. Schließlich erforderte es auch die Bereitschaft zu akzeptieren, daß die alten Methoden nicht immer alle Antworten bereithielten.

So hatte Bremen schon bald angenommen, daß Magie sich als eine leichter zu handhabende und dauerhaftere Form der Macht erweisen könnte, als es die Wissenschaften der Zeit vor den Großen Kriegen waren. All das Wissen, das aus den Erinnerungen und Büchern seit der Zeit Galaphiles stammte, hatte bei dem Versuch versagt, das zu schaffen, was man von der Wissenschaft gefordert hatte. Es war zu bruchstückhaft, zeitlich zu weit zurückliegend von der Zivilisation, der es dienen sollte, zu unklar, um den Schlüssel zu liefern, der die Türen zu weiterem Verständnis öffnete. Magie dagegen war älter als die Wissenschaften und viel leichter zugänglich. Die Rasse der Elfen, die aus dieser Zeit stammte, beherrschte sie noch. Auch wenn sie viele Jahre lang verborgen und isoliert gelebt hatten, besaßen sie doch Bücher und Schriften, deren Sinn und Ziele viel leichter zu entschlüsseln waren als diejenigen der alten Wissenschaften. Sicher, es fehlte immer noch viel, und die große Feenmagie war verschwunden und würde sich nicht so einfach wiederbeleben lassen. Aber für die Magie bestand mehr Hoffnung als für die Wissenschaften, über die der Druidenrat immer wieder stritt.

Aber der Rat erinnerte sich an den Preis für die Beschwörung der Magie im Ersten Krieg der Rassen, er erinnerte sich, was mit Brona und seinen Anhängern geschehen war, und er hatte nicht vor, diese Tür noch einmal aufzuschließen. Das Studium der Magie war erlaubt, wurde aber nicht gefördert. Sie galt als Kuriosität mit nur wenigen wirklich nützlichen Möglichkeiten, und der Umgang mit ihr wurde ganz generell als ein Weg angesehen, der auf gar keinen Fall in die Zukunft führte. Bremen hatte mit vielen darüber diskutiert, unablässig und erfolglos. Die Mehrheit der Druiden von Paranor war kleinlich und stand den Möglichkeiten einer Veränderung skeptisch gegenüber. Lerne aus deinen Fehlern, intonierten sie. Denke daran, wie gefährlich die Magie sein kann. Am besten, du vergißt dein gegenwärtiges Interesse und widmest dich ernsthaften Studien. Selbstverständlich wies Bremen diese gutgemeinten Ratschläge zurück. Es widersprach seiner Natur, eine Möglichkeit einfach nur deshalb abzulehnen, weil sie einmal fehlgeschlagen war. Denn fehlgeschlagen war sie wegen offensichtlichen Mißbrauchs, erinnerte er die anderen immer wieder – das mußte nicht unbedingt ein zweites Mal geschehen. Es gab ein paar, die ihm zustimmten. Aber am Ende, als der Rat seine Hartnäckigkeit nicht mehr ertragen und ihn ausgeschlossen hatte, hatte er sich von ihnen losgesagt und war gegangen – allein.

Er war ins Westland gereist und hatte viele Jahre bei den Elfen verbracht, ihre Überlieferungen studiert, über ihren Schriften gegrübelt, sich bemüht, etwas von dem zurückzuholen, was verlorengegangen war, als die Feenwesen den sterblichen Menschen gewichen waren. Ein paar Dinge hatte er mitgenommen. Das Geheimnis des Druidenschlafes kannte er bereits, wenn auch noch in seiner primitivsten Form. Es brauchte Zeit, die Feinheiten zu beherrschen und die Konsequenzen zu akzeptieren, und erst, als Bremen bereits ziemlich alt war, hatte sich der Schlaf als ein nützliches Mittel erwiesen. Die Elfen nahmen Bremen als einen verwandten Geist auf und ermöglichten ihm den Zugang zu ihrem Arsenal aus kleinen Formen der Magie und fast vergessenen Schriften. Im Laufe der Zeit entdeckte er wahre Schätze darunter. Er bereiste andere Länder, entdeckte auch dort Reste von Magie, wenn auch nicht so hochentwickelt und in vielerlei Hinsicht selbst denjenigen fremd, denen sie diente.

Während der ganzen Zeit bemühte er sich unaufhörlich darum, den Beweis für seine immer stärker werdende Überzeugung zu finden, daß die Gerüchte um den Dämonenlord und die Schädelträger der Wahrheit entsprachen, daß es sich bei ihnen um die rebellischen Druiden handelte, die viele Jahre zuvor aus Paranor geflohen waren, daß sie die Kreaturen waren, die man im Ersten Krieg der Rassen besiegt hatte. Aber der Beweis ähnelte dem Duft von Blumen, der im Wind verweht – im einen Moment noch spürbar, im nächsten bereits verflogen. Rücksichtslos hatte Bremen Hinweise verfolgt, über Grenzen und Königreiche hinweg, von einer Erzählung zur nächsten. Am Ende hatte ihn die Spur ins Schädelreich selbst geführt, ins Herz der Domäne des Dämonenlords. Hier, in den Katakomben, hielt er sich zwischen den Untergebenen des Dunklen Lords verborgen und wartete auf eine Gelegenheit, die es ihm erlauben würde, mit seinem Wissen zu entkommen. Wäre er stärker gewesen, hätte er vielleicht schon eher zu diesem Wissen gelangen können. Aber es hatte ihn Jahre gekostet, die notwendigen Fähigkeiten zu entwickeln, um eine Reise in den Norden zu überleben. Jahre des Studiums und des Forschens waren nötig gewesen. Vielleicht hätte er weniger Zeit gebraucht, wenn der Rat ihn unterstützt hätte, wenn er – ohne Aberglauben und Ängste – alle Möglichkeiten ausgeschöpft hätte. Aber dies war nie geschehen.

Bremen seufzte, als er sich jetzt wieder daran erinnerte. Der Gedanke stimmte ihn traurig. Soviel Zeit war verschwendet, so viele Gelegenheiten verpaßt worden. Vielleicht war es für die Druiden von Paranor bereits zu spät. Was konnte er ihnen jetzt sagen, um sie von der Gefahr, die ihnen drohte, zu überzeugen? Würden sie ihm überhaupt glauben, wenn er ihnen erzählte, was er entdeckt hatte? Es waren mehr als zwei Jahre vergangen, seit er die Druidenfestung besucht hatte. Einige hielten ihn wahrscheinlich für tot. Andere *wünschten* vermutlich sogar, daß er tot wäre. Es würde nicht einfach sein, sie davon zu überzeugen, daß sie in ihren Vermutungen über den Dämonenlord unrecht gehabt hatten, daß sie noch einmal über ihre Verpflichtungen gegenüber den Rassen und, noch wichtiger, über ihre Weigerung, sich der Magie zu bedienen, würden nachdenken müssen.

Als der Morgen anbrach, verließen sie den dichten Wald. Das Licht wechselte von einem hellen Silber zu Gold, als die Sonne über die Gipfel der Drachenzähne stieg und die Lücken in den Baumkronen durchbrach, um den feuchten Boden zu erwärmen. Die Bäume standen hier nicht mehr so dicht, waren nur noch kleine Grüppchen und einzelne Wachposten. Vor ihnen erhob sich Paranor aus dem dunstigen Licht. Die Festung der Druiden bestand aus einer massiven Steinzitadelle auf einem Felsen, der wie eine Faust aus der Erde emporragte. Die Mauern der Festung erhoben sich mehrere hundert Fuß in den Himmel, gekrönt von blendend weiß gebleichten Türmen und Zinnen. Kleine Fähnchen flatterten an jeder Ecke, einige ehrten mit ihren Insignien die Hohen Druiden, die Paranor einst gedient hatten, andere repräsentierten die Herrscherhäuser der Vier Länder. Nebel hing an dem hochgelegenen Gebäude und griff nach den dunkleren Schatten am Grund der Festung, wo die Sonne die Nacht noch nicht weggebrannt hatte. Es war ein beeindruckender Anblick, dachte Bremen. Selbst jetzt, selbst für einen Ausgestoßenen.

Kinson schaute fragend über die Schulter zurück, aber Bremen gab ihm mit einem Nicken zu verstehen, daß er weitergehen sollte. Es war nichts gewonnen, wenn sie langsamer wurden. Dennoch zwang ihn allein der Anblick der Festung zum Nachdenken. Das Gewicht ihrer Steine schien sich auf seine Schultern zu legen, eine Bürde, die er nicht beiseite schieben konnte. Welch gewaltige, unversöhnliche Wucht, dachte er. Irgendwie spiegelte sie auch den trotzigen Entschluß derjenigen wider, die hier lebten. Er wünschte, es wäre anders. Er wußte, er mußte daran arbeiten, daß es anders würde.

Sie traten unter den Bäumen hervor, wo das Sonnenlicht noch immer ein Eindringling im Reich der Schatten war, und gingen durch die schwindende Nacht den Weg entlang, der zum Haupttor führte. Schon kamen ihnen bewaffnete Männer entgegen, Mitglieder der aus allen Rassen zusammengesetzten Streitmacht, die dem Rat als Garde diente. Sie alle waren in graue Uniformen gekleidet und trugen auf der linken Brust das Emblem der roten Fackel. Bremen hielt nach einem Gesicht Ausschau, das er kannte, fand aber keines. Nun, er war immerhin zwei Jahre fort gewesen. Zumindest waren diese Wachen Elfen, und Elfen würden ihn anhören.

Kinson trat zur Seite und überließ es Bremen, zu verhandeln. Der alte Mann richtete sich auf und rief die Magie herbei, um mit ihrer

Hilfe seine Ausstrahlung zu verstärken und die einsetzende Müdigkeit zu verschleiern, um jede Schwäche und jeden Zweifel zu verbergen. Zielbewußt schritt er auf die Tore zu, während sein schwarzer Umhang hinter ihm herflatterte. Die Wachen erwarteten ihn mit ausdruckslosen Mienen.

Als er bei ihnen angelangt war und spürte, daß seine Ankunft sie eher zu bedrücken schien, sagte er einfach nur: »Guten Morgen Euch allen.«

»Guten Morgen, Bremen«, erwiderte einer. Er verbeugte sich knapp.

»Ihr kennt mich?«

Der andere nickte. »Ich habe von Euch gehört. Es tut mir leid, aber Ihr dürft nicht eintreten.«

Sein Blick wanderte zu Kinson. Er war höflich, aber entschieden. Einem ausgestoßenen Druiden war der Eintritt nicht gestattet. Auch seinem Begleiter nicht. Diskussionen waren möglichst zu vermeiden.

Bremen blickte nach oben zur Brüstung, als sänne er über die Angelegenheit nach. »Wer ist Befehlshaber der Garde von Paranor?« fragte er.

»Caerid Lock«, antwortete der andere.

»Würdet Ihr ihn bitten, herunterzukommen und mit mir zu sprechen?«

Der Elf zögerte, aber schließlich nickte er. »Wartet bitte hier.«

Er verschwand durch eine Seitentür in der Festung. Bremen und Kinson blieben im Schatten der Mauer stehen und sahen die Wachen an. Es wäre einfach gewesen, an ihnen vorbeizukommen, sie auf leere Bilder starrend stehenzulassen, aber Bremen hatte beschlossen, sich nicht mit Hilfe von Magie Einlaß zu verschaffen. Seine Mission war zu wichtig, und er wollte nicht riskieren, den Ärger des Rates auf sich zu ziehen, indem er die Wachen ausschaltete und sie der Lächerlichkeit preisgab. Dafür würden sie kein Verständnis haben. Aber vielleicht würden sie ein direktes Vorgehen respektieren. Es war ein gewagtes Spiel, und er war bereit, sich darauf einzulassen.

Bremen drehte sich um und schaute zurück zum Wald. Das Sonnenlicht erforschte jetzt auch die hintersten Winkel, jagte die Schatten davon und ließ die zerbrechlichen Triebe von Wildblumen aufleuchten. Es war Frühling, erkannte er verblüfft. Während seiner Reise in den Norden und wieder zurück hatte er jegliches Zeitgefühl verloren, so sehr hatte ihn seine Suche in Anspruch genommen. Er holte tief Luft, nahm den kaum spürbaren Duft in sich auf, der von den Wäldern herüberwehte. Es war lange her, seit er Zeit gehabt hatte, Blumen zu betrachten.

Hinter ihm regte sich etwas, und er drehte sich um. Der Wachposten kehrte zurück, in Begleitung von Caerid Lock.

»Bremen«, grüßte der Elf ernst und streckte ihm die Hand entgegen.

Caerid Lock war ein zierlicher, dunkelhäutiger Mann mit lebhaftem Blick und einem von Sorgen gezeichneten Gesicht. Seine elfischen Gesichtszüge waren ausgeprägt: Seine Brauen reckten sich nach oben, die Ohren waren spitz, sein Gesicht so schmal, daß es hager wirkte. Er trug Grau wie die anderen, aber die Fackel auf seiner Brust wurde von einer Faust umschlossen, und es waren purpurrote Streifen auf beiden Schultern. Seine Haare und sein Bart waren kurz geschnitten und wurden langsam grau. Caerid war einer der wenigen, die Bremens Freunde geblieben waren, als man den Druiden ausgeschlossen hatte. Er war seit mehr als fünfzehn Jahren Befehlshaber der Garde von Paranor, und es gab keinen besseren Mann für diese Aufgabe. Caerid Lock war ein Jäger, und das war er schon sein Leben lang gewesen. Die Druiden hatten mit dem Befehlshaber ihrer Garde eine gute Wahl getroffen. Für Bremens Zwecke jedoch war noch wichtiger, daß Caerid ein Mann war, dem sie zuhören würden, wenn er sie darum bäte.

»Schön, dich zu sehen«, meinte der Druide und erwiderte den Händedruck des Elfen. »Geht es dir gut?«

»Gut genug. Du bist älter geworden, seit du uns verlassen hast.«

»Du siehst den Spiegel deines eigenen Gesichts, vermute ich.«

»Vielleicht. Reist du noch immer durch die Welt, ja?«

»In Begleitung meines Freundes Kinson Ravenlock«, stellte Bremen vor.

Der Elf nahm die Hand des Grenzländers und blickte ihn prüfend an, sagte jedoch nichts. Kinson gab sich ähnlich unnahbar.

»Ich brauche deine Hilfe, Caerid«, sagte Bremen, der jetzt ernst geworden war. »Ich muß mit Athabasca und dem Rat sprechen.«

Athabasca war der Hohe Druide, ein beeindruckender Mann von festen Überzeugungen und großem Starrsinn, der sich niemals etwas aus Bremen gemacht hatte. Als der alte Mann ausgestoßen wurde, war Athabasca Mitglied des Rates gewesen, wenn auch noch nicht Hoher Druide. Dies hatte sich erst später ergeben, und zwar im Zusammenhang mit jenen politischen Entwicklungen, die Bremen so haßte. Dennoch war Athabasca der Anführer hier, ob zum Guten oder zum Schlechten, und jede Möglichkeit, diese Mauern zu überwinden, hing zwangsläufig von ihm ab.

Caerid Lock lächelte kläglich. »Warum bittest du mich nicht um etwas Schwierigeres? Du weißt, daß dir sowohl Paranor als auch der Rat verschlossen sind. Du kannst noch nicht einmal hinter diese Mauern gelangen, geschweige denn mit dem Hohen Druiden sprechen.«

»Ich kann es, wenn er es befiehlt«, erwiderte Bremen schlicht.

Der andere nickte. »Ich verstehe. Du willst, daß ich für dich mit ihm spreche.«

Bremen nickte. Caerids Lächeln verschwand. »Er mag dich nicht«, erklärte er ruhig. »Daran hat sich während deiner Abwesenheit nichts geändert.«

»Er muß mich nicht mögen, um mit mir zu sprechen. Was ich ihm sagen will, wiegt mehr als persönliche Gefühle. Es wird nicht lange dauern. Sobald er mich angehört hat, werde ich mich wieder auf den Weg machen. Das ist doch nicht zuviel verlangt, oder?«

Caerid Lock schüttelte den Kopf. »Nein.« Er sah Kinson an. »Ich werde tun, was ich kann.«

Er ging wieder hinein und ließ den alten Mann und den Grenzländer vor den Mauern und Toren der Festung zurück. Die Wachposten standen unverrückbar an ihrem Platz und versperrten den Eingang. Bremen betrachtete sie einen Augenblick ernst, dann blickte er zur Sonne. Es wurde bereits warm. Er sah Kinson an, ging dann dorthin, wo die Schatten etwas mehr Schutz boten, und setzte sich auf einen Felsblock. Kinson folgte ihm, aber er ließ sich nicht nieder. Er war ungeduldig, und am liebsten hätte er diese Sache schnell hinter sich gebracht, damit sie so bald wie möglich weiterziehen konnten. Bremen lächelte in sich hinein. Das war typisch für seinen Freund. Kinsons Lösung für alle Probleme bestand darin weiterzuziehen. Sein ganzes Leben lang hatte er so gelebt. Erst als er Bremen getroffen hatte, war dem Grenzländer klar geworden, daß nichts wirklich gelöst ist, wenn man sich den Problemen nicht stellt. Dabei war Kinson durchaus in der Lage, mit dem Leben fertig zu werden. Sein Umgang mit Unannehmlichkeiten bestand nur einfach darin, sie hinter sich zu lassen, sich von ihnen zu entfernen, und es stimmte ja auch, daß man so mit ihnen verfahren konnte. Allerdings erhielt man auf diese Weise niemals eine endgültige Lösung.

Ja, seit jenen ersten Tagen ihrer Freundschaft war Kinson älter geworden. Er war jetzt ein wesentlich stärkerer Mann, stärker in einer Art und Weise, die nicht leicht zu messen war. Aber Bremen wußte, daß alte Gewohnheiten nur schwer ausstarben, und Kinson Ravenlock trug den Drang, alles Unangenehme und Schwierige einfach hinter sich zu lassen, immer noch in sich.

»Das hier ist reine Zeitverschwendung«, murrte der Grenzländer unzufrieden, als wollte er die Gedanken des alten Mannes bestätigen.

»Geduld, Kinson«, riet Bremen leise.

»Geduld? Weshalb? Sie werden dich nicht hineinlassen. Und wenn sie es doch tun, werden sie dir nicht zuhören. Sie wollen nicht wissen, was du zu sagen hast. Sie sind nicht mehr die Druiden von früher, Bremen!«

Bremen nickte. In dieser Hinsicht hatte Kinson recht. Aber er konnte es nicht ändern. Die Druiden von heute waren die einzigen, die es gab, und einige von ihnen waren gar nicht so übel. Einige würden immer noch wertvolle Verbündete abgeben. Kinson hätte es zweifellos vorgezogen, die Druiden außer acht zu lassen, aber der Feind, dem sie entgegentreten mußten, war zu gefährlich, um ihn ohne Hilfe besiegen zu können. Sie brauchten die Druiden. Selbst wenn diese dazu übergegangen waren, sich nicht mehr in die Angelegenheiten anderer Rassen einzumischen, wurden sie immer noch mit einem gewissen Respekt behandelt. Und das würde sich als nützlich erweisen, wenn es darum ging, die Vier Länder gegen den gemeinsamen Feind zu vereinigen.

Der Morgen ging in den Mittag über. Caerid Lock kehrte nicht zurück. Kinson tigerte eine Zeitlang auf und ab, dann ließ er sich neben Bremen nieder; die Enttäuschung stand ihm deutlich ins Gesicht geschrieben. Er hüllte sich in Schweigen und setzte seine finsterste Miene auf.

Bremen seufzte still in sich hinein. Kinson war jetzt schon lange bei ihm. Bremen hatte ihn aus einer Reihe von Kandidaten ausgewählt, um zusammen mit ihm die Wahrheit über den Dämonenlord zu finden. Und diese Entscheidung war richtig gewesen. Kinson war der beste Fährtenleser, dem der alte Mann je begegnet war. Er war schlau und mutig. Niemals war er unvorsichtig, immer war er vernünftig. Sie waren einander sehr nahegekommen, so daß Kinson dem Druiden beinahe wie ein Sohn vorkam. Ganz sicher war er sein bester Freund.

Nur das, was Bremen sich von ihm wünschte, konnte er nicht sein. Er konnte nicht sein Nachfolger werden. Bremen war alt, und sein Leben neigte sich dem Ende entgegen, auch wenn er es vor denen, die es vermuteten, sehr gut verbergen konnte. Wenn er eines Tages nicht mehr sein würde, gäbe es niemanden, der seine Arbeit fortführen könnte. Niemand würde sich dem für die Evolution der Rassen so notwendigen Studium der Magie widmen; niemand würde die aufsässigen Druiden von Paranor dazu bringen, ihr Verhältnis zu den Vier Ländern zu überdenken, und niemand würde sich dem Dämonenlord entgegenstellen. Einst hatte Bremen gehofft, daß Kinson Ravenlock dieser Mann sein könnte. Es bestand auch immer noch eine gewisse Möglichkeit, aber es sah nicht danach aus. Kinson fehlte die notwendige Geduld. Er verschmähte jede Art von Diplomatie. Er hatte keine Zeit für Leute, die jene Wahrheiten nicht begreifen konnten, die für ihn so offensichtlich waren. Erfahrung war der einzige Lehrer, den er jemals akzeptiert hatte. Er war ein Bilderstürmer, ein gewohnheitsmäßiger Einzelgänger. Keine von diesen Eigenschaften würde ihm als Druide helfen, und es schien unmöglich, daß er jemals anders sein könnte, als er nun einmal war.

Bremen blickte zu seinem Freund hinüber, und plötzlich fühlte er sich unbehaglich bei seiner Erkenntnis. Es war nicht recht, so über Kinson zu urteilen. Es genügte, daß der Grenzländer ihrer Sache so ergeben war, und daß er an Bremens Seite bleiben würde, auch wenn es sein Leben kosten sollte. Als Freund und Verbündeten konnte der Druide sich keinen besseren wünschen, und es war nicht richtig, mehr zu erwarten.

Wenn er nur nicht so verzweifelt nach einem Nachfolger suchen würde! Er war alt, und die Zeit lief viel zu schnell davon.

Er wandte den Blick von Kinson ab und schaute zu den in einiger Entfernung stehenden Bäumen, als könnte er an ihnen die Zeit ablesen, die ihm noch blieb.

Es war weit nach Mittag, als Caerid Lock endlich wieder erschien. Er trat aus den Schatten am Eingang und ging, ohne einen Blick auf die Wachen oder Kinson zu werfen, geradewegs auf Bremen zu. Der Druide stand auf, um ihn zu begrüßen; seine Gelenke und Muskeln schmerzten.

»Athabasca wird mit dir sprechen«, sagte der Befehlshaber der Garde mit düsterer Miene.

Bremen nickte. »Es muß ein hartes Stück Arbeit gewesen sein, ihn davon zu überzeugen. Ich stehe in deiner Schuld, Caerid.«

Der Elf gab sich ungerührt. »Ich wäre mir da nicht so sicher. Ich glaube, Athabasca hat seine eigenen Gründe, diesem Treffen zuzustimmen.« Er wandte sich an Kinson. »Es tut mir leid, aber für Euch konnte ich keine Genehmigung erreichen.«

Kinson zuckte die Achseln. »Es wird mir hier draußen bessergehen.«

»Vermutlich«, stimmte ihm der andere zu. »Ich werde Euch Essen und frisches Wasser herausbringen lassen. Bremen, bist du soweit?«

Der Druide schaute Kinson an und lächelte schwach. »Ich komme so bald wie möglich wieder zurück.«

»Viel Glück«, wünschte ihm sein Freund leise.

Sie gingen durch ein Labyrinth kühler, leerer, unterirdisch liegender Korridore, von deren dicken Mauern das Echo ihrer Schritte widerhallte. Sie begegneten niemandem. Paranor wirkte verlassen, doch Bremen wußte, daß dem nicht so war. Mehrere Male glaubte er, irgendwo in der Ferne das Flüstern einer Unterhaltung oder die Spur einer Bewegung vernommen zu haben, aber er war sich niemals ganz sicher. Caerid führte ihn durch abgelegene Flure, die selten benutzt wurden, die nur für private Besuche existierten. Das war verständlich. Athabasca wollte vor den anderen Druiden verbergen, daß er in dieses Treffen eingewilligt hatte, solange er dessen Nutzen noch nicht abschätzen konnte. Bremen würde eine private Audienz erhalten; eine kurze Gelegenheit, seinen Fall darzulegen, und dann würde der hohe Druide ihn entweder ohne viel Aufhebens fortschicken oder auffordern, vor dem Rat zu sprechen. Wie auch immer, er würde die Entscheidung schnell fällen.

Sie begannen, eine Reihe von Treppen zu den oberen Räumen der Festung emporzusteigen. Athabascas Amtsräume lagen mitten im Turm, und es war zu erwarten, daß er Bremen dort empfangen würde. Während sie so dahinschritten, bedachte der alte Mann Caerid Locks Worte. Athabasca hatte also seine eigenen Gründe für dieses Treffen, und sie würden nicht unbedingt sofort offensichtlich werden. Der Hohe Druide war vor allem Politiker und Organisator. Mit diesen Begriffen wollte Bremen ihn nicht beleidigen, sondern nur die Art seines Denkens beschreiben. Athabascas Hauptaugenmerk galt der Verbindung von Ursache und Wirkung – das heißt der Frage, wie sich etwas, das geschah, auf etwas anderes auswirken würde. Er war kompetent, aber auch berechnend. Bremen würde in der Wahl seiner Worte sehr vorsichtig sein müssen.

Sie waren fast an der Abzweigung zu einem anderen Gang angekommen, als plötzlich eine in einen schwarzen Umhang gehüllte Gestalt aus dem Schatten trat und sich ihnen in den Weg stellte. Caerid Lock griff instinktiv nach seinem kurzen Schwert, aber der andere hatte bereits die Arme des Elfen gepackt und ihn an die Wand gedrückt. Mühelos hob die Gestalt Caerid vom Boden und stellte ihn wie ein unbedeutendes Hindernis an der Seite ab.

»Schon gut, Caerid Lock«, beruhigte ihn eine rauhe Stimme. »Kein Grund, zwischen Freunden die Waffen zu erheben. Ich will nur kurz mit deinem Schützling reden, und schon bin ich wieder fort.«

»Risca!« Bremen war überrascht. »Tut das gut, dich zu sehen, alter Freund!«

»Ich wäre dir dankbar, wenn du deine Hände von mir nehmen könntest, Risca«, fauchte Caerid gereizt. »Ich hätte nicht nach der Waffe gegriffen, wenn du nicht so unvermutet auf mich zugesprungen wärst!«

»Entschuldigung, bester Caerid«, säuselte der andere. Er zog seine Hände zurück und hob sie beschwichtigend. Dann sah er Bremen an. »Willkommen zu Hause, Bremen von Paranor.«

Risca trat jetzt ins Licht und umarmte den alten Mann. Er war ein bärtiger Zwerg mit gewaltigen Schultern und einem gedrungenen Körper, stämmig und breit und muskulös. Risca war wie ein tiefverwurzelter Baumstamm, den nichts umwerfen konnte, abgehärtet vom Wetter und den Jahreszeiten und unberührt vom Alter. Er war Druide *und* Krieger, der letzte seiner Art, geübt im Umgang mit Waffen und der Kriegskunst und eifriger Student der Überlieferungen über die großen Kämpfe. Bremen hatte ihn bis zu seiner Verbannung zuvor persönlich unterrichtet. Trotz allem, was geschehen war, war Risca stets sein Freund geblieben.

»Nicht mehr von Paranor, Risca«, wandte der alte Mann nun ein. »Aber ich habe trotzdem das Gefühl, als wäre ich nach Hause gekommen. Wie geht es dir?«

»Gut. Aber ich langweile mich. Hinter diesen Mauern gibt es nur wenig Verwendung für meine Fähigkeiten. Wenige der neuen Druiden haben Interesse an der Kriegskunst. Ich trainiere hart mit der Garde. Caerid fordert mich täglich heraus.«

Der Elf grunzte. »Du verspeist mich jeden Tag zum Frühstück, meinst du. Was machst du hier? Wie hast du uns gefunden?«

Risca ließ Bremen los und machte ein geheimnisvolles Gesicht. »Diese Wände haben Ohren für jene, die zu hören wissen.«

Wider Willen mußte Caerid lachen. »Spionieren – noch so eine hochgeehrte Fähigkeit aus dem Arsenal der Kriegskünste?«

Bremen lächelte den Zwerg an. »Du weißt, weshalb ich gekommen bin?«

»Ich weiß, daß du zu Athabasca willst. Aber zuerst möchte ich mit dir reden. Nein, Caerid, du kannst bleiben. Ich habe keine Geheimnisse, die ich vor dir nicht enthüllen könnte.« Der Zwerg wurde ernst. »Es kann nur einen Grund für deine Rückkehr geben, Bremen. Und es werden keine angenehmen Neuigkeiten sein. Daran ist nichts zu ändern. Aber du wirst Verbündete brauchen, und ich bin einer. Zähle darauf, daß ich als deine Stimme auftreten werde, wenn es nötig ist. Ich habe aufgrund meines Alters eine Position im Rat, wie sie dir nur wenige der anderen, die dich unterstützen, bieten können. Du solltest wissen, daß die meisten hier deine Rückkehr nicht begrüßen.«

»Ich hoffe, Athabasca davon überzeugen zu können, daß die Situation es erfordert, die Streitigkeiten beiseite zu legen.« Bremen runzelte nachdenklich die Stirn. »Es kann doch nicht so schwer sein, das zu akzeptieren.«

Risca schüttelte den Kopf. »Das kann es und das wird es auch. Sei stark, Bremen. Gib nicht nach. Für ihn bist du in erster Linie eine Herausforderung seiner Autorität. Nichts, was du sagst oder tust, kann das ändern. Angst ist eine Waffe, die dir mehr dient als die Vernunft. Mach ihm die Gefahr deutlich, in der wir uns alle befinden.« Er sah Caerid an. »Würdest du etwas anderes raten?«

Der Elf zögerte, dann schüttelte er den Kopf. »Nein.«

Risca schüttelte Bremen die Hand. »Wir können später weiterreden.«

Schon war er in den Schatten verschwunden. Wider Willen mußte Bremen lächeln. Stark an Körper und Geist, in Waffen und im Glauben, unnachgiebig in allen Dingen – so war Risca. Er würde sich niemals ändern.

Caerid und der alte Mann setzten ihren Weg fort; sie schlängelten sich durch spärlich beleuchtete Korridore und über Treppen und wanden sich immer tiefer in die Festung hinein, bis sie schließlich am Ende einer Treppenflucht auf einen Absatz stießen, von dem eine kleine, schmale, eisenbeschlagene Tür abging. Bremen hatte diese Tür in den Jahren, die er auf Paranor verbracht hatte, mehr als nur einmal gesehen. Es war der Hintereingang zu den Räumen des Hohen Druiden. Dahinter würde Athabasca auf ihn warten. Der alte Mann holte tief Luft.

Caerid Lock klopfte dreimal an die Tür, hielt inne und klopfte dann noch einmal. »Herein«, donnerte eine vertraute Stimme.

Der Befehlshaber der Garde stieß die schmale Tür auf und trat dann zur Seite. »Ich bin gebeten worden, draußen zu warten«, sagte er leise zu Bremen.

Dieser nickte; er war amüsiert über die ernste Miene des Elfen. »Ich verstehe«, sagte er. »Ich danke dir noch einmal, Caerid.«

Dann bückte er sich ein wenig und betrat durch den niedrigen Eingang das Zimmer.

Er kannte den Raum. Nur der Hohe Druide hatte Zugang zu dieser Kammer, es war der Ort, an den er sich zurückziehen oder unter relativer Geheimhaltung mit anderen treffen konnte. Der Raum war groß und hatte eine hohe Decke sowie hohe Fenster aus Buntglas. Kisten mit Papieren, Tagebüchern, Akten und jeder Menge Büchern standen herum. Massive, eisenbeschlagene Doppeltüren waren in der Mitte der gegenüberliegenden Wand eingelassen. Mitten im Raum stand ein gewaltiger Tisch, der für dieses Treffen geräumt worden war. Die polierte Holzoberfläche glänzte im Kerzenlicht.

Athabasca stand wartend hinter dem Tisch. Er war ein großer, schwergewichtiger und gebieterischer Mann mit wallendem weißem Haarschopf und kalten blauen Augen. Er trug den dunkelblauen Umhang des Hohen Druiden, in der Taille mit einem Gürtel zusammengebunden und frei von jeglichen Insignien. Statt dessen hatte Athabasca den Eilt Druin um den Nacken, ein Medaillon, das seit den Tagen Galaphiles das Amt des Hohen Druiden symbolisierte. Der Eilt Druin bestand aus Gold, das mit härtenden Metallen legiert war; Silberschmuck verzierte es zusätzlich. Er hatte die Form einer Hand, die eine brennende Fackel hochhielt. Hand und Fackel waren von Beginn an das Symbol der Druiden gewesen. Dem Medaillon wurden magische Kräfte nachgesagt, auch wenn noch niemand Zeuge dieser Magie geworden war. Die Worte »Eilt Druin« waren elfisch und meinten so etwas wie »Durch Wissen zur Macht«.

Ein Motto, das den Druiden einmal etwas bedeutet hatte. Eine weitere Ironie des Lebens, dachte Bremen müde.

»Ich bin erfreut, dich zu sehen, Bremen«, begrüßte Athabasca ihn mit tiefer Stimme. Es war der traditionelle Gruß, aber so, wie der Hohe Druide ihn vortrug, wirkte er hohl und gezwungen.

»Ich bin erfreut, dich zu sehen, Athabasca«, erwiderte Bremen. »Ich danke dir, daß du dich bereit erklärt hast, mich zu empfangen.«

»Caerid Lock war sehr überzeugend. Außerdem weisen wir jene, die einmal unsere Brüder gewesen sind, nicht von unseren Mauern zurück.«

Bremen trat an den Tisch. Er fühlte sich durch mehr als nur die breite polierte Fläche von Athabasca getrennt. Wieder wunderte er sich, wie dieser Mann es fertigbrachte, daß andere sich in seiner Gegenwart wie kleine Jungen fühlten. Obwohl Bremen ein paar Jahre älter als Athabasca war, kam es ihm unwillkürlich so vor, als stünde er neben einem Älteren.

»Was möchtest du mir sagen, Bremen?« fragte Athabasca.

»Daß die Vier Länder in großer Gefahr sind«, antwortete Bremen. »Daß die Trolle sich einer Macht unterstellt haben, die die bloße Kraft Sterblicher weit übersteigt – einer Macht, die an ein gewisses Wesen gebunden ist. Daß die anderen Rassen ebenfalls fallen werden, wenn wir nicht einschreiten, um sie zu schützen. Daß sogar die Druiden in großer Gefahr sind.«

Athabasca spielte abwesend mit dem Eilt Druin auf seiner Brust. »Welche Gestalt hat diese Bedrohung? Hat sie mit Magie zu tun?«

Bremen nickte. »Die Gerüchte sind wahr, Athabasca. Der Dämonenlord existiert tatsächlich. Mehr noch, er ist die Wiedergeburt des rebellischen Druiden Brona, den man schon seit mehr als dreihundert Jahren verschwunden und vernichtet wähnt. Er hat überlebt, hat sich durch Druidenschlaf und die Zerstörung seiner Seele am Leben gehalten. Schon lange besitzt er keine Gestalt mehr, sondern ist nur noch Geist. Dennoch lebt er und ist die Quelle der Gefahr, die uns droht.«

»Hast du ihn gesehen? Hast du ihn auf deinen Reisen ausfindig gemacht?«

»Ja, das habe ich.«

»Wie ist dir das gelungen? Hat er dir Zutritt gewährt? Sicherlich konntest du nicht einfach zu ihm gehen.«

»Einen Teil meiner Reise hüllte ich mich in Unsichtbarkeit. Dann tarnte ich mich mit der finsteren Ausstrahlung seines eigenen Bösen, einer Verkleidung, die nicht einmal der Dämonenlord zu durchschauen vermochte.«

»Du warst eine Zeitlang eins mit ihm?« Athabasca hatte die Hände hinter dem Rücken verschränkt. Sein Blick war fest und aufmerksam.

»Für einen gewissen Zeitraum wurde ich zu dem, was er ist. Es war notwendig, dicht genug heranzukommen, um meinen Verdacht zu überprüfen.«

»Und wenn du durch dieses Einssein mit ihm jetzt selbst verseucht bist, Bremen? Wenn du durch den Gebrauch der Magie deinen inneren Halt, dein Gleichgewicht verloren hast? Wie kannst du sicher sein, daß das, was du gesehen hast, keine Einbildung ist? Wie kannst du wissen, daß die Entdeckung, die du uns bringst, kein Trugbild ist?«

Bremen mußte sich zwingen, ruhig zu bleiben. »Ich würde es wissen, wenn die Magie mich verseucht hätte, Athabasca. Ich habe Jahre meines Lebens damit zugebracht, sie zu studieren. Ich kenne sie besser als irgend jemand sonst.«

Athabasca lächelte kühl. »Darum geht es doch. Wie gut kann überhaupt einer von uns die Macht der Magie einschätzen? Du hast mit dem Rat gebrochen, um an dir selbst die Studien vorzunehmen, vor denen wir dich gewarnt hatten. Du bist demselben Weg gefolgt, dem schon einmal ein anderer folgte – das Wesen, das du zu jagen vorgibst. Es hat ihn verseucht, Bremen. Wie kannst du so sicher sein, daß es dich nicht auch verseucht hat? Oh, ich bezweifle nicht, daß du sicher bist, dieser Macht gegenüber gefeit zu sein. Aber das war auch bei Brona und seinen Anhängern so. Magie ist eine heimtückische Kraft, eine Macht, die unser Begriffsvermögen übersteigt und auf die wir uns nicht verlassen können. Wir haben schon häufig nach ihr getrachtet und sind betrogen worden. Immer noch trachten wir danach, aber wir sind vorsichtiger geworden, als wir es einst waren – vorsichtiger, weil wir aus dem Unglück Bronas und der anderen gelernt haben. Wir wissen jetzt, was geschehen kann. Und trotzdem, wie vorsichtig bist du gewesen, Bremen? Die Magie, soviel wissen wir, verseucht alle, die sie benutzen, in der einen oder anderen Weise, und am Ende *zerstört* sie den, der sie benutzt.«

Bremen versuchte, ruhig zu klingen, als er zur Antwort ansetzte. »Es gibt keine genauen Aussagen über die Folgen ihres Gebrauchs, Athabasca. Verderbnis kann sich schleichend entwickeln und in unterschiedlichen Formen zeigen; das hängt davon ab, *wie* man die Magie benutzt. Aber dies war auch bei den alten Wissenschaften so. Jeder Gebrauch von Macht verdirbt. Das bedeutet aber nicht, daß sie nicht für einen höheren Zweck eingesetzt werden kann. Ich weiß, daß du meine Arbeit nicht schätzt, aber sie hat einen Wert. Ich nehme die Macht der Magie nicht auf die leichte Schulter. Aber ich verachte auch ihre Möglichkeiten nicht.«

Athabasca schüttelte den Kopf. »Ich glaube, du hast nicht genügend Distanz zu diesem Thema, um es objektiv beurteilen zu können. Aus diesem Grund hast du uns ja auch verlassen müssen.«

»Vielleicht«, gab Bremen zu. »Aber das ist jetzt nicht wichtig. Wichtig ist nur, daß wir bedroht sind. Die Druiden, Athabasca. Brona erinnert sich sicherlich noch daran, was im Ersten Krieg der Rassen zu seinem Sturz geführt hat. Wenn er beabsichtigt, die Vier Länder erneut zu erobern, und es sieht ganz danach aus, wird er zuerst versuchen, das zu zerstören, was ihn am meisten bedroht. Die Druiden. Den Rat. Paranor.«

Athabasca schaute ihn einen Moment ernst an, dann ging er zu einem der Fenster und sah nach draußen. Bremen wartete einen Moment. »Ich möchte dich bitten, mich vor dem Rat sprechen zu lassen«, sagte er dann. »Gib mir die Chance, den anderen zu erzählen, was ich gesehen habe. Laß sie selbst über den Wert meiner Argumente entscheiden.«

Der Hohe Druide drehte sich wieder um; er reckte sein Kinn leicht in die Höhe, so daß es aussah, als würde er auf Bremen hinabsehen. »Wir sind eine Gemeinschaft innerhalb dieser Mauern, Bremen. Wir sind eine Familie. Wir leben miteinander, als wären wir Brüder und Schwestern, verbunden in dem einen Ziel unserer Handlungen – uns Wissen anzueignen über unsere Welt und darüber, wie sie funktioniert. Wir schätzen kein Mitglied unserer Gemeinschaft höher als ein anderes, wir behandeln alle gleich. Das ist etwas, das du niemals akzeptieren konntest.«

Bremen wollte protestieren, aber Athabasca brachte ihn mit erhobener Hand zum Schweigen. »Du hast uns aus freien Stücken verlassen. Du hast dich entschieden, deine Familie und deine Arbeit für persönliche Ziele aufzugeben. Deine Studien konntest du nicht mit uns teilen, denn sie überschritten die Grenzen, die wir errichtet hatten. Das Wohl eines einzelnen darf niemals das Wohl der Allgemeinheit ersetzen. Familien brauchen eine Ordnung. Jedes Familienmitglied muß die anderen achten. Als du uns verlassen hast, hast du die Wünsche des Rates bezüglich deiner Studien mißachtet. Du glaubtest es besser zu wissen als wir. Du hast deinen Platz in der Gemeinschaft aufgegeben.«

Er warf Bremen einen kalten Blick zu. »Und jetzt möchtest du zu uns zurückkommen und unser Anführer sein. Oh, bemühe dich nicht, es zu leugnen, Bremen! Was sonst solltest du sein, wenn nicht genau das? Du triffst mit Wissen hier ein, von dem du behauptest, daß nur du darüber verfügst, mit Studien der Macht, die nur dir bekannt sind, und mit einem Plan für die Rettung der Rassen, den nur du ausführen kannst. Der Dämonenlord existiert wirklich. Der Dämonenlord ist Brona. Der rebellische Druide hat die Magie rücksichtslos seinen Zwecken untergeordnet und sich die Trolle untertan gemacht. Sie alle werden gegen die Vier Länder marschieren. Du bist unsere einzige Hoffnung. Du mußt erklären, was wir tun sollen und uns dann anführen, wenn wir uns aufmachen, dieses Zerrbild deiner Vorstellung aufzuhalten. Du, der du uns so lange vergessen hast, mußt jetzt unser Leiter werden.«

Bremen schüttelte den Kopf. Er wußte bereits, wie alles enden würde, aber er unternahm trotzdem noch einen Vorstoß. »Ich würde niemanden anführen. Ich würde vor der Gefahr warnen, die ich entdeckt habe, und nichts weiter. Was danach geschieht, muß von dir entschieden werden, von dir als Hoher Druide, und vom Rat. Ich will nicht wieder Mitglied des Rates werden. Ich möchte nur, daß man mich anhört, und dann mache ich mich wieder auf den Weg.«

Athabasca lächelte. »Du hast immer noch denselben starken Glauben an dich selbst. Ich bin beeindruckt. Ich bewundere dich wegen deiner Entschlossenheit, Bremen, aber ich halte dich für fehlgeleitet und betrogen. Dennoch bin ich nur eine einzelne Stimme und habe nicht das Recht, in dieser Angelegenheit allein eine Entscheidung zu fällen. Warte hier, mit dem Befehlshaber der Garde. Ich werde den Rat zusammenrufen und ihn bitten, über dein Ersuchen abzustimmen. Wird er dich hören wollen? Ich werde es ihm überlassen.«

Er klopfte fest auf den Tisch, und die Hintertür ging auf. Caerid Lock kam herein und salutierte. »Bleib bei unserem Gast«, befahl Athabasca, »bis ich zurückkehre.«

Dann ging er durch die breiten Doppeltüren an der Vorderseite des Zimmers hinaus, ohne sich noch einmal umzusehen.

Athabasca blieb beinahe vier Stunden fort. Bremen saß auf einer Bank vor einem der hohen Fenster und starrte in das diesige Licht des späten Nachmittags hinaus. Er wartete geduldig, wußte, daß er nicht viel mehr tun konnte. Er sprach eine Zeitlang mit Caerid Lock, erfuhr das Neueste über die Arbeit des Rates und entdeckte, daß sich wenig geändert hatte. Es war niederschmetternd, dies zu hören, und Bremen gab bald auf, weiter nachzuforschen. Er dachte darüber nach, was er dem Rat sagen würde und wie die Mitglieder reagieren würden, aber er wußte in seinem Herzen, daß es eine sinnlose Übung war. Er verstand jetzt, warum Athabasca zugestimmt hatte, sich mit ihm zu treffen. Der Hohe Druide hielt es für besser, ihn zu empfangen und anzuhören, als ihn einfach so fortzuschicken; er zog es vor, sich den Anschein zu geben, als würde er eine Anhörung zumindest in Erwägung ziehen. Aber die Entscheidung war bereits gefallen. Man würde Bremen nicht anhören. Er war ein Ausgestoßener, und man würde ihn nicht wieder hineinlassen. Niemals würde es dafür einen Grund geben, egal, wie überzeugend oder zwingend er auch wäre. Nach dem Verständnis Athabascas war Bremen eine Gefahr – und nach dem der anderen ebenfalls, vermutete er. Für sie war er jemand, der mit dem Feuer spielt. Einem solchen Mann durfte man nicht zuhören. Niemals.

Es war traurig. Er war gekommen, um sie zu warnen, aber sie waren außerhalb seiner Reichweite. Er konnte es spüren. Er wartete jetzt nur noch darauf, seine Bestätigung zu erhalten.

Sie kam gegen Ende der vierten Stunde. Athabasca betrat den Raum mit dem brüsken Schritt eines Mannes, der Besseres zu tun hat. »Bremen«, grüßte er und tat ihn gleichzeitig ab. Er beachtete Caerid Lock überhaupt nicht, bat ihn weder zu bleiben noch zu gehen. »Der Rat hat deine Bitte erwogen und abgeschlagen. Wenn du sie noch einmal schriftlich niederlegen möchtest, wird sie einem Komitee zur Beratung vorgelegt.« Er setzte sich an seinen Tisch und begann damit, Papiere zu bearbeiten. Der Eilt Druin glitzerte hell, als er vor seiner Brust hin und her baumelte. »Wir sind entschlossen, uns nicht in die Probleme der Rassen einzumischen, Bremen. Was du verlangst, würde dieses Gesetz brechen. Wir müssen uns aus der Politik und aus den Konflikten zwischen den Rassen heraushalten. Deine Spekulationen sind zu allgemein und entbehren jeder Grundlage. Wir können ihnen keinen Glauben schenken.«

Er blickte auf. »Du kannst dich mit allem versorgen, was du für deine weitere Reise benötigst. Viel Glück. Caerid, bitte begleite unseren Gast zurück zum vorderen Tor.«

Er wandte sich wieder seinen Papieren zu. Bremen starrte ihn wortlos an und war wider besseres Wissen verblüfft darüber, wie abrupt er jetzt entlassen wurde. Als Athabasca fortfuhr, ihn zu ignorieren, erklärte der alte Mann mit ruhiger Stimme: »Du bist ein Narr.«

Dann drehte er sich um und folgte Caerid zurück durch die schmale Tür in den Gang, der sie hergeführt hatte. Hinter sich hörte er die Tür ins Schloß fallen.

Kapitel 3

Caerid Lock und Bremen gingen schweigend die Treppen hinab, ihre Schritte hallten von den Mauern des sich durch den Fels windenden Ganges wider. Das Licht vom Treppenabsatz und die Tür, die zum Zimmer des hohen Druiden führte, waren bald nicht mehr zu sehen. Bremen kämpfte gegen die Bitterkeit an, die er in sich aufsteigen spürte. Er hatte Athabasca einen Narren geschimpft, aber vielleicht war er selbst der wirkliche Narr. Kinson hatte recht gehabt. Es war nur Zeitverschwendung gewesen, nach Paranor zu gehen. Die Druiden waren noch nicht bereit, ihrem ausgestoßenen Bruder zuzuhören. Sie waren nicht interessiert an dem, was sie für seine wilden Phantastereien hielten, für Versuche, sich wieder in ihrer Mitte einzuschmeicheln. Er konnte es geradezu vor sich sehen, wie sie amüsierte, sarkastische Blicke wechselten, als der Hohe Druide sie von seiner Bitte unterrichtete. Er konnte sehen, wie sie voller Groll die Köpfe schüttelten. Seine Arroganz hatte ihn blind gemacht für die Größe des Hindernisses, das er überwinden mußte, um ihr Vertrauen zu gewinnen. Hätte er doch nur zu ihnen sprechen können! Aber nicht einmal das hatten sie ihm zugestanden. Seine Zuversicht hatte ihm einen Streich gespielt. Sein Stolz hatte ihn genarrt. Er hatte die Situation völlig falsch eingeschätzt.

Dennoch, entgegnete er sich selbst in dem Bemühen, wenigstens etwas aus diesem gescheiterten Versuch zu retten, war es richtig gewesen, es überhaupt zu versuchen. Zumindest mußte er jetzt nicht mit der Schuld und dem Schmerz leben, den er vielleicht später empfunden hätte, wenn er nichts unternommen hätte. Außerdem war es ja noch gar nicht klar, worin die Folgen im einzelnen bestehen würden. Vielleicht hatte sein Erscheinen ja doch etwas Gutes bewirkt, kleine Veränderungen in ihrer Haltung oder ihren Handlungen, von denen er erst sehr viel später erfahren würde. Es war falsch, seine Bemühungen so leichthin abzutun. Kinson mochte recht gehabt haben, was das vorläufige Resultat anging, aber niemand von ihnen konnte wissen, ob sein Besuch nicht doch noch etwas bewirken würde.

»Es tut mir leid, daß du nicht die Erlaubnis bekommen hast, vor dem Rat zu sprechen, Bremen«, sagte Caerid ruhig.

Bremen blickte auf und war sich bewußt, wie niedergeschlagen er aussehen mußte. Dies war nicht die Zeit für Selbstmitleid. Er hatte nicht die Möglichkeit erhalten, direkt zu dem Rat zu sprechen, aber er hatte noch anderes zu tun, ehe er für immer aus der Festung gewiesen wurde, und jetzt mußte er sich darum kümmern.

»Caerid, bleibt mir noch Zeit, um Kahle Rese zu besuchen, bevor ich wieder gehe?« fragte er. »Ich brauche nur ein paar Minuten.«

Sie blieben einen Augenblick an der Treppe stehen und sahen sich an, der zerbrechlich aussehende alte Mann und der wettergegerbte Elf. »Er hat gesagt, du sollst dich mit allem versorgen, was du für deine Reise benötigst«, meinte Caerid Lock. »Aber er hat nicht festgelegt, was er darunter versteht. Ich denke, ein kleiner Besuch geht in Ordnung.«

Bremen lächelte. »Ich werde niemals vergessen, was du für mich getan hast, Caerid. Niemals.«

Der Elf winkte ab. »Keine Ursache, Bremen. Komm mit.«

Sie gingen weiter, bis sie zu einer anderen Treppenflucht kamen. Die ganze Zeit über dachte Bremen nach. Er hatte sie gewarnt; ob zum Guten oder zum Schlechten, blieb dahingestellt. Seine Warnung würde von den meisten ignoriert werden, aber jenen, die auf ihn hörten, mußte die Möglichkeit gegeben werden, die Dummheit der anderen zu überleben. Es gab nicht viel, was er gegen die Macht des Dämonenlords tun konnte, aber dennoch mußte er es zumindest versuchen. Er würde mit Kahle Rese beginnen, seinem ältesten und vertrautesten Freund – obwohl ziemlich sicher war, daß seine Bemühungen auch diesmal wieder enttäuscht würden.

Sie erreichten den Gang, der in die Haupthalle führte, nicht weit entfernt von der Bibliothek, in der Kahle seine Tage verbrachte. Bremen wandte sich noch einmal an Caerid.

»Kannst du mir noch einen Gefallen tun?« bat er den Elf. »Würdest du Risca und Tay Trefenwyd herholen, damit ich mit ihnen sprechen kann? Laß sie hier warten, bis ich meinen Besuch bei Kahle beendet habe. Ich werde sie dann später treffen. Ich gebe dir mein Wort darauf, daß ich nicht fortgehen oder die Bedingungen meines Besuches verletzen werde.«

Caerid wandte den Blick ab. »Dein Wort ist nicht nötig, Bremen. Das war es niemals. Geh jetzt zu Kahle. Ich hole die beiden und treffe dich dann wieder hier.«

Er wandte sich um, ging die Treppe wieder hinauf und verschwand im Dunkeln. Bremen dachte daran, wie glücklich er sich schätzen konnte, daß jemand wie Caerid sein Freund war. Er erinnerte sich daran, daß der Elf schon als junger Mann sehr ernsthaft und verläßlich gewesen war. Caerid stammte aus Arborlon und hatte sich früh der Sache der Druiden verschrieben, so daß er länger als ursprünglich vorgesehen bei ihnen geblieben war. Es kam nicht oft vor, daß ein Nicht-Druide sich so für diese Belange interessierte. Er fragte sich, ob Caerid, wenn er sein Leben noch einmal leben könnte, wohl wieder so handeln würde.

Er trat durch die Tür in den dahinterliegenden Gang und wandte sich nach rechts. Die Decke der Halle war gewölbt und wurde von dicken Holzbalken gestützt, die vor Wachs und Politur glänzten. Wandteppiche und Gemälde hingen an den Wänden der Burg, beleuchtet von Kerzenschein. Innerhalb dieser Mauern, wo sich nichts änderte als die Stunden des Tages und die Jahreszeiten, war die Zeit geronnen. Über Paranor, der ältesten und mächtigsten Festung in den Vier Ländern, Wächterin über diejenigen, die sie zu einer Burg des Wissens und Hüterin ihrer kostbarsten Kunstgegenstände und Bücher gemacht hatten, hing eine Aura der Unbeweglichkeit. Die wenigen Fortschritte, dic nach der Verwüstung der Großen Kriege zu verzeichnen gewesen waren, hatten zwar hier ihren Ursprung gehabt, aber jetzt war all dies bedroht, möglicherweise schon bald für immer verloren, und nur Bremen schien sich dessen bewußt zu sein.

Schnell betrat er die Bibliothek. Der Raum war klein für seinen Zweck, aber vollgestopft mit Büchern. Nach der Zerstörung der alten Welt waren nicht mehr viele übriggeblieben, und die meisten waren von den Druiden in den letzten zweihundert Jahren peinlich genau aus den Erinnerungen der wenigen Männer und Frauen, die sich noch erinnern konnten, rekonstruiert und mit der Hand niedergeschrieben worden. Beinahe alle diese Bücher befanden sich nun in diesem und dem daran angrenzenden Raum, und Kahle Rese war der Druide, der für ihre Sicherheit verantwortlich war. Alle Bücher besaßen ihren eigenen Wert, aber keines war wertvoller als die Historie der Druiden – das Buch, das vom Rat selbst handelte. Es war eine Chronik der Bemühungen des Rats, das verlorene Wissen der Wissenschaften und der Magie aus den Jahrhunderten vor den Großen Kriegen wiederherzustellen, die Geheimnisse der Macht zu entschlüsseln, der die alte Welt ihre größten Fortschritte zu verdanken hatte, und alle Möglichkeiten aufzulisten, die, wie entfernt auch immer, Formeln und Vorrichtungen, Talismane und Zauberei, logisches Denken und Schlußfolgern betrafen und eines Tages vielleicht sogar Verständnis finden würden.

Die Historie der Druiden. Diese Bücher bedeuteten Bremen am meisten. Diese Bücher waren es, die er retten wollte.

Kahle Rese stand auf der Leiter und beschäftigte sich mit einer abgewetzten und schäbigen Sammlung in Leder gebundener Bände. Er wandte sich um und schreckte zusammen, als er sah, wer eingetreten war. Kahle Rese war ein kleiner, drahtiger Mann, vom Alter gebeugt, aber immer noch wendig genug, um auf die Leiter zu steigen. Staub haftete an seinen Händen, und die Ärmel seines Umhangs hatte er hochgerollt und festgebunden. Nun lächelte er, seine blauen Augen blitzten inmitten einer Unmenge von Lachfältchen. Schnell stieg er die Leiter hinunter, ging auf Bremen zu und drückte ihm fest die Hand.

»Alter Freund«, grüßte er. Sein schmales Gesicht hatte etwas Vogelähnliches – scharfe Augen, einen Höcker auf der Nase, eine dünne Linie als Mund und einen fadendünnen Bart am spitzen Kinn.

»Es tut gut, dich zu sehen, Kahle«, sagte Bremen zu ihm. »Ich habe dich vermißt. Unsere Unterhaltungen, unsere Bemühungen, die Rätsel der Welt zu lösen, das Philosophieren über das Leben. Sogar unsere armseligen Versuche, witzig zu sein. Du erinnerst dich doch?«

»Das tue ich, Bremen, o ja.« Der andere lachte. »Und jetzt bist du also wieder hier.«

»Nur für den Augenblick, fürchte ich. Hast du nicht davon gehört?«

Kahle nickte. Sein Lächeln verflog. »Du bist gekommen, um uns vor dem Dämonenlord zu warnen. Athabasca warnte uns, an deiner Stelle. Du hast gebeten, vor dem Rat sprechen zu dürfen. Athabasca sprach zu uns, an deiner Stelle. Er hat viel auf sich genommen, nicht wahr? Aber er hat seine Gründe, wie wir beide wissen. Wie auch immer, der Rat stimmte gegen dich. Ein paar haben sich stürmisch für dich eingesetzt. Risca zum Beispiel. Tay Trefenwyd. Noch ein oder zwei weitere.« Er schüttelte den Kopf. »Ich muß gestehen, daß ich geschwiegen habe.«

»Weil es nicht gut für dich gewesen wäre, wenn du etwas gesagt hättest?« kam Bremen ihm zu Hilfe.

Aber Kahle schüttelte den Kopf. »Nein, Bremen. Weil ich zu alt und zu müde dazu bin. Ich fühle mich sehr wohl hier zwischen meinen Büchern und möchte einfach nur in Ruhe gelassen werden.« Er blinzelte und sah Bremen mißtrauisch an. »Glaubst du an das, was du über den Dämonenlord gesagt hast? Ist er wirklich der Druidenrebell Brona?«

Bremen nickte. »Er ist tatsächlich eine große Gefahr für Paranor und den Rat. Irgendwann wird er hierherkommen, Kahle. Und wenn er es tut, wird er alles zerstören.«

»Vielleicht«, gab Kahle mit einem Achselzucken zu. »Aber vielleicht auch nicht. Die Dinge entwickeln sich nicht immer so, wie wir es erwarten. Darin waren wir beide uns immer einig, Bremen.«

»Aber diesmal ist die Chance, daß es sich anders entwickelt, als ich vorausgesagt habe, sehr gering. Die Druiden verbringen zuviel Zeit hinter ihren Mauern. Sie haben nicht die nötige Objektivität, um zu sehen, was außerhalb von Paranor vorgeht. Ihr Blickwinkel ist begrenzt.«

Kahle lächelte. »Wir haben unsere Augen und Ohren, und wir erfahren mehr, als du vermuten würdest. Unser Problem ist nicht Ignoranz, sondern Selbstgefälligkeit. Wir sind zu schnell dabei, das Leben allein in jener Form zu akzeptieren, die wir kennen, und verwenden nicht genug Zeit darauf, uns andere Möglichkeiten vorzustellen. Wir glauben, daß die Ereignisse so verlaufen müssen, wie wir sie diktieren, und daß keine andere Stimme Bedeutung hat als unsere eigene.«

Bremen legte seine Hand auf die knochige Schulter des kleinen Mannes. »Du warst immer derjenige von uns, dessen Denken am meisten von Logik geprägt war. Könntest du dir vorstellen, mich auf eine kleine Reise zu begleiten?«

»Du versuchst, mich vor dem zu retten, was du für mein Schicksal hältst, nicht wahr?« Der andere Mann lachte. »Dazu ist es zu spät, Bremen. Mein Schicksal ist unwiderruflich an diese Mauern gebunden, an diese wenigen Bücher, die mir anvertraut sind. Ich bin zu alt und festgefahren, um mein Lebenswerk aufzugeben. Das ist alles, was ich weiß. Ich bin genau wie jene, die ich dir eben beschrieben habe, alter Freund – engstirnig und zum Scheitern verurteilt. Was mit Paranor geschieht, geschieht auch mit mir.«

Bremen nickte. Er hatte sich gedacht, daß Kahle Rese so reagieren würde, aber er hatte ihn fragen müssen. »Ich wünschte, du würdest es dir noch anders überlegen. Es gibt andere Mauern, hinter denen du leben, und andere Bibliotheken, die du leiten könntest.«

»Ach ja?« fragte Kahle und zog eine Augenbraue hoch. »Nun, sie werden auf andere Hände warten müssen. Ich gehöre hierher.«

Bremen seufzte. »Dann hilf mir auf eine andere Weise, Kahle. Ich bete darum, daß ich die Gefahr falsch einschätze. Ich bete darum, daß ich in meinem Glauben daran, was geschehen wird, unrecht habe. Aber wenn nicht, wenn der Dämonenlord wirklich nach Paranor kommt und die Mauern ihn nicht aufhalten können, dann muß jemand die Historie der Druiden retten.« Er hielt inne und sah sich um. »Liegt sie noch immer abseits im Nebenzimmer – hinter dem Bücherschrank?«

»Immer und ewig«, erklärte Kahle.

Bremen griff in seinen Umhang und holte einen kleinen Lederbeutel heraus. »Dies ist magischer Staub«, erklärte er seinem Freund. »Wenn der Dämonenlord in die Festung gelangen sollte, dann verteile den Staub auf der Historie der Druiden. Der Staub wird die Bücher verbergen und schützen.«

Er reichte Kahle den Beutel, und der Bibliothekar wog ihn nachdenklich in der Hand. »Elfenmagie?« fragte er, und Bremen nickte. »Eine Art von Feenstaub, schätze ich. Zauberei aus der alten Welt.« Kahle grinste verschmitzt. »Weißt du, was passiert, wenn Athabasca dies in meinem Besitz findet?«

»Ich weiß es«, erwiderte Bremen ernst. »Aber er wird es nicht finden, nicht wahr?«

Kahle betrachtete den Lederbeutel noch einen Augenblick lang gedankenverloren, dann verbarg er ihn in seinem Umhang. »Nein«, erklärte er, »das wird er nicht.« Er runzelte die Stirn. »Aber egal, was geschehen wird, ich kann dir nicht sicher versprechen, daß ich ihn auch benutzen werde. In dieser Hinsicht bin ich wie Athabasca, Bremen. Ich wehre mich dagegen, bei meiner Arbeit Magie zu benutzen. Ich mißbillige Magie als Mittel, zu welchem Zweck auch immer. Das weißt du. Das habe ich bereits früher deutlich genug gemacht, nicht wahr?«

»Ja.«

»Und dennoch bittest du mich, es zu tun?«

»Es bleibt mir keine andere Wahl. An wen sonst kann ich mich wenden? Wem sonst kann ich vertrauen? Ich überlasse es deinem Urteilsvermögen, Kahle. Benutze den Staub nur, wenn das Leben aller bedroht ist und niemand mehr da ist, der sich um die Bücher kümmern könnte. Laß sie nicht in die Hände derer fallen, die das Wissen mißbrauchen werden. Das wäre schlimmer als alle Folgen, die sich aus dem Gebrauch der Magie ergeben könnten.«

Kahle sah ihn ernst an, dann nickte er. »In der Tat. Also gut. Ich werde den Staub bei mir tragen und ihn benutzen, wenn das Schlimmste eintritt. Aber nur dann.«

Schweigend sahen sie einander an. Sie hatten alles gesagt, was zu sagen war.

»Du solltest noch einmal darüber nachdenken, ob du nicht doch mit mir kommen willst«, versuchte Bremen es ein letztes Mal.

Kahle lächelte, verzog spöttisch die dünnen Lippen. »Du hast mich schon einmal darum gebeten, damals, als du dich entschieden hast, Paranor zu verlassen und deine Studien der Magie anderswo fortzuführen. Ich habe dir schon damals gesagt, daß ich Paranor niemals verlassen würde, daß ich hierher gehöre. Daran hat sich nichts geändert.«

Bremen spürte eine bittere Hilflosigkeit, und er lächelte schnell, um diese Empfindung nicht offensichtlich werden zu lassen. »Also dann auf Wiedersehen, Kahle Rese, mein ältester und bester Freund. Paß auf dich auf.«

Der kleine Mann umarmte ihn fest. »Auf Wiedersehen, Bremen.« Seine Stimme war beinahe ein Flüstern. »Dieses Mal hoffe ich, daß du dich täuschst.«

Bremen nickte. Dann drehte er sich um und verließ die Bibliothek, ohne einen Blick zurückzuwerfen. Wie sehr er sich auch wünschen mochte, daß die Situation eine andere wäre, er wußte, wie fruchtlos dieser Wunsch war. Schnell ging er zu der Hintertreppe, auf der er hergekommen war. Er bemerkte, daß er die Wandteppiche und Leuchter anstarrte, als hätte er sie niemals zuvor gesehen – oder als sollte er sie niemals wiedersehen. Er spürte, wie ein Teil seines Wesens sich ablöste und davonglitt, genau wie damals, als er Paranor zum ersten Mal verlassen hatte. Er gestand es sich nicht gerne ein, aber dies hier war immer noch sein Zuhause, mehr als irgendein anderer Ort, und wie immer bei einem Zuhause erhob auch Paranor in einer Art und Weise Anspruch auf ihn, die sich nicht beurteilen oder messen ließ.

Er trat durch die Tür auf den dunklen Treppenabsatz und fand sich dort Risca und Tay Trefenwyd gegenüber.

Tay ging sofort auf ihn zu und umarmte ihn. »Willkommen zu Hause, Druide«, sagte er und gab dem alten Mann einen freundschaftlichen Klaps auf die Schulter.

Tay war ein ungewöhnlich großer Elf, schlaksig und unbeholfen, als müßte er unaufhörlich damit rechnen, über seine eigenen Füße zu stolpern. Sein Gesicht trug deutliche Elfenzüge, aber der Kopf schien eher aus Versehen auf seinen Körper aufgepfropft worden zu sein. Er war noch jung, selbst nach fünfzehn Jahren Dienst auf Paranor, und sein Gesicht war weich und glatt rasiert. Er hatte blondes Haar und blaue Augen und hielt stets für jeden ein Lächeln bereit.

»Du siehst gut aus, Tay«, erwiderte der alte Mann und lächelte ebenfalls. »Das Leben auf Paranor scheint dir zu bekommen.«

»Es bekommt mir noch besser, dich zu sehen«, erklärte der andere. »Wann wollen wir aufbrechen?«

»Aufbrechen?«

»Bremen, spiel nicht den Unwissenden. Aufbrechen, um mit dir zu gehen, wohin du auch immer gehen willst. Risca und ich sind fest entschlossen. Auch, wenn du nicht um ein Treffen mit uns gebeten hättest, wir hätten dich auf jeden Fall auf deinem Weg eingeholt. Wir haben genug von Athabasca und dem Rat.«

»Du warst nicht dabei und konntest ihre Vorstellung nicht sehen«, sagte Risca spöttisch. »Es war die reinste Komödie. Sie behandelten deine Bitte in etwa so, als wären sie eingeladen worden, ein Opfer der Pest zu werden! Es durfte nicht darüber diskutiert werden, und das Thema wurde auch nicht von allen Seiten dargestellt. Athabasca präsentierte dein Gesuch in einer Art und Weise, die nicht den geringsten Zweifel ließ, wie er darüber dachte. Die anderen, allesamt Speichellecker, unterstützten ihn. Tay und ich haben unser Bestes gegeben, um sein intrigantes Vorgehen zu vereiteln, aber sie haben uns niedergeschrien. Ich habe genug von ihrer Politik, von ihrer Kurzsichtigkeit. Wenn du sagst, es gibt den Dämonenlord wirklich, dann gibt es ihn auch. Wenn du sagst, er wird nach Paranor kommen, dann wird er auch kommen. Aber ich werde nicht hier sein, um ihn zu begrüßen. Lassen wir das die anderen an meiner Stelle tun. Bei allen Schatten, wie können sie nur so dumm sein?«

Risca schien nur noch aus Muskeln und Eifer zu bestehen, und Bremen mußte wider Willen lächeln. »Ihr beide habt also an meiner Stelle Rede und Antwort gestanden?«

»Wir waren nicht mehr als ein Flüstern in einem Sturm«, lachte Tay. »Risca hat recht. Auf Paranor regiert die Politik – seit Athabasca Hoher Druide geworden ist. Du hättest dieses Amt erhalten sollen, Bremen, nicht er.«

»Genau, du hättest es wirklich schaffen können, wenn du es gewollt hättest«, stellte Risca erregt klar. »Du hättest darauf bestehen sollen.«

»Nein«, sagte Bremen. »Ich war für dieses Amt nicht geeignet, meine Freunde. Ich bin für Organisation und Verwaltung nicht geschaffen. Es ist meine Aufgabe, das Verlorengegangene zu suchen und wiederzubeschaffen, und vom hohen Turm aus könnte ich das nicht tun. Athabasca war die bessere Wahl.«

»Unsinn!« schnappte Risca. »Er war niemals eine gute Wahl für irgend etwas. Selbst jetzt lehnt er dich noch ab. Er weiß, daß du an seiner Stelle sein könntest, und das hat er dir niemals vergeben. Auch nicht, daß du es einfach ignoriert hast und weggegangen bist. Deine Freiheit bedroht sein Vertrauen in Ordnung und Gehorsam. Am liebsten würde er uns alle schön ordentlich auf einem Regal aufreihen und nur herunternehmen, wenn es ihm nötig erscheint. Er würde unser Leben diktieren, als wären wir Kinder. Du hast dich seinem Einfluß entzogen, indem du von Paranor fortgegangen bist, und das wird er dir niemals verzeihen.«

Bremen zuckte die Achseln. »Das ist Vergangenheit. Ich bedauere nur, daß er meiner Warnung nicht etwas mehr Aufmerksamkeit geschenkt hat. Ich halte Paranor für ernstlich gefährdet. Der Weg des Dämonenlords führt hierher, Risca, und er wird keinen Bogen um die Festung und die Druiden machen. Er wird sie von seiner Armee zertrampeln lassen.«

»Was sollen wir also tun?« drängte Tay. Er schaute sich um, als befürchtete er Lauscher. »Wir haben unsere Studien der Magie weiterhin vorangetrieben, Bremen. Jeder von uns beiden hat auf seine Weise nach einem bestimmten Regelkodex gearbeitet. Wir wußten, du würdest eines Tages zurückkommen. Wir wußten, daß du uns brauchen würdest.«

Bremen nickte; er war zufrieden. Er hatte sich darauf verlassen, daß gerade diese beiden sich weiter in der Magie üben würden. Sie waren nicht so erfahren wie er, aber durchaus fähig. Risca war ein Meister der Waffen, er beherrschte sowohl die Waffenkunde als auch die Kriegskunst. Tay Trefenwyds Wirkungsbereich waren die Elemente, er beschäftigte sich mit den Kräften, die erschufen und zerstörten, studierte das Gleichgewicht zwischen Erde, Luft, Feuer und Wasser. Beide waren noch Schüler, genau wie er, aber durchaus in der Lage, Magie herbeizurufen, wenn sie zum Schutz und zur Verteidigung gebraucht wurde. Innerhalb der Mauern von Paranor war die Ausübung von Magie verboten, es sei denn, sie fand unter strenger Aufsicht statt, und Zauberei wurde nur im äußersten Notfall angewandt. Wer experimentieren wollte, wurde entmutigt und oftmals bestraft, wenn er sich nicht an die Verbote hielt. Die Druiden lebten im Schatten ihrer eigenen Geschichte und der dunklen Erinnerung an Brona und seine Anhänger. Sie waren durch eigene Schuld und Unentschlossenheit dem Tode geweiht. Sie verstanden nicht, daß ihr Verhalten sie alle in höchste Gefahr brachte.

»Du hattest recht mit deinen Vermutungen«, erklärte Bremen nun. »Ich habe mich darauf verlassen, daß ihr die Magie nicht aufgeben würdet. Und ich möchte, daß ihr mit mir fortgeht. Bei dem, was uns bevorsteht, werde ich eure Fähigkeiten und eure Kraft benötigen. Sagt mir, gibt es noch andere, die wir ansprechen können? Andere, die derselben Überzeugung sind?«

Tay und Risca wechselten einen raschen Blick. »Niemand«, sagte Risca schließlich. »Du wirst dich mit uns begnügen müssen.«

»Ihr werdet eure Sache gut machen«, erklärte Bremen und zwang sich zu einem Lächeln. Nur diese beiden würden sich Kinson und ihm anschließen! Nur diese beiden gegen so viele! Er seufzte. Nun, er hätte es voraussehen müssen. »Es tut mir leid, daß ich soviel von euch verlange«, sagte er, und er meinte es ernst.

Risca schnaubte. »Ich wäre beleidigt, wenn du es nicht getan hättest. Paranor und seine alten Männer langweilen mich zu Tode. Niemand hat Interesse an mir oder meinen Fähigkeiten. Niemand wird in meine Fußstapfen treten. Tay geht es ebenso. Wir wären schon längst fortgegangen, wenn wir nicht abgemacht hätten, auf dich zu warten.«

Tay nickte. »Es ist für uns kein Anlaß zur Traurigkeit, wenn du Reisebegleitung suchst, Bremen. Wir sind bereit.«

Bremen drückte beiden die Hand. »Packt zusammen, was ihr mitnehmen wollt, und trefft mich morgen früh vor dem Haupttor. Heute werden mein Gefährte Kinson Ravenlock und ich draußen im Wald übernachten. Kinson hat mich die vergangenen zwei

Jahre begleitet und sich als sehr wertvoll erwiesen. Er ist ein Fährtenleser und Kundschafter, ein Grenzländer von großem Mut und fester Entschlossenheit.«

»Wenn er mit dir reist, braucht er keine weitere Empfehlung«, sagte Tay. »Wir werden dich jetzt verlassen. Caerid Lock wartet irgendwo auf der Treppe weiter unten auf dich.« Tay machte eine bedeutungsvolle Pause. »Caerid wäre ein großartiger Mann für uns, Bremen.«

Der alte Mann nickte. »Ich weiß. Ich werde ihn bitten mitzukommen. Schlaft gut. Wir treffen uns bei Sonnenaufgang.«

Der Zwerg und der Elf schlüpften durch die Tür und schlossen sie leise hinter sich. Bremen blieb allein auf dem Absatz zurück; einen Augenblick verharrte er dort und dachte über das nach, was als nächstes zu tun war. Die Zeit lief ihm davon. Er brauchte nicht viel, aber er würde trotzdem schnell sein müssen.

Und er war auf die Unterstützung von Caerid Lock angewiesen.

Er eilte die Treppe hinunter, seine Gedanken kreisten um die Einzelheiten seines Plans. Der modrige Geruch des abgeschlossenen Tunnels ließ ihn die Nase rümpfen. So war es nicht überall; die Hauptkorridore und Treppen der Burg wurden vom Feuerofen, der die Druidenfestung das ganze Jahr hindurch beheizte, mit Frischluft versorgt, und Luftklappen und Schlitze kontrollierten den sauberen und warmen Luftstrom. Aber so etwas gab es in diesen verborgenen Gängen nicht.

Er fand den Befehlshaber der Garde von Paranor zwei Treppenabsätze weiter unten, wo er allein im Schatten stand.

»Ich dachte, es wäre angenehmer für dich, deine Freunde alleine zu treffen«, sagte er.

»Ich danke dir«, erwiderte Bremen, gerührt von der Umsicht des anderen. »Aber wir würden dich gerne als einen der Unsrigen betrachten. Wir brechen bei Morgendämmerung auf. Wirst du mitkommen?«

Caerid lächelte leicht. »Ich habe mir gedacht, daß du so etwas vorhast. Risca und Tay brennen darauf, Paranor zu verlassen – das ist kein Geheimnis.« Er schüttelte langsam den Kopf. »Aber was mich betrifft, Bremen, meine Pflicht liegt hier. Gerade dann, wenn das wahr ist, was du glaubst. Jemand muß die Druiden von Paranor beschützen, und wenn es bedeutet, sie vor sich selbst zu schützen. Dazu bin ich am besten geeignet. Die Wache hört auf mich, sie besteht aus handverlesenen, unter meinem Befehl ausgebildeten Männern. Es wäre nicht recht, sie jetzt im Stich zu lassen.«

Bremen nickte. »Vermutlich nicht. Trotzdem hätten wir dich gerne bei uns gehabt.«

Caerid lächelte beinahe. »Ich wäre auch gerne mit euch gegangen. Aber meine Entscheidung steht fest.«

»Dann gib gut acht, was zwischen diesen Mauern geschieht, Caerid Lock.« Bremen sah ihm fest in die Augen. »Vergewissere dich, welche Männer du führst. Sind Trolle unter ihnen? Sind Männer dabei, die dich verraten könnten?«

Der Befehlshaber der Garde schüttelte entschlossen den Kopf. »Niemand. Alle werden bei mir bleiben, bis in den Tod. Sogar die Trolle. Ich würde mein Leben darauf verwetten, Bremen.«

Bremen lächelte sanft. »Das tust du auch.« Er blickte sich einen Augenblick um, als suchte er jemanden. »Er wird kommen, Caerid – der Dämonenlord mit seinen geflügelten Dienern, den sterblichen Anhängern und vielleicht noch anderen Geschöpfen, die er aus irgendeinem finsteren Loch herbeiruft. Er wird über Paranor herfallen und versuchen, euch zu zermalmen. Du mußt gut auf dich aufpassen, mein Freund.«

Der Krieger nickte. »Er wird uns nicht unvorbereitet finden.« Er hielt Bremens Blick stand. »Es ist jetzt Zeit, dich zu den Toren hinunterzubringen. Möchtest du Vorräte mitnehmen?«

Bremen nickte. »Gern.« Dann zögerte er. »Beinahe hätte ich es vergessen. Kann ich noch einmal mit Kahle Rese sprechen? Ich fürchte, unsere Begegnung verlief ein wenig unglücklich, und ich möchte mich mit ihm aussöhnen, bevor ich euch verlasse. Könntest du mir noch einen Augenblick Zeit lassen, Caerid? Ich bin sofort wieder zurück.«

Der Elf dachte kurz über diese Bitte nach, dann nickte er. »Also gut. Aber beeil dich. Ich habe Athabascas Anweisung schon bis zu ihren Grenzen strapaziert.«

Bremen lächelte ihn entwaffnend an und ging noch einmal die Treppe hinauf. Er haßte es, Caerid Lock anzulügen, aber es gab keine andere Möglichkeit. Der Befehlshaber der Garde würde niemals gutheißen, was Bremen jetzt unter allen Umständen tun mußte, Freundschaft hin oder her. Bremen stieg zwei Stockwerke hoch, trat dann durch eine Tür in einen zweiten Gang, folgte diesem rasch bis zum Ende und gelangte zu einer zweiten Treppe, die noch enger und steiler als die erste war. Er schritt leise und mit großer Vorsicht voran, er konnte es sich nicht leisten, jetzt entdeckt zu werden. Was er vorhatte, war verboten, und wenn Athabasca ihn dabei überraschte, wäre es gut möglich, daß er ihn in den tiefsten Kerker werfen und dort für alle Zeiten liegen ließe.

Am Ende der schmalen Treppe blieb Bremen vor einer gewaltigen Holztür stehen. Schlösser mit Ketten, so breit wie Bremens knochige Handgelenke, sicherten die Tür. Vorsichtig berührte er die Schlösser, und eines nach dem anderen öffnete sich mit einem leisen Klicken. Er löste die Ketten aus ihrem Sicherheitsring und stieß mit dem Fuß gegen die Tür. Mit einer Mischung aus Erleichterung und Beklommenheit beobachtete er, wie sie langsam aufschwang.

Er schlüpfte hindurch und fand sich auf einem Sims wieder. Die Mauern unter ihm fielen tief nach unten in ein schwarzes Loch, von dem es hieß, daß es bis zum Inneren der Erde reichte. Niemand war jemals bis auf den Grund hinabgestiegen und zurückgekehrt. Niemand hatte jemals ein Licht tief genug hinunterwerfen und erkennen können, was dort war. Es war der Druidenbrunnen, der Ort, an dem sich all das angesammelt hatte, was von der Zeit und vom Schicksal übrigblieb, von der Magie und den Wissenschaften, den

Lebenden und Toten, den Sterblichen und Unsterblichen. Dieser Brunnen existierte schon seit den Tagen der Feen. Er war – wie der See Hadeshorn im Tal von Shale – eine der wenigen Verbindungen zwischen den Welten des Diesseits und des Jenseits. Legenden berichteten über die schrecklichen Dinge, die dieser Brunnen verschluckt hatte, und wie er im Laufe der Jahre benutzt worden war. Bremen hatte kein Interesse an den Legenden. Er hatte schon vor langer Zeit erkannt, daß dieses Loch ein Schacht war und Magie aus Bereichen vereinigte, die keine lebende Seele jemals besucht hatte, und daß tief in der Schwärze, die sein Geheimnis verschleierte, eine Macht lag, die keine Kreatur jemals herausfordern sollte.

Bremen hob die Arme und begann zu rezitieren. Seine Stimme war leise und fest, die Beschwörung kunstfertig. Bremen schaute nicht nach unten, auch nicht, als Seufzer und andere Geräusche aus der Tiefe empordrangen. Ganz leicht bewegte er seine Hände in einem Muster, das Gehorsam befahl. Er sprach die Worte ohne Zögern, denn selbst das geringste Zittern hätte seine Bemühung zunichte machen können.

Schließlich griff er zwischen die Falten seines Umhangs und holte eine Prise grünlichen Staubs hervor, den er in den Abgrund warf. Der Staub glitzerte heimtückisch, als er sich langsam ausbreitete; er schien mehr zu werden, sich zu vervielfältigen, bis aus den wenigen Körnern Tausende geworden waren. Einen Augenblick lang hingen sie in der Luft, schimmerten vor dem schwarzen Hintergrund, dann erloschen sie und waren verschwunden.

Bremen trat schnell einen Schritt zurück; er rang nach Luft und spürte, wie ihn der Mut verließ, als er sich an den kalten Stein der Turmmauer lehnte. Er hatte nicht mehr soviel Kraft wie einst. Es fehlte ihm an Entschlossenheit. Er schloß die Augen und wartete darauf, daß die Bewegungen und das Seufzen wieder abebbten. Magie war so anstrengend! Wie gerne wäre er wieder jung gewesen! Er wünschte sich, den Körper und die Entschlossenheit eines jungen Mannes zu haben. Aber er war alt und ging dem Tode entgegen, und es war nutzlos, das Unmögliche herbeizusehnen. Er mußte mit dem auskommen, was er besaß.

Etwas kratzte an der Steinmauer unter ihm – vielleicht Klauen oder Schuppen. Sie kamen nach oben, um zu sehen, ob derjenige, der die Zauberformel gesprochen hatte, noch da war!

Bremen riß sich zusammen und stolperte durch die Tür. Er schloß sie fest hinter sich. Sein Herz klopfte wild, und sein Gesicht war von einer dünnen Schweißschicht bedeckt. *Verlasse diesen Ort*, flüsterte eine schroffe Stimme irgendwo von der anderen Seite der Tür, weit unten aus dem Loch. *Geh sofort weg!*

Mit zitternden Händen befestigte Bremen die Schlösser und Ketten wieder. Dann hastete er über die engen Treppen und durch die leeren Gänge zurück zu Caerid Lock.

Kapitel 4

Bremen und Kinson Ravenlock verbrachten die Nacht in einem Wald, in einiger Entfernung von Paranor und seinen Druiden. Sie fanden einen kleinen Fichtenhain, der ihnen angemessenen Schutz gewährte, denn selbst hier mußten sie Vorsicht vor den geflügelten Jägern walten lassen, die die Nacht durchstreiften. Sie entzündeten kein Lagerfeuer, spülten nur ein bißchen Brot, Käse und Frühlingsäpfel mit Bier hinunter. Währenddessen besprachen sie die Ereignisse des Tages. Bremen informierte Kinson über die Ergebnisse seines Versuches, vor dem Druidenrat sprechen zu dürfen, und er berichtete ihm von den Gesprächen, die er mit einigen in der Festung geführt hatte. Kinson beschränkte sich darauf, mit ausdruckslosem Gesicht zu nicken und zu knurren, als Bremen von seinem fehlgeschlagenen Versuch erzählte. Der Grenzländer besaß sowohl die Geistesgegenwart als auch den Anstand, den alten Mann nicht darauf hinzuweisen, daß er genau dies vorhergesagt hatte.

Danach schliefen sie, müde von dem langen Marsch über die Ebene von Streleheim und den vielen schlaflosen Nächten zuvor. Sie wachten abwechselnd, denn sie konnten sich nicht einmal darauf verlassen, daß die Nähe der Druidenfestung sie schützen würde. Keiner von ihnen glaubte, daß er in der nächsten Zeit irgendwo sicher sein würde. In diesen Tagen hielt sich der Dämonenlord auf, wo er wollte, und seine Jäger waren seine Augen. Bremen übernahm die erste Wache, und einmal glaubte er, etwas gespürt zu haben, die Anwesenheit von etwas, das seinen warnenden Instinkt geweckt hatte. Es war gegen Mitternacht, als seine Wache sich bereits dem Ende zuneigte und er schon an Schlaf dachte. Beinahe hätte er es übersehen. Aber es geschah nichts weiter, und das prickelnde Gefühl, das sein Rückgrat hinuntergewandert war, verschwand so schnell wieder, wie es gekommen war.

Bremen schlief tief und traumlos, aber er war bereits vor Sonnenaufgang wieder wach und sinnierte darüber, was als nächstes zu tun war, um die drohende Gefahr zu bekämpfen. Kinson trat mit der Geräuschlosigkeit einer Katze aus den Schatten und kniete sich neben ihn.

»Da ist ein Mädchen, das dich sehen will«, sagte er.

Bremen nickte wortlos und setzte sich aufrecht hin. Das Dunkel der Nacht ging in hellere Grautöne über, und am östlichen Horizont zeigte der Himmel einen Hauch von Silber. Der Wald fühlte sich leer und still an, ein gewaltiges, dunkles Labyrinth aus zottigen Zweigen, mit einem Dach aus dichten Ästen, das sie wie ein Sarg umgab.

»Wer ist sie?« fragte der alte Mann.

Kinson schüttelte den Kopf. »Sie hat ihren Namen nicht genannt, aber sie scheint eine Druidin zu sein. Sie trägt den Umhang und das Zeichen.«

»Also gut«, meinte Bremen und stand auf. Seine Muskeln schmerzten, und seine Gelenke fühlten sich steif und schwerfällig an.

»Sie bot an zu warten, aber ich wußte, daß du bereits wach sein würdest.«

Bremen gähnte. »Ich werde durchschaubarer, als es mir guttut. Ein Mädchen, sagst du? Unter den Druiden gibt es nicht viele Frauen, und erst recht nicht viele Mädchen.«

»Ich war auch sehr erstaunt. Aber sie scheint keine Gefahr darzustellen, und sie ist sehr bestrebt, mit dir zu sprechen.«

Kinson schien der Angelegenheit gleichgültig gegenüberzustehen, was bedeutete, daß er sie vermutlich für Zeitverschwendung hielt. Bremen strich sich den zerknitterten Umhang glatt. Der Mantel hatte eine Wäsche dringend nötig, ebenso wie sein Besitzer. »Hast du während deiner Wache irgendwelche geflügelten Jäger gesehen?«

Kinson schüttelte den Kopf. »Aber ich habe sie gespürt. Sie durchstreifen diese Wälder, soviel ist sicher. Wirst du mit dem Mädchen sprechen?«

Bremen schaute ihn an. »Wo ist sie?«

Kinson führte ihn aus dem Schutz des Hains zu einer kleinen, kaum mehr als fünfzig Fuß entfernten Lichtung, wo das Mädchen wartete. Sie war nicht sehr groß, eher zierlich und hatte sich in ihren Umhang gewickelt und die Kapuze hochgezogen, um ihr Gesicht zu verbergen. Sie bewegte sich nicht, als sie Bremen sah, sondern wartete darauf, daß er näher trat.

Bremen verlangsamte seinen Schritt. Er fragte sich, weshalb das Mädchen sie so leicht gefunden hatte. Sie hatten sich absichtlich weit zwischen die Bäume zurückgezogen, um es anderen schwerer zu machen, sie im Schlaf zu überraschen. Und dennoch hatte dieses Mädchen sie entdeckt – bei Nacht und nur mit Hilfe der Sterne und des Mondes, deren Licht zudem das schwere Dach der Äste kaum durchdringen konnte. Entweder war sie eine sehr gute Fährtenleserin, oder sie hatte Magie benutzt.

»Laß mich allein mit ihr sprechen«, bat er Kinson.

Er schritt über die Lichtung auf sie zu. Die junge Frau schlug ihre

Kapuze jetzt zurück, so daß er ihr Gesicht sehen konnte. Sie war sehr jung, aber kein Mädchen mehr, wie Kinson gedacht hatte. Sie hatte kurzgeschnittenes, schwarzes Haar und unglaublich dunkle Augen. Ihre Gesichtszüge waren sehr fein und weich, und sie sah arglos aus. Sie trug tatsächlich den Umhang der Druiden und die erhobene Hand und die brennende Fackel des Eilt Druin auf ihrer Brust.

»Mein Name ist Mareth«, sagte sie und reichte Bremen die Hand, eine kleine, aber feste Hand, schwielig von der Arbeit. »Mareth«, grüßte Bremen.

Sie zog ihre Hand wieder zurück und sah ihm mit festem Blick direkt in die Augen. Ihre Stimme war tief und zwingend. »Ich bin eine Druidenschülerin, zwar noch nicht in den Orden aufgenommen, aber man hat mir die Erlaubnis erteilt, in der Festung zu studieren. Ich bin vor zehn Monaten als Heilerin hierhergekommen. Vorher habe ich mehrere Jahre im Land des Silberflusses studiert, dann zwei Jahre in Storlock. Ich begann meine Studien der Heilkunst, als ich dreizehn Jahre alt war. Meine Familie lebt im Südland, südlich von Leah.«

Bremen nickte. Wenn man ihr gestattet hatte, in Storlock die Heilkunst zu studieren, mußte sie Talent besitzen. »Was möchtest du von mir, Mareth?« fragte er sanft.

Ihre dunklen Augen blinzelten. »Ich möchte mich Euch anschließen.«

Er lächelte schwach. »Du weißt nicht einmal, wohin ich gehe.«

Sie nickte. »Das ist nicht wichtig. Ich weiß, welchem Ziel Ihr dient. Ich weiß, daß die Druiden Risca und Tay Trefenwyd Euch begleiten. Ich möchte ebenfalls mit Euch kommen. Wartet. Bevor Ihr etwas sagt, hört mich bis zu Ende an. Ich werde Paranor verlassen, ob Ihr mich mitnehmt oder nicht. Ich bin hier in Ungnade gefallen, besonders bei Athabasca. Ich bin in Ungnade gefallen, weil ich mich entschied, das Studium der Magie zu verfolgen, als man es mir untersagte. Ich sollte nur Heilerin sein. Ich sollte nur die

Fähigkeiten und das Wissen anwenden, das der Rat für angemessen hält.«

Für eine Frau. Bremen spürte die Worte, die sie nicht ausgesprochen, aber im stillen hinzugefügt hatte.

»Ich habe alles gelernt, was ich von ihnen lernen kann«, fuhr sie fort. »Sie würden das niemals zugeben, aber es ist so. Ich brauche einen neuen Lehrer. Ich brauche Euch. Ihr wißt mehr über Magie als jeder andere. Ihr versteht ihre Feinheiten und Erfordernisse, wißt von den Schwierigkeiten bei ihrer Anwendung, kennt die Probleme, die auftauchen, wenn man sie in das eigene Leben einfügt. Niemand sonst hat Eure Erfahrung. Ich möchte von Euch lernen.«

Er schüttelte bedächtig den Kopf. »Mareth, auf meinen Weg sollten sich nur jene wagen, die erfahren sind.«

»Wird es gefährlich werden?« fragte sie.

»Sogar für mich. Sicherlich für Risca und Tay, die immerhin ein wenig von Magie verstehen. Aber ganz besonders für dich.«

»Nein«, erklärte sie ungerührt. »So gefährlich, wie Ihr denkt, wird es für mich nicht sein. Es gibt etwas, von dem ich noch nicht erzählt habe. Etwas, von dem niemand hier auf Paranor weiß, auch wenn ich glaube, daß Athabasca es vermutet. Ich bin nicht völlig unerfahren. Ich benutze Magie in einer Art, die jenseits dessen liegt, was ich mir durch das Studium aneignen könnte. Ich besitze angeborene Magie.«

Bremen starrte sie an. »Angeborene Magie?«

»Ihr glaubt mir nicht«, sagte sie sofort.

Damit hatte sie recht. Bremen hatte noch nie gehört, daß es so etwas gab. Magie erwarb man sich durch intensives Studium und durch Übung, man erbte sie nicht einfach. Zumindest nicht in diesen Tagen. Zu Zeiten der Feen war das natürlich anders gewesen, da hatte Magie ebenso wie die Zusammensetzung des Blutes und des Gewebes zum Erbe eines Wesens gehört. Aber niemand in den Vier Ländern konnte sich daran erinnern, daß jemand mit der Fähigkeit zur Magie geboren worden war.

Zumindest kein menschliches Wesen.

Er starrte sie immer noch an.

»Das Problem bei meiner Magie«, fuhr sie fort, »liegt darin, daß ich sie nicht immer kontrollieren kann. Sie reagiert auf emotionale Ausbrüche, Stimmungsschwankungen oder auch Gedankengänge. Ich kann die Magie herbeibefehlen, aber manchmal macht sie auch, was sie will.«

Sie zögerte, und zum ersten Mal senkte sie ihren Blick einen Augenblick, bevor sie Bremen wieder ansah. Als sie dann sprach, glaubte er, eine Spur Verzweiflung in ihrer Stimme entdecken zu können. »Bei allem, was ich tue, muß ich vorsichtig sein. Ununterbrochen verberge ich Teile meines Wesens, achte sorgfältig auf mein Verhalten, meine Reaktionen, meine Gewohnheiten.« Sie preßte ihre Lippen zusammen. »Ich kann so nicht weiterleben. Ich bin nach Paranor gegangen, weil ich mir dort Hilfe erhoffte, aber ich habe keine gefunden. Jetzt wende ich mich an Euch.«

Sie hielt inne, dann fügte sie noch ein Wort hinzu: »Bitte.«

In diesem einen Wort lag eine Wehmut, die den alten Mann überraschte. Einen kurzen Augenblick lang hatte sie ihre Beherrschung verloren, die Fassade aus Härte und Willensstärke, die sie zu ihrem Schutz um sich errichtet hatte. Bremen wußte noch nicht, ob er ihr glauben sollte. Ihre Not jedoch, ihre Qual, waren nicht zu leugnen.

»Wenn Ihr mich mitnehmt, werde ich Euch nützlich sein«, erklärte sie ruhig. »Ich werde eine treue Verbündete sein und mich nach dem richten, was Ihr von mir erwartet. Wenn Ihr Euch dem Dämonenlord stellen müßt, werde ich an Eurer Seite stehen.« Sie beugte sich kaum merklich nach vorn, es war eigentlich nur eine knappe Bewegung des dunklen Kopfes. »Meine Magie ist sehr mächtig«, vertraute sie ihm mit leiser Stimme an.

Er griff nach ihrer Hand. »Wenn du bis nach Sonnenaufgang warten kannst, werde ich über diese Sache nachdenken«, erklärte er. »Wenn Tay und Risca hier sind, werde ich mich mit ihnen beraten müssen.«

Sie nickte und sah über ihn hinweg. »Und mit Eurem anderen Freund?«

»Ja, mit Kinson auch.«

»Aber er hat keine magischen Fähigkeiten, nicht wahr? Im Gegensatz zu euch anderen?«

»Nein, aber er hat Fähigkeiten anderer Art. Du kannst es spüren, nicht wahr? Daß er keine magischen Fähigkeiten besitzt?«

»Ja.«

»Ich möchte noch etwas wissen. Hast du uns mit Hilfe der Magie in diesem Versteck aufgespürt?«

Sie schüttelte den Kopf. »Nein. Das war Instinkt. Ich habe Euch gespürt. Ich konnte so etwas schon immer.« Sie starrte ihn an und fing seinen Blick auf. »Ist das eine Art von Magie, Bremen?«

»Ja, das ist es. Keine Form von Magie, die man so einfach wie manche andere erkennen könnte, aber dennoch Magie. Angeborene Magie, möchte ich hinzufügen – keine erworbene Fähigkeit.«

»Ich habe keine erworbenen Fähigkeiten«, sagte sie ruhig und verschränkte die Arme unter dem Umhang, als wäre ihr plötzlich kalt geworden.

Er betrachtete sie einen Moment und dachte nach. »Setz dich hierher, Mareth«, sagte er schließlich und deutete auf eine Stelle hinter ihr. »Warte mit mir auf die anderen.«

Sie kam seiner Aufforderung nach und ging zu einem kleinen Fleckchen Gras, das dort gewachsen war, wo die Bäume die Sonnenstrahlen nicht fernhalten konnten. Mit angewinkelten Knien saß sie auf ihrem Umhang. Sie sah aus wie eine kleine, dunkle Statue. Bremen warf noch einen letzten Blick auf sie, ehe er quer über die Lichtung zu Kinson ging.

»Was wollte sie?« fragte der Grenzländer, während sie gemeinsam auf die Bäume zuschritten.

»Sie möchte sich uns anschließen«, antwortete Bremen.

Kinson runzelte nachdenklich die Stirn. »Aus welchem Grund?«

Bremen blieb stehen und sah ihn an. »Sie hat mir noch keinen genannt.« Er schaute zurück zu Mareth. »Sie hat mir genügend Gründe gegeben, damit ich über ihre Bitte nachdenke, aber etwas scheint sie auch zurückzuhalten.«

»Also wirst du ihre Bitte ablehnen?«

Bremen lächelte. »Wir werden auf die anderen warten und zusammen darüber sprechen.«

Sie mußten nicht lange warten. Wenige Minuten später stieg die Sonne über die Berge und erklomm die Wipfel der Bäume, sie verströmte ihr Licht über die schattigen Nischen und verjagte auch das letzte Zwielicht. In Schattierungen von Grün, Braun und Gold kehrte die Farbe ins Land zurück, und die Vögel kamen hervor, um mit ihrem Gesang den neuen Tag zu begrüßen. In den dunkleren Bereichen des immer heller werdenden Waldes hielt sich noch hartnäckiger Nebel, und durch eine dieser Nebelwände, die die Mauern von Paranor verdeckte, kamen nun Risca und Tay Trefenwyd herbei. Beide hatten ihre Druidenumhänge gegen Reisekleidung eingetauscht; beide trugen Rucksäcke, die locker über ihren breiten Schultern hingen. Der Elf war mit einem Langbogen und einem schmalen Jagdmesser bewaffnet, der Zwerg hatte ein kurzes, zweihändiges Breitschwert und einen Knüppel von der Dicke seines Unterarms bei sich, außerdem war eine Streitaxt an seinen Gürtel geschnallt.

Ohne Mareth zu bemerken, gingen sie direkt auf Bremen und Kinson zu. Mareth erhob sich und blieb abwartend stehen.

Tay bemerkte sie zuerst; er hatte die Bewegung aus den Augenwinkeln wahrgenommen. »Mareth.«

Risca folgte seinem Blick und seufzte.

»Sie hat gebeten, uns begleiten zu dürfen«, verkündete Bremen ohne Umschweife. »Sie behauptet, daß sie uns nützlich sein kann.«

Risca grunzte jetzt und drehte sich um, so daß er dem Mädchen den Rücken kehrte. »Sie ist noch ein Kind«, brummte er.

»Sie ist bei Athabasca in Ungnade gefallen, weil sie versucht hat, sich mit Magie zu beschäftigen«, sagte Tay und wandte langsam den

Blick von ihr ab. Der Elf lächelte. »Ich halte sie für vielversprechend. Mir gefällt ihre Entschlossenheit. Sie hat kein bißchen Angst vor Athabasca.«

Bremen schaute ihn an. »Können wir ihr vertrauen?«

Tay lachte. »Was für eine merkwürdige Frage! Vertrauen bei was? Es gibt eine Redensart, die besagt, man kann niemandem vertrauen außer dir und mir, und ich kann nur für mich sprechen«, nickte er Kinson zu. »Guten Morgen, Grenzländer. Ich bin Tay Trefenwyd.«

Der Elf schüttelte Kinson die Hand, und Risca tat es ihm nach. Bremen entschuldigte sich dafür, daß er es versäumt hatte, sie einander vorzustellen. Der Grenzländer erklärte, daran gewöhnt zu sein, und zuckte bedeutungsvoll die Schultern.

»Nun, dann also zu dem Mädchen.« Tay brachte das Gespräch wieder zum Ausgangspunkt zurück. »Ich mag sie, aber Risca hat recht. Sie ist noch sehr jung. Ich weiß nicht, ob ich meine Zeit damit verbringen will, auf sie aufzupassen.«

Bremen schnaubte. »Sie macht nicht den Eindruck, als wäre das nötig. Sie behauptet, mit Magie umgehen zu können.«

Jetzt meldete sich Risca wieder zu Wort. »Sie ist eine Schülerin. Sie ist noch nicht einmal drei Jahreszeiten auf Paranor. Woher sollte sie irgendwelche Fähigkeiten haben?«

Bremen schaute Kinson an und sah, daß der Grenzländer seine Entscheidung getroffen hatte. »Es ist unwahrscheinlich, nicht?« meinte er zu Risca. »Nun, teilt mir eure Entscheidung mit. Kommt sie mit oder nicht?«

»Nein«, sagte Risca sofort.

Kinson zuckte die Achseln und nickte zustimmend.

»Tay?« fragte Bremen den Elf.

Tay Trefenwyd seufzte zögernd. »Nein.«

Bremen ließ sich etwas Zeit, um ihre Antworten zu überdenken, dann nickte er. »Nun, auch wenn ihr gegen sie gestimmt habt, finde ich, daß sie mit uns kommen sollte.« Seine Gefährten starrten ihn an. Sein wettergegerbtes Gesicht legte sich plötzlich mit einem Lächeln in Falten. »Ihr solltet euch sehen! Also gut, ich will es erklären. Zunächst einmal ist etwas Faszinierendes an ihrer Bitte, von dem ich noch nicht erzählt habe. Sie möchte mit mir arbeiten, von mir den Gebrauch der Magie erlernen. Sie willigte beinahe in alle Bedingungen ein. Sie scheint es sich verzweifelt zu wünschen. Sie hat mich nicht angefleht oder gebettelt, aber die Verzweiflung lag deutlich in ihrem Gesicht.«

»Bremen ...« begann Risca.

»Zum anderen«, unterbrach der Druide den Zwerg, »behauptet sie, angeborene magische Fähigkeiten zu besitzen. Ich denke, daß sie vielleicht die Wahrheit sagt. Wenn dem so ist, kann es uns nicht schaden, das Wesen dieser Magie zu untersuchen und sie vielleicht auch zu nutzen. Immerhin sind wir sonst nur zu viert.«

»So schlimm steht es noch nicht, daß wir ...« begann Risca wieder.

»O doch, das tut es, Risca«, schnitt Bremen ihm das Wort ab. »Das tut es ganz sicher. Vier gegen den Dämonenlord, seine geflügelten Jäger, seine Untergebenen aus der Unterwelt und das gesamte Volk der Trolle – wieviel schlimmer könnte es denn noch stehen? Niemand aus Paranor hat uns ansonsten Hilfe angeboten. Nur Mareth. Ich habe keine Lust, in dieser Situation jemanden abzulehnen.«

»Du hast vorhin gesagt, daß sie etwas vor dir verborgen hält«, erinnerte Kinson. »Das spricht nicht gerade für das Vertrauen, das du suchst.«

»Wir alle verbergen dies oder jenes, Kinson«, wies Bremen ihn zurecht. »Daran ist nichts Merkwürdiges. Mareth kennt mich kaum. Warum sollte sie mir bei unserer ersten Unterhaltung alles anvertrauen? Sie ist vorsichtig, weiter nichts.«

»Mir gefällt das nicht«, erklärte Risca mißmutig. Er lehnte den schweren Knüppel gegen seinen muskulösen Oberschenkel. »Sie mag durchaus Magie zur Verfügung haben, und sie hat vielleicht auch das Talent, sie anzuwenden. Aber das ändert nichts an der Tatsache, daß wir so gut wie nichts von ihr wissen. Und ganz besonders wissen wir nicht, ob wir uns auf sie verlassen können. Ein solches Risiko gehe ich nicht gerne ein, Bremen.«

»Nun, ich denke, wir sollten im Zweifelsfall zu ihren Gunsten entscheiden«, wandte Tay vergnügt ein. »Wir werden Zeit genug haben, uns unsere Meinung über sie zu bilden, bevor sie ihren Mut unter Beweis stellen muß. Und es gibt auch einige Dinge, die bereits für sie sprechen. Wir wissen, daß sie als Schülerin von den Druiden aufgenommen wurde – das alleine ist ein sehr gutes Zeichen. Und sie ist eine Heilerin, Risca. Es könnte sein, daß wir ihre Fähigkeiten brauchen werden.«

»Laß sie mitgehen«, stimmte Kinson widerwillig zu. »Bremen hat seine Wahl ohnehin schon getroffen.«

Risca zog die Stirn in düstere Falten und reckte die breiten Schultern. »Nun, er mag vielleicht *seine* Wahl getroffen haben, aber ganz bestimmt nicht die meine.« Er starrte den alten Mann einen Augenblick wortlos an. Tay und Kinson warteten gespannt, aber Bremen ging nicht darauf ein. Er stand einfach nur da.

Am Ende war Risca derjenige, der nachgab. Er schüttelte den Kopf, zuckte die Schultern und wandte sich ab. »Du bist der Anführer, Bremen. Nimm sie mit, wenn du willst. Aber erwarte von mir nicht, daß ich ihr die Nase abwische.«

»Ich werde sie darauf aufmerksam machen«, erklärte Bremen mit einem Augenzwinkern und bedeutete der jungen Frau, zu ihnen zu treten.

Kurze Zeit später brachen sie auf, eine Gruppe von fünf Personen mit Bremen an der Spitze. Risca und Tay Trefenwyd gingen an seiner rechten und linken Seite, Kinson einen Schritt hinter ihnen, und Mareth folgte als letzte. Die Sonne stand jetzt hoch an einem strahlend blauen und wolkenlosen Himmel, sie erklomm den östlichen Teil der Drachenzähne und erhellte das dichtbewaldete Tal.

Die kleine Gruppe wandte sich auf wenig benutzten, kurvenreichen Pfaden nach Süden, über breite, ruhige Bäche hinweg und in die mit Gestrüpp bedeckten Ausläufer des Gebirges, das von der Waldung zum Kennonpaß führte. Gegen Mittag hatten sie das Tal verlassen und betraten den Paß; die Luft war mittlerweile schneidend kalt. Die fünf blickten zurück zu den gewaltigen Mauern von Paranor. Umgeben von altem Baumbestand thronte die Druidenfestung auf dem felsigen Vorgebirge. Das grelle Licht der Sonne ließ den Stein inmitten der grünen Bäume fade und unversöhnlich wirken, wie eine Nabe im Zentrum eines gewaltigen Rads. Einer der Gefährten nach dem anderen drehte sich um und warf einen Blick zurück, erinnerte sich gedankenversunken an die Ereignisse der vergangenen Jahre. Nur Mareth zeigte kein Interesse, ihr Blick war absichtlich nach vorn gerichtet, ihr Gesicht war eine ausdruckslose Maske.

Dann betraten sie den Kennon, und seine zerklüfteten Wände erhoben sich über ihnen, große Steintafeln, die die Axt der Zeit in langsamen Schwüngen zerteilt hatte, und Paranor entschwand ihrem Blick.

Nur Bremen wußte, wohin sie gingen, und er behielt die Information für sich, bis sie in der Nacht oberhalb des Mermidon in einiger Entfernung zum Paß ihr Lager im Schutz der Wälder aufschlugen. Kinson hatte einmal gefragt, als er mit dem alten Mann allein gewesen war, und Risca hatte ihn im Beisein aller darauf angesprochen, aber Bremen hatte es vorgezogen zu schweigen. Auch die Gründe behielt er für sich, und so erhielten seine Kameraden keinerlei Erklärung. Dennoch stellte niemand seine Entscheidung in Frage.

Aber in dieser Nacht, nachdem sie ein Feuer entfacht und etwas zu essen gekocht hatten – für Kinson die erste warme Mahlzeit seit Wochen –, gab Bremen endlich das Ziel ihrer Reise preis.

»Ich werde euch jetzt erzählen, wohin wir gehen«, erklärte er schlicht. »Wir marschieren zum Hadeshorn.«

Sie saßen um das kleine Feuer herum und beschäftigten jetzt, nachdem sie ihre Mahlzeit beendet hatten, ihre Hände mit anderen Tätigkeiten. Risca schärfte die Klinge seines Breitschwertes. Tay nippte an einem Bierschlauch und malte Bilder in den Staub. Kinson nähte einen neuen Streifen Leder in einen Schuh ein, da die Sohle sich gelöst hatte. Mareth saß abseits und beobachtete sie alle mit ihrem seltsamen, kühlen Blick, der alles in sich aufnahm und nichts preisgab.

Stille trat ein. Vier Köpfe schossen ruckartig nach oben und starrten Bremen an. »Ich habe vor, mit den Geistern der Toten zu sprechen, um herauszufinden, was wir tun müssen, wenn wir die Rassen beschützen wollen. Ich möchte etwas über unser weiteres Vorgehen, über unser Schicksal erfahren.«

Tay Trefenwyd räusperte sich. »Der Zutritt zum Hadeshorn ist Sterblichen verboten. Sogar Druiden. Seine Wasser sind giftig. Ein Tropfen, und du bist tot.« Er sah Bremen nachdenklich an, dann schaute er wieder weg. »Aber das wußtest du bereits, nicht wahr?«

Bremen nickte. »Es ist gefährlich, den Hadeshorn zu besuchen. Es ist sogar noch gefährlicher, die Toten anzurufen. Aber ich habe mich mit der Magie beschäftigt, die die Unterwelt und ihre Tore gegen uns schützt, und solche Wege, wie sie zwischen den beiden Welten bestehen, habe ich bereits beschritten und bin zurückgekehrt.« Er lächelte den Elfen an. »Ich bin weit gereist, seit wir uns das letzte Mal trafen, Tay.«

Risca grunzte. »Ich bin mir nicht sicher, ob ich mein Schicksal kennen möchte.«

»Ich auch nicht«, echote Kinson.

»Ich will alles hören, was sie bereit sind, mir zu geben«, erklärte Bremen. »Sie werden entscheiden, was wir erfahren sollen.«

»Du glaubst, daß die Geister in einer Sprache sprechen, die du verstehen kannst?« Risca schüttelte den Kopf. »Ich hätte nicht gedacht, daß es so funktioniert.«

»Das tut es auch nicht«, gab Bremen zu. Er rückte näher ans Feuer und streckte die Hände nach der Wärme aus. Die Nacht war kühl, selbst unterhalb der Berge. »Wenn die Toten erscheinen, bieten sie Visionen an, die an ihrer Stelle sprechen. Die Toten haben keine Stimmen. Nicht die aus der Unterwelt. Nicht, solange ...«

Er hielt inne und dachte über das nach, was er gerade sagen wollte. Ungeduldig winkte er ab. »Es bleibt die Tatsache, daß die Visionen dem, was die Geister sagen wollen, eine Stimme verleihen – wenn sie überhaupt etwas mitteilen wollen. Manchmal erscheinen sie nicht einmal. Aber wir müssen zu ihnen gehen und sie um ihre Hilfe bitten.«

»Das habt Ihr schon einmal getan«, sagte Mareth so plötzlich und klar, daß es nicht mehr wie eine Vermutung, sondern wie eine Feststellung klang.

»Ja«, gab der alte Mann zu.

Ja, dachte Kinson Ravenlock und erinnerte sich. Denn er war dabeigewesen. Eine schreckliche Nacht, voll grollender schwarzer Wolken und Strömen von Regen, voller Dampf, der aus der Oberfläche des Sees emporgezischt war, und voller Stimmen, die von den unterirdischen Kammern des Totenhauses heraufgerufen hatten. Kinson hatte am Rand des Tals von Shale gestanden und zugesehen, wie Bremen ans Ufer getreten war und die Geister der Toten zusammen mit einem Wetter erschienen waren, das für ihren schaurigen Zweck wie gemacht schien. Die Visionen hatte er nicht sehen können. Aber Bremen hatte sie gesehen, und sie waren nicht gut gewesen. Zumindest soviel hatte die Miene des alten Mannes enthüllt, als er schließlich im Morgengrauen wieder aus dem Tal emporgeklettert war.

»Es wird nichts geschehen«, versuchte Bremen ihnen zu versichern; ein schwaches und müdes Lächeln erschien in den Falten seines düsteren Gesichts.

Als sie sich zum Schlafen niederlegten, ging Kinson zu Mareth und beugte sich zu ihr hinunter. »Hier«, sagte er und bot ihr seine Reisedecke an. »Sie wird die nächtliche Kälte fernhalten.«

Sie sah ihn nervös an und schüttelte den Kopf. »Ihr braucht sie so sehr wie ich, Grenzländer. Ich möchte nicht anders als die anderen behandelt werden.«

Kinson hielt ihrem Blick einen Moment stand, ohne zu sprechen. »Mein Name ist Kinson Ravenlock«, sagte er dann ruhig.

Sie nickte. »Ich kenne Euren Namen.«

»Ich halte die erste Wache und brauche dafür weder das Gewicht noch die Wärme der Decke. Ich behandle Euch also nicht anders als die anderen.«

Sie war verwirrt. »Ich muß auch Wache halten«, sagte sie beharrlich.

»Das werdet Ihr. Morgen. Jede Nacht wechseln sich zwei von uns ab.« Noch hatte er seine Beherrschung gut unter Kontrolle. »Werdet Ihr jetzt die Decke nehmen?«

Sie warf ihm einen kühlen Blick zu, dann willigte sie ein. »Danke«, sagte sie mit betont gleichgültiger Stimme.

Er nickte und stand auf. So schnell, dachte er, würde er ihr nicht wieder etwas anbieten.

Die Nacht war vollkommen still und von atemberaubender Schönheit. Der seltsam lilagefärbte Himmel war mit dicken Sternen und einem silbernen Viertelmond gespickt. Es fehlte jede Wolke oder eine andere Lichtquelle, und der Himmel wirkte so ungeheuerlich und unendlich, als hätte ihn jemand mit einem Besen leer gefegt und dann die Sterne wie Diamantensplitter über seine samtene Oberfläche verteilt. Tausende waren zu sehen, so viele an so vielen Orten, daß es aussah, als liefen sie wie vergossene Milch zusammen. Kinson blickte zu ihnen auf und staunte. Die Zeit verstrich gleichmäßig. Kinson bemühte sich, den vertrauten Geräuschen des Waldlebens zu lauschen, aber es war, als wären sämtliche Bewohner des Waldes vor Ehrfurcht erstarrt und hätten keine Zeit für die Verfolgung gewöhnlicher Ziele.

Er dachte an die Zeit zurück, da er als Junge in der Wildnis des Grenzlandes nordöstlich von Varfleet im Schatten der Drachenzähne gelebt hatte. Damals war es nicht viel anders gewesen.

Nachts, wenn seine Eltern und seine Brüder geschlafen hatten, hatte er oft wachgelegen und in den Himmel hinaufgestarrt, über dessen Größe gestaunt und an all die vielen Orte gedacht, die er überspannte – Orte, die er, Kinson, noch niemals gesehen hatte. Manchmal war er dann ans Schlafzimmerfenster getreten, als könnte er beim Näherkommen mehr von dem erkennen, was ihn draußen erwartete. Er hatte immer gewußt, daß er fortgehen würde, selbst als die anderen begonnen hatten, sich auf ein seßhafteres Leben vorzubereiten. Sie waren herangewachsen, hatten Familien gegründet und waren in ihre eigenen Häuser gezogen. Sie hatten gejagt, Fallen gestellt, Handel betrieben und das Land bestellt, auf dem sie geboren waren. Aber er hatte sich nur so dahintreiben lassen, immer mit dem Blick zum entfernten Himmel, immer mit dem Versprechen sich selbst gegenüber, eines Tages all das zu sehen, was darunter lag.

Er schaute immer noch zum Himmel auf, selbst jetzt, nachdem er mehr als dreißig Jahre seines Lebens hinter sich hatte. Er suchte immer noch nach dem, was er nicht gesehen hatte, was er nicht kannte. Er bezweifelte, daß sich das jemals ändern würde. Wenn doch, dann würde auch er selbst sich in einer Weise ändern, wie er es sich im Augenblick nicht vorstellen konnte.

Mitternacht brach an, und mit ihr kam Mareth. Sie war in Kinsons Decke gewickelt und trat so unerwartet und leichtfüßig aus den Schatten, daß jeder andere ihr Erscheinen überhaupt nicht bemerkt hätte. Kinson wandte sich um und begrüßte sie; er war überrascht, denn er hatte Bremen erwartet.

»Ich habe Bremen gebeten, mir die Wache zu überlassen«, erklärte sie dem Grenzländer. »Ich wollte nicht anders behandelt werden.«

Er nickte und schwieg.

Sie reichte ihm die Decke. Ohne den Wollstoff erschien sie klein und zerbrechlich. »Ich dachte, Ihr solltet sie zurück haben, wenn Ihr Euch schlafen legt. Es ist kalt geworden. Das Feuer ist beinahe völlig niedergebrannt, und es ist vielleicht auch besser, es so zu lassen.«

Er nahm die Decke an. »Danke.«

»Habt Ihr irgend etwas gesehen?«

»Nein.«

»Die Schädelträger werden uns verfolgen, nicht wahr?«

Wieviel wußte sie? fragte er sich. Ahnte sie, was ihnen bevorstand? »Vielleicht. Habt Ihr geschlafen?«

Sie schüttelte den Kopf. »Ich konnte nicht aufhören nachzudenken.« Mit großen Augen starrte sie in die Dunkelheit hinaus. »Ich habe lange Zeit darauf gewartet.«

»Mit uns auf diese Reise zu gehen?«

»Nein.« Sie schaute ihn überrascht an. »Bremen zu treffen. Von ihm zu lernen, falls er mich unterrichten will.« Sie wandte sich schnell ab, als hätte sie zuviel gesagt. »Ihr solltet lieber schlafen, solange noch Zeit ist. Ich werde bis zum Morgen Wache halten. Gute Nacht.«

Er zögerte, aber es gab nichts mehr zu sagen, und so stand er auf und ging dorthin zurück, wo die anderen, in ihre Decken eingewikkelt, sich um die Glut ausgestreckt hatten. Er legte sich zu ihnen und schloß die Augen, dachte an Mareth und versuchte eine Zeitlang, sie zu begreifen, dann gar nicht mehr an sie zu denken.

Er tat es dennoch, und es dauerte noch lange, ehe er endlich einschlief.

Kapitel 5

Noch vor Sonnenaufgang brachen sie auf und marschierten den ganzen Tag lang nach Osten, bis die Sonne unterging. Sie gingen etwas oberhalb des Mermidon am Fuß der Drachenzähne entlang und achteten darauf, stets im Schatten der Berge zu bleiben. Selbst dort waren sie noch in Gefahr, wie Bremen ihnen eingeschärft hatte.

Die Schädelträger fühlten sich sicher genug, um das Nordland verlassen zu können. Der Dämonenlord führte seine Armee zum Jannissonpaß im Osten, was darauf schließen ließ, daß er vermutlich das Ostland überfallen wollte. Wenn sie aber kühn genug waren, um in das Land der Zwerge einzudringen, würden sie sich ganz sicher auch in das Grenzland wagen.

Daher achteten die Gefährten genau auf den Himmel, die dunklen Täler und die Spalten der Berge, wo die Schatten den Fels in ewige Nacht hüllten. Aber die geflügelten Jäger zeigten sich an diesem Tag nicht, und abgesehen von den kurzen Blicken, die die fünf auf ein paar Reisende in den südlicheren Wäldern und Ebenen werfen konnten, sahen sie niemanden. Sie hielten nur an, um sich auszuruhen und etwas zu essen, nutzten aber ansonsten die Stunden des Tageslichts, um möglichst schnell voranzukommen.

Bei Sonnenuntergang hatten sie die Gebirgsausläufer erreicht, die in das Tal von Shale und zum Hadeshorn führten, und schlugen ihr Lager in einem kleinen Tal auf. Sie blickten auf den Mermidon, der sich weiter östlich in der Rabbebene immer mehr in kleine Bäche und Seen verzweigte und schließlich in der unfruchtbaren Ebene versiegte. Tay hatte einen Fuchs erlegt, und zusammen mit etwas Gemüse bereiteten sie daraus eine warme Mahlzeit zu, die sie noch bei Tageslicht zu sich nahmen, während die Sonne rote und goldene Blutspuren an den westlichen Horizont malte. Nach Mitternacht, so hatte Bremen erklärt, würden sie in die Berge gehen und dort die nur langsam verstreichenden Stunden bis zum Sonnenaufgang verbringen, denn erst dann konnte er die Geister der Toten anrufen.

Als die Nacht hereinbrach, traten sie das Feuer aus und wickelten sich in ihre Decken, um noch möglichst viel Schlaf zu bekommen.

»Mach dir nicht solche Sorgen, Kinson«, flüsterte Bremen, als er einmal an dem Grenzländer vorbeiging und den Ausdruck auf dessen Gesicht sah.

Aber der Rat war vergeblich. Kinson Ravenlock war bereits einmal am Hadeshorn gewesen, und er wußte, was ihn erwartete.

Kurz nach Mitternacht führte Bremen sie in die Gebirgsausläufer der Drachenzähne, zwischen die das Tal von Shale gebettet war. Als sie über die Felsen kletterten, war die Nacht so schwarz, daß sie kaum mehr erkennen konnten, ob jemand vor ihnen ging. Dicke, tiefhängende Wolken waren nach Sonnenuntergang aufgekommen, und schon seit Stunden waren der Mond und die Sterne verschwunden. Bremen führte die Gruppe an, er war vorsichtig, auch wenn ihm das Gebiet, durch das sie gingen, bereits so vertraut war wie der Rücken seiner Hand. Während sie marschierten, sprach er kein Wort zu den anderen, sondern konzentrierte sich auf das, was vor ihm lag, und auf das, was ihn später erwarten würde, immer bestrebt, jeden Fehltritt jetzt oder später zu vermeiden. Denn ein Treffen mit den Toten erforderte entsprechende Voraussicht und Umsicht, und er würde seinen ganzen Mut zusammennehmen und seine Entschlossenheit stärken müssen, um jeden Zweifel, jedes Zaudern auszuschließen. War der Kontakt erst einmal hergestellt, konnte auch eine noch so kleine Unaufmerksamkeit ihrer aller Leben bedrohen.

Als sie ihr Ziel erreicht hatten, waren es immer noch einige Stunden bis zur Dämmerung. Sie machten am Rand des Tals Rast und starrten in das breite, flache Becken unter sich. An den Rändern war es mit Felsstücken übersät, die selbst in der tiefen Düsternis schwarz glitzerten und das merkwürdige Licht des Sees reflektierten. Breit und undurchsichtig präsentierte sich der Hadeshorn in der Mitte der Schüssel, seine ruhige, glatte Oberfläche leuchtete mit einem inneren Glanz, als würde in den Tiefen des Sees seine Seele pulsieren. Ruhig und leblos lag er im Tal von Shale, jeder Bewegung bar und ohne einen Laut. Wie ein schwarzes Loch wirkte er, ein Auge, das in die Welt der Toten hinabsah.

»Wir werden hier warten«, erklärte Bremen, während er sich auf einen niedrigen Felsblock setzte. Seinen Umhang hatte er wie ein Leichentuch um seine dünne Gestalt gewickelt.

Die anderen nickten, blieben jedoch stehen und starrten noch eine Zeitlang ins Tal hinab; sie konnten sich von dem Anblick nicht losreißen. Bremen ließ sie gewähren. Sie spürten, wie die bedrükkende Stille des Tals auf ihnen lastete. Nur Kinson war bereits einmal hier gewesen, und selbst er war nicht auf das vorbereitet, was er jetzt empfand. Bremen verstand das. Der Hadeshorn würde ihnen einen Ausblick auf das geben, was sie erwartete, einen Blick in die Zukunft, der sie nicht entrinnen konnten, einen beängstigenden, dunklen Blick auf das Ende ihres Lebens. Er bot ihnen aber keine erkennbaren Worte, sondern nur Wispern und leichtes Gemurmel – er enthüllte zu wenig, um Klarheit zu verschaffen, und gerade genug, um sie innehalten zu lassen.

Der alte Mann war jetzt zweimal hier gewesen, und jedes einzelne Mal hatte ihn für immer verändert. Eine Begegnung mit den Toten brachte ihm Wahrheiten und Weisheiten, aber es war auch ein Preis dafür zu zahlen. Man konnte nicht die Zukunft berühren und danach einfach fliehen. Man konnte nicht den Blick aufs Verbotene richten und verhindern, daß man geblendet wurde. Bremen erinnerte sich an die Kälte, die anschließend bis in seine Knochen gedrungen war und ihn wochenlang nicht mehr verlassen hatte. Er erinnerte sich an die tiefe Sehnsucht nach dem, was er in den vergangenen Jahren versäumt hatte und niemals würde zurückholen können. Selbst jetzt ängstigte ihn die Möglichkeit, irgendwo von dem schmalen Pfad abzukommen, der ihm den verbotenen Kontakt gestattete; er hatte Angst, von der Leere verschluckt und zur Existenz einer Kreatur zwischen Leben und Tod verdammt zu werden – nicht ganz das eine, aber auch nicht das andere.

Aber weit mehr Gewicht als seine Ängste und Zweifel hatte sein Bedürfnis zu erfahren, wie der Dämonenlord zerstört werden konnte, welche Möglichkeiten und Chancen ihnen in ihrem Bemühen blieben, die Rassen zu retten, und welche Geheimnisse der Vergangenheit und Zukunft den Lebenden verborgen, den Toten jedoch zugänglich waren. Dieses Bedürfnis war so stark, daß Bremen einfach gezwungen war, entsprechend zu handeln. Ja, es war gefährlich, diesen Kontakt herzustellen. Ja, er würde nicht unversehrt daraus hervorgehen. Aber am Ende wäre selbst sein Tod ein annehmbarer Preis, wenn sein Feind damit besiegt werden konnte.

Die anderen hatten sich jetzt vom Anblick des Tals fortgerissen und kamen zu Bremen, um sich ebenfalls hinzusetzen. Er schenkte jedem einzelnen ein zuversichtliches Lächeln und winkte den beunruhigten Kinson näher zu sich heran.

»In der letzten Stunde vor Morgenanbruch werde ich ins Tal hinuntergehen«, erklärte er ruhig. »Wenn ich dort angekommen bin, werde ich die Geister der Toten anrufen und sie bitten, mir etwas aus der Zukunft zu zeigen. Ich werde sie bitten, mir die Geheimnisse zu enthüllen, die uns helfen können, den Dämonenlord zu zerstören. Ich werde sie bitten, uns jede Form von Magie zu geben, die uns helfen könnte. Dies alles muß schnell geschehen, innerhalb der kurzen Zeitspanne bis zum Sonnenaufgang. Ihr werdet hier auf mich warten. Auf keinen Fall werdet ihr in das Tal hinabsteigen, ganz gleich was geschieht. Ihr werdet keinen Finger rühren bei dem, was ihr seht, auch wenn es euch so scheint, als müßtet ihr handeln. Ihr dürft nichts anderes tun als warten.«

»Vielleicht sollte dich einer von uns begleiten«, bot Risca geradeheraus an. »Selbst den Toten gegenüber ist man zu mehreren vielleicht sicherer. Wenn du mit ihren Geistern sprechen kannst, können wir es auch. Wir sind alle Druiden, abgesehen von dem Grenzländer.«

»Daß ihr Druiden seid, spielt keine Rolle«, sagte Bremen sofort. »Es ist zu gefährlich für euch. Dies ist etwas, das ich alleine tun muß. Ihr werdet hier warten. Versprich mir das, Risca.«

Der Zwerg warf ihm einen langen, verärgerten Blick zu, dann nickte er. Bremen wandte sich an die anderen. Einer nach dem anderen nickte zögernd. Mareths Augen begegneten seinem Blick in stillem Einverständnis.

»Du bist überzeugt, daß es notwendig ist?« drängte Kinson leise.

Die Falten in Bremens gealtertem Gesicht vertieften sich sogar noch ein wenig, als er die Augenbraue hochzog. »Wenn ich mir etwas anderes vorstellen könnte, das uns weiterhilft, würde ich diesen Ort sofort verlassen. Ich bin kein Narr, Kinson. Und auch kein Held. Ich weiß, was es bedeutet, hierherzukommen. Ich weiß, daß es mich verletzen wird.«

»Dann ...«

»Aber die Toten sprechen zu mir, wie es die Lebenden nicht können«, schnitt Bremen ihm das Wort ab. »Wir brauchen ihre Weisheit und ihr Wissen. Wir brauchen ihre Visionen, so fehlerhaft und unverständlich sie manchmal auch sein mögen.« Er holte tief Luft. »Wir müssen mit ihren Augen sehen. Wenn ich etwas von mir aufgeben muß, um dieses Wissen zu bekommen, dann soll es so sein.«

Sie waren jetzt still; verloren in ihre jeweiligen Gedanken ließen sie sich Bremens Worte und die Bedenken, die sie hervorriefen, durch den Kopf gehen. Aber sie konnten es nicht ändern. Er hatte ihnen alles Notwendige erklärt, und es gab nichts mehr zu sagen. Sie würden es vielleicht besser verstehen, wenn diese Angelegenheit vorüber war.

Also saßen sie im Dunkeln und blickten verstohlen auf die glänzende Oberfläche des Sees, lauschten der Stille und warteten darauf, daß der Morgen näherrückte.

Als es dann endlich soweit war und er gehen mußte, stand Bremen auf, blickte mit einem kleinen Lächeln zu seinen Begleitern und ging wortlos davon, hinunter in das Tal von Shale.

Auch diesmal kam er nur langsam voran. Er war diesen Weg schon zweimal gegangen, aber das Gelände war zu tückisch, und so nützte ihm die Vertrautheit nicht viel. Der Fels unter seinen Füßen war beinahe an jeder Stelle schlüpfrig und lose, und die Kanten waren scharf und schnitten ihm in die Haut, wenn er nicht achtgab. Er wählte seinen Weg sehr bedächtig, tastete sich bei jedem Schritt vorsichtig vor. Seine Schuhe knirschten auf dem Fels und erzeugten ein Geräusch, das in der tiefen Stille widerhallte. Im Westen, wo die

Wolken sich am dichtesten zusammenballten, grollte unheilverkündend der Donner und kündigte einen Sturm an. Im Tal selbst ging kein Wind, aber der Geruch nach Regen durchdrang die stille Luft. Bremen schaute auf, als ein Blitz über den schwarzen Himmel zuckte und sich dann weiter nördlich vor dem Hintergrund der Berge wiederholte.

Er erreichte den Grund des Tals und kam jetzt etwas schneller voran, da seine Füße auf ebenem Gelände mehr Halt fanden. Vor ihm glitzerte der Hadeshorn silbrig. Bremen konnte die Toten riechen, ihren unverwechselbaren Moder, die trockene, übelriechende Verwesung. Er war versucht, sich umzudrehen und nach den anderen zu schauen, aber er wußte, er durfte sich nicht einmal diese kleine Ablenkung erlauben. Er ging bereits das Ritual durch, dem er folgen mußte, seit er in die Nähe des Seeufers geraten war – bestimmte Worte, Zeichen, Beschwörungsakte, die die Toten dazu bringen würden, mit ihm zu sprechen. Er stärkte sich innerlich gegen ihre lähmende Gegenwart.

Viel zu schnell stand er am Rand des Sees, eine zerbrechliche, kleine Gestalt in einer gewaltigen Kulisse aus Fels und Himmel, ein Bündel aus vertrockneter Haut und alten Knochen, dessen stärkster Teil seine Entschlossenheit, sein sturer Wille waren. Hinter sich konnte er das Grollen des herannahenden Donners hören. Die Wolken über ihm begannen unruhig zu werden, sie wurden durch den regenführenden Wind aufgewühlt. Unter seinen Füßen spürte er das Beben der Erde, als die Geister seine Gegenwart wahrnahmen.

Er sprach leise zu ihnen, erzählte ihnen, wer er war, seine Geschichte, den Grund, warum er mit ihnen sprechen wollte. Mit seinen Händen und Füßen vollführte er die angemessenen Gesten, die die Toten in die Welt der Lebenden bringen würden. Er sah ihre Antworten in den Bewegungen des Wassers und beschleunigte sein Vorgehen. Er war zuversichtlich und bereit; er wußte, was folgen würde. Zuerst kam das Flüstern, weich und wie aus weiter Ferne erhoben sich die Töne, wie unsichtbare Blasen entstiegen sie dem Wasser. Dann setzten die Schreie ein, lang anhaltend und tief. Sie wurden lauter, und aus den anfänglich wenigen wurden viele, und immer noch nahmen sie an Intensität und Ungeduld zu. Die Wasser des Hadeshorn brodelten vor Unzufriedenheit und Not, und bald schon waren sie ebenso aufgewühlt wie die Wolken über ihnen, in Aufruhr gebracht durch ihren eigenen Sturm. Bremen machte ihnen Zeichen, er bat sie um Antwort. Jetzt kam ihm zugute, was er während des Studiums bei den Elfen gelernt hatte – wie auf einem Felsen in der Brandung konnte er darauf die Magie errichten, mit der er die Geister herbeirief. *Antwortet mir*, rief er ihnen zu. *Öffnet euch mir.*

Gischt schoß aus der Mitte des inzwischen heftig aufgewühlten Sees empor, erhob sich zu einer Fontäne, fiel in sich zusammen, erhob sich wieder. Tief in der Erde erklang ein Rumpeln, ein unruhiges Stöhnen. Bremen spürte, wie sich erste Spuren von Zweifel in sein Herz stahlen, und nur mit großer Mühe konnte er sich dazu zwingen, sie zu ignorieren. Er spürte, wie sich ein Vakuum um ihn herum bildete, sich vom See ausbreitete und daranmachte, das gesamte Tal zu umfassen. In diesem Vakuum würden nur die Toten erlaubt sein – die Toten und derjenige, der sie gerufen hatte.

Dann begannen die Geister, sich aus dem See zu erheben: kleine weiße Lichtfäden, die nur eine verschwommen menschliche Form besaßen; Umrisse, die vor dem schwarzen Hintergrund der bewölkten Nacht wie Glühwürmchen schimmerten. Schlangenähnlich wanden sich die Geister aus dem Nebel und der Gischt empor, lösten sich von der finsteren, toten Atmosphäre, die jetzt ihr Zuhause war, um für kurze Zeit die Welt zu besuchen, die sie einst bewohnt hatten. Bremen reckte seine Arme in einer abwehrenden Geste; er fühlte sich verwundbar und machtlos, obwohl er die Geister herbeigerufen hatte, obwohl er sie ins Leben gebracht hatte. Ein Kälteschauer rann über seine spröden Glieder, Eiswasser floß durch seine Adern. Er blieb fest gegen die Angst, die ihn durchströmte, gegen das Flüstern, das anklagend fragte: *Wer ruft uns? Wer wagt es?*

Dann zerriß in der Mitte des Sees etwas Gewaltiges die Wasseroberfläche, eine schwarzumhüllte Gestalt, die alle anderen glühenden Umrisse klein erscheinen ließ, sie zersprengte, ihr zartes Licht aufsaugte und sie wie Blätter im Wind taumelnd und tanzend zurückließ. Die verhüllte Gestalt erhob sich und stand jetzt auf den dunklen, wirbelnden Wellen des Hadeshorn, kaum eine materielle Gestalt, eher ein Gespenst ohne Fleisch und Knochen, aber dennoch von festerem Stoff als die kleineren Wesen, die es überragte.

Bremen wappnete sich innerlich, als die dunkle Gestalt sich ihm näherte. Sie war es, die er hatte sehen wollen, sie war es, die er gerufen hatte. Dennoch war er nicht mehr sicher, ob er das Richtige getan hatte. Die verhüllte Gestalt wurde langsamer, sie war jetzt so nah, daß sie den Himmel und das Tal verdeckte. Die Kapuze wurde zurückgeschoben, aber es war kein Gesicht darunter, und es gab auch sonst kein Anzeichen, daß irgend etwas in dem dunklen Umhang steckte.

Die Gestalt begann zu sprechen, und die Stimme war ein unzufriedenes Grollen.

– Kennst du mich –

Die Frage war unbetont, sachlich und leer, ganz ohne den Tonfall einer Frage, und die Worte blieben in der darauffolgenden durchdringenden Stille hängen.

Bremen nickte langsam. »Ich kenne dich«, flüsterte er.

Oben am Rand des Tals standen die vier, die Bremen zurückgelassen hatte, und beobachteten das Schauspiel. Sie sahen den alten Mann am Ufer des Hadeshorn die Geister der Toten herbeirufen, sahen, wie sich die Geister aus dem aufgewühlten Wasser erhoben, sahen ihre glühenden Gestalten, die Bewegungen ihrer Arme und Beine, das Zucken ihrer Körper in einem makabren Tanz momentaner Freiheit. Sie beobachteten, wie sich die gewaltige, schwarzbemäntelte Gestalt aus ihrer Mitte erhob, sie einhüllte und ihr Licht in sich aufsaugte. Sie sahen auch, wie diese Gestalt auf Bremen zuging und vor ihm stehenblieb.

Aber sie konnten nichts von dem verstehen, was sie sahen. Innerhalb des Tals war alles ruhig. Die Geräusche des Sees und der Geister waren vor ihnen verschlossen. Die Stimmen des Druiden und der dunklen Gestalt waren, wenn es denn welche gab, für sie unhörbar. Sie hörten nur den Wind, der ihnen um die Ohren rauschte, und die beginnenden Regentropfen auf den Felsbrocken. Der erwartete Sturm brach aus, er kam vom Westen in einer Ansammlung von dunklen Wolken herangerollt und ging mit dichten Regenschauern auf sie nieder. Er erreichte sie in demselben Moment, als die dunkle Gestalt Bremen erreichte, und sofort wurde alles verschluckt. Der See, die Geister, die bemäntelte Gestalt, Bremen, das gesamte Tal – alles war in dem Bruchteil einer Sekunde fort.

Risca knurrte bestürzt und warf rasch einen Blick auf die anderen. Sie hatten sich jetzt gegen den Sturm in Decken gehüllt, kauerten sich nieder wie vom Alter gebeugte alte Weiber. »Könnt ihr etwas erkennen?« fragte er besorgt.

»Nichts«, antwortete Tay Trefenwyd sofort. »Sie sind verschwunden.«

Einen Augenblick lang bewegte sich niemand, und sie waren unsicher, was sie jetzt tun sollten. Kinson blinzelte durch den niederströmenden Regen, er versuchte, die Gestalten zu unterscheiden, die er glaubte, erkannt zu haben. Aber das alles blieb nur unbestimmt und unwirklich, und von der Stelle, an der sie standen, hatten sie keine Chance, etwas zu erkennen.

»Er könnte in Schwierigkeiten stecken«, brummte Risca vorwurfsvoll.

»Er hat uns befohlen zu warten«, zwang Kinson sich zu sagen. Er wollte nicht an die Anordnung des alten Mannes denken müssen, wenn er so um ihn fürchtete, aber er wollte auch sein Versprechen nicht so einfach ignorieren.

Regen blies ihnen in plötzlichen Stößen ins Gesicht und nahm ihnen die Luft.

»Es geht ihm gut!« rief Mareth plötzlich aus. Sie fuhr mit der Hand durch den Regen vor ihrem Gesicht.

Sie starrten sie an. »Kannst du sie erkennen?« fragte Risca.

Sie hatte ihr Gesicht etwas gesenkt, daß es jetzt im Schatten war, und nickte. »Ja.«

Aber das war nicht möglich. Kinson stand ihr am nächsten und bemerkte, was den anderen entging. Wenn sie Bremen sah, dann zumindest nicht mit ihren Augen. Und die, stellte er entsetzt fest, waren jetzt weiß.

Innerhalb des Tales von Shale fiel kein Regen, es blies kein Wind und es gab auch kein anderes Zeichen des Sturms. Bremen spürte nichts anderes als den See und die dunkle Gestalt, die vor ihm stand.

– Sag meinen Namen –

Der alte Mann holte tief Luft und versuchte, seine zitternden Glieder zu beruhigen und die Kälte aus seiner Brust zu verdrängen. »Du bist der, der einstmals Galaphile war.«

Bremen kannte diesen Teil des Rituals. Ein Geist, der gerufen worden war, konnte nicht bleiben, sofern nicht sein Name von demjenigen ausgesprochen wurde, der ihn gerufen hatte. Jetzt konnte er lange genug verharren, um Antworten auf die Fragen zu geben, die Bremen stellen würde – wenn er sich denn überhaupt zum Antworten entscheiden würde.

Der Schatten bewegte sich plötzlich unruhig.

– Was könntest du von mir wissen wollen –

Bremen zögerte nicht. »Ich möchte von dir wissen, was immer du mir über den rebellischen Druiden Brona sagen kannst; über den, der zum Dämonenlord geworden ist.« Seine Stimme zitterte so stark wie seine Hände. »Ich möchte wissen, wie ich ihn zerstören kann. Ich möchte wissen, was geschehen wird.« Seine Stimme erstarb in einem trockenen Röcheln.

Der Hadeshorn geriet in plötzliche Bewegung und wogte wie zur Antwort auf Bremens Worte hoch empor, und das Stöhnen und die Schreie der Toten erhoben sich in einer durchdringenden Kakophonie in der Nacht. Bremen spürte wieder die kalte Luft in seiner Brust, wie eine Schlange, die sich zusammenringelt, um dann zustoßen zu können. Er spürte, wie das Gewicht all seiner vielen Jahre ihn niederdrückte. Er spürte die Schwäche seines Körpers, der die Stärke seines Willens Lügen strafte.

– Du willst ihn um jeden Preis zerstören –

»Ja.«

– Du würdest jeden Preis dafür zahlen –

Bremen spürte, wie die Schlange an seinem Herzen nagte. »Ja«, flüsterte er verzweifelt.

Galaphiles Geist breitete die Arme aus, als wollte er den alten Mann umarmen, ihn beschützen.

– Gib acht –

Visionen erschienen vor dem Umriß der bemäntelten Gestalt, nahmen vor dem schwarzen Leichentuch Form an. Eine nach der anderen materialisierten sie sich aus der Dunkelheit, vage und körperlos, schimmernd wie die Wasser des Hadeshorn bei der Ankunft der Geister. Bremen beobachtete die Parade von Bildern vor sich und wurde von ihnen angezogen, als wäre es Licht in der Dunkelheit.

Es waren vier.

Im ersten stand er in der alten Festung Paranor. Alles um ihn herum war tot. Niemand lebte mehr, alle waren erschlagen, Opfer von Verrat, durch heimtückische Schläue vernichtet. Finsternis verhüllte die Festung der Druiden, und Finsternis bewegte sich auch in den Schatten – wartende Mörder, eine tödliche Macht. Aber hinter dieser Finsternis strahlte mit leuchtender Selbstverständlichkeit das helle, glänzende Medaillon der Hohen Druiden. Das Bild einer erhobenen Hand, die eine brennende Fackel umfaßt. Das hochgeschätzte Eilt Druin erwartete Bremens Ankunft, sehnte sich nach seiner Berührung.

Die Vision verschwand, und Bremen schwebte über das gewaltige Gebiet des Westlandes. Verwundert schaute er hinunter. Zuerst konnte er nicht genau sehen, wo er sich befand. Dann erkannte er das satte Tal von Sarandanon und dahinter das blaue Wasser des Innisbore. Wolken verdeckten die Sicht einen Augenblick und veränderten alles. Dann sah er Berge – war es der Kensrowe oder das Gebirge der Grimmzacken? In dem Massiv waren zwei kleine Gipfel, die sich wie die Finger einer ausgestreckten Hand in Form eines V voneinander trennten. Zwischen ihnen führte ein Paß zu einer gewaltigen Ansammlung von Felsen, dicht zusammengedrängt zu einer einzigen Masse. Innerhalb der Felsfinger verbarg sich eine Burg von unvorstellbarem Alter, ein Ort aus der Zeit der Feen. Bremen tauchte hinunter in die Schwärze und fand den Tod lauernd, konnte aber sein Gesicht nicht ausmachen. Und dort, in der Tiefe, lag der Schwarze Elfenstein.

Auch diese Vision verschwand wieder, und jetzt stand er auf einem Schlachtfeld. Um ihn herum lagen Tote und Verwundete aller Rassen und dazu Wesen aus Rassen, von denen er noch nie gehört hatte. Die Erde war blutverschmiert, und laut erklang das Geschrei der Kämpfenden und das Klirren ihrer Waffen in dem verblassenden grauen Licht eines späten Nachmittags. Vor Bremen stand ein Mann, das Gesicht abgewandt. Er war groß und blond, ein Elf, der in seiner rechten Hand ein funkelndes Schwert hielt. Einige Meter entfernt stand der Dämonenlord, ganz in Schwarz gehüllt und schrecklich, von einer unbezähmbaren Präsenz, die alles beanspruchte. Er schien auf den großen Mann zu warten, gemächlich, zuversichtlich, herausfordernd. Der große Mann kam näher, er hob sein Schwert, und auf dem Griff der Waffe, unterhalb seiner behandschuhten Hand, war das Emblem des Eilt Druin zu sehen.

Eine letzte Vision erschien. Es war dunkel und bewölkt und Laute von Trauer und Verzweiflung erfüllten die Luft. Bremen stand wieder im Tal von Shale vor den Wassern des Hadeshorn, gegenüber dem Schatten Galaphiles, und beobachtete, wie die kleineren, helleren Geister wie Rauch über den See huschten. An seiner Seite war ein Junge, groß und schlank und dunkel, kaum fünfzehn Jahre alt und von so großem Ernst, daß er ebenfalls wie ein Trauernder wirkte. Der Junge wandte sich Bremen zu, und der Druide schaute ihm in die Augen... seine eigenen Augen...

Die Visionen wurden schwächer und waren verschwunden. Der Schatten Galaphiles zog sich fester zusammen, verdeckte die Bilder und stahl das kurze Licht, das sie gespendet hatten. Bremen starrte und blinzelte, er war noch ganz verwundert über das, was er gesehen hatte.

»Wird dies geschehen?« fragte er den Schatten flüsternd. »Wird dies eintreten?«

– Einiges davon ist bereits eingetreten –

»Die Druiden, Paranor...?«

– Frag nicht weiter –

»Aber was kann ich...?«

Der Schatten wischte die Fragen des alten Mannes mit einer raschen Geste beiseite. Bremen hielt den Atem an, als sich eiserne Reifen um seine Brust legten. Die Reifen lockerten sich etwas, und er schluckte seine Furcht hinunter. Gischt zischte in einem hellen Geysir empor und hob sich wie Diamanten vor der samtschwarzen Nacht ab.

Der Schatten begann, sich zurückzuziehen.

– Vergiß nicht –

Bremen hob in einem sinnlosen Versuch, den Abschied des anderen hinauszuzögern, seine Hand. »Warte!«

– den Preis –

Der alte Mann schüttelte verwirrt den Kopf. Den Preis? Für was? Für wen?

– Erinnere dich –

Dann begann der Hadeshorn wieder zu dampfen, und der Geist sank langsam zurück in den wirbelnden See, zog auch die helleren, kleineren Geister mit sich, die ihn begleitet hatten. In einem Ausbruch von Gischt und Nebel, unter Schreien und Wimmern kehrten die Toten wieder in die Unterwelt zurück, aus der sie gekommen waren. Wasser schoß in einer gewaltigen Säule empor, als sie verschwanden, zerriß die Stille und Schwüle in einer fürchterlichen Explosion.

Dann brach der Sturm herein, mit Wind und Regen, mit Donner und Blitz hämmerte er auf den alten Mann ein. Bremen brach zusammen und sank sofort zu Boden.

Besinnungslos lag er mit offenen, starrenden Augen am Ufer.

Mareth erreichte ihn als erste. Die Männer waren größer und kräftiger, aber sie fand mehr Halt auf dem feuchten, schlüpfrigen Fels und flog beinahe über die glänzende Oberfläche. Sie kniete sich sofort hin und nahm den alten Mann in ihre Arme. Regen strömte unablässig herab, spritzte auf die jetzt glatte, ruhige Oberfläche des Hadeshorn, floß über den schwarzglitzernden Samt des Tals und ließ das Licht diesig und verschwommen wirken. Er tränkte Mareths Kleider bis auf die Haut, so daß sie zu frieren begann, aber sie achtete nicht darauf, so angespannt war sie vor lauter Konzentration. Sie hob den Kopf zum dunklen Himmel und schloß die Augen. Die anderen drei verlangsamten ihren Schritt, als sie sahen, was geschah; sie waren verwirrt. Mareths Arme schlossen sich fester um Bremen, dann zitterte sie heftig und sackte vornüber. Die Männer eilten zu ihr, um sie aufzufangen. Kinson zog sie hoch und brachte sie von Bremen fort, während Tay den alten Mann aufhob, und dicht zusammengedrängt kämpften sie sich ihren Weg zurück durch den Wolkenbruch und aus dem Tal von Shale heraus.

Als sie das Tal hinter sich gelassen hatten, fanden sie Unterschlupf in einer Höhle, an der sie auf dem Hinweg vorbeigekommen waren. Sie legten das Mädchen und den alten Mann auf den Steinboden und wickelten sie in ihre Decken. Da es kein Holz für Feuer gab, mußten sie durchnäßt und fröstelnd auf das Ende des

Regens warten. Kinson tastete nach dem Herzschlag und dem Puls; beide waren kräftig. Nach einiger Zeit kam der alte Mann zu sich, dann, beinahe sofort danach, auch das Mädchen. Die drei Zuschauer versammelten sich um Bremen, um zu erfahren, was geschehen sei, aber der alte Mann schüttelte den Kopf und erklärte, daß er jetzt noch nicht darüber sprechen wolle. Widerstrebend ließen sie von ihm ab und zogen sich wieder zurück.

Kinson blieb kurz bei Mareth stehen, er dachte daran, sie zu fragen, was sie mit Bremen getan hatte – denn es schien ihm eindeutig, daß sie irgend etwas getan hatte –, aber sie blickte nur kurz zu ihm auf und wandte sofort wieder den Blick ab.

Während des Tages wurde es nur unwesentlich heller, und der Regen dauerte an. Kinson teilte mit den anderen, was er an Essen bei sich hatte. Nur Bremen nahm nichts zu sich. Der alte Mann schien sich ganz tief in sein Inneres zurückgezogen zu haben – vielleicht befand er sich auch noch irgendwo im Tal. Er starrte ins Leere, und sein zerfurchtes, wettergegerbtes Gesicht war eine ausdruckslose Maske. Kinson betrachtete ihn eine Weile, er suchte nach einem Zeichen, das darüber Auskunft geben könnte, was Bremen dachte, aber er war nicht sehr erfolgreich.

Schließlich blickte der alte Mann auf, als würde er sich erst in diesem Moment darüber klar, wo er sich befand, und sich gleichzeitig fragen, weshalb. Er winkte die anderen zu sich. Als sie sich zu ihm gesetzt hatten, berichtete er ihnen von dem Treffen mit Galaphiles Schatten und von den vier Visionen.

»Ich habe nicht erkennen können, was diese Visionen bedeuten«, schloß er seinen Bericht. Seine Stimme klang müde und rauh in der Stille. »Waren es nur Prophezeiungen dessen, was noch geschehen wird, Abbild einer bereits entschiedenen Zukunft? Wollten sie Auskunft geben über das, was sein wird, wenn bestimmte Dinge geschehen? Warum hatte der Schatten gerade diese Visionen ausgewählt? Welche Reaktion wird von mir erwartet? All diese Fragen bleiben unbeantwortet.«

»Und welcher Preis wurde von dir für all dies verlangt?« murrte Kinson düster. »Vergiß das nicht.«

Bremen lächelte. »Ich habe darum gebeten, mich einmischen zu dürfen, Kinson. Ich habe mir selbst die Rolle desjenigen angeeignet, der die Rassen beschützt und den Dämonenlord zerstört. Ich habe nicht das Recht zu fragen, was es mich kosten wird, sollten meine Bemühungen erfolgreich sein.«

Er seufzte. »Dennoch glaube ich, ein bißchen von dem zu verstehen, was von mir erwartet wird. Aber dazu brauche ich die Hilfe von euch allen.« Er blickte sie der Reihe nach an. »Ich fürchte, ich muß euch bitten, euch in große Gefahr zu begeben.«

Risca schnaubte. »Dem Himmel sei Dank. Ich dachte schon, aus diesem Abenteuer würde sich überhaupt nichts ergeben. Sag uns, was wir tun sollen.«

»Ja, beginnen wir diese Reise endlich«, stimmte Tay zu. Begierig beugte er sich nach vorn.

Bremen nickte, und Dankbarkeit glomm in seinen Augen. »Wir stimmen alle überein, daß der Dämonenlord aufgehalten werden muß, bevor er alle Rassen unterjocht. Wir wissen, daß er dies bereits einmal versucht hat und dabei gescheitert ist, aber dieses Mal ist er stärker und noch gefährlicher. Ihr wißt, daß ich überzeugt davon bin, daß er versuchen wird, die Druiden von Paranor zu vernichten. Die erste Vision legt nahe, daß ich recht hatte.« Er hielt einen Augenblick inne. »Ich fürchte, es ist vielleicht schon geschehen.«

Schweigen senkte sich herab, als die anderen vorsichtige Blicke tauschten. »Du meinst, die Druiden sind alle tot?« fragte Tay schließlich leise.

Bremen nickte. »Ich halte es für möglich. Ich hoffe, daß ich unrecht habe. Wie auch immer, ob sie tot sind oder nicht – ich muß entsprechend der ersten Vision das Eilt Druin aus der Festung holen. Wenn man die Visionen alle zusammen betrachtet, zeigt sich deutlich, daß das Medaillon der Schlüssel zu einer Waffe ist, die Brona zerstören wird. Ein Schwert, eine Klinge von besonderer

Kraft, von einer Magie, der der Dämonenlord nicht widerstehen kann.«

»Welche Magie?« fragte Kinson sofort.

»Ich weiß es noch nicht.« Bremen lächelte wieder. Er schüttelte den Kopf. »Ich weiß kaum mehr als die Tatsache, daß eine Waffe nötig ist und daß, wenn ich der Vision Glauben schenken kann, diese Waffe ein Schwert sein muß.«

»Und daß du den Mann finden mußt, der es schwingen wird«, fügte Tay hinzu. »Ein Mann, dessen Gesicht du nicht sehen konntest.«

»Aber die letzte Vision mit dem dunklen Bild des Hadeshorn und dem Jungen mit den merkwürdigen Augen...« begann Mareth besorgt.

»Muß warten, bis es soweit ist.« Bremen schnitt ihr, wenn auch nicht schroff, das Wort ab. Sein Blick ruhte auf ihrem Gesicht und schien nach etwas zu suchen. »Die Dinge werden sich enthüllen, wenn es soweit ist, Mareth. Wir können sie nicht beschleunigen. Und wir dürfen uns durch unsere Sorgen um sie nicht ablenken lassen.«

»Also, was sollen wir tun?« fragte Tay beharrlich.

Bremen sah ihn an. »Wir müssen uns aufteilen, Tay. Ich möchte, daß du zu den Elfen zurückkehrst und Courtann Ballindarroch bittest, eine berittene Expedition auf die Suche nach dem Schwarzen Elfenstein zu schicken. Aus irgendeinem Grund ist der Stein wichtig für unsere Bemühungen, Brona zu vernichten. Dies legen die Visionen nahe. Die geflügelten Jäger suchen bereits danach. Sie dürfen ihn nicht finden. Der Elfenkönig muß davon überzeugt werden, uns hierbei zu unterstützen. Wir haben die Einzelheiten der Vision zur Unterstützung. Benutze, was sie uns gezeigt hat, und bringe den Stein in Sicherheit, bevor er in die Hände des Dämonenlords gelangen kann.«

Er wandte sich an Risca. »Dich muß ich bitten, zu Raybur und den Zwergen nach Culhaven zu reisen. Die Armeen des Dämonenlords marschieren nach Osten, und ich bin überzeugt, daß sie dort als nächstes zuschlagen. Die Zwerge müssen sich gegen einen Angriff vorbereiten und standhalten, bis Hilfe eintrifft. Du mußt all deine Fähigkeiten dafür einsetzen, daß sie dies tun. Tay wird mit Ballindarroch sprechen und die Elfen bitten, sich mit den Zwergen zu verbünden. Gemeinsam werden sie der Trollenarmee entgegentreten können, auf die sich Brona stützt. Aber am wichtigsten ist jetzt, Zeit zu gewinnen, um die Waffe zu schmieden, die Brona vernichten wird. Kinson, Mareth und ich werden nach Paranor zurückkehren und in Erfahrung bringen, ob die Vision vom Untergang der Druidenfestung wahr ist. Ich werde versuchen, den Eilt Druin an mich zu bringen.«

»Wenn Athabasca noch lebt, wird er ihn nicht herausgeben«, erklärte Risca. »Das weißt du.«

»Vielleicht«, erwiderte Bremen mild. »Auf jeden Fall muß ich herausfinden, wie dieses Schwert, das mir gezeigt wurde, geschmiedet wird, welche magischen Fähigkeiten es besitzen soll und welche Kraft darin liegen muß. Ich muß herausfinden, wie man es unzerstörbar machen kann. Und dann muß ich den Krieger suchen, der dieses Schwert schwingen wird.«

»Es scheint mir, als müßtest du Wunder vollbringen«, brachte Tay Trefenwyd ironisch hervor.

»Das müssen wir alle«, antwortete Bremen leise.

Sie sahen sich in dem düsteren Licht an, und ein unausgesprochenes Einverständnis nahm zwischen ihnen Gestalt an. Vor ihrem Unterschlupf tropfte in regelmäßiger Kadenz Regenwasser von den felsigen Vorsprüngen. Es war Morgen, und das Licht war jetzt silbrig von der Sonne, die versuchte, sich ihren Weg durch die hartnäckigen Wolken zu bahnen.

»Wenn die Druiden von Paranor tot sind, sind wir die einzigen Überlebenden«, sagte Tay. »Nur wir fünf.«

Bremen nickte. »Dann müssen fünf genügen.« Er erhob sich und blickte ins Zwielicht hinaus. »Wir sollten jetzt lieber aufbrechen.«

Kapitel 6

Nordwestlich des Sees, an dem Bremen dem Schatten Galaphiles gegenübergestanden hatte, hielt in derselben Nacht Caerid Lock Wache; tief im Innern des Steinrings der Drachenzähne machte er seinen Rundgang auf Paranor. Es war nahezu Mitternacht, als er über die nach Süden zeigenden Brüstungen schritt. Ein gewaltiger Blitz in weiter Ferne lenkte ihn einen Moment ab, und er hielt inne, um der Stille zu lauschen. Wolken türmten sich hoch am gesamten südlichen Horizont, sie verdeckten den Mond und die Sterne und hüllten die Welt in tiefes Schwarz. Ein zweiter Blitz flammte auf, spaltete die Nacht für einen Augenblick in tausend Scherben, dann verschwand er wieder, als hätte er niemals existiert. Donner folgte, ein langes, tiefes Grollen, das von den Berggipfeln widerhallte. Der Sturm blieb von Paranor fern, aber die Luft roch nach Regen und die Stille war intensiv und drückend.

Der Befehlshaber der Druidenwache blieb noch einen Moment nachdenklich dort stehen, dann verschwand er durch eine Turmtür im Inneren der Festung. Nacht für Nacht zog er seine Runden und setzte sich verächtlich über sein Schlafbedürfnis hinweg – ein Mann, der sich aus einem inneren Zwang heraus Gewohnheiten zugelegt hatte, die sich niemals ändern würden. Die größten Gefahren, glaubte er, drohten in den Stunden von Sonnenuntergang bis Mitternacht und kurz vor Sonnenaufgang. In dieser Zeit lullte Müdigkeit die Sinne ein und machte unvorsichtig, und wenn ein Angriff geplant war, würde er sicher in diesen Stunden stattfinden. Caerid Lock hatte beschlossen, in den nächsten Wochen besonders wachsam zu sein, denn er war überzeugt, daß Bremen sie nicht ohne Grund gewarnt hatte; außerdem war er von Natur aus vorsichtig. Er hatte bereits die Anzahl der Männer während jeder Wache erhöht und die mühselige Verstärkung der Torriegel begonnen. Er hatte sogar überlegt, als besondere Schutzmaßnahme nächtliche

Patrouillen in die umliegenden Wälder auszusenden, aber dann erschien ihm die Gefahr außerhalb der Sicherheit der Mauern zu groß. Seine Wachtruppe war groß, aber keine Armee. Innerhalb der Mauern konnte er für Schutz sorgen, aber er konnte draußen keinen Krieg führen.

Er stieg die Turmtreppen hinab und überquerte den vorderen Hof. Ein halbes Dutzend Wachen standen am Eingang; sie waren verantwortlich für die Tore, Fallgitter und Wachtürme am Haupteingang der Burg. Als sie ihren Befehlshaber sahen, nahmen sie Haltung an. Caerid sprach mit dem Hauptmann, ließ sich versichern, daß alles in Ordnung war und ging weiter. Als er zurück über den Hof ging, hörte er einen neuen Donner grollend die Stille der Nacht durchbrechen. Er blickte nach Süden, um den Blitz zu sehen, der ihm vorangegangen sein mußte, erkannte aber sogleich, daß er schon vergangen war. Er war beunruhigt, wenn auch nicht mehr als in jeder anderen Nacht, und entsprechend seiner Arbeitsmoral führte er seine Pflichten überaus wachsam aus. Manchmal dachte er, daß er schon zu lange auf Paranor lebte. Er verrichtete gute Arbeit, er wußte, daß er immer noch gut war. Er war auch stolz auf seine Garde; sämtliche der jetzt im Dienst stehenden Wachen waren von ihm ausgewählt und ausgebildet worden. Es war ein zuverlässiger Haufen, und Caerid wußte, daß ihm das Lob dafür gebührte. Aber er wurde nicht jünger, und das fortschreitende Alter wurde von einer Schläfrigkeit der Sinne begleitet, die häufig der Selbstzufriedenheit Vorschub leistete. Gerade das konnte er sich jedoch kaum erlauben. Der Krieg im Nordland und die Gerüchte um den Dämonenlord zeigten, in welch gefährlicher Zeit sie lebten. Caerid spürte die Veränderung. Etwas Schreckliches kam auf die Vier Länder zu, und ganz sicher würden auch die Druiden hinweggeschwemmt werden. Etwas Schreckliches nahte, und Caerid Lock hatte Angst, daß er zu spät erkennen würde, welches Gesicht die Gefahr trug.

Er schritt durch eine Tür am Ende des Hofes und ging einen Gang entlang, der ihn zur Mauer und zum Tor im Norden brachte. Vier

Tore führten in die Festung, in jeder Himmelsrichtung eins. Es gab auch einige kleinere Türen, aber sie waren aus Stein und mit Eisen verstärkt, und zudem waren die meisten von ihnen geschickt verborgen. Wenn man angestrengt schaute, konnte man sie finden, aber dazu mußte man sich direkt unter die Mauer stellen, wo das Licht gut war, man sich jedoch den Blicken der Wächter auf den Zinnen preisgab. Trotzdem stellte Caerid während der Stunden zwischen Sonnenuntergang und Sonnenaufgang dort Männer auf, denn er wollte absolut sichergehen. Als er auf das Westtor zuschritt, kam er an zweien dieser Wachen vorbei. Sie standen im Abstand von fünfzig Metern an den Türen im Gang und salutierten zackig. Wir sind wachsam und bereit, sollte das heißen. Caerid nickte ihnen anerkennend zu und ging weiter.

Als er jedoch außer Sichtweite war, zog er mißbilligend die Stirn in Falten. Ihre Aufstellung beunruhigte ihn. Der Mann an der ersten Tür, ein Troll von Kershalt, war ein Veteran, aber der zweite Mann war ein junger, neuer Elf. Caerid Lock mochte es nicht, wenn neue Männer ohne sein Wissen eingeteilt wurden. Er nahm sich vor, das vor der nächsten Wache zu korrigieren.

Er war ganz in diese Angelegenheit versunken, als er an einer Hintertreppe vorbeiging, die von den Schlafquartieren der Druiden herabführte, und so entgingen ihm die verstohlenen Bewegungen der drei dort verborgenen Männer.

Die drei preßten sich fest an die Steinwand, als der Befehlshaber der Druidenwache unter ihnen vorbeiging, ohne sie zu sehen. Sie verharrten vollkommen reglos, bis er gegangen war, dann lösten sie sich wieder von der Wand und schlichen weiter. Sie waren allesamt Druiden, und jeder von ihnen diente dem Rat seit mehr als zehn Jahren. Aber in jedem von ihnen brannte auch die fanatische Überzeugung, für Größeres bestimmt zu sein. Zwar lebten sie entsprechend den Regeln, doch hatten sie sich zunehmend über all diese Anordnungen geärgert und fanden sie dumm, sinnlos und unbefriedigend. Wenn das Leben einen Sinn haben sollte, mußte man Macht besitzen. Die Leistungen eines Mannes bedeuteten nichts, solange sie nicht in persönlichen Vorteilen resultierten. Welchen Zweck hatte es, im Privaten zu studieren, wenn dies nicht in praktischen Nutzen umgesetzt werden konnte? Welchen Sinn machte es, all die Geheimnisse der Wissenschaft und der Magie zwar auszukundschaften, das Wissen aber niemals zu verwenden? Derartige Fragen hatten sie sich gestellt, zuerst jeder für sich allein, dann, als sie erkannten, daß sie diese Überzeugung teilten, gemeinsam. Natürlich standen sie mit ihrer Unzufriedenheit nicht allein da. Andere waren ähnlicher Meinung. Aber im Gegensatz zu den anderen glaubten diese drei so inbrünstig daran, daß sie den Verlockungen der Macht schließlich erlagen.

Es hatte niemals Hoffnung für sie gegeben. Lange Zeit schon hatte der Dämonenlord nach ihnen Ausschau gehalten, hatte seine Rache gegenüber den Druiden geplant. Schließlich hatte er die drei gefunden und zu seinen Anhängern gemacht. Es hatte seine Zeit gedauert, aber nach und nach hatte er sie für sich gewinnen können, genauso, wie es dreihundertfünfzig Jahre zuvor gewesen war. Immer gab es Männer, die darauf warteten, daß er sie sich untertan machte, daß er sie benutzte. Brona war voller Tücke vorgegangen, hatte sich ihnen zunächst nicht enthüllt, sondern nur seine Stimme vernehmen und wie ihre eigene klingen lassen. Er hatte ihnen ein weites Feld der Möglichkeiten vorgegaukelt, den Duft der Macht, die Verlockung der Magie, und wartete darauf, daß sie sich mit eigenen Händen an ihn ketteten, die Fesseln der Erwartung und Gier selbst schmiedeten, sich zu Sklaven machten, indem sie immer süchtiger nach den falschen Träumen und Sehnsüchten wurden. Schließlich hatten sie darum gebettelt, daß er sie zu sich nahm, selbst dann noch, als sie bereits erkannt hatten, wer er war und welchen Preis sie würden zahlen müssen.

Jetzt schlichen sie mit finsterem Ziel durch die Flure Paranors und waren vollständig in die Ereignisse verwickelt, die sie für immer der Verdammnis überantworten würden. Leise stahlen sie sich fort von der Treppe und den Gang entlang bis zu der Tür, an der der junge Elf Wache hielt. Sie blieben im Schutz des Schattens, der vom Fackellicht nicht erreicht werden konnte, und verbargen sich mit Hilfe kleiner magischer Beschwörungen – der süße Geschmack der Macht als Geschenk des Dämonenlords – vor den Augen des jungen Wächters.

Dann waren sie bei ihm, und einer von ihnen schlug ihn besinnungslos. Die zwei anderen arbeiteten schnell und stürmisch an den Schlössern, mit denen die Steintür gesichert war, öffneten eins nach dem anderen, zogen das schwere Eisengitter zurück, hoben den gewaltigen Riegel aus seiner Verankerung und öffneten schließlich die Tür. Jetzt lag Paranor schutzlos in der Nacht, allem ausgeliefert, was draußen wartete.

Die drei Druiden traten zurück, als das erste dieser Wesen, ein Schädelträger, ins Licht geriet. Sein ungeheurer Körper bog sich unter einem Mantel aus Finsternis, die Klauen hielt er weit von sich gestreckt. Ein Wesen aus glatten Oberflächen und scharfen Kanten, dessen schroffe, massige Form den Flur erfüllte und sogar die Luft zu verschlingen schien. Seine roten Augen bohrten sich in die drei, die vor ihm kauerten, und verächtlich schob er sich an ihnen vorbei. Seine zähen Flügel schlugen auf und ab. Mit einem befriedigten Zischen ergriff er den jungen wachhabenden Elf, zerrte an seiner Gurgel und warf ihn zur Seite. Die Druiden zuckten zurück, als das Blut des zerfetzten Opfers auf sie spritzte.

Der Schädelträger gestikulierte ins Dunkel, und andere Kreaturen strömten durch die Tür – Wesen aus spitzen Zähnen und Krallen, mit verrenkten Körpern und knotiger Haut voll dunkler, borstiger Haarbüschel, bewaffnet und zum Kampf bereit, scharfsichtig und verstohlen in der Stille. Einige waren nur verschwommen zu erkennen, möglicherweise waren sie einmal Trolle gewesen. Andere waren Bestien aus der Unterwelt, die in nichts mehr ihre frühere Existenz erahnen ließen. Sie alle hatten draußen in einer dunklen Nische im Schutz der Mauer gewartet, wo sie seit Sonnenuntergang nicht mehr zu erkennen gewesen waren. Dort hatten sie sich versteckt, wohl wissend, daß diese drei bemitleidenswerten Wesen, die da vor ihnen kauerten, dem Meister gehorchen und ihnen Zugang zum Innern der Festung verschaffen würden.

Jetzt waren sie dort angelangt und warteten begierig darauf, endlich mit dem Blutvergießen beginnen zu können, das man ihnen versprochen hatte.

Der Schädelträger sandte einen von ihnen in die Nacht hinaus, um die herbeizuholen, die noch im Wald lauerten. Mehrere hundert warteten dort auf das Signal für den Vormarsch. Man würde sie erkennen, wenn sie sich erhoben, aber jeder Alarm würde zu spät kommen. In dem Augenblick, da Paranors Verteidiger erwachten, würden die Feinde längst in der Festung sein.

Der Schädelträger wandte sich um und blickte den Gang entlang. Er beachtete die drei Druiden nicht, für ihn waren sie weniger als nichts. Er ließ sie zurück, Überbleibsel, Abfall. Es blieb dem Meister überlassen, ihr Schicksal zu entscheiden. Alles, was für den geflügelten Jäger zählte, war das Töten, das vor ihm lag.

Die Angreifer teilten sich in kleine Gruppen auf. Einige von ihnen schlichen zu den Schlafräumen der Druiden. Andere folgten einem anderen Flur, der tief ins Innere des Hauptturms führte. Die meisten blieben bei dem Schädelträger, der sie zum Haupttor führte.

Kurz darauf begannen die Schreie.

Caerid Lock rannte vom Nordtor her zurück über den Hof, als endlich Alarm ausgelöst wurde. Zuerst erschollen die Schreie, dann der Klang des Kriegshorns. Der Befehlshaber der Garde wußte sofort, was geschehen war. Bremens Prophezeiung war eingetroffen. Der Dämonenlord war in die Druidenfestung Paranor eingedrungen. Diese Erkenntnis ließ ihn vor Kälte erzittern. Er rief seine Männer zusammen; er glaubte, daß immer noch Zeit wäre. Die

Wachen stürmten zu ihm und den Flur entlang, der zu der Tür führte, die die verräterischen Druiden aufgebrochen hatten. Als sie um eine Ecke bogen, fanden sie im Gang vor sich schwarze, gekrümmte Gestalten, die durch die Öffnung drängten. Zu viele, um gegen sie kämpfen zu können, erkannte Caerid sofort. Schnell zog er seine Männer wieder zurück, aber die Bestien waren schon dabei, sie zu verfolgen. Die Wachen kümmerten sich nicht weiter um das untere Stockwerk, sondern eilten nach oben zum nächsten, verschlossen die Türen hinter sich und ließen die Tore hinunter in der Hoffnung, auf diese Weise ihre Angreifer auszusperren. Es war ein verzweifeltes Spiel, aber es war alles, was Caerid Lock noch tun konnte.

Im nächsten Stockwerk konnten sie die nicht ganz so zahlreichen Eingänge verschließen und zur Haupttreppe weitergehen. Sie waren jetzt fünfzig – aber immer noch nicht stark genug. Caerid sandte Männer zu den schlafenden Druiden, um sie um Hilfe zu bitten. Einige der älteren beherrschten Magie, und die Kämpfer würden jede Unterstützung, welcher Art auch immer, benötigen, wenn sie überleben wollten. Caerids Verstand raste, als er seine Männer um sich sammelte. Diese Kreaturen hatten sich nicht mit Gewalt Einlaß verschafft. Es war Verrat aus ihren eigenen Reihen gewesen. Er würde diejenigen, die dafür verantwortlich waren, ausfindig machen, schwor er. Er würde höchstpersönlich mit ihnen abrechnen; später.

Es war am oberen Ende der Haupttreppe, wo die Wachen hartnäckigen Widerstand leisteten. Elfen, Zwerge, Trolle und ein oder zwei Gnome standen Schulter an Schulter, geordnet und kampfbereit, verbunden in ihrem gemeinsamen Ziel. Caerid Lock hatte sich mit gezogenem Schwert in die Mitte der ersten Reihe gestellt. Er machte sich nichts vor; diese Aktion hatte nur verzögernde Funktion und war letztendlich zum Scheitern verurteilt. Er dachte bereits darüber nach, welche Möglichkeiten sie noch hatten, wenn sie hier besiegt wären. Den äußeren Mauerring hatten sie bereits verloren, daran konnte er nichts mehr ändern. Aber die innere Mauer und das Festungsinnere gehörten zu diesem Zeitpunkt noch ihnen, die Eingänge waren zugesperrt, und die Männer wurden bereits zur Verteidigung zusammengetrommelt. Aber auch diese Bemühungen würden einen entschlossenen Angriff höchstens verlangsamen. Es gab zu viele Wege, die in und über und unter die innere Mauer führten, als daß die Garde sich lange halten könnte. Früher oder später würden ihre Angreifer von hinten durchbrechen, und dann würden sie um ihr Leben rennen müssen.

Weiter unten organisierte der Schädelträger einen weiteren Angriff, und krummbeinige Monster stiegen die Treppen in einem Knäuel aus Zähnen, Klauen und Waffen hinauf. Caerid führte seine Männer in einen Gegenangriff, und der Ansturm der Ungeheuer wurde zurückgeschlagen. Aber sie kamen wieder, und erneut warf die Garde sie zurück. Jetzt war die Hälfte der Verteidiger entweder tot oder verletzt, und es gab niemanden, der sie ersetzen konnte.

Caerid Lock schaute sich verzweifelt um. Wo waren die Druiden? Warum reagierten sie nicht auf den Alarm?

Die Ungeheuer griffen ein drittes Mal an, eine waffenstarrende Masse aus um sich schlagenden Körpern und wild rotierenden Armen. Aus ihren klaffenden Rachen gellten schrille Rufe und laute Schreie. Die Druidengarde ging ein weiteres Mal zum Gegenangriff über, fiel über die Gegner her und trieb sie die Treppe zurück, ließ die Hälfte von ihnen leblos auf den blutverschmierten Stufen liegen. Verzweifelt sandte Caerid einen anderen Mann los, mit dem Befehl Hilfe zu holen, wo immer er sie finden würde. Als der Mann gerade gehen wollte, hielt er ihn an der Tunika fest und zog ihn nah zu sich heran. »Du mußt die Druiden finden und ihnen befehlen zu fliehen, solange noch Zeit ist!« flüsterte er, damit es kein anderer hörte. »Sag ihnen, daß Paranor verloren ist! Beeil dich, sag es ihnen! Und dann flieh selbst!«

Sämtliches Blut wich aus dem Gesicht des Boten, und ohne ein Wort stürzte er davon.

Unten im Schatten sammelten sich die Ungeheuer zu einem neuen Angriff, eine erstarrte Masse aus düsteren Formen und gutturalen Schreien. Plötzlich ertönte von weiter oben aus der Festung, wo die Druiden schliefen, ein markerschütternder Schrei.

Caerid verlor alle Hoffnung. Es ist vorbei, dachte er, weder verängstigt noch traurig, sondern einfach nur angeekelt.

Sekunden später drängten die Geschöpfe des Dämonenlords erneut die Treppe hinauf. Caerid Lock und seine letzten Männer rüsteten sich und hoben ihre Waffen.

Diesmal brachen die Gegner durch.

Kahle Rese hatte in der Bibliothek geschlafen, als die Geräusche des Angriffs ihn weckten. Er hatte noch bis spät in die Nacht gearbeitet und während der vergangenen fünf Jahre angesammelte Berichte über Wetterverhältnisse und ihre Auswirkungen auf die Ernte katalogisiert. Schließlich war er am Schreibtisch eingedöst. Erschrocken fuhr er auf, als er die Schreie der verwundeten Männer hörte, das Klirren aufeinanderprallender Waffen und das Dröhnen der Schritte. Er hob den ergrauten Kopf und schaute sich unsicher um, dann stand er auf, besann sich einen Augenblick und ging zur Tür.

Vorsichtig spähte er nach draußen. Die Schreie waren jetzt lauter, schrecklicher in ihrer Not und ihrem Schmerz. Männer eilten an seiner Tür vorbei, es waren Angehörige der Druidengarde. Bremens Warnung war auf taube Ohren gestoßen, und jetzt wurde der Preis für die Weigerung, ihr Beachtung zu schenken, eingefordert. Kahle war überrascht darüber, mit welcher Sicherheit er wußte, was geschah und wie es enden würde. Er wußte bereits, daß er den Überfall nicht überleben würde.

Trotzdem zögerte er noch; selbst in diesem Augenblick war er nicht bereit zu akzeptieren, was er wußte. Der Gang war jetzt leer, die Kampfgeräusche drangen irgendwo aus der Tiefe herauf. Er dachte daran, auf den Korridor zu gehen und von dort aus einen besseren Blick zu erhaschen, aber noch während er diese Idee in seinem Kopf hin- und herbewegte, kam ein schattenhaftes Etwas von der Hintertreppe aus auf ihn zu. Schnell zog er den Kopf wieder zurück und blinzelte aus der jetzt nur noch zu einem winzigen Spalt geöffneten Tür.

Scharze, mißgestaltete Kreaturen gerieten in sein Blickfeld, Ausgeburten seiner fürchterlichsten Alpträume. Der Atem stockte ihm, und er wagte kaum Luft zu holen. Raum für Raum arbeiteten sie sich vor, bis zu dem Zimmer, in dem Kahle Rese wartete.

Leise schloß er die Tür zur Bibliothek wieder und verriegelte sie. Einen Augenblick stand er einfach da, unfähig, sich zu regen. Eine Flut von Bildern stürmte auf ihn ein, Erinnerungen an die frühen Jahre, in denen er zum Druiden ausgebildet wurde, an die Zeit seiner anschließenden Anstellung als Schreiber, an seine unermüdlichen Bemühungen, die Schriften der alten Welt und der Feen zu sammeln und zu erhalten. Soviel war geschehen, in so kurzer Zeit. Er schüttelte verwundert den Kopf. Wie hatte es alles nur so schnell vorbeigehen können?

Jetzt hörte er ganz in der Nähe neue Schreie. Sie schienen direkt von der anderen Seite seiner Tür zu kommen, aus dem Flur, wo die Monster herumschlichen. Die Zeit wurde knapp.

Er schritt schnell zu seinem Arbeitstisch und holte den Lederbeutel hervor, den Bremen ihm gegeben hatte. Vielleicht hätte er mit seinem ältesten Freund fortgehen sollen. Vielleicht hätte er sich retten sollen, solange noch die Möglichkeit dazu bestanden hatte. Aber wer hätte dann die Historie der Druiden gerettet? Auf wen sonst hätte Bremen sich verlassen können? Außerdem war dies sein Platz, hier gehörte er hin. Mittlerweile wußte er nur noch wenig von der Welt da draußen; es war lange her, seit er das letzte Mal hinausgegangen war. Er war für niemanden jenseits dieser Mauern von Nutzen. Hier zumindest konnte er noch einem Ziel dienen.

Er schritt auf einen Bücherschrank zu, der gleichzeitig eine verborgene Tür zu dem Raum dahinter darstellte, wo die Geschichte der Druiden aufbewahrt wurde. Er betätigte den Hebel, trat ein und sah sich um. Der Raum war voller gewaltiger, in Leder gebundener Bücher. Reihe für Reihe standen sie numeriert und geordnet nebeneinander, Quellen des Wissens und der Überlieferungen aus den Jahren der Feen, der Menschen und der großen Kriege, zusammengetragen von den Druiden seit der Zeit des Ersten Rates. Jede einzelne Seite in jedem einzelnen Buch war voller mühsam erarbeiteter und niedergeschriebener Informationen, einiges davon verständlich, anderes immer noch ein Mysterium – alles, was Wissenschaft und Magie aus Vergangenheit und Gegenwart noch hinterlassen hatten. Viel von dem, was in den Büchern stand, hatte Kahle mit eigenen Händen eingetragen; mehr als vierzig Jahre lang hatte er sorgfältig Wort für Wort aufgeschrieben, Zeile für Zeile. Die Aufzeichnungen waren der besondere Stolz des alten Mannes, die Summe seines Lebenswerkes, die Leistung, die er sich selbst am höchsten anrechnete.

Er ging zu dem Regal, das ihm am nächsten stand, nahm einen tiefen Atemzug und öffnete die Kordel zu Bremens Lederbeutel. Er mißtraute jeder Art von Magie, aber jetzt gab es keine andere Möglichkeit. Abgesehen davon würde Bremen ihn niemals in die Irre führen. Nur die Bewahrung der Historie der Druiden zählte jetzt noch. Die Bücher mußten ihn überleben, denn dazu waren sie da.

Er nahm eine großzügige Handvoll des silbern glitzernden Staubes aus dem Beutel und warf ihn auf einige der Bücher. Sofort begann das gesamte Regal zu flimmern wie die Luft an einem heißen Sommertag. Kahle zögerte, dann verstreute er mehr von dem Staub über dem flüssigen Vorhang. Regale und Bücher verschwanden. Schnell schritt er voran, verteilte mehrere Handvoll Staub auf jedem Regal, auf jeder Sektion, und beobachtete, wie sie erst glänzten und dann verschwanden.

Nur einige Augenblicke später war die Historie der Druiden vollständig verschwunden. Alles, was übrigblieb, war ein Raum mit vier leeren Wänden und einem langen Lesetisch in der Mitte.

Kahle Rese nickte befriedigt. Die Historie war jetzt sicher. Selbst wenn dieser Raum entdeckt würde, würde sein Inhalt verborgen bleiben. Genau das hatte er sich erhofft.

Er ging zurück in den Vorraum, wo er auch schon ein Scharren an der Tür zur Bibliothek vernahm. Es stammte von unbeholfenen Klauen, die versuchten, den Griff herumzudrehen. Kahle wandte sich um und schloß vorsichtig die Geheimtür. Dann schob er den nahezu leeren Lederbeutel in die Tasche seines Umhangs, ging zu seinem Tisch und blieb dort stehen. Er besaß keine Waffen, und es gab keinen Ort, an dem er sich hätte in Sicherheit bringen können. Er konnte nichts tun als warten.

Von außen warfen sich schwere Körper gegen die Tür, bis sie schließlich brach. Drei Ungeheuer taumelten gebückt in den Raum und richteten haßerfüllt die roten Augen auf den alten Mann. Er blickte sie fest an und wich nicht einmal zurück, als sie auf ihn zukamen.

Derjenige, der ihm am nächsten stand, hielt einen kurzen Speer in den Klauen. Das sonderbare Verhalten des Mannes brachte ihn auf. Als er direkt vor Kahle Rese stand, trieb er ihm voller Wut den Speer durch die Brust. Kahle Rese war sofort tot.

Als es vorbei war und die Ungeheuer auch die letzten Wachen gefunden und getötet hatten, trieben sie die überlebenden Druiden aus ihren Verstecken und in den Versammlungsraum. Hier mußten sie auf die Knie fallen, umringt von Feinden. Athabasca, der immer noch lebte, wurde gefunden und zum Schädelträger gebracht. Die Kreatur starrte auf den beeindruckenden, weißhaarigen Hohen Druiden, dann befahl er ihm, sich vor ihm zu verbeugen und ihn als Meister anzuerkennen. Als Athabasca, selbst in der Niederlage noch stolz und verächtlich, sich weigerte, packte die Kreatur ihn am Genick und blickte in sein erschrecktes Gesicht – ein Feuerstrahl zischte aus den Augen des Schädelträgers und verbrannte diejenigen von Athabasca.

Als die anderen sahen, wie Athabasca sich vor Schmerz auf dem Steinboden krümmte, wurde es plötzlich still. Das Fauchen und Zischen erstarb. Das Scharren von Klauen und das Knirschen der Zähne verebbte. Stille senkte sich dunkel und unheilverkündend herab, und alle Augen waren auf den Haupteingang der Halle gerichtet, wo die Reste der schweren Doppeltüren zersplittert in der Verankerung hingen.

Dort, in der zerrissenen Öffnung, schienen sich die Schatten zu sammeln, eine tiefe Finsternis, die langsam die Gestalt eines großen Wesens annahm. Sie schien aber nicht wie gewöhnliche Menschen auf dem Boden zu stehen, sondern so leicht und körperlos wie Rauch in der Luft zu hängen. Bei ihrer Ankunft wurde es kalt im Versammlungsraum; eine Kälte, die bis in die Knochen der Druiden drang. Die Wesen, die sie gefangengenommen hatten, sanken eins nach dem anderen auf die Knie und senkten die Köpfe, ihre Stimmen nur noch ein leises Murmeln.

Meister, Meister.

Der Dämonenlord sah hinab auf die besiegten Druiden, und Befriedigung erfüllte ihn. Sie gehörten jetzt ihm. Paranor gehörte ihm. Endlich, nach all den Jahren, war die Rache nah.

Er hieß seine Geschöpfe, sich zu erheben, dann streckte er den Arm nach Athabasca aus. Unfähig sich zu wehren, geblendet und voller Schmerzen, schoß der erste Druide wie von unsichtbaren Fäden gezogen empor. Er hing über dem Boden, über den anderen Druiden, und schrie in tiefstem Entsetzen. Der Dämonenlord machte eine weitere Geste, und der Hohe Druide wurde gefährlich still. Noch eine Handbewegung, und der Hohe Druide begann in schrecklicher, krächzender Agonie zu singen. *»Meister, Meister, Meister.«* Die zusammengekauerten Druiden wandten sich scham- und wuterfüllt ab. Einige weinten. Die zusammengedrängten Kreaturen des Dämonenlords zischten vor Vergnügen und Zustimmung und hoben ihre Klauen zum Salut.

Dann nickte der Dämonenlord, und mit fürchterlicher Schnelligkeit schlug der Schädelträger zu, riß Athabasca das Herz aus dem lebendigen Leib. Der Hohe Druide schrie noch einmal gellend auf, als seine Brust zerfetzt wurde, dann sackte er zusammen und starb.

Einen Augenblick noch ließ der Dämonenlord ihn wie eine Lumpenpuppe über den anderen schweben. Das Blut troff aus Athabascas Körper, und der grausame Dämon ließ ihn schwanken, hierhin und dorthin, vor und zurück, und schließlich zu Boden fallen, wo er als blutige, zerfetzte Masse aus Fleisch und Knochen liegenblieb.

Dann ließ er die anderen gefangenen Druiden aus dem Versammlungsraum bringen und wie Vieh in die tiefsten Regionen von Paranors Keller treiben, wo sie lebend eingemauert wurden.

Als der letzte ihrer Schreie erstarb, stieg er auf der Suche nach der Historie der Druiden die Treppen empor. Er hatte die Druiden vernichtet, jetzt mußte er ihre Überlieferungen zerstören – oder das mit sich fortnehmen, was er gebrauchen konnte. Er bewegte sich jetzt schnell, denn irgendwo inmitten des bodenlosen Druidenbrunnens gab es Bewegungen, die darauf hindeuteten, daß Magie erwachte, in Reaktion auf seine Anwesenheit. In seiner eigenen Domäne war der Dämonenlord unangreifbar, aber hier, in der Festung seiner größten Feinde, mochte das anders sein. Er fand die Bibliothek und durchsuchte sie. Er entdeckte den Bücherschrank und fand auch die verborgene Kammer dahinter, aber sie war leer. Magie war im Spiel, das spürte er, aber er konnte weder ihre Herkunft noch ihren Zweck bestimmen. Von der Historie der Druiden war nichts zu sehen.

Die Bewegungen in der Tiefe des Druidenbrunnens wurden heftiger. Etwas hatte sich befreit und erhob sich jetzt, um ihn zu suchen. Er war bestürzt, daß eine Macht von solcher Art als Wache auserwählt war und ihn herausforderte. Die Ursache dafür konnte nicht in diesen bemitleidenswerten Sterblichen liegen, die er sich so einfach untertan gemacht hatte. Sie waren nicht mehr in der Lage, eine solche Macht herbeizurufen. Es mußte von demjenigen kommen, der erst kürzlich in seine Domäne eingedrungen war, von dem, den seine Kreaturen verfolgt hatten – von dem Druiden Bremen.

Er ging zurück zum Versammlungsraum, jetzt nur noch erpicht darauf, möglichst schnell zu verschwinden. Die drei, die Paranor verraten hatten, standen vor ihm. Er sprach nicht in Worten zu ihnen, denn das waren sie nicht wert, aber er ließ seine Gedanken zu ihnen sprechen. Demütig krochen sie vor ihm auf dem Boden, armselige, dumme Geschöpfe, die gerne mehr gewesen wären, als sie zu sein vermochten.

Meister! wimmerten sie mit beschwichtigenden Stimmen. *Meister, wir dienen nur dir!*

Welche Druiden außer Bremen sind der Festung entkommen?

Nur drei, Meister. Ein Zwerg, Risca. Ein Elf, Tay Trefenwyd. Ein Mädchen aus dem Südland, Mareth.

Sind sie mit Bremen gegangen?

Ja, mit Bremen.

Niemand sonst.

Nein, Meister. Niemand.

Sie werden zurückkehren. Sie werden von Paranors Untergang hören und sich vergewissern wollen. Ihr werdet hier warten. Ihr werdet beenden, was ich begonnen habe. Dann werdet ihr sein wie ich.

Ja, Meister, ja!

Steht auf.

Sie taten, wie ihnen befohlen, erhoben sich hastig und eifrig, mit gebrochenem Geist und Verstand, über den er jetzt befahl. Dennoch fehlte ihnen die Kraft zu tun, was von ihnen gefordert wurde, und so mußte er sie verändern. Er griff mit seiner Magie nach ihnen und umgab sie mit etwas, das so dünn wie Spinnfäden und so unnachgiebig wie Eisen war. Er nahm ihnen die letzten Reste ihrer Menschlichkeit.

Ihre Schreie hallten durch den leeren Raum, als er sie erbarmungslos in eine neue Form preßte. Arme und Beine schlugen wild um sich, Köpfe zuckten hin und her, Augen traten aus ihren Höhlen.

Am Ende waren sie nicht mehr wiederzuerkennen. Er ließ sie liegen und stahl sich zurück in die Nacht, nahm den Rest seiner gehorsamen Untertanen mit sich. Die Druidenfestung überließ er den Sterbenden und den Toten.

Kapitel 7

Bremen reichte Risca zum Abschied die Hand. Sie standen vor der Höhle, die ihnen Schutz gewährt hatte, als sie den Hadeshorn und seine Geister hinter sich gelassen hatten. Jetzt war es beinahe Mittag, und der starke Regen war in ein feines Nieseln übergegangen. Im Westen, über den hohen Gipfeln der Drachenzähne, klärte sich der Himmel bereits auf.

»Es scheint, als würden wir uns immer nur treffen, um auch schon wieder getrennte Wege zu gehen«, sagte Risca grollend. »Ich frage mich, wie wir es eigentlich schaffen, Freunde zu bleiben. Ich weiß auch gar nicht, warum uns das jetzt kümmern sollte.«

»Wir haben keine andere Wahl«, meinte Tay Trefenwyd. »Niemand sonst will etwas mit uns zu tun haben.«

»Das ist nur zu wahr.« Der Zwerg mußte wider Willen lächeln. »Nun, dies wird die Freundschaft ganz sicher auf die Probe stellen. Verstreut über das Ostland und Westland und noch darüber hinaus, und wer weiß, wann wir uns wiedersehen?« Er drückte kräftig Bremens Hand. »Paß auf dich auf, Bremen.«

»Und du auf dich, mein guter Freund«, erwiderte der alte Mann.

»Tay Trefenwyd!« rief der Zwerg über seine Schulter zurück. Er war bereits losgegangen und folgte dem Pfad. »Denk an dein Versprechen! Bring die Elfen ins Ostland! Stell dich mit uns gegen den Dämonenlord! Wir zählen auf dich!«

»Auf bald, Risca!« rief Tay zurück.

Der Zwerg winkte und warf sich den Reisesack über die breiten Schultern. An seiner Seite schwang das Breitschwert. »Viel Glück, Elfenohr! Sei wachsam! Paß auf deinen Allerwertesten auf!«

Die beiden alten Freunde genossen es, sich gegenseitig zu necken, und sie waren daran gewöhnt, ironische Wortwechsel zu führen. Kinson Ravenlock lauschte interessiert; er wünschte, sie hätten mehr Zeit und er könnte die beiden besser kennenlernen. Aber das würde noch dauern. Risca hatte sich verabschiedet, und Tay würde sie am Eingang des Kennonpasses verlassen, um weiter westlich nach Arborlon zu gehen, während Kinson und Bremen in nördlicher Richtung auf Paranor zuhalten mußten. Der Grenzländer schüttelte den Kopf. Wie schwer das alles für Bremen sein mußte! Zwei Jahre waren vergangen, seit er Risca und Tay das letzte Mal gesehen hatte. Würden jetzt wieder zwei Jahre vergehen, ehe sie sich trafen?

Als Risca außer Sichtweite war, führte Bremen die verbliebenen Mitglieder der kleinen Gruppe einen Nebenpfad hinab zum Fuß der Klippen und dann in westlicher Richtung am Ufer des Mermidon entlang; es war derselbe Pfad, den sie auf dem Hinweg benutzt hatten. Als die Sonne unterging, marschierten sie noch eine ganze Weile weiter und schlugen schließlich in der Aue eines kleinen Erlenwäldchens in einer kleinen Bucht ihr Lager auf, dort, wo der Mermidon sich nach Westen und Süden verzweigte. Der Himmel hatte sich aufgeklärt, und die Sterne funkelten, ihr Licht spiegelte auf der glatten Oberfläche des Wassers. Die Gefährten ließen sich am Flußufer nieder, und während sie aßen, starrten sie hinaus in die Nacht. Sie sprachen nicht viel. Tay schärfte Bremen ein, auf Paranor vorsichtig zu sein. Wenn die Vision, die er gesehen hatte, bereits eingetreten und die Druidenfestung gefallen war, gab es guten Grund zu der Annahme, daß der Dämonenlord und seine Untergebenen sich dort noch aufhielten. Oder, fügte der Elf hinzu, er hatte vielleicht Fallen hinterlassen, um jeden Druiden zu fangen, der entkommen und dumm genug war, zurückzukehren. Tay sagte dies leichthin, und Bremen antwortete mit einem Lächeln. Kinson erkannte, daß keiner sich die Mühe machte, die Zerstörung Paranors zu bestreiten. Es mußte bitter für die Druiden sein, aber beide zeigten nichts von dem, was sie empfanden. Dadurch demonstrierten sie, daß sie nicht bei der Vergangenheit verweilen wollten. Es war die Zukunft, die jetzt zählte.

Bremen sprach lange mit Tay über die Vision, in der er den schwarzen Elfenstein gesehen hatte, und erklärte ihm alle Einzelheiten dessen, was ihm gezeigt worden war, was er gespürt hatte, was er daraus ableitete. Kinson hörte träge zu und warf hin und wieder einen Blick auf Mareth, die ebenfalls lauschte. Er fragte sich, was sie wohl bei dem Gedanken an die Vernichtung der Druiden von Paranor empfand. Er fragte sich, ob ihr bewußt war, wie dramatisch sich ihre Rolle innerhalb der kleinen Gruppe geändert hatte. Sie hatte kaum ein Wort gesagt, seit sie aus dem Tal von Shale herausgekommen waren, und hatte sich während des Gesprächs zwischen Bremen, Risca und Tay abseits gehalten, hatte zugehört und beobachtet. Nicht viel anders als er selbst, dachte Kinson. Denn wie er war auch sie eine Außenseiterin und suchte noch immer ihren Platz. Sie war noch keine Druidin wie die anderen, hatte sich noch nicht bewiesen, war noch nicht als gleichwertig akzeptiert. Kinson beobachtete sie, versuchte, den Grad ihrer Widerstandsfähigkeit, ihrer Unverwüstlichkeit abzuschätzen. Für das, was vor ihnen lag, würde sie beides brauchen.

Später, als sie schlief, Tay ausgestreckt neben ihr lag und Bremen Wache hielt, rollte Kinson sich aus der Decke und ging zu dem alten Mann. Bremen sagte nichts, sondern spähte weiter ins Dunkel. Kinson setzte sich hin und zog sich die Decke um die Schultern. Die Nacht war warm, sie entsprach jetzt weit eher der Jahreszeit als noch vor kurzem. Die Luft war erfüllt vom Duft von Frühlingsblumen, von neuen Blättern und Gras. Eine leichte Brise wehte aus den Bergen, so daß die Zweige und Äste leise raschelten und die Wasseroberfläche sich in sanften Wellen kräuselte. Die beiden Männer saßen eine Zeitlang schweigend nebeneinander, lauschten den nächtlichen Geräuschen und waren in ihre eigenen Gedanken versunken.

»Du nimmst ein großes Risiko auf dich, wenn du zurückkehrst«, sagte Kinson schließlich.

»Ein notwendiges Risiko«, ergänzte Bremen.

»Du bist sicher, daß Paranor gefallen ist, nicht wahr?«

Bremen schwieg einen Augenblick, dann nickte er.

»Dann wird es für dich noch gefährlicher werden«, drängte Kinson weiter. »Brona jagt dich bereits. Er weiß wahrscheinlich, daß du auf Paranor gewesen bist. Er wird erwarten, daß du zurückkehrst.«

Der alte Mann wandte dem jüngeren Gefährten langsam sein Gesicht zu, faltig und von Wind und Wetter gegerbt, ausgemergelt von lebenslangen Kämpfen und Enttäuschungen. »Ich weiß das alles, Kinson. Und du weißt, daß ich es weiß, also warum müssen wir darüber sprechen?«

»Damit du dich daran erinnerst«, erklärte der Grenzländer unbeirrt. »Damit du doppelt so vorsichtig bist. Visionen können zu einer Falle werden. Ich traue ihnen nicht. Du solltest es auch nicht tun. Nicht vollständig.«

»Du meinst die Vision von Paranor, nehme ich an?«

Kinson nickte. »In der die Festung gefallen ist und die Druiden alle tot sind. Soweit ist alles schön deutlich. Aber das Gefühl von etwas Lauerndem – das ist der gefährliche Punkt. Wenn dort etwas lauert, dann wird es nicht in einer Form erscheinen, die du kennst.«

Bremen zuckte die Achseln. »Wahrscheinlich nicht. Aber es spielt keine Rolle. Ich muß mich vergewissern, ob Paranor wirklich verloren ist – unabhängig von der Kraft meiner eigenen Vermutungen –, und ich muß das Eilt Druin an mich bringen. Das Medaillon ist ein wichtiger Bestandteil des Talismans, den wir bitter benötigen, um den Dämonenlord zu zerstören. Die Vision war eindeutig, was das anging, Kinson. Ich muß ein Schwert schmieden und mit einer Magie versehen, der Brona nicht widerstehen kann. Das Eilt Druin ist der einzige Teil des Prozesses, den ich gesehen habe – das Bild des Medaillons war nur zu deutlich sichtbar auf dem Griff des Schwertes. Damit müssen wir beginnen. Ich muß das Medaillon beschaffen und dann entscheiden, wie es weitergeht.«

Kinson sah ihn einen Augenblick schweigend an. »Du hast bereits einen Plan, nicht wahr?«

»Den Anfang eines Plans.« Der alte Mann lächelte. »Du kennst mich zu gut, mein Freund.«

»Ich kenne dich gut genug, um hin und wieder vorhersagen zu können, was du denkst oder tust.« Kinson seufzte und schaute über den Fluß. »Nicht, daß mir das in meinen Bemühungen helfen würde, dich davon zu überzeugen, besser auf dich aufzupassen.«

»Oh, da wäre ich nicht so sicher.«

Ach ja? dachte Kinson müde. Aber er stellte Bremens Aussage nicht in Frage, sondern hoffte wider besseres Wissen, daß der alte Mann wenigstens hin und wieder auf ihn hörte, besonders dann, wenn er ihm mehr Vorsicht einschärfte. Es war seltsam, daß Bremen, der jetzt im Herbst seines Lebens stand, soviel waghalsiger war als der jüngere Mann. Kinson hatte lange im Grenzland gelebt und gelernt, daß ein einziger Fehltritt über Leben und Tod entscheiden konnte, daß es das Abwägen zwischen Handeln und Abwarten war, das einen am Leben hielt. Er vermutete, daß auch Bremen diesen Unterschied anerkannte, aber manchmal handelte er, als wäre es nicht so. Bremen forderte das Schicksal viel leichtfertiger heraus als Kinson. Vermutlich hatte das mit der Magie zu tun. Kinson war schneller und stärker als der alte Mann, und seine Instinkte waren sicherer, aber Bremen hatte die Magie, die ihn bei Kräften hielt, und die Magie hatte noch nie versagt. Sie gab Kinson das tröstliche Gefühl, daß sein Freund unter einem besonderen Schutz stand. Aber auch dies genügte nicht, ihn vollständig zu beruhigen.

Er streckte seine langen Beine aus, lehnte sich zurück und schlang die Arme um den Oberkörper. »Was ist mit Mareth geschehen?« fragte er plötzlich. »Beim Hadeshorn, als du zusammengebrochen bist und sie zuerst bei dir war?«

»Eine interessante junge Frau, diese Mareth.« Die Stimme des alten Mannes wurde plötzlich sanft. Er wandte sich wieder Kinson zu, aber sein Blick war weit in die Ferne gerichtet. »Erinnerst du dich, wie sie behauptet hat, über Magie zu verfügen? Nun, diese Behauptung war richtig. Aber vielleicht ist es nicht die Art von Magie, die ich mir vorgestellt hatte. Ich bin mir immer noch nicht sicher. Ein bißchen verstehe ich allerdings bereits. Sie ist eine Empathin, Kinson. Ihre Heilkunst gründet in ihrer Fähigkeit, sich in andere einzufühlen. Sie kann den Schmerz eines anderen Menschen zu ihrem eigenen machen und verringern. Genau das ist am Hadeshorn geschehen. Der Schock, der mich durch die Visionen befallen hatte, durch die Berührungen der Schatten der Toten, hat mich besinnungslos gemacht. Aber sie holte mich zurück ins Leben – ich konnte ihre Hände spüren –, und ich war wieder stark, war geheilt.« Er blinzelte. »Es war eindeutig. Hast du gesehen, welche Auswirkung es auf sie hatte?«

Kinson runzelte nachdenklich die Stirn. »Sie schien kurzfristig Kraft zu verlieren, aber nicht sehr lange. Allerdings war etwas mit ihren Augen. Als du während des Treffens mit Galaphiles Schatten in dem Sturm verschwunden bist, standen wir auf dem Felsvorsprung. Sie behauptete, dich gesehen zu haben, obwohl niemand von uns anderen dich erspähen konnte. Und ihre Augen waren weiß.«

»Ihre Magie scheint sehr komplex zu sein.«

»Empathisch, sagst du. Und das nicht in geringem Maße.«

»Nein. An Mareths Magie ist nichts Geringes. Sie ist sehr mächtig. Wahrscheinlich besaß sie diese Fähigkeit von Geburt an und hat sie über die Jahre hinweg weiterentwickelt.« Er hielt inne. »Ich frage mich, ob Athabasca von diesen Fähigkeiten wußte. Ich frage mich, ob irgend jemand in Paranor davon wußte.«

»Sie gibt nicht viel von sich preis. Sie möchte nicht, daß ihr jemand zu nahe kommt.« Wieder starrte der Grenzländer nachdenklich ins Leere. »Aber sie scheint dich zu bewundern. Sie erzählte mir, wie wichtig es für sie ist, mit dir auf diese Reise zu gehen.«

Bremen nickte. »Ja, es gibt einige Geheimnisse um Mareth, die wir noch enthüllen müssen. Du und ich, wir werden einen Weg finden und sie ans Licht befördern.«

Viel Glück dabei, wollte Kinson sagen, aber er behielt den Sarkasmus für sich. Er erinnerte sich, wie schroff Mareth sogar die Annehmlichkeit der Decke zurückgewiesen hatte. Nur das Zusammenspiel einer Reihe ungewöhnlicher Ereignisse würde sie vermutlich dazu bringen, etwas mehr aus sich herauszugehen.

Aber, so führte er den Gedanken fort, an dem, was vor ihnen lag, war auch nichts Gewöhnliches.

Er blieb weiter neben Bremen am Ufer sitzen, starrte schweigend und reglos über das Wasser und überließ sich den Bildern, die den dunklen Nischen seines Bewußtseins entsprangen und seine Furcht vor dem Kommenden widerspiegelten.

Bei Sonnenaufgang brachen sie auf und gingen den ganzen Tag im Schatten der Drachenzähne in westlicher Richtung am Mermidon entlang. Es war jetzt deutlich wärmer geworden, die Temperatur war hochgeschnellt und die Luft schwül. Sie legten die Reiseumhänge ab und verbrauchten immer mehr Wasser. In den Nachmittagsstunden gönnten sie sich häufiger eine kurze Rast, und trotzdem war es noch hell, als sie den Kennon erreichten. Hier nahm Tay Trefenwyd Abschied von ihnen, um weiter über das Grasland zu den Wäldern von Arborlon zu ziehen.

»Wenn du den Schwarzen Elfenstein findest, Tay, dann laß dich nicht in Versuchung führen, ihn zu benutzen«, warnte Bremen ihn, kurz bevor sie sich trennten. »Unter gar keinen Umständen, nicht einmal, wenn du bedroht wirst. Seine Magie ist mächtig genug, um alles Denkbare zu vollbringen, aber sie ist auch sehr gefährlich. Jeder Gebrauch von Magie fordert seinen Preis. Du weißt das so gut wie ich. Der Preis für die Benutzung des Schwarzen Elfensteins ist zu hoch.«

»Er könnte mich zerstören«, kam Tay ihm zuvor.

»Wir sind Sterbliche, du und ich«, erklärte Bremen ruhig. »Wir müssen Vorsicht walten lassen, wenn Magie im Spiel ist. Deine Aufgabe besteht darin, den Elfenstein zu beschaffen und mir zu bringen. Wir wollen ihn nicht benutzen. Wir wollen nur den Dämonenlord daran hindern. Das mußt du dir immer wieder einschärfen.«

»Ich werde es mir merken, Bremen.«

»Warne Courtann Ballindarroch vor der Gefahr, die uns droht. Überzeuge ihn davon, daß er Raybur und den Zwergen helfen und seine Armee dorthin senden muß. Enttäusche mich nicht.«

»Es wird alles gutgehen.« Der Elfendruide drückte Bremens Hand, und mit einem munteren Wink zu den anderen setzte er sich in Bewegung. »Das war wieder so ein bemerkenswertes Treffen, nicht wahr? Paß auf ihn auf, Kinson. Gib auf dich acht, Mareth. Viel Glück euch allen.«

Er lächelte ihnen ein letztes Mal zu. Dann wurden seine Schritte größer, und schon war er zwischen den Bäumen und Felsen verschwunden.

Bremen hockte sich jetzt mit Kinson und Mareth zusammen, um zu entscheiden, ob sie sofort weiter über den Paß ziehen oder bis zum Morgen warten sollten. Es schien ein neuer Sturm aufzukommen, doch wenn sie warteten, könnten sie leicht zwei weitere Tage verlieren. Kinson spürte, daß der alte Mann darauf brannte, Paranor zu erreichen und die Wahrheit zu erfahren. Sie waren ausgeruht und marschbereit, und so sprach er sich deutlich dafür aus, weiterzugehen. Mareth äußerte schnell ihre Zustimmung. Bremen lächelte anerkennend, und sie brachen auf.

Sie betraten den Paß, als die Sonne immer tiefer hinter dem

Horizont versank und schließlich ganz außer Sicht geriet. Der Himmel blieb jedoch klar und die Luft warm, und so war ihre Reise angenehm und sie kamen gut voran. Um Mitternacht hatten sie den höchsten Punkt des Passes erreicht und starrten zurück in das Tal, das hinter ihnen lag. Der Wind war stärker geworden, heulte stetig aus südwestlicher Richtung, wirbelte in kleinen Trichtern Schmutz und Kies vom Boden auf und verunreinigte die Luft mit kleinen Geröllpartikeln. Die drei Reisenden hielten beim Gehen die Köpfe gesenkt, bis sie wieder unterhalb des Kammes waren und der Wind etwas abgenommen hatte. Sie konnten jetzt die schwarze Silhouette der Druidenfestung sehen, die sich deutlich vor dem sternenhellen Himmel abzeichnete. Die zinnenbewehrten Türme und Brüstungen ragten zwischen den Bäumen empor. In den Fenstern und von den Zinnen brannte kein Licht, und keine Bewegung, kein Laut störte die Stille.

Sie erreichten den Talgrund und wurden vom Wald verschluckt. Der Mond und die Sterne beleuchteten ihren Weg durch die tiefen Schatten hindurch und leiteten sie zur Festung. Gewaltiger, alter Baumbestand umgab sie wie die Säulen eines Tempels. Hin und wieder stießen sie auf kleine Bäche und Lichtungen, die voll dichtem, samtweichem Gras waren. Die Nacht war immer noch still und schläfrig und ganz ohne Geräusche und Bewegungen, abgesehen von dem Wind, der wieder zugenommen hatte und in kleinen, festen Stößen gegen ihre Gesichter blies, an ihren Umhängen zerrte und die Zweige der Bäume wie Streu hin und her schüttelte. Bremen eilte in einem Tempo voran, das sein Alter Lügen strafte und das der anderen beiden herausforderte. Kinson und Mareth warfen sich einen Blick zu – der Druide schien ein verborgenes Kräftereservoir angezapft zu haben und war so hart und unnachgiebig wie Eisen.

Noch vor Einbruch der Dämmerung hatten sie Paranor erreicht. Sie wurden langsamer beim Anblick der Festung, die zwischen den Bäumen Gestalt annahm und wie eine gewaltige, schwarze Hülle in den sternenerleuchteten Himmel ragte. Es war immer noch kein

Licht zu sehen, immer noch kein Laut zu hören, keine Bewegung zu erkennen. Bremen und seine Gefährten blieben im Schutz des Waldes stehen und hielten schweigend nach irgendwelchen Lebenszeichen Ausschau. Dann führte der alte Mann Kinson und Mareth immer noch im Schatten der Wälder links um die Burg herum. Der Wind peitschte mit einem traurigen Heulen gegen die Zinnen und um den emporragenden Turm. Kinson schwitzte gewaltig, seine Nerven waren zum Zerreißen gespannt, und sein Atem fühlte sich in seinen Lungen rauh an.

Sie waren jetzt auf der Höhe des Haupttores und hielten wieder inne. Die Tore standen offen, das Fallgitter war hochgezogen, die Öffnung gähnte ihnen schwarz entgegen und erinnerte an einen im Todesschrei erstarrten Mund.

Um die zersplitterten Türen lagen Leichen, verrenkt und mit Wunden bedeckt.

Bremen beugte sich aufmerksam nach vorn, er starrte auf die Festung, konzentrierte sich aber in Wirklichkeit auf etwas, das dahinter lag. Die grauen Haare, dünn wie Grannen, peitschten um seinen Kopf. Sein Mund bewegte sich lautlos. Kinson griff in seinen Umhang und zog ein kurzes Schwert hervor. Mareths Augen waren geweitet und dunkel, ihr zierlicher Körper stocksteif.

Dann ging Bremen weiter, und sie überquerten mit langsamen und gemessenen Schritten den leeren Platz, der den Wald von der Festung trennte – ohne sich zu beeilen oder den Eindruck zu erwecken, als wollten sie sich verbergen. Kinson wandte sich argwöhnisch nach rechts und links, aber Bremen schien nicht beunruhigt. Sie erreichten die Tore und die toten Männer und bückten sich, um zu erkennen, um wen es sich handelte. Es waren Wachen, und die meisten von ihnen sahen aus, als wären sie von Tieren zerfetzt worden. Blut war aus ihren Körpern gesickert und hatte sich in Lachen gesammelt. Waffen waren gezogen, viele von ihnen zerbrochen. Es sah nach einem heftigen Kampf aus. Bremen sah einen Schatten an der Mauer hinter dem hochgezogenen Fallgitter und den erhobenen Gittern und fand dort Caerid Lock. Der Befehlshaber der Garde lehnte an der Tür des Wachturms. Getrocknetes und verkrustetes Blut klebte ihm auf dem Gesicht, und Dutzende von Stichwunden überzogen seinen Körper. Er lebte noch. Seine Augen zuckten, und sein Mund bewegte sich. Schnell bückte Bremen sich, um ihn anzuhören. Kinson verstand nichts davon, da der Wind die Worte verzerrte.

Der alte Mann blickte auf. »Mareth«, rief er leise.

Sie kam sofort und beugte sich über Caerid Lock. Er mußte ihr nicht sagen, was sie zu tun hatte. Schnell fuhr sie mit den Händen über die Wunden des Mannes, suchte nach Möglichkeiten, ihm zu helfen. Aber es war zu spät. Nicht cinmal eine Empathin konnte Caerid jetzt noch heilen.

Bremen zog Kinson zu sich hinunter, so daß die drei eng aneinander kauerten. Ihre Gesichter berührten sich beinahe. Über ihnen heulte weiterhin der Wind, er wirbelte und kreiste in den Mauern. »Caerid sagte, daß Paranor verraten wurde, in der Nacht, während die meisten schliefen. Es waren drei Druiden – die einzigen, die nicht getötet wurden. Der Dämonenlord hat sie zurückgelassen, damit sie sich um uns kümmern. Sie sind irgendwo da drinnen. Caerid hat sich bis hierher geschleppt, aber weiter konnte er nicht mehr.«

»Du wirst doch nicht etwa hineingehen?« fragte Kinson eilig.

»Ich muß. Ich muß das Eilt Druin haben.« Die Miene des alten Mannes war entschlossen, sein Blick zornig. »Du und Mareth, ihr wartet hier auf mich.«

Kinson schüttelte störrisch den Kopf. Staub und feiner Schotter wehten ihm in die Augen, als der Wind durch die dunkle Öffnung blies. »Das ist dumm, Bremen! Du brauchst unsere Hilfe!«

»Wenn mir etwas geschieht, brauche ich euch, damit ihr den anderen davon berichtet!« Bremen blieb standhaft. »Tu, was ich gesagt habe, Kinson!«

Damit stand er auch schon wieder und war fort, ein Bündel aus hageren Gliedern und flatternden Gewändern. Er ließ das Tor hinter sich und überquerte den Hof, um zur inneren Mauer zu gelangen. Sekunden später war er durch eine Tür verschwunden und nicht mehr zu sehen.

Kinson starrte ihm verärgert hinterher. »Schatten!« grollte er, wütend über seinen eigenen Mangel an Entschlossenheit.

Er warf Mareth einen Blick zu. Die junge Frau schloß Caerid Locks Augen. Der Befehlshaber der Druidenwache war tot. Es war ein Wunder, dachte Kinson, daß er noch so lange durchgehalten hatte. Jede seiner Wunden hätte einem gewöhnlichen Mann sofort das Leben gekostet. Daß er noch gelebt hatte, war ein Zeugnis seiner Stärke und Willenskraft.

Mareth hatte sich schon wieder erhoben. »Kommt«, sagte sie. »Wir folgen ihm.«

Kinson stand schnell auf. »Aber er sagte doch . . .«

»Ich weiß, was er gesagt hat. Aber was macht es für einen Unterschied, ob wir den anderen von Paranor berichten oder nicht, wenn Bremen erst einmal etwas zugestoßen ist?«

Er warf ihr einen erstaunten Blick zu, dann sagte er: »Ja, welchen Unterschied macht es dann noch?«

Gemeinsam eilten sie über den leeren, windumtosten Hof auf das Innere der Festung zu.

Bremen eilte rasch durch die leeren Gänge der Druidenfestung, so lautlos wie eine Wolke am Himmel entlangwandert. Er sah sich ständig forschend um und begann, sich an den Geschmack, den Geruch und die Geräusche in der Festung zu gewöhnen. Er setzte all seine Sinne und seinen Instinkt ein, um die Gefahr zu enttarnen, vor der Caerid Lock sie gewarnt hatte. Unablässig war er sich ihrer Gegenwart und ihrer Absicht bewußt, aber er konnte sie nicht entdecken. Entweder sie war sehr gut verborgen, oder sie war verschwunden.

Sei vorsichtig, schärfte er sich immer wieder ein. Sei wachsam.

Alle in der Festung waren tot – dessen war er jedenfalls sicher. Alle Druiden, alle Wachen, alle, die hier so viele Jahre lang gelebt und gearbeitet und studiert hatten, alle diejenigen, die er erst vier Tage zuvor verlassen hatte. Der Schock dieser Erkenntnis wirkte wie ein mächtiger Hieb in den Magen, der ihm den Atem und die Kraft raubte und ihn beinahe betäubt zurückließ. Alle tot. Er hatte gewußt, daß es geschehen konnte, hatte geglaubt, daß es eintreten würde, er hatte es sogar in seiner Vision gesehen. Aber die Realität war schlimmer. Überall lagen Leichen, die Glieder im Tode verrenkt. Einige waren durch das Schwert gestorben, andere zerrissen worden. Wieder andere, das konnte er spüren, waren in die tiefsten Tiefen der Festung gebracht und dort getötet worden. Aber niemand hatte überlebt. Kein Herzschlag erreichte seine Ohren. Keine Stimme rief. Nichts Lebendiges rührte sich. Paranor war eine Leichenhalle, ein einziges, großes Grab.

Er kämpfte sich durch die hallenden Gänge bis zum Versammlungsraum und fand dort Athabasca. Die Leiche des Hohen Druiden war nur noch eine traurige, zerfetzte Hülle. Bremen beugte sich vor, um zu sehen, ob Athabasca den Eilt Druin noch bei sich trug, aber er konnte den Talisman nicht finden. Er richtete sich wieder auf und hielt inne. Er empfand nur Trauer um den Hohen Druiden, nur Bedauern. Als er ihn so sah, als er sie alle tot und die Druidenfestung verlassen sah, wünschte er, er hätte sich stärker bemüht, sie von der Gefahr zu überzeugen. Schuldgefühle quälten ihn, und er konnte sich nicht dagegen wehren. In einer gewissen Weise war er für all dies verantwortlich. Er hatte das Wissen und die Macht besessen, und er hatte versagt, da er nichts davon hatte in überzeugender Weise einsetzen können. Er bedeckte Athabascas Gesicht mit dem Umhang des Hohen Druiden und ging weiter.

Als nächstes suchte er die Bibliothek auf. Er hielt sich immer dicht an der Wand und lauschte vorsichtig und wachsam auf Anzeichen von Gefahr. Sowohl Caerid Lock als auch die Vision hatten ihn gewarnt. Die Verräterdruiden warteten auf ihn. Also gut. Aber der Dämonenlord war fort und hatte seine Ungeheuer mit sich genommen. Der Hexenkessel der Magie – die Falle, die Bremen im Brunnen der Druiden errichtet hatte – war bei ihrer Ankunft aufgegangen, und das hatte genügt, ihnen angst zu machen und sie daran zu hindern, länger auf Paranor zu verweilen. Bremen lauschte und hörte jetzt das schwache Zischen der Magie, die jetzt in den Brunnen zurücksank, jener Magie, die die Festung mit Leben versorgte und den meisten Zaubersprüchen der Druiden ihre Kraft gab. Gewaltig und stoßweise gab sie nur einen Teil von dem ab, was sie versprochen hatte, einen Teil zudem, der so gering war, daß er vor Bronas monströser Macht verblaßte. Dennoch hatte die Falle ihren Zweck erfüllt, hatte den rebellischen Druiden von der Festung vertrieben.

Bremen seufzte. Es war ein geringer Sieg, aus dem er keine Freude ziehen konnte. Brona hatte seine Rache gehabt, und das war alles, was zählte. Er hatte jene vernichtet, die sich ihm einst entgegengestellt hatten, die ihn hätten erneut herausfordern können, und er hatte ihre Zuflucht verwüstet. Jetzt war niemand mehr da, um ihn aufzuhalten, außer einem alten Mann und einer Handvoll anderer.

Vielleicht.

In der Bibliothek fand Bremen Kahle Rese. Beim Anblick der Leiche seines alten Freundes konnte er sich nicht beherrschen und weinte leise. Er bedeckte auch diese Leiche, unfähig, sie noch einmal anzuschauen, und verschwand durch die verborgene Tür in den Raum, in dem die Historie der Druiden versteckt war. Der Raum war leer bis auf den Arbeitstisch und ein paar Stühle, und der Staub, den Bremen Kahle für den schlimmsten Fall gegeben hatte, lag jetzt glanzlos auf dem Boden verstreut – der Beweis, daß Kahle ihn benutzt hatte, wofür er ihn benutzen sollte. Bremen versuchte, sich seinen Freund in den letzten Augenblicken seines Lebens vorzustellen. Es gelang ihm nicht. Es mußte genügen zu wissen, daß die Historie der Druiden sicher war. Dies würde auch als Grabinschrift für seinen alten Freund ausreichen müssen.

Jetzt hörte er etwas; ein Geräusch, das von weit unten zu kommen schien, das so leise war, daß er es eher mit seinen Instinkten als mit seinen Ohren wahrgenommen hatte. Er hastete aus dem Raum und spürte, daß die Zeit, die ihm auf Paranor gegeben war, sich dem Ende zuneigte. Er mußte den Eilt Druin finden. Athabasca hatte das Medaillon nicht getragen. Vielleicht hatte man es ihm abgenommen, aber Bremen glaubte nicht daran. Der Angriff war in der Nacht erfolgt, hatte Caerid Lock gesagt, und niemand war darauf vorbereitet gewesen. Athabasca mußte also aus dem Schlaf geholt worden sein. Er hatte bestimmt nicht die Zeit gehabt, an das Medaillon zu denken. Wahrscheinlich lag es noch in seinen Räumen.

Bremen erklomm die Treppen zu den Amtsräumen des Hohen Druiden; wie ein Gespenst bewegte er sich zwischen den Toten. Er kam sich vor, als hätte er keinerlei Gewicht, keinen Körper. Er verhielt sich wider alle Vernunft, ein Verrückter, der mit dem Feuer spielt und kein Mittel gegen die Verbrennungen besitzt, die er hervorrufen wird. Er fühlte sich müde und seinen Ängsten um die Welt ausgeliefert. Die Aufgabe, die er sich gestellt hatte, war so hoffnungslos – eine Magie zu erschaffen, einen Talisman zu schmieden, dem er diese Magie einverleiben würde, und einen Meister zu finden, der das Schwert schwingen sollte. Wie groß war die Chance, daß er dies alles bewerkstelligen konnte? Wieviel Hoffnung hatte er?

Er fand die Tür zu Athabascas Zimmer offen und trat vorsichtig ein. Erfolglos durchsuchte er Regale und Schreibtisch. Er öffnete alle Schranktüren und fand nichts. Angst breitete sich in ihm aus, Angst, daß er vielleicht zu spät gekommen war, und er hastete in das Schlafzimmer des Hohen Druiden.

Dort, ausgebreitet auf dem Nachttisch und vergessen in der Eile, die Athabasca aus dem Schlaf in den Tod gerissen hatte, lag das Eilt Druin.

Bremen nahm es hoch und untersuchte es, er wollte sichergehen, daß es echt war. Das polierte Metall schimmerte ihm entgegen. Er strich mit seinen Fingern über die leicht erhöhte Oberfläche der Hand und der Fackel. Dann verstaute er das Medaillon schnell in seinem Umhang und eilte hinaus.

Beim Durchqueren der Flure achtete Bremen immer noch argwöhnisch auf Geräusche und Bewegungen. Bis hierher war er gekommen, ohne daß irgend etwas geschehen war. Vielleicht würde er den Wesen, die hier auf ihn warteten, doch noch entkommen können. Lautlos glitt er durch die Finsternis und an den Leichen vorbei, vorbei an Ecken und Türpfosten voller Schatten. Plötzlich sah er durch ein schmales, vergittertes Glasfenster einen schwachen Schimmer des östlichen Himmels. Die Dämmerung stand kurz bevor. Bremen atmete bedrückt die verbrauchte, muffige Luft der Festung und sehnte sich nach dem Duft der grünen Wälder dort draußen.

Er erreichte die Haupttreppe, und als er ungefähr in der Mitte angekommen war, erregte eine Bewegung auf dem breiten Absatz unter ihm seine Aufmerksamkeit. Er blieb stehen und wartete. Die Bewegung löste sich aus dem Schatten und wurde zu einem neuen Schatten, zu einer anderen Gestalt. Das Ding, das sich jetzt zeigte, war menschlich, aber nur noch sehr vage. Arme, Beine, Rumpf und Kopf waren über und über mit dichten schwarzen Haaren überzogen, die sich sträubten. Die Glieder waren gekrümmt und gebogen wie Dornenzweige, in die Länge gezogen und mißgestaltet. Klauen und Zähne schimmerten wie die gebrochenen Enden alter Knochen, und in den Augen flackerten purpurrote und grüne Flecken. Das Ding flüsterte ihm zu, rief ihn zu sich, bettelte und schmeichelte.

Breeemen, Breeemen, Breeemen.

Der alte Mann warf schnell einen Blick zurück zum oberen Treppenabsatz, der von seiner Position aus ebenfalls sichtbar war. Eine weitere Kreatur erschien dort, ein Spiegelbild der ersten, die sich aus der Düsternis löste.

Breeemen, Breeemen, Breeemen.

Jetzt betraten beide die Treppe, die eine stieg herauf, die andere hinab. Bremen war gefangen zwischen ihnen. Der Weg führte entweder nach unten oder nach oben, es gab keine Türen, die von der Treppe fortführten. Es war also das eine oder das andere. Sie hatten auf ihn gewartet, erkannte er. Sie hatten ihn das erledigen lassen, was er vorgehabt hatte, hatten ihn suchen lassen, was er brauchte, und dann hatten sie ihn eingeholt. Ein Plan des Dämonenlords, der wissen wollte, was so wichtig war, daß sein Erzfeind hierher zurückkehrte, welcher Schatz, welches Stück Magie so wertvoll war, daß er es bergen wollte. Findet es heraus, hatte der Dämonenlord ihnen aufgetragen, und dann stehlt es von seiner Leiche und bringt es mir.

Bremen schaute von einem zum anderen. Einst waren sie Druiden gewesen, jetzt aber in unaussprechliche Ungeheuer verwandelt. Wahnsinnige, wild gewordene Wesen, die ihrer Menschlichkeit beraubt und in einer Art geformt worden waren, daß sie nur noch einem letzten Ziel dienen konnten. Es fiel schwer, sie zu bedauern. Sie waren menschlich genug gewesen, als sie die Festung und ihre Bewohner verraten hatten. Sie waren damals frei genug gewesen, sich entscheiden zu können.

Aber eigentlich, erkannte er plötzlich, hätten es doch drei sein müssen. Wo war der dritte?

Gerade rechtzeitig warnten ihn seine bis aufs äußerste geschärften Instinkte, und er blickte genau in dem Augenblick nach oben, als das Ding sich aus seinem Versteck in einer Nische hinunterfallen ließ. Bremen warf sich zur Seite, und die Kreatur stürzte mit dem lauten Krachen von zerbrechenden Knochen auf die Stufen. Aber es war noch nicht vorbei. Sie erhob sich in einem Gewirr aus Zähnen und Klauen, aus Geschrei und Gespeie, und wollte sich mit ihrem ganzen Gewicht auf den alten Mann stürzen. Bremen handelte instinktiv und verteidigte sich mit dem Druidenfeuer, einer blauen Flammenwand, die die Kreatur verschlang. Aber selbst jetzt gab das Ungeheuer noch nicht auf. Brennend kam es auf Bremen zu, das schwarze Haar loderte auf wie eine Fackel, die Haut darunter schälte sich in Fetzen ab. Bremen hieb noch einmal auf seinen Gegner ein, jetzt zugleich besorgt und verwundert darüber, daß er sich noch halten konnte. Das Ding raste auf ihn zu, und er drehte sich um, warf sich zu Boden und trat um sich.

Jetzt endlich versagte die Kraft dieses Wesens. Es verlor den Halt und taumelte fort, rollte die Treppe herunter und außer Sichtweite, eine schwarze Fackel in der tintigen Schwärze.

Bremen kam wieder auf die Beine; er war von den Flammen versengt und von den Klauen der Kreatur zerkratzt. Die anderen beiden Angreifer kamen weiterhin langsam auf ihn zu, tänzelten wie spielende Katzen. Bremen versuchte, seine Verteidigungsmagie wieder zu beschwören, aber er hatte sich bei der Abwehr des ersten Angriffs zu sehr verausgabt. Verwirrt über soviel Grimm hatte er zuviel von seiner Kraft verbraucht. Jetzt blieb ihm beinahe nichts mehr.

Die Kreaturen schienen dies zu wissen. Sie näherten sich ihm langsam, begierig ächzend.

Bremen drückte sich mit dem Rücken an die Treppenwand und blickte ihnen entgegen.

Währenddessen schlichen Kinson und Mareth durch die Gänge der Festung und suchten ihn. Überall lagen Leichen, aber es gab kein Zeichen von dem alten Mann. Obwohl sie Augen und Ohren offenhielten, konnten sie keine Spur von ihm finden. Kinson machte sich immer mehr Sorgen. Wenn nun etwas Fürchterliches in der Festung versteckt wäre und auf Eindringlinge wartete, würde es sie vielleicht zuerst finden. Es würde sie vielleicht finden, bevor sie auf Bremen stießen, und Bremen wäre gezwungen, sie zu retten. Oder war der Druide bereits Opfer dieser Wesen geworden, ohne daß seine Freunde es gehört hatten? Waren sie schon zu spät?

Er hätte Bremen niemals alleine gehen lassen sollen!

Sie kamen an den Leichen der Wachen vorbei, die an den oberen Stufen des zweiten Stockwerks letzten Widerstand geleistet hatten, und gingen weiter nach oben. Noch immer war nichts zu hören oder zu sehen. Die Treppe wand sich in unzähligen Stufen ins Dunkel. Mareth ging dicht an der Wand, sie versuchte, einen besseren Blick auf das zu erhalten, was vor ihnen lag. Kinson schaute immer wieder zurück, er befürchtete einen Angriff von hinten. Sein Gesicht und seine Hände waren schweißnaß.

Wo war Bremen?

Dann bewegte sich etwas auf dem nächsten Absatz, eine schwache Änderung des Lichtscheins, ein Zucken der Schatten. Kinson und Mareth erstarrten. Ein seltsames, klagendes Flüstern drang zu ihnen.

Breeemen, Breeemen, Breeemen.

Kinson und Mareth sahen einander an, dann schlichen sie vorsichtig weiter.

Etwas fiel vor ihnen zu Boden, etwas Schweres, Weiches, zu weit entfernt, um es erkennen, aber nah genug, um sich ein grobes Bild machen zu können. Blaues Feuer explodierte. Schreie erklangen. Sekunden später rollte ein Feuerball die Treppe herunter, darin ein lebendes Wesen – wenn auch kaum noch lebendig – das wild um sich schlagend weiterrollte.

Jede Vorsicht vergessend stürmten Mareth und Kinson vorwärts. Sie sahen Bremen weiter oben stehen, gefangen zwischen zwei grauenhaften Kreaturen, die sich ihm von beiden Seiten näherten. Der alte Mann war blutverschmiert und deutlich erschöpft. Druidenfeuer flackerte von seinen Fingerspitzen, aber es entzündete sich nicht. Die Ungeheuer, die sich an ihn heranschlichen, ließen sich Zeit.

»Nein! Zurück!« schrie Bremen, als er seine Freunde sah.

Mareth jedoch raste plötzlich die Stufen hoch, so daß der völlig überraschte Kinson hinter ihr zurückblieb. Sie spannte sich an und reckte beide Arme hoch, die Handflächen nach oben gewandt, als wollte sie vom Himmel Hilfe erflehen. Kinson eilte ihr bestürzt hinterher. Was tat sie da? Das Ungeheuer, das dem Mädchen am nächsten war, zischte drohend, wirbelte herum und kam auf Mareth zu, sprang blitzschnell mit ausgestreckten Klauen die Stufen hinunter. Kinson schrie entsetzt auf. Er war immer noch zu weit entfernt!

Dann explodierte Mareth förmlich. Es gab ein gewaltiges Dröhnen, und Kinson wurde von der Druckwelle gegen die Mauer geschleudert. Er hatte Mareth, Bremen und die Kreaturen aus dem Blick verloren. Feuer loderte empor, wo Mareth gestanden hatte, ein blauer Streifen, schon beinahe weiß glühend. Das Feuer fuhr durch das Ungeheuer hindurch und riß es in zwei Teile. Dann schoß es weiter, auf das zweite Monster zu, das näher bei Bremen stand, und riß es mit sich fort wie ein Blatt im Wind. Die Bestie kreischte, dann war sie verschlungen. Das Feuer raste weiter, fraß sich an den Steinwänden und Treppen entlang, ließ Rauch aufquellen.

Kinson schirmte sich die Augen ab und kämpfte sich wieder auf die Beine. Das Feuer erlosch von einem Augenblick zum anderen. Nur der Qualm blieb, und dicke Wolken wogten über die Treppe. Kinson stürmte nach oben, wo Mareth auf dem Treppenabsatz zusammengebrochen war. Er hob sie auf, drückte sie an sich. Was war mit ihr geschehen? Was hatte sie getan? Sie war so leicht wie eine Feder, und ihr schmales Gesicht war blaß und rußbeschmiert, ihr kurzes, dunkles Haar schweißnaß. Ihre Augen waren verdreht und halb geschlossen. Kinson beugte sich herab. Mareth schien nicht zu atmen. Er konnte keinen Puls finden.

Bremen tauchte plötzlich vor ihm auf, er schien direkt aus dem Rauch Gestalt anzunehmen, zerzaust und mit wilder Miene. »Bring sie hier raus!« rief er.

»Aber ich glaube nicht, daß sie...« setzte Kinson an.

»Schnell, Kinson!« schnitt Bremen ihm das Wort ab. »Wenn du sie retten willst, bring sie raus aus der Festung! Geh!«

Ohne ein weiteres Wort drehte sich Kinson um und hastete die Stufen hinunter, Mareth in den Armen, Bremen hinter sich. Sie stolperten durch die Festung, der Rauch ließ sie husten und ihre Augen tränen. Dann hörte Bremen tief unter ihnen ein Grollen, als würde etwas erwachen, etwas Riesiges, Zorniges, etwas, das ebenso ungeheuerlich wie unvorstellbar war.

»Lauf!« schrie Bremen wieder, aber das wäre nicht notwendig gewesen.

Die drei Gefährten flohen durch das zerstörte Paranor nach draußen, dem Tageslicht und dem Leben entgegen.

Die Suche nach dem Schwarzen Elfenstein

Kapitel 8

Nachdem Tay Trefenwyd sich von Bremen und den anderen getrennt hatte, folgte er dem Mermidon in westlicher Richtung zwischen den Bergen hindurch, die den südlichen Ausläufer der Drachenzähne formten. Die Sonne war bereits untergegangen, und als er sein Lager aufschlug, befand er sich immer noch im Schutz der Berge. Als der Morgen anbrach, machte er sich wieder auf den Weg. Es war ein klarer und milder Tag, der Sturm der vergangenen Nacht hatte das Land gereinigt, und die Sonne schien so grell, daß sie blendete. Der Elf erreichte das Grasland unterhalb der Ebene von Streleheim, die er überqueren wollte. In weiter Ferne konnte er die Wälder des Westlandes erkennen, und dahinter die weißbedeckten Gipfel des Felsensporns. Er würde ohnehin noch einen weiteren Tagesmarsch benötigen, bevor er Arborlon erreichte, daher schritt er gemächlich voran und ließ seine Gedanken um die Ereignisse der letzten Tage kreisen.

Tay Trefenwyd kannte Bremen seit fast fünfzehn Jahren, länger noch als Risca. Er hatte ihn auf Paranor kennengelernt, noch vor der Verbannung des Druiden. Tay, noch in der Ausbildung, war gerade frisch aus Arborlon gekommen. Bremen war schon damals alt gewesen, aber sein Charakter immer noch ungeschliffen, seine Zunge noch schärfer als in späteren Jahren. Die Druiden von Paranor hatten ihn bald als etwas verrückt abgetan. Kahle Rese und ein oder zwei andere hatten seine Freundschaft geschätzt und geduldig dem gelauscht, was er zu sagen hatte, aber die übrigen waren nur bestrebt gewesen, ihm aus dem Weg zu gehen.

Nicht so Tay. Von dem Augenblick ihrer ersten Begegnung an war der Elf fasziniert gewesen. Hier war jemand, der es für wichtig – sogar notwendig – hielt, mehr zu tun, als nur über die Probleme der Vier Länder zu reden. Es hatte ihm nicht genügt, einfach nur zu studieren und bestimmte Angelegenheiten zu besprechen; er hielt es auch für notwendig zu handeln. Bremen stellte sich damit auf die Seite der Druiden des Ersten Rates, die sich vor langer Zeit in die Entwicklung der Rassen eingeschaltet hatten. Nichteinmischung betrachtete er als einen Fehler, der irgendwann das Leben derer kosten würde, die den Druiden lieb und teuer waren. Tay verstand das und schloß sich Bremens Ansicht an. Wie der alte Mann hatte auch er die alten Überlieferungen studiert, das Leben der Feen, den Gebrauch der Magie in der Welt vor den Großen Kriegen. Wie Bremen hatte er akzeptiert, daß entartete Macht doppelt so tödlich war und daß der rebellische Druide Brona in einer anderen Form weiterlebte und zurückkehren würde, um die Vier Länder zu erobern. Diese Ansicht war unbeliebt und entsprach nicht dem, was die anderen dachten; am Ende hatte sie Bremen den Platz unter den Druiden gekostet.

Zuvor hatte er jedoch Tay zu seinem Verbündeten gemacht. Zwischen beiden war sofort eine enge Freundschaft entstanden, und der alte Mann war zum Lehrer des Jüngeren geworden. Tay hatte sich weiterhin um die ihm vom Rat und den Älteren aufgetragenen Arbeiten gekümmert und auch seine Studien beendet, doch seine freie Zeit und sein Enthusiasmus blieben Bremen vorbehalten. Obwohl die Elfen, die mit der Absicht nach Paranor gekommen waren, dort das Gelöbnis der Druiden abzulegen, von früh an mit der besonderen Geschichte und den Überlieferungen ihrer Rasse vertraut gemacht worden waren, hatten nur wenige von ihnen so viel Verständnis für die Möglichkeiten, die Bremen vorschlug, wie Tay. Aber auch nur wenige waren so begabt. Tays Talent für die Magie hatte sich bereits vor seiner Ankunft auf Paranor gezeigt, aber unter Bremens Anleitung machte er so rasche Fortschritte, daß bald niemand ihm mehr gleichkam, auch sein Mentor nicht. Selbst Risca hatte niemals den Grad erreicht, zu dem Tay gelangt war; möglicherweise war er zu sehr der Kriegskunst verpflichtet, um das

Konzept der Magie vollständig aufnehmen und erkennen zu können, daß sie die schlagkräftigste aller Waffen war.

Die ersten fünf Jahre waren für den jungen Elf sehr aufregend gewesen, und sein Denken war unwiderruflich durch das geprägt worden, was er dort gelernt hatte. Die meisten Fähigkeiten, die er erwarb, und große Teile des Wissens, das er sich aneignete, hielt er geheim, denn die Regeln der Druiden schlossen das Einbringen der eigenen Person beim Gebrauch der Magie aus und ließen nur abstrakte Studien zu. Bremen fand diese Regeln dumm und fehl am Platz, aber er war wie immer der einzige im Rat, der zu dieser Ansicht neigte. Also hatte Tay nur im geheimen jene Überlieferungen studiert, die Bremen mit ihm teilen wollte. Als der Rat Bremen ausgeschlossen hatte und dieser plante, seine Studien bei den Elfen weiterzuverfolgen, hatte Tay mit ihm gehen wollen. Bremen hatte abgelehnt. Er hatte es ihm nicht direkt verboten, aber erklärt, daß auf sie beide wichtige Aufgaben warteten. Tay sollte auf Paranor bleiben und Bremens Augen und Ohren sein. Er sollte seine Fähigkeiten weiter vervollkommnen und die anderen von der Gefahr überzeugen, von der Bremen wußte, daß sie existierte. Wenn auch für ihn die Zeit gekommen wäre, Paranor zu verlassen, würde der alte Druide ihn holen.

Genauso war es fünf Tage zuvor geschehen, und Tay, Risca und die junge Heilerin Mareth hatten noch rechtzeitig entkommen können. Aber all die anderen, jene, die er zu überzeugen versucht hatte, die an seinen Worten gezweifelt und ihn verachtet hatten, waren es vermutlich nicht. Tay konnte dies natürlich nicht mit Sicherheit wissen, aber tief im Herzen spürte er, daß die Vision, die Bremen ihnen geschildert hatte, der Wahrheit entsprach. Es würde Tage dauern, bevor die Elfen sich davon würden überzeugen können, aber für Tay stand fest, daß die Druiden ausgelöscht waren.

Aber ganz gleich, was geschehen war, Tays Zeit auf Paranor war zu Ende. Jetzt war sein Platz draußen in der Welt, und wenn die

Rassen überleben sollten, mußte Tay tun, was Bremen ihm aufgetragen hatte. Der Dämonenlord war auf dem Weg nach Süden. Das Nordland und die Trolle gehörten ihm bereits, und er würde als nächstes versuchen, sich auch die anderen Rassen untertan zu machen. Jetzt lag es in den Händen von jedem einzelnen von ihnen – Bremen, Risca, Mareth, Kinson Ravenlock und Tay selbst. Sie mußten an dem Ort kämpfen, der ihnen zugewiesen war.

Tays Platz war das Westland, seine Heimat. Zum ersten Mal seit beinahe fünf Jahren kehrte er zurück. In der Zwischenzeit war sein Vater gestorben, sein jüngerer Bruder hatte geheiratet und war ins Tal von Sarandanon gezogen, und seine Schwester hatte ein zweites Kind geboren. Das Leben war nicht stehengeblieben, seit er fortgegangen war, und Tay würde nicht in dieselbe Welt zurückkehren, die er verlassen hatte. Mehr noch, er selbst würde Veränderungen mitbringen, die alles in den Schatten stellten, was in seiner Abwesenheit geschehen sein mochte. Es war der Beginn von Veränderungen, die jedes einzelne Land betreffen würden, und nicht alle würden sie begrüßen. Wenn die Elfen erst erfahren hatten, weshalb Tay gekommen war, würde man ihn nicht mehr willkommen heißen. Er würde sich vorsichtig herantasten müssen, würde seine Freunde und Verbündeten gut wählen müssen.

Aber das war Tay Trefenwyds Spezialität. Er war ein umgänglicher, gelassener Mann, der sich um die Sorgen anderer kümmerte und immer sein Bestes gegeben hatte, wenn es galt zu helfen. Er war nicht so erpicht auf Auseinandersetzungen wie Risca und nicht so störrisch wie Bremen. Auf Paranor hatte man ihn aufrichtig gern gehabt, trotz seiner Beziehung zu den beiden Ketzern. Strenge Überzeugungen und eine unnachahmliche Arbeitsmoral prägten ihn und seine Taten, aber er stellte sich nicht über die anderen. Tay nahm die Leute so, wie sie waren, suchte das Gute in ihnen und fand Möglichkeiten, es sinnvoll einzusetzen. Selbst Athabasca hatte sich nicht mit ihm gestritten, denn der Hohe Druide hatte in Tay etwas entdeckt, von dem er hoffte, daß es auch in seinen schwierigen

Freunden verborgen lag. Tays große Hände waren so stark wie Eisen, aber sein Herz war weich. Trotzdem verwechselte niemand je seine Güte mit Schwäche. Tay wußte, wann er sich widersetzen und wann er nachgeben mußte. Versöhnungsfähigkeit und Kompromißbereitschaft standen bei ihm an erster Stelle, und in den vor ihm liegenden Tagen würde er auch beides benötigen.

Seine wichtigsten Aufgaben bestanden nun darin, seinen König, Courtann Ballindarroch, davon zu überzeugen, eine Suche nach dem Schwarzen Elfenstein zu organisieren, und ihn dazu zu bringen, seine Armee den Zwergen zu Hilfe zu schicken.

Tay lächelte und pfiff eine kleine Melodie vor sich hin, während er das offene Grasland überquerte und in nordwestliche Richtung auf das Waldgebiet zuging, das die östliche Grenze seines Heimatlandes bildete. Er wußte nicht, ob er so einfach erreichen würde, was er anstrebte, aber das spielte keine Rolle. Er würde einen Weg finden. Bremen zählte auf ihn, und Tay hatte nicht vor, ihn zu enttäuschen.

Die Stunden verstrichen, und die Sonne verschwand in den weit entfernten Bergen im Westen. Tay verließ den Mermidon am Rand des Westlandwaldes unterhalb von Pykon und wandte sich nach Norden. Weil es Nacht war und er nicht mehr gut erkennen konnte, was auf der Ebene geschah, zog er jetzt im Schutz der Bäume weiter. Seine Fähigkeiten als Druide halfen ihm dabei. Tay hatte sich auf die Elemente spezialisiert, er hatte studiert, wie Magie und Wissenschaft zusammenspielten, damit die grundsätzlichen Bestandteile der Welt im Gleichgewicht blieben – Erde, Luft, Feuer und Wasser. Tay hatte sich mit diesem Gleichgewicht vertraut gemacht, hatte versucht zu ergründen, wie es das Leben erhielt und förderte, wie die Elemente sich gegenseitig schützten, wenn eine Störung auftrat. Tay hatte gelernt, kraft welcher Regeln man eins durch das andere ersetzen konnte, wie man mit einem Element die anderen zerstören, ihnen Leben geben konnte. Inzwischen war er zum fähigen Magier geworden. Er konnte Bewegungen der Elemente erkennen und ihre

Gegenwart erspüren. Er konnte Gedanken fühlen. In gewisser Weise konnte er sogar die Vergangenheit zurückverfolgen und die Zukunft vorhersagen. Dies war jedoch anders als bei Visionen, denn er hatte dabei keine Verbindung mit den Toten oder den Geistern. Seine Zukunftsschau fußte vielmehr auf den Elementargesetzen, auf Machtlinien, die die Welt umgaben und alle Dinge in Form von Handlungen und Gegenhandlungen, Ursache und Wirkung, Wahl und Konsequenz, miteinander verknüpften. Ein Stein, der in einen ruhigen Teich geworfen wird, erzeugt Wellen. So war es auch mit allem, was das Gleichgewicht der Welt veränderte, egal, wie geringfügig es sein mochte. Tay hatte gelernt, die Veränderungen zu erkennen und zu erahnen, was sie bedeuteten.

Und jetzt, als er im nächtlichen Schatten im Wald einherschritt, las er aus den Bewegungen des Windes, aus den Gerüchen, die noch an den Bäumen klebten und aus den schwachen Vibrationen der Erdoberfläche, daß eine große Gruppe von Gnomen vor einiger Zeit hier vorbeigekommen war und jetzt irgendwo vor ihm wartete. Je weiter er ging, desto stärker spürte er ihre Anwesenheit. Er schlüpfte tiefer in den Wald und lauschte und spürte. Die Magie, die ihm dabei half, sammelte sich in seiner Brust und strömte dann in kleinen, federigen Spuren aus seinen Fingerspitzen.

Tay verlangsamte jetzt seinen Schritt und blieb schließlich stehen, denn er hatte etwas Neues wahrgenommen. Er verharrte vollkommen lautlos und wartete. Eine Gänsehaut kroch ihm über den Rücken und warnte ihn unmißverständlich vor dem, den er gespürt hatte und der sich jetzt näherte. Im nächsten Augenblick erschien er auch schon am Himmel über ihm, gerade noch zwischen Wipfeln zu erkennen – ein Schädelträger, Diener des Dämonenlords. Das Ungeheuer schwebte langsam hin und her, trieb schwerfällig über dem samtenen Schwarz. Er war auf der Jagd nach etwas, aber nicht nach etwas Besonderem. Tay blieb dort, wo er war und widerstand dem natürlichen Impuls wegzurennen. Der Schädelträger zog große Kreise und kehrte zurück; seine geflügelte Gestalt hob sich gegen die Sterne ab. Tay verlangsamte seinen Atem, seinen Herzschlag, seinen Puls – wurde eins mit der lautlosen Dunkelheit des Waldes.

Schließlich flog die Kreatur in Richtung Norden weiter. Vermutlich wollte sie sich denen anschließen, die ihr unterstanden, sinnierte Tay. Es war kein gutes Zeichen, daß sich die Untergebenen des Dämonenlords so südlich in die Nähe des Elfenreiches wagten; es sprach für die Vermutung, daß die Druiden nicht mehr als Bedrohung wahrgenommen wurden, daß die lange geplante Invasion kurz bevorstand.

Tay holte tief Luft. Was, wenn Bremen unrecht hatte und die Invasion sich nicht gegen die Zwerge, sondern gegen die Elfen richtete?

Er ließ sich diesen Gedanken durch den Kopf gehen, während er, immer noch auf der Suche nach den Gnomen, weiterschritt. Zwanzig Minuten später fand er sie am Rand des Trockenwaldes, wo sie ihr Lager aufgeschlagen hatten. Es gab keine Feuerstellen, aber an jeder Ecke standen Wachen. Der Schädelträger kreiste über ihnen. Diese Gruppe plante einen Überfall, aber Tay konnte sich nicht vorstellen, hinter wem oder was sie her waren. Es gab so dicht am Grasland nicht viel, was zu überfallen sich lohnte, lediglich ein paar vereinzelte Behausungen, an denen die Eindringlinge aber wohl kaum interessiert sein konnten. Trotzdem war es nicht angenehm, Gnome aus dem Ostland und auch noch einen Schädelträger so weit westlich, so nah bei Arborlon zu finden. Tay schlich weiter, bis er sie deutlicher erkennen konnte, und beobachtete sie eine Zeitlang, um vielleicht etwas zu erspüren. Aber dieser Versuch mißlang, und so zählte er die Gruppe nur sorgfältig und schlich wieder fort. Er verwischte seine Spuren, bis er auf eine abgelegene Gruppe von Tannen stieß, verkroch sich unter die schützenden Äste und schlief ein.

Es war Morgen, als er aufwachte; die Gnome waren bereits aufgebrochen. Vorsichtig untersuchte er von seinem Versteck aus das Gelände, dann wagte er sich hervor und ging zu ihrem Lager.

Ihre Spuren führten nach Westen in den Trockenwald. Tay dachte daran, ihnen zu folgen, aber dann entschied er sich dagegen. Er hatte auch ohne eine neue Aufgabe bereits genug zu erledigen. Abgesehen davon war es möglich, daß noch andere Räuberbanden dort lauerten, und so hielt er es für wichtiger, die Elfen so schnell wie möglich zu warnen.

Also setzte er seine Reise nach Norden weiter fort, immer im Schutz der Bäume. Es war noch nicht Mittag, als er das Tal von Rhenn erreichte und seinem Verlauf nach Westen folgte. Das Tal von Rhenn war die Pforte zu Arborlon und dem Westland, und an seinem entgegengesetzten Ende würden Elfen Wache halten. Dieser östliche Teil mit seinen sanften Grasflächen zwischen zwei Gebirgsausläufern war einladend, aber das Tal verengte sich rasch, das Gelände stieg an, und kleinere Hügel erhoben sich bis hin zu steilen Klippen. Hatte man endlich das andere Ende erreicht, so blickte man geradewegs in einen gähnenden, zerklüfteten Schlund. So bot das Tal von Rhenn eine natürliche Verteidigungsposition gegen jede Armee, die vom Osten her angreifen wollte. Der Wald war zu dicht und das Felsengebirge zu steil, und so war das Tal der einzige Weg, wollte man mit einer einigermaßen großen Streitmacht in das Westland eindringen oder hinausgelangen.

Natürlich standen immer Wachen dort, und Tay wußte, daß er auf jemanden treffen würde. Er mußte nicht lange warten. Kaum hatte er die Hälfte des grünen Tals durchquert, da donnerten auch schon Reiter auf ihn zu, um ihn, den Fremden, zur Rede zu stellen. Als sie näher kamen, erkannten sie ihn jedoch und zügelten unter fröhlichen Rufen ihre Pferde. Sie hießen ihn herzlich willkommen, gaben ihm ein Pferd und nahmen ihn mit zum Lager. Der Befehlshaber der Wache sandte augenblicklich jemanden nach Arborlon, um Tays Kommen anzukündigen. Er klärte den Befehlshaber über die räuberische Bande auf, erwähnte aber nur die Gnome und ließ den Schädelträger aus dem Spiel – diese Information wollte er Ballindarroch lieber selbst überbringen. Der Befehlshaber hatte von den Gnomen bisher noch nichts bemerkt und sandte sofort Reiter auf die Suche. Dann sorgte er dafür, daß sein Gast etwas zu essen und zu trinken bekam, und leistete ihm Gesellschaft; er beantwortete Tays Fragen über Arborlon und informierte ihn über den neuesten Stand all der Ereignisse, die ihn beschäftigten.

Das Gespräch war ungezwungen, die Zeit verging schnell. Gerüchten zufolge hielten sich Trolle in der Ebene von Streleheim auf, aber man wußte nichts Genaues, und bisher war noch keiner so weit südlich gesichtet worden. Die Geschehnisse um den Dämonenlord und Paranor behielt Tay für sich. Als er mit essen fertig war und aufbrechen wollte, gab der Befehlshaber ihm ein Pferd und bot ihm zwei Männer als Begleitung an, aber Tay lehnte ab und machte sich allein auf den Weg.

Gedankenverloren ritt er auf Arborlon zu. Es gab Gerüchte, aber gesehen hatte niemand etwas. Geister und Schatten. Der Dämonenlord war so wenig greifbar wie Rauch. Aber Tay hatte den Schädelträger und die Gnome deutlich vor Augen gehabt, und Bremen hatte den Dämonenlord in seinem Versteck im Nordland aufgespürt. Bremen schien sicher zu sein, was geschehen würde, und so lag es jetzt an seinem Freund, einen Weg zu finden, auch die Elfen zu überzeugen.

Die Straße, der Tay folgte, schlängelte sich durch die Wälder des Westlandes; sie ging altem Baumbestand aus dem Weg, führte an kleinen Seen vorbei und folgte dem Lauf gewundener Bäche, je nach Gelände ansteigend oder abfallend. Sonne brach durch die Baumwipfel, streifte hohe Stämme und kleine Grüppchen winziger Wildblumen – ein langer Finger aus Licht inmitten der Schatten. Als wären es Banner und Wimpel, schien seine Heimat Tay willkommen zu heißen. Der Elf zog als Antwort darauf seinen Umhang aus und genoß den Mantel aus Wärme auf seinen breiten Schultern.

Er begegnete auf dem Weg anderen Reisenden, Männern und Frauen, die zwischen den Dörfern hin- und herpilgerten, Händlern und Handwerkern, deren Arbeit man an anderen Orten bedurfte.

Einige nickten und winkten grüßend, andere schritten einfach nur vorbei. Immer aber waren es Elfen, und das war für Tay ungewohnt, denn seit langem war er nicht mehr an einem Ort gewesen, an dem so viele Leute seines eigenen Volkes zusammenwaren. Es erschien ihm nahezu befremdlich, daß alle wie er waren und niemand anders.

Er näherte sich Arborlon in den matten und trägen Stunden des Nachmittags, als die Hitze des späten Frühlingstages selbst auf dem kühlen Wald drückend und schwer lastete. Ein Reiter erschien auf der Bergkuppe vor ihm, er kam aus dem Schein des grellen Lichts heraus und preschte mit wirbelndem Umhang und wehenden Haaren direkt auf ihn zu. Er winkte wild mit einer Hand, und ein stürmischer Schrei zerriß die Stille. Tay erkannte ihn sofort. Lächelnd winkte er eifrig zurück und trieb ebenfalls sein Pferd an. Die beiden trafen sich in einer wirbelnden Wolke aus Staub, zügelten ihre Pferde und sprangen ab, um einander zu umarmen.

»Tay Trefenwyd, so wahr ich lebe!«

Der Neuankömmling schlang die Arme um den großen, schlaksigen Tay und hob ihn wie ein Kind hoch, wirbelte ihn einmal herum und ließ ihn dann mit einem Grunzen wieder herunter.

»Schatten!« brüllte er. »Du hast wohl nur gegessen, während du fort warst! Du bist so schwer wie ein Pferd!«

Tay drückte die Hände seines besten Freundes. »Ich bin nicht schwer geworden, aber du bist schwach geworden! Faulpelz!«

Der andere erwiderte den Händedruck. »Willkommen zu Hause. Ich habe dich vermißt!«

Tay trat einen Schritt zurück, um ihn richtig betrachten zu können. Wie alle anderen hatte er auch Jerle Shannara das letzte Mal vor fünf Jahren gesehen, als er von Arborlon fortgegangen war. Aber Jerle hatte ihm am meisten gefehlt, mehr noch als seine Verwandten. Jerle war immerhin sein ältester Freund, sein ständiger Kamerad, seit sie im Westland gemeinsam ihre Kindheit und Jugend verbracht hatten. Ihm hatte er immer alles sagen können, ihm hätte er jederzeit sein Leben anvertraut. Die Bande waren früh geknüpft worden und hatten selbst die Jahre ihrer Trennung überstanden, als Tay nach Paranor gegangen und Jerle in Arborlon geblieben war. Als direktem Cousin von Courtann Ballindarroch war es Jerle seit der Geburt vorherbestimmt, dem Thron zu dienen.

Und Jerle Shannara war ein geborener Krieger. Für einen Elf besaß er eine beachtliche körperliche Ausstrahlung, er war wuchtig und hatte kräftige Glieder, katzenschnelle Reflexe, die seiner Größe spotteten, und die Instinkte eines Kämpfers. Schon als er kaum alt genug zum Laufen gewesen war, hatte er sich im Umgang mit Waffen geübt. Er liebte den Kampf und war gefesselt von der Aufregung und der Herausforderung einer Schlacht. Aber er besaß sehr viel mehr als nur körperliche Stärke und Größe. Er war schnell im Denken. Er war schlau. Er war ein unerbittlicher Gegner. Sein Pflichtbewußtsein war außerordentlich. Niemals erwartete er von sich weniger als das Beste, ganz gleich, wie wichtig die Aufgabe war oder ob es jemand bemerken würde. Am wichtigsten war jedoch, daß Jerle Shannara keine Angst hatte. Es lag an seinem Blut oder an der Art, wie er aufgewachsen war, oder vielleicht auch an beidem, aber Tay hatte niemals erlebt, daß sein Freund sich vor irgend etwas fürchtete.

Sie mußten ein merkwürdiges Paar abgeben, dachte er. Zwar waren sie etwa gleich groß und sahen ähnlich aus – beide waren größer als der Durchschnitt, blond und langgliedrig –, aber dennoch waren sie völlig verschieden. Tay war gelassener und in schwierigen Situationen kompromißbereiter; Jerle war leicht aufgebracht und unerträglich trotzig, wenn es darum ging, in einem Streit einen Rückzieher zu machen. Tay war vergeistigt, fasziniert von schwierigen Fragen und komplizierten Rätseln, die ihn herausforderten und verwirrten; Jerle betonte das Körperliche, er zog die Herausforderung im Sport und im Kampf vor, verließ sich auf schnelle Antworten und Intuition. Tay hatte immer gewußt, daß er reisen und bei den Druiden auf Paranor studieren würde; Jerle hatte immer gewußt, daß er Befehlshaber der Elfengarde werden würde, der Eliteeinheit der Elfenjäger, die den König und seine Familie beschützten. Sie besaßen also reichlich unterschiedliche Persönlichkeiten und hatten unterschiedliche Ziele und Absichten, und dennoch waren sie so stark aneinander gebunden, wie es nur Blut oder das Diktat des Schicksals vermochte.

»Du bist also wieder zurück«, stellte Jerle fest. Er strich sich mit der schwieligen Hand über die lockigen, blonden Haare und lächelte seinen Freund verwegen an. »Bist du endlich zu Verstand gekommen? Wie lange wirst du bleiben?«

»Ich weiß es nicht. Aber ich werde nicht wieder zurück nach Paranor gehen. Die Dinge haben sich geändert.«

Das Lächeln des anderen verflog. »Ist das wahr? Erzähl mir davon.«

»Alles zu seiner Zeit. Aber laß es mich auf meine Weise tun. Ich bin aus einem bestimmten Grund hier. Bremen hat mich geschickt.«

»Dann ist es in der Tat ernst.« Jerle kannte den Druiden aus dessen Zeit in Arborlon. Er machte eine Pause. »Hat es etwas mit dem Wesen zu tun, das sie den Dämonenlord nennen?«

»Du warst schon immer schnell im Begreifen. Ja, das hat es. Er marschiert nach Süden, um die Zwerge anzugreifen. Wußtest du das?«

»Es gibt Gerüchte, daß sich Trolle in der Ebene von Streleheim aufhalten. Wir dachten, sie würden nach Westen und auf uns zu marschieren.«

»Erst die Zwerge, dann ihr. Ich bin geschickt worden, um Courtann Ballindarroch davon zu überzeugen, daß er Elfen zu ihrer Unterstützung sendet. Ich werde Hilfe dabei benötigen, schätze ich.«

Jerle Shannara griff nach den Zügeln seines Pferdes. »Setzen wir uns etwas abseits vom Weg in den Schatten, während wir reden. Macht es dir etwas aus, wenn wir noch nicht sofort in die Stadt gehen?«

»Nein, ich würde lieber erst mit dir alleine sprechen.«

»Gut. Jedesmal, wenn ich dich sehe, siehst du deiner Schwester noch ähnlicher.« Sie führten ihre Pferde zu den Bäumen und pflockten sie an einer schlanken Esche an. »Das ist ein Kompliment, wie du weißt.«

»Ich weiß.« Tay lächelte. »Wie geht es ihr?«

»Sie ist glücklich, häuslich und zufrieden mit ihrer Familie.« Jerle schaute ihn wehmütig an. »Sie scheint ohne mich sehr glücklich zu sein.«

»Kira ist nie die Richtige für dich gewesen. Das weißt du so gut wie ich. Sieh dir an, wie du lebst. Was würdest du mit ihrem Leben anfangen? Was würde sie mit deinem anfangen? Ihr habt keine anderen Gemeinsamkeiten als eure Kindheit.«

Jerle grunzte. »Das trifft auch auf uns zu, und dennoch stehen wir uns sehr nah.«

»Sich nah zu stehen ist etwas anderes als verheiratet zu sein. Und mit uns läßt sich das gar nicht vergleichen.«

Tay streckte sich im Gras aus und schlug die langen Beine übereinander. Jerle hockte sich auf einen Baumstumpf. Er starrte angestrengt seine Schuhe an, als sähe er sie zum ersten Mal in seinem Leben. Seine sonnengebräunten Hände waren über und über mit Narben, kleinen roten Kerben und Kratzern übersät. Tay konnte sich nicht erinnern, daß er jemals anders ausgesehen hatte.

»Bist du noch immer Befehlshaber der Elfengarde?« wollte er von seinem Freund wissen.

Jerle schüttelte den Kopf. »Ich gelte dafür inzwischen als zu wichtig. Ich bin Courtanns Hauptberater in militärischen Angelegenheiten. Sein General ohne Titel, der all den anderen *wirklichen* Generälen einen Rat gibt, wenn es schon zu spät ist. Nicht, daß das im Augenblick viel zählen würde, schließlich sind wir mit niemandem im Krieg. Aber ich nehme an, das könnte sich ändern, nicht?«

»Bremen glaubt, daß der Dämonenlord versuchen wird, die anderen Rassen zu unterwerfen, und daß er mit den Zwergen beginnt und dann weitermacht. Die Armee der Trolle ist sehr mächtig. Wenn die Rassen sich nicht verbünden und zusammen Widerstand leisten, werden sie überwältigt werden, eine nach der anderen.«

»Aber die Druiden werden das nicht zulassen. Ohnehin dem Tod geweiht, wie sie sind – nichts gegen dich, Tay –, werden sie sich nicht still verhalten.«

»Bremen glaubt, daß Paranor gefallen ist und die Druiden längst vernichtet sind.«

Jerle Shannara hob den Kopf und sah seinen Freund an. »Wann ist das geschehen? Wir haben nichts davon gehört.«

»Vor höchstens ein oder zwei Tagen. Bremen ging nach Paranor zurück, um sich zu vergewissern, aber er schickte mich nach Arborlon, und daher weiß ich es nicht genau. Es wäre sehr hilfreich, wenn du jemanden schicken könntest, um es herauszufinden – bevor ich mit dem König spreche. Jemanden, der zuverlässig ist.«

»Das werde ich tun.« Jerle schüttelte langsam den Kopf. »Alle Druiden vernichtet? Wirklich alle?«

»Alle außer Bremen, mir, einem Zwerg namens Risca und einer jungen Frau aus Storlock, die noch in der Ausbildung ist. Wir haben Paranor kurz vor dem Angriff zusammen verlassen. Vielleicht ist später noch jemand entkommen.«

Jerle sah ihn eindringlich an. »Du bist also zurückgekommen, um uns zu warnen, um vom Untergang Paranors zu berichten und unsere Hilfe im Kampf gegen den Dämonenlord und die Trollenarmee zu erbitten?«

»Es gibt noch etwas. Etwas sehr Wichtiges. Und dabei benötige ich deine Hilfe am dringendsten, Jerle. Es gibt einen Schwarzen Elfenstein mit einer Magie von sehr großer Kraft. Dieser Elfenstein ist gefährlicher als alle anderen, und er liegt seit der Zeit der Feen irgendwo im Gebirge der Grimmzacken versteckt. Bremen erhielt einige Hinweise darüber, aber auch der Dämonenlord und seine Geschöpfe suchen ihn. Wir müssen ihn unbedingt zuerst finden. Ich werde den König bitten, eine Expedition auszustatten.

Aber er kommt meiner Bitte vielleicht eher nach, wenn du sie vorbringst.«

Jerle lachte, aber es klang mehr wie ein Aufheulen. »Glaubst du das? Daß ich helfen kann? An deiner Stelle würde ich nicht zu sehr auf mich setzen! Ich bin Courtann in der letzten Zeit ein- oder zweimal auf die Füße getreten, und ich glaube, er schätzt mich im Moment nicht gerade! Oh, er mag meinen Rat, wenn es um Truppenbewegungen oder um Verteidigungsstrategien geht, aber das ist auch alles!« Sein Lachen erstarb, und er wischte sich die Augen. »Nun gut, ich werde tun, was ich kann.« Er kicherte. »Du machst das Leben interessant, Tay. Das war schon immer so.«

Tay lächelte. »Das Leben macht sich selbst interessant. Ich bin einfach nur mittendrin, ebenso wie du.«

Jerle streckte den Arm aus, und sie schüttelten sich noch einmal kräftig die Hände und verharrten so für einen Augenblick. Tay spürte die Kraft seines Freundes, und es schien, als könnte er etwas davon an sich ziehen und zu seiner eigenen machen.

Er hielt noch immer Jerles Hand, stand auf und zog seinen Freund mit hoch. »Wir sollten uns jetzt auf den Weg machen und beginnen«, riet er.

Der andere nickte, und sein Lächeln war kühn und zuversichtlich und durch und durch verschmitzt. »Du und ich, Tay«, sagte er. »Wir beide, wie früher. Das wird ein Mordsspaß.«

Natürlich hatte er eigentlich etwas ganz anderes gemeint, aber Tay Trefenwyd nahm an, daß er ihn ganz richtig verstanden hatte.

Kapitel 9

Tay besuchte seine Familie und seine Freunde in Arborlon, während er ungeduldig darauf wartete, daß Jerle Shannara den Untergang und die Vernichtung der Druiden bestätigen würde. Sein

Freund hatte ihm versprochen, sofort jemanden nach Paranor zu schicken, um Klarheit über Bremens Vermutungen zu bekommen. Danach würden sie ein Treffen mit dem Elfenkönig Courtann Ballindarroch und dem Hohen Rat vereinbaren. Tay würde die Gelegenheit erhalten, Hilfe für die Zwerge und eine Suchexpedition nach dem Schwarzen Elfenstein zu erbitten. Jerle versprach, ihn zu unterstützen. Zunächst einmal ließen sie die Angelegenheit jedoch ruhen.

Es war nicht einfach für Tay. Er hatte noch lebhaft in Erinnerung, wie sehr Bremen ihn gedrängt hatte, Ballindarroch um Hilfe zu bitten. Die Stimme des alten Mannes flüsterte zu ihm, er hörte sie im Scharren der Schuhe auf losem Geröll, in den Stimmen der Fremden, die er nicht sehen konnte, selbst in seinen Träumen vernahm er sie. Aber Bremen erschien nicht selbst und sandte auch auf andere Weise keine Nachricht, und Tay wußte, daß er nichts erreichen würde, solange er nicht erfahren hatte, wie es um Paranor stand. Ballindarroch hatte ihm sofort, nachdem er von seiner Rückkehr erfahren hatte, einen offiziellen Gruß zukommen lassen, aber er war nicht mit der Aufforderung verbunden gewesen, vor dem König oder dem Hohen Rat zu erscheinen. Alle außer Jerle Shannara gingen davon aus, daß Tays Rückkehr einzig dem Wunsch entsprang, seine Familie und Freunde wiederzusehen.

Tay wohnte im Haus seiner Eltern, die inzwischen beide alt geworden waren. Sie stellten Fragen über das Leben auf Paranor, aber noch während er antwortete, erlahmte ihr Interesse und sie beharrten nicht auf weiteren Einzelheiten. Vom Dämonenlord und den Schädelträgern wußten sie gar nichts, und von der Armee der Trolle hatten sie lediglich Gerüchte gehört. Sie lebten in einem kleinen Dorf nahe den Gärten des Lebens, entlang der gewaltigen Felswand des Carolan, und sie verbrachten ihre Tage damit, in ihrem winzigen Garten zu arbeiten und ihren jeweiligen Interessen nachzugehen – bei Tays Vater war es die Malerei, bei seiner Mutter das Weben. Sie sprachen mit ihrem Sohn, während sie arbeiteten, stellten abwechselnd Fragen und waren gleichzeitig so in ihre Beschäftigungen versunken, daß sie nur mit einem Ohr zuhörten. Klein, zerbrechlich und von Tag zu Tag schwächer wirkten sie, und Tay dachte an die Zerbrechlichkeit seines eigenen Lebens, das er bis vor kurzem noch für so sicher gehalten hatte.

Tays Bruder wohnte mit seiner Familie viele Meilen südwestlich im Tal des Sarandanon, und so erfuhr er von seinen Eltern alles Wichtige über ihn. Tay und sein Bruder hatten sich nie besonders nahegestanden und sich seit mehr als acht Jahren nicht gesehen, aber pflichtbewußt hörte er zu und freute sich, daß es ihm gutging.

Mit seiner Schwester Kira war es etwas anderes. Sie wohnte in Arborlon, und gleich am ersten Tag suchte er sie auf. Sie war gerade dabei, ihr jüngstes Kind anzuziehen. Ihr Gesicht war immer noch jung und frisch, ihre Energie grenzenlos und ihr Lächeln so liebenswert wie Vogelgezwitscher. Sie lachte, als sie Tay sah, warf sich stürmisch in seine Arme und drückte ihn an sich. Sie nahm ihn mit in die Küche und brachte ihm ein kühles Bier, dann setzte sie sich auf die alte Bank, um alles über sein Leben zu erfahren und von ihrem zu berichten, am liebsten alles auf einmal. Sie teilten die Besorgnis um ihre Eltern und tauschten Erinnerungen an ihre Kindheit aus, und ohne es zu merken, war es plötzlich dunkel geworden. Am nächsten Tag trafen sie sich wieder, und zusammen mit Kiras Mann und den Kindern gingen sie zu einem Picknick in den Wald am Singenden Fluß. Kira wollte wissen, ob er Jerle Shannara schon getroffen habe; danach erwähnte sie ihn nie wieder. Die Stunden vergingen wie im Flug, und es gelang Tay beinahe zu vergessen, daß er eigentlich aus einem anderen Grund nach Hause gekommen war. Eine Zeitlang spielten die Kinder mit ihm, dann wurden sie schließlich müde, setzten sich auf die Sandbank im Fluß und ließen ihre Füße ins kalte Wasser baumeln. Währenddessen unterhielt er sich mit ihren Eltern darüber, wie die Welt sich verändert hatte. Sein Schwager stellte Lederwaren her und verhandelte regelmäßig auch mit anderen Rassen. Aber seit die Völker im Nordland unterworfen und vereint worden waren, sandte er seine Händler nicht mehr dorthin. Er hatte gehört, daß es dort teuflische Kreaturen, geflügelte Monster und dunkle Schatten gab, Bestien, die sowohl Menschen als auch Elfen anfielen. Tay hörte zu und nickte; er bestätigte, daß auch er von diesen Gerüchten gehört hatte. Er bemühte sich, Kira nicht direkt anzusehen, wenn er sprach. Er wollte nicht, daß sie sah, was in seinen Augen stand.

Tay traf auch alte Freunde wieder, von denen einige noch nicht einmal richtig erwachsen gewesen waren, als er sie das letzte Mal gesehen hatte. Mit einigen war er sehr eng befreundet gewesen. Aber jetzt gingen sie unterschiedliche Wege, und alle waren schon zu weit vorangekommen, um noch einmal umkehren zu können. Vielleicht war auch er derjenige, der zu weit gegangen war. Sie waren jetzt Fremde, nicht vom Äußeren oder ihrer Stimme her, denn die war ihm noch immer vertraut, sondern wegen der Entscheidungen, die sie seither getroffen und die ihr Leben geprägt hatten. Mit ihnen verband Tay nur die Erinnerung an das, was einmal gewesen war. Es stimmte ihn traurig, überraschte ihn aber nicht. Mit der Zeit fielen die Verpflichtungen fort, und die Bande lösten sich. Freundschaften reduzierten sich auf Geschichten über die Vergangenheit und vage Versprechungen für die Zukunft, und beides war nicht stark genug, um wieder entstehen zu lassen, was verloren war. Aber genauso war es im Leben – man schlug unterschiedliche Wege ein, bis man plötzlich feststellte, daß man allein war.

Auch Arborlon strahlte etwas Seltsames aus, aber in einer Art, wie er es nicht erwartet hätte. Äußerlich war es wie immer, ein Dorf, aus dem erst eine Stadt voller Aufregung und Erwartung, dann das Zentrum des Westlandes geworden war. Zwanzig Jahre ständigen Wachstums hatten Arborlon zur größten und wichtigsten Stadt der nördlichen Hälfte der bekannten Welt werden lassen. Das Ende des Ersten Krieges der Rassen hatte die Rolle der Elfen als eines der Völker der Vier Länder unwiderruflich verändert, und mit dem Niedergang des Südlandes, das vorher den größten Einfluß innegehabt hatte, waren Arborlon und die Elfen immer wichtiger geworden. Doch während die Stadt und die Umgebung selbst nach Tays langer Abwesenheit und trotz lediglich unregelmäßiger Besuche noch eine gewisse Vertrautheit ausstrahlten, wurde er das Gefühl nicht los, daß er hier nicht mehr hingehörte. Das hier war nicht mehr sein Zuhause; den größten Teil der vergangenen fünfzehn Jahre war es das nicht mehr gewesen, und es war zu spät, dies zu ändern. Selbst wenn Paranor und die Druiden vernichtet waren, würde er wohl kaum wieder auf Dauer hierher zurückkehren. Arborlon war ein Teil seiner Vergangenheit, und irgendwie war er ihr entwachsen. Er war ein Fremder in dieser Stadt, so sehr er auch versuchte, sich das Gegenteil einzureden, und er fühlte sich unwohl bei den Bemühungen, sich wieder einzufügen.

Wie schnell doch alles zerrinnen konnte, wenn man nicht genügend achtgab, dachte er mehr als einmal in den ersten Tagen seiner Rückkehr. Wie schnell sich das Leben änderte!

Am späten Nachmittag des vierten Tages nach seiner Ankunft kam Jerle Shannara mit Preia Starle zu ihm. Tay hatte Preia bisher noch nicht gesehen, obwohl er mehrmals an sie gedacht hatte. Sie war mit Abstand die erstaunlichste Frau, die er jemals gekannt hatte. Vielleicht hätte sein Leben eine andere Richtung genommen, wenn sie nicht schon lange Jerle geliebt hätte, sondern ihn, sinnierte er. Sie war sehr schön, hatte ein kleines, vollkommen geformtes Gesicht, zimtfarbene Haare und Augen, weiche, schimmernde dunkle Haut und einen vollendet geformten Körper, der sich mit der Grazie und der Geschmeidigkeit einer Katze bewegte. Dennoch sagte all dies nur wenig über Preia aus. Sie war mindestens so sehr Kriegerin wie Jerle, hatte gelernt, was sie als Fährtenleserin und Kundschafterin wissen mußte und war auf diesem Gebiet besser als jeder andere, den Tay kannte – stark und fest und so zuverlässig wie der Sonnenaufgang. Sie konnte ein Frettchen in einem Sumpf aufspüren. Sie konnte wochenlang allein in der Wildnis leben und sich nur von dem ernähren, was sie dort fand. Sie weigerte sich, ein

Leben wie die meisten Elfenfrauen zu führen und verzichtete auf die Gemütlichkeit eines Heims und die Geborgenheit von Mann und Kindern. Preia war von all dem weit entfernt. Sie war glücklich mit dem Leben, das sie führte, hatte sie Tay einmal versichert. Zu den anderen Dingen würde sie kommen, wenn Jerle dazu bereit war. So lange würde sie warten.

Jerle wiederum war zufrieden so. Er war sich nicht ganz darüber im klaren, was er für Preia empfand, dachte Tay. Er liebte sie auf seine Weise, aber Kira war seine erste und größte Liebe gewesen und er konnte sie nicht vergessen, nicht einmal nach all diesen Jahren. Preia mußte das gewußt haben, denn sie war zu klug, um es zu übersehen, aber sie hatte niemals etwas dazu geäußert. Tay hatte vermutet, daß sich ihre Beziehung seit seinem letzten Besuch geändert hätte, aber es schien nicht so. Jerle hatte Preia in seinen Gesprächen mit Tay nicht einmal erwähnt. Er hatte eine Mauer aus Selbstgenügsamkeit und Unabhängigkeit um sich errichtet, und Preia stand noch immer davor und wartete, eingelassen zu werden.

Sie ging lächelnd auf Tay zu, als er von der Westlandkarte aufsah, die er an einem kleinen Tisch im Garten seiner Eltern studierte. Er stand auf, um sie zu begrüßen, und spürte, wie sich seine Kehle bei ihrem Anblick zusammenschnürte. Er beugte sich etwas vor und nahm ihre Umarmung und ihren Kuß entgegen.

»Geht es dir gut, Tay?« fragte sie zur Begrüßung und trat einen Schritt zurück, um ihn genauer anzusehen. Ihre Hände ruhten leicht auf seinen Armen.

»Jetzt noch besser, da ich dich sehe«, antwortete er und wunderte sich selbst über die kühne Antwort.

Jerle und Preia nahmen ihn mit zum Carolan, wo sie ungestörter miteinander reden konnten. Sie suchten sich einen Platz nahe den Gärten des Lebens und blickten von dort über die Klippen hinweg auf die Wipfel der hohen Bäume jenseits des Singenden Flusses. Jerle hatte eine runde Bank gefunden, damit sie sich gegenseitig ansehen und nicht durch andere abgelenkt würden. Sein Blick schien in weite Ferne gerichtet zu sein, und er hatte beinahe noch nichts gesagt, seit er Tay aufgesucht hatte. Jetzt schaute er ihn zum ersten Mal direkt an.

»Bremen hatte recht«, sagte er. »Paranor ist gefallen. Alle Druiden sind tot. Wenn außer denen, die bei dir waren, noch jemand entkommen konnte, müssen sie sich versteckt halten.«

Tay starrte ihn an, nur langsam sank das ganze Gewicht von Jerles Worten auf ihn herab. Dann sah er Preia an. In ihrer Miene stand keine Überraschung. Sie hatte es bereits gewußt.

»Du hast Preia nach Paranor geschickt?« fragte er schnell und begriff plötzlich, warum sie hier bei ihnen war.

»Wer wäre besser geeignet gewesen?« fragte Jerle nüchtern. Er hatte recht. Tay hatte ihn gebeten, jemanden zu schicken, der vertrauenswürdig war, und niemand war vertrauenswürdiger als Preia. Aber die Aufgabe war gefährlich gewesen, und Tay hätte jemand anderen ausgewählt. Hier zeigte sich der Unterschied in ihren Gefühlen gegenüber Preia, erkannte er. Aber deshalb waren die seinen nicht unbedingt von edlerer Natur.

»Sag ihm, was du gesehen hast«, drängte Jerle.

Sie wandte sich Tay zu, sah ihn aus kupferfarbenen Augen beruhigend an. »Ich konnte die Ebene von Streleheim ohne Zwischenfälle überqueren. Es waren Trolle dort, aber keine Hinweise auf Gnome oder den Schädelträger, den du gesehen hast. Ich habe die Drachenzähne bei Morgenanbruch des zweiten Tages erreicht und bin direkt zur Festung gegangen. Die Tore standen offen, und es waren keine lebenden Wesen mehr darin. Ich bin hineingegangen, ohne angegriffen zu werden. Die Wachen lagen niedergemetzelt umher, einige schienen mit Waffen, andere mit Klauen und Zähnen getötet worden zu sein, als wären Tiere auf sie losgegangen. Die Druiden lagen drinnen, sie waren alle tot. Einige sind im Kampf getötet worden. Andere hatte man aus dem Versammlungsraum gezerrt und im Keller lebendig eingemauert. Ich konnte ihre Spuren verfolgen und habe ihre Gräber gefunden.«

Sie hielt inne und sah, wie sich Tays Augen mit einem Blick voller Schrecken und Traurigkeit füllten. Er erinnerte sich daran, wie er die Druiden verlassen hatte. Eine schlanke Hand legte sich auf seine eigene. »Es gab auch Anzeichen eines zweiten Kampfes auf den Treppenstufen, die vom Haupteingang nach oben führen. Dieser Kampf ist noch nicht ganz so lange her, er muß einige Tage nach dem anderen stattgefunden haben. Einige der Ungeheuer wurden wohl vernichtet. Es waren Wesen, die ich nicht identifizieren konnte. Magie ist angewandt worden. Die gesamte Treppe war schwarz verrußt, als hätte ein Feuer sie ausgebrannt und nichts als die Asche der Toten zurückgelassen.«

»Bremen?« fragte er.

Sie schüttelte den Kopf. »Ich weiß es nicht. Möglicherweise.« Sie drückte seine Hand leicht. »Tay, es tut mir leid.«

Er nickte. »Obwohl ich es seit einigen Tagen ahnte und mich darauf vorbereiten konnte, tut es weh, dies alles bestätigt zu hören. Alle sind tot. Alle, mit denen ich so viele Jahre gearbeitet und gelebt habe. Es hinterläßt ein leeres Gefühl in mir.«

»Nun, es ist vorbei und geschehen, und wir können es nicht mehr ändern.« Jerle war bereit zum nächsten Schritt. Er stand auf. »Jetzt müssen wir mit dem Rat sprechen. Ich werde zu Ballindarroch gehen und für ein Treffen sorgen. Er wird sich vielleicht ein bißchen aufregen, aber ich werde einen Weg finden, damit er mir zuhört. In der Zwischenzeit kann Preia dir alles berichten, was du sonst noch wissen mußt. Sei stark, Tay. Am Ende werden wir zurückholen, was sie uns genommen haben.«

Er ging fort, ohne einen Blick zurückzuwerfen. Wie immer fühlte er sich am wohlsten, wenn er handeln konnte. Tay sah ihm nach, dann schaute er Preia an. »Wie geht es dir?«

»Gut.« Sie beobachtete ihn zweifelnd. »Es hat dich überrascht, daß ich es war, die nach Paranor gegangen ist, nicht wahr?«

»Ja. Es war eine selbstsüchtige Reaktion.«

»Aber eine sehr nette.« Sie lächelte. »Es gefällt mir, daß du wieder zu Hause bist, Tay. Ich habe dich vermißt. Es war immer so interessant, mit dir zu reden.«

Er streckte seine langen Beine aus und blickte über den Carolan auf eine Einheit der Schwarzen Wachen, die gerade auf die Gärten zuschritt. »Jetzt wohl nicht mehr so. Ich weiß nicht mehr, was ich sagen soll. Ich bin erst vier Tage zurück und denke schon wieder daran, fortzugehen. Ich fühle mich entwurzelt.«

»Nun, du bist lange Zeit fort gewesen. Das muß seltsam sein.«

»Ich glaube, ich gehöre nicht mehr hierher, Preia. Vielleicht gehöre ich nirgendwohin, seit Paranor gefallen ist.«

Sie lachte leise. »Ich kenne das Gefühl. Nur Jerle hat niemals solche Gedanken, weil er sie nicht zuläßt. Er fühlt sich da wohl, wo er sich wohl fühlen will – er paßt sich an. Ich kann das nicht.«

Sie schwiegen einen Augenblick. Tay versuchte, Preia nicht anzusehen.

»In ein paar Tagen, wenn Ballindarroch dir die Erlaubnis gibt, nach dem Stein zu suchen, wirst du nach Westen gehen«, sagte sie schließlich. »Vielleicht fühlst du dich dann besser.«

Er lächelte. »Jerle hat es dir erzählt.«

»Jerle erzählt mir alles. Ich bin seine Lebenspartnerin, auch wenn er das nicht bemerkt.«

»Er ist ein Narr, wenn er es nicht tut.«

Sie nickte abwesend. »Ich werde mit dir kommen, wenn du gehst.«

Jetzt sah er sie direkt an. »Nein.«

Sie lächelte und genoß sichtlich sein Unbehagen. »Das kannst du zu mir nicht sagen, Tay. Niemand kann es. Ich erlaube das nicht.«

»Preia . . .«

»Es ist zu gefährlich, die Reise ist zu beschwerlich, es ist zu sehr dies und zu sehr das.« Sie seufzte, aber es klang nicht zurechtweisend. »Ich habe das alles schon gehört, Tay – wenn auch nicht von jemandem, der sich so um mich sorgt wie du.« Sie erwiderte seinen Blick. »Aber ich werde mit dir gehen.«

Bewundernd schüttelte er den Kopf, und er mußte unwillkürlich lächeln. »Natürlich. Und Jerle wird nichts dagegen einwenden, oder?«

Ein Lächeln glitt über ihr Gesicht und ließ es vor Vergnügen erstrahlen. »Nein. Er weiß es zwar noch nicht, aber wenn er es erfährt, wird er wie immer die Achseln zucken und sagen, daß ich tun soll, was ich tun möchte.« Sie hielt inne. »Er akzeptiert mich so, wie ich bin, mehr als du es tust. Er behandelt mich gleich, ebenbürtig. Verstehst du?«

Tay wußte nicht, ob er es verstand. »Ich glaube, er hat sehr viel Glück, daß er dich hat«, sagte er. Er räusperte sich. »Erzähl mir ein bißchen mehr von dem, was du auf Paranor gesehen hast. Erzähl alles, was du für interessant hältst oder wovon du glaubst, daß ich es wissen sollte.«

Sie zog die Knie hoch, schlang die Arme darum und begann mit ihrem Bericht.

Nachdem Preia ihn allein gelassen hatte, blieb Tay noch eine Zeitlang sitzen. Er wollte sich die Gesichter der Druiden ins Gedächtnis rufen, die er niemals wiedersehen würde. Zu seinem Erstaunen begann die Erinnerung an einige bereits zu verblassen. So war es immer, vermutete er, selbst bei denen, die uns am meisten bedeuteten.

Als sich der Abend näherte, stand er auf und ging am Carolan entlang. Er beobachtete den Sonnenuntergang, sah, wie der Himmel sich golden und silbern färbte, als das Licht langsam versickerte. Er wartete, bis Fackeln die Stadt hinter ihm erleuchteten; dann drehte er sich um und ging zurück zum Haus seiner Eltern. Er fühlte sich fremd und abgeschnitten. Die Zerstörung Paranors und der Tod der Druiden hatte ihn aus seiner Verankerung gerissen, und er trieb ziellos wie ein Schiff dahin. Ihm blieb nur noch, Bremens Ermahnung zu beherzigen und den Schwarzen Elfenstein zu suchen. Genau das würde er auch tun. Und dann würde er sein Leben von neuem beginnen können. Er fragte sich, ob er das fertigbrächte. Er fragte sich, wo er beginnen würde.

Als er sich seinem Ziel näherte, sah er einen Boten des Königs aus den Schatten treten und ihm bedeuten, daß er sofort mit ihm kommen sollte. Die Dringlichkeit dieser Aufforderung war offensichtlich, und so sträubte Tay sich nicht lange. Er verließ den Weg und folgte dem Boten zurück zum Carolan und dem Palast, in dem der König mit seiner nicht unbeträchtlichen Familie wohnte. Courtann Ballindarroch war der fünfte aus seinem Geschlecht, und die Größe der königlichen Familie hatte mit jeder neuen Krönung zugenommen. Jetzt beherbergte der Palast nicht mehr nur den König und die Königin, sondern auch fünf Kinder und ihre Ehepartner, mehr als ein Dutzend Enkelkinder und zahlreiche Tanten, Onkel, Vettern und Basen. Zu ihnen gehörte auch Jerle Shannara, selbst wenn er die meiste Zeit seines Lebens in den Quartieren der Elfengarde verbrachte, wo er sich entschieden wohler fühlte.

Der Palast kam in Sicht; ein Lichtermeer vor dem dunklen Hintergrund der Gärten des Lebens. Doch der Bote brachte Tay nicht zum Vordereingang, sondern führte ihn nach links auf einen kleinen Weg, der das Hauptgebäude mit dem Sommerhaus an einem Ende des Anwesens verband. Tay hielt Ausschau nach der Elfengarde, die dort Wache hielt. Er konnte sie spüren, konnte sogar mit Hilfe seiner Magie erkennen, wie viele es waren, aber sehen konnte er sie nicht. Im Palast bemerkte er Schatten hinter den Fenstern, die gesichtslosen Gespenstern ähnlich hin und her schritten. Den Boten interessierte das nicht; er dirigierte ihn vorbei am Hauptgebäude auf jenen Ort zu, den Ballindarroch zu ihrem Treffpunkt bestimmt hatte. Tay wunderte sich über die Schnelligkeit, mit der er gerufen worden war. War etwas Neues geschehen? Hatte es eine weitere Tragödie gegeben? Er zwang sich, nicht voreilig zu spekulieren, sondern eine Antwort abzuwarten.

Der Bote brachte ihn direkt zur Vordertür des Sommerhauses und forderte ihn auf einzutreten. Tay ging allein durch den Eingangsbereich in den dahinterliegenden Wohnbereich und stieß dort auf Jerle Shannara.

Sein Freund zuckte die Achseln und streckte die Hände in einer hilflosen Geste aus. »Ich weiß auch nicht mehr als du. Man hat mich aufgefordert, hier zu erscheinen, und da bin ich.«

»Hast du dem König erzählt,was wir wissen?«

»Ich habe ihm erzählt, daß du so schnell wie möglich eine Audienz beim Hohen Rat brauchst und daß du wichtige Neuigkeiten hast. Sonst nichts.«

Sie starrten einander an und ließen ihre Gedanken freien Lauf. Dann öffnete sich die Vordertür und Courtann Ballindarroch erschien. Tay fragte sich, woher er jetzt gekommen war – aus dem Hauptgebäude oder aus dem Garten, wo er möglicherweise auf sie gewartet und gehorcht hatte. Courtann war unberechenbar. Er war ein Mann mittleren Alters von durchschnittlichem Körperbau und normaler Größe, etwas gebeugt und leicht ergraut. In seinem Gesicht und am Nacken zeigten sich erste Falten. Es war nichts Auffälliges an Courtann; er sah sehr gewöhnlich aus. Er besaß weder die Stimme eines Redners noch die Ausstrahlung eines Führers, und er war schnell bereit zuzugeben, daß man sich irrte, so etwas von ihm zu erwarten. Er war in der üblichen Weise auf den Thron gekommen – als ältestes Kind des vorherigen Königs – und Macht war für ihn weder etwas Erstrebenswertes, noch etwas, vor dem man zurückweichen mußte. Er hatte den Ruf, nicht zu unerwartetem oder unerhörtem Verhalten zu neigen und auch keine dramatischen oder überstürzten Veränderungen anzustreben, und so betrachtete sein Volk ihn auch eher als eine Art freundlichen älteren Verwandten.

»Willkommen daheim, Tay«, grüßte er. Er lächelte gelöst und schien überhaupt nicht angespannt zu sein, als er auf den jüngeren Mann zuging und dessen Hand drückte. »Ich dachte, wir sollten deine Neuigkeiten erst einmal allein besprechen, bevor du sie dem Hohen Rat vorstellst.« Er fuhr mit der Hand durch seinen dichten Haarschopf. »Ich ziehe es vor, Überraschungen in meinem Leben auf ein Minimum zu beschränken. Und vielleicht kann ich dir helfen, wenn du einen Verbündeten brauchst. Nein, sieh nicht deinen Vertrauten an – er hat kein Wort gesagt. Und selbst wenn er es hätte, ich hätte ihm nicht zugehört. Er ist zu unzuverlässig. Jerle ist nur hier, weil ich weiß, daß ihr niemals Geheimnisse voreinander habt, und daher macht es sicherlich keinen Sinn, jetzt damit beginnen zu wollen.«

Er deutete mit der Hand auf ein paar Sessel. »Setzen wir uns dort hinüber. Mein Rücken macht mir zu schaffen – das machen die vielen Enkelkinder. Und lassen wir die Förmlichkeiten. Wir kennen uns doch alle schon viel zu lange.«

Es stimmte, dachte Tay. Er setzte sich neben Jerle, so daß er den König direkt ansehen konnte. Courtann Ballindarroch war gut zwanzig Jahre älter, aber sie waren ihr ganzes Leben lang Freunde gewesen. Jerle hatte immer am Hof gelebt, und da Tay dort auch viel Zeit verbracht hatte, war er Courtann häufig begegnet. Als sie Jungen waren, hatte Courtann sie zum Fischen und Jagen mitgenommen, und bei besonderen Festen und Anlässen waren sie einander immer wieder begegnet. Tay war dabei gewesen, als Courtann vor ungefähr dreißig Jahren gekrönt worden war. Jeder von ihnen wußte, was er vom anderen zu erwarten hatte.

»Ich muß zugeben, daß ich von Anfang an nicht ganz geglaubt habe, daß du nur zurückgekehrt bist, um uns zu besuchen«, erklärte der König mit einem Seufzer. »Du bist immer viel zu zielstrebig gewesen, als daß du deine Zeit verschwenden würdest – wie mit einem Vergnügungsbesuch zu Hause. Ich hoffe, du nimmst mir das nicht übel.« Er lehnte sich zurück. »Also was für Neuigkeiten hast du? Laß alles hören.«

»Es gibt eine ganze Menge zu berichten«, erwiderte Tay und beugte sich vor, um den Blick des anderen besser erwidern zu können. »Bremen hat mich geschickt. Er kam vor ungefähr zwei Wochen nach Paranor und versuchte, uns vor einer Gefahr zu warnen. Er war ins Nordland gegangen und hatte sich von der

Existenz des Dämonenlords überzeugt. Er hatte festgestellt, daß es sich um den rebellischen Druiden Brona handelt, der nach mehreren hundert Jahren immer noch lebt und den seine Magie am Leben hält. Brona war es, der die Trolle vereinte, sie sich unterwarf und zu seiner Armee machte. Bevor er auf Paranor auftauchte, verfolgte Bremen diese Armee, die jetzt in südliche Richtung auf das Ostland zumarschiert.«

Er hielt inne, um die richtigen Worte zu finden. »Der Rat der Druiden wollte ihn nicht anhören. Athabasca schickte Bremen fort, und eine Handvoll von uns ging mit ihm. Caerid Lock, den wir ebenfalls baten, uns zu begleiten, weigerte sich jedoch. Er blieb zurück, um Athabasca und die anderen vor sich selbst zu schützen.«

»Ein guter Mann«, befand der König. »Sehr fähig.«

»Bremen führte uns in das Tal von Shale. Dort, am Hadeshorn, sprach er mit den Geistern der Toten. Ich habe es gesehen. Sie zeigten ihm mehrere Visionen. Die erste bedeutete, daß Paranor und die Druiden verloren sind. Die zweite, daß der Dämonenlord in die Vier Länder einmarschieren wird und daß ein Talisman geschaffen werden muß, um ihn zu zerstören. Die dritte Vision hängt mit einem Schwarzen Elfenstein zusammen, einer Magie, die der Dämonenlord sucht, die wir jedoch vor ihm finden müssen. Nachdem die Geister der Toten sich wieder zurückgezogen hatten, schickte Bremen den Druiden Risca zu den Zwergen, um sie vor der Gefahr zu warnen. Mich sandte er, dich zu warnen. Außerdem soll ich dich davon überzeugen, deine Armee nach Osten über die Grenze zu bringen, damit sie sich mit den Streitkräften der Zwerge verbinden kann. Denn nur, wenn wir unsere Kräfte vereinen, können wir die Armee des Dämonenlords vernichten. Ich soll dich außerdem bitten, eine Suche nach dem Schwarzen Elfenstein in Gang zu setzen.«

Jetzt lächelte Ballindarroch nicht mehr. »Du berichtest das alles sehr direkt«, meinte der König. Er machte sich nicht die Mühe, seine Überraschung zu verbergen. »Ich hätte gedacht, daß du etwas subtiler vorgehen würdest.«

Tay nickte. »Das hatte ich auch vor. Und ich hätte es getan, wenn ich vor dem Hohen Rat zu dir gesprochen hätte. Aber jetzt spreche ich mit dir allein. Nur wir drei sind hier, und wie du bereits gesagt hast, kennen wir uns gut genug, um uns nicht verstellen zu müssen.«

»Es gibt noch einen besseren Grund«, wandte Jerle schnell ein. »Erzähl es ihm, Tay.«

Tay faltete die Hände in seinem Schoß, wandte aber den Blick nicht vom König ab. »Ich spreche erst jetzt mit dir, weil ich zuvor sichergehen wollte, was mit Paranor und den Druiden geschehen ist. Ich habe Jerle gebeten, jemanden auszuschicken und es überprüfen zu lassen. Das hat er getan. Er hat Preia Starle geschickt. Sie ist heute nachmittag zurückgekehrt und hat mit mir gesprochen. Paranor ist tatsächlich gefallen. Alle Druiden und jene, die sie bewachten, sind tot. Caerid Lock lebt nicht mehr. Athabasca lebt nicht mehr. Niemand ist mehr übrig – niemand, Courtann, der die notwendige Kraft besitzt, um sich Brona widersetzen zu können.«

Courtann Ballindarroch starrte ihn sprachlos an, dann stand er auf und trat zum Fenster. Er blickte in die Nacht hinaus, kehrte zurück und setzte sich wieder. »Das sind beunruhigende Neuigkeiten«, sagte er ruhig. »Als du mir von Bremens Visionen berichtet hast, dachte ich, es würde sich als ein Trick oder eine Täuschung erweisen, jedenfalls nicht als die Wahrheit. Alle Druiden sind tot, sagst du? Viele von ihnen stammten aus unserem Volk. Aber sie sind doch immer dort gewesen, so lange sich die Vergangenheit zurückverfolgen läßt. Und jetzt sollen sie fort sein? Alle? Ich kann es kaum glauben.«

»Sie sind aber fort«, erklärte Jerle, bestrebt, den König nicht zu lange bei diesen Gedanken verweilen zu lassen. »Jetzt müssen wir schnell handeln, um zu vermeiden, daß uns dasselbe Schicksal widerfährt.«

Der Elfenkönig strich über seinen Bart. »Aber auch nicht zu schnell, Jerle. Wir sollten einen Augenblick darüber nachdenken. Wenn ich das tue, was Bremen verlangt, und die Elfenarmee nach

Osten bringe, sind Arborlon und das Westland ohne Verteidigung. Das ist eine gefährliche Sache. Ich kenne die Geschichte des Ersten Krieges der Rassen gut genug, um die damaligen Fehler vermeiden zu wollen. Hier ist Vorsicht geboten.«

»Vorsicht bedeutet Verzögerung, und dafür haben wir keine Zeit«, fauchte Jerle.

Der König warf ihm einen eisigen Blick zu. »Dränge mich nicht zu etwas, Cousin.«

Tay konnte nicht riskieren, daß die beiden in Streit gerieten. »Was schlägst du vor, Courtann?« schaltete er sich schnell ein.

Der König schaute ihn an. Er stand auf und ging wieder zum Fenster, wo er mit dem Rücken zu ihnen gewandt stehenblieb. Jerle warf Tay einen Blick zu, aber der beachtete ihn nicht. Es war jetzt eine Angelegenheit zwischen ihm und dem König. Er wartete, bis Courtann sich wieder umdrehte, zurück zu den Stühlen ging und Platz nahm.

»Ich bin überzeugt, daß alles stimmt, was du gesagt hast, Tay, also sieh meine Antwort als etwas an, das nicht im Widerspruch dazu steht. Ich habe großes Vertrauen zu dem, was Bremen sagt. Wenn er meint, daß der Dämonenlord lebt und der rebellische Druide Brona ist, dann ist das auch so. Wenn er sagt, daß die Magie des Landes zu üblen Zwecken mißbraucht wird, dann wird es auch so sein. Aber ich habe die Geschichte studiert, und ich weiß, daß Brona niemals ein Dummkopf war, und wir können nicht davon ausgehen, daß er das tut, was wir erwarten. Er weiß sicherlich, daß Bremen entkommen ist und versuchen wird, ihn aufzuhalten. Er hat überall Augen und Ohren. Er weiß vielleicht, noch bevor wir es selbst wissen, was *wir* vorhaben. Wir müssen gründlich nachdenken über das, was notwendig ist, bevor wir handeln.«

Er hielt inne und ließ seine Zuhörer seine Worte in sich aufnehmen. »Was wirst du also tun?« fragte Tay schließlich.

Courtann lächelte väterlich. »Ich werde natürlich mit dir vor den Hohen Rat treten und dich unterstützen. Der Rat muß davon überzeugt werden, daß deine Neuigkeiten uns zum Handeln zwingen. Das sollte nicht allzu schwer sein. Die Zerstörung Paranors und die Tötung der Druiden wird genügen, um sie zu überzeugen, denke ich. Deine Bitte, nach dem Schwarzen Elfenstein suchen zu dürfen, wird vermutlich sofort erfüllt werden. Es gibt keinen Grund, diesen Plan nicht schnell in die Tat umzusetzen. Natürlich wird dein Schatten, mein Vetter, darauf bestehen, daß er mit dir gehen kann, und wie du vielleicht schon vermutest, bin ich sehr dafür.«

Er erhob sich, und die anderen standen ebenfalls auf. »Was deinen zweiten Wunsch betrifft, daß unsere Armee loszieht, um den Zwergen zu Hilfe zu kommen, so muß ich dir sagen, daß ich darüber noch etwas länger nachdenken muß. Ich werde Kundschafter aussenden, die herausfinden sollen, ob sich der Dämonenlord in den Vier Ländern aufhält. Wenn sie zurückkommen und Bericht erstatten und ich darüber nachgedacht habe und der Hohe Rat genug Zeit hatte, um es zu besprechen, wird eine Entscheidung fallen.«

Er hielt inne und wartete auf Tays Antwort. »Meinen ergebensten Dank, Herr«, erklärte Tay schnell. Tatsächlich war es mehr, als er erwartet hatte.

»Beweise ihn mit guten Argumenten vor dem Rat.« Der König legte Tay eine Hand auf die Schulter. »Sie warten jetzt im Versammlungsraum auf uns. Sie werden die Bestätigung haben wollen, daß es einen guten Grund gibt, der sie um diese Zeit ihren Familien entreißt.« Er warf Jerle einen Blick zu. »Vetter, du kannst mit uns kommen, wenn du glaubst, daß du deine Zunge im Zaum halten kannst. Deine Stimme wird in dieser Angelegenheit sehr geachtet, und wir könnten deinen fähigen Rat brauchen. Einverstanden?«

Jerle nickte zustimmend, und sie verließen zusammen das Sommerhaus, um durch die Nacht zum Versammlungsraum zu gehen. Vor und hinter ihnen erschienen wie aus dem Nichts Mitglieder der Elfengarde, dunkle Schatten vor dem entfernten Fackellicht des Palastes. Der König schien keine Notiz von ihnen zu nehmen; leise vor sich hinsummend schritt er voran und betrachtete die Sterne.

Tay war überrascht und auch zufrieden, daß der König so schnell reagiert hatte. Er atmete die Nachtluft tief ein und genoß den Duft von Jasmin und Flieder, während er seine Gedanken für das ordnete, was ihm bevorstand. Er bereitete bereits die Reise nach Westen vor und überlegte, was sie würden mitnehmen müssen, welchen Weg sie wählen und wie sie vorankommen würden. Wie viele würden sie sein? Ein Dutzend Personen sollte genügen. Es wären genug für ihre Sicherheit und nicht so viele, daß sie Aufmerksamkeit auf sich ziehen würden. Er war sich der großen und beeindruckenden Gestalt Jerles bewußt, der neben ihm ging und in seine eigenen Gedanken versunken war. Es war ein gutes Gefühl, ihn dabeizuhaben, so entschlossen und zuverlässig wie er war. Erinnerungen an die alten Zeiten, als sie Jungen waren, kehrten zurück. Immer hatten sie ein neues Abenteuer vor Augen gehabt, immer hatte es etwas anderes zu erledigen, eine andere Herausforderung zu meistern gegeben. Das hatte Tay in den letzten Jahren sehr gefehlt. Es war gut, dieses Gefühl jetzt wieder zu erleben. Zum ersten Mal seit seiner Rückkehr fühlte er sich wieder ein wenig zu Hause.

In dieser Nacht sprach er mit einer Überredungskunst und Überzeugungskraft vor dem Hohen Rat, wie er es selbst niemals für möglich gehalten hätte. Er tat alles, was Bremen ihm gesagt hatte. Aber es war Bremen selbst, der den Ausschlag gab, auch wenn er nicht zugegen war. Der alte Mann war beliebt und geachtet in Arborlon, und er hatte in jenen Tagen, als er dort die Geschichte und Magie der Elfen erforschte, viele Freunde gewonnen. Wenn er die Hilfe der Elfen benötigte, würde der Rat dafür sorgen, daß er sie erhielt – erst recht, seit bekannt war, daß Paranor und die Druiden vernichtet waren. Er erhielt die Erlaubnis, eine Suche nach dem Schwarzen Elfenstein zu organisieren. Unter der Führung von Tay Trefenwyd und Jerle Shannara würde eine entsprechende Gruppe zusammengestellt werden. Was die Bitte um Hilfe für die Zwerge betraf, so versprachen sie, darüber rasch nachzudenken. Der Rat unterstützte Tay nach Kräften – viel stärker noch, als Courtann

Ballindarroch geglaubt hätte. Als der König sah, welche Auswirkung Tays Worte auf die Mitglieder des Rates hatten, bestätigte auch er seine Unterstützung, betonte aber gleichzeitig, daß es noch einige Probleme zu lösen galt, bevor den Zwergen Hilfe gesandt werden konnte.

Es war Mitternacht, bevor der Rat sich wieder trennte. Tay und Jerle standen draußen vor dem Versammlungsraum und schlugen einander begeistert auf die Schultern. Der König schritt lächelnd an ihnen vorbei und verschwand. Der Himmel war über und über mit Sternen besät, und die Luft war warm und süß. Ihr Erfolg berauschte die Freunde geradezu. Die Dinge hatten sich genauso entwickelt, wie Tay es gehofft hatte, und am liebsten hätte er es Bremen sofort mitgeteilt. Jerle redete unaufhörlich, er taumelte geradezu vor Aufregung, wenn er an die Reise nach Westen dachte. Ein neues Abenteuer, das ihn aus der langweiligen Routine des Lebens am Hofe von Arborlon erlösen würde.

In diesem Augenblick höchsten Jubels glaubten beide fest daran, daß alles möglich war und sie nichts mehr aufhalten konnte.

Kapitel 10

Als alle anderen fort und sie wieder allein waren, gingen Tay und Jerle zusammen zum Palast. Sie ließen sich Zeit, denn die Freude über ihren Sieg vor dem Hohen Rat hielt sie noch gefangen und keiner der beiden wollte sich schon schlafenlegen. Es war eine ruhige Nacht, die Stadt war erfüllt von Frieden, und die Welt schien ein Ort voller Träume und Stille. Fackeln züngelten in Hauseingängen und an den Wegkreuzungen – ein Leuchtfeuer gegen die Schatten, die jetzt, da der Mond sich anschickte, hinter dem Horizont zu versinken, noch schwärzer schienen. Gebäude ragten aus dem Dunkel, großen Bestien ähnlich, die sich zum Schlafen zusammengerollt hatten. Bäume säumten die Gehwege und umgaben die Heime der Elfen, standen wie Wachen Schulter an Schulter reglos in der Dunkelheit. Ein beruhigendes Gefühl durchströmte Tay, als sein Blick träge über das offene Gelände und zwischen die Schatten hindurch fiel; es war, als würde jemand über sie wachen und sie beschützen. Jerle plauderte munter weiter; er dachte an die bevorstehenden Ereignisse und sprang wild gestikulierend von einem Thema zum nächsten, unterbrochen nur von seinem eigenen dröhnenden Lachen. Tay ließ ihn gewähren, ließ sich wohl auch ein bißchen mitreißen, aber er hatte sich genügend freigemacht, um gleichzeitig zuhören und seine Gedanken in andere Richtungen wandern lassen zu können. Er dachte daran, daß seine Vergangenheit wieder zu einem Teil seines gegenwärtigen Lebens geworden war und daß er nun vielleicht neu beginnen könnte, was er einst zurückgelassen hatte.

»Wir werden Pferde brauchen, um das Sarandanontal zu durchqueren«, dachte Jerle laut vor sich hin. »Aber der Weg durch den Wald bis hinauf zum Tal schaffen wir schneller zu Fuß, und auch in den Grimmzacken nützen uns Pferde nichts. Wir müssen für jeden Teil der Reise andere Vorkehrungen treffen, andere Dinge berücksichtigen.«

Tay nickte, aber er antwortete nicht. Das war auch gar nicht nötig.

»Ein Dutzend sollten wir mindestens sein, aber doppelt so viele wären möglicherweise besser. Wir dürfen nicht zu wenige sein, falls wir gezwungen sind, uns zu verteidigen und zu kämpfen.« Jerle Shannara lachte. »Ich weiß gar nicht, warum ich mir Sorgen mache. Wer würde es wohl wagen, es mit uns zweien aufzunehmen?«

Tay zuckte die Achseln und schaute zu den Lichtern des Palastes, die jetzt ein gutes Stück weiter vorne zwischen den Bäumen hindurchschimmerten. »Ich hoffe nur, daß wir es nicht herausfinden müssen.«

»Nun, wir werden vorsichtig vorgehen, da kannst du sicher sein. Wir brechen in aller Stille auf, halten uns im Schutz der Bäume, meiden gefährliche Orte. Aber ...« Er blieb stehen und zwang Tay, ebenfalls anzuhalten und ihn anzusehen. »Wir dürfen keinen Fehler machen – wir müssen davon ausgehen, daß sie nach uns suchen, der Dämonenlord und seine Anhänger. Sie wissen, daß Bremen der Druidenfestung entkommen ist. Möglicherweise vermuten sie sogar, daß er in ihr Versteck im Nordland eingedrungen ist. Ganz sicher gehen sie davon aus, daß auch er nach dem Schwarzen Elfenstein sucht.«

Tay dachte darüber nach. »Mit dem Schlimmsten rechnen, damit wir nicht überrascht werden können. Meinst du das?«

Jerle Shannara nickte plötzlich ernst. »Genau.«

Sie schritten weiter den Pfad entlang. »Ich bin noch gar nicht müde«, klagte Jerle. Wieder blieb er stehen. »Wo können wir jetzt noch ein Glas Bier trinken? Ein bißchen feiern?«

Tay zuckte die Achseln. »Im Palast?«

»Nicht im Palast! Ich hasse den Palast! All die vielen Eltern und herumtobenden Kinder, nichts als Familien. Nein, dort lieber nicht. Bei dir zu Hause?«

»Meine Eltern schlafen bereits. Außerdem fühle ich mich da so fremd wie du im Palast. Was hältst du von der Kaserne der Elfengarde?«

Jerle strahlte. »Abgemacht! Ein oder zwei Gläser und dann ins Bett. Wir haben noch viel zu bereden, Tay.«

Sie gingen weiter. Als sie am Palast vorbeikamen, warfen sie einen Blick hinüber. Im unteren Teil war es dunkel, der Platz davor ruhig. Nirgendwo rührte sich etwas. Hinter dem Vorhang eines Fensters im oberen Stockwerk brannte ein Licht; eine Kerze in einem Kinderzimmer, das Versprechen eines neuen Tages.

Irgendwo in der Ferne gab ein Nachtvogel schrille Rufe von sich. Verloren hallten sie wider, bevor sie in der Stille erstarben.

Jerle blieb abrupt stehen und hielt Tay zurück. Er starrte zum Palast hin.

»Was ist?« fragte Tay nach einem Augenblick.

»Ich sehe keine Wachen.«

Tay sah genauer hin. »Wo siehst du keine Wachen? Ich dachte, man soll sie gar nicht sehen.«

Jerle schüttelte den Kopf. »Du nicht, aber ich schon.«

Tay starrte in die gleiche Richtung, aber er sah nichts vor der Schwärze des Gebäudes oder auf dem von Bäumen überdachten Platz. Keine Gestalt, die auch nur entfernt an Elfen erinnern würde. Er hielt nach einer Bewegung Ausschau, fand aber keine. Elfenjäger waren geübt darin, mit ihrer Umgebung zu verschmelzen. Die Elfengarde beherrschte es sogar noch besser. Dennoch hätte er sie eigentlich genauso mühelos finden können wie Jerle.

Schließlich setzte er seine Magie ein, einen kleinen Strahl, mit dem er von einem Ende zum anderen über den gesamten Palastbereich strich und alles abtastete. Jetzt entdeckte er eine Bewegung, aber sie war rasch und verdächtig und fremd.

»Da stimmt etwas nicht«, sagte er sofort.

Jerle Shannara ging wortlos auf den Palast zu, er wurde immer schneller. Neben ihm war Tay, der das Gefühl von etwas Schrecklichem in sich aufsteigen spürte. Er suchte nach einer Erklärung, versuchte die Ursache zu benennen, aber die Empfindung entglitt ihm, flüchtig und trotzig, wie sie war. Tay überprüfte die Schatten auf beiden Seiten, und plötzlich erschien alles finster und geheimnisvoll. Seine Hände tasteten nach der Luft, und Druidenmagie strömte aus den Fingerspitzen, um ein weites Netz zu spannen. Er spürte, wie es etwas berührte. Dieses Etwas wand und krümmte sich und schoß blitzschnell davon.

»Gnome!« stieß er aus.

Jerle rannte jetzt, er griff an seinen Gürtel und riß sein kurzes Schwert heraus. Die Klinge glänzte im Dunkeln. Jerle Shannara ging niemals irgendwohin, ohne seine Waffen mitzunehmen. Tay bemühte sich, Schritt zu halten. Keiner sprach auch nur ein Wort, Seite an Seite flogen sie auf die Tür zu, schauten argwöhnisch nach rechts und links und waren auf alles vorbereitet.

Die Türen standen offen. Drinnen brannte kein Licht. Vom Gehweg aus war dies unmöglich zu erkennen gewesen. Jerle wurde nicht langsamer. Gebückt sprang er durch die Tür; das Schwert griffbereit in der Hand. Tay folgte ihm.

Der Flur erstreckte sich wie ein höhlenartiger Tunnel vor ihnen. Überall lagen Leichen verstreut umher, wie Säcke mit alter Kleidung, blutüberströmt und reglos. Elfen, aber hier und da auch Gnome. Der Boden klebte von all dem Blut. Jerle bedeutete Tay, auf die eine Seite zu gehen, während er die andere übernehmen wollte. Zusammen bahnten sie sich ihren Weg durch die Halle und zu den Haupträumen. Die Zimmer waren ruhig und leer. Die beiden Kameraden kehrten um und stiegen die Treppe hinauf. Jerle sprach auch jetzt noch nicht. Er unterließ es, Tay eine Waffe anzubieten, sparte sich zu erklären, was er zu tun hatte. Es war nicht nötig. Tay war ein Druide und wußte es selbst.

Wie Gespenster schlichen sie die Treppe hinauf, lauschten in die Stille hinein und warteten auf ein verräterisches Geräusch. Sie erreichten den oberen Absatz und schauten auf den dunklen Flur vor sich. Hier lagen noch mehr tote Wachen. Tay war erstaunt. Es hatte nicht den geringsten Lärm gegeben! Wie konnten diese Männer, diese geübten Elfenjäger, sterben, ohne vorher Alarm zu schlagen?

Der Flur am Ende der Treppe verzweigte sich in zwei Richtungen, er bohrte sich in die Dunkelheit und wand sich in die Flügel, wo die königliche Familie in ihren Räumen schlief. Jerle blickte Tay mit hellen und ernsten Augen an; mit einer raschen Handbewegung forderte er ihn auf, nach rechts zu gehen, während er sich nach links wandte. Tay schaute seinem Freund nach. Einer Moorkatze ähnlich duckte er sich, dann bog er schnell nach links.

Tay ging weiter, ballte die Hände zu Fäusten. Dicht sammelte sich die herbeigerufene Magie in der Innenfläche seiner Hände und wartete darauf, freigelassen zu werden. Furcht mischte sich mit Schrecken. Jetzt hörte man auch Geräusche, leise Stimmen, Schluchzen und Schreie, die beinahe so schnell verhallten, wie sie gekommen waren. Tay rannte darauf zu. Schatten bewegten sich in dem Gang vor ihm, als er um die Ecke in den hinteren Flügel bog. Klingen blitzten auf, und Gestalten sprangen auf ihn zu. Gnome. Er schob jeden weiteren Gedanken beiseite und reagierte nur noch. Seine rechte Hand fuhr nach oben und öffnete sich, so daß die Magie gegen seine Angreifer explodierte und sie nach oben warf. Sie krachten mit einer solchen Wucht gegen die Wand, daß er ihre Knochen bersten hörte. Dann ging er zwischen ihnen hindurch, als wären sie nicht vorhanden, schritt an offenen Türschwellen vorbei, auf denen Elfenleichen lagen – Mütter, Väter und Kinder – und blieb vor den Türen stehen, die noch geschlossen waren und hinter denen es vielleicht noch Hoffnung gab.

Eine neue Welle von Angreifern brach aus einem Versteck hervor, als er vorbeieilte; sie stürzten sich auf ihn und zwangen ihn zu Boden. Tödliche, scharfkantige Waffen wurden erhoben und sausten auf ihn hinab. Aber er war ein Druide, und seine Verteidigung war bereit. Die Klingen prallten von ihm ab, als träfen sie auf einen Panzer, und er packte die drahtigen Körper und schleuderte sie zur Seite. Auch ohne Magie war er stark, aber gegen beides hatten die Gnome überhaupt keine Chance. Beinahe sofort war er wieder auf den Beinen. In einem tödlichen Bogen schwang er das Feuer über sich und zerriß die wenigen, die noch standen. Neue Schreie wurden laut, und von Entsetzen gepackt ging er weiter. Er wußte, was geschehen war. Es war ein tödlicher Angriff auf die gesamte königliche Elfenfamilie. Er wußte sofort, daß es dieselbe Gruppe von Gnomenjägern war, der er unterhalb des Tals von Streleheim begegnet war. Und es war ihm klar, daß sie weder Kundschafter noch Räuber waren, sondern Attentäter, und daß auch der Schädelträger irgendwo sein mußte, der sie angeführt hatte.

Er streifte eine Tür nach der anderen und sah nichts als abgeschlachtete Ballindarrochs, große und kleine, im Schlaf oder unmittelbar nach dem Aufwachen niedergemetzelt. Waren sie erst einmal an der Elfengarde vorbeigekommen, hatte die Gnome nichts mehr von ihrer tödlichen Mission abhalten können. Tay fluchte. Sie mußten Magie benutzt haben. Ohne Magie hätten die Attentäter nicht hineingelangen können, ohne daß Alarm ausgelöst worden wäre. Er kochte vor Wut. Durch eine andere Tür sah er, wie Gnome gerade versuchten, einen Mann und eine Frau zu töten, die sie gegen die Schlafzimmerwand getrieben hatten. Tay schleuderte seine Magie auf die Angreifer und verbrannte sie bei lebendigem Leib. Schreie erhoben sich jetzt wie zur Antwort; nun endlich wurde der Alarm gegeben, den er sich erwünscht hätte. Er kam allerdings nicht aus seinem Flügel, sondern von dort, wo Jerle Shannara inzwischen sicherlich ebenfalls kämpfte.

Er ließ den Mann und die Frau gegen die Wand gesackt zurück und eilte weiter. Für sie kam jede Hilfe zu spät. Jetzt blieben nur noch wenige Türen übrig. Plötzlich begriff er voller Verzweiflung, daß hinter einer von ihnen Courtrann Ballindarroch schlief.

Hastig hielt er auf diesen Raum zu, mittlerweile ohne allzu große Hoffnung, überhaupt noch jemanden retten zu können. Vorher kam er jedoch an zwei Türen zu beiden Seiten des Flurs vorbei. Die linke war geschlossen, aber die rechte war offen, und als er sich näherte, stürzten Gnome heraus und auf ihn zu. Sie rissen blutverschmierte Waffen empor, und ihre gelben Augen blitzten. Auf ihren verschlagenen Gesichtern breitete sich Überraschung aus. Er zeigte mit dem Finger auf sie, und sie verschwanden in einer gewaltigen Feuerexplosion; sie waren tot, bevor sie überhaupt begreifen konnten, was geschah. Tay spürte, wie der Gebrauch einer solchen Macht an seinen Kräften zehrte. Eine Prüfung dieser Art hatte er noch niemals zuvor bestehen müssen, und Vorsicht war geboten. Bremen hatte ihn mehr als einmal davor gewarnt, daß die Nutzung von Magie begrenzt war. Was jetzt noch übrig war, mußte er für den Moment aufbewahren, wenn sie wirklich gebraucht wurde.

Er sah jetzt, daß auch die Tür zum Schlafzimmer des Königs geöffnet war; die Eindringlinge hatten sie aufgebrochen.

Er zögerte nicht und stürzte ins Zimmer. Es gab kein Licht, aber durch die breiten Fenster an der gegenüberliegenden Wand fiel ein matter Schimmer von Straßenlicht hinein. An den Wandbehängen und Vorhängen wanderten verzerrte und groteske Schatten auf und ab. Courtann Ballindarroch war gegen eine der Seitenwände geschleudert worden. Das düstere Licht enthüllte seinen schrecklichen Zustand; Gesicht und Brust waren blutig, ein Arm grauenhaft verdreht, die Augen geöffnet und hektisch blinzelnd. Der Schädelträger stand ein paar Schritte entfernt; er krümmte sich in die Falten seiner ledernen Flügel, gehüllt in Umhang und Kapuze. Er hatte die Königin aus den zerfetzten Bettlaken gerissen und hielt sie jetzt in seinen Klauen. Ihr Körper war zerschmettert und leblos, ihre Augen starr. Als Tay erschien, warf das Monster sie in einer lässigen Geste fort und drehte sich zu dem Druiden um. Der Schädelträger zischte herausfordernd. Jetzt kamen auch Gnome aus den Schatten und griffen an, aber Tay erschlug sie wie Stechmücken. Dann sandte er seine gesamte Kraft gegen ihren Anführer. Der Schädelträger war unvorbereitet, er hatte vielleicht eine weitere Wache erwartet, ein weiteres hilfloses Opfer. Tays Magie explodierte in dem Ungeheuer, und der gewaltige Feuerausbruch riß die Hälfte seines Gesichts fort. Der Schädelträger heulte auf vor Schmerz und Wut und kratzte sinnlos an der Stelle, wo die Haut fehlte, dann stürzte er sich voller Kraft auf Tay. Seine Geschwindigkeit war bemerkenswert, und jetzt war Tay derjenige, der überrascht war. Bevor er sich wappnen konnte, kam der Schädelträger auf ihn zugerauscht, stieß ihn beiseite und war auch schon verschwunden.

Tay kämpfte sich wieder auf die Beine, er zögerte nur einen Augenblick, um Courtann Ballindarroch anzusehen, dann jagte er dem Ungeheuer hinterher.

Er rannte den dunklen Gang entlang zurück, ignorierte die Toten und das verschmierte Blut und versuchte, seine Sinne auf andere mögliche Angreifer zu konzentrieren. Der Schädelträger, kaum mehr als ein verschwommener Schatten, bewegte sich vor ihm durch die Finsternis. Rufe drangen von draußen herein, und jetzt war das Dröhnen von Schritten und das Klirren aufeinanderprallender Waffen zu hören – die Elfengarde, endlich durch den Alarm aus ihren Baracken herbeigerufen, überschwemmte den Palast. Tay konnte das Blut in seinen Ohren rauschen hören, während er rannte. Er warf seinen Umhang fort, um schneller laufen zu können. Der Schädelträger war jetzt an der Treppe angekommen, aber instinktiv folgte er der leichten Krümmung des Flurs in den gegenüberliegenden Flügel und konnte so der Gruppe von Elfenjägern entkommen, die bereits die Treppe hinaufstürmten. Während Tay hinter dem Ungeheuer herstürzte, rief er seine Landsleute zu Hilfe.

Und er rief nach Jerle Shannara.

Der Schädelträger warf einen Blick zurück, und die entstellte Gestalt, nur noch ein rottriefendes schreckliches Etwas, wurde plötzlich vom Schein einer Fackel angeleuchtet. Mit höhnischen Rufen forderte Tay sie heraus, er legte soviel Wut und Gehässigkeit in seine Stimme, wie er nur konnte. Aber der geflügelte Jäger wurde nicht langsamer, sondern wandte sich jetzt einer schmalen Treppe zu, die zu einer Balustrade führte. Das Ungeheuer war schneller als Tay, und die Entfernung zwischen ihnen vergrößerte sich. Tay fluchte wütend.

Dann sah er plötzlich am anderen Ende des Flurs eine einzelne Gestalt, geschmeidig wie ein Tiger, die sich mit Leichtigkeit zwischen den Toten hindurchschlängelte und die Treppe emporsprang, um die Jagd nach dem Schädelträger aufzunehmen.

Jerle.

Tay raffte seine letzten Kräfte zusammen und hetzte hinter ihnen her, während sein keuchender Atem in seinen Lungen brannte. Nur wenige Augenblicke nach seinem Freund erreichte er die Stufen und folgte ihm. Er stolperte, fiel, raffte sich entschlossen wieder auf und rannte weiter.

Auf der Balustrade sah er Jerle im Kampf mit dem Schädelträger. Es war eigentlich ein ungleicher Kampf, denn der geflügelte Jäger war deutlich stärker als der Elf, aber Jerle Shannara schien geradezu besessen zu sein. Er kämpfte, als machte es keinen Unterschied, ob er lebte oder starb, als wäre das einzig Wichtige, daß sein Gegner nicht entkommen konnte. Sie preschten vor und wichen zurück, über den Gang und gegen die Balustrade, wanden und drehten sich, von Schatten zum Licht, in den Schatten. Jerle hielt mit seinen Armen die Flügel des Monsters umfangen, so daß es nicht davonfliegen konnte. Der Schädelträger schlug mit den Klauen nach dem Elf, aber Jerle war hinter ihm, und so bekam sein Gegner ihn nicht zu fassen.

Tay schrie und raste auf seinen Freund zu, um ihm zu helfen. Er rief die Magie in seine Fingerspitzen, genauso, wie Bremen es ihn gelehrt hatte, und vereinte die Stärke seines Körpers mit den Elementen der Welt, die ihn geboren hatte, eine Verstärkung des Lebensfeuers. Der Schädelträger sah ihn kommen und wandte sich ab, er stellte sich so, daß Jerle zwischen ihm und Tay war und der Druide seine Magie nicht anwenden konnte. Elfenjäger blickten von unten hinauf, sie erkannten erst jetzt, daß dort oben gekämpft wurde. Dann sahen sie, daß es Jerle war. Pfeile wurden auf Sehnen gelegt, und Langbögen krümmten sich.

Plötzlich befreite sich das Monster aus Jerles Griff, sprang auf die Balustrade und breitete die Flügel aus. Einen kurzen Moment hing die gewaltige, schwarze Gestalt vor dem Licht, eine alptraumhafte, in die Enge getriebene Bestie auf der Suche nach einem Zufluchtsort. Tay bündelte sämtliche Kraft, die er noch besaß und ließ das Druidenfeuer in die verhaßte Gestalt fahren. Unten schossen die Elfenjäger ihre Pfeile ab und ein Dutzend davon gruben sich in die Kreatur. Der Schädelträger erbebte, fiel in sich zusammen, versuchte noch einmal, sich wieder aufzurichten. Feuer und Rauch wanden sich um ihn, und sein Körper war gespickt mit Pfeilen. Ein zweiter Pfeilhagel drang in ihn ein. Jetzt klappte einer der Flügel zusammen. In einer letzten Anstrengung machte er einen Satz auf die Wipfel einer Baumgruppe, aber seine Kraft war am Ende und sein Körper konnte nicht mehr standhalten. Mit einem gewaltigen

Krachen fiel er zu Boden und wurde sogleich von einem Schwarm Elfenjägern umringt.

Selbst dann dauerte es noch sehr, sehr lange, bis er tot war.

Die Suche nach weiteren Angreifern, die sich möglicherweise im Palastbereich, in der Stadt oder den nahe liegenden Wäldern versteckt hielten, blieb erfolglos. Es schien, als wären alle getötet worden. Vielleicht hatten sie damit gerechnet zu sterben. Vielleicht wußten sie es bereits, bevor sie nach Arborlon gekommen waren. Es spielte jetzt keine Rolle mehr. Wichtig war nur, daß sie die Aufgabe, die sie in die Elfenstadt geführt hatte, erfolgreich erledigt hatten. Sie hatten die Familie Ballindarroch ausgelöscht. Männer, Frauen und Kinder waren im Schlaf getötet worden, einige waren gar nicht mehr aufgewacht, andere nur so lang, um erkennen zu können, was geschah. Das Ausmaß der Zerstörung war ungeheuerlich. Courtann Ballindarroch war nur noch schwach am Leben. Die Heiler behandelten ihn die ganze Nacht, aber selbst, nachdem sie alles getan hatten, was in ihren Kräften stand, gab es nur wenig Hoffnung. Ein Sohn, der zweitjüngste, lebte noch. Alyten war im Westen mit einigen Freunden auf der Jagd gewesen und nur durch Zufall dem Schicksal seiner Familie entkommen. Auch zwei Enkel – noch Kinder – hatten überlebt, sie schliefen in dem Zimmer neben dem König und waren nur deshalb gerettet worden, weil die mörderischen Gnome noch keine Zeit für sie gehabt hatten. Selbst während des Angriffs waren sie nicht aufgewacht. Das älteste Kind war kaum vier, das jüngste noch nicht einmal zwei Jahre alt.

Innerhalb von wenigen Stunden hatte sich die Stadt in ein bewaffnetes Lager verwandelt. An allen Ecken standen Elfenjäger und hielten Wache. Patrouillen kontrollierten jeden Weg, jeden Fußpfad und das gesamte Tal von Rhenn, um rechtzeitig Alarm geben zu können. Die Bewohner der Stadt wurden geweckt und auf einen großen Angriff vorbereitet. Niemand wußte, was als nächstes geschehen würde, alle waren entsetzt und verschreckt über die Ermordung der königlichen Familie. Alles schien möglich zu sein, und jeder war entschlossen, der nächsten Katastrophe, wie immer sie auch aussehen mochte, vorbereitet zu begegnen.

Bei Morgenanbruch hatte sich das Wetter geändert. Die Temperatur war gesunken, der Himmel hatte sich bewölkt, und die Luft war schwer und still. Schon bald setzte ein leichter, feiner Nieselregen ein, und das Licht verdüsterte sich.

Tay saß mit Jerle Shannara auf einer Fensterbank in einer kleinen Nische des Palastes und sah dem Regen zu. Die Toten waren inzwischen fortgetragen und alle Räume zweimal nach weiteren verborgenen Attentätern durchsucht worden. Die Elfen hatten das Blut fortgewischt und die Zimmer, in denen das Gemetzel stattgefunden hatte, ausgeräumt und gesäubert. All dies war noch in den dunklen Stunden vor Tagesanbruch geschehen, so als wollte man die Schreckensbilder verbergen. Jetzt war der Palast leer. Selbst die zwei Enkelkinder von Courtann Ballindarroch waren in andere Häuser gebracht worden, bis man sich entschieden hatte, was mit ihnen geschehen sollte.

»Du weißt, warum dies geschehen ist, nicht wahr?« wollte Jerle plötzlich von Tay wissen und beendete damit das Schweigen, das einige Zeit zwischen ihnen geherrscht hatte.

Tay schaute ihn an. »Die Morde?«

Jerle nickte. »Um unsere Absichten zu vereiteln. Um uns aus dem Gleichgewicht zu werfen. Um uns davon abzuhalten, die Armee zu mobilisieren.« Er klang müde. »Kurz gesagt, um zu verhindern, daß wir den Zwergen zu Hilfe kommen. Wenn Courtann tot ist, werden die Elfen nichts unternehmen, solange nicht ein neuer König bestimmt ist. Der Dämonenlord weiß das. Deshalb hat er seine Attentäter nach Arborlon geschickt und ihnen aufgetragen, alle zu töten. Wenn wir uns endlich wieder genügend organisiert haben, um auch nur eine Entscheidung über unsere eigene Situation zu treffen, wird es für die Zwerge zu spät sein. Das Ostland wird fallen.«

Tay holte tief Luft. »Das dürfen wir nicht zulassen.«

Jerle schnaubte spöttisch. »Courtann Ballindarroch wird mit etwas Glück noch einen Tag leben. Du hast gesehen, was man ihm angetan hat. Er ist kein starker Mann, Tay. Ich weiß nicht, wieso er überhaupt noch am Leben ist.«

Jerle lehnte sich mit angezogenen Beinen gegen die Mauer und sah aus wie ein kleiner Junge, der wider Willen im Haus festgehalten wird. Seine Kleidung war zerrissen; er hatte sie nach dem Kampf noch nicht gewechselt. Eine böse Schnittwunde war links vom Kiefer zu sehen. Er hatte die Wunde gewaschen und dann wieder vergessen. Er sah aus wie ein Häufchen Elend.

Tay schaute an sich selbst herunter. Auch er machte keinen besseren Eindruck. Sie beide brauchten dringend ein Bad und etwas Schlaf.

»Was wird er noch tun, um uns aufzuhalten?« fragte Jerle leise.

Tay schüttelte den Kopf. »Hier wird er nichts mehr tun. Was bliebe noch übrig? Aber er wird jetzt hinter Risca und Bremen her sein, vermute ich. Vielleicht ist es auch schon geschehen.« Er blickte in den Regen hinaus und lauschte dem leisen Trommeln auf dem Glas.

Er dachte darüber nach, was in dieser Nacht mit den Elfen geschehen war – die königliche Familie ermordet, jegliches Gefühl von Sicherheit vernichtet, ihr Seelenfriede zerstört. Viel war ihnen genommen worden, und Tay war absolut nicht sicher, ob sie in der Lage sein würden, es sich zurückzuholen. Jerle hatte recht. Der Hohe Rat würde nichts zur Hilfe der Zwerge unternehmen, solange der König sich nicht erholt hatte oder gestorben und durch einen anderen ersetzt worden war. Niemand würde die Verantwortung für eine solche Entscheidung übernehmen. Es war die Frage, ob das überhaupt jemand könnte. Alyten könnte an Stelle seines Vaters handeln, aber es schien unwahrscheinlich. Er war nur ein impulsiver junger Mann, dem in seinem bisherigen Leben noch nicht viel Verantwortung übertragen worden war. Meistens hatte er seinem Vater zur Seite gestanden und getan, was man ihm aufgetragen hatte. Er besaß keinerlei Führungserfahrungen. Zwar würde er nach Courtanns Tod König sein, aber der Hohe Rat würde seine Entscheidungen nicht sofort unterstützen. Und Alyten würde sich auch nicht beeilen, welche zu treffen. Er würde sich vorsichtig und unentschlossen geben, ängstlich bemüht, jeden Fehler zu vermeiden. Es war die falsche Zeit für ihn, König zu werden. Der Dämonenlord würde schnell seine Vorteile daraus ziehen.

Es war niederschmetternd, wie gewaltig und verworren das Dilemma war. Die Elfen wußten, wer für diesen Angriff verantwortlich war. Der Schädelträger war deutlich sichtbar gewesen, bevor er hatte vernichtet werden können, und auch die Gnomenjäger hatte man erkannt. Sie alle hatten dem Dämonenlord gedient. Aber Brona war gesichtslos und in den Vier Ländern allgegenwärtig, eine Macht ohne Zentrum, eine Legende, die auf einem Mythos gründete, und niemand wußte, wie er zu entlarven war. Er war da, und er war es auch wieder nicht. Er existierte, aber in welcher Gestalt? Wie sollten sie gegen ihn vorgehen? Seit die Druiden von Paranor vernichtet worden waren, gab es niemanden mehr, der ihnen sagen konnte, was sie tun sollten, der ihnen einen Rat geben konnte und den sie genug achteten, um auf ihn zu hören. Nur zweimal hatte der Dämonenlord kurz zugeschlagen, und schon hatte er das Gleichgewicht der Mächte in den Vier Ländern zerstört und die stärkste Rasse zur Untätigkeit verdammt.

»Wir können nicht einfach hier herumsitzen«, bemerkte Jerle treffend, als hätte er Tays Gedanken gelesen.

Tay nickte. Er dachte daran, daß ihnen die Zeit davonlief, daß plötzlich all das in Gefahr war, was Bremen von ihm erwartete. Er starrte in den Regen. Ein grauer Schleier hüllte die Welt auf der anderen Seite des Fensters in einen trüben Dunst. Noch vor kurzem war alles so selbstverständlich gewesen, und jetzt war nichts mehr sicher.

»Wenn wir schon nichts mehr für die Zwerge tun können, müssen wir wenigstens für uns selbst sorgen«, sagte er ruhig. Seine

Augen hielten Jerles Blick fest. »Wir müssen nach dem Schwarzen Elfenstein suchen.«

Sein Freund sah ihn einen Augenblick lang forschend an, dann nickte er. »Das können wir auch, nicht wahr? Courtann hat bereits seine Zustimmung gegeben.« Ein Hauch von Aufregung blitzte in den blauen Augen. »Wir werden beschäftigt sein, während wir hier ohnehin nur abwarten könnten, wie sich die Dinge entwickeln. Und wenn wir den Stein gefunden haben, besitzen wir eine Waffe gegen den Dämonenlord.«

»Zumindest enthalten wir ihm etwas vor, das er gegen uns verwenden könnte.« Tay dachte an Bremens Warnung vor der Macht des Schwarzen Elfensteins. Er richtete sich auf und schüttelte seine Niedergeschlagenheit ab. Er hatte wieder ein Ziel, das es zu verfolgen galt.

»Sehr gut, mein Freund«, bemerkte Jerle schelmisch. »So mag ich dich schon viel lieber.«

Tay stand auf, er war jetzt voller Eifer. »Wann können wir aufbrechen?«

Ein Lächeln spielte um Jerles Mund. »Wann bist du marschbereit?«

Kapitel 11

Bei Anbruch des nächsten Tages machten Jerle, Tay und die wenigen, die sie mitnehmen wollten, sich auf den Weg. Leise verließen sie die Stadt, zu einer Zeit, da die Bewohner noch dabei waren aufzuwachen. Sie waren nur fünfzehn, und so war es nicht allzu schwer, ungesehen zu verschwinden. Tay und Jerle hatten die anderen Mitglieder der kleinen Gesellschaft erst am Abend vor ihrem Aufbruch benachrichtigt. Dies aber nicht etwa aus Hinterlist, sondern einfach nur aus Vorsicht. Je weniger von ihrer Absicht wußten oder sie hatten aufbrechen sehen, desto weniger konnten auch darüber Auskunft geben. Auch das, was beiläufig in Unterhaltungen gesagt wurde, konnte in falsche Ohren dringen. Der Hohe Rat wußte von ihren Plänen. Alyten würde es später erfahren; er war immer noch nicht von seinem Jagdausflug zurück. Aber das genügte. Selbst die direkten Familien der Beteiligten wußten nicht, wohin sie gingen oder was sie vorhatten. Nach allem, was mit den Ballindarrochs geschehen war, wollte niemand mehr ein unnötiges Risiko eingehen.

Sie ließen eine beunruhigende Situation zurück. Ballindarroch schwebte in Lebensgefahr; es war immer noch nicht klar, ob er sich wieder erholen würde. Während seiner Abwesenheit würde der Hohe Rat die Staatsgeschäfte leiten, wie das Elfenrecht es vorschrieb; in Wirklichkeit jedoch würde er sehr wenig tun, solange das Schicksal des Königs nicht entschieden war. Als einzig überlebender Sohn würde Alyten an Stelle seines Vaters regieren, aber bis eine formelle Krönung notwendig werden würde, könnte er lediglich als Regent fungieren. Das Leben würde weitergehen, die Staatsgeschäfte jedoch beinahe zum Erliegen kommen. Die Armee würde wachsam sein; die Kommandanten wußten, was zu tun war, um die Stadt mit ihren Bewohnern und in geringerem Ausmaß auch die Elfen der umliegenden Landgebiete zu schützen. Aber sie würden sich strikt nur an Verteidigungsmaßnahmen halten, und niemand würde einen Überfall auf die Gebiete jenseits des Westlandes befürworten, solange Ballindarroch sich nicht erholt oder sein Sohn seinen Platz eingenommen hatte. Die Zwerge würden also keine Hilfe erhalten. Der Hohe Rat verhielt sich in dieser Angelegenheit so engstirnig, daß er sich sogar weigerte, die Zwerge über das, was geschehen war, zu informieren. Sowohl Tay als auch Jerle baten unabhängig voneinander darum, aber sie erhielten lediglich zur Antwort, daß man sich mit ihrem Gesuch beschäftigen werde. Plötzlich bestimmte Heimlichtuerei das Geschehen. Da es nichts mehr gab, was sie in dieser Sache tun konnten, beschlossen Tay und

Jerle, ihren Aufbruch nicht mehr zu verzögern. Der König würde leben oder sterben, Alyten würde König werden oder nicht, und der Hohe Rat würde die Zwerge benachrichtigen oder sich in Stillschweigen hüllen – alles würde sich auf die eine oder andere Weise entwickeln, und ihre Anwesenheit in Arborlon würde keinerlei Einfluß darauf haben. Es war besser, mit der Suche nach dem Schwarzen Elfenstein zu beginnen und zu beeinflussen, was sie beeinflussen konnten.

Es gab auch andere Gründe, warum sie fortgingen. Als Resultat des Attentats waren zwei Probleme aufgetaucht, von denen eines Tay, das andere Jerle betraf. Beide verstärkten die Dringlichkeit, ihre Pläne umzusetzen und die Stadt zu verlassen.

Zum einen wunderten sich die Bewohner laut darüber, warum der Angriff auf die königliche Elfenfamilie so bald nach Tays Rückkehr von Paranor erfolgt war. Die Druiden wurden von den meisten geachtet, aber einige Elfen mißtrauten ihnen auch. Es waren zwar nicht viele, aber im Zuge einer solch fürchterlichen und unerwarteten Katastrophe zogen ihre Stimmen immer mehr Aufmerksamkeit auf sich. Die Druiden verfügten über Macht, und sie verhielten sich geheimnisvoll. Das war eine Kombination, die von Natur aus bereits verstörend war, besonders aber zusammen mit der Entscheidung der Druiden, sich nach dem Ersten Krieg der Rassen zu isolieren. War es nicht möglich, flüsterten die Stimmen, daß die Druiden in das, was mit den Ballindarrochs geschehen war, irgendwie verwickelt waren? Tay hatte den König aufgesucht und noch in der Nacht des Attentats mit dem Hohen Rat gesprochen. Hatte es vielleicht einen Streit gegeben, der Tay erzürnt hatte – und dadurch auch alle anderen Druiden? War er nicht der erste gewesen, der das Schlafzimmer des Königs erreicht hatte, während das Morden noch andauerte? Hatte jemand gesehen, was geschehen war, was er getan hatte? Es spielte keine Rolle, daß diese Fragen schon in dem einen oder anderen Forum mehr oder weniger offiziell angesprochen worden waren und daß niemand im Hohen Rat über Tays Verhalten irgendwie betroffen zu sein schien. Was zählte, war das Fehlen von deutlichen Antworten und unbestreitbaren Tatsachen, und es war klar, daß während ihrer Abwesenheit wilde Theorien aufblühen würden.

Das zweite Problem war sogar noch beunruhigender. Denn einige meinten, wenn die gesamte Familie Ballindarroch ausgelöscht sei und auch Courtann Ballindarroch sterben würde, sollte Jerle Shannara König sein. Es war gut und schön, sich an die Erbfolge zu halten, aber Alyten war schwach und unentschlossen und nicht sehr beliebt bei denen, die er regieren würde. Und wenn er versagen sollte, wäre ein Kind von vier Jahren der nächste in der Thronfolge. Dies würde jahrelange Regentschaft nach sich ziehen, und das wollte niemand. Abgesehen davon lebte man in gefährlichen, anstrengenden Zeiten, und sie benötigten einen starken Herrscher. Der Angriff auf die königliche Familie signalisierte den Beginn von etwas Schlechtem. Jeder konnte das erkennen. Das Nordland war bereits vom Dämonenlord und seinen geflügelten Jägern erobert. Wenn er sich nun als nächstes den Elfen zuwandte? Es gab Gerüchte, daß sich seine Armee bereits in Richtung Süden bewegte. Jerle Shannara war ein Vetter ersten Grades und der nächste in der Thronfolge, wenn alle Ballindarrochs ausgelöscht wären. Vielleicht sollte er lieber von Anfang an regieren, unabhängig davon, wer nach Courtann noch übriggeblieben war. Als ehemaliger Befehlshaber der Elfengarde, als Stratege der Elfenarmee und Berater des hohen Rates sowie des Königs war er hervorragend geeignet. Vielleicht sollte die Wahl unabhängig von Nachfolge und Protokoll getroffen werden. Vielleicht sollte sie schnell getroffen werden.

Tay und Jerle hörten früh genug von diesen Gerüchten, und da sie erkannten, wohin sie führen würden, hielten sie es für das beste, sich vom Schauplatz zurückzuziehen, bis das Durcheinander sich gelegt hatte. Dieses lockere Geschwätz lieferte ihnen zusätzlich einen Grund, die ohnehin schon dringend notwendige Suche nach dem Schwarzen Elfenstein zu beschleunigen und rasch aufzubrechen.

Innerhalb von vierundzwanzig Stunden hatten sie ihre Gruppe zusammengestellt, die Versorgung organisiert, die Frage der Beförderung geklärt und ihre Reisepläne geschmiedet. Und schon waren sie auf dem Weg.

Als sie aufbrachen, umgab sie ein kühler, nebliger Nieselregen, der schon seit einigen Stunden fiel und vorläufig auch nicht nachzulassen schien. Die Wege und Pfade waren bereits naß und die Baumstämme und Äste schwarz. Nebel kroch aus dem Wald empor, erhob sich von der noch warmen Erde und füllte die Risse und Spalten. Feuchtigkeit umhüllte alles, und wie Gespenster durch die Nacht schlich die Gruppe durch den frühen Morgen. Sie reisten zu Fuß und trugen nur ihre Waffen, Vorräte und die Kleidung, die sie in den nächsten vierundzwanzig Stunden benötigen würden. Danach würden sie waschen, was sie trugen, und auf die Jagd gehen, bis sie das Tal des Sarandanon erreichten. Es war ein Marsch von ungefähr drei Tagen. Dort sollten sie für den Rest der Reise, die sie nach Westen zu den Grimmzacken führen würde, mit Pferden, frischer Kleidung und Vorräten versorgt werden.

Ihre Gruppe bestand aus sehr verschiedenen Leuten. Bis auf einen hatte Jerle Shannara alle selbst ausgewählt. Dazu hatte er Tays Einverständnis, denn dieser war zu lange von Arborlon und den Elfen fort gewesen, um zu wissen, wer für ihre Suche am besten geeignet war. Sie brauchten Elfenjäger, Kämpfer ersten Ranges, und Jerle hatte zehn ausgewählt, mit denen zusammen sie dann schon zwölf waren. Preia Starle hatte bereits angekündigt, daß sie mitgehen würde, selbstbewußt wie immer, und weder Tay noch Jerle hatten es auf einen Streit ankommen lassen wollen. Jerle hatte sich dann noch für einen weiteren Fährtensucher entschieden, einen wettergegerbten Krieger namens Retten Kipp, der mehr als dreißig Jahre bei der Elfengarde gedient hatte. Zwei Fährtensucher würden die Möglichkeit haben, nicht nur das Gebiet vor der Gruppe, sondern auch das hinter ihr auszukundschaften. Außerdem könnte ein Ersatz notwendig werden, falls Preia etwas geschehen sollte. Tay hatte diese Worte zwar nicht gerne gehört, aber auch nicht von der Hand weisen können.

So waren sie bereits vierzehn. Tay hatte um einen fünfzehnten gebeten.

Der Mann, den er hatte haben wollen, war Vree Erreden. Auf den ersten Blick eine seltsame Wahl, und Jerle hatte dies auch ausgesprochen. Vree Erreden war bei den Elfen nicht sehr beliebt, er war ein einsiedlerischer, zerstreuter und schüchterner Mann, der sich um wenig anderes als seine Arbeit kümmerte. Er war ein Lokat, ein Mystiker, der sich darauf spezialisiert hatte, vermißte Leute und verlorene Gegenstände zu finden. In so mancher Diskussion wurde darüber gestritten, wie erfolgreich er bei dem, was er tat, wirklich war. Wer an ihn glaubte, stand unerschütterlich auf seiner Seite. Die anderen fanden ihn dumm oder fehlgeleitet. Er wurde toleriert, weil er gelegentlich nachweisbare Erfolge für sich verbuchen konnte und weil das Elfenvolk im allgemeinen Verständnis für jene hatte, die anders waren, zumal sie in den Augen der anderen Rassen über die Jahre hinweg selbst Verdacht erregt hatten. Vree Erreden stellte über seine Erfolge selbst keine Behauptungen auf; das erledigten die anderen. Aber der Ursprung dieser Behauptungen tat nichts dazu, das Bild des Mannes in den Augen seiner Gegner zu verbessern.

Tay gehörte nicht zu jenen. Er identifizierte sich sehr stark mit Vree Erreden, auch wenn er das bisher niemandem mitgeteilt hatte. Er glaubte, daß sie verwandte Geister waren. Wenn Vree gewollt hätte, hätte er ein Druide werden können. Seine Fähigkeiten legten diese Möglichkeit nahe, und Tay hätte ihn empfohlen. Sie hatten beide im Laufe der Zeit bestimmte Talente ausgebildet. Tay war der Elementarist, Vree der Lokat. Tays Fähigkeit war allerdings deutlicher sichtbar, denn er nahm von den Schätzen und Vorräten der Erde, wenn er Magie anwandte, und das Benutzen dieser Macht lieferte sichtbar den Beweis für das, was er zu tun vermochte. Vree Erredens Talent dagegen ruhte beinahe vollkommen in ihm selbst, war von Natur aus passiv und schwer zu beweisen. Mystiker arbeiteten vorwissenschaftlich, mit Intuition, mit Ahnungen und Gefühlen, die alle stärker waren als jene Instinkte, die gewöhnliche Männer und Frauen erfahren konnten – und alle waren unsichtbar. Lokaten waren einst viel gegenwärtiger gewesen, zu einer Zeit, als Elfen und andere Feenwesen diese Fähigkeiten regelmäßig angewandt hatten. Jetzt war nur eine Handvoll übriggeblieben; die anderen waren mit dem Untergang der Alten Welt und den unwiderruflichen Veränderungen in der Natur der Magie verbunden. Aber Tay hatte die alten Lehren studiert und verstand den Ursprung von Vree Erredens Macht, und für ihn war sie so wirklich wie seine eigene.

Am späten Nachmittag des Tages vor ihrer geplanten Abreise hatte er den Lokaten aufgesucht und im Hof über eine zerfledderte Sammlung von Karten und Papieren gebeugt gefunden. Als Tay durch das Tor des kleinen, unscheinbaren Hofes auf Vree zugekommen war, hatte dieser ihm kurzsichtig entgegengeblinzelt. Die Sonne und die nachlassende Sehkraft hatten den Lokaten zum Schielen gebracht. Jedes Jahr, so hieß es, wurden seine Augen ein wenig schlechter – aber während seine Augen schlechter wurden, schärfte sich seine Intuition.

»Mein Name ist Tay Trefenwyd«, hatte Tay sich angekündigt und war näher gekommen, so daß das Licht auf sein Gesicht fallen konnte.

Vree Erreden hatte aufgeblickt und ihn nicht erkannt. Tay war fünf Jahre fort gewesen, so war es durchaus möglich, daß sich der Mann nicht länger an ihn erinnerte. Er trug auch nicht die Kleidung seines Ordens, sondern hatte sich zu den bequemen, weiten Gewändern entschlossen, die die Elfen des Westlandes bevorzugten. So war es sehr gut möglich, daß der Lokat ihn nicht als Druiden hatte erkennen können.

»Ich brauche deine Hilfe bei der Suche nach etwas«, war Tay unverzagt zur Sache gekommen. Der andere hatte wie zur Antwort sein schmales Gesicht ein bißchen emporgereckt. »Wenn du einverstanden bist, mir zu helfen, wirst du die Möglichkeit haben, viele Leben zu retten, darunter viele Elfen. Es wird der wichtigste Fund sein, den du jemals gemacht hast. Wenn du Erfolg hast, wird niemand mehr deine Fähigkeiten anzweifeln.«

Vree Erreden hatte plötzlich amüsiert ausgesehen. »Das ist eine kühne Behauptung, Tay.«

Tay hatte gelächelt. »Ich bin in einer Situation, in der ich kühne Behauptungen machen muß. Ich werde morgen zu einer Reise aufbrechen, die mich ins Tal des Sarandanon führt und noch weiter darüber hinaus. Ich muß dich davon überzeugen, mit mir zu gehen. Ich habe keine Zeit für feinsinnige Überredungskünste.«

»Was ist es, was du suchst?«

»Ein Schwarzer Elfenstein, der seit den Tagen der Feen vor Tausenden von Jahren verschwunden ist.«

Der kleine Mann hatte ihn nur angeschaut. Er hatte Tay nicht gefragt, warum er zu ihm gekommen war oder wie stark er an ihn glaubte. Er hatte akzeptiert, daß Tay Vertrauen in seine Kräfte hatte, vielleicht wegen seiner Person, vielleicht auch wegen der Taten, die er bereits vollbracht hatte. Vielleicht spielte es aber auch gar keine Rolle. Doch in seinen Augen hatte Neugier gestanden – und der Hauch eines Zweifels.

»Gib mir deine Hände«, hatte er Tay aufgefordert.

Tay hatte die Hände ausgestreckt, die Vree Erreden fest mit seinen eigenen umschlossen hatte. Der Griff war überraschend stark gewesen. Sein Blick hatte den von Tay einen Augenblick festgehalten, dann hatte er durch den Druiden hindurch und ins Leere geblickt. Lange Zeit hatte er reglos wie ein Stein verharrt und etwas gesehen, das Tay verborgen geblieben war. Dann hatte er geblinzelt, Tays Hand losgelassen und sich wieder hingesetzt. Ein kleines Lächeln hatte seine dünnen Lippen umspielt.

»Ich werde mitkommen«, hatte er nur gesagt.

Er hatte sich noch erkundigt, wo sie sich treffen würden und was er mitzubringen hatte, dann hatte er sich ohne ein weiteres Wort wieder seinen Karten und Papieren zugewandt, als hätte er die Angelegenheit bereits wieder vergessen.

So waren sie schließlich zu fünfzehnt, als sie im Morgengrauen Arborlon verließen, eingehüllt in ihre Umhänge und Kapuzen, so daß sie im trüben Licht beinahe gesichtslos wirkten. Weshalb sie gekommen waren, wußten sie selbst am besten. Und nun marschierten sie hintereinander an der steilen Wand des Carolan entlang bis zu der Stelle, wo der Singende Fluß in seinem Bett schäumte. Sie überquerten den Fluß auf einem Fährfloß, das für die Stadtbewohner bereitgehalten wurde, und wandten sich auf den schattigen Wegen der alten Wälder in Richtung Westen.

Den ganzen Tag hindurch marschierten sie im Regen, der niemals vollkommen aufhörte, auch wenn er nach einiger Zeit etwas nachließ. Sie machten einmal Rast, um etwas zu essen, und ein zweites Mal, um ihre Wasserschläuche wieder aufzufüllen, aber ansonsten machten sie keine Rast mehr. Niemand ermüdete, auch Vree Erreden nicht. Sie waren Elfen und daran gewöhnt, weite Strecken zu gehen, und alle waren geübt genug, um mit Jerle Shannaras gemäßigtem Tempo Schritt halten zu können. Der Boden war schlammig und der Pfad unsicher, und mehr als einmal mußten sie mühevoll nach einem Weg über einen kleinen Fluß suchen, der durch den Regen entstanden war. Niemand beklagte sich. Niemand sprach überhaupt sehr viel. Selbst als sie zum Essen anhielten, setzten sie sich mit einem gewissen Abstand zueinander hin, wandten sich in ihren Umhängen vom Regen ab und waren bald in ihre eigenen Gedanken versunken. Einmal ging Tay zu Vree Erreden, um ihm zu sagen, wie sehr er seine Entscheidung mitzukommen schätzte, und der Lokat sah ihn an, als hätte Tay den Verstand verloren, als hätte er gerade das Dümmste seit Anbeginn der Weltgeschichte von sich gegeben. Tay lächelte, setzte sich wieder hin und versuchte nie mehr, Vree auf diese Weise anzusprechen.

Sie entfernten sich zunehmend von den Bergen, die Arborlon schützten, und näherten sich dem Sarandanon. Die Nacht brach heran, und sie schlugen ein Lager auf. Es wurde kein Feuer angezündet, und so blieb ihre Mahlzeit kalt. Im Wald war es dunkel und still, und abgesehen von dem ständigen Regen war keinerlei Bewegung zu sehen. Noch mindestens ein weiterer Tag würde vergehen, ehe sie aus dem Wald herauskommen und das offene Grasland des Tals erreichen würden, jenes Land, auf dem das Getreide wuchs und das Vieh gehalten wurde, von dem das Elfenvolk sich ernährte. Danach würde es noch etwas mehr als ein Woche bis zu den Grimmzacken und ihrem endgültigen Bestimmungsort dauern.

Nachdem Tay sein Mahl beendet hatte, saß er gedankenverloren allein da und starrte ins Dunkel. Er fröstelte. In seinem Kopf wiederholte er die Vision, die Bremen beim Hadeshorn gesehen hatte, und hoffte, etwas zu finden, was er bisher übersehen hatte. Die Einzelheiten der Vision waren ihm mittlerweile so vertraut wie eine häufig benutzte, zerknitterte alte Landkarte, die er nach Belieben aufklappen konnte. Bremen hatte ihm das Versteck des Talismans beschrieben, so wie der Schatten Galaphiles es ihm enthüllt hatte. Alles, was jetzt übrig blieb, war, den Stein im wirklichen Leben auch zu finden. Es gab mehrere Wege, wie dies geschehen könnte. Die Kundschafter Preia Starle und Retten Kipp könnten durch eine Anhäufung sicht- und greifbarer Hinweise im Zuge ihrer Fährtensuche auf den Schwarzen Elfenstein stoßen. Tay, der Elementarist, könnte ihn selbst entdecken, könnte die Risse in den Linien der Macht finden, die von der Magie des Talismans verursacht wurden. Und Vree Erreden könnte ihn durch seine besonderen Fähigkeiten als Lokat finden, indem er den Elfenstein wie jeden anderen Gegenstand suchte, durch vorwissenschaftliche Intuition.

Tay schaute zu dem Lokaten herüber, der bereits eingeschlafen war. Die meisten anderen schliefen ebenfalls oder waren dabei, in den Schlaf zu gleiten. Selbst Jerle Shannara hatte sich schon ausgestreckt und in seine Decke gerollt. Ein einzelner Elfenjäger hielt an einem Ende des Lagers Wache; ein weiterer nächtlicher Schatten. Tay beobachtete ihn einen Augenblick, dann wandte er sich wieder

Vree Erreden zu. Der Lokat mußte Bremens Vision gesehen haben, als er bei seinem ersten Besuch Tays Hände festgehalten hatte. Dessen war Tay sich jetzt sicher, wenn er es auch zu dem damaligen Zeitpunkt nicht erkannt hatte. Das hatte bei seiner Entscheidung mitzukommen den Ausschlag gegeben, dieser flüchtige Blick auf einen Ort, verloren in der Zeit, auf eine Magie, die eine mittlerweile vergangene Welt überlebt hatte, auf etwas, das einmal bekannt gewesen war und vielleicht wiedererweckt werden würde. Dieser Gedankendiebstahl zeugte von einer guten Arbeit, und Tay bewunderte die Unverfrorenheit, mit der der andere Mann ihn begangen hatte. Nicht jeder würde es wagen, den Riegel zu den Gedanken eines Druiden aufzubrechen.

Er erhob sich nach einer Weile, und da er noch nicht schläfrig war, ging er zu der Stelle, wo die Wache patrouillierte. Der Elfenjäger bemerkte ihn, machte jedoch keine Anstalten näher zu kommen, sondern setzte seine Runden fort. Tay blickte auf die durchnäßten Bäume; seine Augen paßten sich den Lichtverhältnissen an, und er sah befremdliche Formen und Gestalten im Regen, obwohl Mond und Sterne fehlten. Er beobachte, wie ein Stück Wild vorbeistrich, mit nervösem Blick und aufmerksam aufgestellten Ohren. Er sah Nachtvögel, die schnell von Ast zu Ast flatterten, Jäger auf der Suche nach Futter. Hin und wieder, wenn sie etwas gefunden hatten, stürzten sie blitzschnell auf den Waldboden und erhoben sich wieder, hielten zwischen ihren Krallen und Schnäbeln kleine Geschöpfe fest. Er sah in diesen Opfern ein Bild des Elfenvolkes, falls der Dämonenlord siegen sollte. Er stellte sich vor, wie hilflos sie wären, wenn Brona seine Jagd begann. Er spürte bereits, daß nach ihnen gesucht wurde, daß man sie als Beute betrachtete. Er dachte nur ungern daran, aber glaubte auch nicht, daß dieses Gefühl in der nächsten Zeit verschwinden würde.

Er dachte noch immer darüber nach, als Preia Starle wie aus dem Nichts neben ihm auftauchte. Wider Willen zuckte er zusammen, dann zwang er sich wieder zur Ruhe, als er das Lächeln in ihren

Mundwinkeln bemerkte. Sie war den ganzen Tag fort gewesen, hatte schon früh mit Retten Kipp die Gruppe verlassen, um das Gebiet vor ihnen auszukundschaften. Niemand hatte gewußt, wann einer von ihnen wieder zurück sein würde. Fährtensucher besaßen die Freiheit zu tun, was sie für notwendig hielten, und richteten sich nach ihrem eigenen Zeitplan. Preia zwinkerte ihm zu, als sie sah, wie der Schreck aus seinem Gesicht wich und sich statt dessen Verdruß breitmachte. Sie sagte nichts, sondern nahm seinen Arm und führte ihn ins Lager. Ihre Kleidung, lockere Waldläuferkleidung mit Handschuhen und weichen Schuhen, war durch und durch naß. Der Regen klebte ihr die kurzgeschnittenen, lockigen, zimtbraunen Haare an den Kopf, und Tropfen rannen ihr übers Gesicht. Sie schien es nicht zu bemerken.

Sie bat ihn, sich einige Meter von den anderen Schlafenden entfernt unter eine Eiche zu setzen, wo das dichte Gras trocken und bequem war. Sie löste den Gürtel mit den langen Messern, das Kurzschwert und den Eschenbogen, dann nahm sie neben ihm Platz. Sie wirkte eigentlich viel zu jung und zerbrechlich, um solche Waffen zu tragen.

»Kannst du nicht schlafen, Tay?« fragte sie ruhig und drückte seinen Arm.

Er kreuzte die Beine und schüttelte den Kopf. »Wo bist du gewesen?«

»Hier und dort.« Sie wischte sich Regentropfen aus dem Gesicht und lächelte. »Du hast mich nicht bemerkt, nicht wahr?«

Er sah sie reuevoll an. »Was denkst du? Genießt du es, das Leben der Leute zu verkürzen, indem du sie so erschreckst? Ich konnte vorher schon nicht schlafen, aber wie soll ich es jetzt?«

Sie grinste. »Ich denke, das schaffst du schon. Du bist schließlich immer noch ein Druide, und Druiden können alles. Nimm dir ein Beispiel an Jerles Gemüt. Er schläft immer wie ein Baby. Er weigert sich wachzubleiben, selbst wenn ich es lieber anders hätte.«

Sie blinzelte, merkte, was sie da gesagt hatte, und wandte schnell den Blick ab. Nach einem Augenblick sagte sie: »Kipp ist schon weiter zum Sarandanon gegangen, um sich zu überzeugen, daß die Pferde und Verpflegung bereitstehen. Ich bin zurückgekommen, um dir von den Gnomen zu berichten.«

Er blickte sie ernst an und wartete. »Es sind zwei große Gruppen«, fuhr sie fort, »beide nördlich von uns. Vielleicht gibt es noch mehr. Es gibt eine Menge Spuren. Ich glaube nicht, daß sie über uns Bescheid wissen. Noch nicht. Aber wir müssen vorsichtig sein.«

»Hast du herausgefunden, was sie dort machen?«

Sie schüttelte den Kopf. »Jagen, würde ich vermuten. Die Spuren legen das jedenfalls nahe. Sie halten sich in der Nähe von Kensrowe auf, nördlich vom Grasland. Aber sie bleiben möglicherweise nicht dort, erst recht nicht, wenn sie von uns wissen.«

Tay dachte darüber nach. Er spürte, daß Preia auf eine Reaktion wartete und sein Gesicht in dem düsteren Licht beobachtete. Einer der Schlafenden hörte mit Schnarchen auf und hustete, ein anderer bewegte sich. Der Regen hatte wieder eingesetzt und bildete einen Schirm gegen das Dunkel der Nacht.

»Hast du einen Schädelträger gesehen?« fragte er schließlich.

Sie schüttelte wieder den Kopf. »Nein.«

»Irgendwelche merkwürdigen Spuren?«

»Nein.«

Er nickte und hoffte, daß dies auf irgend etwas hindeutete. Vielleicht hatte der Dämonenlord seine Ungeheuer zu Hause gelassen. Vielleicht mußten sie sich nur mit Gnomen auseinandersetzen.

Sie kniete sich hin, um aufzustehen. »Gib Jerle meinen Bericht, Tay. Ich muß wieder weiter.«

»Jetzt?«

»Jetzt ist besser als später, falls du den Wolf draußen vor der Tür lassen willst.« Sie grinste. »Erinnerst du dich an diesen Spruch? Du hast ihn immer benutzt, als du darüber gesprochen hast, nach Paranor zu gehen und Druide zu werden. So hast du ausdrücken wollen, daß du uns beschützen würdest, die armen, zu Hause bleibenden Freunde, die du zurücklassen würdest.«

»Ich erinnere mich.« Er hielt ihren Arm fest. »Hast du Hunger?«

»Ich habe bereits gegessen.«

»Willst du nicht lieber bis zur Dämmerung warten?«

»Nein.«

»Willst du Jerle deinen Bericht nicht lieber selbst geben?«

Sie betrachtete ihn einen Augenblick ernsthaft und schien über etwas nachzudenken. »Ich möchte, daß du ihn für mich weitergibst. Wirst du das tun?«

Der Klang ihrer Stimme hatte sich geändert. Sie wollte mit ihm nicht darüber diskutieren. Er nickte wortlos und nahm die Hand wieder fort.

Sie stand auf, band Messer und das Schwert wieder um, nahm den Bogen auf und lächelte ihm kurz zu. »Du solltest darüber nachdenken, worum du mich gerade gebeten hast, Tay«, sagte sie.

Sie schlüpfte ins Dunkel zurück, und einen Moment später war sie fort. Tay blieb noch eine Weile sitzen und sann über das nach, was sie gesagt hatte, dann stand er auf, um Jerle zu wecken.

Auch am nächsten Tag regnete es; diesmal war es ein gleichmäßiger Niederschlag. Die Gruppe setzte ihren Weg durch den Wald weiter fort, hielt nach den Gnomen Ausschau und war äußerst wachsam. Die Stunden verstrichen nur langsam, und der Sonnenaufgang wurde zum Sonnenuntergang, nachdem den ganzen Tag graues Zwielicht geherrscht hatte, da Wolkenbänke und mit Wasser vollgesogene Äste das Licht abhielten. Die Reise ging nur langsam und eintönig voran, und sie begegneten niemandem.

Die Nacht kam und ging, und weder Preia Starle noch Retten Kipp kehrten zurück. Bei Anbruch des dritten Tages näherte sich die Gruppe dem Tal von Sarandanon. Der Regen hatte inzwischen aufgehört, und der Himmel begann sich aufzuklären. Sonnenlicht schimmerte durch die Lücken in den auseinandertreibenden Wolken, schmale Lichtstrahlen, die aus dem hellen Blau hinabfielen. Die Luft erwärmte sich, und die Erde begann zu dampfen und zu trocknen.

Auf einer Lichtung, die mit wilden Frühlingsblumen bewachsen war und im hellen Sonnenlicht lag, fanden sie Preia Starles zerbrochenen und schmutzigen Eschenbogen. Einen anderen Hinweis auf die Elfin gab es nicht.

Aber überall waren die Fußabdrücke der Gnomenjäger.

Kapitel 12

Das Tageslicht verschwand und die Nacht kroch aus dem Anar, während sich die gewaltige Armee des Dämonenlords vom Janissonpaß her über das Grasland der nördlichen Rabbebene ergoß. Der Marsch von der Ebene von Streleheim bis dorthin hatte sie einen ganzen Tag gekostet, denn der Janisson war schmal und gewunden und die Armee führte einen fast zwei Meilen langen Troß aus Packtieren und Wagen mit sich. Die Krieger bewegten sich mit unterschiedlicher Geschwindigkeit; die Reiterei war rasch und um Schnelligkeit bemüht, die leicht bewaffneten Fußsoldaten, Bogenschützen und Schleuderer etwas langsamer, und die schwer bewaffneten Fußsoldaten sogar noch langsamer. Aber kein anderer Teil der Armee mühte sich so sehr ab und litt unter ähnlichen Schwierigkeiten wie der Troß, der kaum von der Stelle zu kommen schien. Alle paar Minuten mußte angehalten werden, weil Räder oder Achsen gebrochen waren, Zügel durcheinander geraten waren oder Tiere gefüttert werden mußten, oder einfach nur, weil es Zusammenstöße oder andere Unfälle gab.

Eine halbe Meile weiter südlich hielt Risca sich in den Drachenzähnen verborgen und beobachtete den Treck mit einem grimmigen Gefühl von Befriedigung. Hauptsache, die dunklen Gestalten werden langsamer, dachte er. Hauptsache, dieser verhaßte Marsch nach Süden in sein Heimatland verzögerte sich.

Der größte Teil der Armee bestand aus Trollen. Sie sahen phlegmatisch, dickhäutig und ziemlich uninteressant aus und ähnelten eher irgendwelchen Bestien als Männern. Die größten und wildesten waren die Felsentrolle, die über ein Meter achtzig wurden und mehrere hundert Pfund wogen. Sie bildeten das Herz der Armee, und ihr disziplinierter, mit hervorragender Genauigkeit durchgeführter Marsch ließ auf ihre Kampfkraft schließen. Es gab andere Trolle, die überwiegend die Lücken zu füllen hatten. Die Reiterei und leichten Fußsoldaten bestanden hauptsächlich aus Gnomen, wenn auch die kleinen, drahtigen Kämpfer, die wie die Trolle in Stämmen organisiert waren, weniger fähig und auch nicht so gut geübt waren. Sie dienten aus zwei Gründen in der Armee des Dämonenlords. Der erste und wichtigste Grund lag in ihrer fürchterlichen Angst vor Magie, und die Magie des Dämonenlords überschritt bei weitem alles, was sie jemals für möglich gehalten hatten. Der zweite und nur unwesentlich weniger wichtige Grund war, daß sie von dem versuchten Widerstand der größeren, viel wilderen und besser bewaffneten Trolle wußten. Deshalb hatten sie schnell beschlossen, auf die Seite der Sieger zu wechseln, bevor ihnen diese Entscheidung aufgezwungen wurde.

Dann gab es auch noch jene namenlosen Kreaturen aus der Unterwelt, Wesen, die aus den schwarzen Löchern kamen, auf die sie in den vergangenen Jahrhunderten beschränkt gewesen waren und aus denen sie nur durch die Magie des Dämonenlords hatten befreit werden können. Bei Tageslicht hüllten sie sich in Umhang und Kapuze und waren nur vage Gestalten in dem aufgewirbelten Staub des Marsches, Ausgestoßene durch Geburt und gemeinsame Überzeugungen. Aber wenn sich die Dämmerung herabsenkte und die Schatten länger wurden, legten sie ihre Vermummungen ab und zeigten sich – schreckliche, mißgestaltete Monster, die von allen gemieden wurden. Unter ihnen waren auch die Schädelträger, die geflügelten Jäger, die Brona direkt unterstellt waren. Die Schädelträger waren selbst einmal Männer gewesen, Druiden, die zuviel und zu häufig von der Magie gekostet und dadurch verdorben worden waren. Sie schwangen sich jetzt in die Luft, erhoben sich in das matte Licht des sterbenden Tages auf der Suche nach Beute, die ihren Hunger stillen würde.

Und mitten zwischen den Horden wurde die gewaltige, schwarze, mit Seide bedeckte Sänfte des Dämonenlords von etwa dreißig Trollen unerbittlich wie ein Floß auf stürmischem Wasser vorwärtsgetrieben. Die verhüllenden Vorhänge waren selbst im strahlendsten Licht undurchdringlich, das eiserne Gestell mit Spitzen und rasiermesserscharfen Klingen bestückt, die Wimpel mit weißen Totenköpfen verziert. Risca beobachtete, wie die Kreaturen sich über die Sänfte beugten und sie berührten, im vollen Bewußtsein, daß, wenn auch sie ihn nicht sehen konnten, ihr Herr und Meister sie nur allzu gut wahrnahm.

Müde lehnte Risca sich in seiner Felsspalte zurück und ließ sich von den Schatten einhüllen. Die Nacht senkte sich herab, und die gesamte Armee aus dem Nordland war dabei, nach Süden zu marschieren, um in das Gebiet des Anars einzudringen und das Land der Zwerge zu erobern. Bremen hatte natürlich recht gehabt – in allem. Brona hatte den Ersten Krieg der Rassen überlebt und sich all die Jahre nur versteckt, um Kraft für einen neuen Schlag zu sammeln. Jetzt war er als Dämonenlord zurückgekehrt, und die Trolle und Gnome standen auf seiner Seite, hatten sich ihm unterworfen und zu seinen Dienern erklärt. Wenn die Druidenfestung zerstört war, wie Bremen es vorhergesehen hatte und Risca jetzt auch vermutete, war niemand mehr übrig, der für die freien Rassen eintreten konnte, niemand zumindest, der Magie beherrschte. Eine Rasse nach der anderen würde fallen – die Zwerge, die Elfen, die Menschen. Nacheinander würden die Vier Länder unterworfen werden. Es würde schnell geschehen. Noch glaubte niemand, daß es wirklich möglich sein könnte, und es würde zu spät sein, wenn sie es endlich begriffen. Risca hatte sich jetzt mit eigenen Augen von der Größe der Armee des Dämonenlords überzeugen können. Eine Lawine, unaufhaltsam und gewaltig. Wenn die Rassen überleben wollten, mußten sie sich vereinigen. Aber wenn man sie sich selbst überließ, würde zuviel Zeit vergehen, bis eine solche Entscheidung gefallen wäre. Die Politik würde jede Bemühung, einen Entschluß zu fassen, behindern. Eigeninteressen würden zu einer unklugen Vorsicht führen, und sie würden alle Sklaven sein, bevor sie überhaupt begriffen, was geschehen war.

Bremen hatte dies vorhergesehen, und jetzt lag es an den wenigen, die ihm geglaubt hatten, einen Weg zu finden, um das Unausweichliche zu verhindern.

Risca griff in seinen Sack und zog ein Stück altes Brot heraus, das er bereits vor mehreren Tagen in der Nähe der Grenze von einem Siedler gekauft hatte. Geistesabwesend biß er davon ab. Er hatte Bremen und die anderen drei Tage zuvor am Hadeshorn verlassen, um die Zwerge vor dem Dämonenlord zu warnen und sie dazu zu bringen, Widerstand gegen die Nordlandarmee zu leisten. Als er jedoch die westliche Grenze des Rabb erreicht hatte, fand er, daß seine Aufgabe entschieden einfacher sein würde, wenn er berichten könnte, daß er die näher rückende Armee mit eigenen Augen gesehen hatte. Dann könnte er eine Schätzung ihrer Größe und Stärke geben und wäre in seiner Bitte überzeugender. Also hatte er sich nach Norden gewandt und einen zweiten Tag dazu genutzt, um den Jannissonpaß zu erreichen. Am dritten Tag schließlich hatte er sich in einem Versteck in den Gebirgsausläufern der Drachenzähne verkrochen und beobachtet, wie die Armee des Dämonenlords von der Streleheimebene über den Jannissonpaß näher rückte; immer größer und größer war sie geworden, fast so, als würde sie niemals enden. Er hatte Einheiten und Abteilungen gezählt, Tiere und Wagen, Stammeswimpel und Schlachtenbanner, bis er alles genau einschätzen konnte. Es hätte ebensogut auch das gesamte Volk der Trolle sein können – es war die größte Armee, die er jemals gesehen hatte. Die Zwerge würden ihnen niemals allein Widerstand leisten können. Sie könnten den Vormarsch der Armee vielleicht etwas verlangsamen oder auch verzögern, aber sie würden sie niemals aufhalten können. Selbst dann, wenn die Elfen ihnen zu Hilfe kämen, wären sie ihnen zahlenmäßig immer noch gewaltig unterlegen. Und sie hatten keine Magie von der Art, wie sie Brona und die Schädelträger und die Kreaturen der Unterwelt besaßen. Sie hatten keine Talismane. Sie hatten nur Bremen, Tay Trefenwyd und ihn selbst – die letzten drei Druiden.

Risca schüttelte den Kopf, kaute das Brot und schluckte es herunter. Die Kräfte auf beiden Seiten waren zu ungleich. Es mußte einen Weg geben, das zu ändern.

Er hörte auf zu essen und nahm einen tiefen Schluck aus dem Bierschlauch, den er über seine Schulter geschlungen hatte. Dann stand er auf und ging wieder zu der steilen Felskante, von der aus er auf das Lager der Armee schauen konnte. Inzwischen waren Feuer angezündet worden, da die nächtliche Dunkelheit sich jetzt fast völlig ausgebreitet hatte, und kleine Bündel von Flammenlicht erhellten die Ebene. Dicker Rauch hing in der Luft. Die Armee erstreckte sich auf eine Länge von etwa einer Meile, und es herrschte reges Treiben. Mahlzeiten wurden vorbereitet und Schlafstätten errichtet, Reparaturen ausgeführt und Pläne geschmiedet. Wenn es die Möglichkeit gegeben hätte, diesen Irrsinn allein durch Willenskraft oder der Stärke seiner Wut aufzuhalten, Risca hätte gewiß genug von beidem gehabt. Er erhaschte einen Blick auf zwei Schädelträger, die hinter dem Schein des Feuers im tintenschwarzen Himmel kreisten und nach feindlichen Kundschaftern suchten. Er kauerte sich in den schützenden Fels und wurde eins mit dem Berg, ein weiteres farbloses Stück Stein. Er ließ den Blick die Längs- und Breitseite des Lagers entlang wandern, kehrte jedoch immer wieder zu der schwarzseidenen Sänfte zurück, die den Dämonenlord verbarg. Sie befand sich jetzt in der Mitte der Armee. Trolle und andere weniger menschliche Kreaturen standen darum herum, eine kleine Insel der Stille inmitten wimmelnder Aktivitäten. In der Nähe der Sänfte brannte kein Feuer. Es näherten sich auch keine der Kreaturen aus dem erleuchteten Teil des Lagers. Tiefe Finsternis umgab sie wie ein See und betonte ihren Abstand vom Rest des Lagers, ihre Unberührbarkeit.

Riscas Miene verhärtete sich. Die Schwierigkeiten begannen und endeten mit dem Ungeheuer, das sich in diesem Zelt aufhielt, dachte er. Der Dämonenlord ist der Kopf all dieser Bestien, die uns bedrohen. Schneide den Kopf ab, und die Bestien werden sterben.

Töte den Dämonenlord, und die Gefahr wird gebannt sein.

Töte den Dämonenlord ...

Es war ein wilder, gefährlicher, spontaner Gedanke, und Risca gestand sich nicht zu, ihn weiter zu verfolgen. Er drängte ihn beiseite und zwang sich, über seine tatsächlichen Möglichkeiten nachzudenken. Bremen verließ sich auf ihn. Er mußte die Zwerge über diese Armee informieren, damit sie sich auf die Belagerung ihres Heimatlandes vorbereiten konnten. Er mußte die Zwerge überreden, gegen eine Armee anzutreten, die ihre eigene um ein Vielfaches übertraf, ohne Hoffnung, sie besiegen zu können. Raybur und die Älteren des Zwergenrates mußten überzeugt werden, nach einem Mittel zu suchen, das den Dämonenlord vernichten könnte, und sie mußten erkennen, daß die Zwerge die Zeit, die dazu nötig war, mit ihrem Leben würden erkaufen müssen. Es war eine große Aufgabe und würde ein riesiges Opfer bedeuten. Ihm, dem Druiden *und* Krieger, der sich gegen jede vom Dämonenlord gesandte Kreatur stellen konnte, würde es obliegen, sie anzuführen.

Denn Risca war zum Kampf geboren. Kampf war alles, was er kannte. Er war im Rabenhorn groß geworden, der Sohn von Eltern, die ihr gesamtes Leben in der Wildnis des Ostlandes verbracht hatten. Sein Vater war Kundschafter gewesen, seine Mutter Fallenstellerin. Sein Vater hatte acht Brüder und Schwestern, seine Mutter sieben. Die meisten lebten immer noch höchstens wenige Meilen voneinander entfernt, und Risca hatte im Laufe der Zeit bei allen einmal gewohnt. Während seiner Kindheit und Jugend hatte er seine Tanten, Onkel, Vettern und Basen ebensooft gesehen wie seine Eltern. In dieser Familie spielte die Verantwortung für die Erziehung der Kinder eine große Rolle. Die Zwerge in diesem Teil der Welt lagen ständig mit den Stämmen der Gnome im Krieg, und jederzeit drohte Gefahr. Aber Risca konnte der Herausforderung standhalten. Man hatte ihn von früh an gelehrt, zu kämpfen und zu jagen, und er hatte entdeckt, daß er gut darin war – tatsächlich sogar noch besser als nur gut. Er konnte Dinge spüren, die andere nicht wahrnahmen. Er konnte ausfindig machen, was anderen verborgen blieb. Er war über sein Alter hinaus schnell, wendig und stark. Er verstand die Kunst des Überlebens. Wo andere starben, blieb er am Leben.

Mit zwölf Jahren wurde er von einem Koden angegriffen und tötete die Bestie. Mit dreizehn war er einer von zwanzig, die in einen Hinterhalt der Gnome gerieten. Er allein überlebte. Als seine Mutter beim Aufstellen von Fallen getötet wurde, war er erst fünfzehn, aber er verfolgte die Schuldigen und brachte sie ganz alleine zur Strecke. Als sein Vater bei einem Jagdunfall starb, schaffte er seine Leiche tief ins Innere des Gnomenlandes und beerdigte ihn dort, damit sein Geist weiterhin die Feinde in die Flucht schlagen konnte. Die Hälfte seiner Brüder und Schwestern waren zu dieser Zeit bereits tot, sie waren dem Kampf oder Krankheiten zum Opfer gefallen. Risca lebte in einer brutalen, unnachgiebigen Welt, und sein Leben war hart und unsicher. Aber Risca überlebte, und hinter seinem Rücken begannen die Leute zu flüstern, daß die Klinge noch nicht geschmiedet war, die ihn töten würde.

Als er zwanzig Jahre alt war, kam er vom Rabenhorn nach Culhaven und begann seinen Dienst bei Raybur, dem frisch gekrönten König der Zwerge und vielbewunderten Krieger. Aber Raybur behielt ihn nur kurze Zeit in Culhaven, denn dann wurde er nach Paranor zu den Druiden geschickt. Raybur hatte Riscas besondere Fähigkeiten erkannt und glaubte, daß es für die Zwerge am besten wäre, wenn dieser junge Mann mit dem Herzen eines Kriegers und den Fähigkeiten eines Jägers von den Druiden ausgebildet werden würde. Wie der Elfenkönig Courtann Ballindarroch kannte auch er Bremen und bewunderte ihn. Also verfaßte der Zwergenkönig eine Mitteilung, die direkt an den alten Mann gerichtet war und in der er darum bat, dem jungen Risca eine besondere Ausbildung zukommen zu lassen. Mit dieser Notiz reiste Risca zur Festung der Druiden. Er blieb dort, wurde ein ergebener Anhänger Bremens und begann, an die Wege der Magie zu glauben.

Jetzt starrte er auf das schwarze seidene Zelt im feindlichen Lager weit unten, und er dachte an die Möglichkeiten, wie ihm die Magie in dieser Situation dienen konnte. Als Magier stand er Bremen kaum nach – in diesen Tagen, wenn man seine Jugend und sein Durchhaltevermögen und Bremens Alter bedachte, war er vielleicht sogar noch stärker als der alte Mann. Er glaubte fest daran, auch wenn er wußte, daß Tay Trefenwyd dies sicherlich bestreiten würde. Wie Tay hatte Risca gewissenhaft die Lektionen studiert, die Bremen sie gelehrt hatte, und sie hatten sogar dann noch daran gearbeitet, als der alte Mann verbannt worden war, hatten sich immer und immer wieder den unterschiedlichsten Prüfungen unterzogen. Risca hatte so gut wie für sich allein studiert und gearbeitet, denn keiner der anderen Druiden, auch nicht Tay Trefenwyd, betrachtete sich als Krieger oder strebte die Beherrschung der Kriegskunst an, wie er es tat. Denn für Risca hatte die Magie nur einen einzigen sinnvollen Zweck – sich und seine Freunde zu schützen und die Feinde zu vernichten. Alle anderen Anwendungsmöglichkeiten interessierten ihn nicht – die Heilkunst, Prophezeiungen, Vorwissenschaft, Emphatie, das Meistern der Wissenschaften, Elementarismus, Geschichte, Zauberei. Er war ein Kämpfer, und seine Leidenschaft galt der Stärke der Waffen.

Die Erinnerungen kamen und zogen wieder davon, und seine Gedanken kehrten zu der Angelegenheit zurück, die vor ihm lag. Was sollte er tun? Er konnte nicht einfach seine Verantwortung beiseite schieben, aber er konnte auch nicht ignorieren, was er war. Weiter unten kräuselten sich die seidenen Falten des Zeltes im schwachen, tänzelnden Feuerschein des Lagers. Ein Schlag war alles, was er benötigte. Wie leicht wären all ihre Probleme gelöst, wenn er ihn ausführen könnte!

Er atmete tief ein und aus. Er hatte keine Angst vor Brona. Er war sich bewußt, wie gefährlich er war, wie machtvoll, aber er hatte keine Angst. Er besaß selbst ein beträchtliches Maß an Magie, und er glaubte nicht, daß irgendwer ihm standhalten würde, wenn er sie in gebündelter Form einsetzen könnte.

Er schloß die Augen. Warum wagte er auch nur, darüber nachzudenken? Wenn er versagte, würde niemand die Zwerge warnen können! Er hätte sein Leben für nichts hingegeben!

Aber wenn er erfolgreich wäre ...

Er lehnte sich wieder gegen die Felsen, nahm seinen Reiserucksack ab und begann, die Waffen abzulegen. Die Entscheidung, so vermutete er, war bereits in dem Moment getroffen worden, als die Idee in seinem Kopf auftauchte. Den Dämonenlord töten und dem Wahnsinn ein Ende bereiten. Er war für ein solches Wagnis am besten geeignet, und dies war der ideale Zeitpunkt, solange die Armee des Nordlandes noch in der Nähe der Heimat war und Brona sich vor einem Angriff geschützt wähnte. Auch wenn er selbst sterben müßte, wäre es das wert. Risca war bereit, dieses Opfer zu bringen. Ein Krieger war immer bereit zu diesem Opfer.

Als er nur noch in seinen Schuhen, Hosen und im Hemd dastand, schob er einen Dolch in seinen Gürtel, nahm seine Streitaxt und begann, nach unten zu klettern. Es war beinahe Mitternacht, als er den Fuß der Berge erreichte und sich daran machte, die Ebene zu überqueren. Über ihm kreisten immer noch die Schädelträger, aber er war jetzt hinter ihnen und in Magie gehüllt, die ihn vor ihren suchenden Augen verbarg. Sie hielten nach Feinden Ausschau und würden ihn nicht sehen. Leichtfüßig schritt er voran, das Licht der Feuerstellen verdeckte ihn vor denen, die ihn hätten bemerken können. Das Lager wurde jämmerlich und völlig unzureichend bewacht. Eine Reihe von Wachen, Gnome und Trolle, hatte sich viel zu weit voneinander entfernt und zu nah am Licht aufgestellt, um etwas sehen zu können, das aus dem Dunkeln kam. Der Himmel war bewölkt, die Nachtluft war voller Rauchschwaden, und selbst unter den besten Bedingungen mußte man scharfe Augen haben, um Bewegungen aus der Richtung der Ebene wahrnehmen zu können.

Dennoch ging Risca kein Risiko ein. Als das schützende Gestrüpp und Gebüsch dünner wurde, kroch er gebückt weiter. Vorsichtig wählte er den Weg aus, auf dem er sich nähern wollte und entschied sich für einen Gnom als Ziel. Die Streitaxt ließ er im Gras liegen und nahm nur den Dolch mit. Der Gnom sah ihn nicht. Risca zog die Leiche zurück ins Gras, verbarg ihn und wickelte sich selbst in den Umhang des Mannes, zog die Kapuze tief übers Gesicht, nahm die Axt wieder auf und ging ins Lager.

Ein anderer Mann hätte vielleicht zweimal überlegt, bevor er einfach so aufrecht in das Lager der Feinde schritt. Risca verschwendete kaum einen Gedanken daran. Er wußte, daß der direkte Weg immer der beste war, wenn man jemanden überraschen wollte, und daß man dazu neigte, weniger das zu sehen, was direkt vor den Augen lag, als das, was am Rande des Blickfeldes war. Man neigte dazu, auszublenden, was keinen Sinn machte, und ein einsamer Feind, der mitten in der Nacht in das Zentrum eines schwerbewachten Lagers marschierte, machte nun überhaupt keinen Sinn.

Dennoch hielt er sich an den Rändern des Feuerscheins und achtete darauf, daß der Umhang so saß wie bei den anderen. Er schlich nicht auffällig und beugte auch seinen Kopf nicht übermäßig, denn das wäre ein eindeutiges Zeichen gewesen, daß etwas nicht stimmte. Er bewegte sich, als gehörte er dazu. Er ging an der ersten Reihe der Wachen und Feuerstellen vorbei und schritt in die Mitte des Lagers. Rauch wehte hinter ihm her, und er benutzte ihn wie einen Schleier. Gelächter und laute Rufe drangen zu ihm, die Männer aßen und tranken, erzählten einander Lügengeschichten. Waffen klirrten, und die Lasttiere stampften und schnaubten in der dunstigen Dunkelheit. Risca bewegte sich zwischen ihnen hindurch, ohne langsamer zu werden; niemals verlor er sein Ziel aus dem Blick, das sich jetzt wie ein gezackter Vorsprung aus Stangen und dunklen Wimpeln über der riesigen Armee erhob. Risca trug die Streitaxt jetzt locker an der Seite und gab sich mit Hilfe seiner Magie das Aussehen eines unbedeutenden Soldaten, so als wäre er wie einer von den anderen Gnomenjägern auf dem Weg zu einem unwichtigen Auftrag.

Er geriet tief in das Gewirr aus Feuerstellen und Männern, umherstehenden Wagen und Stapeln von Versorgungsmaterial, festgebundenen Packtieren, gewaltigen Gestellen mit Spießen und Speeren, deren Stiele und eisenbeschlagene Spitzen sich in den Himmel wanden. Flicker waren damit beschäftigt, Zügel und Ausrüstung auszubessern. Wenn möglich, hielt er sich an den Teil des Lagers, der von den Gnomen besetzt war, aber hin und wieder war er gezwungen, an Gruppen von Trollen vorbeizugehen. Er versuchte, wie ein Gnom zu wirken, ehrerbietig und mißtrauisch, er zeigte keine Furcht, wirkte nicht herausfordernd und drehte sich beim Näherkommen auch nicht ängstlich ab, nur um ihre kantigen, unpersönlichen Gesichter nicht allzu genau ansehen zu müssen.

Schweiß rann ihm über Rücken und Arme, und das kam nicht von der Hitze. Die Männer streckten sich jetzt in der Nähe des Feuers zum Schlafen aus, rollten sich in ihre Decken und wurden still. Risca ging schneller. Er brauchte den Lärm und das rege Treiben, um seine Bewegungen verbergen zu können. Wenn alle schliefen, würde es auffallen, wenn er als einziger immer noch umherlief. Er näherte sich jetzt dem Refugium des Dämonenlords – er sah, wie sich das Dach gegen den dunklen Himmel abhob. Die Zahl der Feuerstellen nahm ab, je näher er kam, und es wurden auch immer weniger Soldaten. Niemandem war erlaubt, sich in der Nähe des Dämonenlords aufzuhalten, und es verspürte wohl auch niemand den Wunsch dazu. An einer Feuerstelle, an der ein Dutzend

Männer schliefen, hielt Risca inne. Es waren Trolle, riesige Kämpfer mit harten Gesichtern; neben ihnen lagen ihre Waffen. Er beachtete sie nicht weiter, sondern studierte den offenen Platz vor ihm. Egal, welche Zeltseite er betrachtete, es waren immer etwa dreißig Meter, die das schwarze Zelt von der schlafenden Armee trennten. Es waren keine Wachen zu sehen. Risca zögerte. Warum gab es keine Wachen? Er schaute sich vorsichtig suchend um. Er fand keine.

Zu diesem Zeitpunkt hätte er beinahe kehrtgemacht. Irgend etwas war falsch, das spürte er. Es hätten Wachen da sein müssen. Warteten sie im Zelt? Waren sie irgendwo, wo er sie nicht sehen konnte? Um dies herauszufinden, würde er den Platz zwischen der nächsten Feuerstelle und dem Zelt überqueren müssen. Das Licht war jedoch zu hell und würde ihn verraten, und so war er auf die Hilfe seiner Magie angewiesen, um sich unsichtbar zu machen. Da draußen würde er allein sein, ohne irgendeine Möglichkeit, sich zu verstecken.

Sein Verstand raste. Lauerten vielleicht Schädelträger im Dunkeln? Waren sie alle fort zum Jagen, oder waren einige zurückgeblieben, um den Meister zu beschützen? Standen andere Ungeheuer Wache?

Die Fragen brannten in ihm, aber er fand keine Antworten.

Er zögerte noch einen Moment, blickte sich um, lauschte und prüfte die Luft. Dann löste er den Griff seiner Streitaxt und ging los. Er rief Magie herbei, um sich einzuhüllen, um mit der Nacht zu verschmelzen, eins mit der Dunkelheit zu werden – nur einen leisen Hauch, damit diejenigen, die mit Magie vertraut waren, nicht gewarnt werden würden. Er war jetzt vollkommen entschlossen. Er konnte es tun. Er mußte es tun. Er überquerte den Platz so lautlos wie eine Wolke, die über einen windstillen Himmel schwebt. Kein einziges Geräusch drang zu ihm. Keine Bewegung war zu erkennen. Selbst jetzt fand er immer noch niemanden, der das Zelt bewachte.

Dann war er dort. Die Luft um ihn herum war tödlich still, die Geräusche und Gerüche und Bewegungen der Soldaten verblaßten.

Er stand dicht vor der schwarzen Seide und wartete, ob seine Instinkte ihm eine Gefahr meldeten. Als sie dies nicht taten, ließ er die rassiermesserscharfe Kante seiner Streitaxt an dem schwarzen Stoff hinunterfahren und schlitzte das Zelt auf.

Jetzt hörte er etwas – ein Seufzen vielleicht oder ein leises Stöhnen. Schnell schlüpfte er durch die Öffnung.

Trotz des Dunkels paßten sich seine Augen sofort an. Es war nichts dort – keine Personen, keine Möbel, keine Waffen, kein Bettlager, kein Lebenszeichen. Das Zelt war leer.

Risca starrte ungläubig.

Dann erhob sich ein Zischen in der Stille, lang und durchdringend, und die Luft begann sich vor seinem Gesicht zu bewegen. Das Dunkel vereinigte sich, kam zusammen, um sich zu materialisieren, wo vorher nichts gewesen war. Eine schwarzumhüllte Figur nahm langsam Gestalt an. Risca begriff, was geschah, und ein fürchterlicher Schauer durchfuhr ihn. Der Dämonenlord war die ganze Zeit dagewesen, unsichtbar hatte er beobachtet und gewartet. Vielleicht hatte er von Riscas Kommen sogar gewußt. Er war nicht, wie der Zwerg geglaubt hatte, eine Kreatur aus Fleisch und Blut, die mit normalen Waffen getötet werden konnte. Mittels Magie hatte er seine sterbliche Hülle in eine andere Form gebracht und konnte jetzt jede Gestalt annehmen – oder auch gar keine. Kein Wunder, daß es keine Wachen gab. Es waren keine nötig.

Der Dämonenlord griff nach ihm. Einen Augenblick lang glaubte Risca, sich nicht bewegen zu können und sterben zu müssen, ohne auch nur einen Finger zu seiner eigenen Rettung gerührt zu haben. Dann durchbrach das Feuer seiner Entschlußkraft seine Furcht und versetzte ihm einen Stoß. Trotzig brüllte er die schreckliche schwarze Gestalt an, die skelettartige Hand, die sich nach ihm ausstreckte, die blutroten Augen, seinen eigenen Schrecken, den Verrat des Schicksals. In einem riesigen Bogen brachte er die Streitaxt nach oben, und das Feuer seiner eigenen Magie strömte durch sie hindurch. Der Dämonenlord machte irgendwelche Zeichen, und

Risca hatte das Gefühl, als legten sich eiserne Bänder um seinen Körper. Mit enormer Anstrengung zerriß er sie und schleuderte die Streitaxt fort. Die Waffe krachte in die bemäntelte Gestalt und ging in Flammen auf.

Risca nahm sich nicht die Zeit, das Ergebnis seines Schlages zu begutachten. Instinktiv wußte er, daß dies ein Kampf war, den er nicht gewinnen konnte. Die Stärke seiner Waffen und seine kriegerischen Fähigkeiten reichten nicht aus, um diesen Feind zu vernichten. In dem gleichen Augenblick, da er die Axt losließ, tauchte er unter der Zeltöffnung hindurch wieder ins Freie, kam auf die Beine und stürzte davon. Rufe erschollen bereits von den Feuerstellen, und die Männer wurden jäh aus dem Schlaf gerissen. Risca schaute sich nicht um, aber er spürte Bronas Gegenwart wie eine schwarze Wolke, die versuchte, nach ihm zu greifen und ihn festzuhalten. Er raste über die freie Grasfläche und sprang durch das nächstliegende Feuer, trat nach den sterbenden Flammen und verteilte Funken und Brandmale in alle Richtungen. Er entriß einem schlafenden Mann das Schwert und sprang nach links in die Rauchwolke des verstreuten Feuers.

Jetzt ertönte überall Alarm. Die Hand des Dämonenlords griff noch immer nach ihm, sie legte sich fest um seine Brust, wurde aber schwächer, als sich die Entfernung zwischen ihnen vergrößerte. Risca hatte in der Zwischenzeit allen Mut verloren, und jetzt versuchte er, ihn zurückzugewinnen. Ein Troll erschien vor ihm, forderte ihn heraus und blieb mit Riscas Dolch im Hals zurück. Der Zwergendruide handelte instinktiv, immer noch unfähig, klar zu denken. Männer wirbelten um ihn herum, rannten in alle Richtungen und suchten nach dem Grund für diesen Aufruhr. Risca zwang sich jetzt, langsamer zu rennen und das rasende Klopfen seines Pulses und die Enge um seine Brust nicht zu beachten. Schatten! Er war so nah davor gewesen! Er ging rasch weiter, rannte aber jetzt nicht mehr, um keine Aufmerksamkeit auf sich zu lenken. Er rief Magie herbei, die er im Moment seiner Flucht unbeachtet gelassen hatte, und erkannte zum ersten Mal, daß er beinahe die Kontrolle über sie verloren, beinahe seiner Furcht nachgegeben hatte. Rasch hüllte er sich ein, dann wandte er sich nach links auf die offene Ebene zu. Es war eine andere Richtung als die, aus der er gekommen war, eine Richtung, in die sie nicht schauen würden. Wenn sie ihn jetzt entdeckten und er wäre gezwungen, sich den Weg freizukämpfen, würde er getötet werden. Es waren zu viele für ihn. Zu viele für einen einzelnen Mann, ob Druide oder nicht.

Er hastete durch das Lager und spürte, wie er von der Kraftanstrengung seiner Begegnung mit dem Dämonenlord beinahe erstickt wurde. Er zwang sich, gleichmäßig zu atmen, das Durcheinander des Lagers zu ignorieren, nicht auf die Schreie und Rufe und das Trampeln der Füße zu achten, als in jede Richtung ein Kommando bewaffneter Soldaten ausgeschickt wurde. Vor sich sah er die Schwärze der Ebene, die endlose Weite, die sich hinter dem Ring der Feuerstellen erstreckte. Überall an der Grenze standen Wachen, aber sie schauten nach draußen ins Dunkel, weil sie einen Angriff von dort vermuteten. Er hatte den beinahe unwiderstehlichen Drang, einen Blick über die Schulter zu werfen, zu sehen, ob ihm jemand oder etwas folgte, aber etwas sagte ihm, daß er sich zu erkennen geben würde, wenn er es täte. Vielleicht würde der Dämonenlord in seine Augen sehen und wissen, wer er war, selbst durch die Verkleidung hindurch. Vielleicht würde er sein Gesicht erkennen. Möglicherweise wäre das genug, um ihn unschädlich machen zu können. Risca schaute sich nicht um. Er ging weiter geradeaus, wurde langsamer, um sich zu entscheiden, an welcher Stelle er aus dem Lager fliehen wollte, als er sich den Wachen näherte.

»Du und du«, befahl er zwei Gnomen, als er an ihnen vorbeiging. Er wurde nicht langsamer dabei, denn sie sollten sein Gesicht nicht sehen können. Er benutzte ihre eigene Sprache, als er sie anredete, eine Sprache, die er seit seinem zehnten Lebensjahr fließend beherrschte. »Kommt mit mir.«

Sie stellten keine Fragen. Soldaten taten das selten. Er sah aus und wirkte wie ein Soldat, und so folgten sie ihm ohne Widerrede. Er ging in die Dunkelheit hinaus, als wüßte er genau, was er wollte, als hätte er einen Auftrag auszuführen. Er nahm sie weit mit in die Ebene hinein, dann schickte er sie in zwei entgegengesetzte Richtungen fort und ging einfach weg. Er versuchte nicht, wegen seiner Waffen und seines Mantels zurückzukommen, er wußte, daß es zu gefährlich war. Er konnte von Glück reden, daß er überhaupt noch am Leben war, und es wäre nicht gut, das Glück noch weiter zu versuchen. Tief atmete er die nächtliche Luft ein und beruhigte seinen Puls ein wenig. Wußte Bremen, wie ihr Feind sich verwandelt hatte? Erkannte der alte Mann, welche Macht der Dämonenlord besaß? Es mußte so sein, denn er war in das Versteck des Meisters gegangen und hatte ihn bespitzelt. Risca wünschte, er hätte dem alten Mann ein paar mehr Fragen gestellt, als er noch die Möglichkeit dazu gehabt hatte. Denn dann hätte er niemals in Erwägung gezogen, Brona alleine zu vernichten. Er hätte erkannt, daß er die Waffen dazu nicht besaß. Kein Wunder, daß Bremen nach einem Talisman suchte. Kein Wunder, daß er sich auf die Vision der Toten verließ, um von ihnen Rat zu erhalten.

Risca suchte den Himmel nach Schädelträgern ab, aber es waren keine zu sehen. Trotzdem ließ er seinen Schutzzauber weiterbestehen, um sich zu verbergen. Er ging in die Rabbebene hinaus und wandte sich dann südöstlich auf den Anar zu. Bevor ihn das Licht des nächsten Tages erreichen würde, wäre er schon in der Sicherheit der Bäume. Er hatte überlebt, um weiterkämpfen zu können, und er konnte sich glücklich schätzen.

Aber wie konnte er gegen einen Feind wie den Dämonenlord gewinnen? Was sollte er den Zwergen sagen, um ihnen Hoffnung zu geben?

Die Antworten entglitten ihm. Grübelnd stapfte er in die Nacht hinein.

Kapitel 13

Zwei Tage später errichtete die Nordlandarmee zwanzig Meilen von Storlock entfernt ihr Lager. Die Armee hatte die Ebene ungehindert überquert und sich dann nach Osten auf den Anar zugewandt. Wie ein gewaltiger, schwerfälliger Wurm hatte sie sich immer näher an den Zufluchtsort der Zwerge herangeschoben, wobei sie den Wäldern, in denen sie sich trotz ihrer Größe leicht hätte verlieren können, ferngeblieben war. Feuer wurden angezündet und hoben sich in der Ferne gegen den dämmernden Himmel ab, ein heller gelber Dunstschleier, der sich meilenweit über die Ebene erstreckte. Kinson Ravenlock sah das schimmernde Licht bereits vom Rand der Drachenzähne unterhalb der Mündung des Tals von Shale. Die Armee hatte vermutlich den Nachmittag damit verbracht, den Fluß Rabb zu überqueren, bevor sie Rast machte. Bei Morgenanbruch würde sie weiter nach Süden marschieren, was bedeutete, daß sie ihr Lager beim nächsten Sonnenuntergang ganz in der Nähe des Dorfes der Storen aufschlagen würde.

Was wiederum bedeutete, wie der Grenzländer erkannte, daß er und Mareth den Rabb in dieser Nacht noch, vor dem Weitermarsch der Armee, überqueren mußten, wenn sie verhindern wollten, auf der falschen Seite der Ebene in der Falle zu sitzen.

Reglos stand er im Schatten einer Felsspalte ungefähr fünfzehn Meter über der Ebene und wünschte, einen Tag eher hier angelangt zu sein, um sich nicht der Gefahr aussetzen zu müssen, die eine nächtliche Überquerung mit sich brachte. Er wußte, daß mit Einbruch der Dunkelheit Bronas geflügelte Jäger das offene Gelände absuchen würden, das zwischen ihnen und der Sicherheit lag. Es war kein angenehmer Gedanke. Er schaute zurück zu Mareth, die sich hingesetzt hatte und ihre Füße rieb, um die schmerzhaften Folgen des Gewaltmarsches zu lindern, den sie an diesem Tag hinter sich gebracht hatten. Ihre Schuhe hatte sie achtlos neben ihren

Umhang und einige Vorräte geworfen. Sie hätten nicht noch schneller sein können, das wußte er. Er hatte sie immer wieder antreiben müssen, um überhaupt so weit zu kommen. Sie war noch immer geschwächt von dem Erlebnis in der Druidenfestung; ihr Durchhaltevermögen hatte schnell abgenommen, und häufige Pausen waren nötig geworden. Aber sie hatte sich nicht ein einziges Mal beklagt, nicht einmal dann, als er darauf bestanden hatte, sich erst in Storlock etwas Schlaf zu gönnen. Sie war ein Mensch von großer Entschlußkraft, wie er widerwillig anerkennen mußte. Er wünschte nur, er könnte sie ein bißchen besser verstehen.

Er schaute wieder auf die Ebene und die Feuerstellen, auf die dunkle Wand, die vom Osten heranrollte und sich in zunehmenden Schichten über die Landschaft verteilte. Also heute nacht würde es geschehen. Er wünschte, er könnte Magie herbeirufen, um ihre Anwesenheit zu verbergen, aber er hätte sich ebensogut wünschen können, Flügel zu besitzen. Natürlich konnte er Mareth nicht bitten, ihre Magie einzusetzen. Bremen hatte es verboten. Und Bremen war immer noch fort, so daß auch von ihm keine Hilfe zu erwarten war.

»Kommt und eßt etwas«, rief Mareth ihn zu sich.

Er drehte sich um und kletterte von den Felsen herunter. Sie hatte Teller mit Brot, Käse und Früchten bereitgestellt und Bier in Becher gegossen. Sie hatten gestern bei einem Bauern oberhalb von Varfleet Vorräte eingetauscht, und dies war der Rest dessen, was sie erhalten hatten. Er setzte sich ihr gegenüber und begann zu essen, ohne sie dabei anzusehen. Sie waren zwei Tage marschiert, seit sie das zerstörte Paranor gesehen hatten, waren noch einmal durch den Kennonpaß gegangen und hatten sich dann unterhalb der Gebirgswand der Drachenzähne am Mermidon entlang nach Osten gewandt, bis sie hier angelangt waren. Bremen hatte sie vorausgeschickt, hatte ihnen genaue Anweisungen gegeben. Sie sollten weiter bis zum Rabb marschieren und diesen dann überqueren, um nach Storlock zu gelangen. Dort sollten sie nach einem Mann fragen, von dem der

Druide glaubte, daß er irgendwo in der Wildnis des Ostlandes lebte, ein Mann, von dem Kinson niemals zuvor gehört hatte. Sie sollten feststellen, wo er zu finden sei, und dann auf Bremen warten. Der Druide hatte nicht erklärt, was er in der Zwischenzeit vorhatte. Er hatte ihnen auch nicht gesagt, warum sie nach diesem unbekannten Mann suchen sollten. Er hatte ihnen einfach nur aufgetragen, was sie tun sollten – was Kinson tun sollte, genauer gesagt, denn Mareth hatte bei dieser Unterhaltung noch geschlafen – und dann war er zwischen den Bäumen verschwunden.

Kinson vermutete, daß er zurück zur Druidenfestung gegangen war, und wieder fragte sich der Grenzländer nach dem Grund. Als sie aus Paranor geflohen waren, hatte ein wahnsinniger Strudel aus Lärm und Wut getobt, aus befreiter, wildgewordener Magie, die zum Teil Mareth, zum Teil aber der Festung selbst entstammte. Es war, als hätte sich eine Bestie erhoben, um sie zu verschlingen, und Kinson glaubte sogar, er hätte ihren Atem in seinem Nacken spüren und das Scharren der Krallen hören können, als sie von ihr verfolgt wurden. Aber unbeschadet hatten sie den Wald erreicht und sich dort versteckt, während die Wut der Bestie langsam erstarb. Sie hatten sich den ganzen nächsten Tag im Schutz der Bäume gehalten und Mareth schlafen lassen. Bremen hatte sich um die junge Frau gekümmert, zunächst ziemlich besorgt, aber nachdem sie lange genug wach gewesen war, um wenigstens einen Becher Wasser trinken zu können, ehe sie wieder einschlief, hatten sich seine Sorgen etwas gelegt.

»Ihre Magie ist zu mächtig für sie«, hatte er Kinson erklärt. Während der späten Morgenstunden, nachdem Mareth wieder eingeschlafen war, hatten sie abwechselnd Wache gehalten. Die Sonne hatte hoch am Himmel gestanden und die düstere Erinnerung an die vorherige Nacht zu verblassen begonnen. Aber hinter einer Wand aus Bäumen war Paranor stumm gegenwärtig gewesen, so still wie der Tod und ganz ohne jedes Leben. »Es scheint mir offensichtlich, daß sie zu den Druiden ging, um ihre Magie besser zu verstehen. Ich vermute jedoch, dazu war sie nicht lange genug bei ihnen. Vielleicht wollte sie mit uns kommen, damit wir ihr helfen können.«

Er hatte seinen grauen Kopf geschüttelt. »Aber hast du gesehen, was geschehen ist? Sie hat ihre Magie herbeigerufen, um mich vor jenen Kreaturen zu schützen, die Brona für meine Rückkehr zurückgelassen hatte, und sofort verlor sie die gesamte Kontrolle darüber! Sie scheint nicht genau abwägen zu können, wieviel sie benötigt. Vielleicht ist es aber auch keine Frage des Abwägens. Vielleicht nimmt ihre Magie, ist sie erst einmal herbeigerufen, jede beliebige Gestalt an. Wie auch immer, es fließt wie ein Strom aus ihr heraus! In der Druidenfestung verschluckte die Magie die Kreaturen, als wären sie nicht mehr als Stechmücken. Sie war so mächtig, daß die zum Schutz der Festung von den ersten Druiden eingesetzte Erdmagie herbeigerufen wurde. Ich habe diese Magie bei meiner Rückkehr überprüft, weil ich sicher sein wollte, daß sie sich immer noch gegen einen Angriff auf die Festung wehren würde. Ich konnte zwar die Druiden nicht vor dem Dämonenlord schützen, aber ich konnte das Schlimmste von Paranor selbst abwenden. Mareths Magie hat die Kreaturen Bronas so eingehend zerstört, daß die Erdmagie vermutete, die Festung selbst wäre gefährdet. Deshalb hat auch sie sich entladen.«

»Du hast einmal gesagt, daß Mareth angeborene Magie besitzt«, grübelte Kinson. »Woher kommt sie wohl, wenn sie so mächtig ist?«

Der alte Mann schürzte seine Lippen. »Von einem anderen Druiden, nehme ich an. Einem Elf vielleicht, der alte Magie in seinem Blut trägt. Einem Feenwesen, das die alte Welt überlebt hat. Irgend etwas in dieser Art wird es sein.« Er runzelte zweifelnd die Stirn. »Ich frage mich, ob sie selbst die Antwort weiß.«

»Ich frage mich, ob sie es uns sagen würde, wenn es so wäre«, antwortete Kinson.

Bisher hatte sie kaum davon gesprochen. Als sie aufgewacht war, war Bremen fort. Es blieb Kinson überlassen, Mareth zu erklären, daß sie ihre Magie nicht wieder benutzen sollte, bevor Bremen nicht zurück sein und sie dabei beraten würde. Sie akzeptierte das Verbot mit kaum mehr als einem Nicken und sagte nichts zu dem, was in der Festung geschehen war. Sie schien die ganze Angelegenheit vollkommen vergessen zu haben.

Er beendete sein Mahl und blickte wieder auf. Sie beobachtete ihn.

»Was denkt Ihr?« fragte sie ihn.

Er zuckte die Achseln. »Ich denke über den Mann nach, den wir finden sollen«, log er. »Ich habe mich gefragt, warum Bremen ihn für so wichtig hält.«

Sie nickte langsam. »Cogline.«

»Ihr kennt seinen Namen?«

Sie antwortete nicht. Sie schien ihn nicht gehört zu haben.

»Vielleicht kann uns einer Eurer Freunde in Storlock helfen.«

Ihre Augen wurden matt. »Ich habe in Storlock keine Freunde.«

Einen Augenblick starrte er sie einfach nur verständnislos an. »Aber ich dachte, Ihr hättet Bremen gesagt...«

»Ich habe gelogen.« Sie nahm einen tiefen Atemzug und ihr Blick wandte sich von ihm ab. »Ich habe ihn angelogen, und ich habe auch auf Paranor alle angelogen. Es war die einzige Möglichkeit, dort aufgenommen werden zu können. Ich wollte nichts mehr auf der Welt, als bei den Druiden studieren, und ich wußte, sie würden mich nicht lassen, wenn ich ihnen nicht einen Grund geben würde. Also sagte ich, daß ich in Storlock studiert hätte. Ich habe ihnen schriftliche Unterlagen gegeben, die dies bestätigten. Diese Zeugnisse waren gefälscht. Ich habe sie bewußt in die Irre geführt.« Sie hob ihren Blick wieder. »Aber ich würde jetzt gerne mit den Lügen aufhören und mit der Wahrheit beginnen.«

Es war vollkommen schwarz um sie herum, das letzte bißchen Tageslicht verschwand jetzt ebenfalls, und sie konnten einander kaum erkennen. Weil sie in dieser Nacht den Rabb überqueren würden, hatte Kinson sich nicht erst die Mühe gemacht, ein Feuer anzuzünden. Jetzt bedauerte er es, denn dann hätte er Mareths Gesicht sehen können.

»Ich denke«, sagte er langsam, »daß dies ein guter Augenblick für die Wahrheit ist. Aber woher weiß ich, daß das, was Ihr sagt, diesmal wahr ist und nicht einfach nur eine weitere Lüge?«

Sie lächelte schwach und etwas traurig. »Ihr werdet es wissen.«

Er hielt ihren Blick fest. »Ihr habt wegen Eurer magischen Fähigkeiten gelogen, nicht wahr?« erriet er.

»Ihr seid sehr scharfsinnig, Kinson Ravenlock«, meinte sie. »Das gefällt mir. Ja, die Lügen waren wegen meiner Magie notwendig. Ich habe mich verzweifelt bemüht, einen Weg zu finden, um . . .« Sie zögerte und suchte nach den richtigen Worten. »Um mit mir zu leben. Ich habe schon zu lange gegen meine Kraft gekämpft, und ich werde langsam müde und verzweifelt. Ich habe manchmal daran gedacht, meinem Leben ein Ende zu setzen wegen all dem, was sie mit mir gemacht hat.«

Sie hielt inne und schaute ins Dunkel hinaus. »Ich habe die Magie seit meiner Geburt. Angeborene Magie, wie ich Bremen schon erklärt habe. Das war die Wahrheit. Ich habe meinen Vater nie gekannt. Meine Mutter starb während meiner Geburt. Ich wurde von Menschen großgezogen, die ich nicht kannte. Wenn ich Verwandte gehabt hatte, so hatten sie sich zumindest niemals zu erkennen gegeben. Die Leute, die mich angenommen hatten, taten dies aus Gründen, die ich niemals verstanden habe. Es waren harte, schweigsame Menschen, und sie haben mir wenig gesagt. Ich denke, es war irgendeine Art von Pflicht, aber sie haben mir nie deren Grund erklärt. Als ich zwölf war, ging ich von ihnen fort, um bei einem Töpfer zu lernen. Ich mußte irgendwelche Dinge aus dem Geschäft holen, Material besorgen oder saubermachen. Wenn ich wollte, durfte ich ihm auch bei der Arbeit zusehen, aber meistens mußte ich tun, was mir aufgetragen worden war. Ich hatte natürlich meine Magie, aber sie war noch ebensowenig entwickelt wie ich und zeigte sich nur in kleinen, unbedeutenden Dingen.

Als ich zur Frau heranwuchs, blühte die Magie mit mir auf. Eines Tages versuchte der Töpfer, mich zu schlagen, und ich verteidigte mich spontan und rief die Magie herbei. Ich hätte ihn beinahe getötet. Daraufhin verließ ich ihn, ging ins Grenzland, um dort ein neues Leben zu beginnen. Eine Zeitlang wohnte ich sogar in Varfleet.« Ihr Lächeln kehrte zurück. »Vielleicht sind wir uns dort einmal begegnet. Oder wart Ihr zu der Zeit bereits fort? Ich vermute, Ihr wart fort.« Sie zuckte die Achseln. »Ein Jahr später wurde ich wieder angefallen. Dieses Mal waren es mehrere Männer, und sie hatten mehr im Sinn, als mich nur zu schlagen. Wieder rief ich die Magie herbei. Zwei der Männer kamen nicht lebend davon. Ich verließ Varfleet und ging nach Osten.«

Ihr Lächeln wurde spöttisch und bitter. »Ich schätze, Ihr erkennt das System. Ich begann zu glauben, daß ich einsam bleiben mußte, weil ich mir nicht trauen konnte. Ich ließ mich von einer Gemeinschaft zur nächsten treiben, von einem Hof zum anderen und hielt mich mit den verschiedensten Tätigkeiten am Leben. Es war eine wichtige Zeit. Ich habe neue Dinge über meine Magie gelernt. Sie war nicht nur zerstörerisch, sie konnte auch stärken. Ich stellte fest, daß ich Emphatin war. Ich konnte die Magie herbeirufen und Personen heilen, die verletzt oder krank waren. Ich stellte dies durch Zufall fest, als ein Mann, den ich kannte und mochte, durch einen Sturz verletzt worden war und die Gefahr bestand, daß er starb. Diese Offenbarung gab mir Hoffnung. Wenn ich die Magie in dieser Weise benutzte, war sie kontrollierbar. Ich verstand nicht, warum, aber sie schien sich mir zu fügen, wenn ich sie herbeirief, um zu heilen und nicht zu zerstören. Vielleicht ist Wut von Natur aus weniger zu kontrollieren als Sympathie. Ich weiß es nicht.

Wie auch immer, ich ging dann nach Storlock, um die Erlaubnis zu erhalten, dort zu studieren und den Umgang mit meiner Magie zu lernen. Aber die Storen kannten mich nicht und wollten mich in ihren Reihen nicht akzeptieren. Es sind Gnome, und noch niemals war einem Mitglied einer anderen Rasse erlaubt worden, bei ihnen zu studieren. Sie weigerten sich, bei mir eine Ausnahme zu machen. Monatelang versuchte ich, sie zu überzeugen, wohnte in ihrem Dorf und beobachtete sie bei der Arbeit, aß mit ihnen, sofern sie mich ließen. Ich bat nur um diese Möglichkeit und nichts weiter.

Dann kam eines Tages ein Mann aus der Wildnis und besuchte die Storen. Er wollte etwas von ihnen, etwas von ihren Überlieferungen, und sie schienen nicht im mindesten abgeneigt, ihm das Gewünschte zu geben. Ich war verwundert. Ich hatte monatelang um kleine Stückchen gebettelt und nichts bekommen. Jetzt erschien dieser Mann wie aus dem Nichts, ein Südländer, kein Gnom, und die Storen hatten nichts Eiligeres zu tun, als ihm zu helfen. Ich beschloß, ihn nach dem Grund zu fragen.«

Sie scharrte mit ihrem Schuh über den Boden, als wollte sie in der Vergangenheit graben. »Er sah merkwürdig aus, lang und dünn, sehr hager und knochig und mit einem verhärmten Gesicht und wirrem Haar. Er schien beinahe ununterbrochen geistesabwesend zu sein, als wäre es das Schwierigste von der Welt, eine normale Unterhaltung zu führen. Aber ich brachte ihn dazu, mit mir zu sprechen und sich meine Geschichte anzuhören. Während ich sprach, stellte sich heraus, daß er eine ganze Menge von Magie verstand, und deshalb erzählte ich ihm alles. Ich vertraute ihm. Ich weiß bis zum heutigen Tage nicht warum, aber es war so. Er erzählte mir, daß die Storen mich nicht aufnehmen würden, und daß es keinen Sinn hatte, weiter im Dorf zu bleiben. Geh nach Paranor zu den Druiden, schlug er vor. Ich lachte. Sie werden mich auch nicht haben wollen, meinte ich. Aber er sagte, sie würden. Er erklärte mir, was ich ihnen sagen müßte, und half mir, eine Geschichte zu erfinden. Er schrieb die Papiere, die mir Zugang verschaffen würden. Er meinte, er verstünde einiges von Druiden und wäre vor langer Zeit selbst einer gewesen. Ich sollte allerdings seinen Namen nicht nennen, denn er sei dort nicht sehr geschätzt, wie er sagte.

Ich habe dann nach seinem Namen gefragt, und er nannte ihn

mir. Cogline. Er erzählte mir, daß die Druiden nicht mehr das wären, was sie einmal waren. Er sagte, daß außer Bremen niemand mehr in die Vier Länder hinausging, wie es früher der Fall gewesen war. Die Geschichte, die er für mich vorbereitet hatte, würden sie akzeptieren, wenn ich meine Heilkünste demonstrierte, meinte er. Sie würden nicht weiter nachforschen, denn sie wären übermäßig vertrauensselig. Er hatte recht. Ich sagte, was er mir geraten hatte, und die Druiden nahmen mich auf.«

Sie seufzte. »Aber Ihr versteht, warum ich Bremen gebeten habe, mich mitzunehmen, ja? Das Studium der Magie wird in Paranor nicht im geringsten gefördert, in keiner auch nur irgendwie bedeutungsvollen Weise. Nur einige wenige wie Risca und Tay verstehen etwas davon. Ich hatte keine Gelegenheit zu lernen, wie ich meine eigene Magie beherrschen kann. Wenn ich ihre Existenz offenbart hätte, hätten sie mich sofort weggeschickt. Die Druiden haben Angst vor der Magie. *Hatten* Angst, denn jetzt sind sie alle tot.«

»Ist Eure Magie stärker geworden?« wollte er wissen, als sie innehielt. »Ist sie noch unkontrollierbarer geworden? War es so, als Ihr sie in der Festung gerufen habt?«

»Ja.« Ihr Mund schloß sich zu einer harten Linie, und plötzlich standen ihr Tränen in den Augen. »Ihr habt es gesehen. Es hat mich vollständig überwältigt. Es war wie ein Strudel, der mich zu verschlingen drohte. Ich bekam keine Luft mehr!«

»Und deshalb hofft Ihr auf Bremen, damit er hilft, einen Weg zu finden, wie Ihr die Magie meistern könnt. Der einzige Druide, der ihre Macht verstehen könnte.«

Sie sah ihn geradewegs an. »Ich entschuldige mich nicht für das, was ich getan habe.«

Er warf ihr einen langen Blick zu. »Ich habe nicht eine Minute geglaubt, daß Ihr das tun würdet. Und ich beabsichtige auch nicht, ein Urteil über Euch zu fällen. Ich habe Euer Leben nicht gelebt. Aber ich denke, daß die Lügen hier ein Ende haben sollten. Ich finde, Ihr solltet Bremen, wenn er wiederkommt, genau das sagen, was Ihr mir gesagt habt. Wenn Ihr seine Hilfe erwartet, solltet Ihr zumindest ehrlich zu ihm sein.«

Sie nickte und wischte sich ungeduldig die Augen. »Das habe ich auch vor«, sagte sie. Sie sah klein und verletzlich aus, aber ihre Stimme war hart. Sie würde jetzt nichts mehr von sich preisgeben, soviel war klar. Es mußte sie schon quälen, daß sie ihm überhaupt soviel erzählt hatte.

»Man kann mir vertrauen«, sagte sie plötzlich, als hätte sie seine Gedanken gelesen.

»Bei allem außer Eurer Magie«, warf er ein.

»Nein. Selbst dabei. Ihr könnt mir vertrauen, daß ich sie nicht benutze, solange Bremen mich nicht dazu auffordert.«

Er sah sie einen Augenblick lang an, dann nickte er. »Also gut.« Ihm schoß plötzlich der unerwartete Gedanke durch den Kopf, daß sie sich ziemlich ähnlich waren. Sie waren beide weit gereist, um die Vergangenheit hinter sich zu lassen, und ihre Reisen waren noch nicht zu Ende. Sie hatten sich beide an Bremen gebunden und ihr Leben untrennbar mit seinem verknüpft. Und beide konnten sich nicht mehr vorstellen, daß es jemals eine andere Möglichkeit gegeben hatte.

Er schaute in den Himmel und stand auf. »Es ist Zeit, daß wir uns auf den Weg machen.«

Sie schwärzten sich ihre Gesichter und Hände, banden ihre metallenen Ausrüstungsgegenstände und Waffen fest, damit sie nicht klirrten, und verließen dann ihr Versteck in den Bergen, um den Rabb zu überqueren. Die Nachtluft war kühl und weich, eine leichte Brise wehte von den Gebirgsausläufern herüber und trug den Geruch von Salbei und Zedernholz mit sich. Über ihnen trieben Wolken dahin und schirmten den Mond und die Sterne ab, so daß sie nur ein schwaches Licht abgaben und auch nur hin und wieder sichtbar waren. In einer solchen Nacht waren Geräusche über weite Entfernungen hörbar, und deshalb schritten Kinson und Mareth langsam und vorsichtig durch das hohe Gras, vermieden jedoch die losen Felsstücke, die ihre Gegenwart nur zu leicht verraten hätten. Die Feuer der lagernden Armee nördlich von ihnen hoben sich wie ein Lichtermeer gegen die Nacht ab, von den Drachenzähnen im Westen bis zum Anar im Osten. Immer wieder blieb Kinson stehen und lauschte, versuchte die normalen Geräusche herauszuhören und war argwöhnisch bei denen, die nicht passen wollten. Mareth folgte einen Schritt hinter ihm. Kinson spürte sie, ohne sich umdrehen zu müssen, sie war wie sein Schatten.

Die Stunden vergingen, und die Ebene streckte sich weit vor ihnen aus, zog sich immer weiter in die Länge, so daß es eine Zeitlang schien, als würden sie gar nicht von der Stelle kommen. Kinson behielt den Himmel über sich im Blick; er fürchtete, daß die geflügelten Jäger in dieser Nacht wieder ihre Streifzüge unternehmen würden. Er blickte aus Gewohnheit nach oben und nicht, weil er glaubte, die dunklen Gestalten wirklich zu sehen. Seine Erfahrung hatte ihn gelehrt, daß er sie zuerst spüren würde und sich dann sofort verstecken mußte. Wenn er darauf wartete, sie zu sehen, würde es zu spät sein. Aber das unangenehme Prickeln, der kühle Schauer von Beklommenheit und die Warnung vor etwas Unpassendem blieben aus, und er ging weiter. Mareth folgte gehorsam.

Sie hielten einmal inne, kauerten sich in einem sich schlängelnden Graben, der stark bewachsen war, nebeneinander und tranken aus ihren Bierschläuchen. Als sie so im Dunkeln beieinander saßen, fragte sich Kinson, wie es wohl sein mochte, wenn man wie sie ohne Familie und Freunde war, ausgeschlossen wegen der Magie, heimatlos geworden durch Umstände und eigene Wahl. Sie zeigte Mut und Beharrlichkeit, dachte er, da sie nicht aufgegeben hatte, als es für sie noch einfach gewesen wäre. Und sie hatte auch weder sich noch andere geschädigt, während sie ihren eigenen Weg suchte. Er fragte sich, wieviel von all dem wohl Bremen dazu verleitet hatte, sie mitzunehmen. Wie sehr mochte Mareth den alten Mann wohl getäuscht haben? Nicht so sehr, wie sie dachte, vermutete er. Er wußte aus Erfahrung, daß Bremen in eine Person hineinsehen und die wichtigen Teile erkennen konnte, als wäre sie aus Glas. Das war einer der Gründe, warum der Druide nach all diesen Jahren immer noch am Leben war.

Irgendwann nach Mitternacht kreuzte ein Schädelträger ihren Weg. Er kam von Osten, aus der Richtung, in die sie gingen. Kinson war überrascht, denn er hatte geglaubt, jegliche Gefahr würde aus dem Norden kommen. Er spürte die Kreatur, warf sich sofort flach ins dichte Unterholz und zerrte Mareth mit nach unten. Er konnte an ihrem Gesicht erkennen, daß sie wußte, was geschah. Tief verborgen in ihrem Unterschlupf zog er sie dicht an sich heran.

»Nicht aufschauen«, flüsterte er. »Denkt nicht einmal an das, was da über uns fliegt. Er spürt uns, wenn Ihr es tut.«

Sie preßten sich fest an den Boden, als die Kreatur näher kam. Ihre Angst wurde immer größer, bis sie in ihnen rauschte wie Sommerhitze. Kinson zwang sich, gleichmäßig zu atmen und an die Tage zu denken, als er ein Junge war und mit seinen Brüdern jagen ging. Er lag vollkommen reglos da, seine Muskeln waren entspannt, seine Augen geschlossen. Dicht an ihn gedrängt paßte Mareth sich seiner Atmung und seiner Körperhaltung an. Der Schädelträger zog über ihnen seine Kreise. Kinson spürte ihn, er wußte aus Erfahrung, wie nah er war, wußte es aus der Zeit, die er als Kundschafter im Nordland verbracht hatte und in der die geflügelten Jäger das Land, in dem er unterwegs war, jede Nacht abgekämmt hatten. Bremen hatte ihm beigebracht, wie man ihnen auswich, wie man überlebte. Die Schrecken, die die Ungeheuer hervorriefen, konnten nicht vermieden werden, aber er konnte sie ertragen. Die Gefühle alleine waren immerhin keine Gefahr. Mareth verstand. Sie lag ruhig, den Kopf in seiner Armbeuge, und zitterte oder rührte sich nicht. Sie versuchte auch nicht aufzustehen oder sich aus ihrem Versteck zu erheben. Geduldig und entschlossen blieb sie einfach liegen.

Schließlich flog der Schädelträger weiter und ließ sie zitternd, aber erleichtert zurück. Es war immer dasselbe, dachte Kinson, während er aufstand. Er haßte das Gefühl von Scham, das er empfand, wenn er sich so verkriechen mußte. Aber er hätte es noch mehr gehaßt, sterben zu müssen.

Er lächelte Mareth zuversichtlich zu, und sie zogen weiter durch die Nacht.

Kurz vor der Morgendämmerung erreichten sie Storlock, naß und verdreckt von einem plötzlichen Schauer, der sie etwa eine Meile vor dem Dorf eingeholt hatte. Mit traurigen Mienen kamen ihnen die Storen in ihren weißen Umhängen entgegen und baten sie herein. Es wurde kaum etwas gesprochen; Worte waren offensichtlich unnötig. Die Storen schienen sie beide zu erkennen und stellten keine Fragen. Es war möglich, daß sie sich an sie erinnerten, dachte Kinson, während er ins Dorf geführt wurde. Mareth hatte hier gewohnt, und er hatte Storlock mehrmals zusammen mit Bremen besucht. Auf jeden Fall wurden die Dinge dadurch einfacher. Die Storen zeigten sich großzügig, was das Essen und die Unterbringung anging. Als hätten sie diese Gäste seit längerer Zeit erwartet, versorgten sie die beiden mit heißer Suppe, trockener Kleidung und frischen Betten in den Gästezimmern des Hauptgebäudes. Innerhalb einer Stunde nach ihrer Ankunft waren Kinson und Mareth eingeschlafen. Als sie aufwachten, war es später Nachmittag. Das Dorf war ruhig, und auch im nahen Wald war es still. Als sie die Hauptstraßen von einem Ende bis zum anderen entlanggingen, begegneten sie durchgeistigten Storen, die schweigend ihren Pflichten nachgingen und die Fremden kaum ansahen. Niemand näherte sich ihnen. Niemand sprach sie an. Sie besuchten mehrere Krankenhäuser, wo die Heiler sich um die Leute kümmerten, die aus den verschiedenen Teilen der Vier Länder hierhergekommen waren. Niemanden schien es zu kümmern, daß sie dort erschienen. Niemand bat sie zu gehen. Während Mareth mit einigen kleinen Gnomenkindern spielte, die sich beim Kochen verbrannt hatten, ging Kinson nach draußen und schaute auf die dunkel werdenden Bäume und dachte über die Gefahr nach, die durch die herannahende Armee des Nordlandes drohte.

Beim Essen erzählte er Mareth von seiner Sorge. Die Armee würde bei ihrem Marsch durch den Rabb eine Stelle erreichen, die sehr dicht am Dorf lag. Sollten sie Bedarf an Nahrungsmitteln oder anderen Dingen haben, wie es bei Armeen meist der Fall war, so würden Kundschafter auf einen Streifzug geschickt werden und Storlock wäre ernstlich in Gefahr. Die meisten wußten von den Storen und der Arbeit, die sie leisteten, und sie achteten sie. Aber Bronas Armee würde sich an diese Verhaltensregeln nicht halten, sie würde anderen Gesetzen gehorchen, und den Schutz, der dem Dorf normalerweise zugebilligt wurde, ignorieren. Was würde aus den Storen werden, wenn einer der Schädelträger hierher käme? Die Heiler hatten keine Möglichkeit, sich selbst zu schützen, sie waren ahnungslos, was Kriegskunst anging. Sie verließen sich auf ihre Neutralität und ihr Desinteresse an Politik und fühlten sich sicher dabei. Aber war das genug, wenn es um die geflügelten Jäger ging?

Während er dieses Dilemma in seinem Kopf hin und her wälzte, fragte er nach Cogline und erfuhr beinahe sofort, wo er ihn finden würde. Es schien kein großes Geheimnis zu sein. Cogline kam regelmäßig nach Storlock, um sich mit allen möglichen Gütern zu versorgen, die er lieber hier erwarb als in den Marktflecken am Rand der Wildnis, in die er sich zurückgezogen hatte. Der ehemalige Druide hatte sich sein Heim tief im Anar gewählt, in dem selten durchquerten Gewirr des Dunkelstreif, an einer Stelle, die Kamin genannt wurde. Nicht einmal Kinson hatte jemals vom Kamin gehört, obwohl er von Dunkelstreif wußte und ihn als einen Ort betrachtete, den man besser meiden sollte. Spinnengnome lebten dort, borstige, kaum menschliche Kreaturen, die so wild und primitiv waren, daß sie mit den Geistern verkehrten und den alten Göttern opferten. Dunkelstreif war wie erstarrt in der Zeit und hatte sich seit den großen Kriegen nicht verändert. Kinson war nicht sehr wohl, als er hörte, daß dieser Ort vermutlich ihr nächstes Ziel sein würde.

Als das gemeinsame Mahl beendet war und die Storen sich wieder an ihre Arbeit machten, setzte sich Kinson mit Mareth auf eine Bank in die Vorhalle des Speiseraums und starrte in die sich hinabsenkende Nacht. Er war unruhig. Bremen war nicht erschienen. Vielleicht war er noch auf Paranor. Vielleicht saß er auf der anderen Seite des Rabb in der Falle, weil die Armee des Nordlands sich zwischen ihm und dem Dorf niedergelassen hatte. Kinson mochte diese Unsicherheit nicht. Es gefiel ihm nicht, auf die Ankunft des Druiden warten zu müssen, verdammt zur Trägheit, obwohl er gerne etwas unternommen hätte. Wenn es notwendig war, konnte er auch warten, aber er fragte sich, wieso dies ausgerechnet jetzt nötig war. Er hätte sich sogar lieber auf die Suche nach Cogline gemacht, auch wenn er dafür in den Dunkelstreif hätte gehen müssen. Er hatte das Gefühl, daß die Zeit ihm davonlief.

Eine Reihe von Storen kam vorbei; sie hatten Umhänge und Kapuzen an und waren verschlossen und geheimnisvoll. Sie gingen die Treppen der Vorhalle hinunter und überquerten den Weg zu einem anderen Gebäude. Ihre weißen Gestalten verschmolzen langsam mit dem grauen Dunst des Dämmerlichts, als wären sie Geister in der Nacht. Kinson wunderte sich über ihre Unbeirrbarkeit, über die besondere Mischung aus Hingabe an ihre Pflicht und Verschlossenheit gegenüber allem, was jenseits dieses winzigen Dorfes lag. Er warf einen Blick auf Mareth, versuchte, sie sich als eine der ihren vorzustellen, fragte sich, ob sie wohl immer noch wünschte, sie hätten sie aufgenommen. Würde die Isolation besser zu ihr passen, zu dem, was ihre Magie ihr aufbürdete, zu der ständigen Gefahr unkontrollierter Ausbrüche? Hätte sie sich hier weniger unter Zwang gefühlt als auf Paranor? Das Rätsel ihres Lebens faszinierte ihn, und er stellte fest, daß er über sie in einer Art und Weise nachdachte, wie er es über andere niemals tat.

Er schlief schlecht in dieser Nacht; seine Träume waren voller gesichtsloser, bedrohlicher Kreaturen. Als er kurz vor Morgengrauen aufwachte, war er so schnell auf den Beinen und hatte das Schwert so rasch in der Hand, daß er gar nicht merkte, was er tat.

Draußen erklangen rauhe und kehlige Stimmen, und er konnte das Klirren und Klappern von Waffen hören. Er wußte sofort, was geschehen war. Ohne auch nur die Schuhe anzuziehen, schlich er aus dem Schlafzimmer und den Gang entlang zum Vordereingang, wo einige Fenster zur Hauptstraße hin geöffnet waren. In den Schatten verborgen, blinzelte er ungesehen hinaus.

Eine große Gruppe von räuberischen Trollen war mitten auf der Straße erschienen und hatte sich vor einem kleinen Häuflein von Storen aufgebaut, die auf den Stufen zum Hauptkrankenhaus standen. Die Trolle waren bewaffnet und bedrohlich, ihre Gesten ließen keinen Zweifel daran, daß sie vorhatten dort einzudringen. Die Storen stellten sich ihnen nicht direkt in den Weg, aber sie machten ihn auch nicht frei. Die verärgerten Stimmen gehörten den Trollen, die Storen dagegen blieben trotz der Drohungen der Angreifer ruhig. Kinson verstand nicht, was die Trolle wollten – ob Nahrungsmittel und Vorräte oder noch mehr. Aber er konnte erkennen, daß sie auf die Erfüllung ihrer Forderungen nicht verzichten würden. Sie hatten genauso schnell begriffen wie er, daß es in diesem Dorf niemanden gab, der sich gegen sie zur Wehr setzen konnte.

Kinson starrte von dem dunklen Gebäude zu dem im Schatten liegenden Weg, von dem dichten Wald zur offenen Straße und wog seine Möglichkeiten ab. Er konnte hierbleiben und hoffen, daß nichts geschehen würde. Wenn er das tat, würde er die Storen zu dem Schicksal verdammen, das die Trolle für sie bereithielten. Er konnte die Trolle von hinten angreifen und wahrscheinlich vier oder fünf von ihnen töten, bevor die übrigen ihn überwältigten. Damit würde er nicht viel gewinnen. Wenn er erst einmal tot war, was sicher geschehen würde, konnten die Trolle ohnehin mit den Storen machen, was sie wollten. Er konnte sie weglocken. Aber er konnte nicht garantieren, daß er alle Trolle aus dem Dorf locken würde und daß sie nicht später wiederkehren würden.

Plötzlich fiel ihm Mareth ein. Sie hatte die Kraft, diese Leute zu retten. Ihre Magie war so mächtig, daß sie die gesamte Gruppe der

Trolle in Brand setzen konnte, bevor diese auch nur zu blinzeln vermochten. Aber Mareth durfte ihre Magie nicht benutzen, und ohne ihre Magie war sie so verwundbar wie alle anderen.

Auf der anderen Seite des Weges hatte einer der Trolle damit begonnen, die Treppe zur Vorhalle hinaufzusteigen. Die Storen standen ihm im Weg wie unschuldige Schafe einem Wolf. Kinson packte sein Schwert fester und ging zur Vordertür, die er vorsichtig öffnete. Was immer er auch tun würde, er würde es schnell tun müssen.

Er wollte gerade aus dem Schatten der Tür heraustreten, als ein Schrei erscholl. Jemand drängte sich aus dem Gebäude und zwischen den Storen hindurch, eine torkelnde, halbbekleidete Gestalt, die wankte und mit den Armen herumfuchtelte, als wäre sie vom Wahnsinn befallen. Fetzen wirbelten um die Figur herum, Verbände von Wunden, die jetzt offenlagen und näßten. Das Gesicht der Kreatur war schwer gezeichnet von wunden Stellen und Verletzungen, der Körper war zerbrechlich geworden von der Auszehrung, die die Knochen gegen die fleckige und ausgedörrte Haut drückte.

Die Gestalt stolperte aus der Mitte der Storen zum Rand der Vorhalle und jammerte verzweifelt. Die Trolle hoben argwöhnisch ihre Waffen, jene in der ersten Reihe wichen vor Schreck einen Schritt zurück.

»Die Pest!« heulte die zerschundene Kreatur. Das Wort durchschnitt die Stille, hart und unbarmherzig. Ein Schwarm Insekten löste sich vom Rücken des Kranken und schwirrte summend umher. »Die Pest! Die Pest ist überall! Flieht! Flieht!«

Der Kranke schwankte etwas und fiel dann auf die Knie. Fleischfetzen lösten sich von ihm, und Blut tropfte aus den offenen Wunden auf die Holztreppe, verdampfte in der kühlen Nachtluft. Kinson zuckte entsetzt zurück. Diese Krankheit ließ das Wesen buchstäblich zerfallen!

Es war zuviel für die Trolle. Sie waren Soldaten bis auf den Grund ihres Herzens und mutig gegenüber jedem Feind, den sie sehen konnten. Vor dem Unsichtbaren allerdings erschreckten sie sich ebenso wie die harmloseste Krämerseele. Bemüht, keine Angst zu zeigen, waren sie dennoch entschlossen, keinen Augenblick länger in der Nähe dieses Schreckensbildes zu bleiben, das vor ihnen auf den Stufen zusammengebrochen war. Ihr Anführer bedachte die Storen und ihr Dorf mit einer Geste voll ängstlichem Trotz, und die gesamte Patrouille eilte den Weg in Richtung Rabb zurück und verschwand zwischen den Bäumen.

Kinson trat ins Licht hinaus. Nachdem sich sein Pulsschlag wieder beruhigt hatte, ließ er sein Schwert sinken. Er blickte zu den Storen, die sich auf der anderen Seite des Weges zusammendrängten, um über die seltsame Erscheinung zu beratschlagen. Sie schienen die Krankheit nicht zu fürchten. Auch Kinson zwang sich, seine Angst niederzuringen, und überquerte die Straße, um zu sehen, ob er helfen könne.

Als er die Gruppe erreichte, sah er Mareth in ihrer Mitte stehen.

»Ich habe mein Versprechen gebrochen«, sagte sie. In ihren großen, dunklen Augen stand ein ängstlicher Blick, sie wirkte besorgt. »Es tut mir leid, aber ich konnte nicht zusehen, wie ihnen Schaden zugefügt wurde.«

»Du hast deine Magie benutzt«, erriet er verwundert.

»Nur ein bißchen. Nur den Teil, der zur Heilung benutzt wird, den Teil, den ich als Emphatin benutze. Ich kann ihn umkehren, damit das, was gesund ist, krank aussieht.«

»Aussieht?«

»Nun ja, irgendwie jedenfalls.« Sie zögerte. Er konnte jetzt sehen, wie müde sie war, die dunklen Ringe unter ihren Augen, die Linien des nachlassenden Schmerzes in ihren Mundwinkeln. Schweiß lag auf der Stirn. Ihre Hände waren verkrampft. »Ihr versteht das, Kinson, ja? Es war notwendig.«

»Und gefährlich«, fügte er hinzu.

Ihre Lider flatterten. Sie stand kurz vor einem Zusammenbruch.

»Es geht mir jetzt gut. Ich brauche nur ein wenig Schlaf. Würdet Ihr mich stützen?«

Er schüttelte ungläubig den Kopf, dann hob er sie ohne ein Wort auf und trug sie zurück in ihr Zimmer.

Am folgenden Tag brach die Nordlandarmee ihr Lager ab und marschierte weiter nach Süden. Einen Tag später erschien Bremen. Mareth hatte sich von den Folgen ihrer Tat erholt und sah wieder kräftig und gut aus, aber dafür wirkte Bremen ausgezehrt und angegriffen; er war staubbedeckt und schlammbespritzt und ganz offensichtlich zornig. Er aß, badete, zog frische Kleidung an und erzählte ihnen dann, was geschehen war. Nachdem er sich davon überzeugt hatte, daß die Magie, die die Druidenfestung bewachte, sich wieder in ihr Refugium zurückgezogen hatte und die Festung intakt war, war er noch einmal zum Hadeshorn gegangen, um mit den Geistern der Toten zu sprechen. Er hatte gehofft, mehr aus den Visionen lernen zu können, die ihm bei seinem ersten Besuch gezeigt worden waren, noch etwas anderes erfahren zu können. Aber die Geister hatten nicht mit ihm gesprochen, hatten sich nicht einmal gezeigt, und die Wasser des Sees waren über seinen Ruf so erbost gewesen, daß sie ihn beinah überschwemmt und für die Dreistigkeit seines Eindringens in die Tiefen hinabgezogen hätten. Bremens Stimme wurde härter, als er von der Art und Weise sprach, wie man mit ihm umgesprungen war. Es sah so aus, als hätte er alle Hilfe erhalten, die ihm zustand. Mehr durfte er offenbar nicht erwarten. Von nun an würde ihr Schicksal zum größten Teil in ihren eigenen Händen liegen.

Als Kinson ihn nach Cogline fragte, brach Bremen das Gespräch ab. Dafür war später noch Zeit genug. Jetzt sollten sie etwas Geduld haben und einem alten Mann den nötigen Schlaf gönnen.

Kinson und Mareth waren klug genug, nicht mit ihm zu streiten. Ein paar Tage Ruhe waren sicherlich notwendig, damit der Druide seine Kraft wiedererlangte.

Aber noch bevor die Sonne am nächsten Morgen aufging, holte Bremen sie aus ihren Betten und führte sie aus dem noch schlafenden Dorf der Storen hinaus in die tiefe Stille der letzten Nachtstunden, auf den Weg zum Dunkelstreif.

Kapitel 14

Als sie sich dem Sarandanontal näherten und Preia Starle und Retten Kipp immer noch nicht zurückgekehrt waren, schlug Tay Trefenwyd vor, die Führung der kleinen Gruppe aus Arborlon selbst zu übernehmen. Jerle Shannara sprach sich zuerst dagegen aus, wenn auch nicht sehr intensiv, und gab dann Tay recht. Der Druide mit seinen besonderen Fähigkeiten war am besten geeignet, das zu bemerken, was sie bedrohen mochte. Tay spann ein feines Netz aus Magie, dessen Fäden wie verlängerte Nervenenden funktionierten und ihn vor dem warnten, was sie weiter vorne erwartete. Er nutzte seine Fähigkeiten und beschwor die Elemente, um zu erfahren, ob Eindringlinge zugegen waren.

Er konnte nichts feststellen.

Hinter ihm schwärmten die anderen aus, sie hielten nach allen Seiten Ausschau. Es war wärmer geworden, die Feuchtigkeit der letzten zwei Tage war verschwunden. Die Bäume vor ihnen standen nicht mehr so dicht beieinander, so daß das Tal von Sarandanon sichtbar wurde. Die weite Ebene dehnte sich bis zum Fuß der westlichen Berge aus.

Tays Gedanken schweiften ab. Zum ersten Mal seit seiner Rückkehr von Paranor gestattete er sich, darüber nachzudenken, was es für ihn bedeuten würde, Preia Starle zu verlieren. Dies war ein merkwürdiger Gedanke, denn sie hatte ihm ja niemals auf eine Weise gehört, daß er sie überhaupt hätte verlieren können. Wenn sie zu jemandem gehörte, dann war es Jerle. Sie hatte immer zu ihm gehört, und Tay hatte es gewußt. Aber jetzt erkannte er, daß er sie trotzdem unerschütterlich und ohne Bitterkeit Jerle gegenüber liebte. Er akzeptierte, daß sie mit seinem besten Freund zusammenlebte, und begnügte sich zufrieden damit, daß sie für ihn eine Art Erinnerung war, die er heraufbeschwören und bewundern, niemals aber wirklich besitzen konnte. Er war Druide, und Druiden hatten keine Lebenspartner, denn ihr Leben war dem Streben nach Wissen und der Verbreitung der Lehren gewidmet. Sie lebten abseits von allen anderen und starben allein. Aber ihre Gefühle waren dieselben wie die anderer Männer und Frauen, und Tay verstand, daß seine Gefühle zu Preia ihn immer irgendwie aufrechterhalten hatten.

Wie würde es für ihn sein, wenn sie fort wäre?

Die Frage brannte in ihm wie Feuer, erhitzte sein Blut, versengte seine Haut, drohte, ihn zu verbrennen. Er konnte sich dieser Frage kaum stellen, geschweige denn eine Antwort darauf finden. Was, wenn sie tot wäre? Er hatte sich immer darauf vorbereitet, sie auf andere Weise zu verlieren. Er wußte, daß sie eines Tages Jerle heiraten würde. Er wußte, daß sie Kinder haben und ein ganz anderes Leben führen würde als er selbst. Er hatte sich schon lange Zeit zuvor von jeder anderen Möglichkeit verabschiedet. Er hatte das alles hinter sich gelassen, als er zu den Druiden gegangen war, um einer der ihren zu werden. Er hatte erkannt, daß das, was er für Preia empfand, im wirklichen Leben keinen Ausdruck finden würde, sondern eine in seinem Herzen verschlossene Phantasie bleiben mußte – daß sie niemals mehr für ihn sein würde als eine sehr gute Freundin.

Aber nun, angesichts der Möglichkeit, daß sie tot sein konnte, zwang er sich, der Tatsache ins Auge zu sehen, der er sich stets verweigert hatte – daß er niemals wirklich die Hoffnung aufgegeben hatte, daß eines Tages das Unmögliche eintreten und sie Jerle verlassen und zu ihm kommen würde.

Die Erkenntnis war so erschütternd, daß er für einen Augenblick vergaß, wo er war. Er lockerte die Fäden seiner Magie, vergaß, die dunklen Stellen vor ihnen zu durchkämmen, und war blind gegenüber allem außer dieser einen Wahrheit. Wenn Preia sein wäre – er hatte diesen Traum am Leben gehalten und sorgfältig in den geheimsten Ecken seiner Gedanken beschützt. Wenn Preia sein wäre – denn er konnte nicht aufhören, sie zu begehren.

Oh, Schatten!

Im nächsten Augenblick hatte er sich wieder unter Kontrolle, nahm die Fäden seiner Magie wieder auf und durchsuchte die Gegend weiter. Er durfte sich solche Gedanken nicht erlauben. Er durfte nicht weiter an Preia Starle denken. Die Ermahnungen Bremens kehrten zurück, Worte, die sich mit dem eisernen Gewicht von Waffen um seinen Körper gelegt hatten. Er mußte die Elfen überzeugen, den Zwergen zu Hilfe zu kommen. Er mußte den Schwarzen Elfenstein finden. Diese beiden Aufgaben bestimmten sein Leben. Nichts anderes zählte. Es gab andere außer ihm selbst und denjenigen, die er liebte, und ihr Leben hing von seiner Beharrlichkeit ab, von seinem Eifer, von seiner Entschlossenheit. Er schaute in das dunstüberzogene Tal vor ihm und riß sich mit purer Willenskraft von seinem vorherigen Gedanken los.

Gegen Mittag erreichten sie das Tal von Sarandanon. Sie trafen noch zwei weitere Male auf zahlreiche Spuren von Gnomen, sahen sie jedoch niemals selbst. Die Elfen waren jetzt nervös, sie wollten so rasch wie möglich die Reittiere übernehmen, die ihnen versprochen worden waren, und dann aus diesem Gebiet wieder verschwinden. Auf einem offenen Gelände wie diesem ohne jede Fluchtmöglichkeiten von einer überlegenen Macht angegriffen zu werden, hätte sie ernsthaft in Schwierigkeiten gebracht. Tay durchsuchte die Erde und die Luft nach Gnomen und fand überall Hinweise, daß sie dort gewesen waren, aber nicht mehr. Die Gnome, entschied er schließlich, mußten den östlichen Teil der Ebene kreuz und quer nach ihnen absuchen. Wenn sie Preia gefunden hatten, würden sie auch wissen, daß sie nicht allein war. Man konnte davon ausgehen, daß eine Fährtenleserin mit einer größeren Gruppe unterwegs war. Hatten sie Preia also gefunden? Diese Folgerung schien unvermeidlich, schließlich hatten sie inmitten der vielen Fußstapfen der Feinde Preias zerbrochenen Bogen gefunden. Was wiederum zu der unausweichlichen zweiten Frage führte, die er so verzweifelt zu vermeiden suchte.

Jerle kannte alle die Vorposten, bei denen Elfenjäger Pferde erhalten konnten, und er wandte sich an den nächsten. Das Land war leicht hügelig und dort, wo kein Getreide angebaut war, von hohem Gras bewachsen. Der Elfentrupp hielt sich an die Getreideflächen und blieb den Bergen fern. Als sie etwas weniger als eine Meile von ihrem Ziel entfernt waren, spürte Tay deutliche Anzeichen von Gnomen und ließ die Gruppe innehalten. Irgendwo weiter vorne hatte der Feind eine Falle aufgestellt. Die Gnomenjäger erwarteten sie. Jerle und Tay gingen allein weiter, kämpften sich erst ein Stück nach Süden, dann wieder nach Norden, um sich den Gegnern aus einer anderen Richtung zu nähern als erwartet. Tays Magie verhinderte, daß sie entdeckt werden konnten und verlieh ihren Augen zusätzliche Schärfe. Als sie die kleine Ansammlung von Gebäuden erreichten, aus denen der Vorposten bestand, war Tay fest überzeugt, daß sich die Falle hier befand. Der Wind, nicht mehr als eine leichte Brise, blies ihnen ins Gesicht, und sie konnten beide den Feind deutlich riechen; eine grobe Mischung aus Körperfett und Erde, schwer und stechend. Die Gnome hatten keine Anstrengungen unternommen, den Geruch zu verschleiern. Tay war sofort gewarnt. Gnomenjäger waren normalerweise vorsichtiger. Tay und Jerle krochen zu einer Stelle, von der aus sie eine Seite der Scheune und die gesamte Pferdekoppel erkennen konnten. Es war nichts zu sehen. Die Koppel war leer. Niemand rührte sich im Hof. Vom Haus drang kein Geräusch herüber.

Dennoch war irgend etwas dort versteckt. Tay war sich dessen ganz sicher.

Ohne daß sie sich verständigten oder es aussprachen, dachten beide unabhängig voneinander daran, daß Preia Starle in diese merkwürdigen Ereignisse verwickelt sein könnte. Da sie nicht wieder fortgehen wollten, ohne genau zu wissen, was geschehen war, schlichen sie sich hinter einem Weizenfeld an einem Entwässerungsgraben entlang, so daß sie jetzt die vordere Seite des Hauses und die Scheune sehen konnten. Tay spürte Bewegungen in beiden Gebäuden, unruhige Feinde, die auf sie warteten. Er versuchte, noch mehr aufzuspüren, noch mehr Gefahren zu entdecken. Nichts. Er atmete langsam und tief, er folgte seinem Freund, der leise weiterschlich. Er nahm die Weizenhalme wahr, deren leichte Bewegungen im Wind kleine, singende Geräusche erzeugten, und er spürte die tiefe Stille des Landes als Hintergrund. Er erinnerte sich daran, wie es war, als sie ein paar Nächte zuvor in das Haus der Ballindarrochs geschlichen waren – er erinnerte sich an seine Vorahnung, an das Gefühl drohenden Unheils.

Dann waren sie dort, wo Jerle hingewollt hatte, immer noch im Weizen verborgen, aber nah genug, um die Vorderseite des Vorpostens sehen zu können. Jerle hob den Kopf ein wenig und zog ihn dann schnell wieder zurück. Sein Gesicht war aschfahl. Tay starrte ihn einen Augenblick an, suchte in seinen Augen, dann erhob er sich vorsichtig, um selber zu sehen.

Retten Kipp hing mit ausgestreckten Armen und Beinen am Scheunentor. Sie hatten Nägel durch seine Hände und Beine getrieben, damit er nicht hinunterfiel. Blut tropfte aus seinen Wunden und drang in das zersplitterte Holz. Haare und Kleidung hingen wie bei einer Vogelscheuche schlaff nach unten. Aber dann bewegte Kipp den Kopf leicht, als versuchte er, ihn zu heben. Der alte Fährtenleser war zwar schwach, aber er lebte immer noch.

Tay zog den Kopf ein und schloß einen Moment lang die Augen. Wut und Angst wallten in ihm auf und versuchten, die Kontrolle über seine Vernunft zu gewinnen. Kein Wunder, daß die Gnome nicht mehr Mühe darauf verwandt hatten, ihre Anwesenheit zu verbergen. Mit Retten Kipp als Köder konnten sie ganz sicher davon ausgehen, daß sich die Elfen zeigen würden. Tay kämpfte gegen seine Gefühle an und starrte grimmig auf Jerle.

Der Blick seines Freundes war kalt und fest, als er sich zu ihm neigte. »Haben sie Preia auch?« flüsterte er.

Tay antwortete nicht. Er wußte nicht, ob seine Stimme ihm gehorchen würde. Statt dessen schloß er die Augen ein zweites Mal und schickte die Fäden seiner Magie auf der Suche nach der Freundin in das Haus und die Scheune. Es war riskant, aber Tay sah keinen anderen Weg. Er ließ sich Zeit und drang tief in jedes Gebäude ein, um sicherzugehen.

Dann öffnete er die Augen wieder. »Nein«, stieß er keuchend hervor.

Jerle nickte. Nichts an seiner Miene deutete darauf hin, was dies für ihn bedeuten mochte. Seine Worte waren kaum hörbar. »Wir können Retten Kipp nicht herausholen – aber wir können ihn auch nicht so zurücklassen.«

Er starrte Tay an und wartete. Tay nickte. Er wußte, was Jerle von ihm wollte. »Ich verstehe«, sagte er leise.

Es war gefährlich, das wußte er. Wenn auch die Gnomenjäger den Gebrauch der Magie nicht spürten, ein Schädelträger würde es ganz sicherlich. Er hatte während der Suche nach Preia zwar keines der geflügelten Ungeheuer entdecken können, aber möglicherweise hielten sie sich auch bewußt verborgen. Diese Falle war vielleicht ausdrücklich für ihn gedacht, damit er, als einer der gesuchten Druiden, sie zu den anderen führen würde. Wenn ein Schädelträger anwesend war und er Jerles Bitte nachkam, waren sie verloren. Dennoch hatte er kaum eine Wahl. Jerle hatte recht. Sie konnten Kipp nicht so zurücklassen.

Er rief die Magie herbei, hüllte sich in ihr düsteres Gewand, brachte die Luft über sich mit ihrer Macht in Bewegung, spürte die Hitze ihrer Leidenschaft in seiner Brust. Er behielt die Augen offen, denn diesmal mußte er auch sehen können. Sein Gesicht veränderte sich und nahm den Ausdruck einer Totenmaske an. Er sah, wie Jerle bestürzt vor ihm zurückwich. Er wußte, wie er aussah.

Dann hob er den Kopf gerade hoch genug, um Retten Kipps zerfetzte, gepeinigte Gestalt erkennen zu können und spann seine Magie an den schmalen Fäden seiner Lebenslinien entlang zu ihm hin. Er ging sehr vorsichtig vor, prüfte erst den Äther, bevor er in den Fährtensucher eindrang, aus Angst vor dem, was dort vielleicht auf ihn wartete. Aber nichts geschah, und so fuhr er fort. Als er Retten Kipps Herz erreichte und seinen Schmerz und seine Qual fühlte, hörte er auch das Geräusch von Rettens stockendem Atem, als wäre es sein eigener. Er zog die Luft ab, die die sterbenden Lungen des alten Mannes versorgte und wartete dann geduldig, bis Retten Kipp zu atmen aufgehört hatte.

Als er fertig war, ließ er sich neben Jerle auf den Boden sinken. Sein Gesicht glänzte vor Schweiß. Tränen standen ihm in den Augen. »Es ist geschehen«, flüsterte er.

Jerle Shannara legte eine Hand auf seine Schulter und drückte sie sanft, um ihn zu beruhigen. »Es war notwendig, Tay. Er hat sehr gelitten. Wir konnten ihn nicht einfach so zurücklassen.«

Tay nickte wortlos. Er wußte, daß Jerle recht hatte, aber er wußte auch, daß es nicht sein Freund war, der mit der Erinnerung daran leben mußte, wie Retten Kipps Lebensfaser erst sanft zwischen seinen Fingern pulsierte und dann erstarb. Ihm war kalt, und er fühlte sich innerlich leer. Er fühlte sich zerstört und verlassen.

Jerle machte ihm ein Zeichen, und zusammen schlichen sie durch den Graben und durch die Felder wieder zurück und ließen den Vorposten und seine Bewohner, die Lebenden und die Toten, hinter sich.

Sie brauchten eine gute Stunde, ehe sie wieder bei ihren Gefährten anlangten. Inzwischen war es fast schon später Nachmittag, und die Sonne neigte sich den spitzen Graten des Grimmzackengebirges entgegen. Die Elfen traten in den grellen Sonnenschein und waren geblendet, als sie die Felder und Hügel verlassen und sich auf die Ebene hinauswagen mußten. Tay ging weiterhin voran, mit Hilfe von Magie suchte er in einem weiten Netz vor ihnen die Gegend ab. Nach ihrer Rückkehr vom Bauernhaus hatte er nachgesehen, ob sie verfolgt wurden, aber er hatte nichts erkennen können. Vor ihnen fanden sich jedoch immer wieder Hinweise auf Feinde. Er wußte nicht genau, wie groß die Gruppen waren, auf jeden Fall aber waren es mehrere. Er und Jerle hatten darüber nachgedacht, bis zum Einbruch der Dunkelheit zu warten und erst dann weiterzugehen, schließlich jedoch entschieden, daß es sicherer war weiterzumarschieren. Jerle führte sie zu dem zweiten Vorposten, der ein paar Meilen weiter entfernt lag, in der Hoffnung, daß die Gnome diesen nicht auch entdeckt hatten. Niemand sprach ein Wort. Jeder suchte mit den Augen die Gegend nach Feinden ab.

Dann war plötzlich Vree Erreden neben Tay und griff nach seinem Arm. Sein verhärmtes Gesicht glühte eifrig. »Dort!« Er zeigte scharf nach links. »Dort in dem Tal sind Pferde versteckt, ein Dutzend oder mehr!«

Tay und Jerle blieben stehen und starrten nach vorn; sie konnten hinter dem Feld, das dicht mit Sommerweizen bepflanzt war, nichts entdecken.

Der Blick des Lokaten schoß von einem zum anderen; seine Ungeduld war offensichtlich. »Verschwendet nicht eure Zeit! Ihr könnt sie von hier nicht sehen!«

»Woher wißt Ihr es dann?« fragte Jerle schnell.

»Intuition!« schnappte der andere. »Wie sonst?«

Der große Mann schaute ihn zweifelnd an. »Der Vorposten, den wir suchen, liegt gleich da vorne. Gibt es da auch Pferde?«

Vree Erredens Stimme war eindringlich und scharf. »Ich weiß nur, was meine Intuition mir sagt! Dort, in diesem kleinen Tal hinter den Hügeln, sind Pferde!« Wie zur Betonung zeigte er abermals dorthin.

Jerle Shannara runzelte die Stirn, die Beharrlichkeit des anderen irritierte ihn. »Was ist, wenn Euer Gefühl Euch täuscht, Lokat? Wie weit ist es zu diesem Tal, das keiner von uns sehen kann?«

Tay hob schnell die Hand, um einer verärgerten Antwort Vree Erredens zuvorzukommen. Er stand einen Augenblick reglos da und wägte die Möglichkeiten ab, dann spähte er ein letztes Mal über die Felder. »Bist du dir sicher, was die Pferde angeht?« fragte er den Mann ruhig.

Der Blick, den der andere ihm zuwarf, war vernichtend. Tay lächelte gequält, dann nickte er. »Ich denke, wir sollten nachsehen, was dort liegt.«

Trotz Jerles anhaltender Bedenken änderten sie den Kurs und gingen weiter. Das Becken des Sarandanontals breitete sich jetzt vor ihnen aus, und weite Ackerflächen bildeten einen Flickenteppich aus gepflügter Erde und neuem Getreide. Die Elfen waren jetzt ganz im offenen Gelände und deutlich sichtbar für jeden, der sie suchte. Es war nicht zu ändern. Welchen Weg sie auch wählten, sie würden immer ungeschützt sein, und Tay versuchte, sich mit dem Gedanken anzufreunden, soweit es ging. Sie entfernten sich immer weiter von dem Vorposten, und wenn Vree Erreden unrecht hatte oder getäuscht worden war, wären ihre Chancen, sich retten zu können, außerordentlich gering. Tay versuchte, sich keine Sorgen zu machen. Genau deshalb hatte er ja den Lokaten mitgenommen – weil er die Fähigkeit besaß, etwas zu sehen oder zu spüren, was nicht einmal Tay mit Hilfe seiner Magie möglich war. Der kleine Mann hätte nichts gesagt, wenn sein Instinkt nicht sehr stark gewesen wäre. Er wußte so gut wie alle anderen, wie bedrohlich ihre Lage war.

Tay erweiterte sein Netz aus Magie, und jetzt fand er die Feinde, nach denen er suchte. Eine berittene Gnomenpatrouille kam aus nördlicher Richtung auf sie zu, zwar war sie noch in einiger Entfernung von ihnen, aber sie raste wild über die Ebene. Er konnte sie noch nicht sehen, doch es gab keinen Zweifel an ihrer Absicht. Schnell warf er Jerle einen Warnruf zu, und die Mitglieder der kleinen Gruppe begannen zu laufen. Die Felder vor ihnen grenzten an eine Reihe niedriger Hügel. Dahinter muß das Tal liegen, dachte

Tay. Und auch die Pferde, betete er, denn sie waren jetzt zu weit weg vom Vorposten, um auf anderem Weg entkommen zu können.

Dann erschienen noch mehr Gnome. Diese neue Gruppe strömte aus ihrem Versteck bei dem Vorposten herbei, der jetzt hinter den Feldern kaum noch sichtbar war. Die Gnome waren zu Fuß, marschierten aber zielstrebig voran, um den Elfen den Weg abzuschneiden; sie wollten sie offensichtlich bis zur Ankunft ihrer berittenen Brüder aufhalten. Tay biß die Zähne zusammen, während er rannte. Von dem Vorposten war keine Hilfe zu erwarten. Jetzt gab es nur noch Vree Erredens Intuition und das Tal.

Jerle Shannara überholte ihn leichtfüßig und mühelos, seine Füße flogen nur so über den gepflügten Boden, als er zwischen den Getreidereihen hindurch auf die Hügel zuhielt. Auch die anderen preschten nach vorn, sie waren schneller zu Fuß als Tay. Der Druide kämpfte schwer und spürte beim Atmen einen scharfen Schmerz in der Brust. Panik ergriff ihn plötzlich. Was, wenn die Pferde, die Vree Erreden wahrgenommen hatte, ebenfalls eine Falle waren? Was, wenn Gnome auf ihnen saßen und sie erwarteten? Verzweifelt versuchte er, sein Netz aus Magie auszuwerfen, um zu erkennen, ob es jenseits der Hügel Grund für einen solchen Verdacht gäbe, aber seine Kraft reichte für diese Entfernung nicht mehr.

Rauhe Schreie gellten von ihren Verfolgern herüber. Tay ignorierte sie. Vree Erreden erschien an seiner Seite; er war in weit besserer Verfassung, als Tay jemals vermutet hätte. Tay rief ihm eine Warnung zu, aber der Lokat schien sie nicht zu hören, sondern überholte ihn und lief weiter. Tay bildete jetzt das Schlußlicht. Das ist wohl der Preis für das viele Sitzen in meinem Leben, dachte er ironisch.

Dann brach Jerle Shannara aus dem Maisfeld aus und lief den Hügel hoch. Gleichzeitig ertönte ein schrilles Wiehern und das Donnern von Hufen hinter dem Kamm. Eine Staubwolke wirbelte in der klaren Luft des Nachmittags auf. Jerle verlangsamte seinen Schritt, er war unsicher, wem er gegenüberstehen würde, und zog mit einem schnellen Griff sein Schwert. Seine Elfenjäger eilten herbei, um ihm zur Seite zu stehen. Klingen blitzten in der Sonne.

Im nächsten Augenblick kam eine Reihe von Pferden in Sicht, die sich in einem wilden Ausbruch an Geräuschen und Farbe aus dem grellen Licht der Sonne drängten. Es waren ein Dutzend, vielleicht auch mehr, die zusammengebunden aus der flirrenden Hitze des späten Nachmittags herausgaloppierten.

Sie wurden von einem einzigen Reiter geführt, der vornübergebeugt auf dem ersten Pferd saß.

Tay Trefenwyd blieb abrupt am Rande des Maisfeldes stehen. Sein Herz klopfte wild, und das Blut rauschte ihm in den Ohren.

Auf dem Pferd saß Preia Starle.

Ohne ihr Tempo zu verlangsamen, schoß sie an Jerle Shannara vorbei und ließ einige Pferde los, deren Zügel sie in seine wartenden Hände warf. Sie ritt weiter und verteilte so nacheinander Reittiere an die Elfenjäger. Dann schoß sie direkt auf Tay zu und zog die Zügel fest an, um ihr Pferd zum Stehen zu bringen.

»Hinauf mit dir, Tay Trefenwyd, das wird ein Ritt um Leben und Tod! Die Gnome sind überall!« Ihr Gesicht war blutverschmiert, ebenso ihr Hemd, Wangen und Arme waren zerkratzt. Sie wendete ihr Pferd so dicht neben ihm, daß sie ihn beinahe zu Boden warf. »Steig auf!« schrie sie.

Es blieb keine Zeit zum Nachdenken. Die anderen saßen bereits auf den Pferden und stoben davon. Tay setzte seinen Fuß in den Steigbügel, den sie freigemacht hatte und schwang sich hinter sie. »Halt dich an mir fest!« schrie Preia.

In einem Wirbelwind aus Staub und Sand und donnernden Hufen rasten sie hinter den anderen her.

Es war eine dramatische Flucht. Diejenigen Gnome, die zu Fuß waren, verstreuten sich auf den Feldern, um ihnen die Flucht abzuschneiden. Einige hatten Schleudern, andere Bögen. Jetzt kamen, zum ersten Mal sichtbar, aus dem Norden die Gnome auf den

Pferden herbeigeritten. Zusammen zählten sie viermal soviel wie die Elfen. Auf jeden Fall waren sie zu deutlich in der Überzahl, als daß Jerle und seine Männer ihnen in einem offenen Kampf hätten entgegentreten können.

Jerle Shannara übernahm die Führung und preschte direkt in die Gruppe der Gnome, die zu Fuß waren. Der Grund dafür lag auf der Hand. Die einzige Hoffnung der Elfen bestand darin, schneller als die berittenen Gnome zu sein, und dazu mußten sie an ihnen vorbeikommen und sie weit hinter sich lassen. Wenn sie sich nach links wandten, wohin die unberittenen Gnome sie zu treiben versuchten, würden sie zu den kleinen Hügeln zurückkehren und langsamer werden müssen, und dann konnten die berittenen Gnome ihnen den Weg abschneiden. Wenn sie sich nach rechts wandten, würden sie direkt auf ihre berittenen Feinde zuhalten. Es machte natürlich keinen Sinn umzukehren. Also blieb ihnen nur, nach vorne zu preschen, hinter die marschierenden Gnome zu gelangen und in westliche Richtung zu reiten – denn alle, sowohl Elfen als auch Gnome, wußten, daß es den Gnom noch nicht gab, der schneller reiten konnte als ein Elf.

Also rasten Jerles Leute durch die Maisfelder, möglichst weitläufig ausgeschwärmt, um die Reihen der feindlichen Bogenschützen und Schleuderer zu verwirren und zu trennen und sich so aus der Falle zu befreien. Die Gnome schossen hierhin und dorthin in dem Versuch, ihre Beute zu verfolgen. Die Elfen hielten sich tief gebückt, um möglichst kleine Ziele abzugeben. Nur Jerle vollbrachte das Unglaubliche und stellte sich in den Steigbügeln sogar noch auf. Wie ein Wahnsinniger schrie er auf die Gnome vor sich ein und schwang sein Schwert wie eine Sense. Tay erkannte, daß keiner sonst aus ihrer Gruppe in seiner Nähe war. Jerle preschte geradewegs auf die Gnome zu und trieb den Braunen rücksichtslos über das gepflügte Feld. Tay wußte, was sein Freund vorhatte. Er wollte möglichst viele der Feinde auf sich ziehen, um seinen Gefährten eine bessere Gelegenheit zur Flucht zu geben.

Preia zischte ihm zu, unten zu bleiben, riß den kräftigen Rotbraunen scharf herum und brach aus dem Feld aus. Tay kauerte sich hinter Preias schlanken Rücken, der ihn dennoch schützte, und klammerte sich fest an ihre Taille. Er spürte ihren Körper sich mal zu dieser, mal zu jener Seite neigen, immer im Rhythmus mit den Bewegungen des Pferdes. Er erhaschte einen Blick auf jemanden, der auf sie zuritt, ein veschwommenes Etwas mit wirbelnden Armen und Beinen. Etwas Kleines, Festes schlug gegen seine Schulter und er spürte, wie sein Arm taub wurde. Ohne es zu wollen, ließ sein Griff, mit dem er sich an Preia festhielt, etwas nach, und er glaubte schon zu stürzen, als sie mit einem Arm nach hinten langte und ihm half, oben zu bleiben. Sie erreichten das westliche Ende des Feldes, sprangen über einen Entwässerungsgraben auf einen breiten Streifen Grasland zu und galoppierten auf dem offenen Gelände weiter. Tay riskierte einen Blick über seine Schulter. Die Gnome knieten am Rande des Maisfelds, schleuderten Steine und schossen Pfeile ab. Aber die Reichweite ihrer Geschosse war bereits zu gering, als daß sie die Elfen noch erreichen konnten.

Tay sah wieder nach vorn. Elfenjäger preschten an beiden Seiten an ihnen vorbei und rasten in den Sonnenuntergang, hinter die verlassenen Gebäude des Vorpostens und auf das Grasland zu. Tay versuchte, sie zu zählen; besonders interessierte ihn, ob Jerle unversehrt war, aber die Landschaft war voller Staub und in einen feuchten Schimmer der spätnachmittäglichen Hitze gehüllt, so daß er schnell aufgab und all seine Bemühungen darauf konzentrierte, nicht vom Pferd zu fallen.

Die Elfen sammelten sich nicht weit hinter dem Vorposten und ließen die Pferde in einem ruhigeren Tempo laufen, bei dem sie ihren Verfolgern aber immer noch voraus waren. Wie durch ein Wunder hatten alle überlebt, zum größten Teil sogar unverletzt. Jerle Shannara hatte kaum eine Schramme. Tay bemerkte, daß er an der Schulter von einem Stein getroffen worden war und sich bereits ein Bluterguß gebildet hatte. Die Taubheit zog sich aber schon wieder zurück und wich einem dumpfen Schmerz. Nichts gebrochen, stellte er fest, und schob die Angelegenheit beiseite. Hinter ihnen schwenkten die berittenen Gnome über das offene Grasland nach Westen, als sie erkannten, daß ihre Beute sich aus der Falle in den Maisfeldern befreit hatte. Aber sie hatten ihre Pferde bereits hart angetrieben, um bis hierher zu gelangen, und sie kannten das Gelände nicht so gut wie die Elfen. Jerle übernahm wieder die Führung und wählte den vorteilhaftesten Weg für seine Gruppe. Dies hier war seine Heimat, und er kannte sich aus. Dort, wo das Land plötzlich abfiel, fand er einen Weg, der weiter oben entlangführte. Er wußte, wo Senkgruben oder Sümpfe und Moore drohten, und sie konnten in einem weiten Bogen ausweichen. Und wo breite Flüsse schnell und wild durch ihr Bett rauschten, konnte er auf seichte Stellen hindeuten. Die Jagd ging weiter, aber die Gnome fielen immer weiter zurück, und bei Einbruch der Dunkelheit waren sie am düster werdenden Horizont nicht mehr zu sehen.

Tay und seine Freunde verlangsamten das Tempo ihrer Pferde etwas, um zu vermeiden, daß ein Pferd bei dem schlechten Licht stürzte, aber sie versagten sich noch lange jede Rast, weil sie das Risiko, zufällig entdeckt zu werden, nicht eingehen wollten. Jerle führte sie an einem Bach entlang nach Norden, er verheimlichte ihr wirkliches Ziel, indem er die Richtung wechselte. Die Dunkelheit umhüllte sie wie ein willkommener Freund. Die Hitze des Tages ließ nach, es wurde kühler. Eine Zeitlang fiel leichter Regen, dann zogen die Wolken weiter. Die Elfen sprachen nicht, während sie ritten, so daß nur das Plätschern des seichten Wassers zu hören war, und später, nachdem sie den Bach verlassen hatten, das gedämpfte Donnern der Hufe auf der weichen Erde.

Als keine Gefahr mehr bestand, beugte sich Tay zu Preias Ohr und fragte leise: »Was ist mit dir passiert?«

Sie drehte sich herum und sah ihn an. Ihre Augen leuchteten inmitten all der Schrammen in ihrem Gesicht. »Eine Falle.« Ihre Stimme klang vor Ärger wie ein Zischen. »Kipp war vorausgegangen, um an dem ersten Vorposten die Pferde für uns bereitzustellen. Ich wollte die Gegend auskundschaften, damit wir nicht von den Gnomen überrascht würden, von denen wir wußten, daß sie sich in diesem Gebiet aufhielten. Aber sie warteten bereits auf uns. Ich hatte Glück, Kipp nicht.«

»Wir haben Kipp gefunden, Jerle und ich«, sagte er leise.

Sie nickte, antwortete aber nicht. Er wollte ihr sagen, was er getan hatte und warum, aber er konnte die Worte nicht über die Lippen bringen.

»Woher haben sie es gewußt?« wollte er wissen.

Er spürte, wie sie die Schultern zuckte. »Sie haben es nicht gewußt. Sie haben geraten. Die Vorposten sind kein Geheimnis. Die Gnome wußten, daß wir nach dem Schwarzen Elfenstein suchen würden. Sie haben einfach auf uns gewartet. Sie warten an allen Vorposten, schätze ich.« Sie hielt inne. »Wenn sie unsere Pläne genau gekannt hätten, wenn sie gewußt hätten, wie sie uns finden könnten, hätten sie mich ebenso wie Kipp erwischt. Aber ich entdeckte sie ein bißchen früher als sie mich.«

»Trotzdem hast du gegen sie kämpfen müssen. Wir haben deinen Bogen gefunden.«

Sie schüttelte den Kopf. »Das hatte ich befürchtet. Ich konnte es nicht ändern.«

»Wir dachten ...«

»Ich habe ihn auf der Flucht verloren«, schnitt sie ihm das Wort ab, bevor er sagen konnte, was er gedacht hatte. »Dann suchte ich Kipp. Dort fand der Kampf statt. Am Vorposten, wo sie ihn ergriffen hatten. Aber es waren zu viele für mich. Ich mußte ihn zurücklassen.«

Bitterkeit verlieh ihrer Stimme eine ungewohnte Schärfe. Es hatte sie Überwindung gekostet, ihm das zu erzählen. »Auch wir mußten ihn zurücklassen«, gestand er.

Sie drehte sich nicht um. »Lebend?«

Er schüttelte langsam den Kopf.

Er spürte, wie sie erleichtert aufseufzte. »Ich konnte nicht umkehren, um euch zu warnen. Es waren zu viele Gnome zwischen uns. Ich mußte weitergehen und versuchen, Pferde zu besorgen. Mir war klar, daß wir ohne Pferde am Ende wären. Außerdem hoffte ich, ein paar von ihnen abziehen zu können.« Ihr Lachen klang dünn und gekünstelt. »Ein frommer Wunsch, fürchte ich. Wie auch immer, ich habe letzte Nacht, während sie schliefen, eins unter ihrer Nase wegstehlen können, bin damit nach Süden zu einem weiteren Vorposten geritten, der hinter dem Tal liegt und von dem ich wußte, daß sie ihn noch nicht entdeckt hatten. Dort habe ich diese Pferde organisiert, sie zurückgebracht und mich mit ihnen versteckt, bis ihr gekommen seid.«

Tay starrte sie verwundert an. »Wie in aller Welt hast du das alles an einem einzigen Tag geschafft?«

Sie zuckte die Achseln. »Es war nicht so schwer.« In dem darauffolgenden Schweigen hörten sie nur das leise, dumpfe Geräusch der Pferdehufe. »Nicht so schwer wie das, was ihr getan habt.« Sie schaute ihn noch einmal an; ihr Lächeln war traurig und etwas unsicher. »Du warst hervorragend, Tay.«

Er zwang sich, zurückzulächeln. »Du warst besser.«

»Ich würde dich nicht gern verlieren«, sagte sie plötzlich und drehte sich wieder um.

Er saß still hinter ihr, unfähig, etwas zu erwidern.

Sie ritten die ganze Nacht hindurch und schlugen kurz vor Morgengrauen in einer tiefen, dicht mit den schlanken Zweigen von Eschen und weißen Birken bewachsenen Schlucht ihr Lager auf. Sie schliefen nur wenige Stunden, standen wieder auf, aßen und ritten weiter. Der Regen war zurückgekehrt, nun ein beständiges Nieseln, und mit ihm ein Nebel, der das ganze Land in Grau hüllte. Der Nebel und der Regen verbargen sie vor denen, die sie suchten, und so preschten sie den ganzen Tag bis tief in die Nacht hinein weiter. Tay ritt mit Preia an der Spitze; er benutzte seine Magie, um die Gegend vor ihnen abzusuchen. Aber er fürchtete nicht so sehr, daß sie von Gnomenjägern entdeckt werden könnten, als daß sie aus Versehen über sie stolpern würden. Sie ließen die Pferde meist im Schritt gehen, um ihre Kraft für die Zeit aufzuheben, wo sie sie benötigen würden, und um Stürze auf der regennassen Erde zu vermeiden.

Tay und Preia schwiegen und konzentrierten sich darauf, die Gegend zu erforschen; er mit Magie, sie mit den Augen. Aber sie preßten sich in dem schweren Regen dicht aneinander, und das war für Tay genug. Er träumte davon, daß sie einander mehr bedeuteten, als es der Fall war. Es war ein sinnloses Gedankenspiel, aber er fühlte sich dadurch für kurze Zeit so, als hätte er einen Platz in der Welt außerhalb Paranors. Er glaubte, wenn er sich nur genug bemühte, würde er vielleicht einen Weg finden, irgendwohin zu gehören, selbst ohne Preia. Er wußte, daß sie ihn nicht begleiten konnte, aber vielleicht konnte sie ihm helfen, diesen Weg zu finden. Er faßte sie locker um die Taille, schützte sie mit seinem breiteren Rücken vor dem Regen und spürte, wie ihre Körperwärme sich mit seiner mischte. Er machte sich Gedanken über sein Leben und fragte sich, wie er dahin gekommen war, wo er sich jetzt befand. Er sann über die Entscheidungen nach, die er getroffen hatte, und überlegte, ob er sich heute wohl ebenso entscheiden würde.

Sie schliefen kurz vor Morgenanbruch des dritten Tages, nachdem sie Unterschlupf in einem kleinen Hain aus hochgewachsenen Laubbäumen gefunden hatten, der sich im hinteren Teil eines kleinen Talkessels nah am Kensrowe befand. Sie waren jetzt am westlichen Ende des Tals angelangt, und vor ihnen erstreckten sich der dunkle See von Innisbore und der Paß, der sie zu den Grimmzakken bringen würde. Tay hatte an diesem Tag keine Spuren entdeckt, die auf Gnome hinwiesen. Er begann zu glauben, daß sie ihre Verfolger abgehängt hatten und sie in dem Gewirr der vor ihnen liegenden Berge endgültig loswerden würden.

Tay stand früh auf und sah, daß auch Jerle Shannara bereits

wach war. Er stand am Rand des Lagers und spähte in den neuen Tag. Es war immer noch düster, das Wetter hatte sich nicht geändert.

Jerle drehte sich um, als Tay sich näherte. »Guten Morgen, Tay. Die Nacht war ein wenig kurz, nicht wahr?«

Tay zuckte die Achseln. »Ich habe gut genug geschlafen.«

»Aber nicht, wie du es gewohnt bist. Nicht, wie es bei den Druiden auf Paranor war, in einem Bett, in einem trockenen Zimmer, mit einer warmen Mahlzeit nach dem Aufwachen.«

Tay trat neben ihn und vermied es, ihn anzusehen. »Das spielt keine Rolle. Die Druiden sind alle tot. Paranor ist verloren. Dieser Teil meines Lebens ist vorüber.«

Sein Freund sah ihn scharfsinnig an. »Etwas beschäftigt dich. Ich kenne dich zu gut, um es nicht zu bemerken. Du warst in diesen letzten zwei Tagen ziemlich abwesend. War es Retten Kipp? Ist es das, was du getan hast, um seine Qual zu lindern?«

»Nein«, antwortete Tay wahrheitsgemäß. »Es ist schwieriger.«

Jerle wartete einen Moment. »Soll ich raten, oder möchtest du lieber, daß ich dich in Ruhe lasse?«

Tay zögerte; er war nicht sicher, ob er überhaupt Antwort geben wollte. »Es hat damit zu tun, daß ich zurückgekommen bin, nachdem ich zu lange fort war«, erwiderte er schließlich. Er wählte seine Worte sorgfältig. »Ich war zwanzig Jahre fort vom Westland. Jetzt bin ich wieder hier, und es kommt mir vor, als gehörte ich nicht mehr hierher. Ich weiß nicht, wo ich hingehöre, wie ich mich verhalten soll oder was ich tun soll. Wenn es diese Suche nicht gäbe, wäre ich vollkommen verloren.«

»Vielleicht sollte die Suche erst einmal genügen«, schlug sein Freund sanft vor. »Vielleicht ergibt sich das übrige im Lauf der Zeit.«

Tay schüttelte den Kopf. »Das glaube ich nicht. Ich denke, ich habe mich verändert und kann die Veränderung nicht mehr rückgängig machen. Diese Jahre auf Paranor haben mich auf eine Weise geprägt, die ich erst jetzt anfange zu begreifen. Ich fühle mich gefangen zwischen dem, was ich war, und dem, was ich bin. Ich glaube, ich bin weder das eine noch das andere.«

»Aber du bist gerade erst nach Hause gekommen, Tay. Du kannst nicht erwarten, daß du sofort dasselbe fühlst wie früher. Natürlich ist es erst einmal merkwürdig.«

Tay schaute seinen Freund an. »Ich denke, ich sollte wieder fortgehen, Jerle, wenn all dies vorbei ist.«

Jerle Shannara strich sich das blonde Haar aus dem Gesicht. Die Feuchtigkeit des Nebels glänzte auf seiner Haut. »Es würde mir sehr leid tun, wenn das so wäre.« Er hielt inne. »Aber ich würde es verstehen, Tay. Und wir werden trotzdem immer Freunde sein.«

Er legte eine Hand auf Tays Schulter und ließ sie dort ruhen. Tay lächelte. »Wir werden immer Freunde sein«, bekräftigte er.

Sie ritten, wieder im feuchten Dunst, nach Westen. Im Laufe des Tages war der Regen stärker geworden. Sie brachten das letzte Viertel des Tals von Sarandanon hinter sich, in Finsternis eingehüllte Reiter, die kaum sich selbst erkennen konnten. Es war, als wäre die Welt, aus der sie gekommen waren, und die, in welche sie gingen, weggeschmolzen. Es war, als wäre nichts übrig als dieses kleine Stückchen Erde, auf dem sie gerade ritten und das erst kurz vor ihnen Gestalt annahm, um sich bald nach ihnen wieder aufzulösen, das aber niemals länger vorhanden war als jene paar Augenblicke, die sie brauchten, um es zu durchqueren.

Als es dämmerte und das Licht sich ganz zurückzog, erreichten sie den Gipfelschlund – den Eingang zu dem Paß, der durch das Kensrowegebirge zu den Grimmzacken führte. Dort stießen sie wieder auf Gnomenjäger, und erneut waren sie vor ihnen. Ein großes Kontingent hatte sich vor dem Paßeingang festgesetzt und blockierte den Zugang. Die Gruppe unterschied sich von der, die sie im östlichen Tal angegriffen hatte, denn diese Jäger hatten sich bereits eine Zeitlang hier niedergelassen. Preia Starle erkundete die

Gegend und fand ihr Lager. Das Lager, so berichtete sie, war alt und gut abgesichert. Die Reihen der Wachen erstreckten sich bis zum Eingang des Passes, und es gab keine Möglichkeit, ungesehen an ihnen vorbeizugelangen. Sie hätten den Schlund ganz vermeiden können, aber dies würde drei Tage mehr beanspruchen; eine Verzögerung, die sie sich nicht leisten konnten. Sie mußten einen Weg finden hindurchzukommen.

Nach einiger Überlegung einigten sie sich auf einen Plan, der hauptsächlich auf dem Überraschungseffekt basierte. Sie warteten bis Mitternacht, bestiegen dann ihre Pferde und ritten direkt auf den Paß zu. Mit ihren Umhängen und den Kapuzen konnten sie einander bei Nacht und Regen kaum selbst erkennen und erst recht nicht so schnell von den Gnomenwachen bemerkt werden. Sie ritten ohne Hast und mit scheinbarer Lässigkeit, so als gehörten sie dorthin, wo sie waren. Als sie sich dem Paß so weit genähert hatten, daß sie möglicherweise von einer Wache herausgefordert werden würden, rief Tay, der aus seiner Zeit auf Paranor eine Reihe von Sprachen beherrschte, den Gnomen in ihrer eigenen Sprache etwas zu und verhielt sich so, als würden sie erwartet. Die Verstärkung, erklärte er beiläufig, und die Elfen ritten näher.

Zu dem Zeitpunkt, da die Gnome beschlossen, der Unsicherheit ein Ende zu setzen und zu handeln, waren die Elfen bereits an ihnen vorbei und drückten den Pferden die Fersen in die Flanken. Sie drängten zum Eingang des Passes, ritten direkt durch das Lager, zerstoben Feuerstellen und Gnome in alle Richtungen, und brüllten dabei, als wären sie einhundert statt nur eine Handvoll. Die Überraschung war gelungen. Bis die Gnome aus ihren Betten gerollt waren und hinter ihnen herjagten, waren die Elfen schon fort und in Sicherheit.

Aber dann war es vorbei mit ihrem Glück. Als Vorsichtsmaßnahme gegen genau solche Schliche hatten die Feinde am entfernten Ende des Paßeingangs eine zweite Reihe von Wachen postiert. Diese Gnome hörten die Warnrufe ihrer Gefährten und warteten, während die Elfen auf sie zuritten. Mit Speeren, Pfeilen und Schleudersteinen griffen sie Tays Gruppe an, als sie auf den Eingang des Passes zuritten. Die Elfen hatten keine Zeit, langsamer zu werden und ihre Strategie zu überdenken, sie konnten sich nur so weit wie möglich hinabbeugen und hoffen, daß sie durchkommen würden. Jerle Shannara stieß furchtlos und unnachgiebig rechts in den dichtesten Knoten der Angreifer. Waffen wurden vor ihm wild durch die Luft geschwungen, und ein Hagel von Geschossen drohte ihn zu spicken. Aber wie so oft schon gelang es ihm irgendwie, nicht nur selbst auf dem Pferd zu bleiben, sondern auch das Tier aufrecht zu halten. Zusammen rasten sie in die Gruppe von Feinden, und Tay Trefenwyd sah Gnome wie morsches Holz zur Seite fliegen. Dann war Jerle Shannara durch.

Tay und Preia konnten ebenfalls entkommen. Das stämmige Pferd der Fährtenleserin war nach links geprescht und über eine Schnur gesprungen, die dazu gedacht war, es zu Boden zu werfen. Die Schreie der Gejagten und der Jäger mischten sich mit dem Gewieher der Pferde. Reiter schossen vorbei, körperlose Schatten, die im Zwielicht hin und her hetzten. Verzweifelt versuchte Tay, mit Hilfe seiner Magie einen Schirm um die verbliebenen Elfen zu werfen, sie so vor den Gnomen zu verbergen.

Dennoch fehlten fünf von ihnen, als sie sich wenige Meilen jenseits des Gipfelschlunds wieder trafen. Jetzt waren sie nur noch neun, und die Hunderte von Gnomenjägern, die im Tal von Sarandanon verstreut waren, würden ebenfalls hierherströmen und sie zu den Grimmzacken verfolgen.

Und sie würden ihre Jagd erst aufgeben, wenn sie sie gefunden hätten.

Kapitel 15

Als der nächste Tag sich dem Ende zuneigte, waren die Elfen bereits tief im Grimmzackengebirge. Nach ihrem Durchbruch in der Nacht zuvor bei Baen Draw waren sie bis zum Tagesanbruch weitergeritten und hatten sich durch die zerklüfteten Gebirgsausläufer gekämpft. Erst als das Morgenlicht aus dem Osten hervorgekrochen war und sich über das Becken des Sarandanon ergossen hatte, hatten sie sich eine Pause gegönnt. Nach wenigen Stunden Schlaf waren sie wieder aufgestanden, hatten gegessen und sich auf den Weg gemacht. Der Regen hatte inzwischen aufgehört, aber der Himmel war immer noch grau, und Nebel hing wie eine dicke Decke zwischen den Bergen. Es war Feuchtigkeit in der Luft, die nach Erde und modrigem Holz roch. Als sie weiter nach oben kamen und die Hügel unfruchtbar und felsig wurden, verschwand der Geruch. Jetzt war die Luft kühl, scharf und klar, und der Nebel begann sich aufzulösen.

Es wurde Mittag, und sie ließen die Hügel hinter sich und wandten sich in die Berge. Jerle Shannara hatte den anderen bereits mitgeteilt, daß sie bis zum Beginn der Dunkelheit weiterreiten würden; er wollte den Abstand zwischen ihnen und ihren Verfolgern vergrößern und nur auf solchem Gelände Rast machen, wo sich ihre Spuren nicht allzu leicht von den Feinden zurückverfolgen ließen. Niemand erhob Einwände. Gehorsam ritten sie durch das Zwielicht und beobachteten, wie der Nebel aufklarte und die Berge enthüllte. Die Grimmzacken waren eine Wand aus zerklüftetem Fels; Gipfel ragten gen Himmel, bis sie in den Wolken verschwanden, Klippen fielen mehrere hundert Meter beinahe senkrecht in die Tiefe, und gewaltige Felsnasen und Spalten erinnerten an die Zeit der Entstehung der Erde, als sie mit ungeheurem Druck zusammengeschoben worden waren. Die Berge erhoben sich zum Himmel, als wollten sie sich von der Welt lösen, sie sahen aus wie die ausgestreckten Arme gewaltiger Riesen, erstarrt in der Zeit. So weit die Elfen auch nach Norden und Süden blickten, sie sahen nichts als Felsen, die sich vom Himmel abhoben wie ein unüberwindliches Hindernis, wie eine uneinnehmbare Festung.

Als die Nacht hereinbrach, hatten sie die niedrigeren Gipfel bereits hinter sich gebracht und konnten weder auf die Gebirgsausläufer, durch die sie hergekommen waren, noch auf das entfernte Tal des Sarandanon zurückblicken. Sie fanden einen Fichtenhain in einem engen Tal zwischen zwei schneebedeckten Gipfeln und schlugen dort ihr Lager auf. Es gab frisches Wasser und Gras für die Pferde und auch Holz für ein Feuer..

Sobald sie sich niedergelassen und gegessen hatten, machte Preia Starle sich auf, den Weg wieder zurückzugehen. Sie wollte feststellen, ob ihre Feinde die Verfolgung aufgenommen hatten. Während Tay auf ihre Rückkehr wartete, beriet er sich mit Jerle und Vree Erreden über die Vision, die ihm enthüllt hatte, wo sich der Schwarze Elfenstein befand. Noch einmal erzählte er von den Besonderheiten, achtete darauf, alles, was Bremen ihm mitgeteilt hatte, zu beschreiben. Jerle Shannara hörte aufmerksam zu, seine Miene war ernst, sein Blick konzentriert und unbewegt. Vree Erreden dagegen schien beinahe gleichgültig zu sein, sein Blick schweifte häufig ab und schaute in die Nacht, als würde er nach etwas suchen, das hinter den Worten lag, die Tay ihnen anbot.

»Ich bin niemals in diesem Teil des Westlandes gewesen«, erklärte er, als Tay geendet hatte. »Ich weiß nichts von der Beschaffenheit des Geländes. Wenn ich das Versteck, das wir suchen, erspüren soll, müssen wir noch etwas näher herankommen.«

»Wie hilfreich«, warf Jerle verärgert ein. Er hatte gesehen, wie der Blick des Lokaten abgeirrt war, und demonstrierte jetzt seinen Mißmut. »Ist das alles, was Ihr tun könnt?«

Vree Erreden zuckte die Achseln.

Jerle war wütend. »Vielleicht könntet Ihr etwas mehr leisten, wenn Ihr besser auf das geachtet hättet, was Tay erzählt hat!«

Der Lokat schaute ihn mit einem vor Kurzsichtigkeit leicht schiefen Blick an. Ein schwaches Feuer glomm in seinen Augen. »Ich will Euch etwas erzählen. Als Tay Trefenwyd zu mir kam und mich um Hilfe bat, habe ich in seinem Geist gelesen. Ich kann das manchmal. Ich habe Bremens Vision gesehen, diejenige, die Tay gerade beschrieben hat, und meine Erinnerung daran ist noch sehr genau. Diese Vision ist echt, mein Freund. Wenn sie es nicht wäre, wäre ich nicht hier. Sie ist echt, und der Ort, den sie zeigt, existiert tatsächlich, das weiß ich. Dennoch ist es mir nicht möglich, sie mit dem Wissen, das ich bis jetzt habe, zu finden!«

»Jerle, du bist viel in diesem Land gereist«, lenkte Tay schnell ab. Er wollte eine heftige Auseinandersetzung zwischen den beiden vermeiden. »Klingt denn nichts von dem, was ich beschrieben habe, vertraut?«

Sein Freund schüttelte den Kopf. Ein verstimmter Ausdruck breitete sich auf seinem Gesicht aus. »Meistens beschränkten sich meine Reisen auf die Pässe – das Halysjoch und den Spindelpaß – und das, was dahinter liegt. Deine Beschreibung der Bergformation – die zwei Gipfel, die wie zwei gespreizte Finger aussehen – könnte auf ein Dutzend zutreffen, die ich gesehen habe.«

»Aber du bist nicht sicher, auf welche?«

»Was sollte ich wohl sonst meinen?« schnappte sein Freund.

»Welchen Weg sollen wir dann deiner Meinung nach gehen?« drängte Tay weiter. Er verstand das ungewöhnliche Verhalten seines Freundes nicht, der seine Wut so offen zeigte.

Jerle stand auf. »Woher soll ich das wissen? Frag doch ›meinen Freund‹, den Lokaten hier, welchen Rat er für dich hat!«

»Einen Augenblick«, sagte Vree Erreden schnell und stand ebenfalls auf. Er blickte Jerle an und wirkte in dem Schatten des anderen Mannes klein und schmächtig, aber keineswegs eingeschüchtert. »Wärt Ihr einverstanden, etwas auszuprobieren? Ich könnte Euch helfen, Euch daran zu erinnern, falls Ihr diese bestimmte Formation schon einmal gesehen habt.«

Tay sprang jetzt auch auf; er begriff, was der Lokat vorhatte. »Kannst du mit Jerle das gleiche tun wie mit mir?« fragte er schnell. »Kannst du seine Erinnerung zurückholen, so wie du Bremens Vision gefunden hast?«

»Wovon redet ihr da?« fauchte Jerle und schaute von einem zum anderen.

»Vielleicht«, antwortete Vree Erreden auf Tays Frage. Dann blickte er Jerle Shannara an. »Ich habe es dir eben schon gesagt. Manchmal kann ich Gedanken lesen. Ich habe es bei Tay gemacht, um einen Blick auf Bremens Vision zu werfen. Ich kann es bei dir versuchen und nachsehen, ob dein Unterbewußtsein irgendeine Erinnerung an die Formation enthält, die wir suchen.«

Jerle lief rot an. »Probiert Eure Magie an jemand anderem aus!«

Er wandte sich ab, aber Tay hielt ihn am Arm fest und zog ihn wieder zurück. »Aber wir haben niemand anderen, Jerle. Wir haben nur dich. Hast du Angst?« Der große Mann starrte ihn beinahe zornig an. Tay wich keinen Zentimeter zurück, denn er hatte keine andere Wahl. Der nächtliche Himmel hatte sich aufgeklärt, und die riesige Weite war übersät mit Sternen. Ihre Helligkeit blendete beinahe. Wie er da so unter ihrem Licht im Schatten der Berge stand, mitten in einer unerwarteten Konfrontation mit seinem besten Freund, fühlte sich Tay auf merkwürdige Weise den Blicken der anderen ausgesetzt.

Jerle befreite sich vorsichtig aus Tays Griff. »Ich habe vor nichts Angst, und das weißt du«, sagte er leise.

Tay nickte. »Ich weiß es. Und jetzt laß es Vree bitte probieren.«

Sie nahmen wieder Platz und rückten in der Stille eng zusammen. Vree Erreden nahm Jerle Shannaras Hände in seine eigenen, hielt sie leicht fest und starrte dem anderen direkt in die Augen. Dann schloß er sie. Tay betrachtete das Paar etwas unsicher. Jerle war so angespannt wie eine Katze kurz vor dem Sprung, bereit, beim ersten Anzeichen von Gefahr fortzurasen. Der Lokat dagegen war ruhig und gelöst, besonders jetzt, wo er irgendwo in seine eigenen Tiefen abgetaucht war, um zu finden, was er suchte. Sie verharrten einen Augenblick in dieser Haltung. Es war eine merkwürdige Verbindung, und keiner von beiden gab etwas von dem preis, was gerade geschah.

Dann ließ Vree Erreden Jerle Shannaras Hände wieder los und nickte kurz. »Ich habe es. Zumindest ist es etwas, womit wir beginnen können. Eure Erinnerung ist sehr gut. Die zwei Gipfel, die zusammen ein V bilden, werden die Zwicker genannt – zumindest von Euch.«

»Ich erinnere mich jetzt«, sagte der große Mann leise. »Es war vor fünf oder sechs Jahren, als ich einen dritten Weg zur Rauhen Platte gesucht habe, die in den Bergen nördlich vom Spindelpaß liegt, tief im dichtesten Bergmassiv. Es gab keine Möglichkeit, dort hindurchzukommen, also gaben wir es auf. Aber ich erinnere mich jetzt an diese Formation. Ja, ich erinnere mich an sie!«

Dann schien seine Begeisterung wieder zu verschwinden, und er klang wieder verärgert. »Genug davon.« Er nickte knapp, mehr an sich selbst gerichtet als an die anderen, und stand dann auf. »Wir haben unseren Ausgangspunkt. Ich hoffe, jetzt sind alle glücklich. Vielleicht kann ich jetzt ein wenig schlafen.«

Er drehte sich um und stapfte davon. Tay und Vree Erreden sahen ihm nach, keiner von beiden sagte etwas. »Er ist nicht immer so«, meinte Tay schließlich.

Der Lokat erhob sich. »Er hat gerade bei einem Angriff fünf Männer verloren, die ihm vertrauten, und er hat das Gefühl, er hätte vorhersehen müssen, was geschehen würde.« Tay zuckte die Schultern. »Das ist genau das, was er jetzt denkt. Er konnte es nicht vor mir verstecken, obwohl er es sich innig gewünscht hat.«

»Aber daß diese Männer gestorben sind, war nicht sein Fehler«, erklärte Tay. »Niemand ist daran schuld.«

Der Lokat warf ihm einen Seitenblick zu. »Jerle Shannara sieht das nicht so. Würdest du es so sehen, wenn du an seiner Stelle wärst?«

Dann wandte er sich ab und ging davon; er überließ es Tay, weiter über die Angelegenheit nachzudenken.

Bei Tagesanbruch wandte sich die Gruppe nach Norden, durch die Berge hindurch auf den Spindelpaß zu. Preia Starle war im Laufe der Nacht zurückgekehrt und hatte berichtet, daß es keine Anzeichen für eine direkte Verfolgung gab. Keiner glaubte auch nur einen Augenblick, daß dies wirkliche Sicherheit bedeutete. Es hieß lediglich, daß sie eine kleine Atempause hatten. Die Gnome waren immer noch da draußen und suchten nach ihnen, aber die Elfen würden in den Bergen schwer zu finden sein. Die Wege schlängelten sich wild durch die Felsen und verschwanden immer wieder plötzlich zwischen Geröll und Felsbrocken. Wenn sie etwas Glück hatten, würden sie so lange nicht entdeckt werden, bis sie gefunden hatten, was sie suchten.

Ein frommer Wunsch, dachte Tay, aber das beste, was er hoffen konnte. Den ganzen restlichen Tag ritten sie nach Norden, ohne etwas von ihren Verfolgern zu sehen. Sie folgten einer Reihe von tiefen Tälern, die sich am östlichen Rand des Gebirges bis zum Eingang des Spindelpasses wanden. In dieser Nacht lagerten sie auf einem Plateau, von dem aus sie den Paß und die vom Sarandanon herführenden Täler beobachten konnten, ganz in der Nähe von der Stelle, wo Jerle die V-Formation gesehen hatte, die er die Zwicker nannte. Er war heute in etwas besserer Stimmung, zwar immer noch in sich gekehrt und schweigsam, aber nicht mehr so kurz angebunden. Vielleicht half es etwas, daß sie jetzt eine deutlichere Vorstellung von dem hatten, was sie tun würden. Bei Tay hatte er sich sogar in eher lässiger Weise entschuldigt, hatte auch eine lockere Bemerkung zu seinem etwas schroffen Wesen gemacht. Mit Vree Erreden sprach er darüber nicht, aber Tay ließ die Angelegenheit auf sich beruhen.

Preia Starle schien von Jerles veränderter Haltung nicht betroffen zu sein und verhielt sich so, als wäre alles in Ordnung. Tay nahm an, daß sie die Stimmungen ihres Freundes mittlerweile genügend kannte, um mit jeder seiner Anwandlungen entsprechend umgehen zu können. Er spürte einen kleinen Stich von Eifersucht, denn zwischen ihnen beiden gab es diese Nähe nicht. Erneut wurde er daran erinnert, daß er der Außenstehende war, daß er aus einer anderen Welt in sein altes Leben zurückgekehrt war und immer noch versuchte, sich wieder einzufügen. Er wußte nicht, warum ihn das so bekümmerte, abgesehen davon, daß Paranor vollständig verloren war und sein Leben sich um die Beziehung drehte, die ihn einerseits mit Preia, andererseits mit Jerle verband. Er konnte nicht behaupten, daß es eine ehrliche Beziehung war, denn er verbarg vor den beiden vieles von dem, was er für Preia empfand. Oder zumindest glaubte er, daß er es verbarg. Vielleicht wußten sie auch weitaus mehr, als sie zu erkennen gaben, und er spielte mit Geheimnissen, obwohl eigentlich alle Geheimnisse bekannt waren.

Sie ritten bei Sonnenaufgang weiter und erreichten die Zwicker um die Mittagszeit. Tay erkannte die Gipfel sofort, denn sie paßten vollkommen zu dem Bild aus Bremens Vision. Die Gipfel brachen in einem tiefen Spalt auseinander, so daß sie sich in einem scharfen V gegen den Horizont erhoben. An der Vorderseite des Spalts war ein Gewirr von kleinen Bergen, abgetragen durch Zeit und Wetter und vollkommen leer außer spärlichem Gestrüpp von Tannen und Erlen. Eine Bergwand war durch die Lücke im V zu erkennen, aber sie war so von Nebel umgeben, daß ihre Umrisse verschwommen blieben.

Am unteren Ende eines Passes, der zu den Gipfeln führte, ließ Jerle die Gruppe anhalten und stieg ab. Über ihnen kreisten Raubvögel vor dem Blau des Himmels; ihre Flügel spreizten sich weit, wenn sie in langen, eleganten Schwüngen ihre Kreise zogen. Es war ein klarer und schöner Tag, denn die Regenwolken waren nach Osten zum Sarandanon weitergewandert. Tay spürte die Sonne warm und beruhigend auf seinem Gesicht, als er nach oben in die gewaltige Weite schaute und über ihre verborgenen Geheimnisse sinnierte.

»Wir werden die Pferde hierlassen und zu Fuß weitergehen«,

erklärte Jerle. Er grinste, als er Tays Gesicht sah. »Wir können ohnehin nur noch ein kleines Stückchen weiterreiten, Tay. Dann müßten wir sie an einer Stelle zurücklassen, wo sie allen, die uns folgen, ungeschützt ausgeliefert sind. Hier dagegen können wir sie im Wald verstecken. Möglicherweise müssen wir ja Hals über Kopf fliehen.«

Preia stimmte ihm zu, und Tay wußte, daß sie recht hatten, auch wenn er sich nicht wohl bei dem Gedanken fühlte, die Tiere aufzugeben, die sie schon aus so mancher Gefahr gerettet hatten. Abgesehen davon war es schwierig genug gewesen, sie überhaupt zu bekommen. Aber auch ihre Verfolger würden von dieser Stelle aus zu Fuß weitergehen müssen, und so beschloß er, mit dem zufrieden zu sein, was er hatte.

Jerle bestimmte einen der Elfen zur Wache bei den Pferden. Es war ein grauhaariger Krieger namens Obann, der die Tiere nehmen und an einem Ort verstecken sollte, wo sie nicht gefunden werden würden. Dann sollte er bis zur Rückkehr der Gruppe Wache halten. Obann wollte lieber den anderen folgen, wenn er die Pferde versorgt hatte, aber Jerle hielt nichts davon. Er wies darauf hin, daß ein Suchtrupp der Gnome anrücken könnte und er dann gezwungen wäre, das Versteck zu verlegen. Oder seine Gefährten könnten auf dem Rückweg angegriffen werden und er müßte ihnen die Pferde entgegenbringen. Widerstrebend stimmte Obann zu, nahm die Pferde und verschwand.

Dann führte Jerle die kleine Gruppe, die mittlerweile auf sieben Personen geschrumpft war – er selbst, Tay, Preia, Vree Erreden und weitere drei Krieger – durch das Gewirr aus Felsen und Bäumen auf die dunkle Spalte der Zwicker zu.

Den gesamten restlichen Tag kletterten sie. Tay sann wieder über die Aufgabe nach, die vor ihm lag. Er hätte sich beruhigen können, indem er sich einredete, daß auch die anderen aus der Gruppe die Verantwortung für die Beschaffung des Schwarzen Elfensteins trugen, aber es blieb die Tatsache, daß Bremen ausdrücklich ihm den

Auftrag gegeben hatte, und nicht ihnen. Darüber hinaus war er der einzige Druide unter ihnen und der einzige, der eine Form der Magie beherrschte, die wirklichen Schutz bieten konnte, und somit auch am besten geeignet, den Elfenstein zu finden und zu bergen. Er hatte auch den anderen Teil von Bremens Vision nicht vergessen – die Gefahren, die das Versteck des Elfensteins umgaben, den Hinweis auf die dunklen Spiralen, die den Stein vor Dieben schützten, das unverkennbare Gefühl von etwas Bösem. Das Auffinden des Elfensteins, das war ihm klar, würde nur der erste Schritt sein. Ihn zu bergen, war der zweite, und das würde nicht ohne Risiko geschehen. Wenn der Elfenstein all die Jahrhunderte ungestört geblieben war, dann mußte er sehr gut geschützt sein. Vree Erreden und Preia Starle mochten ihm helfen, ihn zu finden, und Jerle Shannara und die Elfenjäger mochten ihm helfen, ihn zu bekommen, aber letztendlich fiel die Bürde ihm allein zu.

So soll es vermutlich auch sein, dachte er schließlich. Den größten Teil der vergangenen fünfzehn Jahre, beinahe sein gesamtes erwachsenes Leben, war er für solche Situationen ausgebildet worden. Genau das war der Sinn seiner Zeit auf Paranor gewesen, sofern sie überhaupt einen Sinn gehabt hatte. Nichts von dem, was er bisher geleistet hatte, war vergleichbar mit dem, was jetzt von ihm erwartet wurde. Wie die anderen Druiden hatte er die Zeit auf Paranor damit verbracht, sich in seine Studien zu vertiefen und Wissen anzueignen, und wenn er auch weiter an seinen Fähigkeiten gearbeitet hatte, hatte sein Leben doch zu einem überwiegenden Teil aus Sitzen bestanden. Fünfzehn Jahre lang hatte er in einer isolierten, weltabgeschiedenen Festung verbracht und sich nicht in die Geschehnisse der Welt eingemischt. Jetzt, wo seine Zeit auf Paranor beendet war, würde sich sein Leben für immer verändern, und genau hier in diesen Bergen, zwischen den Ruinen einer anderen Zeit, begann es, mit einem Talisman, den seit Beginn der Menschheitsgeschichte noch niemand gesehen hatte.

Er durfte also keinen Fehler machen – das war von außerordentlicher Wichtigkeit. Ein Fehler hieß, jede Hoffnung auf Vernichtung des Dämonenlords zu zerstören, ein Fehler verschloß die Möglichkeit, eine Waffe zu schaffen, die ihn würde vernichten können, und noch mehr, ein Fehler bedeutete auch das Ende von Tay Trefenwyds eigenem Leben. In einer Sache wie dieser würde es keine zweite Chance geben, keine Gelegenheit, zurückzugehen und es noch einmal zu probieren. Dieser Versuch würde alles auf die Probe stellen, woran er jahrzehntelang geglaubt, worauf er sich vorbereitet hatte.

Seine Sorgen nahmen zu. Die Gruppe war müde; sie war erschöpft davon, gejagt zu werden, wegzulaufen und sich zu verstekken, aus Fallen entkommen zu müssen, nicht schlafen zu dürfen und lange Stunden unterwegs zu sein. Sie hatten seit einer Woche nicht richtig gegessen, denn ihnen fehlten die Vorräte, die sie sich eigentlich hatten beschaffen wollen, und so lebten sie nur von dem, was sie während ihrer Flucht erlegen und finden konnten. Der Verlust ihrer Gefährten entmutigte sie, und die Angst, daß ihre Suche doch nicht erfolgreich wäre, nagte beständig an der harten Oberfläche ihrer Entschlossenheit. Niemand sprach darüber, aber sie war da, in den Gesichtern, in ihren Augen, in der Art ihrer Bewegungen, sichtbar für jeden, der es sehen wollte.

Die Zeit lief ihnen davon, dachte Tay Trefenwyd. Sie entschlüpfte ihnen wie Wasser, das durch zwei zum Becher geformte Hände tropfte, und wenn sie nicht aufpaßten, würde sie plötzlich ganz verschwunden sein.

Bei Einbruch der Nacht hatten sie den Zugang zum Paß erreicht und schlugen in einem kleinen Erlenwäldchen im Schutz der Berge ihr Lager auf. Hier, etwas weiter oben am Abhang, war es kühl, aber noch nicht richtig kalt. Die Felswände schienen die Hitze, die sich im Laufe des Tages im Paß sammelte, zu speichern; möglicherweise deshalb, weil sie sich steil in ein tiefes Tal hinabsenkten, das weit nach Osten und Westen reichte. Tay und seine Gefährten aßen wenig und tranken um so mehr, da sie noch reichlich Wasservorräte besaßen, dann wickelten sie sich in ihre Decken und schliefen ungestört bis zum Morgengrauen.

Beim ersten Licht des neuen Tages marschierten sie weiter. Die Sonne ergoß sich ins Tal und ließ Dunststreifen wie Leuchtfeuer am östlichen Horizont aufblitzen. Preia Starle führte die Gruppe an, sie erkundete einige hundert Meter voraus den Weg und kehrte immer wieder zu ihnen zurück, um sie vor Hindernissen zu warnen, auf einen besseren Pfad hinzuweisen und dafür zu sorgen, daß keinem etwas geschah. Tay marschierte neben Jerle, aber keiner der beiden sprach viel. Sie kletterten am westlichen Ende aus dem Tal hinaus, ließen den Schatten der Zwillingsgipfel hinter sich und fanden prompt den Weg durch eine gewaltige Berme versperrt. Gigantische Steinstücke schienen aus der Erde geschlagen und von riesigen Händen willkürlich zusammengetragen worden zu sein und darauf zu warten, daß sie jemand wieder auseinandersortieren und zurücklegen würde.

Preia kehrte zurück und führte sie beinahe eine ganze Meile links an der Berme vorbei, bis sie auf einen Pfad hinauf in die zerklüfteten Felsen stießen. Jerle hatte inzwischen alles, was sein Gedächtnis ihm noch mitteilen wollte, zusammengetragen, und so blieb ihnen nichts übrig, als so lange weiterzugehen, bis sie etwas fanden, das zu Bremens Vision paßte. Sie kletterten über die Berme, immer darauf bedacht, die senkrecht in die Dunkelheit abfallenden Spalten zu vermeiden. Schon ein einziger falscher Schritt hätte dazu führen können, abzurutschen und für immer verloren zu sein, und so hielten sie sich fern von den schmalen, nach unten abfallenden Kanten und den steilen Kämmen der Abhänge. Jerle hatte recht gehabt, als er darauf bestanden hatte, die Pferde zurückzulassen, erkannte Tay. Die Tiere wären hier völlig unbrauchbar gewesen.

Am Kamm der Berme trafen sie auf einen schmalen gewundenen Pfad, der in dem Gelände kaum auszumachen war und durch einen schmalen Hohlweg in die größeren Felsen darüber führte. Vorsichtig folgten sie ihm, folgten Preia, die sich mit erstaunlicher Leichtigkeit bewegte, in einem Moment sichtbar und im nächsten bereits wieder verschwunden war.

Als sie wieder auf sie stießen, stand sie am Ende des Hohlwegs und schaute auf die Berge hinter sich. Als die anderen näher kamen, wandte sie sich ihnen zu, und die Aufregung war ihr deutlich ins Gesicht geschrieben. Sie deutete auf etwas, und Tay erkannte sofort die Bergformation gleich links von ihnen. Türme reckten sich in merkwürdigen Winkeln in den Himmel und waren am Fuß von einer breiten, hohen Gruppe herabgefallener Felsbrocken umgeben.

Wie in sich verhakte Finger, zu einer einzigen Masse zusammengedrängt.

Tay lächelte erschöpft. Sie hatten die Stelle gefunden, die zerklüftete Ansammlung von Gipfeln, die irgendwo in ihren Tiefen eine Festung verborgen hielten – eine Festung, die Bremen in seiner Vision gesehen hatte und die den Schwarzen Elfenstein barg.

Tay Trefenwyd war überrascht, wie leicht es gewesen war, die V-förmigen Zwillingsgipfel und die zugehörige Bergkette zu finden. Dank Preia Starle und Vree Erredens Fähigkeit, verlorene Erinnerung zugänglich zu machen, waren sie mit einer Geschwindigkeit zu ihrem Ziel gelangt, die jeder Logik trotzte. Wenn die Gnome sie nicht hin und wieder gestört hätten, wären sie beinahe mühelos hierher gelangt.

Genauso schnell wurde es jetzt allerdings schwierig. Sie verbrachten den ganzen Tag und auch noch den nächsten damit, nach dem Eingang zu der Feste zu suchen, die in den riesigen Gipfeln versteckt sein mußte. Sie fanden nichts. Riesige Felsen, Felsblöcke und Steinplatten stapelten sich überall, sie boten Dutzende von Öffnungen an, die ins Leere führten. Langsam und sorgfältig untersuchten sie jeden Pfad, folgten ihm durch jeden Schatten bis zu einem plötzlichen Abfall der Klippen oder einer Felswand, die jedem weiteren Vordringen ein Ende setzte. Die Suche ging weiter, zog sich jetzt schon über den dritten und vierten Tag hin, und noch immer hatten sie nichts finden können.

Langsam verloren sie die Beherrschung. Sie hatten einen langen Weg zurückgelegt und einen hohen Preis gezahlt, um hierher zu kommen, und die Vorstellung, jetzt am Ende angelangt zu sein, war mehr, als sie ertragen konnten. Alle hatten das quälende Gefühl, daß ihnen die Zeit davonlief, daß Gefahr aus dem Osten drohte, wo die Gnome ihre unvermeidliche Suche weiter fortsetzten, daß ihnen der Schwung verlorenging und Enttäuschung sich breitmachte.

Jerle Shannara hielt sie auf Trab. Entgegen Tays Befürchtung wurde er nicht mißmutig und übellaunig, und er verfiel auch nicht in die Stimmung, die er nach dem Verlust der Elfenjäger beim Gipfelschlund gezeigt hatte – er blieb einfach ruhig und entschlossen und fest. Er trieb sie alle unaufhörlich an, sogar Tay. Er bestand darauf, daß sie mit der Suche fortfuhren, die Spuren zurückverfolgten, die sie gekommen waren. Er zwang sie, immer wieder und wieder in jede Öffnung in den Felsen zu spähen. Allein seine Willenskraft verhinderte, daß sie die Hoffnung aufgaben. Tay stellte wieder einmal fest, daß sein Freund der ideale Anführer war.

Vree Erreden konnte hingegen nur noch wenig helfen. Er hatte keine Visionen, keine Ahnungen, keine Hinweise seiner Instinkte – nichts, was ihnen hätte zeigen können, wo die Feste oder ihr Eingang liegen mochte. Den Lokaten schien das nicht aus der Ruhe zu bringen; er wirkte sogar zuversichtlich. Aber Tay nahm an, daß er an Mißerfolge gewöhnt war. Er hatte wohl die Tatsache akzeptiert, daß seine Fähigkeiten nicht auf Befehl funktionierten. Immerhin lehnte er sich nicht zurück und wartete darauf, daß etwas geschah. Wie jeder in der Gruppe half er bei der Suche, spähte in Winkel und Spalten, in Ritzen und Hohlwege. Er äußerte sich nicht dazu, daß sein Talent derzeit versagte, und Jerle Shannara, soviel mußte man ihm zugute halten, sprach es ebensowenig an.

Am Ende war es Preia Starle, die den Eingang entdeckte. Obwohl sich das Gebiet vor ihnen wie ein wildwuchernder Irrgarten ausbreitete, hatten sie nach dem vierten Tag den größten Teil abgesucht. Es war ihnen mittlerweile klar, daß, wenn nicht die Vision sie in die Irre geleitet hatte, die Festung in einer Art und Weise verborgen sein mußte, an die sie noch nicht gedacht hatten. Preia stand am Morgen des fünften Tages ihrer Suche vor der Dämmerung auf, setzte sich in den Schatten eines nach Osten zeigenden Felsens und beobachtete, wie sich das Licht langsam über den Gipfeln hinter ihr erhob und die Dunkelheit vertrieb, wie sich das Grau der verblassenden Nacht in das Silber und Gold des neuen Tagesanbruchs verwandelte. Hell tasteten die Sonnenstrahlen über die steil aufragenden Felsen, glitten an den Vorderseiten der Klippen entlang, als wären es gemalte Flecken an hölzernen Wänden. Das Licht tauchte in jede dunkle Spalte und verlieh ihr ein wenig Farbe, meißelte die Kanten und Formen jeder einzelnen Felswand heraus.

Und dann sah sie die Vögel. Es waren große, hagere Wasservögel, aber von jeglichem sichtbaren Wasser meilenweit entfernt. Sie stiegen aus einer Spalte an der Vorderseite eines Gipfels empor, der sich, umringt von anderen, mehr als hundert Meter über sie erhob. Die Vögel, etwas mehr als ein Dutzend, erhoben sich mit dem anbrechenden Tageslicht wie auf einen unausgesprochenen Befehl hin, stiegen in den Himmel und tauchten in den neuen Tag im Osten.

Was taten Wasservögel zwischen diesen kahlen Felsen? fragte sich Preia Starle sofort.

Sie ging schnell zu den anderen, um ihnen davon zu berichten. Sie beschrieb, was sie gesehen hatte, überzeugt davon, daß es eine Untersuchung wert war. Plötzlich schrie Vree Erreden auf, als hätte er eine Offenbarung. Ja, ja, das war es, was sie gesucht hatten. Wilder Tatendrang erfaßte die Elfen, die von den Bemühungen ihrer Suche und den fünf Nächten auf hartem Stein steif und wund waren, und sie brachen mit großer Entschlossenheit von ihrem Lager auf und zogen in die Berge.

Sie brauchten bis zum Vormittag, um die Spalte zu erreichen, aus der die Vögel aufgeflogen waren. Es gab keinen direkten Weg hinauf, und der Pfad, dem sie folgen mußten, schlängelte sich mühsam durch die Klippen, führte vor und zurück. Es erforderte bei jedem Schritt Überlegung und Sorgfalt. Wie immer führte Preia die Gruppe an, und sie erreichte die Spalte zuerst und verschwand in der Öffnung. Als die anderen ebenfalls angekommen waren und auf einem schmalen Felsvorsprung innehielten, kam sie mit der Nachricht zurück, daß ein Weg durch den Felsen schnitt.

Sie traten einer hinter dem anderen ein. Die Wände der Spalte standen eng beieinander und umschlossen die Suchenden. Die Wärme der Sonne wich feuchten, kühlen Schatten, und das Licht wurde immer schwächer. Bald bildeten Überhänge und Vorsprünge ein Dach, das sie fast vollkommen abschloß. Aber der Hohlweg war so voller Ritzen, daß nahezu an jeder Ecke etwas Helligkeit hineinfiel. Ihre Augen gewöhnten sich rasch an das Zwielicht, und sie konnten weitergehen. Sie stellten fest, daß die Vögel oben, wo die Wände weiter auseinander standen, mehr Raum zur Verfügung hatten. Sie fanden weiße Federn und Reste von altem Gras und Geäst, die möglicherweise für den Bau von Nestern hineingetragen worden waren. Die Nester würden jedoch sicherlich weiter oben sein, wo es mehr Luft und Licht gab. Die Gruppe drängte weiter.

Nach einer Zeitlang waren die Überhänge so niedrig, daß sie gebückt weitergehen mußten. Dann verzweigte sich der Hohlweg nach links und rechts. Preia wies sie an zu warten und ging nach rechts. Nach einiger Zeit kehrte sie zurück und führte sie nach links. Bald darauf verbreitete sich der Hohlweg wieder, und sie konnten aufrecht stehen. Auch das Licht weiter vorne wurde heller. Sie näherten sich dem Ende dieses Durchgangs.

Nach fünfzig Metern öffnete sich die Spalte auf einen gewaltigen See hin. Die Wasserfläche stand so plötzlich vor ihnen, daß sie an Ort und Stelle stehenblieben und ihn anstarrten. Er ruhte in einem gewaltigen Krater, und sein Wasser war absolut ruhig; nicht einmal die kleinste Welle war zu sehen. Darüber spannte sich der Himmel, eine wolkenlose, blaue Kuppel, die sowohl Licht als auch Wärme in den Krater leitete. Sonnenstrahlen spiegelten sich auf dem Wasser, und der See gab die Bilder der umstehenden Berge in allen Einzelheiten wider. Tay suchte mit Hilfe seiner Magie die Klippen ab und fand hoch oben in den Felsen die Nester der Seevögel. Es waren jedoch keine Vögel zu sehen. Nichts regte sich im Schutz der Bergwände und über der glatten Oberfläche des Sees, und es herrschte eine Stille, die gewaltig und vollkommen war und gleichzeitig so zerbrechlich wie Glas.

Nach einer kurzen, eiligen Unterredung mit Jerle führte Preia Starle sie am linken Seeufer entlang. Das Ufer bestand aus einer Mischung aus zerbrochenen Felsstücken und flachen Felsvorsprüngen, und das Scharren ihrer Schuhe auf dem Boden hallte in der gähnenden Tiefe des Kraters schaurig wider. Tay ließ seine Magie umherstreifen, während sie gingen, ließ sie nach Fallen und versteckten Gefahren suchen. Statt dessen fand er jedoch Strahlen einer Erdkraft, die so stark und so alt waren, daß sie sein zerbrechliches Netz zerstörten und ihn zwangen, es immer wieder erneut aufzubauen. Er rief Jerle zu sich und warnte ihn. Gewaltige Magie war hier am Werk, so alt wie die Zeit und genauso fest verankert. Sie bewachte den Krater und alles, was dazu gehörte. Tay hatte zwar nicht das Gefühl, daß von ihr eine direkte Gefahr ausging, aber er konnte auch ihre Quelle nicht ausmachen oder ihren genauen Zweck bestimmen. Es wäre klug, bei ihrem weiteren Vorstoß besondere Vorsicht walten zu lassen.

Sie marschierten weiter, bis sie beinahe die Hälfte des Sees umrundet hatten. Immer noch gab es kein Zeichen von Bewohnern dieser Anlage. Weder Tay noch Vree Erreden vermochte zu entdekken, was sie suchten. Die Sonne war inzwischen über den Felsenrand gekrochen und brannte direkt auf sie nieder; ein Feuerball vor dem tiefen Blau. Sie konnten nicht nach oben schauen, ohne geblendet zu werden, und so hielten sie ihren Blick nach unten gerichtet, als sie weitergingen.

Es war zu dieser Zeit, kurz vor Mittag, als Tay Trefenwyd den Schatten sah.

Er hatte sich kurz vom Wasser entfernt und auf eine etwas höher gelegene Fläche begeben. Die Sonne spiegelte sich grell auf der immer noch reglosen Wasseroberfläche, und er wollte einen ungestörten Blick auf das andere Ufer des Sees werfen. Während er nach einer Position suchte, die das blendende Licht etwas mindern würde, sah er, daß der Schatten eines Felsvorsprungs über die ganze Länge des Sees hinweg auf Klippen fiel, die mehrere hundert Meter weit vom See entfernt lagen. Die Spitze dieses Schattens kletterte an einer Felswand empor und endete dann in einer engen Schlucht. Irgend etwas an dieser Schlucht erregte Tays Aufmerksamkeit, und er sandte seine Magie aus, um die Öffnung zu erforschen.

Was er fand, waren Schriftzeichen, die oben in den Felsen gemeißelt worden waren.

Schnell ging er weiter, um Preia Bescheid zu geben, und gemeinsam wandte sich die kleine Gruppe vom See ab und ins Landesinnere. Wenige Augenblicke später standen sie vor der Schlucht und starrten in stillem Nachdenken auf die Schrift. Sie war sehr alt und nicht zu entziffern. Es war Elfenschrift, aber der Dialekt war ihnen nicht bekannt, und die Arbeit war so sehr vom Wetter abgenagt, daß sie beinahe ganz abgetragen war.

Dann trat Vree Erreden einen Schritt vor, ließ sich von Tay und Jerle hochheben und strich mit seinen Fingern über die Schrift. Einen Augenblick verharrte er so, die Augen geschlossen, die Hände tastend, innehaltend, dann wieder tastend. Dann ließ er sich hinuntergleiten. Wie in Trance beugte er sich zu dem Felsen hinunter, auf dem sie standen, und scheinbar ohne auf das zu achten, was er tat, konzentrierte er seinen Blick auf etwas, das sie nicht sehen konnten. Mit einem Stein ritzte er Buchstaben in die weiche Oberfläche.

Tay beugte sich darüber und las.

DIES IST DIE KAU-MAGNA.
WIR LEBEN NOCH IMMER HIER.
BERÜHRE NICHTS. TRAGE NICHTS FORT.
UNSERE WURZELN SIND STARK UND TIEF.
NIMM DICH IN ACHT.

»Was bedeutet das?« flüsterte Jerle.

Tay schüttelte den Kopf. »Es bedeutet, daß das, was hinter dem Eingang liegt, von Magie bewacht wird und jede Störung unangenehme Folgen haben wird.«

»Es heißt, sie sind noch am Leben«, bemerkte Vree Erreden. Er zischte beinahe vor Ungläubigkeit. »Aber das kann nicht sein! Seht euch die Schrift an! Sie muß aus der Zeit der Feen stammen!«

Sie starrten die Schriftzeichen an, die Spalte und dann einander. Hinter ihnen warteten die Elfenjäger mit Preia Starle. Niemand sagte ein Wort. Sie alle hatten das Gefühl, als zerflösse die Zeit, als vereinigten sich Vergangenheit und Gegenwart und wiesen über die Vergänglichkeit des Lebens und der Geschichte hinaus. Sie hatten das Gefühl, am Rand einer Klippe zu stehen und zu wissen, daß jeder falsche Schritt unweigerlich den Tod zur Folge hatte. Tays Wahrnehmung der fremden Magie war so stark, daß er beinahe den Eindruck hatte, sie würde seine Haut berühren. Alt, mächtig, mit eisernem Willen, aus einer bestimmten Absicht heraus und mit einem bestimmten Grund beschworen, erfüllte sie seine Sinne und drohte ihn zu überwältigen.

»Wir sind nicht bis hierher gekommen, um wieder umzukehren«, bemerkte Jerle Shannara mit ruhiger Stimme und schaute Tay an. »Das kommt gar nicht in Frage.«

Tay nickte. Er war genauso entschlossen. Er schaute Vree Erreden an, dann Preia Starle und die hinter ihr stehenden Elfenjäger und wandte sich schließlich wieder Jerle zu. Er warf seinem Freund ein etwas schiefes Lächeln zu. Dann holte er tief Luft und verschwand in dem dunklen Schlund der Spalte.

Kapitel 16

Der Spalt in dem Felsen öffnete sich sofort zu einem breiten Gang, der die Möglichkeit bot, zu zweit nebeneinander zu stehen. Stufen wanden sich nach unten in eine Dunkelheit von so gewaltigem Ausmaß, daß nicht einmal Tay Trefenwyds scharfer Blick sie durchdringen konnte. Er ging einige Meter weiter und tastete sich an der Wand entlang, bis er gegen eine Metallplatte stieß. Licht strömte bei der Berührung von ihrer glatten Oberfläche, blaßgelb und kühl. Er starrte die Platte überrascht an, denn einer solchen Magie war er noch niemals begegnet. Das Licht enthüllte jetzt eine andere Platte weiter vorn, wo es wieder dunkel wurde. Tay ging zu ihr, legte seine Hand darauf, und auch sie erstrahlte. Das ist unglaublich, dachte er staunend. Er hörte die Schritte der anderen hinter sich und überlegte einen Moment, was sie wohl denken mußten. Aber niemand sagte etwas, und er schaute sich nicht nach ihnen um. Statt dessen ging er weiter durch den dunklen Korridor, den er immer wieder erhellte, indem er eine Metallplatte nach der anderen berührte.

Der Abstieg dauerte lange. Tay konnte nicht abschätzen, wieviel Zeit dabei verging, denn seine gesamte Konzentration war darauf gerichtet, Druidenmagie auszusenden und so versteckte Fallen aufzustöbern. Die Metallplatten, durch die sie mit dem notwendigen Licht versorgt wurden, zeugten von einem unerwartet ausgeklügelten System. Über Feenmagie war nicht viel bekannt, denn die meisten Überlieferungen waren im Laufe der Zeit verloren gegangen. Dennoch hatte Tay immer als selbstverständlich angenommen, daß die Wurzeln ihrer Magie mehr in der Natur und weniger in der Technologie zu finden waren. Diese Metallplatten schienen ihn jedoch zu widerlegen, und das machte ihn unsicher. Du darfst nichts so akzeptieren, wie es scheint, ermahnte er sich. Seine Druidenmagie arbeitete eifrig, sie trieb im Luftstrom, strich durch Felsspalten und sprang über Staubkörnchen, die sie selbst aufgewirbelt hatte. Tay beeilte sich, die Geheimnisse der Welt, an denen sie vorbeikamen, so gut wie möglich zuzuordnen und einzuteilen. Er fand keine Spuren, die von anderem Leben zeugten, obwohl die Warnung oberhalb der Tür etwas anderes behauptet hatte. Nichts deutete darauf hin, daß überhaupt jemand oder etwas hier gewesen wäre, seit Jahren nicht, vielleicht auch seit Jahrhunderten. Dennoch hatte Tay das eindeutige Gefühl, daß irgend etwas ihn beobachtete und begutachtete und weiter vorne mit geduldiger und unerbittlicher Absicht auf ihn wartete.

Die Treppe endete vor einer gewaltigen, zweiflügeligen Eisentür, die weder von Schlössern verriegelt noch von Magie bewacht wurde. In den Stein über dem verrosteten Rahmen waren die Worte KAU-MAGNA gemeißelt – aber nur diese Worte. Die anderen rückten näher. Auf Händen und Knien untersuchte Preia Starle den Boden vor den Türen, dann stand sie auf und schüttelte den Kopf. Hier war schon sehr lange niemand mehr gewesen.

Tay untersuchte die beiden Türflügel und den Spalt dazwischen. Nichts geschah. Daraufhin trat er einen Schritt nach vorn, legte die Hände auf die großen Eisengriffe und drückte sie nach unten.

Die Griffe gaben leicht nach, die Verriegelung löste sich, und die Türen schwangen in einem Bogen nach innen, als würden sie in vollkommenem Gleichgewicht gehalten. Trübes Licht strömte durch die Öffnung, als würde es durch eine regenverschmierte Glasscheibe gefiltert.

Vor ihnen stand eine gewaltige Festung. Die Steinplatten waren so unglaublich alt, daß die Ecken und Kanten sich abgeschliffen hatten und die Oberflächen des Steins zersprungen waren und wirkten, als wären sie von Spinnenweben bedeckt. Es war eine wunderbare Konstruktion, ein Meisterwerk der Ausgewogenheit aus Türmen, aus miteinander verwobenen Brüstungen, die an jeder Ecke frei nach vorn und hinten hinausragten, aus einem Geflecht sich windender Stege, die an die Feinheit eines gewebten Teppichs erinnerten. Die Festung schraubte sich höher und höher empor, bis ihre höchsten Türme kaum noch zu erkennen waren. Berge rahmten sie ein, ragten durch ein Dach aus Wolken und Nebel in den Himmel. In den höheren Lagen wuchsen dicht an den Felswänden Bäume und Büsche, und Zweige und Ranken senkten sich nach innen auf die Turmspitzen, bündelten das Tageslicht zu kleinen, gebrochenen Strahlen. Hier lag die Ursache für den merkwürdigen Schimmer des Lichts, in jenem Filter aus Laub.

Tay schritt über die Türschwelle und betrat einen gewaltigen Hof, der sich zu beiden Seiten hin ausbreitete und auf das zentrale Gebäude der Festung zulief. Jetzt erkannte er, daß ihr bisheriger Weg sie durch Gänge zwischen den äußeren Mauern der Burg geführt hatte. Verwundert starrte er auf die Mauern, die bis zu den Gipfeln aufstiegen, und er begriff, daß die Berge sich im Laufe der Zeit bewegt und die alte Festung immer mehr eingeschlossen und bedrängt hatten, bis die Wände rissig geworden waren und zerbrökkelten. Einen Zentimeter nach dem anderen forderten die Berge den Boden zurück, auf dem die Burg erbaut worden war, und eines Tages würden sie sich für immer um sie schließen.

Die Gruppe ging weiter und schaute sich wachsam um. Die Luft war feucht und muffig, sie trug den Gestank von Sumpf und Verfall mit sich. Dies war seltsam für einen so tief in den Bergen liegenden Ort. Allerdings waren sie, seit sie durch die Spalte am Eingang des Kraters hereingekommen waren, ein gutes Stück in die Tiefe hinabgestiegen, und Tay hielt es für möglich, daß sie sich jetzt dem Meeresgrund näherten und der Boden sumpfig sein könnte. Er schaute hinauf zu den weit über ihm an den Felsstücken hängenden Bäumen, Büschen und Ranken und erkannte, daß der Nebel beinahe ein Regen war. Er spürte die Feuchtigkeit auf seiner Haut. Er sah zu den Türen und Fenstern der Festung, schwarz gähnende Löcher im grauen Dunst. Eisenscharniere und Schlösser hingen einsam und nutzlos hinab, das Holz um sie herum war inzwischen verrottet und verschwunden. Feuchtigkeit hatte auch auf den Stein und Mörtel eingewirkt und ihn abgetragen und zerfressen. Tay schritt zu der Mauer des nächsten Turms und rieb mit der Hand über den Stein. Die Oberfläche bröckelte wie Sand unter seinen Fingern. Diese alte Festung, diese Kau-Magna vermittelte das unangenehme Gefühl, als würde sie beim nächsten starken Wind zusammenfallen.

Dann sah Tay Vree Erreden. Der Lokat hockte in der Mitte des Hofes auf den Knien, den Kopf zwischen die Schultern gezogen, die Arme vor der Brust verschränkt, als wollte er sich daran hindern, vollständig zusammenzubrechen. Sein Atem war ein rauhes Keuchen in der Stille. Tay eilte zu ihm und kniete sich neben ihn. Auch Preia erschien, dann Jerle.

»Was ist los, Vree?« fragte Tay den sichtlich leidenden Mann. »Bist du krank?«

Der Lokat nickte hastig, preßte seine Arme noch fester an den Körper und sackte gegen Tay. Er zitterte, als wäre ihm schrecklich kalt.

»Dieser Ort«, zischte er. »Schatten, spürst du es nicht?«

Tay hielt ihn fest. »Nein. Nichts. Was ist es, das du fühlst?«

»Eine solche Macht! Sie ist böse und fühlt sich so rauh an wie Sandkörner an meiner Haut! Zuerst habe ich gar nichts gespürt, aber dann war es plötzlich überall! Es hat mich überwältigt! Einen Augenblick lang dachte ich, ich könnte nicht mehr atmen!«

»Wo kommt sie her, diese Macht?« fragte Jerle und trat noch näher.

Der Lokat schüttelte den Kopf. »Ich weiß es nicht. Das hier ist nichts, was ich kenne, nichts, was ich vorher schon einmal erlebt hätte! Es war keine Vision oder Ahnung oder... etwas anderes dieser Art. Es war Finsternis, eine Welle tiefster Finsternis, und dann ein Gefühl von...«

Er holte tief Luft, um sich zu beruhigen, dann schloß er die Augen und schwieg. Tay schaute besorgt auf ihn hinab, er befürchtete, Vree hätte das Bewußtsein verloren. Aber Preia griff nach seinem Arm und schüttelte den Kopf. Vree Erreden ruhte nur. Tay störte ihn nicht. Reglos hielt er den Lokaten in seinen Armen, und mit ihm wartete die gesamte Gruppe.

Schließlich öffnete der gequälte Mann wieder die Augen, atmete tief ein und rückte dann ein Stück von Tay ab. Er stand auf. Er sah sie mit festem Blick an, nur seine Hände zitterten noch. »Der Schwarze Elfenstein«, flüsterte er, »ist hier. Das war es, was ich gespürt habe, die Quelle des Bösen.« Er blinzelte, blickte dann Tay scharf an. »Seine Macht ist unglaublich!«

»Kannst du uns sagen, wo er sich befindet?« fragte Tay und versuchte, ruhig zu bleiben.

Der Lokat schüttelte den Kopf. Er verschränkte die Arme vor der Brust, als wollte er sich verteidigen. »Irgendwo da vorn. In der Festung.«

Also gingen sie vorsichtig weiter in die eigentliche Burg hinein. Tay führte sie wieder an, er warf sein Netz aus Magie vor ihnen aus, um gegen alle Gefahren gewappnet zu sein. Im Zentrum der Festung schritten sie durch eine weitere Tür und folgten den dahinterliegenden Gängen. Tay spürte Preia hinter sich und fühlte, wie Jerle seinen Ellbogen streifte. Sie beschützen mich, dachte er. Er schüttelte den Kopf. Er war etwas irritiert, weil er die Nähe des Schwarzen Elfensteins nicht gespürt hatte, obwohl sie sich doch Vree Erreden so offensichtlich enthüllt hatte. Die Druidenmagie hatte ihn im Stich gelassen. Warum? War seine Magie in dieser Festung nicht mehr von Bedeutung? Nein, gab er sich selbst die Antwort, denn zuvor, am Eingang, hatte er ja die Anwesenheit von etwas gespürt, das ihn beobachtete. Aber um was genau handelte es sich? Der Elfenstein konnte keine Intelligenz besitzen, aber es war klar, daß irgend etwas hier lebte. Was konnte es nur sein?

Sie drängten durch die Burg, bahnten sich ihren Weg immer tiefer in die Katakomben. Schatten bedeckten alles wie mit dunklen Schichten aus muffigem Samt. Staub wirbelte unter ihren Füßen auf. Die Möbel, die einmal diese Festung verschönert hatten, waren zerfallen. Nichts war mehr übrig als metallener Schrott und Stoffetzen. Rostige Nägel ragten aus der Wand hervor, wo einst Wandteppiche und Gemälde gehangen hatten. In einer anderen Zeit hatte es hier Kunstfertigkeit und handwerkliches Können gegeben, aber nichts daran hatte sich über die Zeit hinaus erhalten. Von den Fluren und Gängen zweigten Räume ab, einige riesig und königlich, andere klein und vertraulich, alle ohne jegliches Leben. In einem der Korridore standen Bänke, doch als Tay seine Hand darauf legte, zerfielen sie zu Staub. Glas lag zerbrochen in kleinen Nischen. Waffen lagen zerstört und nutzlos geworden herum, nur noch Stapel aus verrottetem Holz und verrostetem Metall. Fenster gähnten wie leere Augenhöhlen erblindeter Augen. Alles war ruhig, es herrschte Grabesstille.

An einer Kreuzung von mehreren breiten Fluren hielt Vree Erreden die Gruppe auf. Er preßte eine Hand an die Schläfe, und Schmerz verzerrte seinen mageren, angespannten Körper. »Nach links«, keuchte er und zeigte in die entsprechende Richtung.

Sie taten, wie er gesagt hatte. Preia wartete und nahm dann Vrees Arm, um ihn zu stützen. Er atmete wieder sehr hastig und zwinkerte heftig, als wollte er seine Verwirrung abschütteln. Tay drehte sich kurz zu ihm um und sah ihn an. Er fühlte sich merkwürdig schutzlos, als hätte seine Magie ihn im Stich gelassen. Er biß die Zähne zusammen, um dieses Gefühl der Unzulänglichkeit zu verscheuchen und zwang sich weiterzugehen. Seine Magie würde ihn niemals verlassen, redete er sich immer wieder ein. Niemals.

Sie folgten einer breiten Treppe, die sich um die äußeren Wände eines riesigen Rundbaus wand, nach unten. Ihre Schritte hallten schwach in der modrigen Stille, und jetzt fühlte Tay erneut diese Augen, noch stärker dieses Mal, noch deutlicher. Was immer in dieser Festung noch am Leben war, mußte jetzt sehr nahe sein.

Sie erreichten den Fuß der Treppe und blieben stehen. Vor ihnen breitete sich ein großer Hof aus, erhellt von dunstigem Sonnenlicht, das Schatten in kleine Fetzen und Fransen zerfallen ließ. Der abgestandene Modergeruch der dunklen Gänge hatte sich verzogen, und der Staub, der bisher in der stehenden Luft gehangen hatte, war verschwunden.

In der Mitte des Hofes befand sich ein Garten.

Der Garten hatte die Form eines Rechtecks und war von einem breiten Weg umgeben, der aus bemalten Ziegeln und Steinen bestand, deren Farben noch immer kräftig waren. Blumen wuchsen am äußeren Rand, in einer Vielfalt, die Tay nicht identifizieren konnte, in den unterschiedlichsten Farben und ungemein üppig. In der Mitte des Gartens befand sich ein Hain aus schlanken Bäumen und Rankenpflanzen, die so eng beieinander standen, daß sie beinahe untrennbar ineinander verschlungen waren. Die Blätter leuchteten grün und glänzten, und die Stämme und Äste waren sonderbar gesprenkelt.

Ein Garten! Tay Trefenwyd staunte. Ein Garten, tief in den Eingeweiden dieser uralten Festung, von der man meinen sollte, daß dort nichts wachsen und kein Sonnenlicht hineingelangen könnte. Er konnte es kaum glauben!

Beinahe ohne nachzudenken verließ er die Treppe und eilte zum Rand des Gartens. Er war bereits einige Meter weit gegangen, als Jerle Shannara ihn mit einem festen Griff zurückzog.

»Nicht so schnell, Tay«, warnte er.

Verwirrt blickte Tay die anderen an, dann sah er Vree Erreden wieder auf den Knien hocken. Preia hielt ihn fest, und er ließ seinen Kopf langsam von einer Seite zur anderen taumeln. Plötzlich erkannte Tay, wie stark der Drang gewesen war, weiterzugehen, wie begierig er gewesen war, den Garten auszukundschaften. Er begriff, daß er seine Verteidigungsmechanismen völlig außer acht gelassen hatte. Er war so eifrig gewesen, daß er den schützenden Schild seiner Druidenmagie ohne einen weiteren Gedanken fallengelassen hatte.

Wortlos ging Tay zu Vree Erreden. Der Lokat klammerte sich sofort an ihn, er spürte ihn eher, als daß er ihn sah, und zog ihn nah zu sich heran. »Der schwarze Elfenstein«, brachte er zischend zwischen den Zähnen hervor, »er liegt hier!«

Seine Hand zeigte zitternd auf den Garten.

Preia berührte sanft Tays Arm, und er sah sie an. Ihre zimtfarbenen Augen waren aufmerksam und äußerst wachsam. »Er ging genau in dem Augenblick in die Knie, als du die Treppe verlassen hast. Etwas hat ihn angegriffen. Was ist geschehen?«

Tay schüttelte den Kopf. »Ich bin nicht sicher.«

Er griff nach Vree Erredens Hand und umschloß sie mit der seinen. Der Lokat zuckte zurück, dann war er wieder ruhig. Tay rief seine Magie herbei, ließ einen heilenden Balsam entstehen, den er in die hageren Arme und in den Körper des Lokaten schickte. Vree Erreden seufzte kurz auf und beruhigte sich, ließ den Kopf sinken.

Preia sah Tay fragend an. »Halte ihn einen Augenblick«, bat er sie.

Dann stand er wieder auf. »Was soll dieser Garten deiner Meinung nach?« fragte er Jerle leise.

Sein Freund schüttelte den Kopf. »Auf jeden Fall nichts Gutes, wenn der Schwarze Elfenstein darin liegt. Ich würde an deiner Stelle nicht hineingehen.«

Tay nickte. »Aber ich werde den Elfenstein nicht bekommen, wenn ich es nicht tue.«

»Ich frage mich, ob es dir gelingt, selbst wenn du hineingehst. Du hast gesagt, daß die Vision vor etwas gewarnt hat, das den Stein bewacht. Vielleicht ist es dieser Garten. Oder etwas, das in dem Garten lauert.«

Sie standen dicht nebeneinander, starrten in das Gewirr aus Ranken und Ästen und versuchten, die Gefahr zu entdecken, von der beide spürten, daß sie dort wartete. Ein leichter Wind schien die glänzenden Blätter einen kurzen Augenblick zu bewegen, aber dann war wieder alles still. Tay streckte den Arm aus und sandte einen Fühler seiner Magie nach vorn, um das Innere des Gartens zu überprüfen. Der Fühler schlängelte sich hinein und suchte sehr sorgfältig, aber er fand nur noch mehr von dem, was Tay ohnehin schon sehen konnte – schlanke Bäume und Ranken mit glänzenden Blättern und Erde, in der sie wuchsen.

Dennoch spürte er Leben hinter dem, was der äußere Schein der Pflanzen vermuten ließ, er spürte die Gegenwart von etwas sehr Starkem, sehr Altem und Tödlichem.

»Komm mit«, sagte er schließlich zu Jerle.

Sie ließen die Gruppe stehen und begannen vorsichtig, den Rand des Gartens abzuschreiten und zu untersuchen. Der Weg war breit und frei, und so konnten sie in alle Richtungen schauen, während sie weitergingen. Der Garten maß ungefähr hundert Meter an jeder Längs- und dreißig Meter an der Querseite. Er sah an allen Seiten gleich aus – Blumen schmückten seinen Rand, und Bäume und Ranken waren im Innern. Es gab keinen Pfad hinein, und nichts deutete auf irgendwelches weiteres Leben hin. Es gab keinen Hinweis auf den Schwarzen Elfenstein.

Als sie wieder dort angekommen waren, wo sie begonnen hatten, ging Tay zurück zu Vree Erreden. Der Lokat war wieder bei Bewußtsein und kauerte sich neben Preia. Seine Augen waren geöffnet, und er starrte unverwandt den Garten an. Trotzdem hatte Tay den Eindruck, als würde er auf etwas ganz anderes blicken.

Tay kniete sich neben ihn. »Bist du sicher, daß der Schwarze Elfenstein hier ist?« fragte er ruhig.

Der Lokat nickte. »Irgendwo in diesem Irrgarten«, flüsterte er. Seine Stimme war heiser vor Angst. Plötzlich blickte er Tay an. »Du darfst nicht hineingehen, Tay Trefenwyd! Du wirst nicht wieder herauskommen! Das, was den Elfenstein bewacht, was in diesem Garten ist, wartet auf dich!«

Er hob seine Hand und ballte sie vor seinem schmerzverzerrtem Gesicht. »Hör auf mich! Du kommst nicht allein dagegen an!«

Tay stand auf und ging zu Jerle Shannara. »Ich möchte, daß du mir hilfst«, sagte er. Er achtete sorgfältig darauf, daß Vree Erreden ihn nicht hören konnte. »Ruf die anderen Elfenjäger herbei, aber laß Preia bei dem Lokaten.«

Jerle sah ihn forschend an, dann bedeutete er den Elfenjägern näher zu kommen. Als sie alle um ihn versammelt waren, schauten sie Tay fragend an.

»Ich möchte, daß ihr meine Arme festhaltet«, erklärte er ihnen. »Zwei auf jeder Seite. Haltet sie fest, und egal was ich sage oder tue, ihr dürft sie niemals loslassen. Laßt mich auf keinen Fall frei. Achtet nicht auf das, was ich sage. Wenn es möglich ist, schaut mich nicht einmal an. Könnt ihr das tun?«

Die Elfenjäger blickten sich an und nickten. »Was wirst du tun?« fragte Jerle.

»Ich werde mit Hilfe der Druidenmagie nachsehen, was in diesem Garten liegt«, antwortete Tay. »Es wird mir nichts geschehen, wenn ihr euch an das haltet, was ich euch gesagt habe.«

»Ich werde mich daran halten«, antwortete sein Freund. »Jeder von uns wird es. Aber mir gefällt das alles nicht.«

Tay lächelte; sein Herz klopfte. »Mir auch nicht.«

Dann schloß er die Augen und wischte die anderen aus seinem Gedächtnis. Er rief seine Magie herbei und zog sich ganz in sein Inneres zurück. Dort, tief im Kern seines Seins, bildete er mit Hilfe der Magie ein Bild seiner Selbst, ein Wesen ganz aus Geist und ohne Substanz, das er in einem langen, langsamen Atemzug entließ.

Wie ein unsichtbares Gespenst löste er sich von seiner körperlichen Gestalt, ein kleines Stück Äther gegen das blaßgraue Licht der uralten Feste. Er schlüpfte hinter Jerle Shannara und die Elfenjäger, hinter Preia Starle und Vree Erreden und auf das dicke, grüne Gewirr des reglosen Gartens zu. Je weiter er schritt, desto stärker und klarer spürte er die fremde Magie. Alt, listig und festverankert, reichten ihre Wurzeln tiefer hinunter als die der Bäume und Reben, die sie verborgen hielten. Sie war die Wesenheit, der die Machtlinien dieser Festung verpflichtet waren. Als Spinnfäden wuchsen sie aus ihr heraus, wickelten sich um Stein und Eisen, reichten von den äußeren Wänden zu den entferntesten Turmspitzen, von den tiefsten Kellern zu den höchsten Zinnen. Sie erstreckten sich über die Berge, wo sie eine Bresche in den Himmel geschlagen hatten, eine gewaltige Konzentration aus Gedanken und Gefühl und Stärke. Tay ging auf ihr Netz zu und bahnte sich vorsichtig seinen Weg daran vorbei, schlich sich dahinter, ohne es zu berühren, und ging weiter.

Dann war er im Garten, schlängelte sich durch das Labyrinth und hinein in die üppige Moderigkeit der Erde und den süßen, scharfen Geruch der Blätter und Ranken. Der Garten sah überall gleich aus, tief und geheimnisvoll und umfassend. Tay segelte gewichtslos und körperlos auf einem Luftstrom, vermied die Machtlinien, die sich hier überall erstreckten, und tat nichts, um eine Störung herbeizurufen, die alarmierte, was immer hier wachen mochte.

Er war inzwischen so weit vorgedrungen, daß er glaubte, er müßte den Garten eigentlich nahezu einmal durchquert haben, als er eine unerwartete Verstärkung der Machtlinien bemerkte. Es war dort, wo das Licht schwächer zu werden schien und die Schatten sich wieder ausbreiteten. Hier verschwanden auch die schlanken Bäume und die Ranken und machten der Dunkelheit Platz. Nackte Erde lag dort, nichts wuchs mehr, diffuses Licht wurde aufgesaugt wie Wasser von einem Schwamm. Etwas Unsichtbares pulsierte mit dem vollen Klang und der Beharrlichkeit eines schlagenden Herzens, etwas, das sich in schützende Magie und allumfassende Macht hüllte.

Tay Trefenwyd trat näher heran, er blinzelte in die erdrückenden Schatten und stahl sich hinter die wachsamen Linien der Macht. Er verlangsamte seinen Pulsschlag, das Flüstern seines Atems und das Klopfen seines Herzens bis zur absoluten Stille. Er ließ nur noch den kleinsten Teil von sich übrig und wurde eins mit der Dunkelheit.

Dann sah er ihn. Auf einem uralten Metallgestell, in das Runen gehämmert und fremde Geschöpfe geschmiedet waren, ruhte ein

Elfenstein so schwarz wie Tinte und so undurchdringlich, daß sich kein Licht von seiner glatten Oberfläche widerspiegelte. Unergründlich, unendlich und eine Macht abstrahlend, die jenseits all seiner Vorstellungskraft lag, wartete der Schwarze Elfenstein.

Er wartete auf ihn.

O Schatten! Auf ihn!

So, wie eine Motte von Licht angezogen wird, streckte Tay die Hand nach ihm aus – spontan, ohne zu denken, und unfähig, dagegen anzukämpfen. Er griff mit der Verzweiflung und der Not eines ertrinkenden Mannes nach dem Stein, und diesmal war Jerle Shannara nicht dabei, um ihn zurückzuhalten. Ein Bild nur, ein Geist ohne Körper, verschwendete er keinen Gedanken an das, was er tat. In diesem Moment war seine Vernunft verloren und seine Begierde alles, was zählte.

Daß er nur ein Geist und nicht mehr war, rettete ihn. In dem Augenblick, da er die Hand um den Elfenstein schloß, war er erkannt und erkannte. Er spürte die Linien der Macht als Antwort auf seine Anwesenheit schimmern, spürte, wie sie warnend erzitterten und aufheulten. Er versuchte sich zurückzuziehen, dem Herannahenden zu entfliehen, doch es gab kein Entrinnen. Der Wächter, den er nicht hatte erkennen können, das Ding, das in den Ruinen der Kau-Magna lebte, nahm plötzlich grauenhafte Gestalt an. Die Erde bebte als Reaktion darauf, daß sie zu Leben erweckt worden war, und die Ranken, die im gesamten Garten wuchsen und kurz zuvor noch schlaff und kraftlos herunterhingen, flogen jetzt empor – sie wurden zu jenen Spiralen des Todes, vor denen Galaphiles' Schatten gewarnt hatte. Schlangengleich peitschten sie suchend durch die Spalten zwischen den Bäumen. Magie trieb sie an, speiste sie, gab ihnen Leben, und Tay Trefenwyd wußte sogar in seiner Geistesgestalt sofort, wozu sie da waren. Sie umschlangen seine Arme und Beine, seinen Körper und seinen Kopf, kamen zu Dutzenden von überallher. Sie wanden sich um ihn und begannen zuzudrücken. Tay spürte ihren Druck – den er eigentlich nicht hätte spüren dürfen, war er doch nur ein Geist. Aber die Magie des Gartens hatte eine solche Macht, daß sie ihn selbst in dieser schwer faßbaren Form aufstöbern konnte. Magie gegen Magie – sie hatte eine Kraft, die sogar einen Druiden zerstören konnte. Tay hatte das Gefühl, als würde er entzweigerissen. Er hörte seinen eigenen Schrei als Reaktion darauf – der Schmerz hatte in seinem Geist eine eigene Realität angenommen. Er sammelte sich im Innersten seiner zerrissenen Form, brachte den kleinen Teil, der wichtig war, in ein Quentchen nicht größer als ein Staubkorn, und raste durch eine Lücke in den schlingenden Reben direkt auf das Licht zu.

Dann war er plötzlich wieder in seinem Körper, schrie und wand und krümmte sich und versuchte so sehr, sich freizukämpfen, daß Jerle Shannara und die Elfenjäger ihn nur mit Mühe festhalten konnten. Er keuchte, zitterte und brach schließlich erschöpft in ihren Armen zusammen. Er war schweißgebadet, und seine Kleidung war ganz zerrissen von seinen Versuchen, sich aus den Händen der anderen zu befreien. Der Garten vor ihm wogte vor Leben, ein Ozean voll tödlicher Absicht, ein Sumpf, dem nichts entkommen konnte, was in ihm gefangen war.

Und dennoch war es ihm gelungen.

Er schloß die Augen. »Schatten!« flüsterte er und bekämpfte die Erinnerung daran, wie die hartnäckigen Reben sich um ihn geschlungen und zugedrückt hatten.

»Tay!« Jerles Stimme klang heiser und verzweifelt. Der große Mann hielt ihn fest, schlang die Arme um ihn. *Wie Ranken!* Jerle zitterte. »Tay, hörst du mich?«

Tay Trefenwyd drückte bestätigend die Hand seines Freundes und öffnete die Augen. Es ging ihm jetzt gut – das redete er sich jedenfalls ein. Er war in Sicherheit und unverletzt. Er atmete tief und langsam, um sich wieder zu beruhigen. Er war zu den Lebenden zurückgekehrt und hatte alles über den Schrecken der Magie des Schwarzen Elfensteins erfahren, was er wissen mußte.

Er berichtete den anderen über alles, was er erfahren hatte. Er log sie nicht an, doch er enthielt ihnen den finstersten Teil der Wahrheit. Er versuchte, nicht zu zeigen, wie verängstigt er war, aber als er das Erlebnis wiederholte, schwemmte die Furcht wieder wie ein gewaltiger, breiter und tiefer Fluß über ihn hinweg. Er sprach mit ruhiger und fester Stimme und berichtete in knappen Worten. Dann sagte er ihnen, das er jetzt eine Weile nachdenken müsse, um zu wissen, was als nächstes zu tun sei.

Sie ließen ihn alleine, nur Vree Erreden nicht. Der Lokat ging unaufgefordert mit ihm, und sobald sie außer Hörweite waren, nahm er Tays Arm.

»Du hast nichts von dem Wächter gesagt. Du hast ihn nicht genannt, aber du mußt seine Identität kennen.« Vrees Finger übten stärkeren Druck aus. »Ich habe gespürt, wie er auf dich gewartet hat – ganz besonders auf dich, als wärst du etwas Besonderes für ihn. Erzähl mir, was es ist, Tay Trefenwyd.«

Sie gingen zur Wendeltreppe und setzten sich auf die Stufen der Festung. Der Garten vor ihnen war wieder reglos; erneut ein Garten und nichts weiter. Es war, als wäre niemals etwas geschehen.

Tay sah den Lokaten an, dann wandte er den Blick ab. »Wenn ich es dir erzähle, muß es unter uns bleiben. Niemand darf davon erfahren.«

Vree Erreden nickte. »Ist es der Dämonenlord?« flüsterte er.

Tay schüttelte den Kopf. »Was hier herrscht, ist viel älter als er. Was in dem Garten lebt, hat einmal diese Burg bewohnt. Es ist ein Abbild des Lebens, einer Gruppe von Feengeschöpfen, überwiegend Elfen, die Jahrhunderte zuvor wie du und ich gewesen sein mögen. Aber sie begehrten die Macht des Schwarzen Elfensteins, und ihre Begierde war so verzweifelt, daß sie nicht widerstehen konnten. Sie benutzten den Stein – alle, vielleicht gemeinsam, vielleicht auch getrennt, und sie wurden zerstört. Ich kann nicht sagen, wie, aber mir wurde ihre Geschichte eröffnet. Ich konnte ihren Schrecken und ihren Irrsinn fühlen. Sie wurden verwandelt und zu

Teilen des Gartens, zu einem gemeinsamen Bewußtsein, einer gemeinsamen Macht. Ihre Magie erhält das, was von der Burg übriggeblieben ist, und sie haben die Gestalt dieser Bäumen und Ranken angenommen.«

»Sie sind menschlich?« fragte der Lokat voller Schrecken.

»Sie waren es einmal. Jetzt sind sie es nicht mehr. Sie verloren alles Menschliche, als sie die Macht des Elfensteins beschworen.« Tay sah ihn fest an. »Bremen hat mich vor dieser Gefahr gewarnt. Er hatte mir erklärt, daß ganz gleich, was geschehen würde, ich den Schwarzen Elfenstein niemals benutzen dürfte.«

Vree Erreden senkte den Kopf; er blinzelte mehrmals. »Ich konnte spüren, daß da etwas lebt, daß etwas auf dich wartet. Ich habe es dir bereits gesagt. Aber *warum* wartet es? Suchte es einen von seiner Art, Geschöpfe der Macht, Wesen, die die Magie in irgendeiner Form benutzen können? Oder bewacht es sie vor ihnen? Was treibt es an? Es ist an mir vorbeigegangen, glaube ich, denn meiner Magie fehlt es an dieser Qualität und Stärke. Meine Magie besteht aus Instinkt und Vision, und die braucht es nicht. Aber, Schatten, ich konnte die dunkle Seite wahrhaftig spüren!«

Er wandte sich wieder an Tay. »Du hast die Macht eines Druiden, und eine solche Macht ist viel zwingender. Es ist keine Frage, daß es deine Kraft entweder fürchtet oder begehrt.«

Tays Gedanken rasten. »Es schützt den Schwarzen Elfenstein, weil der Elfenstein die Quelle seiner Macht ist. Und seines Lebens. Ich habe beides bedroht, indem ich in den Garten gegangen bin und die Machtlinien aufgestöbert habe. Weiß es aber, daß ich ein Druide bin? Das frage ich mich.«

»Es weiß ganz sicher, daß du ein Feind bist, denn es hat versucht, dich zu vernichten. Es weiß, daß du nicht auf seiner Seite stehst.« Der Lokat holte tief Luft. »Es wird darauf warten, daß du es noch einmal tust, Tay. Wenn du noch einmal in den Garten gehst, wirst du verschlungen werden.«

Sie starrten sich wortlos an. *Es weiß, daß du ein Feind bist,* wiederholte Tay in Gedanken Vree Erredens Worte. *Es weiß, daß du nicht auf seiner Seite stehst.* Er erinnerte sich plötzlich an etwas, aber er wußte nicht genau woran. Einen Moment rang er mit sich, dann fiel es ihm ein. Es war Bremen, der seine Erscheinung geändert hatte, seine Gestalt, sogar sein Denken, um in das Versteck des Dämonenlords eindringen zu können. Bremen, der sich so verändert hatte, daß er zu einem der Ungeheuer geworden war, die dort gewohnt hatten.

Konnte er das gleiche hier tun?

Der Atem stockte ihm, und er wandte sich ab, weil er nicht wollte, daß Vree Erreden in seinen Augen lesen konnte. Er konnte selbst nicht glauben, was er gerade dachte. Er konnte sich nicht vorstellen, daß er auch nur einen Augenblick lang einen Gedanken daran verschwendete. Das war einfach widerwärtig!

Aber welche andere Chance blieb ihm? Es gab keinen anderen Weg – das wußte er bereits. Er blickte zu den anderen hinüber, die am Rand des tödlichen Gartens saßen. Sie waren von weither gekommen, um den Schwarzen Elfenstein zu finden, und keiner von ihnen würde umkehren. Es war sinnlos, etwas anderes zu glauben. Es stand zuviel auf dem Spiel, und der Preis war zu hoch, als daß sie versagen durften. Eher würden sie sterben.

Oh, aber es mußte einen anderen Weg geben! Seine Gedanken wurden angespannter, als er an die festgezurrten Bänder aus Eisen dachte. Wie konnte er es nur anstellen? Welche Chance hatte er? Dieses Mal würde es kein Entrinnen geben, wenn er versagte. Er würde vernichtet werden...

Verschlungen.

Er stand auf, denn er mußte stehen, wenn er diese Entscheidung fällen sollte, er mußte sich von seiner Angst entfernen. Er ging von der Treppe weg und ließ den überraschten Lokaten einfach sitzen. Er ging auch von den anderen weg – von Jerle und Preia und den Jägern –, um sich zu sammeln und seine Stärke einzuschätzen. Eine hagere Gestalt, und er fühlte sich so abgenutzt und gebeugt wie der

Stein um ihn herum – und auch nicht weniger verletzlich dem Lauf der Zeit gegenüber. Er kannte sich als der, der er war – ein Druide als erstes, als letztes und für immer, aber nur einer aus einer Handvoll, einer aus einer Gruppe, die aller Wahrscheinlichkeit nach aussterben würde. Die Welt änderte sich, und einige Dinge mußten sich verändern. So war es wohl auch mit ihnen, mit Bremen, mit Risca, mit ihm selbst.

Aber sie würden nicht in ruhiger Selbstzufriedenheit gehen, dachte er ärgerlich. Sie durften nicht als Geister gehen, sich im Nebel auflösen mit dem nächsten neuen Tag, unbedeutende Dinge nur und halbvergessen.

Wir sollten nicht weniger sein, als was wir sind.

Bekräftigt durch seine eigenen Worte und bewaffnet mit der Kraft seiner Überzeugungen raffte er seinen letzten Mut zusammen und rief Jerle Shannara herbei.

Kapitel 17

»Es gibt einen Weg, wie wir den Schwarzen Elfenstein bekommen können«, sagte Tay ruhig zu Jerle Shannara. »Aber nur ich kann es tun, und ich muß es allein tun.«

Sie standen abseits von den anderen. Mit einem schiefen Lächeln versuchte Tay den Kloß, der ihm im Hals saß, zu ignorieren. Der Tag neigte sich dem Ende zu, und die Sonne war bereits im Westen hinter den Kuppen der Berge verschwunden. Er wollte hier nicht vom Einbruch der Nacht überrascht werden.

Jerle beobachtete ihn eine Zeitlang stumm. »Du wirst Magie anwenden, nehme ich an.«

»Ja.«

Die scharfen Augen seines Freundes waren fest auf ihn gerichtet. »Um dich zu verkleiden?«

»Ja. So ähnlich.« Tay machte eine Pause. »Ich möchte lieber nicht von den Einzelheiten sprechen. Mir wäre lieber, wenn du mir einfach vertrautest. Ich muß das alleine durchmachen, egal, was auch geschieht. Niemand darf in meine Nähe kommen, solange ich es nicht ausdrücklich erlaube. Das wird nicht einfach sein, denn ihr werdet versucht sein, anders zu handeln.«

»Es wird gefährlich werden.« Das war keine Vermutung, sondern eine Feststellung.

Tay nickte. »Ich muß in den Garten gehen. Wenn ich nicht wieder herauskomme, mußt du die Gruppe nach Arborlon zurückbringen. Nein, höre mir bis zu Ende zu«, kam er einem Einwand zuvor. »Wenn ich getötet werde, hat niemand sonst eine Chance. Du hast ein mutiges Herz, Jerle, aber keine Magie, und ohne Magie kannst du das, was im Garten ist, nicht überwinden. Du mußt nach Arborlon zurückkehren und auf Bremen warten. Er wird euch helfen. Wir haben den Schwarzen Elfenstein ausfindig gemacht, und es bleibt uns nur noch, einen Weg zu finden, wie wir ihn in unseren Besitz bringen können. Wenn es mir nicht gelingt, muß er es tun.«

Jerle Shannara stützte die Hände in die Hüften und wandte sich entrüstet ab. »Ich bin nicht gut darin, einfach nur daneben zu stehen und zuzusehen, während jemand anders sein Leben riskiert – erst recht nicht, wenn du es bist.«

Tay verschränkte die Arme über der Brust und starrte zu Boden. »Das verstehe ich. Es würde mir genauso gehen. Es ist hart, warten zu müssen. Aber ich muß dich darum bitten. Ich werde deine Kraft und Stärke später brauchen, wenn meine aufgebraucht ist. Und noch etwas. Wenn ich wieder herauskomme und du mich siehst, mußt du meinen Namen sagen, auch wenn du nicht sicher bist, ob ich es bin.«

»Tay Trefenwyd«, wiederholte der andere pflichtgemäß.

Sie starrten sich eine Weile an und dachten zurück an die Jahre, die sie nun schon befreundet waren, versuchten das, was die Situation von ihnen verlangte, mit dem zu vergleichen, was sie insgeheim von sich selbst erwarteten.

»In Ordnung«, sagte Jerle schließlich. »Geh und tu, was du tun mußt.«

Auf Tays Bitte hin führte Jerle die anderen zu der Wendeltreppe, wo sie weit genug entfernt vom Rand des Gartens sein würden. Tay blickte nur einmal zurück zu ihnen, begegnete einen kurzen Moment dem Blick von Preia Starle und wandte sich dann ab. Seit sie die Burg betreten hatten, hatte er Abstand genommen von seinen Gefühlen ihr gegenüber, denn er konnte es sich nicht leisten, auf diese Art abgelenkt zu werden. So war es auch jetzt, und er konzentrierte sich auf seine Existenz als Druide, auf die Jahre, die er mit der Ausbildung seiner besonderen Talente verbracht hatte, mit den Disziplinen und Fähigkeiten, die er beherrschte. Bremen erschien vor seinem geistigen Auge: das dünne, faltige Gesicht, die sonderbaren, zwingenden Augen, die in seinem ganzen Wesen spürbare Bestimmtheit. Er rief sich den Auftrag ins Gedächtnis; den Auftrag, der ihn dazu gebracht hatte, hierherzukommen.

Dann schaute er in den Garten auf das tödliche Gewirr der Ranken, die unsichtbare Lebenskraft, die tief verborgen irgendwo im Innern schlummerte. Er zwang sich zur Gelassenheit, verlangsamte seinen Herzschlag und seinen Puls und beschwichtigte seine Gedanken, hüllte sich in eine Decke aus Ruhe. Er griff nach den Elementen, die seine Magie antrieben – nach Luft, Wasser, Feuer und Erde, seinen Werkzeugen. Er rief herbei, was er von ihnen finden konnte, spürte sie auf und barg sie, begab sich in ihre berauschende Mitte. Er atmete sie ein, saugte sie in sich auf und begann langsam, sich zu verändern.

Er ging vorsichtig vor, um das gewünschte Ergebnis zu erzielen, und rief die Druidenmagie in kleinen, einzelnen Schritten herbei. Er verwandelte sich ohne Hast, schälte sich Lage für Lage aus seiner eigenen Identität, legte seine Gestalt ab, änderte sein Aussehen. Er schrubbte sich sauber, so daß von seiner körperlichen Identität nichts mehr übrig war. Dann versenkte er sich in sein Inneres, um auch dort zu ändern, was vorhanden war. Er verschloß seine Gefühle und Überzeugungen, seine Emotionen und Gedanken, seine Wertvorstellungen – alles, was ihn zu dem machte, was er war. Er bündelte sie zusammen und versteckte sie an einem Ort, wo sie nicht gefunden werden konnten, wo nichts außer seinem Namen sie hervorlocken würde, ausgesprochen von Jerle Shannara.

Dann begann er, sich neu zu gestalten. Er nahm dafür von dem Leben des Gartens, von den Geschöpfen, die früher einmal menschlich gewesen waren. Er fand ihre Essenz, den Kern dessen, was die Magie des Schwarzen Elfensteins aus ihnen gemacht hatte, und ließ sie in seinem Innern erblühen. Er wurde zu dem, was sie waren, genauso dunkel und verloren, genauso zerstört und fruchtlos, eine Kopie ihres Irrsinns, ihrer Form des Bösen. Er wurde wie sie, so daß er sich zwischen ihnen hin und her bewegen konnte, aber er bewahrte einen Rest der Essenz seines Selbst auf. Er war nur einen Schritt von ihrem Schicksal entfernt und ihnen so nah, daß es nach der Vollendung dieses Schrittes keinen Unterschied mehr geben würde.

Die zuschauenden Elfen konnten seine Veränderung beobachten. Sie sahen seine große, leicht gebeugte Gestalt schrumpfen und sich zusammenkrümmen. Sie sahen seine schmächtigen Arme und Beine sich winden. Sie spürten, wie die Fäulnis über ihn hinweg und in ihn hineinschwemmte, bis nichts anderes mehr da war. Sie rochen den Verfall, schmeckten ihn. Er war ein einziges, abscheuliches Greuel gegenüber allem, was gut war, gegenüber allem Menschlichen, so daß selbst Jerle Shannara, der sich innerlich abgehärtet und auf alles gefaßt gemacht hatte, was sein Freund vorhatte, vor ihm zurückwich.

In Tay Trefenwyds Kopf tobte der Irrsinn in voller Blüte, er war vollkommen besessen. Er stank nach den lähmenden Auswirkungen der düsteren Magie dieses Gartens, nach dem Zerfall, der jenen zuteil wurde, die ihn mit ihrem Leben erfüllten, die ihn zu ihrem

Heim erwählt hatten. Einen Augenblick lang glaubte Tay, die Magie zu verstehen, zu wissen, wie sie aus dem fehlgeleiteten Gebrauch des Schwarzen Elfensteins entstanden war. Doch die Intensität dieses Verständnisses bedrohte auch noch seine letzten gesunden Anteile, den winzigen Kern, der ihn an sein Ziel fesselte, und er war gezwungen zurückzuweichen.

Jetzt trat er in den Garten, ein Gefährte jener Kreaturen, die er in sich aufgenommen hatte. Er schritt kühn voran, denn nichts anderes machte Sinn. Er ging, als wäre er einer von ihnen, einer, der immer noch den Pflichten anhing, die sie im gleichen Augenblick zurückgelassen hatten, als sie ihre Gestalt veränderten. Er ging als einer, der noch die Welt bewohnte, die sie bereits aufgegeben hatten. Er schlüpfte zwischen den Bäumen hindurch und wirbelte die kraftlosen Ranken auf, wie wenn eine Schlange den Zufluchtsort einer anderen betritt. Er war ebenso giftig wie sie, und was aus ihnen geworden war, war um nichts schlechter als das, was sich in seinem Innern widerspiegelte. Er glitt in die düsteren Tiefen hinab, suchte ihre Behaglichkeit, wand sich schlängelnd in ihre Umarmung, seelenlos.

Der Garten und seine Geschöpfe reagierten genauso, wie er es gehofft hatte. Sie hießen ihn willkommen, schlossen ihn als einen der ihren in die Arme, ganz so, als würden sie ihn wiedererkennen, als wäre er ihnen vertraut. Er tauchte tief in ihre Fäulnis, ihren Zerfall ein und gestattete ihnen, die Ranken ihrer eins gewordenen, gemeinsamen Gedanken in sein Bewußtsein hineinzuzwängen und so seine Absicht zu erkennen. Er war ihr Wärter, er war der Hüter ihres Gartens. Er war gekommen, um ihnen etwas zu bringen, einen Wechsel, der neues Wachstum verkündete, der ihren unausgesprochenen Hunger befriedigen würde. Er war gekommen, um sie zu erlösen.

Er drang tief in den Garten ein, so tief, daß er sich beinahe in dem verlor, zu dem er geworden war. Alles andere zersetzte sich und würde der Erinnerung nicht standhalten, wenn er nicht wieder hinauskäme. Er wand sich zu einem Knoten zusammen, der sein Leben in kleinen, scharlachroten Tropfen auspreßte. Ganz Irrsinn und Pein, war er nur noch ein verheerendes Gespenst ohne eine Spur seiner früheren Identität. Nichts von dem, was er jemals gewesen war, existierte noch.

Aber er wurde auch von dem unveränderlichen und zwingenden Ziel angetrieben, dem er sich überantwortet hatte. Wegen des Schwarzen Elfensteins war er hierhergekommen, und er war selbst in seinem Irrsinn fest entschlossen, ihn sich zu holen. Angefüllt von dieser Beharrlichkeit und diesem unerbittlichen Wunsch, näherte er sich dem Stein. Die Machtlinien berührten ihn und schlängelten sich fort. Die Ranken bebten, aber eher aus Anerkennung denn aus Wut. Der Garten erlaubte ihm, sich zu dem Stein hinabzubeugen, ihn in seine Hände zu nehmen, ihn an seine Brust zu heben. Er war gekommen, um sich um den Stein zu kümmern, erkannten sie. Er war gekommen, um neue Magie aus ihm herauszulocken, Magie, an der sie teilhaben würden, die sie nähren und ihren Hunger wieder befriedigen würde.

Denn dies war die Verkleidung, die Tay Trefenwyd gewählt hatte. Die Geschöpfe, aus denen der Garten bestand, konnten nicht mehr die Kraft beschwören, der sie untertan waren, konnten sich nicht mehr von ihr nähren, sondern waren eingesperrt in das, was sie aus ihnen gemacht hatte, gefangen inmitten der Ranken und Bäume und Blumen und für immer fest verwurzelt auf dem rechteckigen Fleckchen Erde tief innerhalb der Festung, die einst ihr Heim gewesen war. Sie bewachten den Stein, als wäre er das Schloß zu ihren Fesseln, und warteten auf die Zeit, da ein Schlüssel gebracht würde, um sie zu befreien. Tay war der Überbringer dieses Schlüssels. Tay war die Chance und die Hoffnung und das Versprechen, das ihr Irrsinn ihnen zugestand.

So ging er Schritt für Schritt weiter zurück durch den Garten, in seinen Händen – oder was er für seine Hände hielt – den Schwarzen Elfenstein. Dicht hinter sich spürte er die Linien der Macht, aber das

Netz aus Magie gab ihm Raum, und die Ranken lösten sich, um ihn hindurchzulassen. Sie raschelten leise, als er vorbeistrich, und er spürte, wie der Garten vor Schmerz erzitterte. Aber der Schmerz kehrte in ihn zurück, und es war ein süßes Gefühl. Der Schmerz war das Versprechen neuer Qual, der Qual der Verwandlung. Dunkle Absichten führten seine Schritte, fraßen an seinem Herzen und spornten ihn weiter an. Eine neue Kraft arbeitete an seiner entstellten Gestalt; eine Berührung, die so vorsichtig war, als wenn sanfte Finger über Haut strichen. Es war die schlummernde Kraft des Schwarzen Elfensteins, die zu Leben erwachte – erpicht darauf, wieder freigelassen zu werden, und bestrebt zu versprechen, was alles möglich wäre. Zärtlich wie eine Geliebte strich sie um Tay Trefenwyd, berührte seine Gestalt und erfüllte ihn mit Freude. Die Kraft des Steins könnte ganz ihm gehören, wisperte sie. Er könnte nach Belieben über sie verfügen, und sie würde ihm alles geben.

Er durchbrach die Schatten des Gartens und trat ins Licht, befreit von den Ranken, von den Stimmen und den Berührungen derer, die dort hausten. Er war eine schreckliche, heruntergekommene Erscheinung und in keiner Hinsicht menschlich, sondern so düster und abscheulich, daß sie ihn nicht wiedererkannten. Er ging zu dem Steinweg, den Schwarzen Elfenstein fest in seinen Händen, die Machtlinien unsichtbar in seinem Gefolge. Nur er war in der Lage, die Fäden zu erkennen, die ihn jederzeit wieder zurückziehen konnten. Die Elfen, die mit ihm zur Kau-Magna gekommen waren, starrten ihn erschreckt an. Dann griffen sie mit einem Schreckensschrei zu ihren Waffen und machten sich bereit, seinem Angriff entgegenzutreten. Er sah sie an und wußte nicht, wer sie waren. Er sah sie an, und sie waren ihm gleichgültig.

Dann hob Jerle Shannara die Hand, um seine Gefährten daran zu hindern, die Waffen zu benützen. Allein und ohne jeden Schutz schritt er der Erscheinung entgegen und starrte sie unverwandt an. Als er nur noch ein paar Meter entfernt war, blieb er stehen und flüsterte in die Stille hinein: »Tay Trefenwyd?« Seine Stimme war heiser und verzweifelt.

Der Klang seines Namens, ausgerufen von Jerle Shannara, brachte Tay Trefenwyd wieder ins Leben zurück. Die Druidenmagie, die in der tiefsten, undurchdringlichsten Ecke seines Seins in Schach gehalten worden war, durchflutete ihn und schoß aus ihm heraus. Sie befreite ihn von den Fesseln der Verkleidung, die er angelegt hatte, und führte ihn aus der Finsternis hinaus und fort von dem Morast, in den er eingesunken war. Sie brannte die Hülle der Kreatur fort, zu der er sich gemacht hatte, brannte sie ebenso fort wie den Irrsinn, der ihn besessen hatte. In einem kurzen, schnellen Augenblick fügte sie ihn neu zusammen, stellte seine frühere Identität, sein ehemaliges Aussehen wieder her, gab ihm seine Vernunft und seine Überzeugungen zurück.

Dann durchtrennte sie die Machtlinien, die ihm auf den Fersen waren, und gab ihm die alleinige Verfügung über den Schwarzen Elfenstein.

Der Garten tobte. Die Ranken und Bäume drängten mit einer solchen Kraft aus der Erde, daß sie sich ihren Wurzeln zu entreißen drohten. Sie stürzten auf den Schwarzen Elfenstein und Tay Trefenwyd zu, wollten den einen zurück, den anderen zerstören. Aber Tay wurde von dem Feuer seiner Druidenmagie geschützt, die nun wieder in Kraft getreten und dazu bestimmt war, ihn vor der Wut des Gartens zu bewahren. Ranken schlugen nach ihm, wanden sich um ihn und versuchten, ihn wieder in die finsteren Tiefen zu ziehen. Aber das Feuer hielt sie zurück, verbrannte sie zu Asche und schützte den Druiden.

Jerle Shannara und die anderen eilten vorwärts und schlugen mit ihren Schwertern und Messern auf die um sich schlagenden Ranken ein. *Nein!* dachte Tay und versuchte, sie daran zu hindern. *Nein, bleibt zurück!* Er hatte ihnen gesagt, ihm nicht nahe zu kommen, hatte gerade Jerle davor gewarnt! Aber die Elfen konnten nicht anders, als sie sahen, daß er mit dem wertvollen Elfenstein zurückgekehrt war und in Bedrängnis zu sein schien. Also kämpften sie sich mutig und furchtlos mit gezogenen Waffen vorwärts, ungeachtet der Größe der Gefahr vor ihnen.

Zu spät erkannten sie ihren Fehler. Schnell wie der Blitz wandte sich der Garten ihnen zu. Den ihm am nächsten stehenden Elfenjäger fing er ab, bevor er sich durch einen Sprung ins Freie retten konnte, und zerriß ihn in kleine Stücke. Verzweifelt dehnte Tay den Schutz seines Druidenfeuers auf seine bedrängten Freunde aus und gestattete seinem eigenen Schild, schwächer zu werden. Dann rannte er auf die Felsen zu, die Sicherheit versprachen, und brüllte den anderen zu, ihm zu folgen. Alle bis auf einen taten dies – noch ein Elfenjäger, der zu langsam reagiert hatte und, als er sich umdrehte, von hinten angegriffen und ins Verderben gezerrt wurde.

Tay erreichte die Treppe und riegelte diesen Bereich ab. Er spürte, wie die Machtlinien überall um ihn herum zusammenbrachen, wie die Magie des Gartens langsam verebbte. Die Entwendung des Schwarzen Elfensteins hatte tief in der Lebenskraft der Kau-Magna Schaden angerichtet, und die feine Struktur ihrer Hülle war jenseits aller Heilungsmöglichkeiten beschädigt. Tay fühlte den Boden unter seinen Füßen erzittern.

»Was ist das? Was passiert da?« schrie Jerle und sprang neben ihn.

»Die Festung stürzt ein!« rief Tay. »Wir müssen hier raus!«

Sie rannten die Flure entlang, durch das Gewirr aus Gängen die dunklen, leeren Tunnel zurück zu der Spalte, durch die sie Einlaß gefunden hatten. Eine merkwürdige und beunruhigende Mischung aus Hochstimmung und Unbehagen tobte in Tays Brust. Er war frei, sein gewagtes Spiel war erfolgreich gewesen, und sein Blut raste bei diesem Gedanken. Aber der Preis dafür war noch nicht berechnet. Etwas war mit ihm im Garten geschehen, etwas, das er noch nicht klar erkennen konnte. Er schaute an sich herunter, als rechnete er damit, daß ihm etwas fehlte. Aber er war ganz, wie er sah, ganz und unbeschädigt. Der Schaden lag in seinem Innern.

Risse erschienen entlang der uralten Wände der Festung und

klafften vor ihren Augen weiter auseinander. Steinbrocken bebten gewaltig und zerbröckelten. Tay hatte die Macht der Kau-Magna zerstört, jener sorgfältig ausbalancierten Magie, und nun brach alles in sich zusammen. Ihre Zeit in der Welt, solange sie auch angedauert hatte, war jetzt vorüber.

Preia Starle schoß an Tay vorüber und rannte weiter, sie rief irgend etwas über ihre Schultern zurück. Sie nahm ihren Platz als Kundschafterin der Gruppe wieder ein, flog mit wehendem zimtfarbenem Haar über die erbebenden Steine. Tay blickte ihr nach; er war nicht in der Lage, sie so deutlich zu sehen, wie er es eigentlich hätte können sollen. Seine Sicht war verschwommen, und er hatte Schwierigkeiten zu atmen. In tiefen Zügen sog er die Luft ein, und dennoch war es nicht genug.

Er stolperte, als Jerle Shannara ihn einholte, einen kräftigen Arm um seinen geschwächten Körper schob und ihn mit sich zog. Hinter ihm drängten Vree Erreden und der letzte verbliebene Elfenjäger.

Die Wände und Dächer brachen zusammen, als sie aus der Burg hinaus und über den Hof auf die Außenmauer und die Tore zustürzten. Tay spürte Feuer in seiner Brust. Ein Teil der bösen Magie des Gartens war noch immer in ihm, erkannte er. Er versuchte, sie mit Hilfe seiner eigenen Magie auszuschließen, sie von seinem Körper fernzuhalten. Er schaute an sich hinab und versuchte, Sicherheit aus dem zu schöpfen, was er sah.

Zu seinem großen Entsetzen bemerkte er, daß der Elfenstein an seiner Brust zu pulsieren begonnen hatte. Er riß sich von dem Anblick los und bedeckte den schwarzen Edelstein schnell, damit die anderen es nicht sahen.

Die fünf rasten durch das Tor der Festung und die Treppenstufen hinauf, die sie zurück zu der Felsspalte brachten, durch die sie hereingekommen waren. Hinter ihnen nahm das Dröhnen zu, vermischte sich mit dem Geräusch berstender und herabrutschender Steine. Staub vernebelte den Gang und nahm ihnen die Luft zum

Atmen. Vree Erreden blieb jetzt ebenfalls zurück, und der Elfenjäger neben Tay half ihm. Wie alte Männer stolperten die vier vorwärts, hustend und keuchend versuchten sie, mit Preia Starle Schritt zu halten.

Dann gab es tief im Innern des Berges eine Explosion, und eine gewaltige Wolke aus Schutt und Geröll brach von hinten über sie herein, riß ihnen die Füße weg und ließ sie zu Boden stürzen. Benommen und mitgenommen richteten sie sich jedoch wieder auf und hasteten weiter.

Tays Kraft ließ bedenklich nach. Der Schmerz in seinem Körper breitete sich aus. Er spürte, wie das Pulsieren des Schwarzen Elfensteins immer stärker wurde. Der Teil der Magie des Gartens, der noch immer in ihm war, nährte die Magie des Elfensteins. Er hatte sich zu gut verkleidet. Er hatte sich zu sorgfältig verändert. Er hatte geglaubt, sich von dem, was er getan hatte, erholen zu können, aber die Krankheit, mit der er sich angesteckt hatte, würde sich nicht so einfach vertreiben lassen. Er biß die Zähne zusammen und kämpfte sich weiter vor. Es war ein Risiko gewesen, das er akzeptiert hatte. Er konnte jetzt nichts mehr dagegen tun.

Dann waren sie jenseits der Spalte und wieder auf dem Pfad, der im Innern des Bergkraters zum See führte. Nur wenige Meter vor ihnen stand Preia Starle, als wäre sie zu Eis erstarrt.

»Schatten!« zischte Jerle Shannara.

Vor ihnen standen in einem Halbkreis, aus dem es kein Entrinnen gab, Dutzende von Gnomenjägern. In der Mitte waren zwei der tödlichen Schädelträger, schwarz umhüllt und zusammengekauert wie Gespenster, die auf die Nacht warten.

Ihre Verfolger hatten sie also doch noch eingeholt.

Die Elfen blieben abrupt hinter Preia stehen. Tay zählte schnell. Sie waren fünf Elfen gegen beinahe einhundert Geschöpfe des Dämonenlords. Sie hatten keine Chance. Preia wich vorsichtig an Jerles Seite zurück. Sie hatte noch keine Waffe gezogen.

»Sie warteten bereits, als ich herauskam«, sagte sie leise. In ihrer

Stimme lag keine Spur von Angst. Sie blickte zu Tay, und ihr Gesicht war merkwürdig ruhig. »Es sind zu viele für uns.«

Jerle nickte. Auch er starrte grimmig zu Tay. Hinter ihnen quoll Staub und Schotter aus der Spalte, als eine neue Explosion den Berg erschütterte. Die Erde bebte unter ihren Füßen; sie reagierte noch immer auf den Fall der Kau-Magna und den Verlust ihrer Magie.

»Wir müssen zurück«, flüsterte Jerle. »Vielleicht finden wir einen anderen Weg hinaus.«

Aber es gab keinen anderen Weg, das wußte Tay. Es gab nur diesen einen Weg, der an den Schädelträgern und den Gnomenjägern vorbeiführte. In die Spalte zurückzukehren wäre dem Selbstmord gleichgekommen. Der gesamte Berg brach zusammen, und alles, was sich in den Gängen befand, würde zermalmt werden. Links hinter ihm lockerte der einzige noch verbliebene Elfenjäger seinen Griff um Vree Erreden und ließ den Mann langsam auf den Felsboden gleiten. Der Lokat war beinah bewußtlos. Blut klebte an seinem Kopf und Gesicht. Wann war das geschehen? fragte Tay sich still. Wie hatte ihm das entgehen können?

Der Elfenjäger trat einen Schritt nach vorn und stand neben ihm.

Es ist hoffnungslos, dachte Tay.

Dann befreite er sich aus Jerles Halt und versuchte, allein zu stehen. Er stellte fest, daß es ging. Er richtete sich auf und schaute dann seinen Freund direkt an. Jerle starrte argwöhnisch zurück, und mit einiger Überwindung gelang es Tay zu lächeln. Preia Starle beobachtete ihn neugierig; ihre Augen waren hell und herausfordernd, und er dachte, daß sie vielleicht sah, was Jerle nicht sehen konnte.

»Wartet hier auf mich«, sagte er.

»Was willst du tun?« wollte Jerle sofort wissen und trat einen Schritt nach vorn, um ihn am Arm festzuhalten und zurückzuziehen.

Tay befreite sich mit Nachdruck von ihm. »Es ist alles in Ordnung«, sagte er. »Wartet einfach hier.«

Er wählte seinen Schritte vorsichtig auf dem weichen, lockeren Stein, und er spürte durch den Berg hindurch das rumpelnde Beben, als die Zerstörung der Kau-Magna weiter vorangetrieben wurde. Er warf einen Blick an den Klippen hoch und zum Himmel, nahm die Ausmaße des Kraters in sich auf und den stillen, von ihm eingefaßten See, die Gipfel der Bäume, die verschwindende Sonne. Er erlaubte seinen Gedanken abzuschweifen und dachte an Bremen und Risca, die jetzt weit weg in einem anderen Teil der Vier Länder waren und ihren eigenen Kampf fochten. Er stellte sich vor, wie es für sie sein mußte. Er dachte an seine Familie und sein Heim in Arborlon, an seine Eltern und Kira, an seinen Bruder und dessen Frau und Kinder, an seine langjährigen Freunde und die Orte, an denen er gelebt hatte. Er dachte an das zum Scheitern verurteilte Paranor und die Druiden. In einigen wenigen, kurzen Augenblikken ließ er die Dinge der Vergangenheit und der Gegenwart vor seinem geistigen Auge erscheinen, breitete die einzelnen Überlegungen vor sich aus, bündelte sie dann wieder und legte sie für immer beiseite.

Als er nur noch ein Dutzend Meter von den Schädelträgern entfernt war, blieb er stehen. Die Ungeheuer hatten sich aus der Hocke erhoben und beobachteten ihn mit bösen roten Augen. Ihre Gesichter waren im Schatten der Kapuzen verborgen. Tay hatte nicht so viel Magie übrig, wie er benötigen würde, um ihnen entgegentreten zu können, das wußte er. Er hatte sich im Garten beim Kampf mit der Kau-Magna verbraucht und war jetzt krank und erschöpft. Er akzeptierte das mit aller Gelassenheit. Die Suche nach dem Schwarzen Elfenstein war beendet. Jetzt blieb nur noch, den Stein sicher nach Arborlon zurückzubringen. Den anderen, die bei ihm waren, mußte die Möglichkeit gegeben werden, ihre Reise nach Hause zu vollenden. Er mußte dafür sorgen. Doch wenn er sonst in der Lage gewesen wäre, sie alle zusammen zu beschützen, konnte er jetzt kaum auf sich selbst aufpassen. Und dennoch mußte er es tun. Er war ihre einzige Chance.

Er schaute nach unten auf seine fest zusammengepreßte Faust. Die Macht des schwarzen Elfensteins lag darin. Bremen hatte ihn davor gewarnt, sie herbeizurufen, und er hatte dem alten Mann versprochen, es nicht zu tun. Aber die Dinge entwickelten sich nicht immer so, wie man es sich wünschte.

Er riß seine Faust mit einem kräftigen Schwung nach oben und spürte den düsteren Puls des Elfensteins gegen seine Handinnenfläche pochen. Er raffte das letzte bißchen, das ihm an Kraft und Entschlossenheit verblieben war, zusammen, griff tief in das Herz der Magie und rief ihre Kraft herbei. Die Schädelträger reagierten bereits. Sie witterten die Gefahr und riefen ihr eigenes todbringendes Feuer herbei, ein böses, grünes Strahlen, das sie auf ihn abschossen. Aber sie waren nicht schnell genug. Der Schwarze Elfenstein hatte auf Tays Ruf gewartet, jetzt nahm er ihn auf und verband sich mit ihm, ein Meister und ein Sklave, auch wenn die Rollen noch nicht vollständig festgelegt waren. Der Stein pulsierte wild vor Erwartung, seine Magie drängte zwischen Tays Fingern in einem Streifen aus Nicht-Licht hinaus, eine schwarze Leere, die alles verschlang, was sich ihr in den Weg stellte. Sie zerschmetterte das Feuer der Schädelträger, zerschmetterte die Schädelträger selbst. Sie zerschmetterte jeden einzelnen der Gnomenjäger, selbst jene, die zu fliehen versuchten, sie tötete alle bis auf den letzten erschreckten Kämpfer. Sie verschlang und verbrannte die Ungeheuer zu Asche, stahl ihnen dann ihr Leben und nährte damit den Halter des Steins.

Tay zitterte und schrie auf, als die Magie des Elfensteins erfüllt mit dem Leben seiner Opfer in ihn zurückkehrte. Die Bosheit der Schädelträger und die tödliche Kraft ihres Feuers drangen tief ins Innere seines Körpers; ihre gesamten dunklen Absichten und bösen Begierden erfüllten und zerstörten ihn. In diesem Moment erkannte er das Geheimnis der Macht des Schwarzen Elfensteins – sie raubte die Kräfte anderer Magie und wandelte sie in eigene Macht um. Aber der Preis war grauenhaft, denn die gestohlene Macht wurde zur Macht des Elfensteinbesitzers und veränderte ihn für immer.

Sekunden später war es vorüber. Alle Feinde, die sich ihnen entgegengestellt hatten, waren vernichtet. Auf dem Pfad waren nur noch Kleidungsfetzen und Waffenreste und kleine Aschenhäufchen zu sehen. In der Luft hing der Geruch von verbranntem Fleisch, und über der Oberfläche des immer noch stillen Kratersees waren leichte Wellen zu sehen, die die Hitze des Schwarzen Elfensteins hinterlassen hatte.

Tay fiel auf die Knie, die aufgebrachte Magie durchwühlte ihn. Er spürte, wie sie an seinem Körper und Geist fraß und beide als Staub zurückließ. Er konnte es durch nichts aufhalten. Er war zerstört, und es war vorbei mit ihm. Der Schwarze Elfenstein fiel aus seinen kraftlosen Fingern und auf den Boden, wo er still liegenblieb. Sein Nicht-Licht war inzwischen verloschen, und das Pulsieren hatte aufgehört. Tay starrte ihn angestrengt an und suchte nach einem Weg, wie er seine Magie so bündeln konnte, daß sie aufhielt, was mit ihm geschah. Schmerzerfüllt schloß er die Augen. Nichts hätte ihn auf so etwas vorbereiten können – absolut gar nichts. Er hatte Bremens Warnung mißachtet, und dies war der Preis, den er dafür zahlen mußte.

Dann hielt Jerle Shannara ihn im Arm, er beugte sich zu ihm hinab und sprach mit ihm. Auch Preia war da. Er konnte ihre Stimmen hören, aber er verstand ihre Worte nicht. Er hielt seine Augen geschlossen und bekämpfte die Magie des Schwarzen Elfensteins. Er war einmal zu oft in den Garten gegangen. Die Magie hatte ihre Saat in ihm aufgehen lassen, Wurzeln geschlagen und wartete jetzt darauf, daß er ihren Verlockungen erlag. Es war eine Falle, die er nicht vorhergesehen hatte.

»Tay«, hörte er Preia schreien.

Etwas Dunkles wuchs jetzt in ihm, etwas Gewaltiges und unvorstellbar Böses. Wieder wurde er in den Sog der Magie gerissen, die von dem widerwärtigen Wesen der Schädelträger verseucht war. Er wurde von ihr überwältigt und war machtlos, gegen sie anzukämpfen. Er war bereits zu mitgenommen.

»Preia«, flüsterte er. »Sag Bremen ...«

Dann entfernte er sich von ihnen, verlor sich in einer anderen Zeit, an einem anderen Ort. Es war Sommer in Arborlon, und er war wieder ein Kind. Er hatte mit Jerle gespielt und war gestürzt, als er versucht hatte, an einer Mauer emporzuklettern. Er war hart mit dem Kopf aufgeschlagen und lag im Gras. Jerle hatte neben ihm gestanden und gesagt: »Oh, stell dich nicht so an! Der Sturz war doch nicht schlimm! Du bist nicht verletzt!« Und Tay hatte sich bemüht aufzustehen, war immer noch benommen gewesen und hatte Schürfwunden an den Ellbogen und im Gesicht gehabt. Preia, die auch dabeigewesen war, hatte ihn in die Arme genommen und festgehalten und gesagt: »Ganz ruhig, Tay. Warte einen Augenblick, bis die Benommenheit vorbei ist. Es gibt keinen Grund zur Eile.«

Er öffnete die Augen. Jerle Shannara hielt ihn in den Armen; seine sonst so ruhige Miene zeigte jetzt nur Trauer und Schmerz. Preia kniete dicht neben ihm; Tränen standen ihr in den Augen, rannen über ihr Gesicht.

Seine Hand griff nach ihrer und hielt sie fest.

Dann benutzte er seine Magie genauso, wie er es bei Retten Kipp getan hatte; er hielt die Luft aus seinen Lungen fern. Er spürte, wie sein Herzschlag und der Puls sich verlangsamten, wie auch die Zerstörung seines Körpers langsamer wurde und endlich ganz aufhörte. Er wurde schläfrig. Das war alles, was ihm blieb – Schlaf.

Dunkelheit verschleierte seine Augen und raubte ihm die Sicht. Er seufzte einmal tief auf. Der Tod kam schnell und sanft und trug ihn mit sich fort.

Das Schmieden des Schwertes

Kapitel 18

Es dauerte beinahe eine ganze Woche, bis Bremen, Mareth und Kinson Ravenlock den Ort namens Kamin erreichten. Sie legten den ganzen Weg zu Fuß zurück, denn der Druide und der Fährtensucher waren beide der Meinung, so schneller voranzukommen als auf einem Pferderücken. Sie kannten dieses Land gut, hatten es oft zuvor durchquert, und die Abkürzungen, die sie im Laufe der Jahre herausgefunden hatten, waren zu Pferd nicht zu bewältigen. Früher oder später hätten sie die Tiere ohnehin zurücklassen müssen, und da war es besser, gleich von Beginn an zu Fuß zu gehen und die Sache nicht noch schwieriger zu machen.

Für die beiden mochte das ja alles schön und gut sein, dachte Mareth. Sie waren gewohnt, weite Strecken zu gehen. Mareth war es nicht. Dennoch beschwerte sie sich nicht.

Kinson führte die Gruppe; er suchte einen Weg, von dem er glaubte, daß er für alle drei angenehm wäre. Er wußte, daß Mareth nicht so geübt war, zu Fuß zu gehen, aber sie war sehr widerstandsfähig. An den ersten zwei Tagen, als die Gegend noch einigermaßen flach und der Blick auf die weiteren Wege und Pfade frei war, wählte er einen Weg über offenes Gelände. Er hielt oft an, um Mareth eine Verschnaufpause zu gönnen, und sorgte jedesmal dafür, daß sie etwas trank. Abends sah er nach ihren Schuhen und Füßen und vergewisserte sich, daß alles in Ordnung war. Überraschenderweise ließ sie dies ohne Widerrede mit sich geschehen. Sie war seit Bremens Rückkehr etwas in sich gekehrt, und Kinson vermutete, daß sie sich auf den Augenblick vorbereitete, da sie dem Druiden die Wahrheit über sich sagen mußte.

In der Zwischenzeit marschierten sie durch die Pässe des Wolfsktaags zum Dunkelstreif. Meistens folgten sie dabei dem Fluß

Rabb, denn er bot eine gute Orientierungsmöglichkeit und versorgte sie außerdem mit Trinkwasser. Die Tage verstrichen langsam und waren sonnig, die Nächte ruhig. Die tiefen Wälder gewährten Schutz und Ruhe und die Reise verlief ohne Zwischenfälle.

In der dritten Nacht machte Mareth ihr Versprechen wahr und erklärte Bremen, daß sie ihn angelogen hatte, was ihre Zeit in Storlock betraf. Sie erklärte, daß sie sich alles, was sie über Magie wußte, ob es die Heilkunst betraf oder etwas anderes, selbst beigebracht hatte. Ihre Fähigkeiten hatten sich durch mühsame und manchmal schmerzhafte Erfahrungen ausgeprägt. Es schien ihr jedoch, als funktionierte die Magie am besten, wenn sie zu heilenden Zwecken angewandt wurde; in solchen Momenten ließ sie sich deutlich besser kontrollieren.

Sie berichtete auch, daß es Cogline gewesen war, der sie gedrängt hatte, zu den Druiden nach Paranor zu gehen, der ihr geraten hatte, dort Hilfe zu suchen. Sie erklärte, daß er ihr geholfen hatte, die notwendigen Dokumente zu fälschen, um auf Paranor Aufnahme zu finden.

Zu Kinsons Überraschung war Bremen kein bißchen verärgert. Er lauschte aufmerksam, nickte zustimmend und sagte nichts. Sie hatten ihre Mahlzeit beendet, saßen um das Feuer und sahen zu, wie die Flammen beinahe bis zur letzten Glut hinunterbrannten. Die Nacht war hell vom Mondenschein und den Sternen. Bremen warf keinen Blick auf Kinson. Tatsächlich schien er vergessen zu haben, daß der Grenzländer überhaupt anwesend war.

Als das Mädchen fertig war, lächelte Bremen ermutigend. »Nun, du bist eine mutige junge Frau. Und ich schätze das Vertrauen, das du Kinson und mir entgegenbringst. Natürlich werden wir versuchen, dir zu helfen. Was Cogline angeht – daß er dich nach Paranor geschickt und dir falsche Schreiben ausgestellt hat, daß er dich ermutigt hat, dich zu verstellen – nun, das klingt sehr nach ihm. Cogline hat für die Druiden nicht viel übrig. Am liebsten würde er ihnen bei dem geringsten Anlaß die Ohren langziehen. Aber ich denke, er wußte ebenfalls, daß du schließlich den Weg zu mir finden würdest, wenn es dir ernst genug wäre, die Wahrheit über deine Magie zu erfahren.«

»Kennt Ihr Cogline gut?« fragte Mareth.

»So gut, wie jeder andere ihn kennt. Er war vor meiner Zeit Druide, in den Tagen des Ersten Krieges der Rassen. Er kannte Brona. In bestimmter Hinsicht sympathisierte er mit ihm. Er glaubte, alle Wege des Lernens müßten gefördert und keine Formen des Studiums dürften verboten werden. In dieser Hinsicht trug er selbst etwas Rebellisches in sich. Aber Cogline war auch ein guter und vorsichtiger Mann. Er hätte sich niemals derart in Gefahr gebracht wie Brona.

Er verließ Paranor noch vor diesem. Er verließ die Druiden, weil er mit den Einschränkungen, die sie seinen Studien auferlegten, nicht mehr einverstanden war. Seine Interessen lagen auf dem Gebiet der vergessenen Wissenschaften, jene, die der alten Welt vor ihrer Zerstörung gedient hatten. Aber der Hohe Druide und der Druidenrat unterstützten seine Arbeit nicht. In jenen Tagen zogen sie die Magie vor – eine Kraft, der Cogline mißtraute. Sie waren der Meinung, daß man die alten Wissenschaften besser unbeachtet ließe. Zwar mochten sie der alten Welt genutzt haben, aber ebenso hatten sie zu ihrer Zerstörung beigetragen. Nur langsam und vorsichtig sollten diese Geheimnisse entschlüsselt werden, und auch nur für einen begrenzten Gebrauch. Cogline hielt das für Unsinn. Die Wissenschaften ließen sich nicht zurückhalten, argumentierte er. Sie würden sich nicht entsprechend den Gesetzen der Menschheit enthüllen, sondern ihren eigenen Gesetzen folgen.«

Bremen schlang die Arme um die hochgezogenen Knie. Er bestand fast nur noch aus Haut und Knochen, und sein Lächeln hatte etwas Wehmütiges. »Also ging Cogline fort, wütend über das, was sie ihm angetan hatten – und was er sich selbst angetan hatte, nehme ich an. Er zog sich in den Dunkelstreif zurück und fuhr mit seinen Studien fort. Ich sah ihn ab und zu, immer wieder kreuzten sich unsere Wege. Wir unterhielten uns. Wir tauschten Informationen und Gedanken aus. Wir waren beide auf bestimmte Weise Ausgestoßene. Mit dem einen Unterschied, daß Cogline sich nicht mehr als Druide verstand, während ich mich weigerte, mich als etwas Geringeres zu sehen.«

»Er ist noch älter als du«, bemerkte Kinson beiläufig. Er stocherte mit einem Stock in der Asche herum und vermied es, Bremen anzusehen.

»Er benutzt den Druidenschlaf, wenn du das meinst«, erwiderte Bremen gelassen. »Es ist die einzige Spielart der Magie, die er sich selbst gestattet. Er mißtraut allem übrigen. Allem.« Er sah Mareth an. »Er hält Magie für gefährlich und unkontrollierbar. Ich nehme an, es hat ihm eine gewisse Freude bereitet, von dir zu erfahren, daß du dieselbe Erfahrung gemacht hast. Indem er dich nach Paranor schickte, wollte er den Druiden etwas beweisen. Unglücklicherweise hast du dein Geheimnis zu gut verborgen gehalten, und sie fanden niemals heraus, wozu du fähig bist.«

Mareth nickte und schwieg. Aus dunklen Augen blickte sie gedankenverloren ins Leere.

Kinson streckte sich. Er spürte, daß die beiden ihn ungeduldig machten und verwirrten. Die meisten Leute machten ihr Leben unnötig schwierig, und dies war ein weiteres Beispiel dafür.

Er begegnete Bremens Blick. »Da wir jetzt alle unsere Geheimnisse und unsere Vergangenheit ausgebreitet haben, sag mir eins: Warum gehen wir zum Kamin? Was wollen wir von Cogline?«

Bremen sah ihn einen Augenblick lang forschend an, bevor er antwortete. »Wie ich schon sagte, führte Cogline die Studien der alten Wissenschaften fort. Er weiß um Geheimnisse, die allen anderen verborgen sind. Das eine oder andere könnte für uns von großem Nutzen sein.«

Er hielt inne und lächelte. Er hatte alles gesagt, was er sagen würde, das wußte Kinson. Es gab wahrscheinlich noch weitere Gründe, und vermutlich behielt der alte Mann sie nicht nur deshalb zurück, weil er ihm keinen Schreck einjagen wollte. Kinson war jedoch weder bestrebt, darüber zu spekulieren, was es wohl sein könnte, noch wollte er danach fragen. Er nickte, als wäre er mit der Antwort zufrieden, und erhob sich.

»Ich werde die erste Wache übernehmen«, verkündete er und schlich in die Dunkelheit davon.

Er brütete bis nach Mitternacht über diese Angelegenheit, als Bremen kam und ihn ablöste. Der alte Mann erschien wie aus dem Nichts – Kinson hörte ihn niemals kommen – und ließ sich neben dem Grenzländer nieder. Sie leisteten einander einige Zeit schweigend Gesellschaft und starrten einfach nur in die Nacht. Sie saßen auf einem niedrigen Felsvorsprung über dem Rabb, der sich zwischen den Bäumen hindurchschlängelte. Die Wasseroberfläche war glatt und schimmerte silbrig im Mondlicht. Der Wald war still und schläfrig, und die Luft roch nach Fichte und Wacholder. Der Dunkelstreif begann gleich rechts von ihrem Lagerplatz. Wenn sie am nächsten Morgen aufbrachen, würde das Gelände zerklüfteter und die Reise beschwerlich werden.

»Was Cogline uns geben kann«, sagte der alte Mann plötzlich mit leiser, aber eindringlicher Stimme, »ist sein reiches Wissen über Metallurgie. Erinnerst du dich an die Visionen? In ihrem Mittelpunkt stand das Schmieden einer magischen Waffe, die den Dämonenlord zerstören kann. Diese Waffe ist ein Schwert. Das Schwert wird von einem Mann in die Schlacht getragen, dem wir noch nicht begegnet sind. Es werden viele Dinge notwendig sein, um das Schwert mit der Kraft auszustatten, die notwendig ist, wenn es der Macht Bronas standhalten soll. Hierzu gehört auch der Prozeß des Schmiedens, durch den die Waffe jeder anderen geschmiedeten Waffe bis aufs Haar gleicht. Cogline wird uns über diesen Prozeß aufklären.«

Er sah Kinson an und lächelte. »Ich hielt es für das beste, diese Information für uns zu behalten.«

Kinson nickte und enthielt sich einer Antwort. Er starrte zu Boden, nickte wieder und stand dann auf. »Gute Nacht, Bremen.«

Er war im Begriff fortzugehen.

»Kinson?«

Der Grenzländer drehte sich um. Bremen hatte sich schon wieder abgewandt, er starrte auf den Fluß und in den Wald. »Ich bin auch gar nicht so sicher, daß bereits alle Geheimnisse und die gesamte Vergangenheit auf dem Tisch liegen. Mareth ist eine sehr vorsichtige junge Frau und handelt wohlüberlegt. Sie hat ihre eigenen Gründe für das, was sie tut, und sie behält sie für sich, bis sie es für angemessen hält, sie zu offenbaren.« Er hielt inne. »Aber das weißt du ja bereits. Gute Nacht.«

Kinson blieb noch einen Augenblick stehen, dann verschwand er.

Sie marschierten drei weitere Tage durch das mittlerweile rauhe und unübersichtliche Land, in dem die einzigen Spuren von Tieren stammten. Sie trafen weder andere Menschen, noch fanden sie Hinweise auf sie. Die Gegend war jetzt bergig, mit vielen Schluchten und Graten. Das Frühjahrshochwasser des Rabb hatte das Gelände ausgewaschen, und es war mit taillenhohem Gras und Büschen bewachsen. Mindestens ein dutzendmal brach der Fluß aus seinem Bett aus und bildete neue Schleifen und Moraste, so daß sie sich nicht länger auf ihn als Wegweiser verlassen konnten. Kinson führte sie deshalb tiefer in die Wälder und durch ein Gebiet, wo die Schatten des alten Baumbestands die Büsche und Gräser hinderten, zu dicht zu wachsen und die Reisenden dadurch die Abhänge und Spalten besser überwinden konnten. Das Wetter blieb gut, und so kamen sie angemessen voran, selbst bei dem schwierigen Gelände.

Bremen ging neben Mareth und sprach mit ihr über ihre Magie; er versuchte, ihr Ratschläge zu geben, wie sie damit umgehen sollte.

»Es gibt Möglichkeiten, wie du sie kontrollieren kannst«, bot er an. »Die Schwierigkeit liegt darin, die Wege zu erkennen. Angeborene Magie ist komplizierter als erlernte Magie. Den Umgang mit erlernter Magie kann man durch Versuche erweitern und so das Wissen immer weiter ausbauen. Man lernt, was funktioniert und was nicht; es ist vorhersagbar, und gewöhnlich versteht man irgendwann auch, warum die Dinge so und so sind. Aber bei angeborener Magie ist das nicht immer möglich. Angeborene Magie ist einfach da, von Anfang an, ein Teil von deinem Fleisch und Blut. Sie tut, was sie will, wann sie will, und oftmals auch, wie sie will, und man kann eigentlich nur versuchen, das Warum der Dinge soweit wie möglich zu verstehen.

Das Problem bei der Kontrolle von angeborener Magie vergrößert sich durch andere Faktoren, die die Wirkungsweise der Magie beeinflussen. Dein Charakter kann auf die Ergebnisse einwirken, ebenso deine Gefühle, deine Stimmung. Auch dein Körper – so hat man eingebaute Abwehrmechanismen gegenüber allem, was die Gesundheit bedroht, und diese beeinflussen ebenfalls die Wirkung der Magie. Selbst deine Sicht der Welt, Mareth, deine innere Haltung, Überzeugungen, deine Vernunft – sie alle können das Ergebnis mitbestimmen. Die Magie ist ein Chamäleon. Manchmal gibt sie einfach auf und verschwindet, ohne zu versuchen, die Schutzmechanismen und Hindernisse zu durchbrechen, die du ihr in den Weg legst. Manchmal aber wächst sie zu einem Sturm an und überwindet alles, was du tust, um sie aufzuhalten.«

»Was ist es, das mich so beeinflußt?« fragte sie ihn.

»Genau das müssen wir herausfinden«, antwortete er.

Am sechsten Tag ihrer Reise erreichten sie den Kamin. Es war kurz nach Mittag, und sie waren aus einer Reihe steiler Hügel und felsiger Täler herausgetreten, die von der Nähe des Rabenhorngebirges kündeten. Sie schwitzten, und ihre Füße schmerzten, und da sie den Rabb und seine Nebenflüsse schon lange verlassen hatten, hatten sie sich seit zwei Tagen nicht waschen können. Niemand hatte an diesem Tag viel gesprochen; sie konzentrierten all ihre Energie darauf, ihr Ziel noch vor Einbruch der Nacht zu erreichen, wie Kinson es vorausgesagt hatte. Trotz des schrecklichen Rufs, der den Dunkelstreif umgab, waren sie auf der Reise niemals bedroht worden – wenn ihnen überhaupt etwas zugesetzt hatte, dann war es die Langeweile, die im Laufe der Zeit immer drückender geworden war. So war es eine Erleichterung, als sie eine einzelne, schornsteinähnliche Turmspitze in den Himmel emporragen sahen, angestrahlt vom hellen Schein des Sonnenlichts, das bis zum Ende des vor ihnen liegenden Tales reichte. Sie traten unter den Fichten heraus, wo die Schatten so dicht waren, daß sie sich den Weg beinahe hatten ertasten müssen, und dann lag der Kamin plötzlich vor ihnen. Kinson zeigte mit dem Finger darauf, aber Bremen und Mareth nickten bereits erkennend und lächelten.

Sie schritten über kleine Wiesen mit Wildblumen den Hügel hinunter und wieder in den kühlen Schatten des Waldes, der das Tal bedeckte. Es war still, als sie unter die hohen Laubbäume traten – rote Ulmen, weiße und schwarze Eichen, Hickorynußbäume und Birken. Auch Nadelhölzer wuchsen hier, uralt und zottig, aber die Laubbäume überwogen deutlich. Bald waren sie wieder eingeschlossen von einem Dach von Ästen und einer Wand von Zweigen und verloren den Kamin wieder aus dem Blick. Kinson führte sie, er suchte immer noch nach Spuren und fand nach wie vor keine, aber jetzt wunderte er sich darüber. Wenn Cogline in diesem Tal wohnte, streifte er dann niemals darin umher? Es gab keinerlei Anzeichen, daß diese Gegend bewohnt war. Hinweise auf Vögel und kleine Bodentiere waren zu sehen, aber nicht auf einen Menschen.

Sie überquerten einen Fluß, und kühle Gischt spritzte ihnen von den Stromschnellen entgegen, die das Wasser aufwirbelten. Kinson strich sich mit der Hand übers Gesicht, er schloß die Augen und wischte sich den Schweiß von der Stirn. Er blinzelte beim Weitergehen die Feuchtigkeit fort und lauschte der Stille, warf einen Blick zurück zu Bremen und Mareth, die wenige Schritte hinter ihm folgten. Er fühlte sich merkwürdig unbehaglich, konnte aber die Ursache nicht ergründen. Seine Instinkte als Fährtenleser sagten ihm, daß etwas nicht stimmte, aber niemand der beiden anderen schien besorgt zu sein.

Er ließ sich einen Schritt zurückfallen, um neben sie zu gelangen. »Irgend etwas stimmt nicht«, brummte er.

Mareth sah ihn an. Bremen zuckte nur die Schultern. Irritiert übernahm Kinson wieder die Führung. Sie schritten über eine große Lichtung hinweg auf eine Gruppe von Tannen zu und drängten sich durch einen Vorhang aus Ästen. Plötzlich roch Kinson Rauch. Er hielt inne und wandte sich um, um die anderen zwei zu warnen.

»Schau weiter nach vorn«, warnte Bremen. Er blickte über Kinson hinweg nach vorn, und gleichzeitig wurden Mareths Augen immer größer.

Kinson wirbelte herum und sah sich der größten Moorkatze gegenüber, die er jemals gesehen hatte. Das Tier stand ungefähr zwei Meter von ihm entfernt und starrte ihn an. Die strahlenden Augen der Katze waren von einem leuchtenden Gelb, und ihre Schnauze war schwarz, aber der Rest bestand aus einem merkwürdigen Muster. Moorkatzen wurden nur selten gesehen, und der Volksmund besagte, daß der Anblick einer Moorkatze gewöhnlich das letzte Ereignis im Leben einer Person darstellte. Moorkatzen blieben meist unter sich und verbrachten ihr Leben in den Sümpfen des Ostlandes. Sie waren nur schwer zu finden, denn sie konnten ihre Farbe der Umgebung anpassen. Sie waren im Durchschnitt zwei bis zweieinhalb Meter lang und an der Schulter ungefähr einen Meter hoch, aber diese hier war vier Meter lang und beinahe eineinhalb Meter hoch. Sie war nahezu in gleicher Augenhöhe wie Kinson und hätte über ihm sein können, bevor er Zeit gehabt hätte, auch nur zu zwinkern.

»Bremen«, sagte er leise.

Hinter sich hörte er ein merkwürdiges Geräusch, und die Moorkatze zuckte bestätigend mit ihrem Kopf. Das Geräusch kam wieder, und jetzt erkannte Kinson, daß es von Bremen kam. Die Moorkatze leckte sich über die Schnauze und erwiderte Bremens Gruß, dann wandte sie sich ab und verschwand.

Bremen trat neben den verdutzten Grenzländer und legte ihm beruhigend die Hand auf die Schulter. »Das ist Coglines Katze.

Ich würde sagen, wir sind ganz in der Nähe unseres Freundes, oder nicht?«

Sie traten aus dem Wald und überquerten eine Lichtung, die von einem Bach geteilt wurde. Die ganze Zeit über trottete die Moorkatze voran, weder besonders eilig noch besonders langsam; sie schien keinerlei Interesse an ihnen zu haben, blieb aber immer in Sichtweite. Kinson schaute Mareth fragend an, aber sie schüttelte nur den Kopf. Offensichtlich wußte sie auch nicht mehr als er.

Schließlich erreichten sie eine weitere Lichtung mit einer kleinen Hütte darauf. Sie war vom Wetter mitgenommen und ziemlich reparaturbedürftig, einzelne Schindeln hatten sich gelöst, Scharniere waren aus den Verankerungen gerissen, und einige der Holzlatten auf der Veranda waren zersplittert und zerbrochen. Das Dach sah noch ziemlich sicher aus, und der Schornstein war in Ordnung, aber der Gemüsegarten befand sich in einem desolaten Zustand, und Unkraut wucherte bereits erwartungsvoll an den Holzwänden empor. Ein Mann stand vor dem Eingang und wartete auf sie, und Kinson wußte sofort aus der Erinnerung an Mareths Beschreibung, daß dies Cogline sein mußte. Er war groß und gebeugt, eine knochige, hagere Gestalt, zerzaust und ungekämmt, und seine Kleidung war in demselben Zustand wie die Hütte. Seine Haare waren dunkel, aber mit Grau durchsetzt, und sie standen wie die Stacheln eines Igels von seinem kantigen Kopf ab. Ein dünner Spitzbart zierte sein Kinn, ein Schnauzbart die Oberlippe. Linien zogen sich durch sein wettergegerbtes Gesicht, Furchen, die nicht nur Beweise gelebter Jahre waren. Er stützte eine Hand in die Hüfte und sah mit breitem Grinsen zu, wie sie näher kamen.

»Nun, nun, nun!« rief er begeistert aus. »Das Mädchen aus Storlock ruft. Hätte nicht gedacht, dich so schnell wiederzusehen, Mädchen! Du hast mehr Mut, als ich vermutet hätte. Und den wahren Meister der Überlieferungen hast du gefunden, wie es scheint? Schön, dich zu sehen, Bremen von Paranor!«

»Schön, dich zu sehen, Cogline«, erwiderte Bremen und streckte ihm die Hand entgegen, die der andere einen Moment lang festhielt. »Wie ich sehe, hast du uns deine Katze zur Begrüßung entgegengeschickt. Wie heißt der Kater noch? Flitzer? Er hat meinen Freund so sehr erschreckt, daß es ihn wahrscheinlich fünf Jahre seines Lebens gekostet hat.«

»Ha, dafür gibt's ein Heilmittel, und wenn das Kinson Ravenlock ist, der neben dir steht, dann kennt er es vermutlich schon!« Cogline winkte dem Grenzländer zu. »Der Druidenschlaf wird dir diese Jahre in einem Augenzwinkern zurückgeben!« Er reckte den kantigen Kopf. »Du weißt, wozu der Kater gut ist, mein Freund?« Kinson schüttelte den Kopf. »Er ist dazu da, unwillkommene Gäste abzufangen, und das heißt so gut wie alle. Die wenigen, die bis hierher gelangen, wissen, wie man mit ihm spricht. Bremen weiß wie, nicht wahr, alter Mann?«

Bremen lachte. »Alter Mann? Da schimpft ein Esel den anderen Langohr, meinst du nicht auch?«

»Ich würde nicht nein sagen, aber auch nicht ja. Also, das Mädchen hat dich gefunden, ja? Hat lange genug gedauert. Mareth, nicht wahr?« Cogline verneigte sich leicht vor ihr. »Ein hübscher Name für ein hübsches Mädchen. Ich hoffe, du hast sämtliche Druiden zum Wahnsinn und einem schlimmen Ende entgegengetrieben.«

Bremen kam einen Schritt auf ihn zu. Das Lächeln verschwand von seinem Gesicht. »Die Druiden haben bereits von alleine ein schlimmes Ende gefunden. Vor nicht einmal zwei Wochen, Cogline. Außer mir selbst und zwei anderen sind alle tot. Hast du es nicht gehört?«

Der andere Mann starrte ihn an, als wäre er verrückt geworden, dann schüttelte er den Kopf. »Kein einziges Wort. Aber ich bin auch eine Zeitlang nicht aus dem Tal herausgekommen. Alle tot? Du bist da ganz sicher, wie?«

Bremen griff in seinen Umhang und holte den Eilt Druin heraus. Er hielt ihn hoch, damit der andere ihn sehen konnte, und ließ ihn im Licht baumeln.

Cogline zog seinen Mund zusammen. »Allerdings. Das da wäre nicht in deinem Besitz, wenn Athabasca noch leben würde. Alle tot, sagst du? Schatten! Wer war das? Er, nicht wahr?«

Bremen nickte. Es war nicht notwendig, den Namen auszusprechen. Cogline schüttelte wieder den Kopf und verschränkte die Arme über der Brust. »Das habe ich ihm nicht gewünscht, niemals. Aber sie waren Narren, Bremen, das weißt du. Sie haben ihre Mauern gebaut und die Tore verschlossen und ihr Ziel vergessen. Sie haben uns vertrieben, die beiden einzigen, die ein bißchen Verstand besaßen, die einzigen, die begriffen, was wichtig war. Galaphile würde sich ihrer schämen. Aber alle tot? Schatten!«

»Wir sind gekommen, um mit dir darüber zu sprechen«, sagte Bremen ruhig.

Coglines scharfer Blick begegnete blitzartig dem des alten Mannes. »Natürlich. Du bist diesen ganzen Weg hierhergekommen, um mir die Neuigkeiten mitzuteilen und mit mir darüber zu sprechen. Wie nett von dir. Nun, wir kennen uns, nicht wahr? Der eine alt, der andere älter. Der eine ein Abtrünniger, der andere ein Ausgestoßener. Keiner von uns beiden auch nur ein bißchen hinterhältig. Ha!«

Coglines Kichern klang leise und freudlos. Er sah einen Augenblick lang zu Boden, dann wanderte sein Blick zu Kinson. »Sag, Fährtenleser – scharfsichtig wie du bist, hast du auf dem Weg hierher auch die andere bemerkt?«

Kinson zögerte. »Die andere was?«

»Ha! Das habe ich mir gedacht! Die andere Katze natürlich! Du hast sie nicht gesehen?« Cogline schnaubte. »Nun, dann kann ich nur sagen, wie gut es ist, daß Bremen dich mag, denn sonst wärst du wahrscheinlich schon ihr Mittagsmahl geworden!« Er kicherte, verlor dann das Interesse und machte eine einladende Geste. »Also kommt jetzt! Es gibt keinen Grund, hier draußen stehenzubleiben. Drinnen wartet Essen auf euch. Ich nehme auch an, ihr würdet gern ein Bad nehmen. Eine Menge Arbeit für mich, doch das muß euch nicht kümmern. Ich bin ein guter Gastgeber. Also kommt!«

Leise vor sich hinschimpfend und murmelnd sprang er in großen Sätzen die Stufen hoch und verschwand in der Hütte. Seine Besucher folgten ihm gehorsam.

Sie wuschen sich selbst und ihre Kleider, trockneten sie, so gut es ging, kleideten sich neu an und setzten sich in dem Augenblick zu Tisch, da die Sonne gerade unterging. Der Himmel färbte sich erst orange und golden, dann purpurn, und schließlich nahm er einen Indigo-Amethystton an, der sogar Kinson verwundert durch den Schleier der Bäume starren ließ. Das Mahl, das Cogline ihnen servierte, übertraf sämtliche Erwartungen des Grenzländers, ein Eintopf aus Fleisch und Gemüse mit Brot, Käse und kaltem Bier. Sie aßen an einem Tisch, den sie vor die Hütte gestellt hatten. Über ihnen prangte der Nachthimmel mit seiner kaleidoskopisch geordneten Sammlung an Sternen. Kerzen beleuchteten den Tisch und verströmten einen Duft, von dem Cogline behauptete, daß er die Insekten fernhielte. Vielleicht besaß seine Behauptung einen wahren Kern, gestand Kinson ihm zu, denn er sah, solange sie aßen, nirgends etwas umherfliegen.

Die Moorkatzen gesellten sich zu ihnen, sie kamen mit der Dunkelheit zurück und kauerten sich in die Nähe des Tisches. Wie Cogline erklärt hatte, waren es zwei – Bruder und Schwester. Flitzer, der Kater, den sie auf ihrem Weg getroffen hatten, war der größere der beiden, während die Katze Wolke kleiner und schlanker war. Cogline beschrieb, wie er sie als kleine Kätzchen gefunden hatte, verlassen im Sumpf und hilflose Beute für die Gestaltswandler. Sie waren hungrig und verängstigt gewesen und hatten dringend Pflege benötigt, also hatte er sie mit nach Hause genommen. Er lachte, als er daran dachte. Nur winzigkleine Fellbündel waren sie damals gewesen, hatten aber schnell an Größe zugenommen. Er hatte nichts unternommen, um sie bei sich zu behalten, sie hatten sich ganz alleine dazu entschlossen. Wahrscheinlich mochten sie seine Gesellschaft, vermutete er.

Die Dämmerung kam und ging, und die Stille der Nacht senkte sich über sie. Die drei hatten ihr Mahl beendet, und während sie so saßen und Bier aus Tonkrügen tranken, berichtete Bremen Cogline, was den Druiden von Paranor widerfahren war. Als er fertig war, lehnte sich der ehemalige Druide mit dem Krug Bier in der Hand zurück und schüttelte angewidert den Kopf.

»Narren, allesamt«, sagte er. »Es tut mir leid um sie, es tut mir leid, daß es ein solches Ende mit ihnen nehmen mußte, aber ich bin auch wütend auf sie, weil sie die Möglichkeiten verspielt haben, die Galaphile und die anderen ihnen mit der Gründung des Ersten Rats gegeben hatten. Sie haben ihr Ziel aus den Augen verloren, den Grund ihres Daseins. Das kann ich ihnen nicht verzeihen.«

Er spuckte auf den Boden. Wolke blickte zu ihm auf und blinzelte verwirrt. Flitzer rührte sich nicht. Kinson sah von dem einen zum anderen, von dem wildbehaarten Einsiedler zu seinen Katzen, und er fragte sich, was das Leben hier oben wohl im Kopf eines Menschen anrichten mochte.

»Nachdem ich die Druiden verlassen hatte, ging ich zum Hadeshorn und sprach mit den Geistern der Toten«, fuhr Bremen fort. Er nippte an seinem Bier, und die Falten seines wettergegerbten Gesichtes vertieften sich bei der Erinnerung daran. »Galaphile persönlich kam zu mir. Ich habe ihn gefragt, was ich tun könnte, um Brona zu zerstören. Als Antwort zeigte er mir vier Visionen.« Er beschrieb eine nach der anderen. »Es ist die Vision des Mannes mit dem Schwert, die mich zu dir führt.«

Coglines kantiges Gesicht zog sich wie eine Faust zusammen. »Erwartest du von mir, daß ich dir helfe, diesen Mann zu finden? Sollte ich ihn kennen?«

Bremen schüttelte den Kopf. Seine grauen Haare sahen in dem Kerzenlicht wie feine Seidenfäden aus. »Es ist nicht der Mann, sondern das Schwert, das deine Aufmerksamkeit verlangt. Es ist ein Talisman, den ich schmieden muß. Die Vision enthüllte, daß der Eilt Druin durch den Prozeß des Schmiedens zu einem Teil der

Waffe wird. Diese Waffe wird ein Fluch für Brona sein. Ich gebe zu, daß ich noch nicht alle Einzelheiten verstehe. Ich kenne nur die Beschaffenheit der benötigten Waffe. Und ich weiß, daß während des Schmiedens besondere Sorgfalt angewendet werden muß, wenn sie stark genug sein soll, um Bronas Magie überwinden zu können.«

»Also du bist den ganzen weiten Weg nur deshalb gekommen, um über die Druiden zu reden, ja?« fragte der andere, als hätte Bremen gerade den Vorhang über einem Geheimnis gelüftet.

»Niemand kennt sich mit Metallurgie besser aus als du. Der Prozeß des Schmiedens muß aus einer Mischung aus Wissenschaft und Magie bestehen, um erfolgreich sein zu können. Ich werde die Magie – meine eigene und die des Eilt Druin – in den Prozeß einfließen lassen. Aber ich brauche deine wissenschaftlichen Kenntnisse. Ich brauche das, was allein die Wissenschaft zur Verfügung stellen kann – die richtige Mischung der Metalle, die korrekte Temperatur beim Schmelzen und die genauen Zeiten. Was muß geschehen, damit das Metall stark genug ist, um jeder Gefahr trotzen zu können, die sich gegen es richtet?«

Cogline wischte die Angelegenheit mit einer schnellen Handbewegung vom Tisch. »Du brauchst nicht weiterzureden, denn du hast bereits das Entscheidende vergessen. Magie und Wissenschaft lassen sich nicht verbinden. Wir beide wissen das. Wenn du also ein magisches Schwert schmieden mußt, dann benutze die Magie. Ich kann dir dabei nicht helfen.«

Bremen schüttelte den Kopf. »Ich fürchte, wir werden die Regeln ein bißchen ändern müssen. Magie reicht nicht aus, um diese Aufgabe zu erfüllen. Auch die Wissenschaft ist gefragt, die Wissenschaft der alten Welt. Brona ist ein Geschöpf der Magie, und gegen Magie hat er sich gewappnet. Er kennt die Wissenschaften nicht, kümmert sich nicht um sie, hat kein Interesse für sie übrig. Für ihn, wie für viele andere, ist die Wissenschaft vergangen und vorbei, ein Teil der alten Welt. Aber wir wissen, daß es anders ist, nicht wahr? Die Wissenschaft schläft ebenso, wie einst die Magie geschlafen hat.

Jetzt wird die Magie bevorzugt, doch das bedeutet nicht, daß Wissenschaft keinen Platz hat. Sie könnte wichtig sein, wenn es um das Schmieden dieses Schwertes geht. Wenn ich die besten Techniken der alten Wissenschaften beherrsche, habe ich eine weitere Kraft, auf die ich mich stützen kann. Ich brauche diese Kraft. Ich bin allein mit Kinson und Mareth. Außer uns gibt es nur noch zwei Verbündete, der eine ist nach Osten, der andere nach Westen gegangen. Wir sind die einzigen. Unsere Magie ist nur ein Bruchteil dessen, was unser Feind besitzt. Wie sollen wir den Dämonenlord und seine Anhänger ohne eine Waffe besiegen, gegen die er sich nicht verteidigen kann?«

Cogline rümpfte die Nase. »Es gibt keine solche Waffe. Abgesehen davon ist es nicht sicher, daß eine Waffe, die mit Hilfe der Wissenschaft – ganz oder teilweise – geschmiedet wird, eine bessere Chance hätte als eine der Magie. Es könnte geradesogut sein, daß nur Magie sich gegen Magie durchsetzen kann, und daß alles andere nutzlos ist.«

»Das glaube ich nicht.«

»Glaub, was du willst.« Cogline fuhr sich gereizt durch die Haare. Ein boshafter Zug zuckte ihm um den Mund. »Ich habe die Welt und ihre gewöhnlichen Überzeugungen bereits vor langer Zeit hinter mir gelassen. Ich habe sie nicht vermißt.«

»Aber beide werden dich früher oder später einholen, ebenso, wie sie uns alle einholen. Sie werden nicht einfach verschwinden oder aufhören, nur weil du ihnen widerstehst.« Bremen heftete seinen Blick auf den anderen. »Brona wird eines Tages hierherkommen, nachdem er mit denen fertig ist, die sich nicht verstecken konnten. Das solltest du wissen.«

Coglines Miene verhärtete sich. »Er wird diesen Tag bereuen, das verspreche ich dir!«

Bremen wartete und schwieg, er wollte diese Aussage nicht in Frage stellen. Kinson blickte Mareth an. Sie begegnete seinem Blick und hielt ihn fest. Er wußte, sie dachte das gleiche wie er – daß

Coglines Haltung dumm war, seine Gedanken ganz offensichtlich lächerlich. Dennoch hielt Bremen sich zurück und forderte den Exdruiden nicht weiter heraus.

Cogline rückte sich unbehaglich auf der Bank zurecht. »Warum bedrängst du mich so, Bremen! Was erwartest du von mir? Ich will mit den Druiden nichts zu tun haben!«

Bremen nickte, sein Gesichtsausdruck war gelassen, sein Blick fest. »Das verlangen sie auch nicht von dir. Die Druiden sind fort. Es gibt keine mehr, mit denen du zu tun haben könntest. Es gibt nur noch uns beide, Cogline, alte Männer, die länger leben, als sie sollten, Beschwörer des Druidenschlafs. Ich werde langsam müde, aber ich werde nicht ruhen, ehe ich nicht getan habe, was ich für jene tun kann, die nicht so lange leben – die Männer, Frauen und Kinder der verschiedenen Rassen. Sie sind diejenigen, die unsere Hilfe brauchen. Sag mir, wollen wir auch mit ihnen nichts zu tun haben?«

Cogline setzte zu einer Antwort an und hielt dann inne. Alle am Tisch wußten, was er sagen wollte und wie dumm seine Worte klingen würden. Seine Kiefermuskeln verkrampften sich in einer Mischung aus Ärger und Hilflosigkeit. Unschlüssigkeit stand in seinen scharfen Augen.

»Was kostet es dich, wenn du uns hilfst?« drängte Bremen weiter. »Wenn du wirklich mit den Druiden nichts zu tun haben willst, dann bedenke dies. Die Druiden wären hierbei keine Hilfe gewesen – tatsächlich haben sie sich entschieden, nicht zu helfen, als sie die Möglichkeit dazu hatten. Sie waren diejenigen, die bestimmten, daß ihr Kreis fern und abseits der Politik der Rassen bestehen sollte. Diese Entscheidung hat sie zerstört. Jetzt hast du dieselbe Entscheidung zu treffen. Dieselbe Entscheidung, Cogline – mach keinen Fehler. Rückzug oder Teilnahme. Was soll es sein?«

Sie saßen still am Tisch, der Druide, der ehemalige Druide, der Fährtenleser und das Mädchen, und die Nacht umhüllte sie tief und warm. Die großen Katzen lagen schlafend am Boden; wenn sie atmeten, war ein leichtes, regelmäßiges Pfeifen zu hören. Die Luft roch nach verbranntem Holz, nach Essen und nach dem Wald. Es war behaglich und friedlich. Die vier hatten sich ins Herz des Dunkelstreif eingesponnen, und wenn man sich genügend anstrengte, dachte Kinson Ravenlock, konnte man sich leicht einreden, daß nichts von der Welt da draußen hier eindringen konnte.

Bremen beugte sich nur leicht nach vorn, aber die Entfernung zwischen ihm und Cogline schien dramatisch zu schrumpfen. »Was gibt es da noch zu überlegen, mein Freund? Du und ich, wir haben immer die richtige Antwort auf unser Leben gefunden, oder nicht?«

Cogline grunzte spöttisch, machte eine abwehrende Geste und schaute ins Dunkel hinaus. Dann ließ er sich wieder zurücksinken. »Es gibt ein Metall, das so stark wie Eisen ist, aber sehr viel leichter, biegsamer und weniger empfindlich. Eine richtige Legierung, eine Metallmischung, die in der alten Welt üblich war. Hauptsächlich Eisen, das bei großer Hitze mit Kohlenstoff getempert wurde. Ein Schwert aus dieser Mischung wäre tatsächlich von furchterregender Kraft.« Er sah Bremen scharf an. »Aber die Temperaturen, die in diesem Prozeß benötigt werden, sind weit höher als die, die ein Schmied in seiner Schmiede hervorbringen kann. Für Temperaturen von diesem Ausmaß bräuchten wir Maschinen, und diese Maschinen sind längst vergessen.«

»Hast du genaue Kenntnisse über den Schmiedeprozeß?« fragte Bremen.

Cogline nickte und tippte sich an den Kopf. »Hier oben. Ich werde sie dir geben. Ich werde alles tun, um dich wieder auf den Weg zu schicken und diese nutzlose Befragung zu beenden. Trotzdem kann ich ihren Sinn noch nicht erkennen. Ohne einen Brennofen oder Hochofen, der heiß genug ist ...«

Kinsons Blick wanderte zurück zu Mareth. Sie starrte ihn direkt an, und er sah in ihre dunklen, riesigen Augen, die von dem Helm ihres kurzgeschnittenen schwarzen Haares überschattet waren, und auf ihren weichen und ernsten Mund. In diesem Augenblick glaubte er, sie beinahe zu verstehen, auf eine Art, wie es zuvor nicht möglich gewesen war. Es lag etwas in der Art, wie sie ihn ansah, in der Offenheit ihres Gesichtsausdrucks, in der Intensität ihres Blicks. Aber dann lächelte sie unerwartet, ihr Mund verzog sich sonderbar, und ihre Augen wanderten von seinem Gesicht zu etwas, das sich dahinter befand.

Als er sich umdrehte, um nachzusehen, was es war, bemerkte er, daß Flitzer ihn anstarrte. Das Gesicht der großen Moorkatze war nur wenige Zentimeter von seinem eigenen entfernt, und die leuchtenden Augen hefteten sich auf ihn, als wäre er die merkwürdigste Katze, die das Tier jemals gesehen hatte. Kinson schluckte den Kloß in seinem Hals hinunter. Er konnte den heißen Atem des Katers auf seinem Gesicht spüren. Wann war er wach geworden? Wie hatte er es geschafft, ihm so nahe zu kommen, ohne daß er es bemerkt hatte? Kinson hielt dem Blick des Katers einen Augenblick stand, atmete dann einmal tief ein und wandte sich ab.

»Ich nehme nicht an, daß du mit uns kommen willst?« fragte Bremen gerade ihren Gastgeber. »Es ist eine Reise von ein paar Tagen, gerade lang genug, um zu sehen, wie der Talisman geschmiedet wird.«

Cogline grunzte wieder und schüttelte den Kopf. »Spiel deine Spielchen woanders, Bremen. Ich gebe dir die Anweisungen für den Schmiedevorgang und meine besten Wünsche mit auf den Weg. Wenn du mit beidem etwas anfangen kannst, in Ordnung. Aber ich gehöre hierher.«

Er hatte etwas auf ein kleines Stück altes Pergament gekritzelt, das er jetzt dem Druiden reichte. »Dies ist das beste, was die Wissenschaft dir bieten kann«, brummte er. »Nimm es.«

Bremen nahm den Zettel und stopfte ihn in seinen Umhang.

Cogline reckte sich, dann schaute er nacheinander Kinson und Mareth an. »Paßt auf diesen alten Mann auf«, warnte er. Bestürzung lag plötzlich in seinem Blick, als hätte er etwas entdeckt, was ihm nicht gefiel. »Man muß sich mehr um ihn kümmern, als er glaubt. Dir, Fährtenleser, schenkt er sein Gehör. Achte darauf, daß er dir zuhört, wenn er dich braucht. Du, Mädchen – wie war dein Name? Mareth? Dir schenkt er mehr als nur sein Gehör, nicht wahr?«

Niemand sagte etwas. Kinsons Augen wanderten zu Mareth. Auf ihrem Gesicht war nichts zu erkennen, aber plötzlich war sie sehr blaß.

Cogline sah sie unverfroren an. »Macht nichts. Auf jeden Fall schütze ihn vor sich selbst. Achte auf ihn.«

Er hörte abrupt auf zu sprechen, als hätte er plötzlich bemerkt, daß er zuviel redete. Er murmelte noch etwas, das sie nicht verstehen konnten, dann stand er auf, eine Gestalt aus Haut und Knochen, eine zerzauste Karikatur seiner selbst.

»Schlaft hier und macht euch morgen wieder auf den Weg«, brummte er müde.

Er betrachtete sie forschend, als hätte er zuvor etwas übersehen, als glaubte er, daß sie vielleicht andere wären als die, die sie vorgaben zu sein. Dann drehte er sich um und verschwand.

»Gute Nacht«, riefen sie ihm noch hinterher. Er antwortete nicht. Festen Schrittes ging er davon und schaute nicht mehr zurück.

KAPITEL 19

Wolken kratzten an den Rändern des Viertelmonds und warfen seltsame Schatten, die über den Boden rasten wie Nachtvögel. Es war die drückende Stunde vor Sonnenaufgang, da der Tod in nächster Nähe ist und Träume die Macht übernehmen. Die Luft war warm und reglos, es war still. Alles schien langsamer abzulaufen, als würde das Leben einen Moment von seinem unausweichlichen Weg abkommen und den Tod für ein paar kostbare Augenblicke hinauszögern.

In einer Woge dunkler Gestalten, die an ein treibendes Floß

erinnerte, waren die Zwerge unter den Bäumen des Anar hervorgeschlüpft. Zu mehreren Tausend hatten sie den Wolfsktaag durchquert, dann etwa ein Dutzend Meilen weiter nördlich vom Lager des Dämonenlords den Jadepaß. Es waren zwei Tage vergangen, seit die Armee südlich an Storlock vorbeimarschiert war. Die Zwerge hatten unaufhörlich ihren Marsch beobachtet und entschieden, mit ihrem Angriff bis jetzt zu warten.

Sie pirschten sich an den Baumreihen entlang bis zu der Stelle, wo der Rabb eine lange, tiefe Niederung durchfloß und sich einem Flüßchen namens Nunne näherte. Die Nordlandarmee hatte sich unklugerweise entschieden, ihr Lager hier aufzuschlagen. Zweifellos gab es hier genügend Wasser und Gras und auch entsprechende Fläche, um sich auszubreiten, aber die höheren Lagen wurden an die Angreifer verschenkt und zwei Seiten der Armee waren einem gegnerischen Flankenfeuer schutzlos ausgesetzt. Es würde ein leichtes sein, die Wachen auszuschalten, und selbst die umherstreifenden Schädelträger vermochten Männer in einer solch verzweifelten Situation nicht abzuschrecken.

Als sie nahe genug heran waren und Schutz benötigten, gab Risca ihnen Deckung, indem er südlich des Flusses Nunne Bilder entstehen ließ, die die geflügelten Jäger ablenkten. Als dann noch die Wolken das Licht des Monds und der Sterne vollständig abschirmten, marschierten die Zwerge ein. Behende krochen sie die letzte Meile bis zur schlafenden Armee, töteten die Wachen, bevor sie Alarm schlagen konnten, und nahmen das höher gelegene Gelände nordöstlich vom Fluß in Besitz. Von beiden Seiten des Kammes aus griffen sie mit ihren Langbögen und Schlingen an, setzten die Trolle, Gnome und Ungeheuer der Finsternis unaufhörlich ihren Anschlägen aus. Die Armee erwachte zum Leben, und die brüllenden und fluchenden Männer griffen zu den Waffen, fielen aber noch währenddessen verwundet oder tödlich getroffen zu Boden. Inmitten all der Verwirrung wurde ein Sturmangriff der Reiterei vorbereitet, ein Gegenangriff, der von vornherein zum Scheitern verurteilt war und wieder zusammenbrach, als die Reiter aus dem tobenden Strudel des Lagers den Abhang hinaufdrängten.

Ein Schädelträger schwebte heran und kreiste rachsüchtig über den Zwergen, Klauen und Reißzähne drohend entblößt, ein lautloser Jäger auf Beutezug. Aber Risca hatte so etwas vorhergesehen und sich entsprechend vorbereitet; als der Schädelträger jetzt erschien, wartete er, bis der Geflügelte ganz nah heran war, ehe er ihn mit seinem Druidenfeuer überzog, das ihn in einen Wirbel aus Feuer und Geschrei versetzte.

Sie hatten schnell und wohldurchdacht zugeschlagen. Aber es war kaum möglich, einer Armee von dieser Größe mehr als oberflächlichen Schaden zuzufügen, der ohne längerfristige Konsequenz blieb, und so hielten sich die Zwerge nicht lange auf. Ihr vorrangigstes Ziel war gewesen, Verwirrung anzurichten und den Feind von seiner vorgesehenen Marschroute abzubringen. Dieses Ziel hatten sie erreicht, und so flohen sie auf dem schnellsten Weg zurück in die Wälder, um sich wieder dem Jadepaß zuzuwenden. Der Feind nahm sofort die Verfolgung auf, eine große Anzahl Berittener jagte ihnen hinterher. Noch hatten sie die Größe der Zwergenarmee nicht bestimmen können. Bei Sonnenaufgang, als die Zwerge nicht mehr weit vom Eingang des Jadepasses entfernt waren, waren die Verfolger bereits dicht hinter ihnen.

Alles verlief genauso, wie Risca es geplant hatte.

»Da«, sagte Geften leise und zeigte auf die Bäume am Eingang des Passes.

Tief unter ihnen marschierten die letzten Männer der Zwergenarmee durch den Paß und verteilten sich zwischen den Felsen. Sie nahmen ihre Stellungen ein, wie auch die anderen der viertausend Mann starken Streitkraft. Hinter ihnen, weniger als eine halbe Meile entfernt, waren die ersten Verfolger in den stillen, tiefen Schatten des frühmorgendlichen Waldes zu erkennen. Noch während er seinen Blick auf sie richtete, sah Risca, wie sich die Bewegung wellenförmig ausbreitete – wie bei einem Stein, der in einen bis dahin stillen See geworfen wird. Es war eine beachtliche Streitkraft, die hinter ihnen her war, und viel zu groß, als daß sie ihnen in einem direkten Kampf hätten gegenübertreten können, auch wenn ein großer Teil der Zwergenarmee hier versammelt war.

»Wann?« antwortete er Geften mit einer Frage.

Der Fährtenleser zuckte die Achseln; eine sparsame Bewegung, wie all seine Gesten, und so unauffällig und beherrscht wie der Mann selbst. Grobes, widerspenstiges Haar krönte einen seltsam länglichen Kopf. »Eine Stunde vielleicht, sofern sie anhalten und darüber beratschlagen, wie schlau es ist, in diesen Paß einzudringen.«

Risca nickte. »Sie werden anhalten. Sie haben sich jetzt schon zweimal die Finger verbrannt.« Er lächelte den Veteranen aus der Zeit der Gnomengrenzkriege an. »Behalt sie im Auge. Ich werde dem König Bericht erstatten.«

Er verließ seine Position und zog sich in die Felsen zurück, kletterte von der Stelle fort, von der aus Geften ihre Verfolger im Visier hatte. Risca spürte eine Welle der Erregung durch seinen Körper strömen, angetrieben von dem Wissen, daß eine zweite Schlacht kurz bevorstand. Der Schlag gegen das Lager der Nordlandarmee hatte seinen Kampfgeist nur geweckt. Tief sog er die Morgenluft ein. Er war bereit. Es kam ihm vor, als hätte er sein ganzes Leben nur auf diese Situation gewartet. All die vielen Jahre auf Paranor, in denen er sich in der Kriegskunst, der Kampftaktik und dem Umgang mit Waffen geübt hatte, waren nur für diesen Zweck bestimmt gewesen, für die Chance, einem Feind widerstehen zu können, der ihn in einer Weise herausforderte, wie es nichts auf Paranor jemals vermocht hatte. Er fühlte sich lebendiger als je zuvor, und selbst die Aussichtslosigkeit ihrer Situation ließ den Rausch nicht schwächer werden.

Er war drei Tage zuvor bei den Zwergen angekommen und sofort zu Raybur gegangen. Der König war bereits auf die Nordlandarmee aufmerksam geworden und wußte von ihrer Absicht, und so empfing er den Druiden sofort. Risca bestätigte lediglich, was Raybur ohnehin schon wußte, und er überzeugte ihn davon, etwas zu unternehmen. Raybur war König und Krieger, wie Risca Druide und Krieger war, ein Mann, der sein ganzes Leben im Kampf verbracht hatte. Wie Risca hatte er als Junge in den Kriegen gegen die Gnomenstämme mitgefochten. Über Jahre hinweg hatten die Zwerge versucht, den Vormarsch der Gnome in jene Gebiete zwischen dem Unteren und Mittleren Anar zu verhindern, die die Zwerge als ihr Land betrachteten, solange sie sich erinnern konnten. Als er König geworden war, hatte Raybur dieses Ziel mit großer Beharrlichkeit verfolgt. Er hatte seine Armee tief ins Innere des Feindeslandes geführt, die Gnome zurückgeschlagen und die Grenzen seiner Heimat ausgeweitet, bis sie doppelt so groß wie vorher war und die Gnome so weit nördlich des Rabb und östlich des Silberflusses zurückgedrängt waren, daß sie keine Gefahr mehr darstellten. Zum ersten Mal seit Jahrhunderten war das gesamte Gebiet sicher und konnte von den Zwergen besiedelt werden.

Aber jetzt wurden sie wieder herausgefordert, und zwar von dieser Armee, die sich ihnen unaufhörlich näherte. Raybur hatte die Zwerge mobilisiert und auf den bevorstehenden Kampf vorbereitet, auf einen Kampf, von dem alle wußten, daß sie ihn allein nicht würden gewinnen können und den sie trotzdem austragen mußten, wenn sie überleben wollten. Risca hatte ihnen erklärt, daß die Elfen kommen würden. Bremen hatte darauf gedrängt, wie wichtig es war, und Tay Trefenwyd, dem er grenzenlos vertraute, war nach Westen gegangen, um dies in die Wege zu leiten. Dennoch mußten die Zwerge die Zeit bis zum Eintreffen der Hilfe alleine überwinden. Raybur verstand das. Er stand Bremen und Courtann Ballindarroch sehr nahe und kannte sie beide als ehrbare Männer. Sie würden tun, was in ihrer Macht stand. Aber die Zeit war kostbar, und sie durften sich auf nichts verlassen. Auch das hatte Raybur begriffen. Also wurde Culhaven geräumt – dorthin würde die

Nordlandarmee als erstes kommen, und die Zwerge würden ihre Heime nicht gegen eine solch gewaltige Armee schützen können. Frauen, Kinder und Alte wurden daher tief ins Innere des Anar geschickt, wo sie sich verstecken konnten und in Sicherheit waren, bis die Gefahr vorüber war. Die Zwergenarmee marschierte in der Zwischenzeit über den Wolfsktaag nach Norden, um sich dem Feind entgegenzustellen.

Raybur drehte sich um, als Risca näher kam. Er wandte sich von seinen Befehlshabern und Beratern ab, vergaß Wyrik und Banda, die ältesten seiner fünf Söhne, und ließ die Karten, die sie studiert und die Pläne, die sie erörtert hatten, achtlos liegen. »Sie kommen also?« fragte er schnell.

Risca nickte. »Geften beobachtet sie. Er schätzt, daß wir eine Stunde haben, bevor sie zuschlagen.«

Raybur nickte und bedeutete dem Druiden, ein Stück mit ihm zu gehen. Der Zwergenkönig wirkte riesig, auch wenn er nicht sehr groß war, denn er hatte breite, starke Schultern, eine kräftige Brust und einen gewaltigen Kopf mit ausgeprägten, wettergegerbten Gesichtszügen und einem Bart. Seine Nase war krumm, und die zotteligen Augenbrauen verliehen ihm ein etwas wildes Aussehen, aber hinter seinem grimmigen Äußeren war er außerordentlich warmherzig, fröhlich und überschwenglich. Fünfzehn Jahre älter als Risca, war er dennoch körperlich so beeindruckend wie der Druide, und wäre ihm in einem fairen Kampf mehr als nur ein ebenbürtiger Gegner gewesen. Die beiden standen sich sehr nahe, in einigen Bereichen sogar näher als ihren Familien, denn sie teilten gemeinsame Überzeugungen und Erfahrungen, hatten beide ein hartes Leben hinter sich und waren mehrmals nur knapp dem Tode entronnen.

»Erzähl mir noch einmal, worin dein Plan besteht«, forderte der König Risca auf. Er legte ihm den Arm um die Schultern und führte ihn von den anderen fort.

»Du kennst ihn bereits«, schnaubte Risca. Den Plan hatten sie gemeinsam entwickelt, Risca hatte ihn entworfen und der König gebilligt, und wenn sie ihn auch den anderen in groben Zügen mitgeteilt hatten, behielten sie doch die Einzelheiten für sich.

»Erzähl es mir trotzdem.« Raybur drehte ihm kurz das schroffe Gesicht zu, dann wandte er sich wieder ab. »Muntere mich auf. Ich bin dein König.«

Risca nickte lächelnd. »Die Trolle und Gnome auf der einen Seite und deine Leute auf der anderen werden sich im Paß treffen. Wir werden versuchen, die Feinde nicht hineinzulassen. Wir werden ihnen eine gute Vorstellung liefern und dann scheinbar geschlagen zurückfallen. Am nächsten Tag werden wir ihren Marsch durch die Berge verzögern und sie zwingen, langsamer zu werden, aber wir werden sie nicht zum Anhalten bringen. In der Zwischenzeit wird der Rest ihrer Armee nach Süden zum Silberfluß weitergezogen sein. Die Zwerge werden bei ihrer Ankunft fliehen. Unsere Feinde werden Culhaven verlassen vorfinden und feststellen, daß niemand da ist, um sich ihnen entgegenzustellen. Sie werden glauben, daß die gesamte Zwergenarmee im Wolfsktaag kämpft.«

»Was nicht sehr weit von der Wahrheit entfernt ist«, seufzte Raybur und strich sich mit der schwieligen Hand über den Bart.

»Was nicht sehr weit von der Wahrheit entfernt ist«, wiederholte Risca. »Sie werden den Sieg wittern, weil sie das Gelände kennen, und in den Noosepaß marschieren. Dort werden sie darauf warten, daß ihre Gefährten uns durch die Täler nach Süden und in ihre Arme treiben. Die Gnome werden ihnen erklärt haben, daß nur zwei Wege aus dem Wolfsktaag herausführen – im Norden der Jadepaß und etwas südlicher der Noosepaß – und es kein Entrinnen für unsere Armee gibt, wenn sie zwischen diesen beiden gefangen wird.«

Raybur nickte und strich sich sorgenvoll über den Schnurrbart. »Aber wenn sie zu früh oder zu spät auf uns stoßen...«

»Das werden sie nicht«, schnitt Risca ihm das Wort ab. »Wir werden es nicht zulassen. Abgesehen davon werden sie das Risiko nicht eingehen. Sie werden vorsichtig sein und befürchten, daß wir einen Weg finden, der um sie herum führt, falls sie zu schnell sind. Es ist einfacher für sie, uns auf sich zukommen zu lassen. Sie werden warten, bis sie uns sehen, und dann zuschlagen.«

Sie setzten sich nebeneinander auf einen flachen Felsen und starrten auf das Gebirge. Es war ein schöner, sonniger Tag, aber die abseits des Paßeingangs tiefer liegenden, kreuz und quer verlaufenden Kämme und Täler des Wolfsktaag waren bereits von Nebelschleiern umhüllt.

»Ein guter Plan«, entschied Raybur schließlich.

»Einen besseren haben wir nicht«, wandte Risca ein. »Bremen würde vielleicht etwas Besseres einfallen, wenn er hier wäre.«

»Er wird früh genug kommen«, erklärte Raybur leise. »Und auch die Elfen. Dann werden wir dem Eindringling etwas zeigen, das ihm nicht sehr gefallen wird.«

Risca nickte wortlos, aber er dachte an seine Begegnung mit Brona wenige Tage zuvor, erinnerte sich an seine Gefühle, als er das Ausmaß der Macht des Dämonenlords zu spüren bekam, erinnerte sich, wie der andere ihn gelähmt, ihn beinahe fest in seinem Griff gehabt hatte. Ein solches Ungeheuer würde nicht einfach zu besiegen sein, ganz gleich, welche Größe oder Stärke die Armee besaß, die gegen ihn antrat. Dies war mehr als ein Kampf mit Waffen und Männern, es war ein Kampf der Magie. Und in einem solchen Kampf waren die Zwerge in einem entschiedenen Nachteil, solange Bremens Vision von einem Talisman sich nicht erfüllte.

Er fragte sich, wo der alte Mann jetzt wohl war. Er fragte sich, wie viele seiner Visionen bereits Gestalt angenommen haben mochten.

»Die Schädelträger werden versuchen, uns ausfindig zu machen«, überlegte Raybur.

Risca runzelte die Stirn und sann darüber nach. »Sie werden es versuchen, aber der Wolfsktaag wird ihnen nicht freundlich gesonnen sein. Und es wird auch keinen Unterschied machen, was sie sehen. Wenn sie erkennen, was wir getan haben, wird es bereits zu spät für sie sein.«

»Sie werden dich suchen«, sagte Raybur plötzlich und sah den Druiden an. »Sie wissen, daß du ihre größte Bedrohung bist – ihre einzige Bedrohung außer Bremen und Tay Trefenwyd. Wenn sie dich töten, haben wir keine Magie, um uns zu schützen.«

Risca zuckte die Schultern und lächelte. »Dann solltet Ihr wohl gut auf mich aufpassen, mein König.«

Die Nordländer brauchten länger, als Geften angenommen hatte, um sich zum Angriff zu formieren, der dann jedoch um so stürmischer erfolgte. Der Jadepaß war breit, wo er sich zum östlichen Anar hin öffnete, verengte sich dann aber abrupt bei den Zwillingsgipfeln, die den Eingang zum Wolfsktaag bildeten. Aufgrund seiner bisherigen Erfahrungen mußte der Dämonenlord wissen, daß die Zwerge starken Widerstand leisten würden, und deshalb warf er die gesamte Kraft seiner Armee in die Bresche und versuchte, gleich beim ersten Angriff durchzubrechen. Gegenüber einem weniger gut vorbereiteten Feind wären sie auch erfolgreich gewesen, aber die Zwerge hatten die Pässe des Wolfsktaags seit Jahren gegen räuberische Gnomenbanden verteidigt und dabei den einen oder anderen Trick gelernt. Die Größe der Nordlandarmee würde bereits durch die Enge des Passes und das zerklüftete Gebiet in hohem Maß an Bedeutung verlieren. Die Zwerge versuchten nicht, sich dem Angriff der Nordländer in den Weg zu stellen, sondern griffen aus dem Schutz der Abhänge an. Zuvor hatten sie Fallgruben ausgehoben, und jetzt ließen sie gewaltige Felsblöcke herabdonnern. Mit Spitzen versehene Barrikaden schoben sich an ihren Platz. Es regnete Pfeile und Speere. Hunderte von Angreifern starben in diesem ersten Gefecht. Die Trolle waren besonders zäh, gewaltig und stark und geschützt gegen die Wurfgeschosse, die sie töten sollten. Aber sie waren auch schwerfällig und langsam, und viele von ihnen fielen in die Gruben oder wurden von Felsblöcken zermalmt. Dennoch kämpften sie sich weiter vor.

Schließlich wurden sie am Eingang des Passes aufgehalten. Raybur hatte an der Rückseite eines mit trockenem Holz aufgefüllten Grabens eine Mauer aus Baumstämmen errichten lassen, und beim ersten Ansturm der Nordländer ließ er alles anzünden. Da die Trolle von den Nachfolgenden weitergedrängt wurden und zu schwer zum Klettern waren, konnten sie sich nicht rechtzeitig in Sicherheit bringen. Sie starben an Ort und Stelle, verbrannten bis auf die Knochen. Ihre Schreie und der Gestank ihres verkohlten Fleisches erfüllte die Luft, und der Angriff kam zum Erliegen.

Gegen Mittag kamen sie wieder, weniger kampflustig dieses Mal, und wieder wurden sie zurückgeschlagen. Sie griffen ein weiteres Mal bei Anbruch der Nacht an. Jedesmal wurden die Zwerge ein bißchen tiefer in den Paß gezwungen. Raybur und seine Söhne hatten sich auf beiden Seiten der Paßenge aufgestellt; sie leiteten die Verteidigung, hielten sie so lange aufrecht, wie es vernünftig schien, bevor sie sich zurückzogen und zwar widerwillig, aber umsichtig Boden preisgaben, um nicht mehr Männer zu opfern, als unbedingt notwendig war. Raybur befehligte zusammen mit Geften die linke Seite, während sich Wyrik und Fleer um die rechte kümmerten. Risca blieb es überlassen, sich seinen eigenen Platz zu suchen. Die Zwerge kämpften mutig, obwohl sie immer wieder von Gegnern angegriffen wurden, die ihnen mehr als dreifach überlegen und von zahllosen Schlachten kampfgestählt und erfahren waren. Solange es noch Tageslicht gab, ließen sich die geflügelten Jäger und andere Kreaturen der Unterwelt nicht blicken, und so verschwendete Risca seine Magie nicht zur Verteidigung. Es ging ihnen schließlich nicht darum, diese Schlacht zu gewinnen, sondern sie so langsam wie möglich zu verlieren.

Der Einbruch der Nacht brachte auch eine Pause der Kampfhandlungen, und wieder breitete sich über die Berge scheinbar Ruhe aus. Nebel schwebte langsam von den höheren Lagen in das langsam entschwindende Licht hinab und hüllte Verteidiger wie Angreifer gleichermaßen ein. Die Stille wurde intensiver, je schlechter die Sicht wurde, und eine schwache Brise glitt feucht und süßlich von den Felsen hinab, liebkoste und neckte sie. Es war etwas Lebendiges in den Berührungen des Windes, unsichtbar und körperlos, aber doch so sicher wie das Herannahen der Mitternacht. Es waren Geschöpfe des Wolfsktaag, Wesen einer Magie, die so alt wie die Zeit und so notwendig wie die Seele der Menschen waren. Die Zwerge kannten sie und mißtrauten ihren Absichten. Sie waren Vorboten von größeren und mächtigeren Wesen, und man hörte lieber nicht auf sie. Sie flüsterten Lügen und falsche Versprechungen, übertrugen Träume und verräterische Visionen, und ihnen in irgendeiner Weise Aufmerksamkeit zu schenken war beinahe so, wie den Tod zu sich einzuladen. Die Zwerge wußten dies. Es war ihr Wissen, das sie schützte.

Nicht so die Gnome, die ihnen gegenüber am Eingang des Passes ihr Lager aufgeschlagen hatten. Die Berge und die Wesen, die in ihnen hausten, erschreckten sie. Abergläubisch und jeder Magie mißtrauend, ganz besonders jedoch der Art, wie sie sich hier manifestierte, hätten sie den Wolfsktaag am liebsten gänzlich gemieden. Es gab hier Götter, zu denen man beten, und Geister, die man beschwichtigen mußte. Es war geheiligter Boden. Aber die Macht des Dämonenlords und seiner finsteren Anhänger versetzte sie in noch größere Furcht, und so schlossen sie die Reihen mit den stureren und weniger leicht zu beeindruckenden Trollen. Aber sie taten dies nur widerwillig, und die Zwerge bereiteten sich darauf vor, diese Angst gegen sie einzusetzen.

Wie Risca vorhergesehen hatte, führte die Nordlandarmee einige Stunden vor der Morgendämmerung einen neuen Angriff durch, zu einer Zeit, da die Dunkelheit und der Nebel ihre Manöver noch verbargen. Sie kamen leise und in großer Anzahl, sammelten sich auf der Sohle des Passes und entlang seiner Abhänge, um allein durch ihre Masse die Zwerge zu überrennen. Aber Raybur hatte seine Verteidigungslinie von der Stelle, wo der Kampf in der Abenddämmerung geendet hatte, etwa hundert Meter weit zurückgezogen. Zwischen der alten und der neuen Verteidigungslinie hatten die Zwerge Stapel aus grünem Astwerk und neuen Blättern errichtet und sie zum späteren Anzünden zurückgelassen. Auf der Sohle des Passes waren, versetzt zwischen den Feuern, neue Barrikaden errichtet und Gräben ausgehoben worden. Als die Nordländer dorthin kamen, wo sie die Zwergenlinie vermuteten, fanden sie den Ort verlassen vor. Hatten die Zwerge ihre Verteidigung aufgegeben? Hatten sie sich im Schutz der Dunkelheit zurückgezogen? Die Feinde waren einen Augenblick verwirrt und zögerten, während ihre Anführer die Situation überdachten. Jetzt waren die Zwerge bereit zum Angriff. Risca zündete mit Hilfe seiner Magie die Scheiterhaufen an, die die Abhänge und den Boden des Passes spickten, und plötzlich sahen die Nordländer sich von einem dicken Vorhang aus Rauch umhüllt, der sie zum Keuchen brachte und ihnen die Sicht nahm. Mit tränenden Augen und kratzenden Rachen kamen sie dennoch beharrlich näher.

Dann sandte Risca die Geister. Einige erschuf er mit seiner Magie, andere lockte er aus dem Nebel und schickte sie zum Spielen in den Qualm. Es waren Wesen mit Reißzähnen und Klauen, mit roten Mäulern und schwarzen Augen, Ausgeburten der wirklichen und eingebildeten Ängste der Nordländer, die sich jetzt den keuchenden, halbblinden Kriegern zuwandten. Die Gnome wurden wahnsinnig vor Angst und schrien gellend ihr Entsetzen hinaus. Nichts konnte sie zwingen, sich diesen Gespenstern zu stellen. Sie brachen aus den Reihen aus und rannten davon. Jetzt schlugen die Zwerge zu, und die Schleuderer, Werfer und Bogenschützen sandten ihre tödlichen Wurfgeschosse mitten in das Herz der angreifenden Streitmacht. Immer weiter drängten sie die Feinde zurück, deren Angriff zum Erliegen kam und schließlich völlig zusammenbrach, als bei jedem Ansturm weitere Männer starben. Als der Morgen anbrach, gehörte der Paß wieder den Zwergen.

Am darauffolgenden Tag griffen die Nordländer wieder an; sie weigerten sich, aufzugeben, und waren fest entschlossen, die Linie der Zwerge zu durchbrechen. Ihre Verluste waren erschreckend, aber auch die Zwerge verloren Männer – und sie hatten weniger Möglichkeiten, die Gefallenen zu ersetzen. Am Nachmittag begann Raybur, Vorbereitungen für den Rückzug zu treffen. Zwei Tage hatten sie dieser Armee widerstanden, und das genügte. Jetzt war es an der Zeit, sich ein wenig zurückzuziehen und den Feind hinter sich herzulocken. Sie warteten, bis die Nacht hereinbrach und die Dunkelheit um sie herum erneut alles verhüllte. Dann zündeten sie einen letzten Graben mit trockenem Holz, Blättern und grünen, jungen Bäumen an, damit ihre Bewegungen vom Rauch verdeckt würden, und traten den Rückzug an.

Risca blieb zurück, um sicherzugehen, daß der Feind ihnen nicht zu schnell folgte. Mit einer kleinen Gruppe von Zwergenjägern verteidigte er die engste Stelle des tiefen Passes gegen einen zaghaften Angriff, bevor auch sie sich zurückzogen und den anderen folgten. Einmal tauchte ein Schädelträger auf und versuchte, unter der Schicht aus Nebel und Qualm durchzutauchen, aber Risca antwortete mit seinem Druidenfeuer und verjagte ihn.

Sie marschierten die ganze Nacht hindurch, bis tief ins Innere der Berge. Geften führte sie an, er war ein Veteran zahlreicher Expeditionen und vertraut mit den Schluchten und Hohlwegen, den Kämmen und Abhängen; er kannte das Ziel ihres Weges und wußte, wie er dorthin gelangen würde. Sie vermieden die finsteren, engen Stellen, wo Ungeheuer hausten, jene Wesen, die seit uralten Zeiten überlebt und dem Aberglauben der Gnome Gestalt verliehen hatten. Wenn möglich, hielten sie sich an das weiter oben gelegene, offenere Gelände, und vertrauten auf den Schutz durch die Dunkelheit und den Nebel, die sie vor den Verfolgern verbargen. Auch die Nordlandarmee hatte ihre Späher, aber es waren Gnome, und die Gnome würden vorsichtig sein. Rayburs Streitmacht bewegte sich rasch und wohlüberlegt voran. Wenn die Armee des Dämonenlords wieder auf sie stoßen würde, sollte es erneut auf einem Gelände ihrer Wahl sein.

Am nächsten Tag, als die Zwerge nach einer Ruhepause von einigen Stunden wieder unterwegs waren, stieß ein Bote der kleineren Gruppe zu ihnen, die am südlichen Ende des Gebirges den Noosepaß verteidigte. Der Rest der Armee des Dämonenlords war eingetroffen und drängte vom unteren Ende der Rabbebene ins Innere, um dort ein Lager aufzuschlagen. Die Zwerge würden den Paß mindestens einen Tag halten können, bevor sie der Übermacht nachgeben müßten. Raybur sah Risca an und lächelte. Ein Tag würde genügen.

An diesem Nachmittag, als die Sonne bereits hinter den Gipfeln verschwunden war und der Nebel aus den höheren Lagen hinabkroch wie Kletterpflanzen auf der Suche nach Licht, ließen sie es zu, daß die vom Jadepaß herabkommende Nordlandarmee sie einholte. Sie warteten in einer Schlucht, in der der Weg durch ein Gewirr von riesigen Felsen und trügerischen Abhängen führte, und griffen die Nordländer an, als sie aus dem ungeschützten Talkessel traten. Sie hielten die Stellung gerade lang genug, um den Vormarsch der Gegner aufzuhalten, dann wichen sie wieder zurück. Die Dunkelheit brach herein, und ihre Verfolger waren gezwungen, ihr Lager für die Nacht aufzuschlagen und den Gedanken an Vergeltung aufzuschieben.

Als der Tag anbrach, waren die Zwerge verschwunden. Die Nordländer drängten weiter, sie wollten dieses Katz-und-Maus-Spiel endlich beenden. Aber die Zwerge überraschten sie erneut um die Mittagszeit und führten sie dieses Mal in eine Sackgasse, wo sie ihren ungeschützten Flanken zusetzten, als sie sich zurückziehen wollten. Zu der Zeit, da die Nordländer sich endlich erholt hatten, waren die Zwerge wieder verschwunden. Den ganzen Tag ging es so weiter, eine einzige Abfolge von Angriff und Rückzug, bei der die kleinere Streitmacht die größere unablässig verhöhnte und demütigte. Aber sie näherten sich weiter dem südlichen Ende des Gebirges, und die Nordländer, wütend über ihre Unfähigkeit, mit den Zwergen fertig zu werden, schöpften neuen Mut aus der Tatsache, daß ihrer Beute langsam die Versteckmöglichkeiten ausgingen.

Der Kampf war jetzt ernst geworden. Ein falscher Schritt, und die Zwerge hätten für immer verspielt. Boten rannten hin und her zwischen jenen, die dem aus dem Norden kommenden Feind immer neue Nadelstiche versetzten, und den anderen, die noch immer den Noosepaß im Süden hielten. Jetzt kam es auf eine äußerst genaue Zeitplanung an. Der Feind im Süden versuchte hartnäckig, den Paß zu nehmen, aber die Zwerge hielten stand. Der Noosepaß war einfacher zu verteidigen und schwerer einzunehmen, egal, wie groß die beiden Armeen auch waren. Aber die Zwerge würden ihn gegen Einbruch der Abenddämmerung verlassen und langsam und wohlüberlegt zurückweichen, um die Nordländer glauben zu machen, sie hätten gesiegt. Die Armee des Dämonenlords würde den Paß einnehmen und dann darauf warten, daß ihre Kameraden die in die Enge getriebenen und umstellten Zwerge ihren Speerspitzen entgegentrieben.

Es wurde Abend, und während eine Armee der Nordländer den Noosepaß besetzte, drängte die zweite unerbittlich nach Süden. Die Zwerge waren zwischen beiden gefangen und es gab keinen Ort mehr, wohin sie hätten fliehen können.

Den ganzen Tag über hatte Rayburs Armee darum gekämpft, den Vormarsch der Angreifer aus dem Norden zu verlangsamen. Der Zwergenkönig setzte jede Taktik ein, die er in den dreißig Jahren als Krieger erlernt hatte, und wann immer es eine Möglichkeit gab, hämmerte er auf die Eindringlinge ein und schuf neue Gelegenheiten, wenn sich keine von allein ergaben. Er teilte seine Armee in drei Gruppen auf, übergab seinen Generälen das Kommando über die größte, damit sie ein offensichtliches Ziel für den Feind darstellte. Die zwei kleineren Kompanien – eine befehligte er selbst, die andere sein ältester Sohn Wyrik – bildeten die Zange, mit der sie die

Nordländer bei jeder Gelegenheit bedrängten. Ihr Vorgehen war glänzend aufeinander abgestimmt, und so zwangen sie den Feind erst diesen Weg entlang, dann einen anderen. Wenn es der einen Gruppe gelang, einer Flanke den Schutz zu nehmen, wartete die andere bereits darauf zuzuschlagen. Behende und immer wieder ausweichend wanden und schlängelten sich die Zwerge um die größere Armee, weigerten sich hartnäckig, von ihr festgenagelt zu werden, und bedrängten sie ein ums andere Mal mehr.

Als die Nacht hereinbrach, waren sie erschöpft. Schlimmer noch – die Zwerge aus dem Norden waren so weit zurückgedrängt worden, daß sie an die Gruppe aus dem Süden stießen. Die Gruppen verbanden sich und verschmolzen zu einer; beide waren so weit wie möglich zurückgewichen und hatten jetzt keinen Ort mehr, an den sie gehen konnten. Eigentlich hätten die nächtliche Dunkelheit und der Nebel sie genügend eingehüllt, so daß die Nordländer sich erst am Morgen um sie kümmern müßten. Statt dessen ging die Jagd jedoch weiter, zu einem großen Teil deshalb, weil die Nordländer zu wütend und wild waren, um warten zu können. Der Noosepaß lag nur ein paar Meilen weiter. Die Zwerge saßen in der Falle, sie konnten sich nirgendwo mehr verstecken; endlich hatten die Nordländer die Gewißheit, mit ihrer überlegenen Streitmacht die lange fällige Vergeltung üben zu können.

Als die Nacht sich über das Tal, in das die Zwerge sich zurückgezogen hatten, herabsenkte und der Nebel dicht genug war, schickte Raybur ein paar Späher aus, um vor Überraschungen durch den Feind sicher zu sein. Die Zeit lief ihnen davon, und sie mußten jetzt schnell handeln. Geften wurde herbeigerufen, und der erfahrene Veteran bereitete die Flucht vor, die von Anfang an zentraler Bestandteil ihres Plans gewesen war. Die Flucht würde unter dem Schutz der Dunkelheit beginnen und um Mitternacht beendet sein. Der König hatte diesen Plan mit Risca geschmiedet, als der Kriegerdruide aus Paranor zurückgekehrt war. Er basierte auf einem Geheimnis, das nur die Zwerge kannten, denn niemand außer ihnen wußte, daß noch ein dritter Weg aus den Bergen herausführte. Ganz in der Nähe der Stelle, wo sie lagerten, nicht weit vom zugänglicheren Noosepaß entfernt, gab es eine Reihe von miteinander verbundenen Hohlwegen, Höhlen und Felsgraten, die sich östlich aus dem Wolfsktaag herauswanden und in die Wälder des mittleren Anar führten. Geften selbst hatte ungefähr acht Jahre zuvor diesen verborgenen Pfad entdeckt, ihn gemeinsam mit einer Handvoll anderer Zwerge erkundet und dann Raybur informiert. Das Wissen darüber war sorgfältig geheimgehalten worden. Einige Zwerge hatten den Durchgang hin und wieder benutzt, um sicherzugehen, daß er noch offen war, und um sich die einzelnen Abzweigungen und Kehren zu merken, aber niemandem sonst war der Weg gezeigt worden. Risca hatte bei einem Besuch in seiner Heimat wenige Jahre zuvor durch Raybur davon erfahren, da der König gewöhnlich seine Geheimnisse mit dem Mann teilte, der ihm so nahestand wie seine Söhne. Als die Nordlandarmee nach Osten marschiert war, hatte sich Risca daran erinnert, und der Plan hatte Gestalt angenommen.

Jetzt setzten die Zwerge ihn in die Tat um. Langsam zogen sie Männer ab und verringerten so ihre Stärke in einer langen, gleichmäßigen Linie, die nach Osten in die Berge zurückwich und dem Fluchtweg folgte, den Geften peinlichst genau angeordnet hatte. Dann berichteten die Späher, daß die Nordländer sich dem Eingang des Tals näherten. Der gefährlichste Teil des Plans lag jedoch noch vor ihnen. Die Nordländer mußten aufgehalten werden, bis sich die Zwerge in Sicherheit gebracht hatten. Mit Risca und einer Gruppe von zwanzig Freiwilligen wandte sich Raybur nach Norden. Sie versteckten sich in einem Gewirr von Felsen, von denen aus sie den Talkessel überblicken konnten, und als die ersten feindlichen Soldaten erschienen, griffen sie an.

Es war eine sehr sorgfältig geführte, kurze Attacke, die nur das Ziel hatte, die Feinde zu stören und zu verwirren, denn die Zwerge waren zahlenmäßig weit unterlegen. Aus dem Schutz der Felsen heraus benutzten sie ihre Bögen und feuerten ihre Pfeile gerade lang genug ab, um die Aufmerksamkeit auf sich zu lenken, bevor sie sich zurückzogen. Selbst jetzt war die Flucht noch schwierig. Die Nordländer jagten wild hinter ihnen her. Es war dunkel und trügerisch zwischen den Felsen, ein Labyrinth aus zackigen Kanten und tiefen Spalten, und wie immer im Wolfsktaag waren die Lichtverhältnisse schlecht. Nebel kroch von den höher gelegenen Gipfeln herab zum Talboden. Die Zwerge waren mit dem Gelände vertrauter als ihre Verfolger und schlüpften behende durch das Gewirr, aber die Nordländer waren überall, schwärmten kreuz und quer über die Felsen. Einige der Verteidiger wurden überrannt, andere nahmen den falschen Weg. Sie alle wurden getötet. Der Kampf war heftig. Risca benutzte seine Magie, er sandte Druidenfeuer mitten zwischen die Feinde und schleuderte sie so zurück. Eine Handvoll grotesker Unterweltgestalten kam in Sicht und taumelte ohne Verstand hinter den kletternden Zwergen her, und Risca sah sich gezwungen, lange genug stehenzubleiben, um sie ebenfalls zurückzuwerfen.

Dabei hätten sie ihn beinahe erwischt. Sie kamen von drei Seiten auf ihn zu, angezogen vom Schein des Druidenfeuers. Waffen schnellten durch die Luft, und dunkle Wesen warfen sich auf ihn und versuchten, ihn zu Boden zu reißen. Er kämpfte stürmisch und vergnügt, fühlte sich in einer Weise lebendig, wie er es sonst nie sein konnte, war ganz in seinem Element. Er war stark und schnell, und sie würden ihn nicht überwältigen. Er warf seine Angreifer zurück, wehrte ihre Schläge ab, benutzte Druidenmagie, um seinen Rückzug zu tarnen, und entkam.

Dann war er im hinteren Teil des Felsenlabyrinths und rannte hinter den letzten anderen Zwergen her. Ihre Streitmacht war auf die Hälfte geschrumpft, und jene, die noch übrig waren, waren blutverschmiert und erschöpft. Raybur wartete, bis Risca bei ihm war. Sein Gesicht war grimmig und glänzte schweißnaß im schwachen Licht. Seine Streitaxt war blutbefleckt, eine Klinge zerbrochen.

»Wir müssen uns beeilen«, warnte er und stapfte weiter. »Sie haben uns fast eingeholt.«

Risca nickte. Speere und Pfeile flogen von den Felsen zu ihnen hinauf. Die Zwerge hetzten weiter nach oben und hörten die Schreie der hinter ihnen herjagenden Nordländer. Wieder ging einer von Riscas Leuten zu Boden; in seinem Hals steckte ein Pfeil. Nur eine Handvoll von ehemals zwanzig war jetzt noch übrig. Risca wirbelte herum, als er etwas vom Himmel herabstürzen spürte, und ließ Feuer auf eines der geflügelten Ungeheuer zujagen, das daraufhin davontaumelte. Der Nebel war jetzt dichter. Wenn sie ihre Verfolger noch ein paar weitere Minuten hinter sich lassen könnten, würden sie sie abgehängt haben.

Genauso geschah es. Sie drängten weiter, bis sie jenseits jeglicher Erschöpfung waren. Als sie jetzt zu achten den Platz erreichten, auf dem sie sich zuvor versammelt hatten, war nur noch Geften da. Wortlos hasteten sie hinter dem besorgten Fährtenleser her, der sie in die Berge und dahinterliegenden Gipfel führte.

Hinter ihnen schwärmten die Nordländer ins Tal, brachen durch Bäume und Büsche und heulten laut vor Wut. Irgendwo hatten sich die Zwerge versteckt und saßen in der Falle. Bald schon würden sie sie finden. Die Jagd ging weiter, sie bewegten sich weiter nach Süden auf den Noosepaß zu. Mit etwas Glück, dachte Risca, würden die beiden Hälften der Armee des Dämonenlords im Nebel und in der Dunkelheit aufeinanderstoßen und jeweils die andere Gruppe für die Feinde halten. Mit etwas Glück würde eine große Anzahl von ihnen tot sein, bevor sie ihren Fehler erkannten.

Risca kletterte zwischen den Felsblöcken hindurch, die den Beginn der höheren Gebirgslagen markierten. Die Feinde würden ihnen hierher nicht folgen, nicht im Dunkeln, und am nächsten Morgen würden sie längst an der Stelle vorbeimarschiert sein, wo sie ihre Spuren noch hätten finden können.

Raybur wartete auf Risca und schlug ihm anerkennend auf die breite Schulter. Risca lächelte, aber innerlich fror er. Er hatte sich ein Bild von der Armee verschafft, die sie gejagt hatte. Ja, diesmal hatten sie dem Dämonenlord entkommen können. Sie hatten die Nordländer zu einer langen und sinnlosen Jagd verleitet, ihren Vormarsch verzögert und überlebt, um den Kampf an einem anderen Tag weiterführen zu können.

Dieser Tag allerdings würde ein Tag der Abrechnung werden.

Und er würde, fürchtete Risca, nur zu bald kommen.

Kapitel 20

Schwerer, anhaltender Regen hüllte Arborlon in einen Vorhang aus schimmernder Nässe und grauem Nebel. Es war Nachmittag, und auch jetzt, mehr als neun Stunden nach Beginn der Regenfälle, schienen sie immer noch nicht nachzulassen. Jerle Shannara hatte sich in die Abgeschiedenheit des königlichen Sommerhauses zurückgezogen und schaute hinaus auf den Regen. Er sah, wie die Tropfen gegen die Fensterscheiben klatschten und auf den Fußweg prasselten, in mittlerweile Hunderte von Pfützen. Er sah, wie sich die Bäume im Wald veränderten, wie ihre Stämme seidigschwarz wurden und die Blätter ein sattes Grün annahmen. In seiner tiefen Niedergeschlagenheit schien es ihm beinahe, als würde auch er sich verändern, wenn er nur lange genug in den düsteren Regen starrte.

Er war in sehr übler Stimmung. Dies war bereits seit seiner Rückkehr in die Stadt vor drei Tagen so. Er war mit den restlichen Mitgliedern seiner arg mitgenommenen Gruppe – Preia Starle, Vree Erreden und die Elfenjäger Obann und Rusk – nach Hause zurückgekehrt. Sie brachten den Schwarzen Elfenstein und die Leiche von Tay Trefenwyd mit zurück und eine Stimmung, die genauso düster war wie die, die sie erwartete. In ihrer Abwesenheit war Courtann Ballindarroch an den Folgen seiner Wunden gestorben. Sein Sohn Alyten hatte den Thron bestiegen und als erste Amtshandlung eine

Gruppe von Kundschaftern zusammengestellt, mit der er losgestürmt war, um die Mörder seines Vaters aufzuspüren. Welch ein Irrsinn! Aber niemand hatte ihn aufgehalten. Jerle war angewidert. Es war die Tat eines Narren, und er fürchtete, daß die Elfen jetzt einen Narren zum König hatten. Entweder dies oder gar keinen, denn Alyten Ballindarroch hatte Arborlon eine Woche zuvor verlassen, und seither gab es kein Lebenszeichen mehr von ihm.

Jerle Shannara starrte aus dem Fenster in den Regen hinaus, auf das tiefe Grau, das absolute Nichts. Sein Blick war leer. Auch das Sommerhaus war leer – nur er war dort, allein mit seinen Gedanken. Sie waren für niemanden eine gute Gesellschaft. Sie verfolgten ihn. Der Verlust von Tay hatte ihn aus dem Gleichgewicht gebracht, war schmerzvoller, als er sich vorzustellen vermocht hatte, berührte ihn weit tiefer, als er sich selbst gegenüber zugeben wollte. Tay Trefenwyd war sein bester und engster Freund gewesen. Unabhängig von den unterschiedlichen Entscheidungen, unabhängig von der jeweiligen Dauer ihrer beruflich bedingten Trennungen, unabhängig von den Ereignissen, die ihr Leben geprägt und verändert hatten – ihre Freundschaft hatte alles überdauert. Nichts hatte sich verändert, als Tay zu den Druiden gegangen und einer von ihnen geworden war, während Jerle erst als Befehlshaber der Elfengarde und dann als königlicher Berater in Arborlon geblieben war. Und als Jerle bei Tays Ankunft in Arborlon vor erst so kurzer Zeit gesehen hatte, wie sein Freund den Hügel hinaufgeritten kam, hatte er das Gefühl gehabt, als wären nur einige Augenblicke seit ihrem letzten Treffen vergangen, als bedeutete ihnen Zeit gar nichts. Jetzt war Tay tot, er hatte sein Leben geopfert, damit seine Freunde leben konnten, damit der Schwarze Elfenstein sicher nach Arborlon gebracht werden konnte.

Der Schwarze Elfenstein. Die tödliche Waffe. Jerle Shannara wurde von einer Woge finsterster Wut erfaßt, als er an den verfluchten Talisman dachte. Ihn zu behalten, hatte das Leben seines Freundes gekostet, und Jerle hatte noch immer keine Vorstellung von seinem Zweck. Wozu war er gut? Welcher Zweck konnte den Verlust seines teuersten, liebsten Freundes rechtfertigen?

Er fand keine Antwort. Er hatte getan, was getan werden mußte. Er hatte den Elfenstein nach Arborlon gebracht und verhindert, daß er in die Hände des Dämonenlords fiel, und die ganze Zeit über hatte er gedacht, daß es besser wäre, wenn er diese Magie loswürde, wenn er den Stein in die tiefste, dunkelste Spalte würfe, die er finden konnte. Wäre er allein gewesen, er hätte es möglicherweise getan, so heftig waren seine Wut und seine Trauer über den Verlust von Tay. Aber Preia und Vree Erreden hatten ihn begleitet, und auch ihnen oblag es, für den Stein zu sorgen. Also hatte er ihn nach Hause gebracht, wie Tay es gewünscht hatte, und mit dem festen Wunsch, jeden Anspruch darauf aufzugeben, sobald sie zu Hause wären.

Aber auch hier stand das Schicksal gegen ihn. Courtann Ballindaroch war tot, und sein Sohn und Nachfolger war unterwegs zu einer irrsinnigen Mission. Wem dann hätte er also den Elfenstein geben sollen? Ganz sicher nicht dem Hohen Elfenrat, denn der bestand nur aus einer Brut nutzloser, zänkischer alter Männer, denen es sowohl an Weitsichtigkeit wie an Vernunft fehlte und die hauptsächlich damit beschäftigt waren, sich selbst zu schützen, jetzt, da Courtann tot war. Er konnte den Stein auch nicht Alyten geben, der ohnehin abwesend war – er war niemals für ihn bestimmt gewesen. Also blieb nur Bremen, aber der Druide war noch nicht in Arborlon eingetroffen, und es war fraglich, ob er überhaupt jemals kommen würde.

Die einzigen, die er in dieser Sache befragen konnte, waren Preia und Vree Erreden, und nachdem letzterer sein Einverständnis erklärt hatte, folgte Jerle Preias Rat und versteckte den Schwarzen Elfenstein tief in den Katakomben des Palastkellers, wo niemand ihn ohne seine Hilfe finden würde, weit weg von den neugierigen Augen und schnüffelnden Nasen, die vielleicht versucht wären, seine Macht freizulassen. Jerle, Preia und der Lokat verstanden die Gefahr des Elfensteins wie kein anderer. Sie hatten gesehen, was die dunkle Magie anrichten konnte. All ihre Feinde, denen Tay entgegengetreten war, waren innerhalb von einem Lidschlag zu Asche verbrannt worden. Tay Trefenwyd war trotz seines Druidenschutzes von der Gegenreaktion vernichtet worden. Eine solche Macht war finster und ohne Sinn und gehörte für immer verbannt.

Ich hoffe, es war dein Leben wert, Tay, dachte Jerle Shannara trostlos. *Aber ich kann es mir kaum vorstellen.*

Die feuchte Kühle des Regens kroch an ihm empor und ließ seine Knochen schmerzen. Das Feuer im Ofen hinter ihm, die einzige Wärmequelle in dem großen Versammlungsraum, drohte zu erlöschen, und er ging hinüber, um ein paar Scheite nachzulegen. Er starrte in die neu auflodernden Flammen und wunderte sich über die Launen des Schicksals. In diesen wenigen letzten Wochen hatte er soviel verloren. Welchen Sinn sollte das haben? Wo würde das alles enden? Jerle schüttelte den Kopf und strich sich das blonde Haar aus dem Gesicht. Philosophische Fragen verwirrten ihn nur. Er war ein Krieger und dann am besten, wenn er gegen etwas kämpfen konnte. Aber wo war in dieser Sache der feste Kern? Wo war sein Fleisch und Blut? Er fühlte sich mitgenommen, äußerlich angeschlagen und innerlich hohl. Die Stimmung des Regens und des grauen Tages paßten dazu. Er war zurückgekehrt, um vor einem Nichts zu stehen, ohne Ziel, ohne erkennbare Zukunft, voller Leid und Schmerz.

Am Tag seiner Rückkehr war er zu Tays Eltern und Kira gegangen und hatte ihnen von seinem Tod erzählt. Er hätte diese Aufgabe niemals jemand anderem übertragen. Tays Eltern, bereits alt und leicht verwirrt, hatten die Neuigkeiten ruhig und mit wenigen Tränen aufgenommen, sie sahen mit dem näherkommenden Ende des eigenen Lebens die grundsätzliche Unausweichlichkeit und Launenhaftigkeit des Todes. Aber Kira war am Boden zerstört gewesen. Weinend hatte sie sich in Jerles Arme geworfen, hatte ihn voller Verzweiflung festgehalten, eine Kraft in ihm gesucht, die er nicht besessen hatte. Er hatte sie im Arm gehalten und daran gedacht, daß sie für ihn genauso verloren war wie ihr Bruder. Sie hatte sich an ihn geklammert, ein Bündel aus Fleisch und Blut und Kleidern, so leicht wie die Luft und genauso körperlos, schluchzend und zitternd. In diesem Augenblick war ihm der Gedanke durch den Kopf geschossen, daß die Trauer um Tay alles war, was sie jemals teilen würden.

Er wandte sich vom Feuer ab und starrte wieder aus dem Fenster. Grau und feucht schritt der Tag voran, und auch das stete Vergehen der Zeit konnte ihm keine Hoffnung geben.

Die Vordertür öffnete und schloß sich wieder, ein Mantel wurde aufgehängt, und Preia Starle trat zu ihm. Nässe glitzerte auf ihrem Gesicht und ihren Händen, auf ihrer weichen, braunen Haut, die immer noch von den Schnitten und Schrammen ihrer Reise zu den Grimmzacken gezeichnet war, und in ihrem lockigen, zimtfarbenen Haar. Preia schaute ihn an, als wäre sie überrascht von dem, was sie sah.

»Sie möchten, daß du ihr König wirst«, erklärte sie ruhig.

Er starrte sie an. »Wer?«

»Alle. Der Hohe Rat, die Berater des Königs, die Leute auf den Straßen, die Elfengarde, die Armee, einfach alle.« Sie lächelte müde. »Du bist ihre einzige Hoffnung, sagen sie. Alyten ist zu unzuverlässig, zu rücksichtslos für diese Aufgabe. Er hat keine Erfahrung. Es spielt keine Rolle, daß er bereits König ist; sie wollen, daß er abdankt.«

»Aber es leben zwei Enkel! Was ist mit ihnen?«

»Kinder, kaum alt genug, um laufen zu können. Außerdem wollen die Elfen keine Kinder auf dem Thron von Ballindarroch. Sie wollen dich.«

Er schüttelte ungläubig den Kopf. »Sie haben nicht das Recht, diese Entscheidung zu fällen. Niemand hat es.«

»Du hast es«, sagte sie.

Sie schritt zum Feuer. Sie bewegte sich mit der Geschmeidigkeit einer Katze, und sie war ganz Anmut und Kraft. Er wunderte sich über die Leichtigkeit ihrer Bewegungen. Er wunderte sich über ihre Beherrschung. Er war erstaunt über ihre Kraft, selbst jetzt, angesichts all dessen, was geschehen war. Sie stand vor dem Feuer und rieb sich die Hände, um sie zu wärmen. Nach einiger Zeit hörte sie auf und starrte nur noch ins Feuer.

»Ich habe heute eine Stimme gehört«, sagte sie. »Auf der Straße. Tays Stimme. Er rief mich, sagte meinen Namen. Ich hörte ihn ganz deutlich. Ich war so sehr bestrebt, ihn zu finden, daß ich mich umdrehte und mit einem Mann zusammenprallte, der hinter mir ging. Ich stieß ihn zurück, beachtete nicht, was er sagte, sondern suchte Tay.« Sie schüttelte langsam den Kopf. »Aber er war nicht da. Ich hatte es mir nur eingebildet.«

Ihre Stimme erstarb in einem Flüstern. Sie drehte sich nicht um.

»Ich kann immer noch nicht glauben, daß er tot ist«, sagte Jerle nach einem Augenblick. »Ich glaube immer noch, daß es ein Irrtum ist, daß er draußen ist und jeden Moment durch diese Tür hereinkommen wird.«

Er schaute zum Eingang hin. »Ich will nicht König sein. Ich will, daß Tay wieder lebt. Ich will, daß alles wieder so wie früher ist.«

Sie nickte wortlos und starrte immer noch ins Feuer. Sie konnten hören, wie der Regen auf das Dach und gegen die Fenster prasselte. Sie konnten das Wispern des Windes hören.

Dann drehte Preia sich um und ging zurück zu Jerle. Reglos stand sie vor ihm. Er konnte den Blick nicht deuten, den sie ihm zuwarf. Er war so voller unterschiedlicher Gefühle, daß er sie nicht einzeln benennen konnte. »Liebst du mich?« fragte sie ihn frei heraus und sah ihm dabei in die Augen.

Er war so erstaunt über diese Frage, so vollkommen überrascht, daß er keine Antwort darauf fand. Er starrte sie einfach nur mit offenem Mund an.

Sie lächelte schwach, und es schien ihm, als wollte sie Anspruch auf etwas erheben, das ihm bisher entgangen war. Ihre Augen füllten sich mit Tränen. »Wußtest du, daß Tay mich geliebt hat?«

Er schüttelte langsam und verblüfft den Kopf. »Nein.«

»So lange ich mich erinnern kann.« Sie hielt inne. »Genauso lange, wie du Kira liebst.« Schnell hob sie die Hand und legte einen Finger auf seine Lippen. »Nein, laß mich ausreden. Es muß einmal ausgesprochen werden. Tay hat mich geliebt, aber er hätte niemals etwas unternommen. Er sprach nicht einmal davon. Seine Treue dir gegenüber war so stark, daß er es nicht konnte. Er wußte, daß ich zu dir gehörte, und obwohl er sich nicht sicher über deine Gefühle war, tat er nichts, um sich einzumischen. Er war überzeugt, daß du mich liebtest und mich heiraten würdest, und er hätte niemals seine Beziehung zu dir oder mir aufs Spiel gesetzt, um das zu ändern. Er wußte von Kira, aber er wußte auch, daß sie nicht die Richtige für dich war – auch wenn du selbst es nicht erkannt hast.«

Sie trat einen Schritt auf ihn zu. Die Tränen rannen ihr jetzt über die Wangen, aber sie beachtete sie nicht. »Es gab eine Seite in Tay Trefenwyd, die du niemals erkannt hast. Du hast sie nicht erkannt, weil du nicht richtig hingeschaut hast. Er war ebenso vielschichtig wie du. Ihr habt geglaubt, daß ihr euch kennen würdet, daß ihr den anderen verstehen würdet, aber das war nicht wirklich so. Ihr wart gegenseitig euer Schatten, aber so, wie sich der Schatten vom Körper unterscheidet, habt ihr euch voneinander unterschieden. Ich kenne den Unterschied. Ich habe ihn immer gekannt.«

Sie schluckte. »Jetzt mußt auch du ihn akzeptieren. Und auch, was es bedeutet zu leben, während der Schatten tot ist. Tay ist tot, Jerle. Tay liebte mich, aber er ist tot. Liebst du mich ebenfalls? Liebst du mich ebenso stark? Oder wird Kira immer zwischen uns sein?«

»Kira ist verheiratet«, antwortete er leise, mit brüchiger Stimme.

»Kira lebt. Leben bedeutet Hoffnung. Wenn du sie nur verzweifelt genug willst, wirst du vielleicht einen Weg finden, wie du sie für dich gewinnen kannst. Ich habe einen der beiden wichtigsten Männer in meinem Leben verloren. Ich habe ihn verloren, ohne daß ich mir jemals die Zeit für ein solches Gespräch genommen habe, wie wir es jetzt führen. Ich möchte nicht, daß dies noch ein zweites Mal geschieht.«

Sie hielt inne. Ihr war anzusehen, wie unbehaglich sie sich fühlte, aber sie wich seinem Blick nicht aus. »Ich will dir etwas sagen. Wenn Tay mich gebeten hätte, zwischen euch beiden zu entscheiden, hätte ich vielleicht ihn gewählt.«

Eine endlose Stille entstand. Ihre Blicke begegneten sich und hielten sich aneinander fest. Sie standen mitten im Raum, vollkommen reglos. Das Feuer in der Feuerstelle knisterte leise, und der Regen prasselte gegen die Scheibe. Die Schatten im Raum waren mit dem Einbruch der Nacht länger geworden.

»Ich will dich nicht verlieren«, sagte Jerle ruhig.

Preia antwortete nicht. Sie wollte mehr hören.

»Ich habe Kira einmal geliebt«, gestand er. »Ich liebe sie immer noch, schätze ich. Aber es ist nicht mehr so wie früher. Ich weiß, daß ich sie verloren habe, und ich trauere nicht mehr länger darum. Das habe ich seit Jahren schon nicht mehr getan. Ich habe sie gern. Ich denke an sie, wenn ich an Tay und unsere Kindheit denke. Sie war ein Teil davon, und ich wäre dumm, wenn ich versuchte, mir einzureden, daß es anders sei.«

Er holte tief Luft. »Du hast mich gefragt, ob ich dich liebe. Ja, das tue ich. Ich habe noch niemals bewußt darüber nachgedacht – ich habe es einfach immer so hingenommen. Ich glaubte vermutlich, daß du immer da sein würdest, und habe jeden Gedanken daran als unnötig beiseite geschoben. Warum sollte ich über etwas nachdenken, das so offensichtlich war? Es schien keine Notwendigkeit dafür zu geben. Aber das war falsch. Ich erkenne das jetzt. Ich habe dich für selbstverständlich gehalten, ohne es auch nur zu merken. Ich dachte, es wäre gut so, wie es war, es würde genügen, was wir miteinander teilten. Ich sperrte mich gegenüber Veränderungen oder Zweifeln.

Aber ich habe Tay verloren, und ein großer Teil von mir ging mit ihm. Ich habe meine Orientierung verloren und mein Ziel. Ich bin am Ende einer Straße angelangt, der ich eine Zeitlang gefolgt bin, und ich finde keine Möglichkeit umzukehren. Wenn du mich fragst, ob ich dich liebe, muß ich mich der Tatsache stellen, daß meine Liebe zu dir vielleicht alles ist, was mir geblieben ist. Das ist nicht wenig, aber auch kein Trost für meinen Schmerz. Es ist weit mehr als das. Ich komme mir dumm vor, wenn ich das sage, aber es ist die einzige Wahrheit, die ich anerkennen kann. Sie bedeutet mir mehr als alles andere in meinem Leben. Tay hat mich dies durch seinen Tod erkennen lassen. Es ist ein hoher Preis, aber so ist es.«

Er streckte beide Hände aus und legte sie sanft auf ihre Schultern. »Ich liebe dich, Preia.«

»Wirklich?« fragte sie still.

Er spürte, wie sich eine gewaltige Kluft zwischen ihnen auftat, als sie diese Worte sprach. Er spürte ein riesiges Gewicht auf seinen Schultern. Unbeholfen stand er vor ihr, unfähig, sich etwas anderes einfallen zu lassen. Seine Größe und Stärke hatten ihm bisher immer das Gefühl von Sicherheit gegeben, aber bei Preia schienen sie eher gegen ihn zu arbeiten.

»Ja, Preia«, sagte er schließlich. »Ich liebe dich wirklich. Ich liebe dich so sehr, wie ich überhaupt nur jemanden lieben kann. Ich weiß nicht, was ich sonst noch sagen soll. Vielleicht eins – daß ich hoffe, du liebst mich immer noch.«

Selbst jetzt sagte sie noch nichts, sondern stand weiter reglos vor ihm und schaute ihm in die Augen. Ihre Tränen waren versiegt, aber ihr Gesicht war verschmiert und feucht. Ein winziges Lächeln ließ ihre Mundwinkel erzittern. »Ich habe niemals aufgehört, dich zu lieben«, flüsterte sie.

Sie machte einen Schritt auf ihn zu und ließ sich von ihm in die Arme nehmen. Nach einer Weile umschlang auch sie ihn.

Sie saßen zusammen vor dem Feuer, als Vree Erreden wenige Stunden später erschien. Es war mittlerweile dunkel; das letzte Tageslicht war verblaßt und der heftige Dauerregen in leichten Nieselregen übergegangen, der geräuschlos auf den bereits durchtränkten Waldboden fiel. Stille hatte sich über die ermüdete Stadt gesenkt, und Lichter erschienen in den Fenstern von Gebäuden, die zwischen den Lücken aus wassertriefendem Buschwerk und Blättern kaum sichtbar waren. Niemand wohnte jetzt im Palast, das Gebäude stand leer, solange die Reparaturarbeiten verrichtet wurden. Nur im Sommerhaus war Leben. Selbst hier wachte die Elfengarde über Jerle, den sie sowohl als einen der ihren wie auch als ein Mitglied der königlichen Familie schützte, zumal die Gerüchte in ihm schon den zukünftigen König sahen.

Die Elfengarde hielt Vree Erreden dreimal auf, bevor er die Tür zum Sommerhaus erreichte, und sie ließ ihn nur deshalb ein, weil Jerle angeordnet hatte, daß dem Lokaten zu allen Zeiten freier Eintritt gewährt werden sollte. Es war seltsam, wie sich ihre Beziehung verändert hatte. Sie hatten wenig Gemeinsamkeiten, und Tays Tod hätte auch leicht jeden Anschein von Freundschaft im Keim ersticken können, denn während ihrer Reise nach Westen war der Druidenelf die Ursache ihrer Bindung gewesen. Jetzt, da Tay tot war, hätten sie auch auseinandergehen können, jeder mißtrauisch und verächtlich dem anderen gegenüber, jeder in sich selbst zurückgezogen.

Aber dies war nicht geschehen. Vielleicht hatte jeder von ihnen für sich allein die unausgesprochene Entscheidung gefällt, daß dies nicht geschehen sollte, daß sie Tay zumindest dies schuldeten. Vielleicht band sie das gemeinsame Bedürfnis aneinander, die schrecklichen Vorgänge während ihrer Reise zu verstehen, in dem Tod ihres Freundes etwas Gutes zusehen. Tay hatte sich für sie geopfert – sollten sie nicht um seinetwillen ihre Uneinigkeiten beiseite schieben? Sie hatten nach ihrer Rückkehr über vieles gesprochen – über das, was ihr Freund getan hatte, wie wichtig es für ihn gewesen war, den Auftrag Bremens auszuführen, über die tödliche Natur des Schwarzen Elfensteins und über seinen möglichen Platz in einem größeren Plan. Zusammen mit Preia Starle hatten sie darüber geredet, was Tay hatte erreichen wollen und wie sie dafür sorgen konnten, daß dem Folge geleistet wurde – wie Bremen den Schwarzen Elfenstein bekommen und die Elfen ausgesandt werden konnten, um den Zwergen zu helfen. Ihre Gedanken drehten sich nicht um sie selbst, sondern um die Welt und die Gefahren, die sie bedrohten.

Zwei Nächte vor ihrer Rückkehr nach Arborlon hatte Jerle den Lokaten gefragt, ob er ihm von seinen Visionen oder Ahnungen berichten könnte, die möglicherweise das berührten, was sie sich vorgenommen hatten. Die Frage war ihm nicht leichtgefallen, und Vree Erreden wußte das. Nachdem er einen Moment nachgedacht hatte, stimmte der Lokat zu und sagte, daß er alles tun würde, was in seiner Macht stand, um zu helfen. Er würde seine Fähigkeit sogar Jerle direkt zur Verfügung stellen, wenn der andere irgendwelche Verwendung dafür hätte. Jerle nahm das Angebot an. Sie schüttelten sich die Hand, um ihr Abkommen zu bekräftigen – und, obwohl sie es nicht sagten, auch den Beginn ihrer Freundschaft.

Und jetzt kam also der Lokat zum ersten Mal nach zwei Tagen zu ihm; wie eine geschlagene Kreatur trat er aus dem Regen. Sein abgetragener Mantel war vollkommen durchnäßt, seine kleine, hagere Gestalt war gebeugt und zitterte. Preia empfing ihn an der Tür, sie nahm seinen Mantel und führte ihn zum Feuer, damit er sich wärmen konnte. Jerle goß starkes Bier in einen Becher und reichte es ihm. Preia wickelte eine Decke um seine Schultern. Vree Erreden nahm dies alles unter Dankesworten und verlegenen Blicken entgegen. Er sah sehr ernst aus. Er war aus einem ganz bestimmten Grund hier.

»Ich muß euch etwas sagen«, erklärte er Jerle, nachdem er zumindest so warm geworden war, daß er nicht mehr zitterte. »Ich hatte eine Vision, und sie betrifft dich.«

Jerle nickte. »Was hast du gesehen?«

Der Lokat rieb sich die Hände, dann trank er einen Schluck Bier. Sein Gesicht war erschöpft und seine Augen tief und hohl, als hätte er nicht genug geschlafen. Aber er hatte diesen gehetzten Blick, seit sie von den Grimmzacken zurückgekehrt waren. Die Ereignisse in der Kau-Magna hatten an seiner Seele gezehrt. Die Festung und ihre Bewohner hatten ihn gnadenlos angegriffen und versucht, ihn zu zerbrechen, damit er Tay Trefenwyd nicht mehr von Nutzen wäre. Sie hatten versagt, aber der Schaden, den sie dem Lokaten zugefügt hatten, war offensichtlich.

»Als Tay zum ersten Mal zu mir kam und mich um Hilfe bei der Suche nach dem Schwarzen Elfenstein bat, benutzte ich meine Fähigkeiten, um in seinen Geist zu schauen.« Er setzte sich zurecht, um Jerle besser ansehen zu können. Sein Blick war immer noch ungewöhnlich ernst. »Es war eine Möglichkeit, schnell und genau zu erkennen, was ich für ihn finden sollte. Ich habe ihm nicht erzählt, was ich tat; ich wollte nicht, daß er irgendwelche Wahrheiten vor mir verbarg.

Was ich entdeckte, war mehr, als was ich gesucht hatte. Der Druide Bremen hatte ihm von vier Visionen berichtet. Eine davon handelte von der Kau-Magna und dem Schwarzen Elfenstein. Sie war diejenige, die ich sehen sollte. Aber ich sah auch die anderen. Ich sah die Zerstörung von Paranor, während Bremen nach einem Medaillon suchte, das an einer Kette hing. Ich sah den Druiden noch einmal an einem dunklen See ...«

Seine Stimme brach, und er wischte mit einer schnellen, eifrigen Handbewegung beiseite, was er hatte sagen wollen. »Sie spielen keine Rolle. Nur die letzte Vision ist jetzt wichtig.«

Er hielt inne, als wäre er abgelenkt. »Ich habe Gerüchte gehört. Die Elfen wollen dich zu ihrem König. Sie wollen mit Alyten und den Enkeln nichts zu tun haben und dich krönen.«

»Das ist nur Gerede, nichts weiter«, warf Jerle schnell ein.

Vree Erreden verschränkte seine Hände in seinem Umhang. »Das glaube ich nicht.«

Preia rückte näher an Jerle heran. »Was hast du gesehen, Vree? Ist Alyten Ballindarroch tot?«

Der Lokat schüttelte den Kopf. »Das weiß ich nicht. Es ist mir nicht gezeigt worden. Ich habe etwas anderes gesehen. Etwas, das die Frage der Königsherrschaft betrifft.« Er holte tief Luft. »Bremens letzte Vision, die ich in Tays Gedächtnis fand, handelte von einem Mann, der mit einem Schwert bewaffnet auf einem Schlachtfeld steht. Das Schwert war ein Talisman voller mächtiger Magie. In den Griff des Schwerts war deutlich das Bild des Eilt Druin eingraviert – eine Hand, die eine brennende Fackel hält. Diesem Mann gegenüber stand ein ganz in Schwarz gehülltes Wesen, körperlos und unergründlich bis auf die Augen, die wie Nadelstiche aus roten Flammen aussahen. Der Mann und der Geist waren in einem mörderischen Kampf verschlungen.«

Er trank wieder von dem Bier, und jetzt wandte er den Blick ab. »Ich konnte diese Vision nur kurz sehen und habe ihr nicht viel Bedeutung geschenkt. Sie war damals nicht wichtig. Sie ließ das übrige, was Tay mir von seiner Suche erzählte, glaubwürdiger erscheinen, nicht mehr. Ich habe darüber nicht mehr nachgedacht, bis heute.«

Er hob den Kopf. »Ich habe heute vor dem Feuer die Karten noch einmal studiert. Die Hitze der Flammen und der gleichmäßig fallende Regen lullten mich ein, und ich bin eingeschlafen. Während ich schlief, hatte ich eine Vision. Sie kam plötzlich, stark und unerwartet. Dies ist deshalb ungewöhnlich, weil die Visionen und Vorahnungen, die mir Hinweise darauf geben, wo etwas Gesuchtes gefunden werden kann, langsamer und sanfter erscheinen. Aber diese Vision war scharf und klar, und ich erkannte sie sofort. Es war Bremens Vision von dem Mann und dem Geist auf dem Schlachtfeld. Aber dieses Mal erkannte ich die Gestalten. Der Geist war der Dämonenlord. Und der Mann, Jerle Shannara, warst du.«

Jerle hätte beinahe laut gelacht. Aus irgendeinem Grund kam ihm das alles vollkommen lächerlich vor. Vielleicht lag es an der Unmöglichkeit, sich so etwas vorzustellen. Vielleicht war es seine Unfähigkeit, zu akzeptieren, daß zwar Vree Erreden ihn in der

Vision erkannt hatte, Tay jedoch nicht. Vielleicht war es auch nur eine Reaktion auf das unangenehme Gefühl, das ihn bei den Worten des Lokaten beschlich.

»Da ist noch etwas.« Der Lokat ließ ihm keine Zeit zum Nachdenken. »Das Schwert, das du trugst, hatte das Emblem des Medaillons, das Bremen in der Vision des zerstörten Paranor trug. Das Medaillon nennt sich Eilt Druin. Es ist das Symbol der Hohen Druiden von Paranor. Seine Magie ist sehr mächtig. Das Schwert war die Waffe, die geschmiedet wurde, um Brona zu zerstören, und der Eilt Druin wurde zu einem Teil dieser Waffe. Niemand hat mir von diesen Dingen erzählt. Das solltest du wissen. Ich weiß einfach, daß es so ist. Genauso wie ich in dem Moment, da ich dich auf dem Schlachtfeld gesehen habe, wußte, daß du König der Elfen geworden bist.«

»Nein.« Jerle schüttelte trotzig den Kopf. »Du hast einen Fehler gemacht.«

Der Lokat sah ihn direkt an, ohne ihm auszuweichen.

»Hast du mein Gesicht gesehen?«

»Ich mußte dein Gesicht nicht sehen«, erklärte Vree Erreden leise. »Ich mußte auch deine Stimme nicht hören oder nachsehen, ob andere dir so folgten, wie sie einem König folgen würden. Du bist es gewesen.«

»Dann ist die Vision grundsätzlich falsch. Sie muß falsch sein!« Jerle warf Preia einen hilflosen Blick zu, aber sie antwortete mit demonstrativem Schweigen. Er ballte ärgerlich die Fäuste. »Ich will damit nichts zu tun haben!«

Niemand sagte mehr etwas. Das Feuer knisterte leise vor sich hin, und die Nacht war tief und still, als würde sie verstohlen zuhören, was da vor sich ging, gespannt auf das warten, was noch geschehen würde. Jerle erhob sich und ging zum Fenster. Er starrte auf die Bäume und den Nebel und versuchte, sich in Nichts aufzulösen. »Wenn ich zulassen würde, daß sie mich krönen . . .«

Er beendete den Satz nicht. Preia stand auf und sah ihn quer über den Raum hinweg an. »Es würde dir Gelegenheit geben, die Dinge zu Ende zu bringen, die Tay Trefenwyd nicht beenden konnte. Wenn du König wärst, könntest du den Hohen Rat überzeugen, den Zwergen Hilfe zu schicken. Wenn du König wärst, könntest du selbst entscheiden, wann und wohin du den Schwarzen Elfenstein bringen willst, ohne jemandem dafür Rechenschaft ablegen zu müssen. Und am wichtigsten ist, wenn du König wärst, hättest du die Gelegenheit, den Dämonenlord zu vernichten.«

Jerle riß den Kopf herum. »Der Dämonenlord hat die Druiden besiegt. Welche Chance könnte ich gegen ein so mächtiges Wesen wohl haben?«

»Eine bessere als jeder andere, der mir einfällt«, antwortete sie schlagfertig. »Die Vision hat sich zweimal enthüllt, einmal gegenüber Bremen, einmal gegenüber Vree. Vielleicht ist es eine Prophezeiung. Wenn es so ist, dann hast du die Gelegenheit, etwas zu tun, was nicht einmal Tay tun konnte. Du hast die Möglichkeit, uns alle zu retten.«

Er starrte sie an. Sie erklärte ihm, daß sie ihn als König akzeptieren würde. Sie behauptete, daß er König sein *mußte*. Sie bat ihn, ihr zuzustimmen.

»Sie hat recht«, sagte Vree Erreden leise.

Aber Jerle Shannara hörte ihm nicht zu. Er fuhr fort, Preia anzustarren, und dachte daran, wie sie wenige Stunden zuvor von ihm verlangt hatte, sich in einer anderen Angelegenheit zu entscheiden. Wieviel bedeute ich dir? Wie wichtig bin ich? Jetzt stellte sie die gleichen Fragen wieder, nur waren die Worte etwas anders. Wieviel bedeutet dir dein Volk? Wie wichtig ist es dir? Er war sich der plötzlichen, überstürzten Veränderung in ihrer Beziehung und der neuen Richtung seines Lebens bewußt, beides ausgelöst durch Tay Trefenwyds Tod. Ereignisse, die er nicht einmal im Traum für möglich gehalten hatte, waren zusammengekommen und hatten diese Veränderung herbeigeführt. Zielstrebig und eigensinnig hatte das Schicksal ihn erwählt. Verantwortung, Herrschaft, die Hoffnungen seines Volkes – es lag an ihm, eine Entscheidung zu treffen, die all das ins rechte Gleichgewicht brachte.

Seine Gedanken rasten bei der Suche nach Antworten, die er nicht fand. Aber er wußte mit einer Sicherheit, die ihn erschreckte, daß ganz gleich, welche Wahl er traf, sie ihn für immer verfolgen würde.

»Du mußt dich stellen«, sagte Preia plötzlich. »Du mußt dich entscheiden.«

Er hatte das Gefühl, als würde die Welt sich drehen und außer Kontrolle geraten. Sie verlangte zuviel von ihm. Es bestand noch nicht die Notwendigkeit, überhaupt etwas zu entscheiden. Jede gegenwärtige Notwendigkeit wurde nur von Gerüchten und Spekulationen genährt. Der Thron war ihm noch nicht offiziell angetragen worden. Alytens Schicksal war noch nicht entschieden. Was war mit den Enkelkindern von Courtann Ballindarroch? Tay Trefenwyd selbst hatte ihr Leben gerettet. Durfte man sie ohne einen Gedanken übergehen? Er selbst hatte sich noch nicht zu einer eindeutigen Position durchgerungen. Er konnte kaum glauben, worüber er da nachdenken sollte.

Aber seine Gedanken hatten einen hohlen und unausgereiften Beigeschmack, und in der Stille ihres Nachhalls fand er sich dem grinsenden Gespenst seiner eigenen Verzweiflung gegenüber.

Er wandte sich von den beiden ab, die darauf warteten, daß er etwas sagen würde, und schaute aus dem Fenster in die Nacht hinaus.

Es gab keine Antwort.

Kapitel 21

Es war Sonnenuntergang, und die Stadt Dechtera war in blutrotes Licht getaucht. Die Stadt lag in einer Ebene zwischen niedrigen Hügeln im Norden und Süden, und die Mauern und Dächer der Häuser und anderen Gebäude bildeten ein unruhiges Gewirr vor dem purpurnen Horizont. Dunkelheit kroch aus dem Grasland im Osten und drängte die letzten Flecken verblassenden Lichts zurück, sie saugte das Land in ihren schwarzen Schlund. Die Sonne hielt sich hinter einer tiefen Wolkenbank verborgen und färbte Himmel und Erde erst orange, dann rot; mit vollen, atemberaubenden Farben malte sie in einer trotzigen Geste, als der Tag widerwillig seinem Ende entgegenging.

Östlich der Stadt, wo die Dunkelheit bereits die ersten Anhöhen erklommen und begonnen hatte, in die tiefer gelegenen Ebenen Schatten auszuwerfen, stand Kinson Ravenlock neben Bremen und Mareth und starrte wortlos auf das Ziel ihrer langen Reise.

Dechtera war eine Industriestadt und von den anderen wichtigen Städten des Südlandes leicht zu erreichen, ganz in der Nähe der wichtigen Minen. Dechtera war weit größer als jede andere Stadt im Norden, im Grenzland, im Land der Zwerge, Elfen oder gar der Trolle. Es gab Wohnhäuser und Geschäfte hier, aber geprägt wurde alles von den Schmelzöfen, die über die ganze Stadt verstreut lagen und ununterbrochen brannten. Tagsüber konnte man sie an dem senkrecht aufsteigenden, dicken Rauch erkennen, nachts an dem heißen Glühen ihrer offenen Schlünde. Gierig fraßen sie Holz und Kohle, die den Brennvorgang in Gang hielten und dafür sorgten, daß das in ihren Bäuchen verschwindende Erz geschmolzen und geformt werden konnte. Stunde um Stunde klirrten in den Schmieden die Hämmer auf die Ambosse und versprühten wilde Funken, und so war Dechtera die Stadt der endlosen Farben und ewigen Geräusche. Qualm und Hitze, Asche und Staub erfüllten die Luft, umhüllten die Gebäude und Menschen. Unter den Städten des Südlandes übernahm Dechtera die Rolle des rußüberzogenen Mitglieds einer Familie, die diese Stadt mehr brauchte als wünschte, mehr akzeptierte als liebte, und die niemals daran dachte, Dechtera auch nur mit annähernd so etwas wie Stolz oder Hoffnung zu betrachten.

Es war eine ungewöhnliche Entscheidung, ausgerechnet diesen Ort für das Schmieden ihres Talismans zu bestimmen, dachte Kinson Ravenlock wieder einmal, denn Dechtera war eine Stadt ohne Phantasie, ihr Überleben gründete auf Mühe und Arbeit, und sie war zudem den Druiden und der Magie feindlich gesonnen. Trotzdem hatte Bremen einige Tage zuvor, als der Grenzländer zum ersten Mal Bedenken geäußert hatte, fest behauptet, daß ihr Mann hier zu finden wäre.

Wer immer er auch war, ergänzte Kinson still für sich, denn obwohl der Druide sich bereit erklärt hatte, ihnen das Ziel ihrer Reise mitzuteilen, so hatte er ihnen doch nicht verraten, wen sie aufsuchen würden.

Sie hatten beinahe zwei Wochen für die Reise benötigt. Cogline hatte Bremen die Rezeptur für die Mischung der Metallegierung gegeben, nach der das Schwert für den Kampf gegen den Dämonenlord geschmiedet werden sollte. Der ehemalige Druide war bis zu ihrer Abreise unwirsch und argwöhnisch geblieben und hatte ihnen beim Abschied deutlich zu verstehen gegeben, daß er keinen von ihnen wiedersehen wollte. Müde hatten sie sich mit dieser Entlassung abgefunden und den Kamin verlassen, um zurück zum Dunkelstreif zu gehen. Allein dieser Teil ihrer Reise hatte beinahe eine Woche in Anspruch genommen. Wieder zurück in Storlock, hatten sie sich Pferde besorgt und waren auf die Ebene hinausgeritten. Die Nordlandarmee war mittlerweile in den Süden weitergezogen und damit beschäftigt, die Zwerge im Wolfsktaag zu jagen. Bremen hatte sich dennoch um jene Teile der Armee gesorgt, die sich noch außerhalb des Anar herumtrieb, und deshalb hatte er seine Gefährten zum Runnegebirge und dann in südlicher Richtung an den Ufern des Regenbogensees entlanggeführt. Er hielt es so weit westlich vom Anar für unwahrscheinlicher, auf Anhänger des Dämonenlords zu stoßen. Sie hatten den Silberfluß überquert und den Nebelsumpf umgangen, bevor sie in das Tiefland des Schlachtengrundes eindrangen. Die Reise war beschwerlich gewesen, und sie hatten sehr vorsichtig sein müssen, denn dieses Land barg auch ohne die Kreaturen des Dämonenlords genug Gefahren, und es machte keinen Sinn, unnötige Risiken auf sich zu nehmen. Im Tiefland des Schlachtengrundes hausten Geschöpfe, die aus alter Magie entstanden waren und den im Wolfsktaag lauernden Wesen ähnelten, und wenn Bremen sie auch kannte und wußte, wie sie zu bekämpfen waren, hatte er es doch vorgezogen, ihnen völlig aus dem Wege zu gehen.

Also waren die drei auf einer Strecke nach Süden geritten, die zwischen den unfruchtbaren Gebieten des Schlachtengrundes mit seinen Sirenen und anderen Geschöpfen auf der einen Seite und den dunklen Tiefen der schwarzen Eichen mit ihrer Wolfsbrut auf der anderen Seite hindurchführte. Sie waren nur tagsüber gereist und hatten nachts sorgfältig Wache gehalten. Eher gespürt als gesehen hatten sie die Wesen, die sie hatten vermeiden wollen, die sowohl einheimisch als auch fremd waren – Wesen des Landes, des Wassers und der Luft. Sie waren sich der Blicke bewußt gewesen, die ihnen ständig folgten, und hatten mehr als einmal die Gegenwart eines solchen Geschöpfes gespürt. Aber keines von ihnen hatte sie direkt herausgefordert oder einen Versuch unternommen, ihnen zu folgen, und so waren sie den Gefahren des Grenzlandes entkommen und hatten ihre Reise unbeschadet fortgesetzt.

Nun, gegen Ende des dreizehnten Tages der letzten Etappe ihrer Odyssee, standen sie da und starrten auf die rote Flut von Dechteras Ofenfeuern.

»Ich hasse diese Stadt jetzt schon«, gab Kinson bedrückt zu. Er strich sich den Staub von den Kleidern. Das Land um sie herum war öde und trocken, ohne jeden Baum und Schatten, und es gab nur hohes Gras und Sand. Wenn es jemals regnen sollte in diesem Teil der Welt, dann sicherlich nicht regelmäßig.

»Ich würde an einem solchen Ort nicht leben wollen«, pflichtete Mareth ihm bei. »Ich kann mir nicht vorstellen, daß irgend jemand das will.«

Bremen schwieg. Er stand da und betrachtete Dechtera, dann schloß er die Augen und wurde ganz still. Kinson und Mareth sahen einander an und warteten; sie ließen ihn gewähren. Unter ihnen glühten die Schlünde der Schmelzöfen. Die Röte des Sonnenuntergangs war inzwischen verschwunden und die Sonne weit genug hinter dem Horizont versunken, daß ihr Licht nur noch als kaum sichtbarer, dünner Streifen durch die Wolken im Westen fiel. Stille breitete sich über der Ebene aus – wenn man vom Hämmern von Metall auf Metall absah.

»Wir sind angekommen«, sagte Bremen plötzlich. Er hatte die Augen wieder geöffnet. »Dechtera ist die Heimat der besten Schmiede der Vier Länder, jedenfalls außerhalb der Trollgebiete. Die Südländer haben vielleicht keine Verwendung für Druiden, aber sie können uns mit dem versorgen, was wir brauchen; besser als alle anderen. Wir müssen nur noch den richtigen Mann finden. Das wird deine Aufgabe sein, Kinson. Du wirst unbehelligt durch die Stadt gehen können, ohne Aufmerksamkeit auf dich zu ziehen.«

»In Ordnung«, stimmte Kinson zu. Er war eifrig bestrebt, die Sache weiter fortzuführen. »Wer ist es, den ich suche?«

»Das mußt du selbst entscheiden.«

»Ich soll das entscheiden?« Kinson war verblüfft. »Wir sind diesen ganzen Weg hierhergekommen, um einen Mann zu finden, den wir nicht einmal kennen?«

Bremen lächelte nachgiebig. »Geduld, Kinson. Und Vertrauen. Wir sind nicht blind oder ohne jeden Grund hierhergekommen. Der Mann, den wir suchen, ist hier, ob er uns bekannt ist oder nicht. Wie ich schon sagte, die besten Schmiede der Vier Länder leben in

Dechtera. Aber wir müssen einen unter ihnen auswählen, und wir müssen weise wählen. Es wird einige Zeit in Anspruch nehmen. Deine Fähigkeiten als Fährtenleser werden dir behilflich sein.«

»Auf was genau soll ich bei diesem Mann achten?« drängte Kinson. Er war verwirrt über seine eigene Unsicherheit.

»Worauf du bei jedem anderen Mann auch achten würdest – und zusätzlich auf besondere Fähigkeiten und Kenntnisse in seinem Handwerk und Stolz auf die Qualität seiner Arbeit. Ein Meisterschmied.« Bremen legte seine knochige Hand auf die Schulter des Grenzländers. »Mußt du mir wirklich diese Fragen stellen?«

Kinson schnitt eine Grimasse. Mareth, die auf der anderen Seite stand, lächelte schwach. »Was mache ich, wenn ich diesen Meisterschmied gefunden habe?«

»Du kehrst zu mir zurück. Wir werden gemeinsam hinuntergehen und versuchen, ihn für unser Vorhaben zu gewinnen.«

Kinson schaute zurück auf die Stadt, auf das Labyrinth aus dunklen Gebäuden und flackernden Feuern, auf die Mischung von schwarzen Schatten und purpurroten Schimmern. Der Arbeitstag war in die Arbeitsnacht übergegangen, und weder wurden die Schmelzöfen schwächer, noch arbeiteten die Menschen langsamer. Schwüle Hitze und Schweiß legten sich in einer feuchten Schicht über die Stadt.

»Ein Schmied, der Erze so mischen kann, daß man stärkere Legierungen erhält, und der das Tempern der Metalle soweit versteht, um diese Stärke erreichen zu können.« Kinson schüttelte den Kopf. »Und zudem einen Schmied, der es für richtig hält, den Druiden dabei zu helfen, eine magische Waffe zu schmieden.«

Bremen drückte die Schulter seines Freundes. »Halte dich nicht zu sehr mit den Überzeugungen unseres Schmieds auf. Achte statt dessen auf die anderen Qualitäten. Finde den Meister, den wir suchen – und überlaß mir alles übrige.«

Kinson nickte. Er sah Mareth an, begegnete ihren großen dunklen Augen. »Was ist mit euch beiden?«

»Mareth und ich werden hier auf deine Rückkehr warten. Du wirst alleine erfolgreicher sein. Du wirst dich ohne die Bürde deiner Kameraden freier bewegen können.« Bremen zog die Hand wieder zurück. »Aber sei vorsichtig, Kinson. Es sind zwar deine Landsleute, aber sie sind nicht notwendigerweise deine Freunde.«

Kinson legte seinen Rucksack ab, überprüfte die Waffen und zog den Umhang fest um die Schultern. »Ich weiß.«

Er griff nach der Hand des alten Mannes und drückte sie. Vogelknochen, die viel zerbrechlicher waren, als er in Erinnerung hatte. Schnell ließ er wieder los.

Dann beugte er sich so spontan zu Mareth hinab und küßte sie auf die Wange, daß er später außerstande war zu sagen, warum er das getan hatte. Er drehte sich um und schritt den Abhang des in dunkle Nacht gehüllten Berges hinab und auf die Stadt zu.

Er brauchte mehr als eine Stunde für den Weg, aber er beeilte sich auch nicht übermäßig, sondern schritt gemächlich dahin. Es gab keinen Grund zur Eile, und er wollte nicht unnötig die Aufmerksamkeit von Leuten auf sich ziehen, die ihn zufällig beobachteten. Er spürte, wie die Temperatur stieg, als er sich den Gebäuden näherte, hörte den Klang der Hämmer und Zangen auf Metall lauter und lauter werden. Stimmen erschollen, eine Kakophonie, die die Nähe von Bierhäusern, Tavernen, Wirtshäusern und Bordellen ankündigten. Lachen ertönte über all dem Gegrunze, Gefluche und Geschimpfe, verstärkte zusätzlich den Lärm und das Getöse. Diese Mischung aus Arbeit und Vergnügen war allgegenwärtig und verwirrend. In dieser Stadt gab es keine Trennung der Lebensbereiche, erkannte der Grenzländer. Überhaupt keine Trennung.

Er mußte an Mareth denken, daran, wie ruhig sie ihn anschauen konnte – wenn sie ihn in einer Art und Weise beobachtete, die er nicht verstand, ganz so, als würde sie ihn aus irgendeinem Grund abschätzen. Noch mehr verwunderte ihn, wie wenig es ihn störte. Er fand Zuversicht in ihrem Blick und eine Art von Trost und

Beruhigung in der Tatsache, daß sie ihn besser kennenlernen wollte. Dies war niemals zuvor so gewesen, nicht einmal mit Bremen. Aber Mareth war anders. Sie waren sich in den vergangenen Wochen, während sie in den Süden nach Dechtera gereist waren, sehr nahe gekommen. Sie hatten nicht von der Gegenwart gesprochen, sondern von der Vergangenheit, von der Zeit, als sie jung gewesen waren, darüber, wie sie die Kindheit und Jugend erlebt hatten. Sie hatten sich gegenseitig ihre Geschichten erzählt und dabei viele Gemeinsamkeiten entdeckt. Die Gemeinsamkeiten lagen jedoch nicht so sehr in den Erlebnissen oder Erfahrungen als vielmehr in den Einstellungen. Sie hatten in ihrem Leben die gleichen Lektionen gelernt und waren zu den gleichen Schlüssen gekommen. Ihre Sicht der Welt war ähnlich. Sie waren zufrieden mit dem, was und wer sie waren, akzeptierten, daß sie anders als die anderen waren. Sie waren zufrieden damit, alleine zu leben, zu reisen und Unbekanntes auszukundschaften, Neues zu entdecken. Sie hatten die Familienbande lange Zeit zuvor aufgegeben und die Kleidung der Städter gegen robuste Reisekleider eingetauscht. Sie betrachteten sich als Ausgestoßene aus freiem Willen und fanden es richtig so, wie es war.

Aber am wichtigsten von allem war ihre beiderseitige Bereitschaft, Geheimnisse des anderen zu akzeptieren und es dessen Entscheidung zu überlassen, sie zu offenbaren. Dies bedeutete Mareth vielleicht mehr als Kinson, denn sie war diejenige, die mehr Wert auf ihre Privatsphäre legte. Von Anfang an hatte sie Dinge zurückgehalten, und Kinson war sicher, daß sie trotz ihrer jüngsten Enthüllungen noch weitere Geheimnisse hatte. Er konnte darin jedoch nichts Schlimmes sehen, sondern glaubte fest daran, daß jeder Mensch das Recht hatte, mit den eigenen Dämonen selbst und ohne die Einmischung anderer fertig zu werden. Indem Mareth mit ihnen ging, riskierte sie genausoviel wie er und Bremen. Sie hatte viel gewagt, als sie sich mit ihnen zusammentat, zu einem Zeitpunkt, da es einfach für sie gewesen wäre, ihre eigenen Wege zu gehen. Vielleicht würde Bremen in der Lage sein, ihr mit ihrer

Magie zu helfen, vielleicht auch nicht – es gab keine Garantie. Das mußte sie wissen. Schließlich hatte er die Angelegenheit kaum erwähnt, seit sie den Kamin verlassen hatten, und Mareth hatte ihn nicht dazu gedrängt.

Auf jeden Fall waren sie sich als Folge ihres Vertrauens nähergekommen, hatten sie die Bande zwischen sich mit großer Sorgfalt enger geschmiedet, und inzwischen besaßen sie beide genug Erfahrung, um die Worte und Handlungen des anderen besser abschätzen zu können. Kinson gefiel das.

Dennoch konnte er einen Rest an Distanz zwischen ihnen nicht überwinden, eine Kluft, die nicht durch Worte oder Taten beseitigt werden konnte. Es war Mareths Entscheidung, diesen Zustand so beizubehalten, und wenn es auch beileibe nicht nur Kinson war, den sie auf Armeslänge von sich hielt, so kam es ihm – vor allem angesichts der Nähe, die sie bereits zwischen sich geschaffen hatten – manchmal doch so vor. Mareths Gründe, ihm unbekannt, schienen von Gewohnheit und Furcht geprägt zu sein. Etwas in ihr forderte, daß sie sich von anderen fernhielt, irgendein Mangel, eine Schwäche oder vielleicht ein Geheimnis, das furchterregender war als alles, was er sich vorzustellen vermochte. Hin und wieder spürte er ihre Versuche, mit einigen kleinen Worten oder Handlungen aus ihrem selbstgewählten Gefängnis auszubrechen. Aber es schien ihr nicht zu gelingen. Linien waren in den Sand gezogen, ein Rechteck, in dem sie zu stehen hatte, und sie brachte es nicht über sich, es zu verlassen.

Deshalb fühlte er sich wohl jetzt so zufrieden, vermutete er, denn er hatte sie mit diesem Kuß überrascht, so sehr, daß er für einen Augenblick ihre Abwehr überwunden hatte. Er rief sich den Ausdruck in ihrem Gesicht in Erinnerung. Er mußte daran denken, wie sie schützend ihre Arme um ihren zierlichen Körper geschlungen hatte.

Er lächelte in sich hinein, während er weiterging. Jetzt waren mehr Einzelheiten der Stadt zu sehen – Mauern und Dächer, aus

Fenstern und Türeingängen scheinende Lichter, von Ratten durchstreifte Gassen und von Obdachlosen gesäumte Straßen, arbeitende Männer und Frauen, die sich durch einen Schleier aus Asche und Hitze bewegten und dennoch zielbewußt wirkten. Kinson schob die Gedanken an Mareth beiseite, da die Aufgabe, die vor ihm lag, seine ganze Aufmerksamkeit erforderte. Später würde Zeit für Mareth sein. Er ließ das Bild ihres auf ihm ruhenden Blicks noch einen Moment lang nachwirken, dann wischte er es fort.

Er ging über eine der Hauptstraßen in die Stadt hinein, nahm sich Zeit, die Menschen um sich herum zu betrachten. Er war in einem Arbeiterviertel, mitten zwischen Läden und Lagerhäusern. Flache, von Eseln gezogene Wagen transportierten Metallreste zu den Öfen, damit sie dort geschmolzen und neu geformt werden konnten. Er warf einen abschätzenden Blick auf die von Rost verkrusteten, verwitterten Gebäude, vernachlässigt und teilweise halb zerfallen, und ging weiter. Er kam an einer Reihe kleinerer Schmieden vorbei, in denen jeweils nur ein einzelner Schmied mit primitiven Werkzeugen und Gußformen an Brennöfen arbeitete, die nur für kleinere Arbeiten gedacht waren. Er blieb nicht stehen, sondern ging weiter, vorbei an Schlackenhalden und Schrotthaufen, an Stapeln aus dem Holz alter Häuser, an ganzen Reihen verlassener Gebäude. Ein übler, durchdringender Geruch stieg aus dem Rinnstein und den Abfallhaufen auf. Kinson verzog angeekelt das Gesicht. Schatten flackerten auf und sprangen in dem Schein der Schmelzöfen und der Straßenlampen hin und her, kleine Geschöpfe, die in einem Moment aus ihrem Versteck herausschossen und im nächsten schon wieder verschwunden waren. Die Männer, die ihm begegneten, waren gebeugt und müde; sie waren ihr Leben lang Arbeiter, von einem Zahltag zum nächsten, bis der Tod ihre Seele zu sich nahm. Nur wenige machten sich die Mühe aufzuschauen, wenn er an ihnen vorüberging. Niemand sprach etwas.

Er näherte sich der Stadtmitte. Es war kurz vor Mitternacht, und stickige, lähmende Hitze herrschte in den Straßen. Er warf einen

Blick durch die Türen und Fenster der Bierhäuser und Tavernen, wägte ab, ob er hineingehen sollte oder nicht. Schließlich wählte er ein oder zwei Häuser aus, die seinem Zweck entgegenzukommen schienen, und trat ein, aber er blieb immer nur lang genug, um dem Gespräch zu lauschen, eine oder zwei Fragen zu stellen, ein Getränk zu bestellen, wenn er dazu aufgefordert wurde, und zog dann weiter. Wer machte die beste und schönste Schmiedearbeit in der Stadt? pflegte er zu fragen. Wer war der Meister seines Faches? Die Antworten unterschieden sich jedesmal, und die Gründe dafür unterschieden sich sogar noch mehr. Kinson merkte sich die Namen, die er mehr als nur einmal gehört hatte, und blieb an einer Reihe von mittelgroßen Schmieden stehen. Er wollte sie prüfen und schaute deshalb den dort arbeitenden Schmieden zu. Einige antworteten mit kaum mehr als einem gleichgültigen Grunzen, andere waren gesprächiger. Ein oder zwei gaben sogar wohlüberlegte Antworten. Kinson hörte zu, lächelte zustimmend und ging weiter.

Mitternacht kam und verging.

»Er wird heute nacht nicht mehr zurückkommen«, sagte Bremen, während er von dem Hügel auf die Stadt hinuntersah. Trotz der Hitze hatte er seinen Umhang eng um die schmale Gestalt gezogen.

Mareth stand schweigend neben ihm. Sie hatten dem Grenzländer nachgesehen, bis er nicht mehr zu erkennen war, nur noch eine verschwindende Gestalt, die sich in der Dunkelheit auflöste. Selbst dann hatten sie sich noch nicht bewegt, sondern waren wie Wachen gegen die herannahende Nacht stehengeblieben. Am Himmel leuchteten Sterne und ein Viertelmond, die zwar von den Anhöhen aus, aber nicht von der rauchumhüllten Stadt weiter unten sichtbar waren.

Bremen wandte sich jetzt um, tat ein paar Schritte nach links und setzte sich auf einen Flecken weichen, dicken Grases – eine Wohltat für seine alternden Knochen. Er seufzte zufrieden. Er benötigte immer weniger, um Zufriedenheit zu erlangen, dachte er. Er überlegte, ob er etwas essen sollte, erkannte aber, daß er nicht wirklich hungrig war. Er blickte auf, als Mareth zu ihm kam und sich unaufgefordert neben ihn setzte. Sie spähte in die Dunkelheit, als wartete dort etwas auf sie.

»Möchtest du etwas essen?« fragte er, aber sie schüttelte den Kopf. Versunken in ihre Gedanken, zurück in der Vergangenheit oder vielleicht auch eingesponnen in Spekulationen über die Zukunft – er hatte gelernt, den Blick zu deuten. Oft war Mareth ganz woanders als in Wirklichkeit, mit einem unruhigen Geist und unzufriedenem Herzen.

Er ließ sie einige Zeit in Ruhe und gab sich seinen eigenen Gedanken hin; er wollte das, was er vorhatte, nicht überstürzen. Es war eine ungewisse Angelegenheit, und wenn sie das Gefühl bekam, zu etwas gezwungen zu werden, würde sie sich vollständig vor ihm verschließen. Und dennoch mußte es eine Lösung geben, und sie mußte jetzt kommen.

»In Nächten wie dieser denke ich oft an meine Kindheit«, sagte er schließlich, ohne sie anzusehen. Er starrte auf die Spitze des Berges und die Sterne, die darüber hingen. Er lächelte. »Oh, ich schätze, es scheint, als könnte jemand, der so alt ist wie ich, niemals jung gewesen sein. Aber ich war es. Ich wohnte im Bergland unterhalb von Leah mit meinem Großvater, der ein sehr fähiger Metallarbeiter war. Selbst als er alt war, waren seine Hände noch gerade und sein Auge fest. Ich habe ihm stundenlang zugesehen und war vollkommen erstaunt über seine Geschicklichkeit und Geduld. Er liebte meine Großmutter sehr, und als sie starb, nahm sie einen Teil von ihm mit, den er niemals wieder zurückgewann, aber der Verlust war die Zeit, die sie miteinander geteilt hatten, wert. Er sagte, nun hätte er mich an ihrer Stelle. Er war ein guter Mann.«

Er sah jetzt Mareth an und bemerkte, wie sie interessiert zurückblickte. »Bei meinen Eltern war es eine andere Sache. Sie waren meinem Großvater überhaupt nicht ähnlich. Sie konnten sich niemals an einer Stelle länger niederlassen, nicht einmal in ihrem kurzen Leben, und nichts von der Hingabe meines Großvaters an seine Arbeit schien in ihnen zu wurzeln. Sie wanderten immerzu herum, veränderten ihr Leben, suchten nach etwas Neuem, etwas anderem. Kurz, nachdem ich geboren wurde, ließen sie mich bei meinem Großvater zurück. Sie hatten keine Zeit für mich.«

Nachdenklich runzelte er die Stirn. »Ich habe es ihnen viele Jahre lang übelgenommen, aber schließlich habe ich verstanden. So ist es nun einmal mit Eltern und Kindern. Jede Seite enttäuscht die andere in einer Weise, die weder beabsichtigt ist noch erkannt wird, und es braucht eine Zeit, um diese Enttäuschung zu überwinden. So war es mit der Entscheidung meiner Eltern, mich zu verlassen.«

»Aber Ihr habt ein Recht, zu erwarten, daß Eure Eltern während Eurer Kindheit bei Euch bleiben«, erklärte Mareth.

Bremen lächelte. »Das habe ich auch geglaubt. Aber ein Kind versteht nicht immer die Entscheidungen seiner Eltern. Eigentlich kann ein Kind nur hoffen, Eltern zu haben, die versuchen, das Beste für es zu tun. Zu entscheiden, was das Beste ist, ist jedoch eine schwierige Aufgabe. Meine Eltern wußten, daß es nicht gut für mich wäre, unter ständigem Hin- und Herreisen aufzuwachsen, denn sie hätten mir nicht die nötige Aufmerksamkeit schenken können, die ich brauchte. Sie konnten sie sich kaum gegenseitig geben. Also ließen sie mich bei meinem Großvater, der mich liebte und sich um mich kümmerte, wie sie es nicht vermochten. Es war die richtige Wahl.«

Sie wägte den Gedanken einen Augenblick ab. »Aber sie hat Euch gezeichnet.«

Er nickte. »Eine Zeitlang, aber nicht dauerhaft. Vielleicht hat diese Entscheidung sogar dazu beigetragen, mich zu stärken. Ich gebe nicht vor, es zu wissen. Wir entwickeln uns so gut, wie es unter den gegebenen Umständen eben geht. Was nützt es, uns selbst für etwas zu kritisieren, das jahrelang zurückliegt? Besser, wir versuchen einfach zu verstehen, warum wir sind, wie wir sind, und uns dann zu bessern, indem wir daraus lernen.«

Beide schwiegen lange und sahen einander an. Ihre Gesichter wurden von dem Licht der Sterne und des Mondes genug beleuchtet, um ihren Ausdruck preiszugeben.

»Ihr sprecht über mich, nicht wahr?« wollte Mareth schließlich wissen. »Meine Eltern, meine Familie.«

Bremen zuckte mit keiner Wimper. »Du enttäuschst mich nicht, Mareth«, sagte er leise. »Dein Einfühlungsvermögen ist sehr groß.«

Er spürte, wie sie sich anspannte. »Ich nehme meinen Eltern übel, was sie getan haben. Sie ließen mich bei Fremden aufwachsen. Es war nicht der Fehler meiner Mutter, sie starb bei meiner Geburt. Und ich weiß auch nichts über meinen Vater. Vielleicht ist auch er tot. Vielleicht war es auch nicht sein Fehler.« Sie schüttelte den Kopf. »Aber das ändert nichts daran, wie ich ihnen gegenüber empfinde. Es macht das Gefühl, verlassen worden zu sein, nicht einfacher.«

Bremen beugte sich vor, er mußte seinen Körper in eine andere Position bringen, um Muskelkrämpfe und Gelenkschmerzen zu verhindern. Die Schmerzen kamen jetzt häufiger als früher und gingen nicht mehr so schnell fort.

Genau das Gegenteil von meinem Appetit, dachte er ironisch. Willkommen im Alter. Selbst der Druidenschlaf verlor die Macht, ihn zu erhalten.

Sein Blick suchte ihren. »Ich nehme an, daß du einen Grund hast, auf sie böse zu sein, der über das hinausgeht, was du mir erzählt hast. Ich habe das Gefühl, daß deine Wut wie ein Gewicht auf deinem Herzen liegt, ein großer Stein, den du nicht von der Stelle zu bewegen vermagst. Vor langer Zeit einmal hat er die Grenzen deines Lebens bestimmt. Er hat dich auf die Reise nach Paranor geschickt und zu mir geführt.«

Er wartete und ließ die Bedeutung seiner Worte auf sie einwirken, ließ sie sehen, was in seinen Augen war. Sie sollte für sich entscheiden, daß er nicht der Feind war, den sie suchte, denn es war offensichtlich, daß sie ihn suchte. Sie sollte erkennen, daß er ihr Freund sein würde, wenn sie ihn ließe. Sie sollte ihm vertrauen, ihm die letzte Wahrheit enthüllen, die sie so sorgfältig verschlossen hielt.

»Ihr wißt es«, erwiderte sie leise.

Er schüttelte den Kopf. »Nein. Ich rate nur, nichts weiter.« Er lächelte müde. »Aber ich würde es gerne wissen. Ich würde dir gerne Trost bieten, wenn ich könnte.«

»Trost.« Sie sprach das Wort in einer matten, hoffnungslosen Weise aus.

»Du bist zu mir gekommen, um die Wahrheit über dich selbst zu erfahren, Mareth«, fuhr er sanft fort. »Du hast es vielleicht nicht so gesehen, aber genauso ist es. Du bist gekommen, um Hilfe mit deiner Magie zu erhalten, mit deiner Macht, von der du dich nicht befreien kannst, ohne die du aber auch nicht leben kannst. Es ist eine fürchterliche, schreckliche Bürde, aber nicht schlimmer als die Bürde der Wahrheit, die du verborgen hältst. Ich kann ihr Gewicht von hier aus spüren, Kind. Du trägst es wie Ketten, die um deinen Körper geschlungen sind.«

»Ihr wißt es«, flüsterte sie beharrlich. Mit dunklen, großen Augen starrte sie ihn an.

»Höre mir zu. Diese Bürden sind untrennbar miteinander verbunden, die Wahrheit, die du versteckst, und die Magie, die du fürchtest. Ich habe das in der Zeit gelernt, die ich mit dir gereist bin, indem ich dich beobachtet habe. Wenn du dich von der Macht der Magie über dich befreien willst, mußt du dich erst einmal der Wahrheit stellen, die du in deinem Herzen verborgen hältst. Über deine Eltern. Über deine Geburt. Darüber, was du bist und wer du bist. Erzähl es mir, Mareth.«

Sie schüttelte müde den Kopf, ihr Blick flackerte, und sie schlang die Arme um ihren Körper, als wollte sie ihn vor der Kühle schützen.

»Erzähl es mir«, drängte er.

Sie schluckte die aufsteigenden Tränen hinunter, bekämpfte ein plötzliches Zittern und hob ihr Gesicht dem Sternenlicht entgegen.

Dann begann sie langsam und mit bebender Stimme zu sprechen.

Kapitel 22

»Ich habe keine Angst vor Euch«, sagte sie als erstes. Die Worte schossen nur so aus ihr heraus, als könnte sie allein dadurch, daß sie sie aussprach, eine geheime Kraftquelle anzapfen. »Vielleicht denkt Ihr das, nachdem Ihr meine Geschichte gehört habt, aber es wäre falsch. Ich habe vor niemandem Angst.«

Die Erklärung überraschte Bremen, doch er zeigte es nicht. »Ich maße mir keine Urteile über dich an, Mareth«, sagte er.

»Ich bin möglicherweise sogar stärker als Ihr«, fügte sie trotzig hinzu. »Meine Magie könnte durchaus mächtiger sein als Eure, daher gibt es für mich keinerlei Grund, Angst zu haben. Ihr könntet es bereuen, wenn Ihr mich herausfordern würdet.«

Er schüttelte den Kopf. »Ich habe keinen Grund, dich herauszufordern.«

»Wenn Ihr meine Geschichte gehört habt, denkt Ihr vielleicht anders darüber. Dann haltet Ihr es möglicherweise für nötig, Euch zu schützen.« Sie atmete tief ein. »Versteht Ihr nicht? Zwischen uns ist nichts so, wie es scheint! Wir werden vielleicht Feinde sein, die danach trachten, einander zu verletzen!«

Er dachte einen Augenblick still über ihre Worte nach. »Das glaube ich nicht. Aber sage mir, was du mir zu sagen hast. Und verschweige nichts«, meinte er dann.

Sie starrte ihn sprachlos an, als wollte sie versuchen, die Tiefe seiner Aufrichtigkeit auszuloten und den wahren Grund seiner Beharrlichkeit herauszufinden. Sie war ganz in sich zusammengesunken, und in ihren großen, dunklen Augen spiegelten sich ihre aufgewühlten Gefühle wie in einem tiefen See.

»Meine Eltern sind immer ein Geheimnis für mich geblieben«, sagte sie schließlich. »Meine Mutter starb bei meiner Geburt, und mein Vater war bereits vorher verschwunden. Ich habe sie niemals kennengelernt, sie niemals gesehen. Ich wußte von ihnen lediglich deshalb, weil die Leute, die mich aufzogen, mir deutlich genug zu verstehen gaben, daß ich nicht ihr Kind war. Sie sagten das nicht unfreundlich, aber sie waren strenge, entschlossene Menschen, die ihr Leben lang für das gearbeitet hatten, was ihnen gehörte, und davon ausgingen, daß das bei allen so sein müßte. Sie sorgten für mich, aber ich gehörte nicht zu ihnen. Ich gehörte zu Menschen, die tot und verschwunden waren.

Schon als ich sehr klein war, wußte ich, daß meine Mutter bei meiner Geburt gestorben war. Die Leute, bei denen ich aufwuchs, machten kein Geheimnis daraus. Sie sprachen hin und wieder von ihr, und als ich alt genug war, um Fragen über sie zu stellen, beschrieben sie sie mir. Sie war klein und dunkel gewesen wie ich. Sie war hübsch gewesen. Sie hatte die Gartenarbeit geliebt und war gerne geritten. Sie schienen sie für einen guten Mensch gehalten zu haben. Sie hatte in ihrem Dorf gewohnt, aber im Unterschied zu den meisten dort war sie in andere Teile des Südlandes gereist und hatte etwas von der Welt gesehen. Sie war nicht in dem Dorf aufgewachsen, sondern von einem anderen Ort zugezogen. Ich habe niemals erfahren, woher sie kam oder warum sie in diesem Dorf gelandet war. Wenn es irgendwo im Südland noch andere Verwandte gegeben haben sollte, so erfuhr ich zumindest nichts davon. Vielleicht wußten auch die Leute, bei denen ich aufwuchs, nicht mehr.«

Sie hielt inne, aber ihr Blick war fest auf den alten Mann gerichtet. »Diese Leute, bei denen ich wohnte, hatten zwei Kinder, die älter waren als ich. Sie liebten diese Kinder und ließen sie spüren, daß sie ein Teil der Familie waren. Sie nahmen sie mit, wenn sie andere Leute besuchten oder ein Picknick veranstalteten. Sie haben das niemals mit mir getan. Ich habe von Anfang an gespürt, daß ich nicht wie diese Kinder war. Ich mußte zu Hause bleiben, mich um dieses oder jenes kümmern, die Hausarbeit erledigen, tun, was man mir aufgetragen hatte. Ich durfte spielen, aber es war mir immer klar, daß es für mich etwas anderes war als für meinen Bruder und meine Schwester. Als ich älter wurde, bemerkte ich, daß meine neuen Eltern aus Gründen, die ich nicht verstand, mir gegenüber beunruhigt waren. Irgend etwas an mir mochten sie nicht, irgendwie trauten sie mir nicht. Es war ihnen lieber, wenn ich für mich alleine spielte, statt mit meinem Bruder und meiner Schwester, und meist tat ich das auch. Sie gaben mir zu essen und Kleidung und ein Dach über dem Kopf, aber ich war ein Gast in ihrem Haus und kein Mitglied der Familie. Nicht wie mein Bruder und meine Schwester. Das wußte ich.«

»Selbst damals muß das bitter für dich gewesen sein und dich entmutigt haben«, meinte Bremen.

Mareth zuckte die Achseln. »Ich war ein Kind. Ich habe nicht genug vom Leben verstanden, um zu ermessen, was mir angetan wurde. Ich habe meine Situation akzeptiert und mich nicht beklagt. Sie behandelten mich nicht schlecht. Ich glaube, die Leute, die mich aufzogen, mochten mich auch irgendwie, sonst hätten sie mich nicht aufgenommen. Das haben sie natürlich niemals gesagt. Sie teilten mir niemals den Grund dafür mit, aber ich muß davon ausgehen, daß sie nicht für mich gesorgt hätten – selbst in der Art und Weise, wie sie es taten –, wenn sie nicht etwas Liebe für mich empfunden hätten.«

Sie seufzte. »Mit zwölf begann ich eine Ausbildung. Man hatte mir gesagt, daß es so geschehen würde, und wie alles andere habe ich es als natürlichen Teil meines Lebens, des Erwachsenwerdens, hingenommen. Es störte mich nicht, daß mein Bruder und meine Schwester keine Ausbildung machten. Sie waren immer anders behandelt worden, und ich verstand, daß ihr Leben anders als meins verlaufen würde. Nachdem ich die Ausbildung begonnen hatte, sah ich die Leute, die mich großgezogen hatten, nur noch selten. Meine Pflegemutter besuchte mich einmal und brachte mir einen Korb mit etwas Essen. Es war ein schrecklicher Besuch, und sie verschwand schnell wieder. Einmal sah ich beide auf der Straße, als sie an der Töpferwerkstatt vorbeikamen. Sie vermieden es, mich anzusehen. Damals wußte ich schon, daß der Töpfer mit Vorliebe den kleinsten Grund zum Anlaß nahm, mich zu schlagen. Ich haßte mein neues Leben bereits, und ich warf meinen Pflegeeltern vor, mich fortgegeben zu haben. Ich wollte sie nicht mehr sehen. Ich sah sie auch niemals wieder, nachdem ich dem Töpfer und meinem Geburtsort entkommen war.«

»Auch nicht deinen Bruder oder deine Schwester?« wollte Bremen wissen.

Sie schüttelte den Kopf. »Es gab keinen Grund dazu. Welche Bande wir auch geknüpft haben mochten, während wir zusammen aufwuchsen, inzwischen waren sie längst zerbrochen. Der Gedanke an sie stimmt mich mittlerweile nur noch traurig.«

»Du hattest eine schwere Kindheit. Jetzt, da du erwachsen bist, verstehst du das besser, nicht wahr?«

Sie lächelte ihn an, aber es war ein kaltes und zerbrechliches Lächeln. »Ich habe viele Dinge begriffen, die mir als Kind verborgen geblieben sind. Aber laßt mich meine Geschichte zu Ende bringen, und dann könnt Ihr selbst urteilen. Wichtig bei all dem ist, daß ich, kurz bevor ich die Lehre bei dem Töpfer begann, Gerüchte über meinen Vater hörte. Ich war damals elf und wußte bereits, daß ich mit zwölf eine Ausbildung beginnen würde. Ich wußte, ich würde das Haus verlassen, und ich schätze, das ließ mich zum ersten Mal über die Möglichkeiten und die Bedeutung der weiten Welt nachdenken. Händler und Fährtenleser und Kesselflicker zogen durch unser Dorf, und daher wußte ich, daß es noch andere, weit entfernte Orte gab. Ich fragte mich manchmal, ob mein Vater wohl auch irgendwo da draußen war und wartete. Ich fragte mich, ob er von mir wußte. Als ich ein Kind war, hatte ich irgendwann angenommen, daß meine Eltern niemals geheiratet und daher auch nicht als Mann und Frau zusammengelebt hatten. Meine Mutter hatte mich alleine ausgetragen, mein Vater war längst fort. Was war mit ihm geschehen? Niemand sagte es mir. Ich dachte mehr als einmal daran zu fragen, aber es lag etwas in der Art, wie meine Pflegeeltern über meine Mutter und ihr Leben sprachen, die mich daran hinderte. Meine Mutter galt irgendwie als Sünderin, und man hatte ihr die Sünde wohl nur deshalb vergeben, weil sie bei meiner Geburt gestorben war. Ich war ein Teil der Sünde, aber mir war noch nicht klar, wie und warum.

Als ich alt genug war und spürte, daß sie etwas vor mir verborgen hielten, wollte ich natürlich wissen, um was es ging. Ich war elf – alt genug, um Täuschung und Betrug erkennen zu können, und auch alt genug, um sie selbst auszuüben. Ich begann, Fragen über meine Mutter zu stellen, kleine und unschuldige Fragen, die weder Ärger noch Verdacht hervorriefen. Ich befragte fast ausschließlich meine Pflegemutter, denn sie war weniger schweigsam. Ich stellte die Fragen, wenn wir alleine waren, und dann horchte ich in der Nacht an der Tür meines Schlafzimmers auf das, was sie ihrem Mann darüber berichtete. Manchmal sagte sie gar nichts. Manchmal wurden die Worte von der geschlossenen Tür verschluckt. Aber ein- oder zweimal bekam ich ein paar Sätze mit, eine Aussage, ein Wort – eine kurze Erwähnung meines Vaters. Aber nicht die Worte selbst enthüllten soviel, sondern die Art, wie sie ausgesprochen wurden. Mein Vater war ein Auswärtiger, der auf seiner Reise in dieses Dorf gekommen war, kurze Zeit dort verbracht hatte, ein- oder zweimal wiedergekehrt und dann verschwunden war. Die Leute im Dorf hatten ihn gemieden, abgesehen von meiner Mutter. Sie hatte sich offenbar zu ihm hingezogen gefühlt. Es gab dafür keinen besonderen Grund. War es die Art seines Blickes, wie er sprach? Das Leben, das er führte? Ich konnte es nicht herausfinden. Aber es war eindeutig, daß sie ihn fürchteten und ablehnten, und ein bißchen von dieser Furcht und Ablehnung hatten sie auch auf mich übertragen.«

Sie hielt inne und versuchte, sich wieder zu fassen. Sie wirkte zart und verletzlich, aber Bremen wußte, daß dieser Eindruck trog. Er wartete und wich dem Blick nicht aus, den sie auf ihn geheftet hatte.

»Ich wußte damals schon, daß ich nicht wie die anderen war. Ich wußte von meiner Magie, wenn sie auch gerade erst zum Vorschein kam. Ich hatte die körperliche Reife noch nicht erreicht, und so war es bisher noch vorwiegend eine unbestimmte Regung, ein leichtes Raunen in einem kindlichen Körper. Es schien mir eine logische Schlußfolgerung zu sein, daß das, was sie fürchteten und ablehnten, die Magie war, und die hatte ich von meinem Vater geerbt. In meinem Dorf mißtraute man der Magie grundsätzlich – es war das ungewollte Vermächtnis des Ersten Krieges der Rassen, als die Menschen von dem rebellischen Druiden Brona unterworfen und im Krieg gegen die anderen Rassen besiegt und ins Exil getrieben worden waren. Magie war der Grund für all dies gewesen, das gewaltige, dunkle Unbekannte, das in den Ecken des Unterbewußtseins lauerte und die Unachtsamen bedrohte. Die Leute in meinem Dorf waren abergläubisch und nicht sehr gebildet; sie fürchteten sich vor vielen Dingen. Magie konnte für vieles herhalten, das sie nicht verstanden. Ich denke, die Leute, die mich aufzogen, glaubten, daß ich mich zu irgendeiner Manifestation meines Vaters entwickeln würde, zu einer Trägerin seiner magischen Saat, und so konnten sie mich niemals ganz als ihr Kind anerkennen. Im elften Jahr meines Lebens begann ich zu verstehen, warum das so war.

Auch der Töpfer kannte meine Geschichte, obwohl er anfangs nicht davon sprach. Er mochte nicht zugeben, daß er vor einem Kind Angst hatte, selbst vor einem mit meiner Geschichte, und er zog gehörigen Stolz aus der Tatsache, daß er mich zu sich genommen hatte, obwohl sich alle anderen weigerten. Ich habe das zunächst nicht erkannt, aber er erzählte es mir später. ›Niemand wollte dich haben – deshalb bist du hier. Du solltest mir dafür dankbar sein.‹ Er sagte so etwas immer, wenn er zuviel getrunken hatte und daran dachte, mich zu schlagen. Das Trinken lockerte seine Zunge und verlieh ihm eine Kühnheit, die sonst nicht vorhanden war. Je länger ich bei ihm war, desto mehr trank er – aber das hatte nichts mit mir zu tun. Er hatte die meiste Zeit seines Lebens zuviel getrunken, und es war das Älterwerden und das auf ihm lastende Gefühl des Versagens, denn er hatte in seinem Leben keinen Erfolg gehabt, der ihn hätte ermutigen können. Als seine Trinkerei zunahm, nahmen seine Arbeitszeit und die Qualität der Waren ab. Ich habe oftmals seine Stelle eingenommen, Aufgaben übernommen, die ich beherrschte. Ich brachte mir eine ganze Menge bei und war schnell ziemlich geübt.«

Betrübt schüttelte sie den Kopf. »Ich war fünfzehn, als ich ihn verließ. Er hatte einmal zu oft versucht, mich ohne Grund zu schlagen, und ich wehrte mich. Zu dem Zeitpunkt war ich bereits voll ausgewachsen. Meine Magie schützte mich. Bis zu dem Tag, als ich mich zur Wehr setzte, hatte ich das Ausmaß ihrer Kraft noch nicht ermessen können. Jetzt wußte ich es. Ich hätte ihn beinahe getötet. Ich rannte fort aus dem Dorf und meinem Leben und wußte, daß ich niemals wieder zurückkommen würde. An jenem Tag hatte ich etwas begriffen, was ich vorher nur vermutet hatte. Ich begriff, daß ich das Kind meines Vaters war.«

Sie hielt inne. Wilde Entschlossenheit stand in ihren dunklen Augen. »Ich hatte die Wahrheit über meinen Vater erfahren. Der Töpfer hatte sich einmal zuviel betrunken und es mir gesagt. Er trank gewöhnlich, bis er kaum noch stehen konnte, und dann verhöhnte er mich jedesmal. Er sagte es immer und immer wieder. ›Weißt du nicht, wer du bist? Weißt du nicht, *was* du bist? Das Kind deines Vaters! Ein Schandfleck auf der Erde, geboren von einem Dämon und seiner Hexe! Du hast seine Augen, kleines Mädchen! Du hast die Farbe seines Blutes und seine dunkle Gestalt! Du bist wertlos für alle außer für mich, also achte lieber auf das, was ich dir auftrage! Höre auf das, was ich sage! Sonst kriegst du überhaupt keinen Platz mehr in der Welt!‹

So ging es jedesmal, und immer folgten Schläge. Ich spürte die

Schläge damals nicht sehr. Ich wußte, wie ich mich schützen konnte und was ich sagen mußte, damit er aufhörte. Aber ich wurde es leid. Ich wurde wütend über diese Demütigung. An dem Tag, als ich ihn verließ, wußte ich bereits, bevor er mich zu schlagen versuchte, daß ich mich wehren würde. Als er mich wegen meines Vaters anschrie, lachte ich ihm ins Gesicht. Ich nannte ihn einen Lügner und Trinker. Ich erklärte ihm, daß er überhaupt nichts von meinem Vater wußte. Er verlor vollständig die Kontrolle über sich. Er warf mir Wörter an den Kopf, die ich nicht wiederholen möchte. Er erklärte mir, mein Vater sei aus dem Norden heruntergekommen, aus dem Grenzland, in dem sein schwarzer Orden sich eingenistet hatte. Er sagte, mein Vater sei ein Beschwörer der Magie und Seelenräuber gewesen. ›Ein Dämon im Gewand eines Mannes! Im schwarzen Umhang! Mit Wolfsaugen! Dein Vater, Mädchen! Oh, wir wußten, was er war! Wir kannten sein dunkles Geheimnis! Und du, sein vollkommenes Abbild, so geheimnistuerisch und scharfsinnig! Du glaubst, wir sehen es nicht, aber wir sehen es! Wir alle, das ganze Dorf! Was glaubst du, warum du bei mir bist? Was glaubst du, warum die Leute, die dich aufgezogen haben, so wild darauf waren, dich wieder loszuwerden? Sie wußten, was du bist! Druidenbrut!‹«

Sie holte tief Atem, sah ihn an und wartete darauf, daß er etwas sagte. Sie hungerte geradezu nach einer Reaktion. Aber er schwieg.

»Ich wußte, daß er recht hatte«, sagte sie schließlich. In ihren leisen Worten lag eine unmißverständliche Herausforderung an Bremen. »Ich nehme an, ich hatte es schon seit einiger Zeit gewußt. Hin und wieder gab es Gerüchte von schwarzbemäntelten Männern, die die Vier Länder durchstreiften und deren Orden sich in der Festung von Paranor niedergelassen hatte. Beschwörer der Magie, allmächtig und allwissend, Geschöpfe, die mehr Geist als Mensch waren, die Ursache von soviel Leid und Schmerz unter der Bevölkerung des Südlandes. Sie sprachen davon, daß hin und wieder einer das Dorf besucht hatte. ›Einst‹, so flüsterten sie, wenn sie glaubten, daß ich nichts hören könnte, ›blieb einer. Er hat eine Frau verführt. Es gab ein Kind!‹ Dann hoben sich warnende Hände, und die Stimme verstummte. Mein Vater. Er war es, von dem sie mit hastigen, verängstigten Stimmen sprachen. Mein Vater!«

Sie krümmte ihren Rücken und beugte sich vor, und Bremen wußte, daß sie dabei ihre mächtige Magie aus der Mitte ihres zarten Körpers in die Fingerspitzen gleiten ließ, bereit zuzuschlagen. Der Hauch eines Zweifels flackerte kurz in ihm auf. Er zwang sich zur Ruhe, saß vollkommen reglos da und ließ sie zum Ende kommen.

»Ich bin zu der Überzeugung gekommen«, sagte sie langsam und entschlossen, »daß sie von Euch sprachen.«

Der Ladeninhaber wollte gerade abschließen, als Kinson Ravenlock aus dem Dunkel trat und auf das Schwert starrte. Es war schon zu vorgerückter Stunde, und die Straßen von Dechtera hatten sich zu leeren begonnen; es waren nur noch ein paar Männer zu sehen, die ins Wirtshaus gingen. Kinson hatte seine Suche erschöpft aufgegeben und sich daran gemacht, in einem der Wirtshäuser eine Unterkunft zu finden. Sein Weg hatte ihn auch durch diese Straße geführt, die voller Waffengeschäfte war. Dort hatte er das Schwert entdeckt. Es lag hinter kleinen, schmutzigen Glasscheiben. Vor lauter Müdigkeit hätte er es beinahe übersehen, aber dann zog das Glitzern der Metallklinge seinen Blick geradezu magisch an.

Jetzt starrte er das Schwert verblüfft an. Es war das einzigartigste Stück Arbeit, das er jemals gesehen hatte. Selbst das verschmierte Glas und das schwache Licht konnten den kraftvollen Glanz der polierten Klinge oder die Schärfe der Schneide nicht verdecken. Es war gewaltig, viel zu groß für einen durchschnittlichen Mann. Eine feine, raffinierte Verzierung war in den großen Griff eingearbeitet, ein Bild von Schlangen und Burgen vor dem Hintergrund eines Waldes. Es lagen noch andere, kleinere Klingen da, ebenso faszinierend und schön und offensichtlich von derselben Hand geschmiedet, wenn Kinson sich nicht völlig irrte, aber es war dieses große Schwert, das ihn in seinen Bann zog.

»Entschuldigung, ich schließe jetzt«, verkündete der Ladeninhaber und begann, die Lampen im hinteren Teil des schäbigen, aber erstaunlich sauberen Ladens zu löschen. Hieb- und Stichwaffen jeder Art lagen dort – Schwerter, Dolche, Äxte, Spieße – und unzählige andere, sie lehnten an jeder Wand, stapelten sich auf jeder verfügbaren Oberfläche, in Kisten und auf Regalen. Kinsons Blick kehrte immer wieder zu dem Schwert zurück.

»Es wird nicht lange dauern«, sagte er schnell. »Ich möchte Euch nur eine Frage stellen.«

Der Ladeninhaber seufzte und kam zu ihm. Er war geschmeidig und drahtig, hatte Muskeln an den Oberarmen und kräftige Hände. Er näherte sich Kinson, und es sah aus, als könnte er selbst mit einer Klinge gut umgehen, wenn es darauf ankäme. »Ihr möchtet über das Schwert sprechen, richtig?«

Kinson lächelte. »Das stimmt. Woher wußtet Ihr das?«

Der Ladeninhaber zuckte die Achseln und fuhr sich mit der Hand durchs glänzende, dunkle Haar. »Ich habe gesehen, worauf sich Euer Blick richtete, als Ihr zur Tür hereinkamt. Abgesehen davon fragt jeder danach. Wie sollten sie auch nicht? Ein wunderbares Stück Arbeit, wie man es kaum noch einmal in den Vier Ländern findet. Und sehr kostbar.«

»Da gebe ich Euch gern recht«, sagte Kinson. »Ich nehme an, daß es deshalb auch noch zum Verkauf steht.«

Der Ladeninhaber lachte. »Oh, das ist nicht zu verkaufen. Es ist nur zur Ansicht da und gehört mir. Für alles Geld in Dechtera oder irgendeiner anderen Stadt würde ich es nicht verkaufen. Eine solche Fertigkeit kann man nicht kaufen und nur selten finden.«

Kinson nickte. »Eine schöne Klinge. Aber es braucht wohl einen starken Mann, um es zu schwingen.«

»Wie Ihr es seid?« fragte der Ladeninhaber und zog eine Augenbraue hoch.

Kinson zuckte resigniert die Achseln. »Ich fürchte, es ist auch für mich zu groß. Seht Euch diese Länge an.«

»Ha!« Der Ladeninhaber schien amüsiert. »Jeder denkt dasselbe! Das ist das Wunder dieser Klinge. Seht, es war ein langer Tag, und ich bin müde. Aber ich werde Euch ein kleines Geheimnis verraten. Wenn Euch gefällt, was Ihr seht, werdet Ihr vielleicht etwas kaufen und mir die Zeit vergüten, die ich mit Euch verbracht habe. In Ordnung?«

Kinson nickte. Der Ladeninhaber ging zum Schaufenster, griff unter die Ablage und löste etwas. Eine Reihe von klickenden Geräuschen war zu hören, dann nahm er eine Kette fort, die sehr geschickt um den Griff gewunden war und das große Schwert am Sockel befestigt hatte. Vorsichtig nahm er es herunter. Er drehte sich um und hielt Kinson breit grinsend die Waffe vor die Nase – er balancierte sie so leicht in seinen Händen, als würde sie so gut wie nichts wiegen.

Kinson starrte ihn ungläubig an. Der Ladeninhaber lachte verständnisvoll, dann reichte er dem Grenzländer das Schwert. Kinson nahm es, und sein Erstaunen wuchs sogar noch. Das Schwert war so leicht, daß er es in einer Hand halten konnte.

»Wie ist das möglich?« fragte er atemlos und hielt die glänzende Klinge in Augenhöhe. Er war ganz benommen von der wunderbaren Arbeit, von der Leichtigkeit, mit der sie sich führen ließ. Er warf dem Ladenbesitzer einen Seitenblick zu. »Es kann keine Kraft besitzen, wenn es so leicht ist!«

»Es ist das stärkste Stück Metall, das Ihr jemals gesehen habt, mein Freund«, erklärte der Ladeninhaber. »Die besondere Mischung der Metalle und das Tempern der Legierung haben es stärker als Eisen und so leicht wie Zinn gemacht. Es gibt nichts Vergleichbares. Hier, laßt mich Euch noch etwas zeigen.«

Er nahm Kinson das Schwert wieder ab und legte es zurück an seinen Platz, dann befestigte er die Ketten wieder und brachte schließlich ein Messer hervor, dessen Klinge allein über eine Elle zählte. Das Messer war mit der gleichen feinen Verzierung versehen und von denselben kunstfertigen Händen hergestellt wie das Schwert.

»Dies ist ein Messer für Euch«, verkündete der Ladeninhaber freundlich und überreichte es Kinson mit einem Lächeln. »Das ist etwas, das ich Euch verkaufen würde.«

Es war genauso wunderbar wie das Schwert, wenn auch nicht von so eindrucksvoller Größe. Kinson war dennoch sofort berauscht. Leicht, perfekt ausbalanciert, wunderschön geschmiedet, scharf wie eine Katzenklaue – eine Waffe von unglaublicher Schönheit und Kraft. Kinson lächelte, als er den Wert der Klinge erkannte, und der Ladeninhaber lächelte zurück. Kinson fragte nach dem Preis, und der Ladeninhaber nannte ihn. Sie feilschten einige Minuten, dann war der Handel perfekt. Es kostete Kinson beinahe jede Münze, die er besaß, und das war eine beachtliche Summe, aber er dachte nicht ein einziges Mal daran, von diesem Kauf Abstand zu nehmen.

Kinson band das Messer an seinen Gürtel, wo die Klinge angenehm an der Hüfte lehnte. »Meinen besten Dank«, sagte er. »Das war eine gute Wahl.«

»Es gehört zu meiner Arbeit, so etwas zu erkennen«, wandte der Ladeninhaber ein.

»Aber meine Frage bleibt bestehen«, sagte Kinson, als der andere ihn hinausführen wollte.

»Richtig, Eure Frage. Habe ich sie noch nicht beantwortet? Ich dachte, sie würde das Schwert betreffen, das Ihr . . .?«

»Sie hat in der Tat mit dem Schwert zu tun«, unterbrach Kinson ihn und blickte noch einmal auf die Klinge. »Und mit einem anderen Schwert. Ich habe einen Gefährten, der eine solche Waffe benötigt, sie aber entsprechend seiner eigenen Anweisungen schmieden lassen möchte. Diese Aufgabe verlangt nach einem meisterhaften Schmied. Der Mann, der Euer Schwert gefertigt hat, scheint genau der Richtige für diese Arbeit.«

Der Ladeninhaber starrte ihn an, als hätte sein Gegenüber den Verstand verloren. »Ihr möchtet, daß der Schmied, der mein Schwert gefertigt hat, Euch eine Waffe herstellt?«

Kinson nickte. »Seid Ihr es?« fügte er rasch hinzu.

Der Ladeninhaber lächelte trostlos. »Nein. Aber statt ihn könnt Ihr auch genausogut mich fragen, denn das wird Euch genausowenig helfen.«

Kinson schüttelte den Kopf. »Das verstehe ich nicht.«

»Nein, das glaube ich.« Der Ladeninhaber seufzte. »Hört mir genau zu, denn ich werde es Euch erklären.«

Bremens erste Reaktion auf Mareths Worte war, ihr frei heraus zu sagen, wie lächerlich ihre Anklage war. Aber ihr Blick ließ ihn zögern. Sie mußte viel Zeit damit verbracht haben, diesen Schluß zu ziehen, und sie hatte es sicherlich nicht leichtfertig getan. Sie verdiente eine ernsthaftere Antwort.

»Mareth, wie kommst du darauf, daß ich dein Vater bin?« fragte er leise.

Die Nacht duftete nach wohlriechenden Gräsern und Blumen, und das Licht des Mondes und der Sterne verlieh den Bergen über der grell leuchtenden, entfernten Stadt einen weichen, silbrigen Schimmer.

»Ihr haltet mich für eine Närrin«, fauchte sie.

»Nein, niemals. Erzähl mir die Gründe für deinen Verdacht. Bitte.«

Sie schüttelte den Kopf; weshalb hätte Bremen nicht sagen können. »Schon lange vor meiner Geburt hielten sich Druiden auf Paranor auf und blieben der Welt fern. Sie hatten sich von den Rassen zurückgezogen und ihre frühere Angewohnheit, unter die Leute zu gehen, aufgegeben. Hin und wieder besuchte einmal jemand seine Familie und Freunde, aber keiner von ihnen stammte aus meinem Dorf. Wenige machten sich die Mühe, überhaupt ins Südland zu gehen.

Aber es gab einen, der es tat, der regelmäßig kam. Ihr. Ihr kamt trotz des Argwohns, den man im Südland den Druiden entgegenbrachte. Ihr seid sogar immer wieder gesehen worden. Es wurde bei den Leuten meines Dorfes geflüstert, daß Ihr der Dämon gewesen wäret, von dem meine Mutter mich empfing, daß Ihr das dunkle Gespenst gewesen wäret, das sie verführt hatte.«

Sie schwieg wieder. Sie atmete schwer. Es lag ein unausgesprochener Vorwurf in ihren Worten, der ihn daran hinderte, einfach nur zu sagen, daß sie unrecht hatte. Sie war angespannt und abweisend, und ihre Magie knisterte vor dunkler Energie in ihren Fingerspitzen.

Gebannt starrte sie ihn an. »Ich habe Euch gesucht, so lange ich mich erinnern kann. Ich habe die Bürde meiner Magie wie ein Gewicht um meinen Hals getragen, und nicht ein Tag verging, an dem sie mich nicht an Euch erinnerte. Meine Mutter konnte mir nichts von Euch erzählen. Ich hatte nur Gerüchte. Aber während meiner Reisen schaute ich mich um. Ich wußte, es würde einmal der Tag kommen, an dem ich Euch finden würde. Ich ging nach Storlock und dachte, ich würde Euch dort begegnen, hoffte, Ihr würdet vorbeikommen. Nicht Ihr, sondern Cogline verschaffte mir den Zugang nach Paranor, und das war sogar noch besser, denn ich wußte, daß Ihr schließlich dort auftauchen würdet.«

»Und dann hast du mich gebeten, mitkommen zu dürfen, als ich fortging.« Er dachte nach. »Warum hast du es mir nicht damals gesagt?«

Sie schüttelte den Kopf. »Ich wollte Euch erst besser kennenlernen. Ich wollte selbst sehen, was für ein Mensch mein Vater war.«

Er nickte bedächtig und dachte darüber nach. Dann faltete er die Hände: alte Knochen mit runzliger Haut, unwiderruflich abgenutzt und wettergegerbt.

»Du hast mir in dieser Zeit zweimal das Leben gerettet.« Sein Lächeln war müde, aber er blickte sie neugierig an. »Einmal beim Hadeshorn, einmal auf Paranor.«

Sie starrte zurück und dachte an das, was sie getan hatte, ohne eine Antwort darauf zu finden.

»Ich bin nicht dein Vater, Mareth«, erklärte er.

»Ich wußte, daß Ihr das sagen würdet!«

»Wenn ich dein Vater wäre«, sagte er ruhig, »wäre ich sehr stolz darauf. Aber ich bin es nicht. Zu der Zeit, als du empfangen wurdest, reiste ich durch die Vier Länder, und es mag sogar sein, daß ich durch das Dorf deiner Mutter gekommen bin. Aber ich habe keine Kinder. Es fehlt mir sogar die Fähigkeit, Kinder zeugen zu können. Ich lebe bereits eine ziemlich lange Zeit mit Hilfe des Druidenschlafs. Aber dieser Schlaf fordert sehr viel. Er hat mir Zeit gegeben, die ich sonst nicht gehabt hätte, aber er verlangt auch einen Preis. Ein Teil dieses Preises ist die Unfähigkeit, Kinder zu zeugen. Daher bin ich niemals eine Beziehung mit einer Frau eingegangen. Ich hatte niemals eine Geliebte. Vor langer Zeit war ich einmal verliebt, aber das ist so lange her, daß ich mich kaum an das Gesicht des Mädchens erinnern kann. Es war noch, bevor ich Druide wurde. Es war, bevor ich begonnen habe, diese Art von Leben zu führen. Seither hat es niemals wieder eine Frau gegeben.«

»Ich glaube Euch nicht«, entgegnete sie.

Er lächelte traurig. »Doch, das tust du. Du weißt, daß ich dir die Wahrheit sage. Du spürst es. Ich bin nicht dein Vater. Aber die Wahrheit ist noch härter. Der Aberglaube der Leute in deinem Dorf führte wahrscheinlich zu der Annahme, daß ich der Mann gewesen sei, der dich gezeugt hat. Meinen Namen konnten sie schnell herausfinden, und vielleicht versteiften sie sich nur deshalb darauf, weil dein Vater ein Fremder in einem schwarzen Mantel war und Magie besaß. Aber höre mir zu, Mareth. Es gibt noch mehr zu beachten, und es wird nicht angenehm für dich sein.«

Sie preßte die Lippen aufeinander. »Warum bin ich nicht überrascht?« fragte sie dann.

»Ich habe schon vor diesem Gespräch viel über den Charakter deiner Magie nachgedacht. Angeborene Magie, die ererbt ist und dem, was und wie du bist, so eigen ist wie das Fleisch deines Körpers. Das geschieht selten. Es war ein Merkmal der Feenwelt, aber die ist zum überwiegenden Teil seit Jahrhunderten tot. Es gibt nur noch die Elfen, und die haben ihre Magie bis auf einen kleinen

Rest verloren. Den Druiden, mich selbst eingeschlossen, fehlt jede Form von angeborener Magie. Also woher stammt deine, wenn dein Vater ein Druide war? Nehmen wir einmal an, er war ein Druide. Wer von den Druiden besitzt diese Form der Macht? Welcher von ihnen hatte Magie nötig, um dich zu zeugen?«

»O Schatten«, sagte sie leise. Sie hatte begriffen, worauf er hinauswollte.

»Warte, sag noch nichts«, verlangte er. Er nahm ihre Hand und hielt sie fest. Sie wehrte sich nicht dagegen; ihre Augen waren weit aufgerissen, ihre Miene spiegelte ihre Qual. »Sei stark, Mareth. Du mußt stark sein. Dein Vater wurde von den Leuten deines Dorfes als Dämon und Geist beschrieben, eine dunkle Kreatur, die nach Bedarf unterschiedlich aussehen konnte. Du selbst hast diese Worte benutzt. Diese Art Magie ist von den Druiden nie praktiziert worden. Zum größten Teil *konnten* sie es nicht einmal. Aber es gab andere, für die eine solche Magie kein Problem gewesen war.«

»Lügen«, flüsterte sie, aber ihr Vorwurf blieb kraftlos.

»Der Dämonenlord hat sich Kreaturen verpflichtet, die menschliche Gestalt annehmen können. Sie tun dies aus verschiedenen Gründen. Sie versuchen, wie die zu sein, die sie sich untertan machen wollen. Sie versuchen, zu täuschen, die Menschen für sich zu gewinnen und zu benutzen. Manchmal dient diese Unterwerfung keinem anderen Ziel als dem, die eigene verlorene Menschlichkeit wiederzuerlangen, für kurze Zeit noch einmal das Leben zu leben, das sie hinter sich ließen, als sie zu den Wesen wurden, die sie jetzt sind. Manchmal geschieht es auch einfach nur aus Bösartigkeit. Die Magie, die diese Kreaturen umgibt, ist so sehr ein Teil dessen geworden, wer und was sie waren, daß sie sie ohne nachzudenken benutzen. Sie handeln aus Instinkt und mit dem Ziel, ihre Bedürfnisse, wie immer sie auch geartet sein mögen, zu stillen. Nicht aus dem Gefühl oder Verstand heraus, sondern aus Instinkt.«

Tränen standen jetzt in Mareths Augen. »Mein Vater?«

Bremen nickte langsam. »Es würde erklären, wieso du über angeborene Magie verfügst. Angeborene Magie – das dunkle Geschenk, das dir dein Vater hinterlassen hat. Nicht das Geschenk eines Druiden, sondern eines Wesens, dem Magie zum Lebensblut geworden ist. Es ist so, Mareth. Es ist schwer zu akzeptieren, ich weiß, aber es ist so.«

»Ja«, flüsterte sie. Sie sprach so leise, daß er sie kaum verstehen konnte. »Ich war so sicher.«

Sie senkte den Kopf und begann zu weinen. Ihre Hände klammerten sich um seine, und die Magie verschwand aus den Fingerspitzen, sie verschwand mit der Wut und der Spannung und kauerte sich zu einem harten Knoten tief in ihrem Innern zusammen.

Bremen rückte etwas näher und legte den knochigen Arm um ihre Schultern. »Noch etwas, mein Kind«, sagte er sanft. »Ich wäre trotzdem gern dein Vater, wenn du willst. Ich schätze dich sehr. Ich könnte dir Ratschläge geben und dir bei deinem Bemühen helfen, die Natur deiner Magie zu verstehen. Das erste, was ich dir sagen würde, ist: du bist nicht dein Vater. Du bist kein dunkles Wesen wie er, auch nicht durch Geburt. Deine Magie gehört dir ganz allein. Du mußt ihre Macht tragen, und das ist ein schweres Gewicht. Aber wenn die Magie dir auch von deinem Vater mitgegeben wurde, so bestimmt sie doch nicht deinen Charakter oder die Beschaffenheit deines Herzens. Du bist eine gute und starke Person, Mareth. Du bist absolut nicht die dunkle Kreatur, die dich gezeugt hat.«

Mareths Kopf ruhte an seiner Schulter. »Das kann man nicht wissen. Ich könnte genau das sein.«

»Nein«, beruhigte er sie. »Nein. Du bist nicht wie er, Kind. Überhaupt nicht.«

Er strich ihr übers Haar und drückte sie an sich. Er ließ sie weinen, ließ den Schmerz und die Qual so vieler Jahre hinausfließen und versiegen. Sie würde danach leer und betäubt sein, und er würde sie mit neuer Hoffnung und neuem Ziel erfüllen müssen.

Er glaubte, eine Möglichkeit gefunden zu haben, wie er ihr all dies geben konnte.

Zwei ganze Tage verstrichen, bevor Kinson Ravenlock zurückkehrte. Er kam bei Abenddämmerung aus dem Tal hoch, schritt aus dem orangefarbenen Licht heraus, das durch den Rauch und das Feuer von Dechteras großen Schmelzöfen entstand. Er sehnte sich danach, bei ihnen zu sein, ihnen von den Neuigkeiten zu erzählen, und schwungvoll warf er seinen staubigen Umhang von sich und umarmte beide Gefährten überschwenglich.

»Ich habe den Mann gefunden, den wir brauchen«, verkündete er, während er sich im Gras niederließ und den Bierschlauch entgegennahm, den Mareth ihm reichte. »Genau der richtige Mann, denke ich.« Sein Lächeln wurde breiter. »Unglücklicherweise ist er nicht ganz meiner Meinung. Jemand wird ihn davon überzeugen müssen, daß ich recht habe. Deshalb bin ich zu euch zurückgekehrt.«

Bremen nickte und deutete auf den Bierschlauch. »Trink und iß etwas, und dann erzähl uns alles darüber.«

Im Westen versank die Sonne hinter dem Horizont, und das Licht änderte rasch seine Farbe und Beschaffenheit. Kinson konnte einen Schimmer von Sorge in den Augen des alten Mannes entdecken. Ohne etwas zu sagen, blickte er Mareth an. Mutig hielt sie seinem Blick stand.

Der Grenzländer ließ den Bierschlauch sinken und betrachtete die beiden ernst. »Ist etwas geschehen, während ich fort war?«

Es herrschte einen Augenblick Stille. »Wir haben uns Geschichten erzählt«, antwortete Bremen. Er lächelte wehmütig, schaute zu Mareth und dann wieder zu Kinson. »Möchtest du eine von ihnen hören?«

Kinson nickte nachdenklich. »Wenn du glaubst, daß dafür Zeit ist.«

Bremen streckte seine Hand nach Mareth aus, und das Mädchen gab ihm ihre Hand. Tränen standen in ihren Augen.

»Ich denke, wir sollten uns die Zeit für diese eine nehmen«, meinte der alte Mann.

Allein sein Tonfall ließ Kinson nicht daran zweifeln, daß er recht hatte.

Kapitel 23

Urprox Screl saß allein auf der alten Holzbank. Er hatte sich vornübergebeugt und die Ellbogen auf den Knien aufgestützt, in der einen Hand das Schnitzmesser, in der anderen einen Holzblock. Geschickt bewegten sich seine Hände hin und her, drehten sich mal in die eine, mal in die andere Richtung; und mit kleinen, kurzen Stößen aus dem Handgelenk schnitzte er kleine Formen und ließ die Späne aufwirbeln. Etwas Wunderbares entstand, auch wenn er noch nicht sicher war, was es war. Das Geheimnisvolle war ein Teil des Vergnügens. Ein Holzblock legte immer bestimmte Möglichkeiten nahe, bevor er das Messer in die Hand nahm. Man mußte nur genau hinsehen, um sie zu erkennen. Wenn er dies erst geschafft hatte, war die Arbeit bereits zur Hälfte getan, und das Herausarbeiten der konkreten Form schien beinahe wie von selbst zu gehen.

Es war Abend in Dechtera, und das Licht verblaßte zu einem dunstigen Grau, in dem die Schmelzöfen nicht mehr mit ihren glühendweißen Augen glitzerten. Die Hitze war drückend, aber Urprox Screl war an Hitze gewöhnt, und daher störte es ihn nicht, dort zu sitzen. Er hätte zu Hause bei Mina und den Kindern bleiben können, mit ihnen essen können, wenn der Tag sich dem Ende zuneigte, auf der langen Veranda hin und her schaukeln oder unter dem Schatten des alten Hickorynußbaums ausruhen können. Es war ruhig dort und kühl, denn sein Haus lag am Rand der Stadt. Unglücklicherweise war genau das auch das Problem. Ihm fehlten der Lärm und die Hitze und der Gestank der Brennöfen. Wenn er arbeitete, wollte er sie in seiner Nähe haben. Sie waren so lange ein

Teil seines Lebens gewesen, daß es nicht in Ordnung schien, sie jetzt nicht mehr um sich zu haben.

Abgesehen davon war dies der Ort seines Schaffens, wie fast immer während der vergangenen vierzig Jahre. Auch für seinen Vater war dies der Ort gewesen, an dem er gearbeitet hatte. Vielleicht würde es bei seinem Sohn genauso sein – bei dem einen oder anderen. Wenn er arbeitete, war er am liebsten hier. Hierher gehörte er, wo sein Schweiß und die Qual seinem Leben Gestalt verliehen hatten, wo er mit seiner Eingebung und Fähigkeit das Leben anderer geprägt hatte.

Das war wohl eine kühne Aussage, aber er war auch ein kühner Mann. Oder verrückt, je nachdem, wen man fragte.

Mina verstand. Sie verstand alles, was mit ihrem Mann zusammenhing, und das war mehr, als man von all den anderen Frauen sagen konnte, die er kannte. Der Gedanke daran ließ ihn lächeln. Er gab ihm ein besonderes Gefühl für Mina. Er begann, leise vor sich hinzupfeifen.

Leute gingen die Straße hinauf und hinunter, sie eilten in diese oder jene Richtung, geschäftige kleine Wiesel, ganz in ihre Aufgabe versunken. Viele von ihnen waren in derselben langen Zeit, in der er Schmied gewesen war, Ladeninhaber gewesen, Händler, Künstler, Arbeiter. Die meisten hatten ihn bewundert – sein Können, seine Leistungen, sein Leben. Einige hatten geglaubt, daß er das Herz und die Seele dieser Stadt in sich trage.

Er seufzte, und das Pfeifen erstarb. Ja, er kannte sie alle, aber sie beachteten ihn jetzt kaum noch. Wenn er einmal den Blick eines anderen einfing, erhielt er vielleicht ein ernstes Nicken oder einen flüchtigen Wink. Einer oder zwei von ihnen würden vielleicht stehenbleiben und mit ihm sprechen. Das war aber auch das höchste. Meist mieden sie ihn. Was immer mit ihm nicht in Ordnung war, sie wollten nicht, daß es auf sie abfärbte.

Er wunderte sich wieder einmal, wieso sie nicht akzeptieren konnten, was er getan hatte, und es dabei bewenden ließen.

Er starrte einen Augenblick auf seine Schnitzerei. Es war ein rennender Hund, flink und kräftig mit ausgestreckten Beinen, angelegten Ohren und hocherhobenem Kopf. Er würde dieses Stück seinem Enkel Arken geben, dem ältesten Sohn seiner Tochter. Die meisten Schnitzereien verschenkte er, obwohl er sie auch hätte verkaufen können, wenn er nur wollte. Aber er brauchte kein Geld, er hatte genug und würde mehr bekommen können, wenn es notwendig war. Was er brauchte, war Frieden der Seele und so etwas wie ein Ziel. Schlimm, daß er selbst zwei Jahre später noch Schwierigkeiten hatte, beides zu finden.

Er schaute kurz über seine Schulter auf das Gebäude hinter sich, das dunkel und still in der Kakophonie der Stadt ruhte. Im wachsenden Zwielicht warf es seinen rechteckigen Schatten auf ihn. Die großen Türen, die ins Innere führten, waren heute geschlossen – er hatte sich nicht die Mühe gemacht, sie zu öffnen. Manchmal tat er es, nur weil er sich dann etwas heimischer fühlte, mehr als ein Teil seiner Arbeit. Aber in der letzten Zeit hatte es ihn eher niedergeschlagen gemacht, wenn er so vor den offenen Türen und dem dunklen und stillen Inneren saß, in dem nach all den Jahren beständiger Hitze und Geräusche und Aktivität nichts mehr geschah. Abgesehen davon zog es nur die Neugierigen an, die die Möglichkeit von etwas vermuteten, das niemals geschehen würde.

Er schob die Holzspäne mit der Schuhspitze hin und her. Es war besser, die Vergangenheit dort hinter Schloß und Riegel zu halten, wo sie hingehörte.

Die Nacht brach herein, und er stand auf, um die Fackeln anzuzünden, die an dem schmaleren Seiteneingang des Gebäudes angebracht waren. Sie würden ihm genug Licht verschaffen, um noch weiter arbeiten zu können. Er sollte nach Hause gehen, das wußte er. Mina würde warten. Aber es war eine Unruhe in ihm, die seine Hände immer in Bewegung hielt und seine Gedanken treiben ließ, eingerahmt in die nächtlichen Geräusche, die sich mit der Dunkelheit verstärkten. Er konnte Klänge ausmachen, jeden einzelnen, konnte sie voneinander so sicher trennen wie die Späne, die sich vor seinen Füßen gestapelt hatten. Er kannte sie alle so gut – genau wie die Stadt und seine Bewohner. Das Wissen gab ihm ein angenehmes Gefühl. Dechtera war keine Stadt für jeden. Sie war etwas Besonderes und einzigartig und sprach in einer eigenen Sprache. Entweder man verstand, was sie sagte, oder nicht. Entweder war man fasziniert von dem, was man hörte, oder man zog weiter.

Vor kurzem hatte er zum ersten Mal in seinem Leben gedacht, daß er vielleicht ungefähr soviel von der Sprache der Stadt gehört hatte, wie es ihm wichtig war.

Er dachte darüber nach, was das bedeutete, und vergaß seine Schnitzerei einen Augenblick, als die drei Fremden herankamen. Zuerst hatte er sie gar nicht bemerkt, in ihren dunklen Umhängen und eingehüllt in die Dunkelheit waren sie lediglich ein Teil der Menge, die vor ihm die Straße entlangging. Aber dann lösten sie sich aus dem Strom und kamen direkt auf ihn zu, und es gab keinen Zweifel mehr daran, was sie vorhatten. Sofort war er neugierig – es war ungewöhnlich, daß sich ihm in dieser Zeit jemand näherte. Die Kapuzen bereiteten ihm etwas Sorge; es mußte schrecklich heiß darunter sein. Versteckten sie sich vor etwas oder jemandem?

Er stand auf und trat auf sie zu, ein großer, grobknochiger Mann mit kräftigen Armen, einer breiten Brust und großen, kantigen Händen. Sein Gesicht war überraschend glatt für einen Mann seines Alters. Ein dünner Bart zierte sein breites Kinn, und er hatte schwarzes Haar, bis auf eine kahle Stelle am Hinterkopf. Er legte das Messer und die Schnitzerei auf die Bank neben sich, stützte die Hände in die Hüften und wartete. Als die drei vor ihm standen, zog der größte von ihnen die Kapuze herunter und offenbarte sein Gesicht. Urprox Screl nickte. Es war der Bursche, der ihn gestern besucht hatte, der Grenzländer, der aus Varfleet gekommen war, ein ruhiger, ernster Mann, der eine Menge mehr Fähigkeiten besaß, als er offenbarte. Er hatte von einem Ladeninhaber ein Messer erworben und war gekommen, um Urprox ein Lob für sein Meisterwerk auszusprechen. Angeblich. Denn er hatte das Gefühl, als hätte der Besuch noch einem anderen Zweck gedient. Außerdem hatte der Grenzländer erklärt, er wolle wiederkommen.

»Ihr steht zu Eurem Wort, sehe ich«, grüßte Urprox, denn er erinnerte sich jetzt an das Versprechen des anderen und wollte die Sache schnell selbst in die Hand nehmen – es ging schließlich um seine Stadt, sein Heim, seine Regeln.

»Kinson Ravenlock«, erinnerte der Grenzländer ihn.

Urprox Screl nickte. »Ich weiß.«

»Hier sind Freunde, die Euch gerne kennenlernen möchten.« Die Kapuzen wurden zurückgezogen und enthüllten ein Mädchen und einen alten Mann. Sie sahen ihn direkt an, wandten jedoch der Masse der Vorbeigehenden den Rücken zu. »Wir würden gerne ein paar Minuten mit Euch sprechen.«

Sie warteten geduldig, während er sie eingehend betrachtete und eine Entscheidung fällte. Er konnte nichts Genaues sagen, aber irgend etwas störte ihn. Ihm war unbehaglich zumute, aber das Gefühl war sehr unklar und ungenau. Die drei strahlten eine unmißverständliche Zielstrebigkeit aus. Sie machten den Eindruck, als wären sie einen langen Weg gekommen und hätten einige Härten überstanden. Urprox war sicher, daß die Frage des Grenzländers lediglich eine Form der Höflichkeit war und er nicht wirklich die Wahl hatte.

Er lächelte wohlwollend. Trotz seiner Bedenken war er neugierig. »Worüber möchtet Ihr mit mir sprechen?«

Jetzt übernahm der alte Mann das Wort, und der Grenzländer zog sich schnell zurück. »Wir benötigen Eure Fähigkeiten als Schmied.«

Urprox lächelte weiter. »Ich arbeite nicht mehr in der Schmiede.«

»Kinson sagt, Ihr seid der Beste von allen, und Eure Arbeit sei das Schönste, was er jemals gesehen hat. Er würde das nicht sagen, wenn es nicht so wäre. Er weiß eine Menge über Waffen und diejenigen, die sie herstellen. Kinson ist an vielen Orten in den vier Ländern gwesen.«

Der Grenzländer nickte. »Ich habe das Schwert des Ladeninhabers gesehen. Ich habe niemals eine Arbeit wie diese gesehen, nirgendwo. Ihr besitzt ein einzigartiges Talent.«

Urprox Screl seufzte. »Ich kann Euch die Mühe ersparen, noch mehr Zeit zu verschwenden. Ich war gut in dem, was ich tat, aber ich tue es nicht mehr. Ich war ein Meisterschmied, aber diese Tage sind vorbei. Ich habe mich zur Ruhe gesetzt. Ich arbeite nicht mehr mit Metall. Ich mache diese besonderen Arbeiten nicht mehr, und ich nehme auch keine Aufträge mehr an. Ich schnitze Holz; das ist alles, was ich noch tue.«

Der alte Mann nickte, er schien kein bißchen verwirrt. Er blickte an Urprox vorbei auf die Holzbank und die dort liegende Schnitzerei. »Habt Ihr das gemacht? Darf ich es sehen?«

Urprox zuckte die Achseln und reichte ihm den Hund. Der alte Mann starrte die Figur längere Zeit an, drehte sie hin und her, folgte mit dem Finger der Form des Holzes. Aufrichtiges Interesse stand in seinen Augen.

»Das ist sehr gut«, sagte er schließlich. Er reichte das Stück dem Mädchen, das es ohne Kommentar annahm. »Aber nicht so gut wie Eure Waffenarbeiten. Euer wirkliches Können liegt dort, im Gestalten von Metall. Schnitzt Ihr schon lange?«

»Seit ich ein Kind war.« Urprox wurde langsam unruhig. »Was wollt Ihr von mir?«

»Ihr müßt einen sehr zwingenden Grund dafür gehabt haben, Euch wieder der Holzschnitzerei zuzuwenden, nachdem Ihr als Meisterschmied so erfolgreich wart«, fuhr der alte Mann fort, ohne ihn zu beachten.

Urprox wußte, daß seine Geduld auf eine harte Probe gestellt würde. »Den hatte ich auch. Ich hatte einen sehr guten Grund, aber ich will nicht mit Euch darüber sprechen.«

»Nein, das wollt Ihr sicher nicht. Ich fürchte aber, daß Ihr es tun müßt. Wir brauchen Eure Hilfe, und es ist meine Aufgabe, Euch davon zu überzeugen.«

Urprox starrte ihn an; er war erstaunt über diese Offenheit. »Nun, zumindest seid Ihr ehrlich, was Eure Absichten betrifft. Aber jetzt bin ich natürlich gewarnt und bereite mich darauf vor, jedes Argument, das Ihr mir vorlegen werdet, zu widerlegen. Ihr verschwendet also wirklich nur Eure Zeit.«

Der alte Mann lächelte. »Ihr wart bereits vorgewarnt. Ihr seid klug genug, um zu erkennen, daß wir eine weite Strecke gereist sind, um Euch zu sehen, und daß wir Euch daher für sehr wichtig halten.« Die Falten in dem wettergegerbten Gesicht vertieften sich. »Also sagt, warum habt Ihr das alles aufgegeben? Warum seid Ihr kein Schmied mehr? Warum, wo Ihr es doch so viele Jahre gewesen seid?«

Urprox Screl runzelte unwillig die Stirn. »Ich bin es leid geworden.«

Sie ließen ihm Zeit, noch mehr zu sagen, aber er weigerte sich. Der alte Mann schürzte die Lippen. »Ich schätze, es war wahrscheinlich mehr als nur das.«

Er wartete einen Augenblick, und in diesem Moment schien es Urprox, als würden die Augen des alten Mannes weiß, als hätten sie ihre Farbe und ihren Ausdruck verloren und wären so leer und unlesbar wie Stein. Er hatte das Gefühl, als würde der alte Mann geradewegs durch ihn hindurchsehen.

»Ihr habt den Mut verloren«, sagte der andere mit sanfter Stimme. »Ihr seid ein freundlicher Mann mit Frau und Kindern, und trotz all Eurer körperlichen Kraft mögt Ihr keinen Schmerz. Aber die Waffen, die Ihr geschmiedet habt, waren dazu da, Schmerz zu verursachen, und Ihr wußtet, daß dies geschah, und Ihr haßtet es. Ihr seid es leid gewesen, davon zu wissen, und deshalb habt Ihr Euch entschieden, daß genug genug war. Ihr hattet Geld und andere Fähigkeiten, und so habt Ihr einfach die Schmiede geschlossen und seid fortgegangen. Niemand außer Euch und Mina weiß dies. Niemand versteht es. Sie halten Euch für verrückt. Sie meiden Euch wie eine Krankheit.«

Die Augen wurden wieder schärfer und sahen ihn an. »Ihr seid ein Ausgestoßener in Eurer eigenen Stadt, und Ihr versteht nicht, wieso. Aber die Wahrheit ist, daß Ihr ein Mann von einem einzigartigen Talent seid, und jeder, der Euch oder Eure Arbeit kennt, sieht das und kann nicht akzeptieren, daß Ihr es so einfach verschwendet.«

Urprox spürte, wie ihm eine Gänsehaut über den Rücken lief. »Ihr habt ein Recht auf Eure Meinung. Nun, da Ihr sie mitgeteilt habt, möchte ich nicht weiter mit Euch reden. Ihr solltet lieber gehen.«

Der alte Mann starrte in die Dunkelheit hinaus, aber er bewegte sich nicht vom Fleck. Die Menschenmenge hinter ihm war nicht mehr so dicht, und die Nacht hatte sich endgültig über die Stadt gesenkt. Urprox Screl fühlte sich plötzlich sehr allein und verwundbar. Selbst in dieser vertrauten Umgebung, so nah bei Leuten, die ihn kannten und ihm helfen würden, wenn er Hilfe brauchte, fühlte er sich vollkommen verlassen.

Das Mädchen reichte ihm den Hund zurück. Urprox nahm ihn entgegen und schaute tief in ihre großen, dunklen Augen, die ihn auf unerklärliche Weise anzogen. In ihrem Blick lag etwas wie Verständnis für das, was er getan hatte. Er hatte diesen Ausdruck niemals in den Augen anderer gefunden, außer in denen Minas. Er war überrascht, ihn hier zu entdecken, in den Augen eines Mädchens, das ihn überhaupt nicht kannte.

»Wer seid Ihr?« fragte er wieder und schaute von einem zum anderen.

Der alte Mann sprach jetzt. »Wir haben einen Auftrag zu erfüllen, der Auswirkungen auf das Schicksal der gesamten Welt haben wird. Wir sind einen weiten Weg gekommen, um diesen Auftrag auszuführen. Unsere Reise hat uns an verschiedene Orte geführt, und selbst wenn Ihr wichtig für den Erfolg unseres Auftrags seid, wird sie hier nicht enden. Ihr seid nur ein kleines Stück in einem Puzzle, das wir zusammensetzen müssen. Wir brauchen ein Schwert, Urprox Screl, ein Schwert – anders als alle anderen, die Ihr jemals geschmiedet habt. Es bedarf der Hand eines Meisterschmiedes, um es zu formen. Es braucht besondere Zutaten. Es ist dazu ausersehen, nicht zu zerstören, sondern zu retten. Es wird sowohl die schwerste als auch die schönste Arbeit sein, die Ihr jemals gemacht habt oder machen werdet.«

Der große Mann lächelte nervös. »Kühne Worte. Aber ich fürchte, ich glaube ihnen nicht.«

»Weil Ihr in Eurem Leben kein weiteres Schwert mehr schmieden wolltet. Weil Ihr alles hinter Euch gelassen habt, und der Pakt, den Ihr mit Euch geschlossen habt, in Gefahr ist, wenn Ihr nachgebt.«

»Das trifft es gut. Ich habe diesen Teil meines Lebens zu einem Ende gebracht und geschworen, niemals wieder zurückzukehren. Ich sehe keine Notwendigkeit, meine Meinung Euretwegen zu ändern.«

»Wenn ich Euch nun erzählte«, sagte der alte Mann gedankenvoll, »daß Ihr die Möglichkeit hättet, Tausende von Leben zu retten, indem Ihr das Schwert schmiedet, das wir suchen? Wenn Ihr sicher wüßtet, daß es so ist? Würde das Eure Meinung ändern?«

»Aber es ist nicht so«, beharrte Urprox störrisch. »Keiner Waffe könnte das gelingen.«

»Stellt Euch vor, es wäre das Leben Eurer Frau und Kinder unter jenen, die Ihr mit dem Schmieden dieses Schwertes retten könntet. Stellt Euch vor, daß Eure Weigerung, uns zu helfen, ihr Leben kosten würde.«

Die Muskeln in den Schultern des Schmiedes spannten sich. »Jetzt sind also meine Frau und Kinder in Gefahr – wollt Ihr, daß ich es so sehe? Ihr seid wirklich verzweifelt, wenn Ihr Euch herablaßt, mir so zu drohen!«

»Stellt Euch vor, daß all dies in den nächsten Jahren geschehen wird, wenn Ihr uns nicht helft. Alles.«

Urprox fühlte den Hauch eines Zweifels in sich aufsteigen. Der alte Mann schien so sicher. »Wer seid Ihr?« fragte er ein letztes Mal.

Jetzt machte der andere einen Schritt nach vorn und trat dicht an ihn heran. Urprox Screl konnte jede Falte in seinem wettergegerbten Gesicht sehen, jede einzelne Strähne seines ergrauten Haares oder Bartes. »Ich bin Bremen«, antwortete der alte Mann. Sein Blick schien den Schmied beinahe zu durchbohren. »Habt Ihr schon von mir gehört?«

Urprox nickte langsam. Er brauchte jedes Quentchen Stärke, um seine Haltung zu bewahren. »Ich habe von Euch gehört. Ihr seid einer der Druiden.«

Da war wieder das Lächeln. »Ängstigt Euch das?«

»Nein.«

»Ängstige ich Euch?«

Der große Mann sagte nichts, er preßte die Kiefer aufeinander.

Bremen nickte langsam. »Ihr braucht keine Angst zu haben. Ich bin Euer Freund, auch wenn es Euch nicht so vorkommen mag. Es ist nicht meine Absicht, Euch angst zu machen. Ich spreche nur die Wahrheit. Euer Talent wird benötigt, und zwar sehr dringend und verzweifelt. Es betrifft jeden einzelnen Fußbreit Boden der Vier Länder. Es ist kein Spiel, mit dem wir uns die Zeit vertreiben. Wir kämpfen um das Leben vieler Leute, unter anderem auch um das Eurer Frau und Kinder. Ich übertreibe nicht, und ich mache Euch auch nichts vor, wenn ich sage, daß nur wir übriggeblieben sind, um sie gegen die Bedrohung zu verteidigen.«

Urprox spürte, daß er wieder an Sicherheit gewann. »Und was wäre das genau?«

Der alte Mann trat einen Schritt zurück. »Ich zeige es Euch.«

Er hob seine Hand und ließ sie vor Urprox Screls verdutzten Augen durch die Luft wirbeln. Die Luft glänzte und erwachte zum Leben. Er konnte die Ruinen einer Stadt sehen, deren Gebäude zertrümmert auf dem dampfenden und qualmenden Boden lagen. Die Luft war voller Schutt und Asche. Die Stadt war Dechtera, und die Bewohner lagen alle tot in den Straßen und Hauseingängen. Was sich zwischen den Schatten hindurch bewegte und an den Körpern zerrte, war nicht menschlich, sondern mißgestaltet und krankhaft. Wesen aus dem Reich der Phantasie – und dennoch nur zu wirklich. Sie waren wirklich, und in der Vision von Dechteras Zerstörung das einzige, das überleben würde.

Die Vision verschwand. Urprox zitterte, als der alte Mann vor ihm wieder Gestalt annahm und ihn mit ernstem und direktem Blick ansah. »Habt Ihr es gesehen?« fragte er ruhig. Urprox nickte. »Das war die Zukunft Eurer Stadt und der Bewohner. Es war die Zukunft Eurer Familie. Das war alles, was übrigbleiben wird. Aber zu der Zeit, wenn diese Vision eintrifft, wird der Norden bereits verschwunden sein. Die Elfen und die Zwerge werden vernichtet sein. Die dunkle Welle, die sie verschlang, wird dann hier angekommen sein.«

»Das sind Lügen!« Urprox sprach die Worte schnell aus, getrieben von Angst und Ärger. Er nahm sich nicht die Zeit, vernünftig nachzudenken. Er war unbedacht und dickköpfig in seiner Weigerung, zu glauben, was er gesehen hatte. Mina und die Kinder tot? Alle, die er kannte, tot? Das war unmöglich!

»Harte Wahrheiten«, sagte Bremen ruhig. »Keine Lügen.«

»Ich glaube Euch nicht! Ich glaube nichts von all dem!«

»Seht mich an«, befahl der alte Mann mit weicher Stimme. »Seht in meine Augen. Seht tief hinein.«

Urprox Screl tat, wie ihm geheißen; er war unfähig, sich dagegen zu wehren und spürte einen Zwang, zu gehorchen. Er starrte in Bremens Augen und sah, wie sie sich wieder weiß färbten. Er fühlte, wie er in die Flüssigkeit hineingezogen wurde, von ihr umarmt und verschlungen wurde. Er spürte, wie er sich auf unerklärliche Weise mit dem alten Mann verband, ein Teil von ihm wurde, eingeweiht wurde in das, was Bremen wußte. In diesen Momenten der Verbindung sah er blitzartige Bruchstücke von Wissen, Wahrheiten, die er weder anzweifeln noch leugnen konnte. Sein Leben offenbarte sich ihm jäh, alles, was war und was sein würde, die Vergangenheit und die Zukunft als Zusammenspiel von Bildern und Bruchstücken, die so furchterregend und überwältigend waren, daß Urprox sich voller Verzweiflung selbst mit den Armen umklammerte.

»Nicht«, flüsterte er und schloß die Augen vor dem, was er gerade sah. »Zeigt mir nicht noch mehr!«

Bremen brach die Verbindung ab, und Urprox taumelte einen Schritt zurück, bevor er sich wieder in der Gewalt hatte und aufrichtete. Die Kälte, die zuerst nur sein Rückgrat entlanggekrochen war, hatte jetzt seinen ganzen Körper ergriffen. Der alte Mann nickte. »Ich bin fertig mit Euch. Ihr habt genug gesehen, um zu erkennen, daß ich nicht lüge. Zweifelt nicht länger daran. Akzeptiert, daß mein Verlangen ehrlich ist. Helft mir, zu tun, was ich tun muß.«

Urprox nickte. Seine kräftigen Hände hatten sich zu Fäusten geballt, und der Schmerz in seiner Brust war geradezu greifbar. »Ich werde hören, was Ihr zu sagen habt«, versprach er widerwillig. »Das zumindest kann ich tun.«

Aber noch während er die Worte aussprach, wußte er, daß er weit mehr tun würde.

Bremen ließ ihn auf der Bank Platz nehmen und setzte sich dann neben ihn. Die beiden wirkten wie zwei alte Freunde, die ein Geschäft miteinander diskutierten. Der Grenzländer und das Mädchen standen still daneben und lauschten. Auf der Straße hinter ihnen gingen die Menschen vorbei, ohne etwas zu ahnen. Niemand näherte sich ihnen. Niemand warf auch nur einen Blick hinüber. Vielleicht konnten sie ihn nicht einmal mehr sehen, dachte Urprox. Vielleicht war er unsichtbar geworden. Denn er hatte bemerkt, daß viel Magie im Spiel gewesen war, als Bremen mit ihm gesprochen hatte.

Zuerst erzählte Bremen ihm vom Dämonenlord und seinem Eindringen in die anderen Länder. Das Nordland war verloren, in das

Ostland war er einmarschiert, und das Westland war in großer Gefahr. Das Südland würde das letzte sein, aber dann wäre es, wie die Vision gezeigt hatte, für alle zu spät. Der Dämonenlord war ein Geschöpf der Magie, das jenseits des sterblichen Lebens weiterexistieren konnte und Kreaturen von übernatürlicher Stärke um sich versammelt hatte, die ihm bei seinen Plänen halfen. Keine gewöhnliche Waffe würde ihn zerstören können. Also benötigten sie dieses Schwert, das Urprox würde schmieden müssen; ein Gegenstand aus Magie und Eisen, eine Klinge, die das Wissen und Können zweier Meister verband, das des Meisterschmieds und des Druiden, das der Wissenschaft und der Magie.

»Es muß auf beide Weisen sehr stark sein«, erklärte Bremen. »Es muß fähig sein, dem Schlimmsten, was zu seiner Vernichtung ausgesandt wird, zu widerstehen. Wissenschaft und Magie. Ihr werdet das erste beisteuern, ich das zweite. Aber Eure Arbeit ist von höchster Wichtigkeit, denn wenn das Schwert nicht die nötigen Eigenschaften hat, die es zu seiner Erhaltung braucht, wird die Magie, die ich hinzufüge, nicht haften.«

»Was wißt Ihr über das Schmieden von Metallen?« fragte Urprox, der jetzt wider Willen interessiert war.

»Daß Metalle in einer bestimmten Art und Weise zusammengefügt und getempert werden müssen, damit die Legierung die notwendige Stärke erhält.« Bremen griff in seinen Umhang und brachte die Rezeptur zum Vorschein, die Cogline ihm gegeben hatte. »Dies werden wir benötigen, um das gewünschte Ergebnis zu erzielen.«

Urprox nahm den Zettel und studierte ihn aufmerksam. Er nickte, während er las, versunken in Gedanken. Ja, das war die richtige Kombination der Metalle, die nötige Mischung verschiedener Brennvorgänge. Dann hielt er inne und lächelte breit. »Diese Temperaturen! Habt Ihr Euch genauer angesehen, was diese Mischung erfordert? Seit der Zerstörung der alten Welt sind solche Temperaturen beim Brennen von Metall nicht mehr gesehen worden! Die Brennöfen und auch die Mischungsangaben sind verlorengegangen! Wir haben nicht die Möglichkeiten, das zu tun, was hier verlangt wird!«

Bremen nickte langsam. »Welche Hitze wird Euer Ofen aushalten? Wie stark kann der Brennprozeß sein?«

Der Schmied schüttelte den Kopf. »Jede Temperatur. Welche Hitze auch immer wir erzeugen können. Ich habe den Schmelzofen selbst gebaut, und er hat mehrere Schichten aus Stein und Erde, um die Hitze abzuschirmen und zu erhalten. Aber das ist nicht das Problem. Das Problem ist der Brennstoff. Wir haben keinen Brennstoff, der stark genug ist, um eine solche Hitze zu erzeugen, wie dieses Rezept verlangt! Ihr müßtet das wissen!«

Bremen nahm den Zettel aus Urprox' Hand und steckte ihn wieder in seinen Umhang. »Wir benötigen diese höheren Temperaturen nur für eine kurze Zeitspanne. Ich kann aushelfen. Ich habe die Mittel, die Euch fehlen. Versteht Ihr, was ich meine?«

Urprox verstand. Der alte Mann würde Magie benutzen, um die notwendige Hitze zu erzeugen. Aber war das möglich? War seine Magie stark genug? Die Temperaturen, die sie brauchten, waren enorm! Er schüttelte den Kopf und starrte den anderen zweifelnd an.

»Werdet Ihr es tun?« fragte Bremen ruhig. »Ein letztes Mal den Brennofen der Schmiede benutzen, ein letztes Mal Metall schmieden?«

Der Meisterschmied zögerte. In den vergangenen Minuten war er kurz zu seinem alten Selbst zurückgekehrt, zu dem Mann, der er so viele Jahre gewesen war, fasziniert von der Herausforderung, die das Schmieden dieser Waffe bedeutete, verpflichtet der Sicherheit seiner Familie und seiner Nachbarn, seiner Stadt und seines Landes. Es gab Gründe, zu tun, um was der alte Mann bat, gestand er sich ein. Aber es gab auch Gründe, sich zu weigern.

»Wir brauchen Euch, Urprox«, sagte der Grenzländer plötzlich, und das Mädchen nickte zustimmend. Sie alle warteten auf eine Antwort, erwartungsvoll und entschlossen.

Nun, dachte er, seine Holzschnitzereien waren nicht von der gleichen Qualität wie seine Metallarbeiten, soviel war richtig. Sie waren es niemals gewesen. Es war eine Flucht, auch wenn er es anders bezeichnen würde. Wenn er ehrlich war, war es dumm, anzunehmen, daß sie von wirklicher Bedeutung waren. Was bedeutete es also für ihn, ein letztes Mal eine Klinge zu entwerfen, eine Waffe, deren Bedeutung weit über jede andere hinausreichte, die er jemals geschmiedet hatte? Die vielleicht Leben rettete? Oder log der alte Mann, was dies betraf? Er konnte nicht absolut sicher sein, aber er glaubte es nicht. Er besaß einige Menschenkenntnis, schon so lange, wie er etwas über Metalle wußte. Auch jetzt vertraute er ihr. Dieser Mann, Druide oder nicht, strahlte Ehre und Wahrhaftigkeit aus. Er glaubte an seine Aufgabe und war eindeutig überzeugt, daß auch Urprox Screl daran glauben sollte.

Der Schmied schüttelte den Kopf, lächelte und zuckte dann die Schultern. »Also gut. Wenn ich Euch damit loswerde, werde ich Euch Euer Schwert machen.«

Bis in die tiefe Nacht besprachen sie, was für den Schmiedeprozeß nötig sein würde. Urprox würde Brennstoff und Metalle besorgen, um den Schmelzofen anzufeuern und die Legierung herzustellen. Es würde mehrere Tage dauern, um die Temperatur an den notwendigen Punkt zu bringen, an dem sie würden beginnen können. Das Schmieden selbst würde verhältnismäßig schnell vonstatten gehen, wenn Bremens Magie ausreichte, um die Hitze weiter zu erhöhen. Die Gußform war bereits entworfen, und nur kleine Veränderungen mußten noch hinzugefügt werden, damit sie jene Gestalt erhielt, die Bremen benötigte.

Bremen zeigte ihm das Medaillon, das er in seinem Umhang versteckt gehalten hatte, zeigte ihm das fremdartige und bezwingende Bild der Hand, die eine brennende Fackel umfaßte. Das Bild wurde Eilt Druin genannt, erklärte ihm der Druide, und es mußte in den Griff des Schwertes eingelassen werden, wenn es in die Form gegossen wurde. Urprox schüttelte den Kopf. Es würde in der Hitze schmelzen, warnte er, die Arbeit wäre zu zart, um das Tempern zu überstehen. Aber der alte Mann schüttelte den Kopf und meinte, er sollte sich keine Sorgen machen. Der Eilt Druin war aus Magie geschmiedet, und die Magie würde ihn schützen. Die Magie, betonte er, würde dem Schwert die Kraft und Stärke geben, die notwendig waren, um den Dämonenlord zu zerstören.

Urprox Screl wußte nicht, ob er dies glauben sollte oder nicht, aber er akzeptierte es als etwas Gegebenes. Es war schließlich nicht sein Problem, zu entscheiden, ob das Schwert in der Lage war zu tun, was der Druide beabsichtigte. Die Aufgabe des Schmieds bestand nur darin, es entsprechend der vorgegebenen Rezeptur und seinem Wissen gemäß zu schmieden, so daß es aus dem Brennprozeß so stark wie möglich hervorging. Drei Tage hatten sie also zur Vorbereitung. Aber es gab noch anderes zu bedenken. Jeder wußte, daß Urprox nicht mehr arbeitete. Sobald die Materialien geliefert würden, würde es Fragen geben. Sie würden in dem Augenblick zunehmen, da der Ofen angezündet würde. Und erst die Aufmerksamkeit, die das Schmieden des Schwertes selbst auf sich zog!

Aber den alten Mann schien das nicht zu bekümmern, er forderte Urprox Screl auf, sich nicht zu sorgen, sondern einfach nur seinen Teil zu erledigen und sich darauf zu konzentrieren, daß er und die Schmiede bereit wären. Während der Vorbereitungen würden er und seine Kameraden bei ihm bleiben und sich der neugierigen Nachbarn annehmen.

Und so begann es also. Sie trennten sich in dieser Nacht mit einem Handschlag, um ihre Übereinkunft zu besiegeln. Die drei Fremden waren zufriedener mit dem Ergebnis als Urprox Screl, aber der Schmied war aufgeregt und trotz seiner Bedenken fasziniert von der vor ihm liegenden Aufgabe. Er ging nach Hause zu seiner Familie und saß in den frühen Morgenstunden mit Mina am Küchentisch und erzählte ihr von seiner Entscheidung. Wie immer hielt er nichts zurück. Sie hörte ihm zu und stellte Fragen, aber sie riet ihm nicht, seine Meinung zu ändern. Es lag an ihm, die Wahl zu treffen, sagte sie, denn er verstand besser als sie, was von ihm erwartet wurde und wie er später damit würde leben können. Für sie sah es so aus, als hätte er gute Gründe, die angebotene Arbeit auszuführen, und die Beurteilung der Männer und des Mädchens mußte er aufgrund seiner eigenen Einschätzung ihrer Charaktere fällen und nicht aufgrund der Gerüchte und des Klatschs anderer.

Wie immer verstand Mina ihn besser als alle anderen.

Am nächsten Tag gegen Mittag wurde aus den Bergwerken der Grenzgebiete im Ostland schwere Kohle in die Feuerstellen und Brennstoffbehälter der Schmiede geschafft. Die Türen zu dem Gebäude wurden aufgestoßen, und der erste Erhitzungsprozeß begann. Die Metalle trafen ein, entsprechend der Rezeptur Coglines. Gußformen wurden gesäubert. Urprox verschmähte jede Hilfe, sondern arbeitete allein in der Hitze des Gebäudes. Hilfe war auch nicht notwendig. Er hatte diese Schmiede selbst gebaut, und so gab es Winden und Flaschenzüge, mit denen er alles, was benötigt wurde, auch bewältigen konnte. Die unvermeidliche Menschenmenge, die sich um das Gebäude versammelte, um zu sehen, was er tun würde, belästigte ihn nicht so sehr, wie er befürchtet hatte. Sie war vielmehr zufrieden damit, einfach nur zuzuschauen. Jemand – niemand konnte sagen, wer es war – setzte das Gerücht in Umlauf, daß Urprox Screl den Brennofen nicht deshalb anheizte, weil er wieder im Geschäft war, sondern weil er die Schmiede verkaufen und der Käufer erst sicher sein wollte, ob sie auch wirklich so funktionierte, wie ihm erklärt worden war, bevor er sein Geld investierte. Der Eigentümer, flüsterte man, kam aus dem tiefen Südland, ein Mann, der mit seiner jungen Frau und seinem alten Vater zu Besuch war. Von Zeit zu Zeit konnte man sie an Screls Seite sehen, am Eingang der Schmiede oder auf den Straßen der Stadt; sie eilten hin und her, holten weitere Informationen über ihren beabsichtigten Erwerb ein und versuchten sich zu vergewissern, ob der angestrebte Kauf auch vernünftig war.

Für Urprox verging die Zeit rasch. Seine Zweifel, die noch in der ersten Nacht so stark gewesen waren, verschwanden mit dem unerwarteten Hochgefühl, das ihn durchfuhr, als er sich auf die Herausforderung dieses ungewöhnlichen Brennvorgangs vorbereitete. Kein Schmied in den Vier Ländern hatte jemals mit Magie gearbeitet – jedenfalls wußte niemand von einem solchen Fall – und es war unmöglich, bei dieser Aussicht nicht aufgeregt zu sein. Er wußte tief in seinem Herzen, genau wie Kinson Ravenlock bestätigt hatte, daß er der Beste seines Faches war, daß er die Kunst, aus Metall Klingen zu formen, wie kein anderer verstand. Jetzt wurde er gebeten, über alles hinauszugehen, was er jemals versucht hatte, eine Waffe zu schaffen, die besser als seine bisher beste sein würde, und er war genügend Handwerker, um das Ausmaß des Vertrauens zu ermessen, das man seinem Talent entgegenbrachte. Er war sich immer noch nicht sicher, ob die Klinge zu dem in der Lage sein würde, was Bremen von ihr verlangte, ob sie in irgendeiner Weise den Einmarsch würde aufhalten können, vor dem der alte Mann gewarnt hatte, ob sie Schutz vor der Bedrohung des Dämonenlords würde bieten können. Diese Fragen galten anderen. Für Urprox Screl gab es nur die Herausforderung, seine Fähigkeiten in einer Weise einzusetzen, die er sich niemals hätte träumen lassen.

Und so war er derart vertieft in seine Vorbereitungen, daß es zwei Tage dauerte, ehe ihm auffiel, daß sie gar nicht über Bezahlung gesprochen hatten – nur um im nächsten Moment zu begreifen, daß es keinen Unterschied machte, daß die Bezahlung in diesem Fall nicht wichtig war.

Er hatte in den zwei Jahren, die seine Schmiede geschlossen gewesen war, nichts vergessen, und es war angenehm zu entdecken, daß er noch genau wußte, was er zu tun hatte. Er machte sich voller Vertrauen und Entschlossenheit an die Arbeit, baute die Hitze in dem Brennstoffbehälter auf und maß die Temperatur mit kleinen Proben, indem er Metalle von verschiedener Härte und Beschaffenheit schmolz. Zusätzlich angeforderte Brennstoffe und Materialien trafen ein und wurden verstaut. Der Druide, der Grenzländer und das Mädchen schauten vorbei, um zu sehen, wie weit er war, und verschwanden wieder. Er wußte nicht, wohin sie gingen, wenn sie ihn verließen, er wußte auch nicht, wie genau sie ihm zusahen. Sie sprachen nur gelegentlich mit ihm, und dann übernahm meist der alte Mann das Reden. Hin und wieder zweifelte er an seiner Hingabe an diese Aufgabe, an seinem Glauben an die Geschichte des alten Mannes von der drohenden Zerstörung. Aber diese Zweifel waren nur flüchtig und vergingen schnell wieder. Er war jetzt wie ein Wagen, der sich selbständig gemacht hatte, der mit einer solchen Geschwindigkeit den Berg hinabraste, daß niemand ihn aufhalten konnte. Die Arbeit allein war alles, was zählte. Er war überrascht, wie sehr sie ihm gefehlt hatte. Der beißende Geruch des Brennstoffes, wenn er von den Flammen verschlungen wurde, das Klappern des rohen Metalls auf dem Weg zum Schmelztiegel, das heiße Brennen des Feuers an seiner Haut, das Aufsteigen von Asche und Rauch aus dem Schornstein des Brennofens – sie waren wie alte Freunde, die ihn nach seiner Rückkehr wieder begrüßten. Der Gedanke daran, wie schnell er seinen Schwur gebrochen hatte, nie wieder in seinem Fach zu arbeiten, machte ihm angst. Noch mehr angst machte ihm jedoch die Vorstellung, sich diesmal vielleicht nicht so schnell wieder losreißen zu können.

In der dritten Nacht, spät am Abend, kamen die drei ein letztes Mal zu ihm – der Druide Bremen, der Grenzländer Kinson Ravenlock und das Mädchen, dessen Namen er nie erfuhr. Die Schmiede war bereit, und sie schienen das zu wissen, ohne daß er es ihnen gesagt hatte, denn sie kamen nach Sonnenuntergang zu ihm und grüßten ihn in einer Art und Weise, die anzeigte, daß sie gekommen waren, um zu sehen, wie er sein Versprechen zum Abschluß brachte. Die Metalle, die sie für das Brennen benötigten, wurden ausgelegt, die Gußformen für die Flüssigkeit bereitgestellt, und die Winden, Flaschenzüge, Ketten und Schmelztiegel, die das rohe Metall während der verschiedenen Phasen begleiten würden, sorgfältig an Ort und Stelle gebracht. Urprox kannte die Rezeptur des alten Mannes auswendig. Alles war bereit.

Sie saßen eine Zeitlang zusammen im Schatten der Schmiede und warteten darauf, daß die Stadt sich etwas beruhigte und die Leute schlafen gingen. Sie ließen die Hitze über sich hinwegziehen und sahen zu, wie die Nacht sich herabsenkte. Sie sprachen wenig, sondern lauschten auf die Geräusche, jeder in eigene Gedanken vertieft. Die Bevölkerung der Stadt wirbelte und brandete umher wie Wellen, die gegen die Felsen eines entfernten Ufers spülten, immer gerade außerhalb der Sichtweite. Mitternacht brach an, und die Menge trieb zu den Bierstuben und Vergnügungshäusern. Die Straßen leerten sich.

Der alte Mann stand auf und nahm Urprox Screls Hand. »Ihr müßt heute nacht Eure beste Arbeit verrichten«, erklärte er fest. »Ihr müßt es tun, wenn wir Erfolg haben wollen.«

Der Schmied nickte. Er war bis zur Taille nackt, und seine Muskeln glänzten vor Schweiß. »Ich werde tun, was nötig ist. Vergeßt Ihr nicht, Euren Beitrag zu leisten.«

Bremen lächelte über die Antwort; die Furchen seines gealterten Gesichts sahen bei dem Licht des Brennofens, das vom Feuer durch die Ritze in der Kohlentür nach draußen flackerte, noch tiefer aus. »Ihr habt keine Angst, nicht wahr?«

»Angst? Vor Feuer und Metall? Davor, nach Tausenden von Waffen eine weitere zu schmieden, auch wenn mit Hilfe der Magie?« Urprox Screl schüttelte den Kopf. »Eher sollte ich Angst vor der Luft haben, die ich atme. Was wir heute nacht machen, unterscheidet sich kaum von dem, was ich mein ganzes Leben getan habe. Mit einer kleinen Abweichung vielleicht, aber nicht mehr. Abgesehen davon, was ist das Schlimmste, das mir passieren kann? Daß ich versage? Das wird nicht geschehen.«

»Magie ist immer unvorhersehbar. Selbst, wenn Ihr sicher in der Anwendung Eurer Fähigkeiten als Schmied seid, könnte es sein, daß es sich bei der Magie anders erweist.«

Der Schmied betrachtete den alten Mann einen Moment eingehend, dann lachte er langsam. »Das glaubt Ihr nicht. Ihr seid so sehr ein Künstler wie ich. Ihr würdet eher sterben als zuzulassen, daß die Magie versagt.«

Es entstand eine lange Stille, als die beiden sich ansahen. Die Luft in der Schmiede flirrte um sie herum, und das Licht des Ofens flackerte. »Ihr prüft mich noch ein letztes Mal«, erkannte der Schmied ruhig. »Macht Euch nicht die Mühe. Es ist nicht nötig. Ich bin bereit für das, was kommt.«

Aber der alte Mann schüttelte den Kopf. »Ich versuche zu prüfen, was dies Euch antut. Man kann nicht mit Magie arbeiten und unverändert daraus hervorgehen. Euer Leben wird niemals mehr so sein wie vorher. Ihr müßt das spüren.«

Urprox Screl warf dem alten Mann ein ironisches Lächeln zu. »Ich *hoffe* darauf. Laßt mich Euch etwas gestehen. Abgesehen von Mina und den Kindern bin ich das Leben leid. Ich bin es leid, was aus mir geworden ist. Ich habe es nicht verstanden, bis Ihr gekommen seid. Jetzt verstehe ich es nur zu gut. In diesem Augenblick würde ich jede Veränderung willkommen heißen.«

Er spürte, wie die Augen des anderen einen Moment forschend auf ihm ruhten und fragte sich, ob er vielleicht zu voreilig gesprochen hatte.

Dann nickte der alte Mann. »Also gut. Laßt uns beginnen.«

Noch Jahre später kursierten Geschichten darüber, was in jener Nacht geschehen war, Geschichten, die von Mund zu Mund gingen und immer mehr die Formen von Legenden annahmen. Sie kamen aus verschiedenen Quellen, aber alle hatten ihren Ursprung in den kurzen Blicken der Vorbeigehenden, die einen Augenblick stehengeblieben waren, um zu sehen, was da in Urprox Screls großer Schmiede vor sich ging. Die Türen hatten in dieser Nacht offengestanden, damit frische Luft hineinströmen und die verbrauchte Hitze entweichen konnte, und jene, die sich nahe genug herangewagt hatten, waren Zeugen von Visionen geworden, die sie später zu Ausgeburten des Irrsinns erklärten.

In dieser Nacht hatte Urprox Screl ein Schwert geschmiedet, aber der Akt des Schmiedens war es, der für immer Gegenstand von Legenden blieb.

Zwischen denen, die dabei waren, war alles abgesprochen gewesen. Wie Gespenser waren sie durch die rauchige, aschebeladene Luft geglitten und hatten sich vor der Hitze und dem grellen Licht des Schmelzofens geduckt und nur kurz aufgerichtet, um ihren Aufgaben nachzukommen und sich schnell wieder zu bücken. Da war der Schmied, der anerkannte Meister seines Faches, der Mann, der zwei Jahre zuvor die Arbeit aufgegeben hatte und jetzt, für eine einzige Nacht, ohne jemandem ein Wort zu sagen, zurückgekehrt war. Da war der alte Mann, eingehüllt in seinen schwarzen Umhang, ein Mann, der zeitweise nahezu ätherisch wirkte, zeitweise so hart und fest wie Stein. Und dann gab es noch den Grenzländer und das Mädchen. Sie hatten alle ihre Rolle zu spielen gehabt. Der Schmied und der alte Mann hatten bei dem Schmieden des Schwertes Seite an Seite gearbeitet. Der jüngere Mann hatte ihnen geholfen, auf Aufforderung dies oder das herbeigebracht, wenn nötig, seine Kraft oder sein Gewicht zur Verfügung gestellt.

Das Mädchen war an der Tür geblieben und hatte darauf geachtet, daß niemand versuchte einzudringen oder zu lange stehenzubleiben und zuzusehen. Merkwürdigerweise war sie es, die den stärksten Eindruck hinterlassen hatte. Einige erzählten, sie hätte ihre Gestalt geändert, um die allzu Neugierigen zu vertreiben, wäre für einen kurzen Augenblick zu einer Bestie der Unterwelt oder zu einer Moorkatze geworden. Andere sagten, sie hätte nackt vor dem großen Schmelzofen nach einem Ritus getanzt, der das Tempern unterstützte. Und wieder andere meinten, wenn sie einen auch nur angesehen hätte, hätte man den Verstand verloren. Alle stimmten darin überein, daß etwas an ihr war, was über ihre Erscheinung hinausging.

Niemand bezweifelte, daß in jener Nacht Magie angewandt wurde. Die Hitze des Feuers war zu intensiv, der grelle Schein zu stark, die Explosionen, wenn sich das geschmolzene Erz ergoß, zu wild gewesen. Einige sagten, sie hätten ein grünes Licht gesehen, das von den Händen des alten Mannes floß und die Feuer der Schmiede angefacht hätte, es hätte die Winden und Flaschenzüge beflügelt, das Geformte aus den Flammen zu heben, und später, nach dem Gießen, die Klinge geschliffen und geschärft, um ihre rauhe Oberfläche zu glätten und polieren. Während der Meisterschmied damit beschäftigt gewesen wäre, verschiedene Metalle in den Ofen zu schicken, sie zu mischen und die Legierung dann zu rühren, hätte der alte Mann Sprüche gemurmelt. Die Metalle wären ins Feuer gegeben und wieder herausgenommen worden, das Geschmolzene wäre dann in eine Form gegossen, getempert und wieder herausgehämmert worden. Und jedesmal hätte die Magie des alten Mannes hell aufgelodert, während sie die Vorgänge unterstützte. O ja, es war Magie im Spiel, als dieses Stück geschmiedet wurde, keine Frage, da waren sich alle Erzähler einig.

Sie sprachen auch von dem allgegenwärtigen Bild einer Hand, die eine brennende Fackel emporhielt. Niemand verstand die Bedeutung des Bildes, aber es war wie ein Gespenst, das überall aufzutauchen schien. Einige wollten es auf einem Medaillon gesehen haben, das der alte Mann aus einem Umhang herausgenommen hatte. Wieder andere hatten gesehen, wie es aus der Glut selbst aufgestiegen war, wiedergeboren aus dem heißesten Kern des Feuers, ein von den Toten auferstandener Geist. Aber jene, die es zuletzt erblickt hatten, hatten es auf dem Griff des großen Breitschwerts gesehen – beim Schmieden eins geworden mit der metallenen Form, hatte das Bild jetzt geglänzt und geglüht, und die Hand hatte die Verbindung von Klinge und Knauf umfaßt, die Flamme sich entlang der Klinge bis zu ihrer Spitze gewunden.

Das Gießen, Tempern, Formen und Schärfen des Schwertes hatte den Rest der Nacht in Anspruch genommen. Befremdliche Geräusche waren über dem Hämmern des Schmieds und dem Zischen des Dampfes erklungen, als die Klinge gekühlt wurde. Farben waren in dem Brennprozeß entstanden, wie sie niemand zuvor gesehen hatte, das Spektrum sämtlicher Regenbogenfarben, das in der Stadt der Schmiede dennoch jede Erfahrung mit dem Schmieden überstieg. Es hatte ein Geruch und Geschmack in der Luft gehangen, der hier nicht hingehörte, dunkel und furchterregend. Diejenigen, die sich der Schmiede in jener Nacht genähert hatten, hatten schnelle, besorgte Blicke hineingeworfen; sie hatten sich über den Sturm, dessen Zeuge sie wurden, gewundert, und waren weitergegangen.

Am nächsten Morgen war das Schmieden beendet und die drei Fremden waren fort. Niemand hatte sie weggehen sehen. Niemand wußte, wohin sie gegangen waren. Auch das Schwert war fort, und es wurde vermutet, daß die drei es mitgenommen hatten. Die Schmiede stand leer im Licht des frühen Morgens, die Feuer kühlten ab; ein Prozeß, der mehrere Tage anhalten sollte. Einige, die sich zu nahe an die immer noch offenstehende Tür herangewagt hatten, behaupteten später, daß die Erde unter ihren Füßen Funken gesprüht hätte, als sie versucht hatten, hineinzublinzeln. Magie, flüsterten sie. Ganz sicher Magie.

Urprox Screl ging nach Hause und kehrte nicht wieder zurück. Die Schmiede, verkündete er, war wieder geschlossen. Er sprach wie gewöhnlich mit seinen Freunden und seinen Nachbarn und versicherte ihnen, daß nichts Ungehöriges in jener Nacht geschehen wäre. Er hatte ein Schwert für mögliche Käufer geschmiedet, und sie waren wieder fortgegangen, um über den Wert ihres Erwerbs nachzudenken. Er lächelte, als er das sagte. Er schien ziemlich ruhig. Aber seine Augen hatten einen gehetzten, abwesenden Blick.

Einen Monat später hatte er die Stadt verlassen. Mina und seine Kinder und Enkelkinder gingen mit ihm, die gesamte Familie. Zu diesem Zeitpunkt gab es bereits Gerüchte, daß er seinen Körper und seine Seele den dunklen Wesen verkauft hätte, die im Norden lebten. Niemand wollte noch etwas mit ihm zu tun haben. Es war nur gut, daß er fort war, stimmten alle überein.

Niemand wußte, wohin er gegangen war. Es gab natürlich Gerüchte. Es gab immer Gerüchte.

Einige sagten, er wäre nach Norden ins Grenzland gegangen und hätte sich dort mit seiner Familie niedergelassen. Andere meinten, er hätte seinen Namen geändert, damit niemand erführe, wer er war.

Jahre später behauptete ein Mann, ihn gesehen zu haben. Jemand, der mit Juwelen handelte und der eine weite Strecke der Vier Länder auf der Suche nach neuen Märkten durchreist hatte. Es war in einem kleinen Dorf oberhalb des Regenbogensees gewesen, berichtete er, wo er Urprox Screl gesehen hätte.

Nur, daß er den Namen Screl nicht mehr benutzte.

Er nannte sich jetzt Creel.

Kapitel 24

Wind und Regen zerrten an den Schutzwällen der Feste Stedden, ein Spiegel der wütenden Kämpfe vor den Toren der breiten Burg. Zweimal war die Nordlandarmee bis zu den Mauern vorgedrungen, und zweimal hatten die Zwerge sie zurückgeschlagen. Mitternacht nahte, der Himmel war schwarz, die Luft schwer vor Regen, so daß es unmöglich war, mehr als ein paar Meter weit zu sehen, wenn nicht gerade das grelle Licht eines Blitzes über das gesamte Rabenhorngebirge zuckte.

Das nächste Mal verlieren wir, dachte Risca, als er die Treppe zum Haupthof hinunterschritt. Er war auf der Suche nach Raybur. Nicht, daß jemand daran gezweifelt hätte. Es war ein Wunder, daß sie sich überhaupt so lange hatten halten können. Es war sogar ein noch größeres Wunder, daß sie nach sechs Wochen Kampf und

Rückzug immer noch am Leben waren. Aber jetzt liefen ihnen Zeit und Glück davon. Sie hatten so viel Zeit herausgeschunden, wie überhaupt möglich war.

Wo waren die Elfen? Warum waren sie nicht gekommen?

Wochenlang seit ihrer Flucht aus dem Wolfsktaag hatten die Zwerge einen Verteidigungskampf gegen die vorpreschenden Nordländer geführt. Die Armee des Dämonenlords hatte sie bei jedem Ansturm hart getroffen, aber dennoch hatten sie weitergekämpft. Im Wolfsktaag hatten sie Glück gehabt; sie waren beinahe ohne Verluste entkommen. So war es jedoch nicht weitergegangen. In ein Dutzend Kämpfe waren sie seither verwickelt gewesen, und in vielen von ihnen hatten ihre Verfolger die Oberhand gewonnen, sei es durch Beharrlichkeit oder Glück. Viele Zwerge waren niedergemetzelt worden. Dennoch hatten die Ostländer sich stürmisch verteidigt und ihren Angreifern heftige Verluste beigebracht, aber auf Dauer hatten sie keine Chance gegen eine Armee von solcher Stärke und Größe. Die Zwerge waren mutig und entschlossen, aber beinahe jedesmal waren sie weiter zurückgezwungen worden.

Jetzt hatten sie sich tief im Rabenhorngebirge verkrochen, und es bestand die Gefahr, daß sie auch aus diesen schützenden Mauern vertrieben werden würden. Der Wolfsktaag und der Mittlere Anar waren verloren. Culhaven war schon früh gefallen. Der Silberfluß, der vom Regenbogensee nach Cillidellan floß, befand sich ebenfalls in den Händen der Feinde. Sie hatten keine Möglichkeit zu erfahren, welche Teile vom Nordland verloren waren. Vermutlich alle. Sollten die Feinde auch das Rabenhorngebirge einnehmen, so würden die Zwerge gezwungen sein, sich bis zur Hochwarte und der Feste Dun Fee Aran zurückzuziehen. Sollte diese ebenfalls fallen, wäre auch ihr letzter Schlupfwinkel verloren. Dann würde ihnen keine andere Wahl mehr bleiben, als noch weiter nach Osten zu fliehen, in ein Gebiet, das sie bisher so gut wie gar nicht kannten.

Und genau das würde passieren, vermutete Risca. Natürlich waren sie niemals in der Lage, sich längere Zeit zu halten. Die Feste

Stedden würde gegen Morgen untergehen. Die Nordländer hatten bereits die Wassergräben und Fallgruben überquert und bauten jetzt eifrig Sturmleitern, die sie an die Mauern lehnen würden. Wind und Regen schienen ihre Bemühungen nicht zu beeinträchtigen. Etwas Stärkeres als die Elemente hatte sie im Griff – Entsetzen, Irrsinn, Angst vor der Kreatur, die sie befehligte. Magie trieb sie an, dunkel und schrecklich, und es mochte durchaus sein, daß sie in ihrem gegenwärtigen Zustand den Tod den Folgen eines Versagens, einer Niederlage vorzogen.

Risca erreichte den Fuß der Treppe und trat aus dem Turm hinaus auf den Hof. Das Schlachtengebrüll fegte über ihn hinweg, eine Kakophonie, die sogar der wüste Sturm nicht übertönen konnte. Ein Rammbock hämmerte gegen die Tore, pochte mit gleichmäßiger geistloser Beharrlichkeit gegen die Portale. Die Tore bebten, hielten aber stand. Oben auf den Zinnen standen die Zwerge und ließen einen so dichten Pfeil- und Speerhagel auf die Menge der Angreifer niederprasseln, daß sie unmöglich ihr Ziel verfehlen konnten. Ein Ölfeuer kletterte an einer Wand empor, die Überreste einer früheren Attacke, der die Zwerge widerstanden hatten. Überall rannten Verteidiger umher, versuchten, Lücken in den Reihen zu füllen. Es waren einfach nicht genug Männer da.

Plötzlich erschien Raybur aus dem Chaos und hob den Arm. »Wir werden ihnen nur so lange standhalten können, bis sie die Leitern fertiggestellt haben«, brüllte er gegen den Wind. »Wir können nicht mehr, Risca!«

Risca nickte. Er war müde und entmutigt. Er war es leid, umherzurennen und gejagt zu werden, und er war wütend, daß es wieder von vorne beginnen würde.

»Die Tunnels sind fertig«, erwiderte er, ohne sich die Mühe zu machen, lauter zu sprechen. Er hatte sich gerade vergewissert, daß ihr Fluchtweg bereit war. Geften hatte die Tunnels selbst ausgekundschaftet und dafür gesorgt, daß sie frei waren. Der Fluchtweg der Zwerge würde von der Rückseite der Burg aus durch den Fels hindurchführen und an der Ostseite des Gipfels münden. Von hier aus würden sie in das dichtbewaldete Tal dahinter hinabsteigen und sich wieder einmal in Luft auflösen.

Raybur zog ihn vom Hof fort und zurück in den Windschatten des Turmeingangs, aus dem er gekommen war. Seine Augen waren ernst.

»Wo bleiben die Elfen?« fragte der Zwergenkönig mit nur mühsam zurückgehaltener Wut.

Risca schüttelte den Kopf. »Sie würden kommen, wenn Tay Trefenwyd eine Möglichkeit gefunden hätte, sie herzubringen. Etwas muß geschehen sein. Etwas, von dem wir nichts wissen.«

Raybur schüttelte mit offensichtlichem Mißmut den bärtigen Kopf. »Das macht diesen Krieg ein bißchen einseitig, findest du nicht? Nur wir und niemand anderes gegen eine Armee wie die da draußen?« Schreie hallten von der Mauer herüber, und die Verteidiger rasten, um eine neue Lücke zu füllen. »Wieviel länger sollen wir uns hier halten? Wir verlieren mit jedem Kampf mehr Männer, und wir können uns nicht leisten, so viele zu verlieren!«

Seine Wut war verständlich. Einer der bereits Gefallenen war sein ältester Sohn. Wyrik war vier Tage zuvor von einem verirrten Pfeil getötet worden. Sie waren auf dem Rückzug über den Anar ins Rabenhorngebirge gewesen und hatten beabsichtigt, die Feste Stedden zu erreichen, als er gefallen war. Der Pfeil war durch seinen Hals ins Hirn gedrungen. Er war auf der Stelle tot gewesen, noch bevor jemand bemerkt hatte, daß er überhaupt getroffen war. Raybur war neben ihm gewesen, als es geschehen war, und hatte ihn in seinen Armen aufgefangen.

Die beiden Männer standen da und starrten sich in den dampfenden Schatten des Eingangs an; jeder konnte in den Augen des anderen lesen, daß er an den Tod des Jungen dachte.

Raybur wandte empört den Blick ab. »Wenn wir nur eine Nachricht hätten, eine Bestätigung, daß Hilfe unterwegs ist . . .« Er schüttelte wieder den Kopf.

»Bremen würde uns niemals im Stich lassen«, erklärte Risca fest und ruhig. »Was auch immer geschieht, er wird kommen.«

Raybur kniff die Augen zusammen. »Wenn er noch lebt.«

Die Worte hingen messerscharf in der Stille, anklagend, trostlos und voller Verzweiflung.

Dann riß ein schreckliches Geräusch sie aus ihren Gedanken, und ein fürchterliches Grunzen erregte ihre Aufmerksamkeit. Es klang deutlich nach zerreißenden Metallverankerungen und nachgebendem Holz. Die beiden Männer wußten sofort, was es war, aber Raybur rief es als erster aus.

»Die Tore!«

Sie rannten von der Tür fort in die regennasse Nacht. Ein Blitz zerriß die dunkle Wolkendecke. Die Haupttore vor ihnen hatten sich unter dem Angriff des Rammbocks verbogen. Die Riegel knackten bereits, und die Bolzen zersplitterten langsam. Die Zwerge versuchten, die nachgebende Schutzvorrichtung mit zusätzlichem Holz zu stützen, aber es war nur eine Frage der Zeit, wann alles zusammenkrachen würde. Das Hämmern des Rammbocks verstärkte sich, und die Schreie der Angreifer schwollen rhythmisch an. Die Zwerge auf den Mauern zogen sich, unsicher geworden, von ihren Verteidigungspositionen zurück.

Fleer rannte auf seinen Vater zu; sein langes Haar flatterte im Wind. »Wir müssen alle rausbringen!« schrie er mit bleichem und schmerzerfülltem Gesicht.

»Dann tu es doch!« fauchte Raybur. Seine Stimme war kalt und hart. »Zieht euch von den Mauern zurück und lauft zum Tunnel! Mir reicht es jetzt hier!«

Fleer rannte fort, während Raybur sich aufgebracht umdrehte und zu den Toren schritt. Sein Gesicht war gerötet und entschlossen. Als Risca sah, was er vorhatte, folgte er ihm, packte ihn am Arm und drehte ihn zu sich herum.

»Nein, Raybur«, erklärte er. »Ich werde mich ihnen entgegenstellen, nicht du!«

»Allein?« fauchte der König und befreite sich mit einer wilden Handbewegung aus dem Griff des anderen.

»Wie viele wolltest du denn bitten, bei *dir* zu bleiben?« Riscas Erwiderung war scharf. »Und jetzt geh! Bring die Armee raus!«

Regen tropfte ihnen in die Augen und zwang sie immer wieder zu blinzeln; zwei einsame Gestalten, verbunden im Streit. »Das ist Wahnsinn!« zischte der König.

Risca schüttelte den Kopf. »Du bist König, und du mußt dich in Sicherheit bringen. Was geschieht mit den Zwergen, wenn du fällst? Abgesehen davon habe ich die Druidenmagie als Schutz, und das ist mehr als du von dir behaupten kannst. Jetzt geh, Raybur!«

Das rechte Tor brach zusammen, zersplitterte und barst in tausend Trümmer. Dunkle Gestalten drängten mit blitzenden Waffen auf die Öffnung zu. Risca hob seine Hand; er rief die Druidenmagie herbei. Raybur zögerte einen Augenblick und schoß dann davon; er rief seine Befehlshaber zu sich und erteilte Anweisungen zum Rückzug. Die Zwerge kletterten von den Zinnen und rannten zur Tür des Turms und in die Sicherheit der dahinterliegenden Gänge. Die Männer an den Toren waren bereits geflohen. Risca stand allein im Regen und wartete gelassen. Er war es müde, wegzurennen, gejagt zu werden. Er war bereit, sich ihnen entgegenzustellen und zu kämpfen. Er wollte seine Chance.

Als die erste Welle der Angreifer die Öffnung erreichte, sandte er das Druidenfeuer auf sie. Er verbrannte alles, was in Sichtweite war. Die Flammen kletterten über die Trümmer und verschlangen die vorderen Reihen der Nordländer, bevor sie auch nur einen Gedanken an Flucht verschwenden konnten. Die anderen weiter hinter ihnen in der Dunkelheit fielen zurück; sie waren nicht in der Lage, der Hitze zu widerstehen. Risca ließ das Feuer noch etwas bestehen und dann versiegen. Wie ein Rausch jagte die Magie durch seinen Körper und schwemmte jede Furcht, jeden Zweifel, jede Müdigkeit und jeden Schmerz beiseite. Wie immer in der Hitze des Gefechts wurde sie für Risca zum einzigen, für das zu leben sich lohnte.

Das Pochen des Rammbocks setzte wieder ein, und bald danach fiel auch die zweite Torhälfte; jetzt war die Öffnung noch größer. Aber niemand näherte sich dem Eingang. Risca blinzelte durch den Regen nach oben. Die letzten Zwerge zogen sich jetzt von den Zinnen und Wachtürmen zurück. In wenigen Momenten würde er ganz allein sein. Er sollte jetzt auch fliehen, das wußte er. Er sollte mit den anderen fortrennen, sich retten, solange es noch möglich war. Es machte keinen Sinn zu bleiben. Aber er konnte sich nicht aufraffen. Es war, als läge der Ausgang des Kampfes in seinen Händen, als könnte er allein dadurch, daß er dort stand und sich ihnen widersetzte, das Gemetzel aufhalten, das ihnen allen den Untergang zu bringen drohte.

Dann erschien etwas Gewaltiges in der ausgebrannten Öffnung, ein schattenhafter Umriß wälzte sich in den Eingang. Risca zögerte, er wollte sehen, was es war. Der Schatten kam weiter zum Vorschein und wurde von dem blassen, verschwommenen Schimmer des versiegenden Druidenfeuers beleuchtet. Es war eine Kreatur aus Bronas Unterwelt, ein Monster aus Schlamm und Schleim, aus spitzen Dornen und gepanzerten Schuppen, mit schweren Gliedern und einem riesigen Körper. Es stand auf zwei Beinen, war aber kaum menschlich und duckte sich wie unter der Bürde seiner eigenen Häßlichkeit. Die gelben Augen flammten mordlüstern auf. Das Monster erblickte den Druiden und wurde langsamer, es drehte sich um und sah ihn direkt an. Mit den Klauen umklammerte es einen ungeheuren Knüppel.

»Also gut.« Risca holte tief Luft.

Die Kreatur blieb einen Augenblick allein in der Öffnung stehen, dann trottete sie langsam zu den brennenden Trümmern. Niemand folgte ihr, obwohl Risca hören konnte, wie die Nordländer jede Menge Leitern gegen die unbewachten Mauern lehnten und sich zu dem Sturm sammelten, der sie in die Festung Stedden schwemmen würde.

Und in der Zwischenzeit soll diese Kreatur mich herausfordern, dachte Risca. Er war fest überzeugt, daß sie für nichts anderes bestimmt war. Glauben sie, daß ich nicht gegen sie ankomme? Wollen sie prüfen, über welche Macht ich verfüge, welche Kraft ich besitze? Was ist der Grund für diesen Unsinn?

Er konnte natürlich keine dieser Fragen beantworten. Und jetzt kam das Ungeheuer, um ihn zu holen. Es schob Geröll und Leichen zur Seite, während es vom Eingang zum Hof stapfte. Die gelbleuchtenden Augen waren fest auf den Druiden gerichtet.

Sie wollen mich in die Falle locken, dachte der Druide plötzlich. Das Ungeheuer dient nur dazu, mich abzulenken. Die Überheblichkeit, die darin lag, ließ ihn lächeln.

Die Kreatur aus der Unterwelt wälzte sich weiter auf ihn zu, schneller jetzt und wilder. Sie hob den Knüppel, der sowohl Schild als auch Waffe war. Es war immer noch Zeit zu fliehen, aber Risca blieb, wo er war. Einige der Nordländer beobachteten ihn. Er würde ihnen etwas geben, an das sie sich noch lange erinnern konnten.

Als die Kreatur nur noch acht Meter von ihm entfernt war, umfaßte Risca seine Streitaxt mit beiden Händen, riß sie hoch und holte aus, dann schleuderte er die glitzernde Klinge auf das Ungeheuer. Die Bestie setzte gerade zum Angriff an, und sie hatte keine Möglichkeit, dem Schlag auszuweichen. Die Axt krachte in die Stirn und spaltete sie unter metallischem Knirschen. Blut sickerte aus der Wunde, schwärzliche Flüssigkeit, die das aufgerissene Maul der Kreatur füllte. Die Bestie, bereits tot, fiel auf die Knie und kippte vornüber.

Risca hatte sich schon zurückgezogen und rannte auf die Sicherheit versprechende Tür zu, als sich zu beiden Seiten in den Schatten etwas bewegte. Instinktiv benutzte er seine Magie. Der plötzliche Schein der Flammen beleuchtete eine Handvoll dunkelgeflügelter, rotäugiger Schädelträger, die jetzt auf ihn losgingen. Risca biß die Zähne zusammen. Die Feinde waren schneller gewesen, als er vermutet hatte, und über die Mauer gekommen, während er plangemäß auf ihren Köder gewartet und sich um ihn gekümmert hatte. Er schoß nach rechts auf den nächststehenden zu und hämmerte mit dem Druidenfeuer auf ihn ein. Der geflügelte Jäger fiel nach hinten, zischte vor Wut und ließ rotes Feuer vor Risca explodieren, als dieser versuchte, den Turmeingang zu erreichen. Etwas traf den Zwergenkrieger und warf ihn zu Boden – es mußte einer der Schädelträger mit seinen schlitzenden Klauen gewesen sein. Risca rollte sich zur Seite und rappelte sich wieder auf. Rauch entstand dort, wo das Feuer gebrannt hatte, und vermischte sich mit dem Regen und dem Nebel. Der Donner rumpelte und krachte mit neuer Wut. Freudenschreie erschollen, als die Nordländer durch die ungeschützte Lücke in den Hof hinter ihm drängten.

Ein anderer Schädelträger griff Risca an; nur knapp konnte er dem plötzlichen Sprung ausweichen. Es war so dumm gewesen, seine Flucht zu verzögern! Der Gedanke schoß ihm so schnell wie der Blitz durch den Kopf und war auch schon wieder verschwunden. Er schleuderte kleine Fetzen von Druidenfeuer nach beiden Seiten und hechtete durch Waffen und Zähne und Klauen hindurch auf die Tür zu. Er wagte nicht zurückzuschauen, denn er wußte, was es zu sehen gab, und fürchtete, daß es ihn lähmen würde. Noch einen Schädelträger mußte er zurückschleudern, einen, der vor ihm niedergestürzt war, um seine Flucht aufzuhalten. Verzweifelt sandte er Feuerstöße in alle Richtungen und zwang die zu dicht herangekommenen Feinde damit ein wenig zurück, dann raste er die letzten paar Meter auf den Eingang zu, als würde er selbst in Flammen stehen, und warf sich durch den offenen Türeingang.

Er taumelte, war aber sofort wieder auf den Beinen und rannte weiter nach vorn. In den Tunnels der Burg war es stockdunkel, denn die Fackeln waren alle gelöscht worden. Doch Risca kannte die Feste Stedden und brauchte kein Licht, um seinen Weg zu finden. Er hörte seine Feinde hinter sich, und als er am Ende des ersten Ganges angekommen war, drehte er sich nur so lange um, wie er benötigte, um den Tunnel von einem Ende zum anderen in

Flammen aufgehen zu lassen. Das würde ihre Geschwindigkeit ein wenig herabsetzen, nichts weiter. Aber er benötigte auch nicht mehr.

Wenige Augenblicke später trat er durch eine gewaltige, eisenbeschlagene Tür, schloß sie hinter sich und verriegelte sie gegen weitere Verfolgung. Jetzt würden sie ihn nicht mehr bekommen. Nicht in dieser Nacht. Aber nur zu deutlich hatte er gespürt, daß er beim nächsten Mal vielleicht nicht soviel Glück haben würde.

Er wischte sich das Blut ab, das in seine Augen rann, und spürte den Schmerz der klaffenden Wunde an seiner Stirn. Er war nicht ernstlich verletzt. Später war Zeit genug, sich darum zu kümmern. Raybur und die anderen würden irgendwo weiter hinten im Tunnel auf ihn warten. Risca kannte den Zwergenkönig und wußte, daß Raybur ihn nicht im Stich lassen würde. Freunde taten so etwas nicht.

Er schluckte und kämpfte gegen das trockene Gefühl in seinem Hals.

Was konnte also mit Tay Trefenwyd und den Elfen geschehen sein?

Die Nacht breitete sich wie eine weiche, warme Decke über Arborlon aus. Es hatte aufgehört zu regnen. Jerle Shannara stand am vorderen Fenster des Sommerhauses und wartete auf den Sonnenaufgang. Er hatte die ganze Nacht nicht geschlafen; Zweifel hatten ihn befallen, deren Grund er in dem Verlust von Tay Trefenwyd sah. Die Vorstellung dessen, wie es hätte sein können und wie es jetzt sicherlich sein würde, quälte ihn und machte ihn unruhig. Er befand sich auf dem Höhepunkt einer Entwicklung, die einige Wochen zuvor begonnen hatte und mit dem Heranbrechen des nächsten Tages enden würde, und er konnte die Verzweiflung nicht abschütteln, die ihn bei dem Gedanken beschlich, daß Umstände und Glück sein Schicksal in einer Art und Weise bestimmten, wie er es niemals hätte vorausahnen und jetzt auch nicht würde ändern können.

»Komm her, mein Lieber.« Preia Starle rief ihn von der dunklen Halle her. Sie stand da und hatte die Arme schützend um sich gelegt.

»Ich habe gerade nachgedacht«, erwiderte er wie aus weiter Ferne.

Sie ging zu ihm, legte die Arme um seine Taille und drückte ihn an sich. »Du denkst in der letzten Zeit viel zuviel nach.«

Das stimmte, dachte er. Vorher war es nicht so gewesen, nicht, als Tay noch am Leben war, bevor der Dämonenlord gekommen und das Unglück über die Elfen hereingebrochen war. Damals war er freier gewesen, es hatten ihn noch keine Verantwortungen und Verpflichtungen von größerer Bedeutung gefesselt, sein Leben und seine Zukunft hatten noch ihm gehört, und er hatte zwischen allen Möglichkeiten der Welt wählen können. Wie schnell das doch anders geworden war!

Er legte eine Hand auf die ihre. »Ich möchte immer noch nicht König werden.«

Aber er würde König werden, beim nächsten Tageslicht. Bei Sonnenaufgang würde er gekrönt werden, in einer Zeremonie nach der Tradition der Elfenkönige, die noch aus der Zeit der Feen herrührte. Es war längst beschlossene Sache, entschieden durch Ereignisse, die mit dem Attentat auf Courtann Ballindarroch begonnen und in dem Tod seines letzten Sohnes ihren Höhepunkt gefunden hatten. Wochenlang hatten die Elfen noch die Hoffnung gehabt, daß der Erbe des Königs von der unklugen Suche nach den Mördern seines Vaters zurückkehren würde. Aber Alyten war ein dreister und dummer Junge und hätte niemals nach dem Unheil suchen sollen, das er schließlich aufspürte. Die Nordländer hatten ihn erwartet; sie hatten darauf gehofft, daß er sie suchen würde. Sie hatten dazu beigetragen, daß er über sie stolperte, hatten sich in einen Hinterhalt gelegt und ihn schließlich getötet. Er war von den wenigen seiner Männer, die überlebt hatten, zurück nach Hause gebracht worden, der letzte echte Erbe des Thrones der Ballindarroch-Familie und gleichzeitig Jerle Shannaras letzte Hoffnung, daß die Elfen nicht auf ihn angewiesen wären.

Genauso war es nun aber. Viele hätten Alyten ohnehin niemals

als Herrscher gebilligt. Die Nordländer drohten ihnen wieder, sie beanspruchten jetzt die gesamte Streleheimebene und würden ihnen damit jeden möglichen Kontakt mit anderen Ländern und deren Bewohnern nehmen. Nur zu bald würden die Feinde ins Westland einmarschieren – daran bestand kaum ein Zweifel. Sie warteten nur auf die Rückkehr des Dämonenlords, der nach Osten gegangen war, um die Zwerge anzugreifen. Elfenjäger, die als Kundschafter ausgeschickt worden waren, hatten soviel in Erfahrung bringen können. Dennoch hatte der Hohe Rat noch immer nicht reagiert, sondern darauf gewartet, daß Alyten zurückkehrte und offiziell zum König ernannt würde. Nun war auch Alyten tot, und es waren nur zwei seiner Neffen übriggeblieben, von denen der eine zu klein zum Regieren, der andere sogar zu jung war, um das Ausmaß der Geschehnisse zu begreifen, mit denen sie sich auseinandersetzen mußten. Sollte an ihrer Stelle ein Regent herrschen? Sollten sie mit Hilfe von Ratgebern regieren? Schnell hatte sich das deutliche Gefühl ausgebreitet, daß keine dieser Lösungen ausreichte, um das bevorstehende Unglück abzuwenden, und daß Jerle Shannara als Cousin ersten Grades und erfahrenster Kämpfer und Stratege im Westland die einzige Hoffnung der Elfen war.

Selbst so hätte die Diskussion über diese Angelegenheit noch unendlich weitergeführt werden können, wenn nicht die Umstände gedrängt hätten und Preia Starle derart entschlossen gewesen wäre. Sie war beinahe sofort zu Jerle gekommen, als die Überlebenden die Leiche Alytens zurückgebracht hatten und ein so wilder Streit entbrannt war, daß eine unwiderrufliche Spaltung des Elfenvolks kurz bevorgestanden hatte.

»Du darfst nicht zulassen, daß dies geschieht«, hatte sie Jerle ins Gewissen geredet. Es war Nacht gewesen, einer jener trägen, schläfrigen Abende, an denen die Hitze des Tages immer noch dick und klebrig in den Winkeln von Mund und Augen hing. »Du bist die einzige Hoffnung, die die Elfen haben, und das weißt du. Wir werden kämpfen müssen, wenn wir überleben wollen, Jerle. Die

Nordländer werden uns keine Wahl lassen. Wenn dies geschieht, wer anders als du soll uns dann führen? Wenn du uns aber führst, dann als König.«

»Mein Recht auf den Thron wird immer in Zweifel stehen«, hatte er erwidert. Er war es leid, darüber zu diskutieren, und die Notwendigkeit, es doch zu tun, machte ihn krank.

»Liebst du mich?« hatte sie ihn plötzlich gefragt.

»Du weißt, daß ich dich liebe.«

»Und ich liebe dich auch. Also höre jetzt auf mich. Mache mich zu deiner Frau. Mache mich zu deiner Lebenspartnerin und Helferin, zu deiner engsten Vertrauten und ewigen Freundin. Ich bin dir all dies bereits, also ist der Schritt, den du noch tun mußt, nur ein sehr kleiner. Erkläre dem Hohen Rat, daß du König sein willst, und daß du und ich die beiden kleinen Jungen, die ihre Familien verloren haben, adoptieren und zu unseren Söhnen machen wollen. Sie haben sonst niemanden. Warum sollten sie nicht uns haben? Dann wird es kein Gerede mehr geben. Es wird keine Einwände mehr geben. Und die Jungen werden die Möglichkeit haben, wenn sie erwachsen sind, nach dir den Thron zu besteigen. Das wird die Wunden lindern, die ihnen durch den Tod der vielen anderen Ballindarrochs zugefügt wurden, und die Elfen haben die Möglichkeit, sich dem Problem zu stellen, wie sie überleben können!«

Und so war es schließlich geschehen. Preias Beharrlichkeit hatte ihn überwältigt, als nichts anderes es vermochte. Er sollte sich später noch oft über die Einfachheit dieser Lösung wundern. Er hätte Preia ohnehin geheiratet, hatte er sich gesagt. Er liebte sie und wollte sie zur Frau. Sie war der Mensch, der ihm am nächsten stand, seine Vertraute, seine Geliebte. Die Elfen zogen einen König mit Erben vor, und die Familie Ballindarroch war sehr beliebt gewesen, also würden sie die Idee, die Jungen zu adoptieren, unterstützen. Die Forderung nach Jerles Krönung war überwältigend.

Im Schutz von Preias Umarmung schaute er in die Nacht hinaus und erinnerte sich. Wie weit er in so kurzer Zeit gekommen war.

»Möchtest du auch eigene Kinder haben, Preia?« wollte er plötzlich von ihr wissen.

Stille senkte sich herab, während sie über die Frage nachdachte – oder zumindest über ihre Antwort. Jerle versuchte, nicht in Preias Gesicht zu sehen.

»Ich möchte mein Leben mit dir teilen«, sagte sie schließlich. »Im Augenblick ist es schwierig, an etwas anderes zu denken. Wenn die Elfen wieder in Sicherheit sind, wenn der Dämonenlord vernichtet ist...« Sie hielt inne und warf ihm einen langen, festen Blick zu. »Willst du wissen, ob die Bande des Blutes einen Unterschied in meiner Hingabe den Jungen gegenüber machen, die wir als eigene annehmen wollen? Das tun sie nicht. Sie werden unsere Kinder sein, als wären sie uns geboren. Bist du mit ihnen auch zufrieden?«

Er nickte schweigend und dachte daran, wie sich ihre Beziehung entwickelt und wie dramatisch sie sich nach dem Tode Tays verändert hatte. Er hatte lange Zeit über ihr Geständnis nachgedacht, daß sie auch seinen Freund geliebt hatte, daß sie vielleicht sogar mit ihm gegangen wäre, wenn er sie darum gebeten hätte. Es machte ihm nicht soviel aus, wie es vielleicht hätte sein sollen. Er hatte Tay selbst geliebt, und jetzt, da er tot war, war es schwer, ihm etwas nicht zu gönnen.

»Du wirst im Hohen Rat sitzen«, sagte er ruhig zu ihr. »Und auch Vree Erreden. Wenn ich kann, werde ich ihn zum Ersten Minister machen. Stimmst du mir da zu?«

Sie nickte. »Du hast dich weit von deiner früheren Meinung über den Lokaten entfernt, nicht wahr?«

Er zuckte die Schultern. »Ich werde beantragen, daß die Elfenarmee mobilisiert wird, um nach Osten zu marschieren – nein, ich werde darauf bestehen.« Er reckte sich entschlossen. »Ich werde das tun, was Tay getan hätte. Ich werde die Zwerge nicht im Stich lassen. Ich werde dafür sorgen, daß Bremen den Schwarzen Elfenstein erhält. Und wenn ich als König versagen sollte, dann zumindest nicht deshalb, weil es mir an Mut oder Hingabe mangelt.«

Es war eine dreiste, kompromißlose Erklärung, ein Eckpfeiler gegen die Zweifel und Unsicherheiten, die immer noch am Rande seiner Zuversicht lauerten. Preia würde das wissen. Er konnte sich keine Verzögerung leisten. Die Linie zwischen Erfolg und Mißerfolg, zwischen Leben und Tod würde nur sehr dünn sein.

Preia preßte sich dicht an ihn. »Du wirst tun, was du tun mußt; alles, wovon du weißt, daß es richtig ist. Du wirst König sein, und es wird kein Bedauern geben. Du wirst deine Leute anführen und ihnen wieder Sicherheit geben. Es ist deine Bestimmung, Jerle. Es ist dein Schicksal. Vree hat es in seinen Visionen gesehen. Du mußt erkennen, daß es wahr ist.«

Er wartete lange, ehe er antwortete. »Ich sehe in erster Linie, daß ich keine andere Wahl habe. Und ich muß immer wieder an Tay denken.«

Sie standen eine ganze Weile da, ohne ein Wort zu sprechen. Dann führte Preia ihn zu ihrem Bett und hielt ihn bis zum Morgen in den Armen.

Kapitel 25

Eifrig bestrebt, die bereits verlorene Zeit wieder aufzuholen, besorgten sich Bremen, Kinson und Mareth Pferde und ritten in nördlicher Richtung auf die Grenze des Südlandes und den Silberfluß zu. Sie reisten zügig und hielten nur an, um zu essen und zu schlafen, und sie sprachen auch nicht viel miteinander. Ihre Gedanken wurden von den Erinnerungen an das Schmieden des Schwertes beherrscht, die Bilder waren noch so lebendig, daß es selbst Tage später schien, als wäre es erst Augenblicke zuvor geschehen. Es war nicht zu leugnen, daß die Folgen der herbeigerufenen Magie dem Prozeß eine andere Dimension verliehen hatten. Dabei hatte die Erschaffung des Talismans auch die drei verändert, jeden auf unterschiedliche Weise. Sie waren neu geboren, denn so, wie beim Schmieden das Schwert geschaffen worden war, waren auch sie neu gestaltet worden, und sie fragten sich nun, was eigentlich aus ihnen geworden war.

Kinson Ravenlock oblag die Aufgabe, das Schwert zu tragen. Bremen hatte ihm die Verantwortung übergeben, sobald sie die Stadt verlassen hatten, aus einer Notwendigkeit heraus, die er nicht ganz vor seinem Freund hatte verbergen können. Es war beinahe so, als könnte der alte Mann das Gewicht der Waffe nicht tragen, als könnte er nicht ertragen, sie zu berühren. Es war eine seltsame, beunruhigende Erfahrung, aber Kinson hatte wortlos das Schwert an sich genommen und quer über seinen Rücken geschnallt. Ihm machte das Gewicht nichts aus, wenn auch die Bedeutung für die Zukunft der Rassen unmöglich zu leugnen war. Aber er hatte die Visionen am Hadeshorn nicht selbst gesehen und trug daher im Gegensatz zu dem Druiden zumindest nicht auch noch diese Last. Er trug das Schwert, wie er jede Waffe getragen hätte, und obwohl seine Gedanken immer wieder in die Schmiede zurückkehrten, beschäftigte ihn eigentlich nicht die Vergangenheit, sondern die Gegenwart.

Nachts nahm er die Klinge manchmal heraus und untersuchte sie. Er hätte es nicht getan, wenn Mareth ihn nicht am ersten Abend, als sie wieder draußen waren, darum gebeten hätte; ihre Neugier war stärker gewesen als ihre Furcht, und das Grübeln über das, was in der Schmiede geschehen war, hatte dies nur noch verstärkt. Bremen hatte keine Einwände erhoben, wenn er auch aufgestanden und ein paar Schritte weggegangen war, und so sah Kinson keinen Grund, Mareths Bitte nicht nachzugeben. Zusammen hatten sie die Klinge in den Feuerschein gehalten und untersucht. Es war ein einmalig schönes Stück von vollkommener Ausgewogenheit, glatt, geschmeidig und glänzend, und es war so leicht, daß es trotz seiner Größe und Länge auch mit einer Hand geführt werden konnte. Der Eilt Druin war in den Griff eingelassen worden, gerade da, wo die Klinge ansetzte, und die Flamme erhob sich aus der sie umfassenden

Hand und wand sich um die Schneide, als wollte sie bis zu ihrer Spitze brennen. Die polierte Oberfläche war makellos, nahezu eine Unmöglichkeit bei einem normalen Schmiedeprozeß, aber in diesem Fall ermöglicht durch die Zusammenführung von Coglines Rezept und Bremens Magie.

Nachdem Kinson das Schwert mehrere Tage getragen hatte, erkannte er, daß seine fehlende Ehrfurcht zum Teil daher rührte, daß Bremen bisher immer noch nicht zu wissen schien, wozu der Talisman gedacht war. Natürlich sollte er helfen, den Dämonenlord zu zerstören – aber wie? Mit welcher Art von Magie die Waffe nun eigentlich versehen war, blieb ein Geheimnis, selbst dem Druiden. Es war für einen Elfenkrieger gedacht – soviel hatte die Vision von Galaphile enthüllt. Aber was sollte der Krieger mit der Klinge tun? Sollte er sie wie eine gewöhnliche Waffe schwingen? Dies schien angesichts der besonderen Macht des Dämonenlords nicht sehr wahrscheinlich. Das Schwert mußte eine Magie besitzen, der Brona nicht würde widerstehen können, die jede Verteidigung des rebellischen Druiden zunichte machen und ihn zerstören würde. Aber was für eine Magie konnte das sein? Der Eilt Druin besaß einige Magie, hieß es, aber Bremen hatte niemals in Erfahrung bringen können, worin sie bestand. Was immer sie war, in der langen Spanne seines Lebens schien sie nicht ein einziges Mal benutzt worden zu sein.

Bremen gab dies offen vor dem Grenzländer und dem Mädchen zu, und er tat es nicht zögernd, sondern mit einer Mischung aus Verwirrung und Neugier. Das Geheimnis der Magie des Schwertes war für den Druiden kein Hindernis, sondern eine Herausforderung, der er mit derselben Entschlossenheit begegnete, die er in der Suche nach dem Schmied an den Tag gelegt hatte. Er war zu dem Schluß gekommen, daß es wahrscheinlich nicht ausreichte, wenn das Schwert mit der notwendigen Magie versehen war. Selbst das Hinzufügen des Eilt Druin schien nicht genug. Noch etwas war nötig, und er mußte herausfinden, was es war. Wie er Kinson einmal versicherte, beruhigte ihn dabei die Tatsache, daß sie so weit gekommen waren und bereits soviel erledigt hatten. Daraus schloß er, daß alles, was sie sonst noch suchten, ebenfalls in Reichweite lag.

Es war eine merkwürdige Logik, die Kinsons Art zu denken widersprach, aber Bremen hatte in der Zeit, da sie zusammen waren, eine ganze Reihe von Dingen nur durch Kraft und Glauben erreicht, und so gab es keinen Grund, jetzt an ihm zu zweifeln. Wenn das Schwert die Magie besaß, die den Dämonenlord zerstören konnte, würde Bremen auch ihren Charakter herausfinden.

Also reisten sie aus dem tiefen Südland und wieder zum Schlachtengrund und auf den Silberfluß zu. Ihr Ziel waren die Wasser des Hadeshorn, erklärte der alte Mann seinen Begleitern. Dort würde er den Geistern der Toten einen neuen Besuch abstatten und versuchen herauszufinden, was als nächstes zu tun war. Außerdem wollte er sich informieren, was aus den Zwergen geworden war. Das Wetter war heiß und schwül, und sie mußten häufig Rast einlegen und sich und ihren Pferden Ruhe gönnen. Quälend langsam schlich die Zeit voran. Sie sahen nichts von den Kämpfen, von denen sie wußten, daß sie weiter nördlich stattfinden mußten, stießen auch auf keinen Hinweis auf die Anwesenheit der Nordländer. Dennoch blieben ihre Sorgen, was während ihrer Reise anderswo geschehen sein mochte und daß sie vielleicht zu spät kommen würden.

Spät am Nachmittag des ersten Tages ihrer Reise durch den Schlachtengrund ließ Bremen sie anhalten und führte sie die letzten hellen Stunden des Tages aus der Ebene heraus und in die Schwarzen Eichen. Wieder hatten sie sich zwischen den zwei Sümpfen hindurchwinden und jeder Gefahr ausweichen müssen. Jetzt gab er seine Vorsicht auf und brachte sie direkt in den verbotenen Wald. Kinson war beunruhigt, hielt aber den Mund. Bremen würde einen guten Grund haben, wenn er diesen Weg wählte.

Sie hatten ihn kaum betreten, waren gerade einmal dreißig Meter weit hineingeritten, als Bremen abstieg. Von hier war das sonnengebleichte Tiefland noch immer zwischen den Bäumen sichtbar, während die dunkleren Bereiche des Waldes noch vor ihnen lagen. Der Druide ließ Mareth zurück bei den Pferden und nahm Kinson mit zu einer Gruppe von Eisenbäumen, die er eine Zeitlang gedankenvoll betrachtete, bevor er einen Ast fand, der ihm gefiel und den er Kinson abschneiden ließ. Der Grenzländer tat kommentarlos, wie ihm geheißen, und hackte mit seinem Breitschwert durch das kräftige Holz. Bremen ließ ihn auch die Nebenzweige abhacken, dann nahm er das Holz in seine knotigen Hände und nickte zustimmend. Sie gingen zu den Pferden zurück, stiegen wieder auf und ritten aus dem Wald heraus. Kinson und Mareth sahen einander verwirrt an, schwiegen jedoch.

Ein bißchen weiter, in einem Tal, schlugen sie ihr Lager auf. Das Tal war nicht viel mehr als eine Senke zwischen den Bäumen. Hier mußte Kinson das Eisenbaumholz noch weiter in Form eines Stabs schnitzen. Er arbeitete beinahe zwei Stunden daran, während die anderen beiden das Essen vorbereiteten und sich um die Tiere kümmerten. Als er das Holz so weit wie möglich bearbeitet und die Unebenheiten dort, wo kleinere Zweige entsprungen waren, geglättet hatte, nahm Bremen den Stab an sich. Sie setzten sich um ein kleines Feuer, während der Tag zu wenigen schwachen Lichtstreifen im Westen geschrumpft war und die Nacht aus den länglichen Schatten herauskroch. Sie waren nahe an den Bäumen der Schwarzen Eichen, in angemessener Entfernung zur Ebene. Ein Bach wirbelte ganz in der Nähe entschlossen über eine Reihe von Felsen, bevor er sich wieder in die Schatten schlängelte. Die Nacht war still, frei von störenden Geräuschen, Bewegungen oder beobachtenden Augen.

Bremen stand auf und stellte sich vors Feuer, den Stab aufrecht in der Hand. Das eine Ende stieß er fest auf die Erde, das andere zeigte gen Himmel, beide Hände umfaßten die Mitte. Der Stab war zwei Meter lang und nach seinen Anweisungen geschnitzt, er war noch roh an den Stellen, an denen Kinson ihn bearbeitet hatte.

»Bleibt sitzen, bis ich fertig bin«, befahl er geheimnisvoll.

Er schloß die Augen und wurde vollkommen still. Einen Augenblick später glühten seine Hände mit weißem Licht. Langsam verbreitete sich das Licht in beide Richtungen, über die gesamte Länge des Stabs. Kinson und Mareth sahen still zu, sie folgten Bremens Ermahnung. Das Licht drang in das Holz ein und veränderte es merkwürdig, schlängelte sich in seltsamen Mustern, zuerst langsam, dann immer schneller. Die ganze Zeit über blieb Bremen vollkommen reglos stehen, hielt die Augen geschlossen und runzelte angespannt die Stirn.

Dann erstarb das Licht, wanderte über den Stab zurück in die Hände des Druiden, bevor es versiegte. Bremen öffnete die Augen. Er holte tief Luft und hob den Stab. Das Holz war so schwarz wie Tinte, und seine Oberfläche war glatt und glänzend. Etwas von dem Licht, das es versiegelt hatte, spiegelte sich in dem tiefen Glanz der Oberfläche, beinahe so wie ein Funke, der aufblitzt und erlischt, bevor er an einer anderen Stelle auftaucht, unerreichbar wie das Funkeln eines Katzenauges.

Bremen lächelte und überreichte Mareth den Stab. »Der ist für dich.«

Sie nahm ihn in die Hände und wunderte sich bei der Berührung. »Er ist noch warm.«

»Er wird auch warm bleiben.« Bremen ließ sich wieder nieder, ein Hauch von Müdigkeit kroch über sein zerfurchtes Gesicht. »Die Magie wird nicht entweichen, sondern dort drinnen bleiben – solange der Stab unversehrt ist.«

»Und was ist der Zweck dieser Magie? Weshalb gibst du mir den Stab?«

Der alte Mann beugte sich etwas nach vorn. Das Licht veränderte das Muster in den Falten seines Gesichts. »Der Stab soll dir helfen, Mareth. Du hast lange und hart nach einer Möglichkeit gesucht, wie du deine Magie kontrollieren kannst, wie du sie daran hindern kannst, wild zu werden oder dich zu verschlingen. Ich habe lange darüber nachgedacht, was man tun könnte. Ich glaube, der Stab ist die Antwort. Pflanze das eine Ende fest auf die Erde, und er wird das Übermaß jeder Art von Magie, die du anwenden willst, forttragen.«

Er hielt inne und suchte ihre dunklen Augen. »Du verstehst, was das bedeutet, nicht? Es bedeutet, daß ich glaube, daß du deine Magie wieder anwenden mußt, jetzt, wo wir nach Norden gehen. Alles andere wäre dumm. Der Dämonenlord wird uns suchen, und es werden Zeiten kommen, da du dich beschützen mußt, und vielleicht auch andere. Möglicherweise bin ich dann nicht da, um dir zu helfen. In diesen Momenten mußt du dich auf deine Magie verlassen können. Ich hoffe, der Stab wird dir erlauben, sie ohne Furcht anzuwenden.«

Mareth nickte bedächtig. »Auch wenn die Magie angeboren ist?«

»Auch dann. Es wird dich einige Zeit kosten, bis du gelernt hast, den Stab ordentlich zu benutzen. Ich wünschte, ich könnte voraussagen, wann es soweit ist, aber das kann ich nicht. Du mußt dich an den Zweck des Stabes erinnern, und wenn du gezwungen bist, dich zu verteidigen, mußt du das immer im Kopf behalten.«

Sie zog eine Augenbraue hoch, als sie ihn ansah und meinte: »Handle nicht rücksichtslos. Rufe die Magie nicht herbei, ohne zuvor an den Stab zu denken. Wende die Magie nicht an, ohne den Stab auf den Boden zu setzen und einen Tunnel in dir zu öffnen, durch den die überschüssige Magie abfließen kann.«

Er lächelte. »Du bist schnell, Mareth. Wenn ich dein Vater wäre, ich wäre stolz auf dich.«

Sie lächelte zurück. »Du wirst immer mein Vater sein. Nicht in dem Sinn, wie es einmal war, sondern in einem guten Sinn.«

»Ich fühle mich geschmeichelt. Und jetzt nimm den Stab als dein Eigentum und vergiß seinen Zweck nicht. Wenn wir erst wieder das Gebiet des Silberflusses betreten haben, sind wir zurück im Feindesland, und der Kampf mit dem Dämonenlord beginnt von neuem.«

Sie schliefen gut in dieser Nacht und machten sich bei Morgenanbruch wieder auf den Weg. Sie ritten langsam, ließen ihre Pferde häufig verschnaufen und arbeiteten sich stetig weiter nach Norden. Rechts von ihnen schimmerte der Schlachtengrund in der Sonne, öde und trist und bar jeder Bewegung. Links von ihnen erhoben sich die Schwarzen Eichen wie eine dunkle Mauer und so still wie die Ebene. Die drei schwiegen die meiste Zeit. Kinson trug das Schwert, Mareth den Stab und Bremen das Gewicht ihrer Zukunft.

Bei Abenddämmerung hatten sie den Nebelsumpf umrundet und den Silberfluß erreicht. Da es Bremen wichtig war, vor dem nächsten Morgen einen Blick auf die Ebene des Rabb und das übrige Land im Norden zu werfen, beschloß er, die auf der anderen Seite des Flusses beginnenden Anhöhen noch in der Nacht zu erklimmen. Sie fanden eine flache Stelle, wo der Fluß wegen des geringen Niederschlags und der großen Hitze in den letzten Tagen nicht sehr hoch war und nur langsam dahinfloß, und als die Sonne im Westen müde hinter dem glatten Schimmer des Regenbogensees versank, ritten sie über eine Reihe von Hügeln auf einen Felsvorsprung zu. Etwas weiter, im Schutz einer dichten Baumgruppe, stiegen sie ab, banden die Pferde an und schritten zu Fuß weiter. Inzwischen war das Tageslicht in ein silbriges Grau übergegangen, und die Schatten der Nacht wurden länger. Die Luft, immer noch stickig vor Hitze, war jetzt rauh und schmeckte nach Staub und vertrocknetem Gras. Nachtvögel flogen auf der Suche nach Futter in der Dunkelheit umher; tauchten kurz mit blitzschnellen Bewegungen auf und waren auch schon wieder verschwunden. Überall um sie herum summten hungrige Insekten.

Sie erreichten den Rand des Felsvorsprungs und hielten inne. Die Sonne überzog die Ebene mit rotem Feuer.

Unter ihnen breitete sich die Nordlandarmee aus. Sie lagerte einige Meilen weiter nördlich, zu weit vorne im flachen Land, um die einzelnen Schlachtenbanner erkennen zu können, aber zu gewaltig und finster, als daß sie sie hätten verwechseln können. Feuerstellen waren bereits errichtet und angezündet worden, und kleine

Lichtblitze flackerten im Grasland wie Glühwürmchen. Pferde und Wagen standen im Kreis, Räder und Zuggurte knarrten und knirschten, Reiter und Fahrer brachten Nahrungsmittel und Waffen an Ort und Stelle, Zelte blähten sich in der immer noch schwülwarmen Brise. Eines dieser Zelte war von undurchdringlichem Schwarz, und seine Rippen bestanden nur aus Kanten und Stacheln. Es stand ganz allein genau in der Mitte des Lagers, ein breiter Streifen freien Geländes trennte es wie ein Graben von den übrigen ab. Der Druide, der Grenzländer und das Mädchen starrten auf das Lager hinunter.

»Was hat die Nordlandarmee hier zu suchen?« fragte Kinson schließlich.

Bremen schüttelte den Kopf. »Ich weiß es nicht. Sie muß aus dem Anar gekommen sein, wo wir sie zuletzt gesehen haben. Vielleicht marschiert sie jetzt nach Westen . . .«

Er ließ den Rest unausgesprochen. Wenn die Armee des Dämonenlords sich vom Ostland zurückzog, hatte sie den Kampf mit den Zwergen beendet und würde jetzt vermutlich die Elfen angreifen. Aber was war aus Raybur und seiner Armee geworden? Was war aus Risca geworden?

Kinson schüttelte verzweifelt den Kopf. Wochen waren seit der Invasion des Ostlandes vergangen. In der Zwischenzeit konnte viel geschehen sein. Er fragte sich plötzlich, das Schwert von Urprox Screl auf dem Rücken, ob sie nicht vielleicht viel zu spät waren, um mit ihrem Talisman noch von Nutzen sein zu können.

Er griff nach dem Riemen, mit dem das Schwert befestigt war, löste ihn und reichte Bremen die Waffe. »Wir müssen herausfinden, was vorgefallen ist. Und dazu bin ich wohl am besten geeignet.« Er legte auch sein Breitschwert ab und behielt nur das kurze Schwert und das Jagdmesser. »Bis zum Morgengrauen sollte ich wieder zurück sein.«

Bremen nickte; er machte sich nicht die Mühe, etwas dazu zu sagen. Er verstand, was der Grenzländer meinte. Jeder von ihnen konnte nach unten gehen, aber es war Bremen, den sie zu diesem Zeitpunkt am allerwenigsten verlieren durften. Jetzt, da sie das Schwert besaßen, den Talisman, den die Vision des Galaphiles angekündigt hatte, mußten sie herausfinden, wie es benutzt wurde und wer es benutzen sollte. Bremen war der einzige, der das tun konnte.

»Ich werde mit dir gehen«, sagte Mareth plötzlich spontan.

Der Grenzländer lächelte. Das Angebot kam unerwartet. Er dachte einen Augenblick darüber nach, dann sagte er, wenn auch nicht unfreundlich, zu ihr: »Für zwei ist es doppelt so schwer, unbemerkt umherzuschleichen. Warte hier bei Bremen und hilf ihm, bis zu meiner Rückkehr Wache zu halten. Das nächste Mal kannst du an meiner Stelle gehen.«

Er schnürte seinen Waffengürtel fest, ging ein paar Dutzend Schritte nach rechts und kletterte dann den Abhang hinunter, hinein in das verschwindende Licht.

Als der Grenzländer fort war, begaben sich der alte Mann und das Mädchen wieder zu den Bäumen zurück und schlugen ihr Lager auf. Sie nahmen eine kalte Mahlzeit zu sich, denn sie wollten das Risiko nicht eingehen, das ein Feuer in dieser Nähe zur Nordlandarmee und den vermutlich nachts ausschwärmenden Schädelträgern bedeutet hätte. Sie waren entkräftet von der Reise und der Hitze des Tages und sprachen nur kurz miteinander, bevor Bremen die erste Wache übernahm und Mareth sich schlafen legte.

Die Zeit verging nur langsam, die Nacht wurde noch dunkler, und die Feuer im feindlichen Lager schienen immer heller. Der Himmel öffnete sich einer Flut von Sternen. Es gab in dieser Nacht keinen Mond; entweder war es Neumond, oder er war so weit südlich, daß er hinter der Wand aus Bäumen, die den Felsvorsprung säumten, nicht zum Vorschein kam. Bremens Gedanken wanderten zu anderen Zeiten und anderen Orten, zu den Tagen des nun für immer verlorenen Paranor, zu den Anordnungen, die er Tay Trefenwyd und Risca gegeben hatte, zu seiner ersten Begegnung mit Kinson Ravenlock, zu seiner Suche nach der Wahrheit über Brona. Er dachte an die lange Geschichte von Paranor und fragte sich, ob der Druidenrat wohl jemals wieder zusammentreten würde. Woher aber, fragte er sich selbst, sollten neue Druiden kommen, jetzt, wo die alten tot waren? Unersetzliches Wissen war mit ihrem Untergang verlorengegangen. Einiges davon war in der Historie der Druiden festgehalten, aber nicht alles. Obwohl sie wie Einsiedler gelebt und sich damit selbst zum Scheitern verurteilt hatten, waren jene, die Druiden geworden waren, die Begabtesten vieler Generationen in den Vier Ländern gewesen. Wer würde ihren Platz einnehmen?

Es war eine unsinnige Frage, denn wenn er in seiner Bemühung, den Dämonenlord zu vernichten, versagte, würde niemand übrigbleiben und einen neuen Druidenrat einberufen können. Schlimmer noch war der Gedanke, der ihn jetzt wieder bedrängte, daß er immer noch keinen Nachfolger gefunden hatte. Er blickte auf die schlafende Mareth und fragte sich einen Moment, ob sie vielleicht diese Position einnehmen könnte. Seit sie Paranor verlassen hatten, waren sie einander sehr nahegekommen, und sie besaß ein natürliches Talent. Ihre Magie war von unglaublicher Stärke und Kraft. Aber es gab noch keinerlei Garantie dafür, daß sie sie auch würde beherrschen können, und wenn das nicht der Fall war, war ihr Talent wertlos. Von Druiden wurde vor allem Disziplin und Selbstkontrolle verlangt, und Mareth kämpfte noch um beides.

Er schaute zurück über das Grasland des Rabb. Er ließ die Hand auf das Schwert sinken. Noch immer ein Geheimnis, klagte er im stillen. Was mußte er tun, um die Lösung zu entdecken? Er würde zum Hadeshorn reisen, um noch einmal Hilfe von den Toten zu erbitten, aber es gab keine Garantie, daß er sie erhalten würde. Bei seinem letzten Besuch hatten sie sich geweigert, auch nur zu erscheinen. Warum sollte es jetzt anders sein? Würden sie wegen des Schwerts aus den Tiefen der Unterwelt emporsteigen? Würde es ihnen Anlaß genug sein, zu erscheinen? Würden sie vielleicht seinem Ruf folgen und sich ihm zeigen, weil sie einmal selbst menschlich gewesen waren und die Bedürfnisse eines Menschen verstehen konnten?

Müde rieb er sich die Augen. Als er sie wieder öffnete, bewegte sich eines der feindlichen Feuer auf ihn zu. Er zwinkerte ungläubig, in der sicheren Überzeugung, daß es sich um eine Einbildung handeln müsse. Aber das Feuer kam näher, ein kleiner, flackernder Schein, der sich seinen Weg über die dunkle Fläche der Ebene bahnte. Es schien geradezu zu strömen. Als es näher kam, erhob sich Bremen unwillkürlich und überlegte, was er tun sollte. Seltsamerweise empfand er überhaupt keine Angst, sondern lediglich Neugier.

Dann verhielt das Licht und nahm Gestalt an, und Bremen erkannte, daß es von einem kleinen Jungen getragen wurde. Der Junge hatte ein weiches Gesicht und durchdringende klare, blaue Augen. Als er näher kam, lächelte er zur Begrüßung und hielt das Licht empor. Bremen zwinkerte wieder. Ein solches Licht hatte er noch niemals gesehen. Es stammte nicht von einer Flamme, sondern schimmerte aus einem Glas- und Metallgehäuse, als würde es seine Kraft von einem winzigen Stern erhalten.

»Ich grüße dich, Bremen«, sagte der Junge leise.

»Ich grüße dich«, antwortete Bremen.

»Du siehst müde aus. Diese Reise zehrt an deinen Kräften. Aber du hast viel erreicht, also war es vielleicht ein gerechter Handel.« Die blauen Augen des Jungen schimmerten. »Ich bin der König des Silberflusses. Hast du von mir gehört?«

Bremen nickte. Er hatte von dieser Feengestalt gehört, der letzten ihrer Art, ein Wesen, dem nachgesagt wurde, nahe am Regenbogensee und den Ufern des Flusses zu hausen, von dem er seinen Namen erhalten hatte. Es hieß, er habe seit Tausenden von Jahren überlebt und sei eines der ersten Wesen gewesen, das von dem *Wort* geschaffen wurde. Es hieß auch, daß seine Visionen und seine Magie von enormem Alter und ebensolcher Reichweite wären. Gelegentlich erschien er in Not geratenen Reisenden, oft als Junge, manchmal auch als alter Mann.

»Du sitzt in meinem Garten«, sagte der Junge. Er deutete mit seiner Hand in einer langsamen Bewegung einen Bogen an. »Wenn du richtig hinsiehst, erkennst du ihn.«

Bremen schaute hin, und plötzlich lösten sich der Felsvorsprung und das Flachland auf und er fand sich in einem Garten voller blühender Bäume und Weinreben wieder. Die Luft war angefüllt mit ihrem Duft, das Flüstern der Zweige wie ein leises Singen gegen die seidige Schwärze der Nacht.

Die Vision verschwand wieder. »Ich bin gekommen, um dir Ruhe zu geben und Sicherheit«, sagte der Junge. »Diese Nacht zumindest wirst du in Frieden schlafen. Es wird keine Wache nötig sein. Deine Reise hat dich einen weiten Weg von Paranor fortgeführt, und sie ist noch lange nicht beendet. An jeder Ecke wirst du dich einer neuen Herausforderung gegenüber sehen, aber wenn du vorsichtig gehst und deine Instinkte beachtest, wirst du überleben, um den Dämonenlord zu vernichten.«

»Weißt du, was ich tun muß?« fragte Bremen schnell. »Kannst du es mir sagen?«

Der Junge lächelte. »Du mußt tun, was du für das Beste hältst. Das ist die Natur der Zukunft. Sie ist uns, die wir bereits am Leben teilhaben, nicht völlig klar. Sie ist ein Tablett voller Möglichkeiten, und wir müssen wählen, welche von ihnen wir geschehen lassen wollen, und dann dafür sorgen, daß sie geschehen. Geh du jetzt zum Hadeshorn. Trage das Schwert zu den Geistern der toten Druiden. Erscheint dir diese Entscheidung falsch?«

Nein, sie schien richtig. »Aber ich bin nicht sicher«, bekannte der alte Mann.

»Laß mich das Schwert sehen«, bat der Junge sanft.

Der Druide hob das Schwert, damit der Junge es untersuchen konnte. Der Junge streckte die Hand aus, als wollte er es halten, hielt aber dann inne, kurz bevor er es beinahe berührte und fuhr statt dessen mit den Fingern über die Länge der Klinge. Dann zog er seine Hand wieder zurück.

»Du wirst wissen, was du tun mußt, wenn du dort bist«, sagte er. »Du wirst wissen, was notwendig ist.«

Zu seiner eigenen Überraschung verstand Bremen. »Beim Hadeshorn.«

»Dort, und später in Arborlon, wo sich alles verändert hat und ein neuer Anfang gemacht wurde. Du wirst es wissen.«

»Kannst du mir von meinen Freunden erzählen, was aus ihnen geworden ist...?«

»Die Ballindarrochs wurden getötet, und es gibt einen neuen Elfenkönig. Du mußt ihn aufsuchen, um Antworten auf deine Fragen zu erhalten.«

»Was ist mit Tay Trefenwyd? Was mit dem Schwarzen Elfenstein?«

Aber der Junge, in der Hand das sonderbare Licht, hatte sich bereits erhoben. »Schlafe, Bremen. Der Morgen kommt früh genug.«

Eine große Müdigkeit überfiel den alten Mann. Obwohl er wollte, gelang es ihm nicht, aufzustehen und dem Jungen zu folgen. Er wollte ihm noch weitere Fragen stellen, brachte aber die Worte nicht über seine Lippen. Es war, als zerrte ein gewaltiges Gewicht beharrlich an ihm. Er sank zu Boden, eingewickelt in seinen Mantel, mit müden Augen und schwer atmend.

Der Junge hob noch einmal die Hand. »Schlafe, auf daß du die Kraft findest, die du brauchst, um weiterzugehen.«

Der Junge und das Licht zogen sich in die Dunkelheit zurück, sie wurden immer kleiner. Bremen versuchte zu erkennen, wohin sie gingen, aber es gelang ihm nicht, wach zu bleiben. Seine Atemzüge wurden tiefer, und die Augen fielen ihm zu.

Als der Junge und das Licht verschwanden, schlief er bereits.

Bei Tagesanbruch kehrte Kinson Ravenlock zurück. Er trat aus einer Decke aus Morgennebel, die dick und feucht über dem Rabb hing. Die Luft hatte sich während der Nacht abgekühlt. Hinter ihm rührte sich die Armee des Dämonenlords, eine träge Bestie, die sich auf den Weiterzug vorbereitete. Kinson dehnte und streckte sich müde, als er den alten Mann und das Mädchen erreicht hatte. Sie waren beide wach und warteten auf ihn; sie sahen aus, als hätten sie überraschend gut geschlafen. Er schaute sie nacheinander an und wunderte sich über die neue Tatkraft in ihren Augen, über die Frische ihrer Entschlossenheit. Er legte seine Waffen ab und nahm das kalte Frühstück und das Bier entgegen, das sie ihm reichten, dann setzte er sich dankbar unter die schattenspendenden Zweige einer kleinen Eichengruppe.

»Die Nordländer marschieren gegen die Elfen«, erklärte er ohne weitere Einleitung. »Sie sagen, die Zwerge seien vernichtet.«

»Aber du bist nicht sicher«, kam Bremen ihm zuvor. Er saß ihm gegenüber, Mareth an seiner Seite.

Kinson schüttelte den Kopf. »Sie haben die Zwerge bis hinter das Rabenhorngebirge zurückgetrieben und bei jeder Auseinandersetzung geschlagen. Sie sagen, sie hätten sie an einem bestimmten Ort, der Feste Stedden, zerschlagen, aber Raybur und Risca scheinen entkommen zu sein. Sie sind wohl auch nicht ganz sicher, wie viele von den Zwergen sie getötet haben.« Er zog eine Braue hoch. »Das klingt für mich nicht nach einem ordentlichen Sieg.«

Bremen nickte; er dachte nach. »Aber der Dämonenlord wird im Laufe der Jagd immer unruhiger. Er fühlt sich nicht von den Zwergen bedroht, fürchtet aber die Elfen. Also wendet er sich nach Westen.«

»Woher weißt du das alles?« wollte Mareth von Kinson wissen. Sie war offensichtlich beeindruckt. »Wie hattest du ihnen so nahe kommen können? Du konntest dich doch nicht zeigen.«

»Nun, sie sahen mich und sie sahen mich auch wieder nicht.« Der Grenzländer lächelte. »Ich war nahe genug, um sie zu berühren, aber sie konnten mein Gesicht nicht sehen. Sie dachten, ich wäre einer von ihnen. Wenn man sich in solcher Dunkelheit in einen Mantel einhüllt, eine Kapuze aufsetzt und sich etwas nach vorn beugt, halten sie einen für einen der ihren, weil sie ganz einfach nicht erwarten, daß man etwas anderes ist. Es ist ein alter Trick, den man aber üben sollte, bevor man ihn wirklich anwendet.« Er warf ihr einen prüfenden Blick zu. »Du scheinst während meiner Abwesenheit gut geschlafen zu haben.«

»Die ganze Nacht«, gab sie reuevoll zu. »Bremen hat mich nicht aufgeweckt, um mich meinen Teil der Wache übernehmen zu lassen.«

»Es bestand keine Notwendigkeit«, sagte der Druide schnell und schob die Angelegenheit beiseite. »Aber jetzt müssen wir uns um das Heute kümmern. Wir sind an einer weiteren Kreuzung angelangt, fürchte ich. Wir müssen uns trennen. Kinson, ich möchte, daß du ins Ostland gehst und nach Risca suchst. Finde die Wahrheit heraus. Wenn Raybur und die Zwerge noch eine Streitmacht sind, bringe sie nach Westen, damit sie die Elfen unterstützen. Erzähle ihnen von dem Talisman, der den Dämonenlord zerstören wird, aber dringe darauf, daß wir ihre Hilfe benötigen, um ihn zu stellen.«

Kinson dachte einen Augenblick über die Sache nach. Er runzelte die Stirn. »Ich werde tun, was ich kann, Bremen. Aber die Zwerge haben sich auf die Elfen verlassen, und es scheint, als wären sie niemals aufgetaucht. Ich frage mich, wie bereit die Zwerge jetzt sein werden, den Elfen zu helfen.«

Bremen sah ihn fest an. »Es liegt an dir, sie von der Dringlichkeit zu überzeugen. Es ist unbedingt nötig, Kinson. Sag ihnen, daß die Ballindarrochs getötet wurden und ein neuer König gewählt wurde. Sag ihnen, daß dies die Elfen gehindert hat. Erinnere sie daran, daß wir alle in Gefahr sind, nicht nur einzelne.« Er warf einen schnellen Blick auf Mareth, die ihm am nächsten saß, dann blickte er den Grenzländer wieder an. »Ich muß zum Hadeshorn gehen, um mit den Geistern der Toten über das Schwert zu sprechen. Von dort werde ich mich nach Westen zu den Elfen wenden, um den Träger des Schwertes zu finden. Dort werden wir uns wiedertreffen.«

»Wohin soll ich gehen?« fragte Mareth sofort.

Der alte Mann zögerte. »Kinson wird dich mehr brauchen als ich.«

»Ich brauche niemanden«, wandte der Grenzländer sofort ein. Seine dunklen Augen trafen ihre, dann senkte er rasch den Blick.

Mareth schaute Bremen fragend an. »Ich habe alles für dich getan, was möglich war«, sagte er ruhig.

Sie schien zu verstehen, was er damit sagen wollte. Sie lächelte mutig und schaute Kinson an. »Ich würde gerne mit dir gehen, Kinson. Deine Reise wird länger sein, und vielleicht hilft es, wenn wir zu zweit sind. Du fürchtest dich nicht vor mir, nicht wahr?«

Kinson grunzte. »Wohl kaum. Erinnere dich nur daran, was Bremen dir über den Stab gesagt hat. Vielleicht verhindert er, daß du meinen Rücken in Brand setzt.«

Er bedauerte die Worte, noch bevor er sie zu Ende gesprochen hatte. »Ich meinte das nicht so«, sagte er reuevoll. »Es tut mir leid.«

Sie schüttelte wegwerfend den Kopf. »Ich weiß, was du meinst. Es gibt nichts, wofür du dich entschuldigen mußt. Wir sind Freunde, Kinson. Freunde verstehen einander.«

Sie lächelte ihn beruhigend an, und in diesem Augenblick dachte er, daß sie vielleicht wirklich Freunde waren. Aber er fragte sich gleichzeitig, ob sie nicht noch etwas anderes gemeint hatte.

Kapitel 26

Nachdem Bremen nun wieder alleine war, wandte er sich nach Norden zum Hadeshorn. Im morgendlichen Dunst bahnte er sich seinen Weg hinunter in die Rabbebene, während die Sonne sich in den wolkenlosen, blauen Himmel erhob. Er führte sein Pferd im

Schrittempo in östlicher Richtung von der Nordlandarmee fort, immer darauf vorbereitet, möglicherweise einem der Späher zu begegnen, die sie sicherlich ausschicken würden, oder auf eine Gruppe von Nachzüglern zu treffen. Er konnte in einiger Entfernung die Armee hören, die sich ebenfalls wieder auf den Weg machte, begleitet von den Geräuschen rumpelnder Wagen und Gerätschaften, knarrender und quietschender Zugriemen und Halteseile, und einem Stimmengewirr, das körperlos und ziellos aus dem Nebel zu ihm drang. Bremen hüllte sich in seine Druidenmagie, um auch nicht durch einen dummen Zufall entdeckt zu werden, und versuchte, aus dem Gewirr der Geräusche diejenigen herauszufiltern, die von Gefahr künden mochten, und sorgfältig auf Bewegungen in der Nebeldecke zu achten.

Die Zeit lief davon, und die Sonne machte sich daran, den Nebel zu durchdringen und zu verjagen. Das Getöse der aufbrechenden Armee wurde schwächer und entfernte sich in westlicher Richtung von ihm, und so ließ Bremen in seiner Wachsamkeit etwas nach. Er konnte die Ebene jetzt deutlicher erkennen, die verdörrten Flächen aus verbrannter Erde und versengtem Gras, die ganze staubige Weite von den Wäldern des Anar bis zum Runnegebirge, die von den Nordländern zertrampelt und besudelt worden war. Er ritt zwischen den Überresten und Abfällen der Armee hindurch, vorbei an Trümmern und Müll, und er wunderte sich über die Häßlichkeit und Sinnlosigkeit des Krieges. Urprox Screls Schwert hing über seinem Rücken; seit Kinson gegangen war, mußte er dieses Gewicht wieder selbst tragen. Er spürte, wie es sich beim Reiten gegen ihn preßte, eine beständige Erinnerung an die Herausforderung, der er sich noch zu stellen hatte. Er war ein wenig erstaunt über die Beharrlichkeit, mit der er die Verantwortung dafür übernommen hatte und behielt. Er hätte sich soviel ersparen können, hätte er es nicht getan. Es gab keinen besonderen Grund, warum ausgerechnet er diese Bürde auf sich genommen hatte. Niemand hatte ihn gezwungen. Niemand war zu ihm gekommen und hatte gesagt, du mußt das tun. Es war seine freie Wahl gewesen, und an diesem Morgen, während er auf die Drachenzähne und die ihn erwartende Auseinandersetzung zuritt, konnte er nicht anders, als sich über die merkwürdige Anwandlung zu wundern, die ihn wohl dazu getrieben hatte.

Er fand in der Ebene kein Wasser, als der Mittag nahte, und so ritt er ohne Unterbrechung weiter. Einmal stieg er ab und führte das Pferd neben sich. Er hatte sich gegen die Mittagshitze abgeschirmt; die Sonne, ein strahlender, weißer Ball, brannte erbarmungslos vom Himmel. Er dachte über das Ausmaß der Gefahr nach, der die Bewohner der Vier Länder gegenüberstanden. Ihre Situation erschien ihm so hoffnungslos wie das Land unter der Sonne. Soviel hing von Dingen ab, die noch unbekannt waren – der Magie des Schwerts, dem Träger des Schwerts, den verschiedenen Aufgaben, die die einzelnen Mitglieder ihrer kleinen Gruppe übernommen hatten, und dem Zusammentreffen all dieser Einzelteile zum richtigen Zeitpunkt und am richtigen Ort. Das Unterfangen war lächerlich, wenn man die einzelnen Teile getrennt untersuchte, und es barg so viele Möglichkeiten des Scheiterns. Wenn er es aber als Ganzes betrachtete, wenn er die Notwendigkeit gegen die Vorherbestimmung abwog, dann war ein Scheitern undenkbar.

Als die Nacht hereinbrach, schlug er in einer Schlucht auf der offenen Ebene, wo ein kleines Rinnsal und etwas Gras dem Pferd ein bißchen Nahrung boten, sein Lager auf. Bremen aß von dem Brot, das er immer noch bei sich trug, und trank aus dem Bierschlauch. Er sah zu, wie am Nachthimmel die Sterne aufzogen und blickte auf den Viertelmond, der sich über dem südlichen Horizont erhob. Er hatte das Schwert in seinen Schoß gelegt und sinnierte wieder über dessen Gebrauch. Mit den Fingern fuhr er über den Kamm des Eilt Druin, als könnte er ihm dadurch das Geheimnis seiner Magie entlocken. Du wirst wissen, was nötig ist, hatte der König des Silberflusses zu ihm gesagt. Stunde um Stunde verging, während er in der stillen, friedlichen Nacht in seine Gedanken vertieft dasaß. Die Nordlandarmee war jetzt zu weit weg, als daß er sie hätte hören oder ihre Feuerstellen sehen können. In dieser Nacht gehörte die Rabbebene ihm allein, und er hatte das Gefühl, als wäre außer ihm niemand sonst auf der Welt.

Bei Morgenanbruch ritt er weiter. An diesem Tag kam er schneller voran. Der Himmel bewölkte sich und dämpfte die Hitze der Sonnenstrahlen. Unter den Hufen seines Pferdes wirbelte Staub auf und trieb im sanften Westwind dahin. Das Land vor ihm veränderte sich, es wurde wieder grüner, wo der Mermidon aus dem Runnegebirge herausfloß. Kleine Wäldchen säumten die Quellen und Nebenflüsse des großen Flusses. Am späten Nachmittag hatte Bremen ihn an einer flachen Stelle überquert und wanderte nun auf die Wand der Drachenzähne zu. Er hätte anhalten und sich ausruhen können, aber er beschloß weiterzuziehen. Die Zeit war ein strenger Dienstherr und gestattete ihm keine Bequemlichkeit mehr.

Als die Nacht hereinbrach, hatte er die Gebirgsausläufer erreicht, die in das Tal von Shale führten. Er stieg ab und band sein Pferd in der Nähe einer Quelle fest. Er nahm seine Mahlzeit zu sich, während er die Sonne hinter dem Runnegebirge versinken sah und an das dachte, was vor ihm lag. Zumindest lang würde die Nacht werden, und auf jeden Fall würde Erfolg oder Niederlage sie beenden. Die Ungewißheit war immer noch gewaltig. Seine Gedanken wanderten eine Zeitlang ab, und er bemerkte plötzlich, wie er kleine Teile seines Lebens herauspickte und untersuchte, als könnten sie ihm Zuversicht in seine Fähigkeiten geben. Er hatte einige Erfolge gehabt in seinen Bemühungen, die Pläne des Dämonenlords zu vereiteln, und er hätte Mut daraus schöpfen können. Aber er wußte auch, daß in diesem gefährlichen Spiel ein einziger Fehltritt unwiderrufliche Folgen haben und alles, was er bereits erreicht hatte, zunichte machen konnte. Er sinnierte über die Ungerechtigkeit, die darin lag, aber er wußte auch, daß niemals in der Geschichte der Welt die wichtigen Dinge, das, was zählte, von Gerechtigkeit bestimmt worden waren.

Um Mitternacht stand er auf und ging in die Berge. Er trug den schwarzen Umhang, Zeichen seines Amtes, mit dem Emblem des Eilt Druin auf der Brust, und er hatte Urprox Screls wundersames Schwert bei sich. Er lächelte. Urprox Screls Schwert. Er sollte es anders nennen, denn es gehörte dem Schmied nicht länger. Aber er hatte noch keinen Namen dafür und konnte ihm auch keinen geben, solange nicht der richtige Besitzer gefunden oder das Ziel des Schwertes bestimmt war. Also schob er die Frage nach dem Namen des Schwertes beiseite, atmete die frische Nachtluft ein, die in diesen Ausläufern kühl und so klar war, daß er glaubte, unendlich weit in die Ferne blicken zu können.

Er durchquerte einige kleinere Täler und Hohlwege, die in das Tal von Shale führten, und als er sein Ziel erreicht hatte, waren es immer noch einige Stunden bis Morgenanbruch. Er stand eine Zeitlang am Rande des Tals und schaute hinunter zum Hadeshorn. Der See war still und die Oberfläche glatt wie Glas, sie warf das Bild des hellen, sternenklaren Nachthimmels zurück. Er schaute in den Spiegel des ruhigen Wassers und ertappte sich bei der Frage, welche Geheimnisse es wohl verbarg. Hier, in den Tiefen dieses Sees, warteten die Antworten, von den Geistern der Toten gehortete Schätze, vielleicht, weil dies alles war, das von dem Leben, von dem sie sich verabschiedet hatten, übriggeblieben war, vielleicht, weil man im Tod so wenig besaß, was man sein eigen nennen konnte.

Er setzte sich auf einen Stein, starrte hinaus auf den See und grübelte über dessen Geheimnisse. Wie mochte es wohl sein, wenn das Leben beendet war und man den Körper abstreifte? Wie lebte es sich in den Wassern des Hadeshorn? Fühlte man im Tod ähnlich wie im Leben? Trug man sämtliche Erinnerungen mit sich? Hatte man die gleichen Bedürfnisse und Wünsche? Gab es noch einen Zweck im Dasein, wenn der Körper zurückgeblieben war?

Soviel Unbekanntes, dachte er. Aber er war alt, und die Geheimnisse würden sich ihm bald genug offenbaren.

Eine Stunde vor Anbruch des Morgens nahm er das Schwert und

ging hinunter ins Tal. Er bahnte sich seinen Weg vorsichtig über lose scharfkantige Felsbrocken und bemühte sich angestrengt, nicht an das zu denken, was vor ihm lag. Er zog sich tief in sein Inneres zurück und sammelte seine Gedanken, versuchte sich Klarheit zu verschaffen über das, was er wollte. Die Nacht war friedlich und ruhig, aber er konnte bereits spüren, wie sich unter der Erde etwas rührte. Er kam zum Ende des Pfades und trat an den Rand des Hadeshorn. Einen Augenblick lang blieb er reglos stehen, und ein Gefühl von Unsicherheit stieg in ihm auf. Soviel hing von dem ab, was als nächstes geschehen würde, und er wußte so wenig darüber, was er tun sollte.

Er legte sein Schwert am Rand des Wassers vor sich nieder und richtete sich auf. Jetzt konnte er nichts mehr ändern. Die Zeit verrann nach ihren eigenen Gesetzen.

Er begann mit den Beschwörungsformeln und Handbewegungen, die die Geister der Toten herbeirufen würden. Mit grimmiger Entschlossenheit kämpfte er sich zu ihnen durch, verbiß sich so viele Zweifel und Unsicherheiten und legte soviel Angst wie möglich beiseite. Er spürte, wie die Erde unter ihm bebte und der See in Reaktion auf seine Bemühungen in Bewegung geriet. Der Himmel wurde dunkel, als verhüllten Wolken ihn, und die Sterne verschwanden. Wasser zischte und brodelte, und die Stimmen der Toten erhoben sich zu einem Wispern, das sich schnell zu Stöhnen und Rufen steigerte. Bremen spürte, wie seine Entschlossenheit stärker wurde, als wollte sie ihn in irgendeiner Weise vor dem beschützen, was die Toten mit ihm tun könnten. Er hatte die Beschwörung jetzt beendet, nahm das Schwert wieder auf und trat einen Schritt zurück. Wüst wirbelte der See und versprühte Gischt in alle Richtungen. Die Stimmen schwollen zu einer ungeheuerlichen Kakophonie an, die sich am Rand des Wahnsinns bewegte. Der Druide stand wie angewurzelt an seinem Platz und wartete auf das, was kommen mußte. Er war jetzt eingeschlossen in dem Tal und abgeschnitten von allen Lebenden, ganz allein mit den Toten.

Wenn etwas schiefging, war niemand da, um ihm zu helfen. Wenn er versagte, würde keiner nach ihm suchen. Was immer geschehen würde an diesem Tag, es lastete auf seinen Schultern.

Dann explodierte der See mit einer geradezu vulkanischen Kraft, und ein Geysir schoß direkt in den Himmel, eine schwarze Säule aus Wasser. Bremen riß die Augen auf. So etwas hatte er noch nie zuvor gesehen. Die Säule hob sich gen Himmel, und ihr Wasser fiel weder zusammen, noch löste es sich auf. Um sie herum tänzelten die gespenstischen, schimmernden Umrisse der Geister des Todes. Sie erschienen in Schwärmen und tauchten nicht direkt aus dem See auf, sondern wurden von der wirbelnden Wassermasse ausgespuckt. Als wären sie noch im Wasser, so schwammen sie durch die Luft; ihre Gestalten ein brillantes Kaleidoskop vor der Schwärze der Nacht. Während sie umherwirbelten, schrien sie mit schrillen, ergreifenden Stimmen, als würden all ihre Wünsche sich in diesem einzigen Augenblick erfüllen.

Dröhnendes Husten drang jetzt mitten aus der Säule, und unwillkürlich wich Bremen einen Schritt zurück. Das Geräusch brachte den Boden unter seinen Füßen zum Zittern. Er war zu weit gegangen, dachte er voller Schrecken. Er hatte etwas falsch gemacht. Aber jetzt war es zu spät, und er konnte es nicht mehr ändern, selbst wenn er gewußt hätte, wie. Und auch zur Flucht war es zu spät.

Er hielt das Schwert in seinen Händen, und das in den Griff des Schwertes eingelassene Bild des Eilt Druin begann zu glühen.

Bremen zuckte zurück, als hätte er sich verbrannt. *Schatten!*

Dann spritzte die Wassersäule auseinander und fiel in der Mitte zusammen, als hätte sie der Blitz getroffen. Licht blitzte im Innern auf, so brillant, daß Bremen gezwungen war, seine Augen abzuschirmen. Er hob schützend die Arme hoch und hielt das Schwert vor sich, als sollte es welcher Bedrohung auch immer trotzen. Das Licht loderte auf, und dunkle Gestalten traten hervor. Eine nach der anderen nahm Form an, verhüllt und schwarz wie die Nacht um sie herum, dampfend vor innerer Hitze.

Bremen sank auf die Knie, er war unfähig, angesichts dessen, was da geschah, noch länger stehenzubleiben. Er versuchte immer noch, gleichzeitig seine Augen zu schützen und zu schauen. Eine verhüllte Figur nach der anderen kam auf ihn zu, und jetzt erkannte Bremen, wer sie waren: die Geister der toten Druiden, die Schatten derer, die zuvor gestorben waren, die einmal in dieser Welt gelebt hatten und jetzt im Tod größer waren als im Leben. Erscheinungen, denen es an Substanz mangelte, die aber dennoch eine schreckliche Präsenz hatten. Der alte Mann konnte nicht verhindern, daß er vor ihnen zurückwich, so viele kamen auf einmal, und immer mehr, eine scheinbar endlose Reihe, die in der Luft vor ihm schwebte und sich über das aufgewühlte Wasser des Sees unausweichlich näherte.

Jetzt hörte er sie sprechen, hörte sie seinen Namen rufen. Ihre Stimmen erhoben sich über denen der kleineren Gestalten, die sie begleiteten, sprachen seinen Namen immer und immer wieder aus. *Bremen, Bremen.* Ganz vorn war Galaphile, und seine Stimme war die kräftigste. *Bremen, Bremen.* Der alte Mann wünschte sich sehnlichst, fliehen zu können, und er hätte alles gegeben, wäre es ihm möglich gewesen. Sein Mut verließ ihn, und seine Entschlossenheit zerfiel in nichts. Diese Erscheinungen kamen seinetwegen, und er konnte bereits die Berührung ihrer geisterhaften Hände auf seinem Körper spüren. Der Wahnsinn tobte in seinem Kopf und drohte ihn zu überwältigen. Immer weiter kamen sie, ungeheure Gestalten, die sich ihren Weg durchs Dunkel bahnten, gesichtslose Erscheinungen, Geister ohne Zeit und Geschichte. Er spürte, daß er zitterte und es nicht verhindern konnte, daß er nicht einmal denken konnte. Am liebsten hätte er vor Verzweiflung laut aufgeschrien.

Dann waren sie bei ihm. Zuerst Galaphile, und hilflos ließ Bremen den Kopf in die Armbeuge sinken.

– Zeige mir das Schwert –

Ohne zu zögern tat er, wie ihm geheißen, und hielt es ihnen wie einen Talisman entgegen. Galaphile streckte die Hand aus, und seine Finger streiften den Eilt Druin. Sofort loderte das Emblem in weißem Licht auf. Galaphile drehte sich um, und ein anderer Druide erschien, berührte es ebenfalls und ging fort. So geschah es weiter, bis ein Geist nach dem anderen vor den alten Mann getreten war und mit den Fingern über den Eilt Druin gestrichen hatte. Immer und immer wieder loderte das Emblem zur Reaktion auf. Seine Augen hinter dem erhobenen Arm geschützt, beobachtete Bremen, was geschah. Es hätte eine Segnung sein können, Anerkennung und Zustimmung. Aber der alte Mann wußte, daß es noch mehr war, etwas weit Dunkleres. Die Berührung der Toten hinterließ etwas auf dem Schwert. Er spürte, wie es geschah. Er konnte spüren, wie es stattfand.

Das war es, weshalb er gekommen war. Es gab keinen Zweifel daran. Das hatte er gesucht. Dennoch konnte er selbst jetzt, in dem Moment des Geschehens, die Bedeutung dieses Vorgangs nicht entschlüsseln.

Daher kniete er bestürzt und verwirrt am Rand des Hadeshorns, lauschte und wunderte sich über das, was geschah. Schließlich waren alle Druiden vorbeigezogen, hatten den Eilt Druin berührt und waren wieder gegangen. Jetzt war Bremen allein. Die Stimmen der Geister verklangen langsam, und in der nachfolgenden Stille konnte er das Keuchen seines eigenen, angestrengten Atems hören. Schweiß näßte seinen Körper und glitzerte auf seinem Gesicht. Sein Arm schmerzte von dem langen Hochhalten des Schwertes, aber er konnte sich noch nicht dazu überwinden, es zurückzunehmen. Er wartete, wissend, daß es noch nicht vorbei war, daß noch etwas folgen würde.

– Bremen –

Sein Name wurde von einer Stimme ausgesprochen, die er jetzt erkannte. Er hob vorsichtig den Kopf. Die Schatten der Druiden waren verschwunden. Die Wassersäule war fort. Alles, was noch da war, war der See und die Schwärze der Nacht und, direkt vor ihm, der Schatten Galaphiles. Er wartete geduldig auf Bremen, während sich dieser erhob und das Schwert an seinen Körper drückte, als würde es ihm Kraft verleihen. Tränen liefen ihm über die Wangen, und er wußte nicht, wie sie dorthin gekommen waren. Waren es seine eigenen? Er versuchte zu sprechen, aber es gelang ihm nicht.

Statt dessen sprach der Schatten.

– Höre mir zu. Dem Schwert wurde seine Kraft verliehen. Bringe es jetzt zu dem, der es tragen wird. Du findest ihn im Westen. Du wirst es wissen, wenn du ihn siehst. Es gehört jetzt ihm –

Bremens Stimme tastete nach Worten, die jedoch nicht kommen wollten. Der Geist streckte ihm einen Arm entgegen.

– Frage –

Der Verstand des alten Mannes klärte sich, und seine Stimme war heiser und voller Ehrfurcht. »Was hast du getan?«

– Den Teil gegeben, den wir geben konnten. Unsere Leben sind vergangen. Unsere Lehren sind verloren. Unsere Magie hat sich im Laufe der Zeit aufgelöst. Nur unsere Wahrheit bleibt, all das, was im Leben zu uns gehörte, in unseren Lehren, in unserer Magie, hart und scharfkantig und von tödlicher Macht –

Wahrheit? Bremen starrte vor sich hin; er verstand gar nichts. Wie sollte die Macht des Schwertes darin liegen? Welche Art von Magie konnte aus der Wahrheit kommen? All die Druiden, die zu ihm getreten waren und das Schwert berührt hatten, es zum Auflodern gebracht hatten – für so etwas?

Der Schatten Galaphiles machte wieder ein Zeichen, eine Geste, die so zwingend war, daß Bremen die Fragen hinunterschluckte und seine Aufmerksamkeit sofort dem Geist zuwandte. Die dunkle Gestalt vor ihm wischte mit einer Handbewegung alles außer seiner eigenen Gegenwart fort, und die Stille um sie herum war vollkommen.

– Höre, Bremen, letzter von Paranor, ich werde dir erklären, was du wissen mußt. Höre –

Und Bremen, der mit Herz und Seele den Worten des Geistes hingegeben war, lauschte.

Als es vorüber und der Schatten Galaphiles verschwunden war, als die Wasser des Hadeshorn wieder ruhig und glatt dalagen und der Morgen silbrig und golden aus dem Osten hervorkroch, ging der alte Mann an den Rand des Tales von Shale und schlief dort eine Zeitlang zwischen den schwarzen Felsen. Die Sonne erhob sich und der Tag wurde heller, aber der Druide wachte nicht auf. Er schlief einen tiefen, traumreichen Schlaf, und die Stimmen der Toten flüsterten ihm etwas in Worten zu, die er nicht verstehen konnte. Er erwachte bei Sonnenuntergang, verfolgt von seinen Träumen, seiner Unfähigkeit, ihre Bedeutung zu entschlüsseln, und seiner Furcht, daß sie ihm Geheimnisse vorenthielten, die er enthüllen mußte, sollten die Rassen überleben. Er saß in der Hitze im Schatten, zog den Rest Brot aus seinem Rucksack und aß schweigend die Hälfte davon, während das Zwielicht immer dunkler wurde. Er starrte auf die Berge, auf die hohen, seltsamen Formationen der Drachenzähne, deren östliche Ausläufer zur Ebene hin an den Wolken kratzten. Er trank aus dem Bierschlauch, der jetzt nahezu leer war, und dachte über das nach, was er erfahren hatte.

Über das Geheimnis des Schwertes.

Über die Beschaffenheit seiner Magie.

Dann stand er auf und ging über die Gebirgsausläufer zurück zu der Stelle, wo er sein Pferd in der Nacht zuvor angebunden hatte. Das Pferd war weg. Jemand hatte es genommen; die Fußspuren des Diebes waren deutlich im Staub zu erkennen, sie stammten nur von einer Person, näherten sich und führten dann wieder fort. Er verschwendete keinen weiteren Gedanken daran, sondern begann, nach Westen zu gehen, denn er war nicht gewillt, seine Reise noch weiter zu verzögern. Es würde ihn mindestens vier Tage kosten, wenn er zu Fuß ginge, mehr noch, wenn er der Nordlandarmee ausweichen mußte, was ziemlich sicher der Fall war. Aber er konnte es nicht ändern. Vielleicht würde er unterwegs ein anderes Pferd finden.

Die Nacht wurde tiefer, und der Mond ging auf, er wurde voller und erhellte den Himmel. Die Wolken waren graue Schatten auf der Weite des Himmels, während sie in stiller Prozession dahinglitten. Bremen ging zügig voran und folgte dem silbernen Faden des Mermidon, der sich in westliche Richtung schlängelte, immer im Schatten der Drachenzähne, wo das Mondlicht ihn nicht verraten konnte. Im Gehen wog er seine Möglichkeiten ab, wälzte sie in seinem Kopf hin und her. Er ließ vor seinem geistigen Auge alles noch einmal entstehen. Galaphile kam erneut zu ihm, sprach zu ihm und enthüllte ihm alles. Die Geister der Toten gingen auf ihn zu, ernste und stumme Gespenster, deren Hände nach dem Griff des Schwertes faßten, kurz auf dem Bild des Eilt Druin ruhten und sich dann wieder zurückzogen.

Sie gaben die Wahrheiten weiter, die sie im Leben entdeckt hatten. Sie erfüllten das Schwert mit der Kraft, die solche Wahrheiten hervorbringen konnte.

Sie verliehen ihm Macht.

Er atmete tief die Nachtluft ein. Verstand er jetzt wirklich die Macht des Talismans? Er glaubte es, und dennoch schien die Magie, die er in dem Kampf einsetzen mußte, so klein gegen den mächtigen Feind. Wie sollte er den Mann, der das Schwert schwingen mußte, davon überzeugen, daß es genügte, um zu siegen? Wieviel von dem, was er wußte, sollte er preisgeben? Zuwenig, und er riskierte, den Träger des Schwertes aus Ignoranz zu verlieren. Zuviel, und er riskierte, daß der Kämpfer aus Angst aufgab. Auf welcher Seite sollte er irren?

Würde er es wissen, wenn er dem Mann begegnete?

Diese Unsicherheit gab ihm das Gefühl, ziellos dahinzutreiben. Soviel hing von dieser Waffe ab, und dennoch blieb es allein ihm überlassen, ihren Gebrauch zu bestimmen.

Ihm allein, denn das war die Bürde, die er auf sich genommen, der Pakt, den er geschlossen hatte.

Die Nacht schritt voran, und Bremen erreichte die Kreuzung, wo der Fluß sich nach Süden zum Runnegebirge wandte. Der Wind wehte aus Südwesten und führte auf seinem Rücken den Geruch des Todes mit. Bremen blieb abrupt stehen, als sich seine Nase mit dem Gestank füllte. Er überlegte, was er jetzt tun sollte, dann ging er auf eine schmale Stelle in der Biegung des Flusses zu und überquerte ihn. Vor ihm lag Varfleet, eine Siedlung des Südlandes, in der er fünf Jahre zuvor Kinson für sich gewonnen hatte. Der Gestank kam von dort.

Er erreichte die Stadt, als es noch mehrere Stunden bis zum Morgen waren; die Nacht war wie ein stiller, dunkler Schleier. Der Geruch wurde schärfer, je näher er kam, und er wußte sofort, was geschehen war. Rauch stieg empor und bildete im Mondlicht träge Wirbel aus grauen Bandern. Rote Glut flammte noch schwach auf. Holz ragte auf wie Speere, die im Boden steckten. Varfleet war bis auf den Boden niedergebrannt, und alle seine Bewohner waren getötet oder vertrieben worden. Tausende von ihnen. Der alte Mann schüttelte hilflos den Kopf, als er die stillen, leeren Straßen betrat. Die Gebäude waren zerstört und geplündert worden. Überall lagen Menschen und Tiere tot umher, in grotesken Verrenkungen zwischen den Trümmern. Bremen ging durch die zerstörte Stadt und wunderte sich über die Grausamkeit. Er stieg über die Leiche eines alten Mannes, dessen Augen offen waren und ins Leere starrten. Eine Ratte kroch unter ihm hervor und huschte davon.

Bremen erreichte das Zentrum der Stadt und blieb stehen. Es schien nicht so, als hätte es hier einen richtigen Kampf gegeben, denn er fand nur wenige benutzte Waffen. Viele der Toten sahen aus, als wären sie im Schlaf überrascht worden. Wie viele aus Kinsons Familie, wie viele seiner Freunde waren unter ihnen? Er schüttelte traurig den Kopf. Der Angriff war schätzungsweise zwei Tage her. Die Nordlandarmee war von Osten gekommen und hatte sich nach Westen über den Regenbogensee auf den Weg zu der Schlacht mit den Elfen gemacht. Es war Varfleets Unglück, daß es auf dem Weg der Eindringlinge lag.

Alle Dörfer des Südlandes zwischen diesem hier und der Ebene von Streleheim würden ein ähnliches Schicksal erleiden, dachte er verzweifelt. Eine große Leere breitete sich in ihm aus. Aber Worte, mit denen er seine Gefühle hätte beschreiben können, schienen unzulänglich.

Er zog seinen dunklen Umhang fester um sich, schob das Schwert auf seinem Rücken zurecht und verließ die Stadt wieder, bestrebt, nicht mehr auf die Verwüstung zu schauen. Er hatte sie beinahe hinter sich gelassen, als er eine Bewegung wahrnahm. Ein anderer Mann hätte sie völlig übersehen, aber Bremen war Druide. Er sah nicht mit den Augen, sondern mit dem Geist.

Es lebte noch etwas in diesen Trümmern, etwas, das sich versteckte.

Er bog nach links ab, ging vorsichtig weiter und rief seine Magie herbei, um ein Schutznetz um sich herum zu bilden. Er fühlte sich nicht bedroht, aber er wußte genug, um auf jeden Fall vorsichtig zu sein. Er bahnte sich seinen Weg durch eine Reihe zerstörter Häuser bis zu einem eingestürzten Schuppen. Dort, im Eingang, kauerte eine Gestalt.

Bremen blieb stehen. Es war ein Junge von etwa zwölf Jahren, mit zerrissener und schmutziger Kleidung. Asche und Ruß bedeckten Gesicht und Hände. Der Junge drückte sich nach hinten in die Schatten, als wünschte er, daß die Erde selbst ihn verschlingen möge. In der einen Hand hielt er ein Messer. Seine Haare waren strähnig und dunkel, schulterlang und hingen ihm wirr ins schmale Gesicht.

»Komm her, Junge«, sagte der alte Mann leise. »Es ist alles in Ordnung.«

Der Junge bewegte sich keinen Millimeter.

»Es ist niemand hier außer dir und mir. Wer immer das getan hat, ist fort. Komm jetzt heraus.«

Der Junge blieb, wo er war.

Bremen schaute in die Ferne, er war von dem plötzlichen Glanz einer Sternschnuppe abgelenkt. Er holte tief Luft. Er konnte es sich nicht leisten, noch länger hierzubleiben, und für den Jungen konnte er ohnehin nichts tun. Er vergeudete nur seine Zeit.

»Ich muß jetzt fort«, sagte er müde. »Du solltest auch gehen. Diese Leute hier sind alle tot. Reise zu einem der Dörfer weiter südlich und bitte dort um Hilfe. Viel Glück.«

Er drehte sich um und ging weiter. Noch viele andere würden ihr Heim verlieren und viele weitere Leben in Trümmern liegen, bevor sie den Dämonenlord besiegt hätten. Eine deprimierende Feststellung. Er schüttelte den Kopf. Er ging etwa hundert Meter und blieb dann plötzlich stehen. Als er sich umdrehte, sah er, wie der Junge an einer Mauer lehnte, das Messer in der Hand, und ihn anstarrte.

Bremen zögerte. »Hast du Hunger?«

Er griff in seinen Rucksack und zog das letzte Stück Brot heraus. Der Junge reckte den Kopf, und ein Lichtstrahl fiel ihm aufs Gesicht. Seine Augen glitzerten, als er das Brot sah.

Seine Augen ...

Bremen spürte, wie sich ihm die Kehle zuschnürte. Er kannte diesen Jungen! Es war der Junge, den er in Galaphiles vierter Vision gesehen hatte! Die Augen verrieten ihn; der Blick war so intensiv, so durchdringend, daß er einem die Haut vom Körper zu schälen schien. Nur ein Junge, ein Waise dieser Verwüstung, und dennoch war etwas so Grundlegendes um ihn, etwas so Fesselndes ...

»Wie heißt du?« fragte Bremen mit sanfter Stimme.

Der Junge antwortete nicht. Er bewegte sich nicht. Bremen zögerte, dann ging er auf ihn zu. Sofort zog sich der Junge wieder in die Schatten zurück. Der alte Mann hielt inne, legte das Brot nieder, drehte sich um und ging davon.

Fünfzig Meter weiter blieb er wieder stehen. Der Junge folgte ihm, er beobachtete ihn genau und kaute an dem Brot, während er sich näherte.

Bremen stellte ihm ein Dutzend Fragen, aber der Junge sprach immer noch nicht mit ihm. Als Bremen sich ihm nähern wollte, wich er schnell wieder zurück. Die Versuche des Druiden, den Jungen zu überreden, näher zu kommen, blieben fruchtlos.

Schließlich drehte Bremen sich um und ging weiter. Er wußte nicht, was er mit dem Jungen machen sollte. Er wollte ihn nicht mitnehmen, aber Galaphiles Vision legte nahe, daß es eine ganz besondere Verbindung zwischen ihnen beiden gab. Vielleicht würde er mit etwas Geduld den Grund dafür herausfinden. Als die Sonne aufging, wandte er sich wieder nach Norden und überquerte den Mermidon. Er folgte dem Verlauf der Drachenzähne und marschierte bis zum Sonnenuntergang weiter. Als er ein Lager aufschlug, war auch der Junge da, er saß hinter ihm auf der Lichtung, die er ausgewählt hatte, hielt sich im Schatten verborgen und beobachtete ihn. Bremen hatte nichts zu essen, aber noch einen Rest Bier. Er schlief bis Mitternacht, dann wachte er auf, um seine Reise fortzuführen. Der Junge wartete bereits. Als Bremen weiterging, folgte er ihm.

So ging es drei Tage lang. Am Ende des dritten Tages kam der Junge in das Lager und setzte sich neben den alten Mann, um das Mahl aus Wurzeln und Beeren mit ihm zu teilen. Als Bremen am nächsten Morgen aufwachte, schlief der Junge neben ihm. Zusammen standen sie auf und gingen nach Westen.

An diesem Abend, als sie den Rand der Ebene von Streleheim erreichten und sich daran machten, sie zu überqueren, sprach der Junge seine ersten Worte.

Sein Name, so erklärte er dem alten Mann, war Allanon.

Die Schlacht im Tal von Rhenn

Kapitel 27

Es war später Nachmittag, und graues, diesiges Licht schien in das Arbeitszimmer im Sommerhaus der Familie Ballindarroch. Jerle Shannara schaute auf die Karten, die er auf dem Tisch vor sich ausgebreitet hatte. Draußen regnete es noch immer. Ihm war, als würde es bereits seit Wochen regnen, obwohl er genau wußte, daß das nicht stimmte und dieses Gefühl hauptsächlich durch seinen gegenwärtigen Gemütszustand hervorgerufen wurde. Aber jedesmal, wenn er sich einen Augenblick Zeit nahm, um hinauszublikken, schien es wieder zu regnen. Und heute war der Niederschlag sogar noch heftiger als sonst, angetrieben von einem Westwind, der an den Zweigen und Ästen der Bäume rüttelte und Blätter umherstreute, als wären sie alte Papierschnipsel.

Er blickte von den Karten auf und seufzte. Er fand einigen Trost in der Tatsache, daß das Wetter die Truppenbewegungen des Dämonenlords ziemlich beeinträchtigen würde, mehr zumindest als seine eigenen. Die Armee des Dämonenlords war schwerfälliger – eine gewaltige, träge Bestie, die viel Platz brauchte und durch das viele Gepäck und die Belagerungsmaschinen eingeschränkt war. Selbst bei bestem Wetter konnte sie an einem Tag nicht viel mehr als zwanzig Meilen zurücklegen. Sie hatte drei Tage zuvor die Ebene von Streleheim erreicht und gerade erst den Mermidon überquert. Das bedeutete, daß sie zumindest noch zwei weitere Tage bis zum Tal von Rhenn brauchen würde. Dennoch standen die Elfen bereit. Ihre Kundschafter hatten ihnen schon vor mehr als einer Woche vom Vormarsch der Nordlandarmee berichtet, und so hatten sie genügend Zeit für entsprechende Vorbereitungen gehabt. Als sie erst einmal vom Heranrücken der Nordländer wußten, war es leicht zu erraten, über welchen Weg sie Arborlon und die Elfen angreifen würden. Das Tal von Rhenn war die einfachste und direkteste Verbindung zum Westland, und eine große Armee wäre auf jeder anderen Strecke bedeutenden Schwierigkeiten ausgesetzt. Sie wäre zudem gezwungen, die Heimatstadt der Elfen von der bestgeschützten Seite aus anzugreifen. Im Norden, Süden und Westen war die Stadt von Bergen, Felsen und dem Singenden Fluß umgeben. Nur vom Osten aus war sie verwundbar, weil sie hier keinen natürlichen Schutz besaß. Und es gab nur eine einzige Möglichkeit, den Zugang aus dem Osten strategisch zu verteidigen – das Tal von Rhenn. Sollte der Paß fallen, würde der Weg nach Arborlon frei sein.

Genau dies zeigten auch die Karten. Jerle starrte sie schon seit mehr als einer Stunde an und konnte ihnen doch nichts Neues entnehmen. Die Elfen mußten das Rhenntal gegen den zu erwartenden Angriff der Nordlandarmee verteidigen, oder sie waren verloren. Es gab keine Möglichkeit, eine zweite Verteidigungslinie aufzubauen – zumindest keine, die es wert war, über sie nachzudenken. Damit waren die Grundzüge der Verteidigungsstrategie festgelegt. Ihnen blieb nur Taktik. Die Elfen würden das Tal von Rhenn verteidigen, aber wie? Wie weit nach vorn sollten sie ihre Linien bringen, um den ersten Ansturm zu verlangsamen? Wie viele Male konnten sie es sich leisten zurückzuweichen? Welche Schutzmaßnahmen sollten sie ergreifen, damit sie nicht von einer kleineren Streitkraft eingekreist würden, die in die Wälder hatte eindringen können? Welche Formation sollten sie gegen eine Armee anwenden, die fünfmal so groß war wie ihre und während ihres Marsches nach Westen eine Unzahl von Belagerungsmaschinen angehäuft hatte?

Die Karten gaben keine direkten Antworten auf diese Fragen, aber indem er sie studierte, halfen sie Jerle, das Notwendige herauszufinden.

Er schaute wieder durch das Fenster auf den Regen. Preia würde bald zurück sein, und sie würden ihre Mahlzeit einnehmen – die letzte, bevor sie in das Tal von Rhenn aufbrachen. Ein großer Teil der Armee lagerte bereits dort. Der hohe Rat hatte den Notstand erklärt, und der frisch gekrönte König hatte den Oberbefehl übernommen. Seine Macht war jetzt allumfassend und unumstößlich. Erst zwei Wochen zuvor hatten sie ihn gekrönt, dann hatte er Preia geheiratet und die beiden Waisen der Ballindarrochs adoptiert. Nachdem das Problem der Krönung erledigt war, hatte er seine Aufmerksamkeit auf den Hohen Rat gerichtet. Vree Erreden war jetzt Erster Minister und Preia ein vollwertiges Ratsmitglied. Es hatte ein bißchen Gemurmel gegeben, aber keinen Widerstand. Er hatte die Elfenarmee mobil machen und den Zwergen zu Hilfe schicken wollen und den Rat um Zustimmung gebeten. Es hatte noch mehr Gemurmel gegeben, und Widerstand war angedroht worden, aber bevor die Angelegenheit hatte bereinigt werden können, waren sie über den Anmarsch der Nordlandarmee informiert worden. Nun gab es keinen Grund mehr für die Elfen, anderswo hinzugehen.

Als er noch einmal über diese Sache nachdachte, schüttelte Jerle den Kopf. Er wußte nicht, was aus den Zwergen geworden war. Niemand wußte es. Er hatte Reiter nach Osten geschickt, um so etwas darüber zu erfahren, ob die Zwerge vernichtet worden waren, aber er hatte noch nichts Endgültiges von ihnen gehört. Er konnte daraus nur den einen Schluß ziehen, daß die Zwerge nicht in der Lage waren, ihnen zu helfen, und sie dies allein durchstehen mußten.

Er schüttelte müde den Kopf. Die Elfen hatten keine Verbündeten, keine Magie, keine Druiden und keine echte Chance, diesen Krieg zu gewinnen – ungeachtet der Visionen, Prophezeiungen und großen Hoffnungen.

Er schaute wieder auf die Karten, die eine sorgfältige Darstellung des Geländes boten, als würde die Antwort des Problems dort vor ihm liegen und er hätte sie bisher nur noch nicht gesehen. Noch vor kurzem hätte er sich eine derart ehrliche Antwort über die Situation nicht zugestanden. Es gab einmal eine Zeit, da hätte er nicht zugegeben, daß er einen Kampf gegen einen stärkeren Feind würde verlieren können. Er hatte sich seither sehr verändert. Der Verlust Tay Trefenwyds und der Ballindarrochs, beinahe auch der von Preia, seine Krönung als König der Elfen unter eher unangenehmen Umständen und die Erkenntnis, daß das Bild, das er von sich selbst hatte, mehr als nur ein bißchen fehlerhaft war – das alles hatte ihm zu denken gegeben und dazu geführt, daß er einen anderen Standpunkt eingenommen hatte. Diese Erfahrung hatte ihn zwar nicht gelähmt, aber doch sehr ernüchtert. So ähnlich war es wohl, wenn man erwachsen wurde, vermutete er. Das Leid und die Qualen, wenn man die Kindheit für immer hinter sich ließ.

Er ertappte sich plötzlich dabei, wie er die Narben auf seinem Handrücken beobachtete. Sie wirkten selbst wie kleine Landkarten der Entwicklung seines Lebens. Er war in unglaublich kurzer Zeit ein riesiges Stück weiter gekommen – Krieger von Geburt an und jetzt König der Elfen – und die Narben an seinem Körper zeugten deutlicher von den Kosten dieser Reise, als es Worte je zu sagen vermocht hätten. Wie viele Narben würde er in dem Kampf mit dem Dämonenlord davontragen? War er stark genug für diese Auseinandersetzung? War er stark genug, um zu überleben? Nicht nur sein eigenes Schicksal hing von dieser Schlacht ab, sondern auch das seines Volkes. Wieviel Kraft war dafür erforderlich?

Mit einem lauten Krachen flogen die Türen auf, die zur Terrasse führten. Der starke Wind trieb sie gegen die Mauer, so daß die Vorhänge wild umherwirbelten. Jerle Shannara griff rasch nach seinem Breitschwert, als zwei schwarzbemäntelte Gestalten regendurchnäßt und vornübergebeugt in den Raum drangen. Der Wind wehte die Karten vom Tisch auf den Boden, und die Lampen flackerten und verlöschten.

»Laß die Hand, wo sie ist, Elfenkönig«, befahl der erste der beiden Eindringlinge, während der zweite, kleinere, sich umdrehte, die Tür wieder schloß und Wind und Regen aussperrte.

Es wurde still im Raum. Wasser tropfte von den dunklen Mänteln auf den Steinboden, sammelte sich zu kleinen Pfützen. Der König duckte sich argwöhnisch, das Schwert zur Hälfte aus der Scheide gezogen. Er war angespannt und zum Sprung bereit. »Wer seid Ihr?« verlangte er.

Der größere der beiden zog seine Kapuze zurück und enthüllte in dem grauen, schwachen Licht sein Gesicht. Jerle Shannara holte tief Luft. Es war der Druide Bremen.

»Ich hatte dich schon aufgegeben«, flüsterte Jerle. Es war eindeutig, welche Erleichterung er empfand. »Wir alle hatten dich aufgegeben.«

Das Lächeln des alten Mannes war bitter. »Ihr hattet Grund dazu. Es hat lange gedauert, um euch zu erreichen, beinahe so lange, wie es dauerte herauszufinden, daß du es bist, den ich suchte.« Er griff in seinen nassen Umhang und holte ein langes, schmales Bündel heraus. Es war in dunkles Tuch gewickelt. »Ich habe dir etwas mitgebracht.«

Jerle Shannara nickte. »Ich weiß.« Er steckte sein halb gezogenes Schwert in die Scheide zurück.

Überraschung trat in die scharfen Augen des Druiden. Er sah seinen Begleiter an. »Allanon.« Der Junge zog ebenfalls seine Kapuze zurück. Mit seinen dunklen Augen starrte er den Elfenkönig scharf an, aber seine Miene verriet nichts. »Zieh deinen Umhang aus und warte vor der Tür. Bitte darum, daß uns niemand stört, ehe diese Unterhaltung beendet ist. Sag ihnen, der König hat es so befohlen.«

Der Junge nickte und ließ den Umhang von den Schultern gleiten. Dann hängte er ihn an einem Kleiderständer auf, schlüpfte durch die Tür und war verschwunden.

Bremen und Jerle Shannara standen alleine im Arbeitszimmer des Königs. Die Karten lagen immer noch verstreut auf dem Boden. Sie blickten sich an. »Es war eine lange Zeit, Jerle.«

Der König seufzte. »Ich schätze, das war es. Fünf Jahre? Vielleicht länger?«

»Lange genug, um die Züge deines Gesichtes zu vergessen. Oder vielleicht bist du auch einfach nur älter geworden, wie wir alle.« Das Lächeln kam und verschwand in dem Zwielicht. »Sag mir, was du von meinem Besuch weißt.«

Jerle sah zu, wie der andere seinen Umhang abnahm und ihn müde zur Seite warf. »Ich weiß, daß du mir ein Schwert bringen wirst, das mit Magie geschmiedet wurde, und daß ich es im Kampf gegen den Dämonenlord tragen soll.« Er zögerte. »Ist das wahr? Bringst du mir eine solche Waffe?«

Der alte Mann nickte. »Ja.« Er nahm das mit Stoff umwickelte Bündel und legte es vorsichtig auf den Tisch. »Aber ich war nicht sicher, daß es für dich gedacht war. Ich wußte es erst, als ich dich dort stehen sah – bereit, mir einen Hieb mit dem Schwert zu versetzen, das zur Hälfte aus der Scheide ragte. In diesem Augenblick wußte ich, daß du derjenige sein würdest. Ich habe vor einigen Wochen am Hadeshorn eine Vision gesehen, wie du das Schwert gehalten hast, aber ich hatte dich nicht erkannt. Hat Tay Trefenwyd dir von der Vision erzählt?«

»Ja, das hat er. Aber auch er wußte nicht, daß das Schwert für mich gedacht war. Es war der Lokat Vree Erreden, der mich darüber aufgeklärt hat. Er sah in einer eigenen Vision, wie ich das Schwert hielt. Der Griff war mit dem Emblem einer brennenden Fackel versehen, die von einer Hand gehalten wird. Tay sagte, es seien die Insignien der Druiden.«

»Ein Lokat?« Bremen schüttelte den Kopf. »Ich dachte, es wäre Tay gewesen, der...«

»Nein. Tay Trefenwyd ist tot. Er wurde vor Wochen in den Grimmzacken getötet.« Die Stimme des Elfenkönigs klang jetzt hastig und erregt, und die Worte sprudelten nur so heraus. »Ich war bei ihm. Wir waren ausgezogen, um den Schwarzen Elfenstein zu suchen, wie du uns aufgetragen hattest. Wir fanden den Stein, aber die Wesen des Dämonenlords fanden uns auch. Wir waren nur zu fünft, und sie waren hundert. Auch Schädelträger waren dabei. Tay wußte, daß es unser Untergang gewesen wäre. Er hatte seine eigene

Magie bereits dafür gebraucht, um den Elfenstein zu holen, und daher benutzte er ...«

Dem König fehlten die Worte. Er spürte, wie ihm Tränen in die Augen traten und seine Kehle sich zuschnürte. Er konnte nicht weitersprechen.

»Er benutzte den Schwarzen Elfenstein und wurde von ihm zerstört«, beendete der alte Mann den Satz. Seine Stimme war so leise, daß man sie kaum hören konnte. »Obwohl ich ihn gewarnt hatte. Obwohl er wußte, was geschehen würde.« Er verschränkte die müden, alten Hände. »Weil er es tun *mußte*. Weil er nicht anders handeln *konnte*.«

Sie standen einander stumm gegenüber, den Blick abgewandt. Dann bückte Jerle sich und begann, die verstreuten Karten wieder aufzuheben und auf den Tisch neben das Bündel zu legen. Der alte Mann sah ihm einen Augenblick zu, dann bückte auch er sich, um ihm zu helfen. Als die Karten wieder an Ort und Stelle waren, umfaßte Bremen die Hände des Königs mit seinen eigenen.

»Ich bedauere, daß er fort ist, sehr viel mehr, als ich vielleicht ausdrücken kann. Er war für uns beide ein guter Freund.«

»Er hat mir das Leben gerettet«, sagte Jerle leise. Er wußte nicht, was er noch sagen sollte, und dann entschied er, daß das genügen mußte.

Bremen nickte. »Ich war besorgt seinetwegen«, murmelte er, während er die Hände des Elfenkönigs freigab und zu einem Stuhl ging. »Können wir uns setzen, während wir reden? Ich bin seit gestern abend marschiert, um dich zu erreichen. Der Junge hat mich begleitet. Er ist ein Überlebender eines Angriffes auf Varfleet. Die Nordlandarmee verwüstet bei ihrem Vormarsch das Land und seine Bewohner, sie zerstören alles, töten jeden. Der Dämonenlord wird ungeduldig.«

Jerle Shannara setzte sich ihm gegenüber. Die Hände des alten Mannes hatten sich wie getrocknete Blätter angefühlt, als sie sich um seine geschlossen hatten. Wie der Tod. Die Erinnerung an diese

Berührung dauerte an. »Was ist aus den Zwergen geworden?« fragte er in dem Bemühen, seine Gedanken in eine andere Richtung zu lenken. »Wie waren nicht in der Lage, etwas über sie zu erfahren.«

»Die Zwerge versuchten, dem Angriff der Nordländer so lange wie möglich Widerstand zu leisten. Die Berichte über das, was danach geschah, sind widersprüchlich. Es sind zwar Gerüchte, aber ich habe keinen Anlaß zu glauben, daß sie falsch sind. Ich habe Freunde beauftragt, der Wahrheit auf die Spur zu kommen und die Zwerge zu bitten, euch zu Hilfe zu kommen – sofern sie dazu in der Lage sind.«

Der König schüttelte den Kopf. Ein bedrückter Blick trat in seine Augen. »Warum sollten sie uns helfen, nachdem wir sie nicht unterstützt haben? Wir haben sie im Stich gelassen, Bremen.«

»Ihr hattet einen Grund.«

»Vielleicht. Ich bin nicht mehr so sicher. Du hast von Courtann Ballindarrochs Tod gehört? Von der Ermordung seiner Familie?«

»Man hat es mir erzählt.«

»Wir haben getan, was wir konnten, Tay und ich. Aber der Hohe Rat wollte ohne einen König, der sie führen würde, nicht handeln. Es war nicht zu ändern. Also schoben wir unsere Versuche, den Zwergen zu helfen, beiseite und gingen statt dessen auf die Suche nach dem Schwarzen Elfenstein.« Er hielt inne. »Ich frage mich jetzt, ob das eine kluge Wahl war.«

Der Druide beugte sich nach vorn. Sein Blick war ernst. »Ist der Elfenstein in deinem Besitz?«

Der König nickte. »Er ist sicher versteckt und wartet auf dich. Ich will nichts mit ihm zu tun haben. Ich habe gesehen, was er anrichten kann, war Zeuge seiner Gefährlichkeit. Der einzige Trost, den ich aus dieser ganzen Angelegenheit ziehe, ist die Vorstellung, daß der Stein benutzt werden wird, um den Dämonenlord und seine Kreaturen zu zerstören.«

Aber Bremen schüttelte den Kopf. »Nein, Jerle. Das ist nicht der Zweck des Schwarzen Elfensteins.«

Jerle hob überrascht den Kopf. Dann schwollen die Adern an seinen Schläfen vor Zorn. »Willst du damit sagen, daß Tay umsonst gestorben ist? Ist es das, was du meinst?«

»Sei nicht wütend auf mich. Ich mache die Regeln in diesem Spiel so wenig wie du. Auch meine Rolle wird vom Schicksal diktiert. Der Schwarze Elfenstein ist keine Waffe, die den Dämonenlord zerstören kann. Ich weiß, du kannst das nur schwer glauben, aber es ist so. Der Elfenstein ist eine mächtige Waffe, aber sie verwandelt die, die ihn benutzen. Sie werden mit der gleichen Macht infiziert, die sie zu überwältigen suchen. Der Dämonenlord ist so sehr vom Bösen durchdrungen, daß jeder Versuch, den Elfenstein gegen ihn anzuwenden, zur Vernichtung des Benutzers führen wird.«

»Warum haben wir dann soviel riskiert, um ihn zu holen?« Jerle machte seinem Ärger jetzt unverblümt Luft.

Die Worte des alten Mannes waren leise und zwingend. »Weil er nicht in Bronas Hände fallen darf. Weil er in seinen Händen zu einer Waffe würde, gegen die wir nichts ausrichten können. Und, Elfenkönig, weil er für etwas noch viel Wichtigeres benötigt wird. Wenn dies vorbei ist und der Dämonenlord nicht mehr existiert, wird der Elfenstein den Druiden ermöglichen, den Ländern zu helfen – auch wenn ich, der letzte Druide, nicht mehr bin. Er wird ihrer Magie und ihren Überlieferungen erlauben, zu überleben.«

Der König starrte den Druiden wortlos an, als würde er gar nichts begreifen. Ein leises Klopfen an der Tür lenkte sie ab. Der König blinzelte, dann blickte er zur Tür. »Wer ist da?« fragte er gereizt.

Die Tür öffnete sich, und Preia Starle trat ein. Jerles unwirsche Art schien sie nicht weiter zu berühren. Sie blickte erst Bremen, dann Jerle an. »Ich würde den Jungen gerne mit zu den Unterkünften der Elfengarde nehmen, wo er etwas zu essen bekommen und sich ausruhen kann. Er ist erschöpft. Er braucht nicht länger Wache zu stehen; ich habe dafür gesorgt, daß euch niemand stören wird, solange ihr euch unterhalten wollt.« Sie wandte sich wieder Bremen zu. »Willkommen in Arborlon.«

Der alte Mann erhob sich und verbeugte sich leicht. »Mylady Preia.«

Sie lächelte erwidernd. »Niemals für dich. Einfach nur Preia.« Das Lächeln verschwand. »Du weißt also, was geschehen ist?«

»Daß Jerle König ist und du Königin? Es war das erste, was ich erfahren habe, als ich die Stadt erreichte. Alle sprechen darüber. Ihr seid beide gesegnet, Preia. Ihr werdet viel füreinander und für euer Volk tun können. Ich bin sehr glücklich über diese Neuigkeit.«

Ihre Augen glänzten. »Du bist sehr liebenswürdig. Aber entschuldigt mich jetzt. Ich werde den Jungen mitnehmen. Macht euch keine Sorgen um ihn, wir haben bereits Freundschaft geschlossen.«

Sie ging wieder durch die Tür und zog sie hinter sich zu. Bremen sah erneut den König an. »Du hast großes Glück, daß du sie hast«, sagte er ruhig. »Ich nehme an, du weißt das.«

Jerle Shannara dachte daran, daß er Preia vor noch nicht allzulanger Zeit beinahe verloren hätte. Der Gedanke, die Vorstellung, daß sein Bild von ihr so falsch gewesen war, verfolgte ihn noch immer. Tay und Preia, die beiden Personen, die ihm von allen anderen auf der ganzen Welt am nächsten standen: Er hatte sie beide falsch eingeschätzt, hatte versagt in dem Bemühen, sie zu kennen, und er hatte eine Lektion erteilt bekommen, die er niemals vergessen würde.

Es war jetzt wieder still im Zimmer. Das Zwielicht füllte die Ecken mit Schatten, und der Regen draußen plätscherte sanft. Der König erhob sich und zündete die Kerzen wieder an, die der Wind ausgeblasen hatte. Die Dunkelheit verzog sich. Der alte Mann beobachtete ihn wortlos und wartete.

Der König nahm wieder Platz, er fühlte sich immer noch unbehaglich. Er runzelte die Stirn, als er Bremens scharfem Blick begegnete. »Ich dachte gerade, wie wichtig es ist, nichts für selbstverständlich zu halten. Ich hätte daran denken müssen, als es um den Schwarzen Elfenstein ging. Aber Tay zu verlieren war nicht möglich, ohne zu glauben, daß er für einen guten Zweck gestorben ist.

Ich hatte irrtümlich angenommen, daß der Stein der Zerstörung des Dämonenlords dienen sollte. Es ist schwer zu akzeptieren, daß Tay für etwas anderes gestorben ist.«

»Es ist schwer zu akzeptieren, daß er überhaupt gestorben ist«, sagte Bremen ruhig. »Aber sein Tod hängt trotzdem mit der Zerstörung des Dämonenlords zusammen, und er ist nicht weniger wertvoll oder wichtig, nur weil der Elfenstein eine andere Funktion hat, als du dachtest. Tay würde das verstehen, wäre er hier. Als König mußt du das gleiche tun.«

Jerle Shannaras Lächeln war bitter und gequält. »Es ist noch neu für mich, König zu sein. Es ist nicht das, was ich gewollt hatte.«

»Das ist nicht weiter schlimm«, erwiderte der Druide achselzuckend. »Zielstrebigkeit ist nicht die Charaktereigenschaft, die dir in der Auseinandersetzung mit dem Dämonenlord helfen wird.«

»Und *was* wird mir helfen? Erzähl mir von dem Schwert, Bremen.« Die Ungeduld des Königs mischte sich jetzt in Jerle Shannaras Wut und Entmutigung. »Die Nordlandarmee marschiert auf uns zu. Sie wird das Rhenntal in zwei Tagen erreicht haben. Wir müssen sie dort aufhalten, sonst sind wir verloren. Wenn wir aber eine wirkliche Chance haben wollen, brauche ich eine Waffe, gegen die der Dämonenlord machtlos ist. Du sagtest, du hättest eine solche mitgebracht. Erzähl mir von ihrem Geheimnis. Erzähl mir, was sie tun kann.«

Er wartete jetzt, mit gerötetem Gesicht, mit eifriger Miene. Bremen rührte sich nicht; er hielt dem Blick stand und sagte nichts. Dann stand er auf, ging zum Tisch mit den Karten, nahm das eingewickelte Bündel hoch und reichte es dem König. »Dies gehört jetzt dir. Öffne es.«

Jerle Shannara tat, wie ihm geheißen; er öffnete die Knoten, die den Stoff zusammenbanden, und wickelte das Tuch vorsichtig auseinander. Als er fertig war, hielt er ein Schwert und dessen Scheide in der Hand. Das Schwert war von durchschnittlicher Länge und Größe, aber ungewöhnlich leicht und von vollendeter Form. Im

Griff war das Bild der Hand eingraviert, die eine brennende Fackel hält. Der König zog das Schwert aus der Scheide und bewunderte die glatte, makellose Oberfläche der Klinge, staunte über das Gefühl in seiner Hand – als würde sie dorthin gehören, als wäre sie wirklich für ihn gemacht. Versunken betrachtete er sie einen Augenblick. Die Flamme kletterte aus der Fackel und lief bis zur Spitze der Klinge. In dem trüben Licht des Arbeitszimmers konnte man sich beinahe einbilden, daß sie mit einem ganz eigenen Licht flakkerte. Jerle hielt das Schwert mit gestrecktem Arm vor sich hin, prüfte seinen Griff und das Gleichgewicht. Das Metall glitzerte lebhaft im Kerzenlicht.

Der König sah Bremen an und nickte langsam. »Eine wunderbare Klinge«, meinte er weich.

»Es ist mehr daran, als das, was du siehst, Jerle Shannara – und auch weniger«, erwiderte der alte Mann rasch. »Also höre gut zu, was ich dir sage. Diese Information ist nur für dich. Allein Preia darf es sonst noch wissen, und auch nur, wenn du es für wichtig hältst. Vieles hängt davon ab. Ich muß dein Wort darauf haben.«

Der König zögerte, blickte auf das Schwert und nickte dann. »Ich gebe dir mein Wort.«

Der Druide ging zu ihm. Er stand dicht neben ihm und senkte seine Stimme. »Indem du das Schwert annimmst, machst du es zu deinem. Aber du mußt seine Geschichte kennen und seinen Zweck, wenn es dir wirklich dienen soll. Zuerst also seine Geschichte.«

Er hielt inne und suchte vorsichtig nach Worten. »Das Schwert wurde von einem der besten Schmiede im Südland nach einer Rezeptur aus der alten Welt geschmiedet. Hitze und Magie haben es getempert. Es ist aus einer Legierung hergestellt, die es sowohl leicht als auch stark werden ließ. Es wird im Kampf nicht zerschellen, ob es von Eisen oder Magie getroffen wird. Es wird jeder Prüfung standhalten, der du es aussetzt. Es ist mit Druidenmagie versehen. In dem Metall verbirgt sich die Kraft sämtlicher Druiden, die jemals gewesen sind, all jener, die im Laufe der Jahre nach

Paranor gekommen und dann von dieser in die nächste Welt übergetreten sind. Nachdem es geschmiedet worden ist, brachte ich es zum Hadeshorn und rief die Geister dieser Druiden aus der Unterwelt herbei. Sie erschienen alle, und einer nach dem anderen trat vor und berührte diese Klinge. Du hast den Eilt Druin, das Medaillon der Hohen Druiden und Symbol ihrer Stärke, gesehen. Er ist bei der Herstellung der Klinge in den Griff eingelassen worden – eine Hand, die eine Flamme emporhält. Dies wollten die Geister bezeugen, ihm wollten sie den letzten Rest ihrer irdischen Macht spenden – die verbliebene Macht, die sie in ihre neue Existenz hatten hinüberretten können.

Und das bringt uns jetzt zum Zweck des Schwertes. Es ist eine wunderschön gestaltete Klinge, eine Waffe von großer Kraft und Dauer – aber das allein reicht nicht aus, um es in die Lage zu versetzen, den Dämonenlord zu vernichten. Das Schwert ist nicht dazu gedacht, wie eine gewöhnliche Waffe benutzt zu werden. Das kann es, und ganz sicher wird es das auch. Aber es wurde nicht wegen der Schärfe seiner Klinge oder der Härte seines Metalls geschmiedet, sondern wegen der Kraft der Magie, die in ihm ruht. Diese Magie, Elfenkönig, ist es, die dir den Sieg verschaffen wird, wenn du dem Wesen Brona gegenüberstehst.«

Er holte tief Luft, als hätte ihn das Reden angestrengt. Sein zerfurchtes Gesicht wirkte müde und blaß in dem schwachen Licht. »Die Kraft dieses Schwertes, Jerle Shannara, ist die Wahrheit. Die einfache, reine Wahrheit. Die umfassende, ungeschminkte Wahrheit. Die vollkommene Wahrheit ohne jede Täuschung, Lüge und Fassade, so daß sich der, gegen den die Magie des Schwertes gerichtet ist, völlig offenbart. Es ist eine mächtige Waffe, eine, der Brona nichts entgegenzusetzen hat, denn er ist in Täuschungen und Lügen und Fassaden gehüllt, existiert im Schatten und Verborgenen. Das sind die Fallen seiner Stärke. Er überlebt, indem er die Wahrheit über sich selbst in Schach hält. Zwinge ihn, sich dieser Wahrheit zu stellen, und er wird verdammt sein.

Ich verstand dieses Geheimnis noch nicht, als es mir am Hadeshorn erklärt wurde. Wie kann die Wahrheit stark genug sein, eine so gewaltige Gestalt wie den Dämonenlord zu vernichten? Aber nach und nach erkannte ich es. Die Worte ›Eilt Druin‹ bedeuten ›Durch Wahrheit zur Macht‹. Das war das Bekenntnis der Druiden, ihr selbstgestecktes Ziel, als sie sich auf Paranor versammelt hatten, und seit der Zeit des Ersten Rates ihre Absicht den Rassen gegenüber: die Menschen mit der Wahrheit zu versorgen. Wahrheit für mehr Wissen und Verständnis. Wahrheit zur Erleichterung des Fortschritts. Wahrheit, um Hoffnung bieten zu können. Indem sie dies taten, konnten die Druiden den Rassen helfen, sich zu erneuern.«

Seine dunklen Augen blinzelten. Er schien sehr weit weg zu sein. »Was sie einst im Leben waren, liegt nun in der Klinge, die du trägst, und du mußt eine Möglichkeit finden, wie ihr Vermächtnis dir nutzen kann. Es wird nicht einfach sein. Es ist nicht so einfach, wie es zunächst scheinen mag. Du wirst das Schwert im Kampf gegen den Dämonenlord tragen. Du wirst ihn in die Enge treiben. Du wirst ihn mit dem Schwert berühren, und seine Magie wird ihn zerstören. All das ist möglich. Aber nur, wenn du in deinem Entschluß, in deinem Geist und in deinem Herzen stärker bist als er.«

Der Elfenkönig schüttelte den Kopf. »Wie kann ich das tun? Selbst, wenn ich akzeptiere, was du mir gesagt hast – und ich weiß noch nicht einmal, ob ich das kann, es ist nicht leicht, daran zu glauben –, wie kann ich stärker sein als eine Kreatur, die sogar dich zerstören könnte?«

Der alte Mann griff nach Jerles Hand, die das Schwert umfaßte, und hob sie empor, so daß das Schwert zwischen ihnen hing. »Indem du die Macht des Schwertes zuerst gegen dich selbst richtest!«

Furcht trat in die Augen des Elfenkönigs und glitzerte scharf in dem Licht. »Gegen mich? Die Druidenmagie?«

»Höre mir zu, Jerle«, beruhigte der andere ihn. Er umfaßte das Handgelenk des Elfen, so daß der Arm, der das Schwert hielt, nicht zur Seite fallen konnte und die helle, glänzende Klinge sie wie ein silberner Faden verband. »Was von dir erwartet wird, ist nicht einfach – das habe ich dir bereits gesagt. Aber es ist möglich. Du mußt die Macht des Schwertes gegen dich selbst richten. Du mußt dich von der Magie erfüllen lassen und gestatten, daß sie dir die Wahrheiten deines eigenen Lebens offenbart. Du mußt gestatten, daß sie sich vor dir entblößen, sich dir so zeigen, wie sie sind, und dich angreifen. Einige von ihnen werden unangenehm sein. Es wird schwierig sein, ihnen gegenüberzutreten. Wir sind Geschöpfe, die unaufhörlich uns und unser Leben gestalten, um die Fehler zu überleben, die wir gemacht haben. In vielerlei Hinsicht ist es das, was uns einer Kreatur wie Brona gegenüber verletzlich macht. Aber wenn du die Selbstprüfung, die das Schwert erfordert, überstehst, wirst du aus der Erfahrung stärker als dein Feind hervorgehen und ihn zerstören können. Denn, Elfenkönig, Brona kann eine solche Selbstprüfung nicht zulassen, weil er aus nichts anderem als Lügen, Halbwahrheiten und Täuschungen besteht!«

Eine lange Pause entstand, während der die beiden Männer sich ansahen, als wollten sie sich gegenseitig messen. »Wahrheit«, sagte der Elfenkönig schließlich mit einer so leisen Stimme, daß der Druide ihn kaum hören konnte. »Was für eine brüchige Waffe.«

»Nein«, erwiderte der andere rasch. »Die Wahrheit ist niemals brüchig. Sie ist die stärkste Waffe von allen.«

»Wirklich? Ich bin ein Krieger, ein Kämpfer. Waffen sind alles, was ich kenne – Waffen aus Eisen, geführt von starken Männern. Du sagst, daß mir all dies nichts nützen wird, daß ich dies alles beiseite legen muß. Du sagst, ich muß zu etwas werden, das ich niemals gewesen bin.« Er schüttelte langsam den Kopf. »Ich weiß nicht, ob ich das kann.«

Der alte Mann ließ ihn los, und das Schwert sank nach unten. Er legte seine knochigen Hände auf die mächtigen Schultern des Königs. Es steckte eine unerwartete Kraft in diesem alternden Körper, und eine wilde Entschlossenheit lag in seinen Augen.

»Du mußt dich daran erinnern, was du bist«, flüsterte der Druide. »Du mußt dich daran erinnern, wie du zu dem wurdest, was du bist. Du bist niemals einer Herausforderung ausgewichen. Du hast niemals die Verantwortung von dir gewiesen. Du hast niemals Angst gehabt. Du hast überlebt, was die meisten anderen getötet hätte. Dies ist deine Geschichte, ist das, was und wer du bist.«

Der Druck der Hände verstärkte sich. »Du hast großen Mut, Jerle, und ein kühnes Herz. Aber du mißt dem Tod von Tay Trefenwyd mehr Bedeutung bei als deinem eigenen Leben. Nein, werde nicht wütend. Ich will weder Tay kritisieren noch geringschätzen, was sein Tod dir bedeutet. Ich will dich nur daran erinnern, daß es die Lebenden sind, die zählen. Immer. Gib deinem Leben, was ihm zusteht, Elfenkönig. Sei stark, wo du stark sein mußt. Schiebe die Möglichkeit, gegen den Dämonenlord vorzugehen, nicht einfach deshalb von dir, weil dir die Waffe, die dazu ausgewählt wurde, unbekannt ist. Sie ist auch ihm unbekannt. Er kennt Klingen, die von Menschen hergestellt wurden, und er wird deine für eine solche halten. Überrasche ihn. Laß ihn den Geschmack von einer ganz besonderen Art Metall schmecken.«

Jerle Shannara wich jetzt ein wenig zurück, er schüttelte den Kopf und betrachtete das Schwert immer noch zweifelnd. »Ich bin nicht so dumm, etwas nur deshalb nicht zu glauben, weil es mir schwerfällt, es zu akzeptieren«, sagte er. Er blieb vor dem Fenster stehen und schaute nach draußen in den Regen. »Aber das hier ist schwer. Es verlangt soviel von mir.« Sein Mund wurde zu einer harten Linie. »Wieso bin ich dazu auserwählt? Es macht keinen Sinn für mich. Es gibt so viele, die besser für eine solche Waffe geeignet sind. Ich verstehe etwas von Eisen und roher Kraft. Dies hier... dieses raffinierte Kunstwerk ist mir nicht geheuer. Wahrheit als Waffe macht nur Sinn, wenn es um Ratsversammlungen oder Politik geht. Sie erscheint mir nutzlos auf einem Schlachtfeld.«

Er drehte sich zu dem Druiden um. »Ich würde mich dem Dämonenlord ohne Zögern entgegenstellen, wenn ich diese Waffe wie eine gewöhnliche Klinge führen könnte, die ein Meisterschmied zu diesem Zweck mit all seinen Fähigkeiten aus Metall schmiedete. Ich könnte die Waffe ohne irgendwelche Zweifel annehmen, wenn ich sie als das benutzen könnte, was sie zu sein vorgibt.« Seine blauen Augen blickten gequält. »Aber dies hier? Ich bin ungeeignet dafür, Bremen.«

Der Druide nickte langsam als Zeichen des Verstehens. »Aber du bist alles, was wir haben, Jerle. Wir können nicht wissen, wieso du dazu ausersehen wurdest. Möglicherweise, weil es dein Schicksal war, Elfenkönig zu werden. Vielleicht auch aus Gründen, die hinter allem liegen, was wir erkennen können. Vielleicht könnten die Toten es uns sagen, aber sie haben sich entschieden, es nicht zu tun. Wir müssen das akzeptieren und weitermachen. Du bist derjenige, der das Schwert tragen soll. Du sollst es in den Kampf führen. Es ist vorherbestimmt. Es gibt keine andere Wahl, und du mußt das Beste daraus machen.«

Seine Stimme verklang zu einem Flüstern. Draußen fiel der Regen immer noch unaufhörlich in einem weichen, regelmäßigen Fluß und hüllte das Waldland in silbrigen Glanz. Der Tag war mit der Sonne nach Westen gezogen, und nun herrschte Dämmerung. Arborlon lag ruhig im Schutz des Waldes – eine Stadt, die langsam ihr nächtliches Kleid anlegte. Es war still im Arbeitszimmer, still im Sommerhaus, und es war, als gäbe es niemanden sonst in der Welt außer diesen beiden Männern, die im Zwielicht der Kerze dastanden und einander anblickten.

»Warum darf niemand außer mir von dem Geheimnis des Schwertes wissen?« fragte Jerle Shannara ruhig.

Der alte Mann lächelte traurig. »Du könntest deine Frage selbst beantworten, wenn du wolltest, Elfenkönig. Niemand darf davon wissen, weil es niemand glauben würde. Wenn deine Zweifel gegenüber den Fähigkeiten des Schwertes so groß sind, denk darüber nach, welche Zweifel deine Leute haben würden. Vermutlich sogar Preia. Das Schwert bezieht seine Kraft aus der Wahrheit. Wer wird glauben, daß etwas so Einfaches gegen die Macht des Dämonenlords bestehen kann?«

Ja, wer? dachte der König.

»Du hast es selbst gesagt. Ein Schwert ist eine Waffe für den Kampf.« Aus dem Lächeln wurde ein müder Seufzer. »Laß die Elfen damit zufrieden sein. Zeige ihnen das Schwert, das du trägst, die Waffe, die dir übergeben wurde, und sage nur, daß sie ihnen sehr nützlich sein wird. Mehr wollen sie nicht wissen.«

Jerle Shannara nickte wortlos. Nein, dachte er, mehr wollen sie nicht wissen. Der Glaube funktioniert am besten, wenn er von keiner Vernunft getrübt wird.

In diesem Augenblick voller Selbstzweifel und Ängste, in diesem Moment stiller Zustimmung zu einem Pakt, den er weder annehmen noch zurückweisen konnte, wünschte er sich, daß es auch für ihn so einfach wäre zu glauben.

Kapitel 28

Gegen Mittag des folgenden Tages war Jerle Shannara auf dem Weg zum Tal von Rhenn und dem Kampf, den das Schicksal für ihn bestimmt hatte. Er war kurz nach dem Sonnenaufgang mit Preia, Bremen, Allanon, einigen Beratern und seinen Heeresführern von Arborlon aufgebrochen. Drei Kompanien von Elfenjägern folgten ihnen, zwei bestanden aus Fußsoldaten, die andere war beritten. Vier Kompanien lagerten bereits vor dem Eingang des Tals, und zwei weitere würden einen Tag später folgen. Zurück in Arborlon blieben die übrigen Mitglieder des Hohen Elfenrates unter der Leitung des ersten Ministers Vree Erreden, drei Reservekompanien, die Bewohner der Stadt und Flüchtlinge aus den umliegenden Gebieten, die aus Furcht vor der drohenden Invasion in die Stadt gezogen waren. Zurück blieben auch all die Streitereien und Auseinandersetzungen über künftiges Vorgehen und politische Weisheit. Zeit und Möglichkeiten waren begrenzt, und zu einem großen Teil würde die herannahende Armee entscheiden, wie beides genutzt werden würde.

Der Elfenkönig erzählte niemandem von seinem Gespräch mit dem Druiden. Er hatte es abgelehnt, eine öffentliche Erklärung abzugeben, woher sein Schwert stammte. Nur Preia hatte er davon berichtet, aber auch ihr nur erzählt, daß der Dämonenlord gegenüber der Waffe machtlos wäre. Der Magen hatte sich ihm umgedreht, und er hatte gespürt, wie ihm das Blut ins Gesicht geschossen war, während er diese Worte gesprochen hatte, denn sein Glaube daran war noch sehr zerbrechlich und leicht zu erschüttern. Er betrachtete das Konzept der Wahrheit als Waffe im Kampf wie einen kostbaren Schatz. Während sie nach Osten ritten, ließ er sich immer wieder sein Gespräch mit dem alten Mann durch den Kopf gehen. Er war so sehr in seine Gedanken versunken, daß er mehrmals nicht reagierte, als Preia, die neben ihm ritt, mit ihm sprach. Er ritt in voller Rüstung. Das Schwert hing ihm auf dem Rücken; es war im Vergleich zu dem Kettenpanzer und dem Schild so leicht, daß es auch aus Papier hätte bestehen können. Er dachte oft während der Reise daran, wie es sich anfühlte, und sein Gewicht kam ihm so flüchtig vor wie der Gebrauch, für den es bestimmt war. Er hatte immer noch Schwierigkeiten, es als eine wirkliche Möglichkeit anzuerkennen, es als handfeste Tatsache zu begreifen. Er mußte erst sehen, wie es funktionierte. Sein Verstand arbeitete nun einmal so, und er war machtlos dagegen. Wirklich war, was er sehen und fühlen konnte. Alles andere war wenig mehr als Worte.

Er äußerte seine Zweifel Bremen gegenüber nicht. Ein Lächeln trat auf seine Lippen, wenn er dem alten Mann begegnete. Er achtete darauf, daß er immer Zuversicht ausstrahlte. Er tat es für sich selbst, aber auch für sein Volk. Die Armee würde ihre Zuversicht aus seinem Verhalten beziehen, und wenn der König einen selbstbewußten Eindruck machte, würden auch seine Leute es sein. Es war ihm schon lange bewußt, daß Schlachten von solchen Dingen entschieden wurden, und er richtete sich gewöhnlich danach. Diese Armee, diese Nation stand unter seinem Befehl – im Guten wie im Schlechten. Was ihnen bevorstand, würde für jeden einzelnen eine Prüfung sein, wie sie sie noch niemals zuvor erlebt hatten. Also hatte er beschlossen, seinen Teil dazu beizutragen.

»Du hast seit Stunden kein Wort mehr gesprochen«, bemerkte Preia plötzlich. Sie wartete, bis er sie ansah, um sicher zu sein, daß er auch zuhörte, ehe sie weitersprach.

»Wirklich?« erwiderte er. Er war beinahe überrascht, sie neben sich zu finden, so sehr war er in Gedanken gewesen. Sie ritt einen ausdauernden Grauen namens Asche. Auch sie hatte all ihre Waffen angelegt. Es war von Anfang an klar gewesen, daß sie mitkam. Ihre adoptierten Söhne hatten sie in der Obhut anderer zurückgelassen. Preia war wie Jerle für den Kampf geboren.

»Dich bedrückt etwas«, erklärte sie und sah ihn unverwandt an. »Warum erzählst du mir nicht, was es ist?«

Warum eigentlich nicht? Er lächelte wider Willen. Sie kannte ihn zu gut, als daß er ihr etwas hätte vormachen können. Dennoch konnte er ihr von seinen Zweifeln nichts sagen. Er konnte es nicht, denn er mußte allein damit fertig werden. Niemand konnte ihm helfen. Nicht jetzt, zumindest nicht, solange er noch keinen festen Boden unter den Füßen spürte.

»Mir fehlen die Worte, um es zu erklären«, sagte er schließlich. »Ich denke noch darüber nach. Bitte habe etwas Geduld.«

»Vielleicht hilft es dir, wenn du es einfach probierst.«

Er nickte und schaute in ihr schönes Gesicht, er sah die Intelligenz in ihren Augen, sah die Wärme und Fürsorge in ihrem Herzen. Seine Gefühle ihr gegenüber hatten sich in der letzten Zeit gewandelt. Das Gefühl von Fremdheit, das immer zwischen ihnen bestanden hatte, war verschwunden. Sie waren jetzt so untrennbar miteinander verbunden, daß er den Eindruck hatte, was auch immer ihm geschehen würde, würde auch ihr geschehen – und umgekehrt. Auch wenn es der Tod selbst wäre.

»Gib mir etwas Zeit«, bat er sie sanft. »Dann werden wir darüber sprechen.«

Sie griff nach seiner Hand und drückte sie einen Augenblick. »Ich liebe dich«, sagte sie.

So kam es, daß er am Nachmittag, als sie das Tal von Rhenn hinaufritten, immer noch nicht von seinen Sorgen gesprochen hatte und sie immer noch darauf wartete, daß er es tun würde. Der Tag war hell und warm, die Luft süß vom Geruch feuchten Grases und des Blattwerks, der Wald um sie herum getränkt mit Erinnerungen an die Regengüsse der vergangenen Wochen. Die Wolken hatten sich schließlich gelichtet, aber der Boden war noch weich, und der Pfad, über den die Elfen nach Osten gekommen waren, morastig. Den ganzen Tag über trafen Berichte von dem Teil der Armee ein, die bereits seit längerem am oberen Teil des Tals ihre Verteidigungsposition eingenommen hatte. Die Nordlandarmee näherte sich weiterhin, sie schob sich langsam von Norden und Süden über die Streleheimebene. Die einzelnen Einheiten trafen unterschiedlich schnell ein, abhängig von ihrer Größe und Beweglichkeit, und je nachdem, zu welchen Teilen sie aus Fußsoldaten, Pferden oder Packtieren bestanden. Die Armee des Dämonenlords war gewaltig und schwoll immer noch weiter an. Bereits jetzt füllte sie das flache Gelände an der Mündung des Tals, so weit das Auge reichte. Sie war viermal so groß wie die Armee der Elfen, und das Verhältnis würde sich mit jeder neu eintreffenden Einheit weiter verschlechtern. Die Meldungen wurden mit ruhigen, gleichmäßigen Stimmen vorgetragen, denen absichtlich jede Emotion fehlte, aber Jerle Shannara war geübt im Erkennen dessen, was sich in den kleinen Pausen und im Tonfall verbarg. Er spürte erste Ansätze von Furcht.

Es war ihm klar, daß er etwas dagegen würde tun müssen. Und zwar schnell.

Ihre Situation war trostlos. Reiter waren nach Osten zu den

Zwergen gesandt worden, um von ihnen Unterstützung zu erbitten, aber die aus dem Westland hinausführenden Pfade waren von den Patrouillen der Nordländer besetzt, und es würde Tage dauern, ehe ein Reiter einen Weg an ihnen vorbei gefunden hätte. Bis dahin waren die Elfen auf sich allein gestellt. Niemand konnte ihnen zu Hilfe kommen. Die Trolle waren ein unterdrücktes Volk, ihre Armeen waren Sklaven des Dämonenlords. Die Gnome waren selbst in ihren besten Zeiten schlecht organisiert und hatten ohnehin für die Elfen nicht viel übrig. Die Menschen hatten sich tief in das Südland in ihre verstreut liegenden Städte zurückgezogen und besaßen überhaupt keine Kampfkraft. Nur die Zwerge waren geblieben – falls sie überlebt hatten. Noch immer gab es keine Nachricht darüber, ob Raybur und seine Armee dem Angriff der Nordlandarmee entkommen waren.

Es gab also genug Grund zur Furcht, dachte Jerle Shannara, während sie durch die Wälder am westlichen Eingang des Rhenntales zogen – der Elfenkönig, seine Begleiter und Berater sowie drei Kompanien von Kriegern. Es gab zu viele Gründe – doch sie durften nicht die Oberhand gewinnen.

Was aber konnte er dagegen tun?

Bremen ritt mit Allanon an seiner Seite ein paar hundert Meter weiter hinten zwischen den Beratern des Königs und den Befehlshabern der Elfenarmee. Er dachte über dieselbe Frage nach. Aber ihn sorgte nicht die Furcht der Elfenkrieger, sondern die des Königs. Denn selbst wenn Jerle Shannara es nicht zugeben wollte oder es ihm vielleicht gar nicht bewußt war – auch er fürchtete sich. Seine Angst war nicht offensichtlich, nicht einmal ihm selbst, aber dennoch war sie da. Wie ein heimtückischer Jäger lauerte sie in den Winkeln seines Geistes und wartete auf ihre Chance. Bremen hatte sie einen Tag zuvor gespürt, in dem Augenblick, als er dem König die Macht des Schwertes enthüllt hatte. Und da war sie gewesen, in seinen Augen, in den Tiefen seiner Verwirrung und Unsicherheit, dort nagte sie und wuchs und konnte am Ende zum Verderben führen. Trotz der Anstrengung des alten Mannes, trotz seiner eigenen, starken Überzeugung von der Macht des Talismans – der König glaubte nicht. Er wollte, aber er tat es nicht. Er würde sicherlich versuchen, einen Weg zu finden, aber es gab keine Sicherheit dafür. Bei all den Ereignissen, die geschehen waren, hatte Bremen niemals so etwas in Betracht gezogen. Jetzt war er dazu gezwungen. Er mußte den Tatsachen ins Auge sehen.

Den ganzen Tag, während er ritt, beobachtete er den König, er bemerkte sein Schweigen, erkannte die Anspannung in Kiefer und Nacken. Er ließ sich weder von dem Lächeln noch der Zuversicht überzeugen, die Jerle den anderen vorspielte. Der Krieg, der im Innern des Elfenkönigs tobte, war unmißverständlich. Er rang darum, zu akzeptieren, was ihm erzählt worden war, aber seine Bemühungen versagten. Er war mutig und entschlossen, daher würde er das Schwert in die Schlacht tragen und sich gegen den Dämonenlord stellen, wie ihm aufgetragen war. Aber sein mangelnder Glaube würde dabei zutage treten, seine Zweifel würden ihn schwächen, und er würde sterben. Die Unausweichlichkeit war geradezu zwingend. Eine andere, stärkere Stimme als die Bremens war notwendig. Der alte Mann wünschte plötzlich, Tay Trefenwyd wäre noch am Leben. Tay hatte Jerle Shannara sehr nahe gestanden und hätte einen Weg gefunden, um zu ihm durchzudringen und ihn zu überzeugen, seine Bedenken und Zweifel zu zerstreuen. Tay hätte sich mit dem König gegen den Dämonenlord gestellt, genau wie Bremen es geplant hatte, aber zusammen mit Tay wäre es etwas anderes gewesen. Vielleicht der entscheidende Unterschied.

Aber Tay war tot, und so mußten Stimme und Kraft von jemand anderem kommen.

Bremen mußte auch über Allanon nachdenken. Von Zeit zu Zeit warf der alte Mann dem Jungen einen Blick zu. Sein Begleiter war immer noch schweigsam, aber er weigerte sich nicht länger, überhaupt zu sprechen. Zum Teil war dies Preias Verdienst. Der Junge war von ihr angetan und hörte auf ihren Rat. Nach einer Zeit begann er, sich zu öffnen. Seine gesamte Familie war bei dem Überfall der Nordlandarmee umgekommen, hatte er ihnen erzählt. Er hatte fliehen können, weil er zu Beginn des Angriffs nicht zu Hause gewesen war und sich dann versteckt gehalten hatte. Er hatte viele Grausamkeiten gesehen, aber er sprach niemals davon. Bremen drängte ihn nicht. Es genügte, daß der Junge überlebt hatte.

Aber er mußte die Vision Galaphiles berücksichtigen, und die konnte er nicht so leicht von sich schieben. Was mochte es bedeuten – er und der Junge am Ufer des Hadeshorn in Gegenwart von Galaphiles Schatten, die hellen, überschäumenden Gestalten der Geister der Toten über dem brodelnden Wasser wirbelnd, die Luft düster und voller Schreie und die Augen des fremden Jungen fest auf ihn gerichtet? Der Druide konnte es nicht erkennen. Und was hatte der Junge überhaupt im Tal von Shale zu suchen, wenn dort an den Wassern des Hadeshorn die Toten herbeigerufen wurden – an einem Ort, wo sich aufzuhalten keinem Menschen erlaubt war und nur er sich hintraute?

Die Vision verfolgte ihn. Merkwürdigerweise hatte er Angst um Allanon. Er wollte ihn beschützen. Er spürte, daß er sich in einer Weise zu dem Jungen hingezogen fühlte, die er selbst nicht erklären konnte. Vielleicht hatte es mit ihrer beider Einsamkeit zu tun. Keiner von ihnen hatte mehr eine Familie oder ein Heim. Keiner gehörte irgendwohin. Beide zogen sich von der Welt zurück, und das war so sehr ein Geisteszustand wie eine Tatsache des Lebens und ebenso unabänderlich. Daß Bremen Druide war, trennte ihn auf eine Weise von den anderen, die er nicht ändern konnte, selbst, wenn er gewollt hätte. Aber der Junge hatte sich genauso von ihnen entfernt – zum Teil durch seine eindeutig vorhandene Fähigkeit, in die Gedanken anderer Leute einzudringen; ein Geschenk, daß nur wenige anerkannten. Zum Teil auch durch eine außergewöhnliche Wahrnehmung, die an der Grenze zur Vorahnung lag. Diese seltsamen Augen waren ein Spiegel seines scharfen Geistes und Verstandes, aber sie verbargen noch andere Fähigkeiten. Allanon sah sein Gegenüber an, als könnte er direkt hindurchblicken, und der Blick täuschte nicht. Allanons Fähigkeit, jemanden zu durchschauen und zu erkennen, war erschreckend.

Was sollte Bremen mit dem Jungen tun? Was war es, das er in ihm erkennen sollte? Es war ein Tag für unlösbare Rätsel und nicht zu beantwortende Fragen, und der alte Mann trug die Bürde ihres nagenden Gewichts mit stoischer Ruhe, während er nach Osten ritt. Lösungen und Antworten, glaubte er, würden bald genug kommen.

Als sie das Tal von Rhenn erreichten, verließ Jerle Shannara die anderen und ritt mit Preia fort, um sich die Verteidigungslinie anzusehen und die Elfen wissen zu lassen, daß er angekommen war. Er wurde überall herzlich willkommen geheißen, und er winkte lächelnd und erklärte seinen Männern, daß alles gut werden würde und sie die eine oder andere Überraschung für die Nordländer bereithielten.

Dann machte er sich auf, um einen Blick auf das Lager des Feindes zu werfen. Dieses Mal nahm er einen Führer mit, denn der Boden des Tals war bereits mit Fallen übersät, und er wollte nicht aus Versehen in eine von ihnen hineinstolpern. Preia blieb bei ihm; ihr Anblick war den Kriegern inzwischen genauso vertraut wie der des Königs. Niemand sprach, während sie dem Führer über die grasigen Anhöhen und breiten Steigungen, über einen Streifen abgebrannten Boden und zu einem Punkt in den Felsen hinauf folgten, der die rechte Flanke der Verteidiger vor Blicken aus dem Tal abschirmte. Kundschafter und Läufer hatten hier oben ein kleines Lager errichtet und hielten Wache. Jerle grüßte und trat dann an den Felsvorsprung, um hinabzuschauen.

Vor ihm erstreckte sich die wimmelnde Masse der Nordlandarmee, ein gewaltiger, träger Koloß aus Männern, Tieren, Wagen und Kriegsmaschinen, eingehüllt in Hitze und Staub. Überall war Bewegung. Waffen und Vorräte wurden herbeigeschafft und geordnet, und die einzelnen Einheiten waren damit beschäftigt, sich entlang der Frontlinie in eine gute Position zu bringen. Belagerungsmaschinen wurden an einer Seite aufgestellt. Das Lager war etwa eine Meile vom östlichen Ende des Tals entfernt, weit draußen, wo sie Platz genug hatten, um sich weiter auszudehnen. Jerle spürte die Unsicherheit seiner eigenen Leute. Er wußte, daß Preias Schweigen als kühles Abschätzen ihrer Chancen zu deuten war. Die Armee, die sich anschickte, ihr Heimatland anzugreifen, war eine Lawine, die nicht leicht abzuwenden sein würde.

Er nahm sich Zeit, um die Szene in aller Ruhe zu studieren. Er registrierte, wo Nahrungsmittel, Ausrüstung und Waffen lagen. Er zählte Belagerungsmaschinen und Katapulte. Er bemühte sich, die Banner der Kompanien zu erkennen, die gegen ihn kämpfen würden, und er schätzte die Stärke von Reiterei und Fußsoldaten ab. Er beobachtete, wie sich von Norden und Süden aus der Ebene von Streleheim mehrere Packzüge näherten. Sorgfältig wägte er seine Möglichkeiten ab.

Dann kletterte er wieder hinab und ritt gemeinsam mit Preia zu seiner Hauptstreitmacht zurück. Er rief seine Befehlshaber und Berater zusammen, um Kriegsrat zu halten.

Sie versammelten sich in einem Zelt, das etwas abseits der Frontlinie der Elfensoldaten aufgestellt worden war. Die Elfengarde sorgte dafür, daß sie ungestört blieben. Preia war natürlich anwesend, ebenso wie Bremen. Kier Joplin hatte den Befehl über die Reiterei, Rustin Apt und Cormorant Etrurian den über die Fußsoldaten. Außerdem waren die Befehlshaber Prekkian von der Schwarzen Wache und Trewithen von der Elfengarde anwesend. Dies war das Herz seines Kommandos, die Männer, auf die er sich hauptsächlich stützte. Wenn sie überhaupt eine Chance gegen die Armee haben wollten, die sich gegen sie rüstete, dann mußte er sie überzeugen.

»Ich bin erfreut, euch zu sehen, meine Freunde«, grüßte er. Er hatte seine Waffen jetzt abgelegt und stand locker und gelöst vor ihnen. Sie saßen im Kreis, so daß er sie alle sehen oder direkt ansprechen konnte, falls es nötig sein sollte. »Ich bin am Taleingang gewesen und habe die Armee gesehen, die uns bedroht. Ich denke, unser Plan ist klar. Wir müssen angreifen.«

Rufe der Überraschung und des Widerwillens wurden laut – er hatte es erwartet. »Bei Nacht«, rief er in das plötzliche Getöse. »Jetzt!«

Rustin Apt sprang auf. Er war älter geworden und kraftvoll, von so breiter und kompakter Statur, daß es den Anschein hatte, als könnte ihn nichts fortbewegen, wenn er seinen Fuß erst einmal irgendwo hingesetzt hatte. »Mylord, nein! Angreifen? Das könnt Ihr nicht ...«

»Immer mit der Ruhe, Rustin.« Der König schnitt ihm mit einer scharfen Handbewegung das Wort ab. »In der richtigen Situation kann ich alles. Du kennst mich gut genug. Also hört jetzt alle einen Augenblick zu. Die Nordlandarmee schmachtet vor uns, fett und unverfroren hält sie sich für unbesiegbar und denkt niemals daran, daß jemand mit ihr spaßen würde. Sie glaubt, daß wir uns hinter unserer Verteidigungslinie in Sicherheit bringen. Aber sie wird größer und größer, und unsere Elfenjäger bemerken es und beginnen zu verzweifeln. Wir können nicht einfach nur dasitzen und warten, bis sie so groß geworden ist, daß sie uns mit einem Mal verschlucken kann. Wir können nicht dasitzen und auf den unausweichlichen Angriff warten. Wir müssen die Schlacht zu ihnen tragen, jetzt, zu unseren Bedingungen, zu einer Zeit unserer Wahl – wenn *wir* dazu bereit sind und nicht sie.«

»Schön und gut«, sagte Kier Joplin ruhig. Er war klein und kompakt und hatte flinke, dunkle Augen. »Aber mit welchem Teil der Armee willst du diesen Angriff durchführen? Die Dunkelheit wird uns helfen, aber die Pferde werden von weitem zu hören sein, und die Fußsoldaten werden in Stücke gerissen werden, ehe sie sich in Sicherheit bringen können.«

Zustimmendes Gemurmel wurde laut. Jerle nickte. »Du hast die gleichen Gedanken, wie ich sie hatte. Was aber, wenn der Feind uns nicht finden kann? Wenn wir unsichtbar werden, sobald sie glauben, sie haben uns? Wenn wir nach und nach angreifen, ein Schlag hier, einer dort, aber ihnen niemals mehr als ein paar Handgemenge liefern?«

Jetzt war es vollkommen still. »Wie willst du das machen?« fragte Joplin schließlich.

»Ich werde es euch erklären. Aber vorher möchte ich, daß ihr meiner Idee grundsätzlich zustimmt. Ich bin überzeugt, daß wir etwas tun müssen, wenn wir das Vertrauen unserer Krieger in sich stärken wollen. Ich sehe, wie es erlahmt. Ist meine Einschätzung falsch?«

Wieder trat Stille ein. »Nein, du hast recht«, sagte Joplin schließlich.

»Kier, du hast auf die Gefahr hingewiesen, die ein Angriff in sich birgt. Jetzt möchte ich, daß ihr die möglichen Vorteile bedenkt. Wenn wir sie überraschen, sie stören und belästigen, vielleicht sogar ein bißchen verletzen, gewinnen wir Zeit und Vertrauen. Hier sitzen zu bleiben, bringt uns weder das eine noch das andere.«

»Zugegeben«, sagte Cormorant Etrurian schnell. Er hatte ein schmales Gesicht; ein hagerer Mann, der sich in den Grenzkriegen bewährt hatte. Er war früher Adjutant des alten Apt gewesen. »Auf der anderen Seite wäre eine Niederlage zu diesem Zeitpunkt verheerend. Es könnte auch sein, daß sie dann noch früher angreifen.«

»Du hast vielleicht auch unrecht, wenn du glaubst, daß sie uns nicht erwarten«, stimmte Cormorants alter Mentor ein. »Wir wissen nicht, was mit den Zwergen geschehen ist. Und wir stehen einer kampferprobten Armee gegenüber, die vielleicht mehr Tricks kennt als wir.«

»Wir sind deutlich in der Unterzahl«, fügte Etrurian mißmutig hinzu. »Mylord, diese Taktik ist einfach zu gefährlich.«

Jerle nickte bei jedem neuen Kommentar und wartete, bis seine Zeit gekommen war. Er wartete, bis sie alle ihre Einwände vorgebracht hatten. Er warf einen Blick auf Preia, die ihn ernst ansah, dann auf Bremen, dessen ausdruckslose Miene nichts von dem enthüllte, was er dachte. Er schaute von einem Gesicht zum nächsten, versuchte herauszufinden, auf welche der Anwesenden er sich fest verlassen konnte. Auf Preia selbstverständlich. Aber die anderen, seine Befehlshaber ebenso wie Bremen, waren noch zu keinem Entschluß gekommen, oder sie hatten sich gegen ihn entschieden. Er wollte ihnen nichts aufzwingen, wenn sie nicht dafür waren, ob er nun König war oder nicht. Aber eine tiefe Entschlossenheit hatte ihn ergriffen. Wie also sollte er sie überzeugen?

Die Stimmen der anderen verklangen. Jerle Shannara richtete sich auf. »Wir sind Freunde, wir alle hier«, begann er. »Wir arbeiten auf das gleiche Ziel hin. Ich weiß, welch gewaltige Aufgabe vor uns liegt. Wir sind alles, was noch zwischen dem Dämonenlord und der Zerstörung der Vier Länder steht. Vielleicht sind wir bereits die letzte Streitmacht, die noch Kraft genug besitzt, sich ihm entgegenzustellen. Vorsicht ist also notwendig. Aber wir müssen auch Risiken eingehen. Es kann keinen Sieg geben ohne Risiko – schon gar nicht hier, an diesem Ort, zu dieser Zeit, gegen diesen Feind. Risiken bestehen bei jedem Kampf, wir können das nicht ignorieren. Wir können uns nur anstrengen, es so gering wie möglich zu halten.«

Er ging zu Rustin Apt und kniete vor ihm nieder. Die erfahrenen, harten Augen des Befehlshabers blickten verwirrt drein. »Was wäre, wenn ich euch einen Weg zeigen würde, wie wir den Feind bei Nacht angreifen könnten? Einen sehr erfolgversprechenden Weg, bei dem nur wenige von uns gefährdet wären, und durch den wir, sollten wir erfolgreich sein, den Feind genug verstören würden, um sowohl das Vertrauen der Armee als auch Zeit zu gewinnen?«

Der alte Mann blickte unsicher drein. »Kannst du das?« brummte er.

»Wirst du an meiner Seite stehen, wenn ich es kann?« drängte der König und ignorierte die Frage. Er schaute nach links und nach rechts. »Werdet ihr es alle tun?«

Der Angriff fand nicht in dieser, sondern in der darauffolgenden Nacht statt. Es dauerte noch einen Tag, bis alle Vorbereitungen getroffen und die Männer ausgewählt waren, die daran teilnehmen würden. Zudem mußten Kier Joplin und seine Reiter nach Norden und Cormorant Etrurian und seine Jäger nach Süden gelangen. Beide Kommandos brachen bei Sonnenaufgang auf und hielten sich im Schutz des Waldes und der Felsvorsprünge, so daß sie den Weg zu ihrem jeweiligen Ziel ungesehen zurücklegen konnten. Die Kommandos mußten klein sein, denn Gerissenheit und Gewandtheit nützte ihnen mehr als Stärke. Jeder hatte genaue Anweisungen erhalten, was zu tun war und wann. Die Koordinierung der verschiedenen Elemente dieses Angriffs erforderte eine genaue zeitliche Planung. Wenn er nicht zum richtigen Zeitpunkt erfolgte, würde der Angriff fehlschlagen.

Jerle Shannara führte die Gruppe im Zentrum an, eine Kompanie aus Bogenschützen und der Elfengarde. Dort würden die Kämpfe am wildesten sein, und er würde niemandem erlauben, seine Stelle einzunehmen. Bremen tobte. Er befürwortete den Plan. Er lobte den Einfallsreichtum des Königs und seinen Mut. Aber es war blanker Irrsinn, daß der König den Angriff selbst leiten wollte.

»Denk nach, Elfenkönig! Wenn du jetzt fällst, ist alles verloren, was wir bisher gewonnen haben!« Er hatte Jerle und Preia Starle seinen Standpunkt mitgeteilt, nachdem die anderen gegangen waren. Bremens schütteres Haar und der Bart flogen bei den ärgerlichen Bewegungen des alten Mannes in alle Richtungen. »Du kannst dein eigenes Leben nicht so aufs Spiel setzen! Du mußt für die Konfrontation mit Brona am Leben bleiben!«

Es hatte zu dämmern begonnen. Draußen gingen die Vorbereitungen für den Angriff am nächsten Tag voran. Jerle Shannara hatte seine Befehlshaber überzeugt; die Kraft seiner Argumente und seines Verstandes war zu groß, als daß sich ihnen jemand hätte entgegenstellen können, zu bestechend, um ignoriert werden zu können. Einer nach dem anderen hatten sie nachgegeben – zuerst

Joplin, dann die anderen. Am Ende waren sie von dem Plan genauso begeistert wie Jerle selbst.

»Er hat recht«, stimmte Preia Starle zu. »Höre auf ihn.«

»Er hat nicht recht«, erwiderte Jerle. Seine Stimme war ruhig, seine Haltung gefaßt, und die Kraft seiner Überzeugung machte sie beide sprachlos. »Ein König muß mit Beispielen führen. Ganz besonders hier, in dieser Situation, wo soviel auf dem Spiel steht. Ich kann von anderen nicht verlangen, was ich nicht selbst tun würde. Die Armee schaut auf mich. Diese Männer wissen, daß ich führe, daß ich nicht zurückbleibe. Sie werden auch hier nicht weniger von mir erwarten, und ich werde sie nicht enttäuschen.«

Er gab nicht nach. Er war zu keinem Kompromiß bereit. Also führte er die Truppen an, wie er gesagt hatte – mit ausdrücklicher Mißbilligung des Druiden –, und Preia war wie immer bei ihm. Sie schlichen um Mitternacht aus dem Tal und hinaus auf die Ebene, auf das Lager des Feindes zu. Sie waren nur wenige hundert, und davon waren doppelt so viel Bogenschützen wie Mitglieder der Elfengarde. Still wie Gespenster kroch eine Handvoll voran und setzte die Wachen außer Gefecht, die am Rand des feindlichen Lagers Wache hielten. Kurz darauf waren auch die übrigen Angreifer kaum noch fünfzig Meter entfernt. Hier warteten sie, die Waffen in den Händen.

Als sie schließlich losschlugen, geschah dies hart und unerbittlich. Es begann im Norden mit Kier Joplin. Der Befehlshaber hatte die Hufe von zweihundert Pferden mit schweren Stoffen umwikkeln lassen und sich dann bei Sonnenuntergang mit zweihundert Männern und den Pferden aufgemacht, um in einem Bogen den nördlichen Teil des feindlichen Lagers zu erreichen. Als die Elfen weniger als hundert Meter entfernt waren, nahmen sie die dämpfenden Tücher ab, warteten bis eine Stunde nach Mitternacht, bestiegen dann ihre Pferde und griffen an. Sie waren über den Nordländern, ehe Alarm gegeben werden konnte. Sie schlugen entlang eines frisch angekommenen und noch nicht ausgeladenen Versorgungszuges zu. Auf ihrem Ritt ins Lager nahmen sie brennende Äste aus den schwelenden Wachfeuern und steckten die Wagen in Brand. Dann wirbelten sie hinüber zu den Belagerungsmaschinen und zündeten die nächststehenden ebenfalls an. Flammen schossen in den Himmel, während die Reiter durch das Lager rasten und wieder in der Nacht verschwanden. Sie waren so schnell fort, daß die Feinde immer noch damit beschäftigt waren, ihre Verteidigung zu formieren, als der zweite Schlag über sie hereinbrach.

Diesmal kam er von Cormorant Etrurian aus dem Südwesten. Er wartete, bis er die Flammen sah, die von der ersten Attacke kündeten; dann griff er an. Er und seine fünfhundert Fußsoldaten, die bereits an Ort und Stelle waren, trieben einen tiefen Keil in die feindlichen Stallungen, töteten Pferdeknechte und ließen Tiere frei, jagten sie in die Nacht hinaus. Für wenige Augenblicke entwickelten sich Zweikämpfe, dann schwenkten die Elfen nach Westen und zogen sich schnell wieder aus dem Lager zurück und verschwanden.

Die Nordländer reagierten jetzt schneller, aber sie waren verwirrt, denn der Angriff schien von allen Seiten zu kommen. Gewaltige Felsentrolle, riesige Streitäxte und Spieße in den Händen schwingend, mähten alles nieder, das ihnen bei der Suche nach den Angreifern im Weg stand. Aber im Norden brannten die Belagerungsmaschinen und Versorgungswagen, und im Süden rannten die Pferde durcheinander, und so wußte niemand genau, wo der Feind zu finden war. Bremen, der sich bei Jerle Shannaras Kommando in der Ebene versteckt hielt, hatte die Elfen mit Magie eingehüllt und ließ dort Illusionen von Angreifern entstehen, wo keine waren. Der alte Mann konnte solch ein Blendwerk nur eine kurze Zeit aufrechterhalten, jedoch lange genug, um sogar die tödlichen Schädelträger zu irritieren.

Zu diesem Zeitpunkt hatte Jerle Shannaras Truppe sich dem Angriff angeschlossen. Die Bogenschützen wurden von der Elfengarde flankiert und geschützt; sie stellten sich in Reihen an der Lagergrenze der Nordländer auf, spannten ihre langen Bögen und sandten einen Pfeilhagel gegen die Feinde. Schreie erschollen, als die Pfeile ihre Ziele erreichten. Eine Salve nach der anderen prasselte auf die Nordländer nieder, die aufzustehen versuchten und nach ihren Waffen griffen. Der König hielt seine Männer so lange wie möglich an diesem Platz, vielleicht sogar noch einen Augenblick länger. Eine Gruppe von Gnomen schoß wie von Sinnen aus dem Lager und versuchte, die Bogenschützen zu erreichen, aber diese senkten einfach die Bögen und beschossen die unorganisierte Gegenattacke direkt, bis sie zerbrach.

Schließlich schickte sich auch Jerle Shannara an, seine Männer wieder zurückzuziehen. Die Reihen wichen nacheinander zurück, eine deckte jeweils den Rückzug der anderen. Die Männer unter Cormorant Etrurian waren bereits hinter ihnen und trabten rasch durch die Nacht. Sie waren nur undeutliche Schatten auf der Ebene, die von Wolken aus Qualm und Asche überzogen wurde. Felsentrolle erschienen, gewaltige und schwerfällige Kolosse, die aus dem grellen Feuerschein marschierten, Spieße und Streitäxte in der Hand. Pfeile hatten gegen sie keine Wirkung. Die Bogenschützen setzten sich ab, sie rannten durch die dünne Linie der Elfengarde, die noch standhielt. Jerle zog seine Männer schnell zurück, er wollte in dieser Nacht nicht gegen Felsentrolle kämpfen. Keine feindliche Reiterei folgte ihnen, denn die Pferde der Nordländer waren entweder gestohlen oder verjagt worden. Es kam jetzt nur darauf an, den Trollen auszuweichen.

Aber die Trolle, so schwerbewaffnet sie auch waren, kamen schneller näher, als der König erwartet hatte. Die Elfengarde stand jetzt beinahe allein auf der Ebene, während die Bogenschützen und die Elfenjäger in die Sicherheit des Rhenntals zurückgeflohen und die Reiter unter Kier Joplin nach Norden zurückgekehrt waren. Pfeile flogen aus dem Schein des Nordlandlagers heraus. Ein Teil der Elfengarde ging zu Boden und erhob sich nicht mehr. Bremen, der mit den Angreifern auf die Ebene gekommen war, um den König zu beschützen, eilte mit fliegendem schwarzen Umhang hinzu und schleuderte den herannahenden Trollen sein Druidenfeuer entgegen. Das Grasland fing Feuer, und für einen Augenblick brach die Verfolgung zusammen. Die Elfengarde zog sich weiter zurück, sie schützte den alten Mann und den König in ihrer Mitte, wurde aber von allen Seiten bedrängt, während sie auf den Schutz des Tals zueilte. Rauch wirbelte über die Ebene, wurde auf dem Rücken eines plötzlichen Windes voller Hitze und Asche fortgetragen. Preia Starle schoß nach vorn, sie versuchte, eine Bresche durch den Qualm zu schlagen. Aber die Verwirrung durch den Rauch und das Geheule der Verfolger war zu groß. Die kleine Gruppe der Elfenjäger brach auseinander, einige gingen mit Bremen, andere folgten dem König. Jerle Shannara stieß einen Ruf aus, er hörte seinen Namen als Antwort, und plötzlich war alles im tiefen Rauch verschwunden.

Dann krachte etwas Gewaltiges in die Gruppe derer, die mit dem König flohen, stieß die Elfengarde in die Nacht hinaus, schleuderte die Nächststehenden zur Seite, als wären sie nur aus Stroh. Eine ungeheure Form nahm Gestalt an, ein Ungeheuer, das dem Dämonenlord diente und aus der Unterwelt und der Nacht herbeigerufen worden war – nichts als Reißzähne und Klauen und Schuppen. Heulend raste es auf Jerle Shannara zu, und der König hatte kaum Zeit, seine Klinge zu ziehen. Das magische Schwert blitzte auf, seine helle Oberfläche spiegelte das Feuer in der Dunkelheit wider. *Jetzt!* dachte der König und wirbelte das Schwert herum. *Jetzt werden wir ja sehen!* Er beschwor die Magie des Schwertes herauf, rief die Macht an, daß sie ihn beschützen möge, während die Kreatur immer näher kam. Aber nichts geschah. Die Bestie griff an, gut doppelt so groß wie Jerle und auch um einiges breiter. Verzweifelt schlug der König auf sie ein, wie er es bei jedem Feind getan hätte. Das Schwert traf die Bestie, und die Kraft des Hiebes verlangsamte den Angriff. Aber immer noch erschien keine Magie. Jerle Shannara spürte, wie sich plötzlich ein Knoten aus Angst in seinem Magen bildete. Die Bestie wurde jetzt auch von der wieder kampfbereiten

Elfengarde angegriffen, peitschte aber den nächststehenden Elfen das Leben aus dem Leib, schleuderte die übrigen zur Seite und kam wieder auf ihn zu.

In diesem Augenblick erkannte Jerle Shannara, daß er die Magie des Schwertes nicht beschwören konnte und daß jede Hoffnung verloren war, die er darauf gesetzt hatte, daß die Magie ihn beschützen würde. Trotz Bremens Ermahnung hatte er geglaubt, daß eine Magie um das Schwert sein würde, mit der er einen Gegner bezwingen könnte – so etwas wie Feuer, etwas von einer Macht aus der anderen Welt. Aber es war die Wahrheit, die dieses Schwert enthüllte, hatte der alte Mann gesagt, und es schien jetzt nur zu deutlich, daß es nicht mehr vermochte, als die Wahrheit zu enthüllen. Angst drohte ihn zu lähmen, aber mit einem wilden Schrei entriß er sich ihrem Griff und warf sich gegen die angreifende Bestie. Beide Hände um den Griff seines Schwertes, verteidigte er sich in der einzigen Weise, die ihm noch verblieben war. Die breite, glänzende Klinge blitzte auf und grub sich tief in die Kreatur. Blut schoß aus der Wunde. Aber die Bestie kam näher. Sie durchbrach die Abwehr des Königs, schlug ihm die Waffe aus der Hand und schleuderte ihn auf den Boden.

Da erschien Bremen. Wie ein zorniger Geist tauchte er aus der Dunkelheit auf. Seine Hände, in Druidenfeuer gehüllt, schossen nach vorn. Das Feuer löste sich in einem wilden Ausbruch von seinen Fingerspitzen und fraß sich in das Ungeheuer, das gerade nach dem König greifen wollte; es umarmte und verschlang die Bestie und ließ sie zu einer wildzuckenden Fackel werden. Das Monster wich zurück, gellte auf vor Wut, wirbelte herum und raste immer noch brennend in die Nacht davon. Bremen wartete nicht, was daraus werden würde. Er beugte sich zum König hinunter, und zusammen mit anderen Elfen riß er Jerle Shannara hoch und auf die Füße.

»Das Schwert...« begann der König mit brüchiger Stimme. Er schüttelte verzweifelt den Kopf.

Aber Bremen unterbrach ihn mit ernstem Blick. »Später, wenn Zeit dafür ist, Elfenkönig. Du lebst, du hast gut gekämpft, und der Angriff war erfolgreich. Dies ist genug für eine Nacht. Jetzt komm schnell mit, bevor die anderen Kreaturen uns finden.«

Sie flohen wieder durch die Nacht, der König, der Druide und eine Handvoll der Elfengarde. Rauch und Asche verfolgten sie, und weiter hinten erhellten die immer noch brennenden Versorgungswagen und Belagerungsmaschinen den Horizont. Preia Starle kehrte aus der Dunkelheit zurück, sie war atemlos und wirkte sehr mitgenommen. Ihre Augen waren voller Wut und Furcht. Sie stützte Jerle Shannara, während sie weiterflohen. Der König wehrte sich nicht. Ihre Blicke trafen sich, dann wandte er sich ab.

Die Angst, die in den dunklen Winkeln seines Bewußtseins geschwelt hatte, war in dieser Nacht hell aufgelodert – die Angst, daß das Schwert, das man ihm aufgetragen hatte, nicht für ihn gemacht war, und daß es nicht funktionieren würde, wenn es nötig war. Es hatte ihn herausgefordert, und er hatte die Herausforderung nicht bestanden. Wenn Bremen nicht gewesen wäre, wäre er jetzt tot. Ein Wesen von geringerer Magie hätte ihn erledigt, ein Ding von geringerer Macht als der Dämonenlord. Zweifel rüttelte an seiner Entschlossenheit. Alles, was er vor ein paar Stunden noch für möglich gehalten hatte, war verloren. Die Magie des Schwertes paßte nicht zu ihm. Die Magie würde ihm niemals antworten. Es brauchte jemand anderen, jemand, der mehr für den Gebrauch dieser Magie geeignet war. Er war nicht der geeignete Mann. Er war es nicht.

Er konnte die Worte im Herzschlag seines Herzens widerhallen hören, laut und sicher. Er versuchte, seinen Geist und seine Ohren davor zu verschließen, aber er spürte, daß es nicht ging. Voller hoffnungsloser Verzweiflung rannte er weiter.

Kapitel 29

Nachdem Bremen nach Westen aufgebrochen war, um den Elfen das Druidenschwert zu bringen, folgten Kinson Ravenlock und Mareth auf der Suche nach den Zwergen dem Silberfluß in östliche Richtung. Sie schlängelten sich an diesem ersten Tag nördlich des Flusses durch das hügelige Land und kamen den Wäldern des Anar immer näher. Zäher Nebel hing hartnäckig in den Bergen, verflüchtigte sich jedoch schließlich in der Mittagssonne. Am frühen Nachmittag hatten sie den Anar erreicht, und nachdem sie ihre Pferde an einem kleinen Hof zurückgelassen hatten, tauchten sie in den Wald ein. Das Land hier war weich und eben, aber die Wege waren schmal und zu Fuß leichter zu bewältigen. Sonnenstrahlen drangen durch das Laubdach und sprenkelten den Waldboden mit Lichtflecken. Kinson und Mareth aßen nur wenig während ihrer Rast; sie wollten noch etwas aufheben, falls sie nichts anderes finden sollten.

Die Sonne strahlte von einem meist wolkenlosen Himmel und brachte das Grün der Bäume und das Blau des Flusses zum Leuchten. Vogelgezwitscher erfüllte die Luft, und die Geräusche kleiner, durch das Unterholz huschender Tiere drangen zu den Wanderern. Aber der Pfad war ausgetreten und mit den Überbleibseln der Nordlandarmee übersät, und nirgendwo regte sich menschliches Leben. Hin und wieder wehte der schwache Geruch von verbranntem Holz und kalter Asche zu ihnen herüber, und Schweigen breitete sich aus – eine Stille, die so intensiv war, daß sie die beiden veranlaßte, einander wachsam anzuschauen. Sie kamen an kleinen Höfen und Nebengebäuden vorbei, die zum Teil noch standen, zum Teil ausgebrannt waren. Alle waren jedoch verlassen. Es waren keine Zwerge zu sehen. Niemand begegnete ihnen auf ihrem Weg.

»Wir sollten nicht so überrascht sein«, bemerkte Mareth. »Der Dämonenlord hat sich gerade erst aus dem Ostland zurückgezogen. Die Zwerge verstecken sich vermutlich noch.«

Es schien vernünftig, aber es beunruhigte Kinson dennoch, durch ein Land zu reisen, das so unglaublich verlassen war. Es verwirrte ihn, daß nicht einmal Händler zu sehen waren, die ihnen sonst immer wieder begegnet waren. Es machte den Eindruck, als sähe niemand mehr einen Grund, sich in diese Gegend zu wagen. Kinson begann, darüber nachzudenken, wie einfach ein ganzes Volk verschwinden konnte, so als hätte es niemals existiert. Er hatte keinen Maßstab, kein Beispiel für eine Ausrottung von dieser Größenordnung. Was war, wenn die Zwerge einfach ausgelöscht waren? Wenn sie einfach aufgehört hatten zu existieren? Die Vier Länder würden sich von einem solchen Verlust niemals erholen. Es würde niemals wieder wie vorher sein.

Die beiden sprachen nicht viel, während sie so dahinschritten; sie waren zufrieden damit, in Ruhe den eigenen Gedanken nachzuhängen. Mareth hatte den Kopf erhoben und den Blick nach vorn gerichtet; weit über das hinaus, was für beide sichtbar war. Kinson ertappte sich dabei, wie er darüber nachdachte, ob sie wohl ihr Erbe und die damit verbundenen Möglichkeiten im Licht ihrer neuen Erkenntnisse betrachtete. Nicht Bremens Tochter zu sein, nachdem sie so lange fest daran geglaubt hatte, wäre für jeden ein großer Schock gewesen. Möglicherweise die Tochter eines der finsteren Wesen zu sein, die dem Dämonenlord dienten, war noch viel schlimmer. Kinson wußte nicht, wie *er* auf eine solche Offenbarung reagiert hätte. Er glaubte nicht, daß er sie ohne weiteres hätte verdauen können. Bremen hatte betont, daß ihre Eltern keine Auswirkung auf Mareths Charakter haben müßten, aber das zählte natürlich nicht viel. Hier ging es um mehr als nur Logik. Mareth war vernünftig und intelligent, aber die Wirren ihrer Kindheit und die schwierigen Verwicklungen ihres Erwachsenenlebens hatten sie gegenüber Angriffen auf die wenigen Überzeugungen, die ihr bisher Halt gegeben hatten, besonders verletzlich gemacht.

Von Zeit zu Zeit kam ihm der Gedanke, mit ihr darüber zu sprechen. Er hätte ihr gern gesagt, daß sie die Person war, die sie immer geglaubt hatte zu sein, daß er das Gute in ihr sehen konnte, daß er dessen Stärke aus erster Hand miterlebt hatte, und daß sie niemals von etwas so Flüchtigem wie dem Erbe ihres Blutes betrogen werden könnte. Aber ihm fehlten die Worte, in die er derartige Gedanken hätte kleiden müssen, um nicht herablassend zu wirken, und ein solches Risiko wollte er nicht eingehen. Sie schien zufrieden damit, daß er bei ihr war, und trotz seiner harten Erwiderung auf Bremens Vorschlag, daß sie ihm folgen sollte, war auch er insgeheim froh über ihre Begleitung. Er hatte sich an sie gewöhnt, an ihre gemeinsamen Erlebnisse, an ihre Gespräche, an die Art, wie sie jeweils wußten, was der andere dachte, und er verspürte Gefühle für sie, die er nicht so einfach benennen konnte. Sie wurden hervorgerufen durch solch kleine Dinge wie den Klang ihrer Stimme, die Art, wie sie ihn ansah, den Sinn für Kameradschaft, der über das bloße Zusammenreisen hinausging. Es genügte, beschloß er schließlich, daß er dann zugegen sein würde, wenn sie wirklich reden wollte. Sie wußte, daß die Identität und Herkunft ihres Vaters keinen Unterschied für ihn machten. Sie wußte, daß all dies nicht zählte.

Sie erreichten Culhaven gegen Sonnenuntergang, als das Licht bereits verblaßte und es kühler wurde. In den Schatten hing der beißende Gestank des Todes. Die Heimatstadt der Zwerge war bis auf den Grund niedergebrannt, das Land verwüstet. Nichts war übriggeblieben als verkohlte Erde, Trümmer, ein paar verbrannte Holzbalken und verstreute Knochen. Viele der Toten waren dort liegengelassen worden, wo sie gefallen waren. Sie unterschieden sich jetzt kaum noch voneinander, aber die Größe der Knochen verriet, daß auch Kinder darunter gewesen waren. Der Grenzländer und die Druidenschülerin sahen sich traurig um und verschafften sich einen Überblick über die Lage, dann begannen sie, langsam durch die Überreste des Gemetzels zu schreiten. Der Angriff mußte schon einige Wochen her sein, denn das Land hatte sich bereits erholt, und kleine grüne Triebe bahnten sich ihren Weg durch die

Asche. Aber es gab kein menschliches Leben mehr in Culhaven, und über der großen Waldlichtung hing ein Schleier aus gleichgültigem Schweigen.

In der Mitte der Stadt fanden sie ein riesiges Loch – Hunderte von Zwergen hatte man dort hineingeworfen und verbrannt.

»Warum sind sie nicht fortgerannt?« fragte Mareth leise. »Warum sind sie geblieben? Sie müssen es gewußt haben. Sie müssen gewarnt worden sein.«

Kinson blieb still. Sie wußte die Antwort ebensogut wie er. Hoffnung konnte trügerisch sein. Er blickte auf und schaute auf die Ruinen. Wo waren die überlebenden Zwerge? Dies war die Frage, auf die er sich eine rasche Antwort wünschte.

Sie gingen weiter, jetzt schneller, denn es gab nichts zu sehen, was sie nicht bereits in Hülle und Fülle gesehen hätten. Es wurde langsam dunkler, und sie wollten ein gutes Stück hinter den Ruinen der Stadt sein, wenn sie ihr Lager aufschlugen. Hier würden sie ohnehin keine Unterkunft finden. Es gab nichts, das sie hier halten konnte. Sie gingen weiter, folgten dem Fluß dorthin, wo er sich träge aus dem östlichen Wald herauswand. Vielleicht wäre es weiter vorne besser, dachte Kinson hoffnungsvoll. Vielleicht hatte dort jemand überlebt.

Etwas huschte durch die Trümmer neben ihm und ließ den Grenzländer zusammenzucken. Ratten. Er hatte sie vorher nicht gesehen, aber natürlich waren sie da. Ebenso wie andere Aasfresser, vermutete er. Er spürte, wie ihm ein Schauder über den Rücken lief. Er mußte an ein Erlebnis aus seiner Kindheit denken, als er in einer Höhle, die er erkundet hatte, eingeschlafen war und beim Aufwachen Ratten über ihn hinweg krabbelten. In diesen kurzen, furchterregenden Augenblicken hatte er das Gefühl gehabt, dem Tod seltsam nahe zu sein.

»Kinson!« zischte Mareth plötzlich und blieb stehen.

Eine Gestalt in einem Umhang stand vor ihnen. Sie bewegte sich nicht. Ein Mensch, so schien es – es war genug von ihm zu sehen, um wenigstens das festzustellen. Woher er gekommen war, blieb ihnen ein Rätsel. Er hatte einfach Gestalt angenommen, als hätte die Luft ihn herbeibeschworen, aber er mußte sich versteckt und auf sie gewartet haben. Er stand ganz in der Nähe des Ufers im Schatten der Reste einer Steinmauer. Er bedrohte sie nicht, sondern stand einfach nur da, wartend, daß sie näher kamen.

Kinson und Mareth wechselten einen Blick. Das Gesicht des Mannes war im Schatten seiner Kapuze verborgen, und die Arme und Beine von den Falten seines Umhangs verhüllt. Es war nicht zu erkennen, wer er war.

»Hallo«, meinte Mareth mutig. Sie hielt den Stab, den Bremen ihr gegeben hatte, wie einen Schild vor sich.

Sie erhielten keine Antwort, und es rührte sich noch immer nichts.

»Wer seid Ihr?« preßte sie hervor.

»Mareth«, wisperte die Gestalt mit leiser Stimme.

Kinson erstarrte. Die Stimme beschwor das Bild von Rattenfüßen und Todesnähe herauf. Er war wieder in der Höhle, wieder ein Junge. Die Stimme kratzte an seinen Nervenenden wie Metall auf Stein.

»Kennt Ihr mich?« fragte Mareth überrascht. Die Stimme schien sie nicht zu beunruhigen

»Ja«, sagte die Gestalt. »Wir alle, die zu deiner Familie zählen. Wir haben auf dich gewartet, Mareth. Wir haben lange gewartet.«

Kinson hörte, wie sie nach Atem rang. »Wovon redet Ihr?« fragte sie schnell. »Wer seid Ihr?«

»Vielleicht bin ich der, den du gesucht hast. Vielleicht bin ich es. Würdest du schlecht von mir denken, wenn ich es wäre? Würdest du ärgerlich werden, wenn ich dir sagte, daß ich ...«

»Nein!« schrie sie mit scharfer Stimme.

»Dein Vater bin?«

Die Kapuze fiel nach hinten, und das Gesicht wurde enthüllt. Es war ein hartes, kräftiges Gesicht, und die Ähnlichkeit mit Bremen war deutlich, auch wenn der Mann vor ihnen jünger war. Aber die Ähnlichkeit schien Mareth unverkennbar. Er ließ zu, daß die junge Frau ihn eine Zeitlang ansah, ihn begutachtete. Er schien Kinson vergessen zu haben.

Er lächelte schwach. »Du siehst dich in mir, nicht wahr, mein Kind? Du siehst, wie ähnlich wir sind? Ist es so schwer zu akzeptieren? Bin ich so abstoßend?«

»Irgend etwas stimmt hier nicht«, warnte Kinson leise.

Aber Mareth schien ihn nicht zu hören. Ihre Augen waren auf den Mann gerichtet, der behauptete, ihr Vater zu sein, auf den dunklen Fremden, der so unerwartet vor ihnen aufgetaucht war. Wie hatte er gewußt, wo er suchen mußte?

»Ihr seid einer von ihnen!« zischte Mareth ihm kalt entgegen. »Einer von denen, die dem Dämonenlord dienen!«

Die strenge Miene veränderte sich nicht. »Ich diene denen, die ich gewählt habe, genau wie du. Aber du dienst den Druiden, weil du mich gesucht hast, nicht wahr? Ich kann es in deinen Augen lesen, Kind. Du hast keine wirkliche Verbindung zu den Druiden. Was sind sie für dich? Ich bin dein Vater, ich bin dein Fleisch und Blut, und deine Verbindung zu mir ist eindeutig. Oh, ich verstehe deine Bedenken. Ich bin kein Druide. Ich habe mich einem anderen Ziel verschrieben, einem dem du entgegenstehst. Dein ganzes Leben lang hast du gehört, daß ich das Böse bin. Aber wie böse bin ich, was glaubst du? Sind die Geschichten alle wahr? Oder sind sie möglicherweise überschattet von denen, die sie erzählen, um ihr eigenes Ziel zu verfolgen? Wieviel von dem, was du weißt, kannst du glauben?«

Mareth schüttelte den Kopf. »Genug, denke ich.«

Der Fremde lächelte. »Dann sollte ich vielleicht nicht dein Vater sein.«

Kinson sah, wie sie zögerte. »Seid Ihr es?«

»Ich weiß es nicht. Ich weiß nicht, ob ich es sein will. Ich würde deinen Haß nicht wollen, wenn ich es wäre. Ich würde mir Verständnis und Toleranz von dir wünschen. Ich würde mir wünschen, daß du mir zuhörst, wenn ich dir von meinem Leben erzähle und davon, wie es deins betrifft. Ich würde mir wünschen, dir erklären zu können, warum das Ziel, das ich verfolge, weder böse noch zerstörerisch ist, sondern auf Wahrheiten beruht, die uns alle befreien werden.« Der Fremde hielt einen Augenblick inne. »Erinnere dich daran, daß deine Mutter mich geliebt hat. Konnte ihre Liebe so fehlgeleitet sein? Konnte ihr Vertrauen in mich so falsch sein?«

Kinson nahm eine unmerkliche Veränderung wahr – einen Lufthauch, eine Rauchschwade, eine Welle im Fluß – etwas, das er nicht sehen, sondern nur spüren konnte. Die kurzen Haare in seinem Nacken sträubten sich auf. Wer war dieser Fremde? Woher war er gekommen? Wenn er Mareths Vater war, wie hatte er sie hier gefunden? Woher wußte er, wer sie war?

»Mareth!« warnte er noch einmal.

»Was ist, wenn die Druiden bei allem, was sie getan haben, einem Irrtum unterlagen?« fragte der Fremde plötzlich. »Was ist, wenn alles, was du geglaubt hast, auf Lügen und Halbwahrheiten und Fälschungen basiert, die bis an den Ursprung der Zeit zurückreichen?«

»Das ist unmöglich«, antwortete Mareth sofort.

»Was ist, wenn du von denen betrogen wurdest, denen du vertraut hast?« fuhr der Fremde hartnäckig fort.

»Mareth, nein!« zischte Kinson ungestüm. Aber sofort hefteten sich die Augen des Fremden auf ihn, und Kinson Ravenlock konnte plötzlich weder sprechen noch sich bewegen. Er war wie erstarrt, als hätte er sich in einen Stein verwandelt.

Die Augen des Fremden richteten sich wieder auf Mareth. »Sieh mich an, Kind. Sieh mich genau an.« Zu Kinsons Erschrecken sah Mareth ihn an. Ihr Gesicht hatte jetzt einen leeren, in die Weite gerichteten Blick, als sähe sie etwas völlig anderes als das, was vor ihr stand. »Du bist eine von uns«, betonte der Fremde. Die Worte waren gleichzeitig sanft und zwingend. »Du gehörst zu uns. Du hast unsere Macht. Du hast unsere Leidenschaft. Du hast alles, was wir haben, nur eines nicht. Dir fehlt unser Ziel. Du mußt es in dich aufnehmen, Mareth. Du mußt akzeptieren, daß wir recht haben mit dem, was wir suchen – Stärke und ein langes Leben durch den Gebrauch der Magie. Du hast gespürt, wie es durch deinen Körper strömt. Du hast dich gefragt, wie du es zu etwas Eigenem machen kannst. Ich werde dir zeigen, wie. Ich werde dich lehren. Du mußt nichts von dem verbergen, was zu dir gehört. Du brauchst keine Angst zu haben. Das Geheimnis liegt darin, dem Beachtung zu schenken, was es von dir will, es nicht zu unterdrücken, vor seinen Ansprüchen nicht zu fliehen. Verstehst du mich?«

Mareth nickte kaum wahrnehmbar. Kinson sah, wie der Fremde vor ihnen sich unmerklich veränderte. Er schien jetzt gar nicht mehr so menschlich, erinnerte auch nicht mehr an Bremen oder Mareth. Er wurde statt dessen etwas ganz anderes.

Langsam und unter Schmerzen wehrte der Grenzländer sich gegen die unsichtbaren Ketten, die seine Muskeln festhielten. Vorsichtig führte er die Hand an der Hüfte entlang zu der Stelle, wo sein langes Messer in der Scheide steckte.

»Vater?« rief Mareth plötzlich. »Vater, warum hast du mich verlassen?«

Eine lange Stille breitete sich in der dunklen Nacht aus. Kinsons Hand schloß sich um den Griff seines Messers. Seine Muskeln schrien vor Schmerzen, und sein Geist fühlte sich betäubt an. Das hier war eine Falle wie die, die der Dämonenlord ihnen auf Paranor gestellt hatte! Hatte der Fremde auf sie gewartet, oder nur auf irgend jemandem, der gerade hierherkam? Hatte er wirklich gewußt, daß Mareth kommen würde? Hatte er gehofft, es würde Bremen sein? Seine Finger krallten sich um das Messer.

Jetzt winkte der Fremde der jungen Frau. Seine Hand war knotig, und die Finger hatten Klauen. Aber Mareth schien es nicht zu bemerken. Sie machte sogar einen kleinen Schritt auf ihn zu.

»Ja, Kind, komm zu mir«, drängte der Fremde. Seine Augen

waren jetzt rot wie Blut, und scharfe Zähne erschienen hinter dem Lächeln, das so heimtückisch war wie der Biß einer Schlange. »Laß mich dir alles erklären. Nimm meine Hand, nimm die Hand deines Vaters, und ich werde dir erzählen, was du wissen solltest. Dann wirst du verstehen. Du wirst sehen, daß ich recht habe. Du wirst die Wahrheit erkennen.«

Mareth ging noch einen Schritt auf ihn zu. Sie ließ die Hand, mit der sie den Druidenstab umfaßt hielt, etwas sinken.

Im nächsten Augenblick hatte sich Kinson Ravenlock aus der Magie befreit, die ihn gefangengehalten hatte, er sprengte die unsichtbaren Fesseln und riß sein Messer heraus. In einer einzigen fließenden Bewegung ließ er das Messer auf den Fremden zuschnellen. Mareth schrie vor Angst auf – ob es Furcht um sich selbst oder ihren Vater oder gar um Kinson war, hätte der Grenzländer nicht sagen können. Aber der Fremde veränderte sich blitzartig, und verwandelte sich in etwas eindeutig nicht mehr Menschliches. Ein Arm hob sich, und ein Strahl giftgrünen Feuers schoß nach vorne und verbrannte das Jagdmesser mitten in der Luft.

Das, was jetzt im Dunst aus Rauch und flackerndem Licht vor ihnen stand, war ein Schädelträger.

Ein zweites Mal explodierte ein Feuerstrahl aus den Fingerkrallen, aber Kinson bewegte sich bereits, stürzte sich auf Mareth und riß sie herunter aufs aschebedeckte Geröll. Sofort war er wieder auf den Beinen, wartete nicht erst, ob sie sich erholt hatte, sondern hechtete um einen Baum herum und auf den Schädelträger zu. Er würde schnell sein müssen, wenn er leben wollte. Die Kreatur schlich auf sie zu, Feuer blitzte von den Fingerspitzen, und rote Augen glommen im Schatten der Kapuze. Kinson griff an, und das Feuer verfehlte ihn nur um Haaresbreite, als er sich nach unten warf und hinter das Gerippe eines kleinen Baumes rollen ließ. Der Schädelträger wandte sich rasch in seine Richtung, flüsterte heimtückische und haßerfüllte Worte voll düsterer Versprechungen.

Kinson zog sein Breitschwert. Er hatte seinen Bogen verloren, der hier als Waffe besser geeignet gewesen wäre – obwohl er in Wahrheit keinerlei Waffe besaß, die ihn retten konnte. List und Schläue hatten ihn in der Vergangenheit geschützt, und beides würde ihm in dieser Situation nicht helfen.

»Mareth!« schrie er verzweifelt.

Dann sprang er aus seinem Versteck und auf den Schädelträger zu.

Der geflügelte Jäger stellte sich zurecht, um dem Angriff zu begegnen, die Hände hatte er erhoben, die Klauen sprühten Funken. Kinson erkannte schnell, daß er zu weit entfernt war, um gegen das Monster etwas auszurichten, bevor das Feuer ihn treffen würde. Er sprang nach links und suchte nach einer möglichen Deckung, fand aber nichts. Der Schädelträger baute sich finster und furchterregend vor ihm auf. Kinson versuchte, seinen Kopf zu schützen.

Da schrie Mareth mit scharfer Stimme auf. »Vater!«

Der Schädelträger wirbelte bei dem Klang ihrer Stimme herum, aber das Druidenfeuer schoß bereits aus der erhobenen Spitze von Mareths Stab. Es bohrte sich in den Körper des geflügelten Jägers, und er wurde rücklings gegen eine Wand geschleudert. Kinson taumelte; er fiel hin, als er versuchte, seine Augen zu schützen. Mareths Gesicht wirkte hart in dem tödlichen Licht, es schien wie aus Stein gehauen. In einem ständigen Strom sandte sie Feuer auf den Schädelträger zu, durch seine Abwehr hindurch, durch die dicke Haut, mitten ins Herz. Die Kreatur schrie vor Haß und Schmerz, riß ihre Arme empor, als glaubte sie, noch wegfliegen zu können. Dann verschlang das Feuer die Bestie völlig, und sie verwandelte sich zu Asche.

Mareth schleuderte voller Wut den Stab fort, und das Druidenfeuer erstarb.

»Also gut, Vater«, zischte sie den Überresten entgegen, »ich habe dir meine Hände gegeben, daß du sie in deinen halten konntest. Jetzt erzähle mir von Wahrheit und Lügen. Komm, Vater, sprich zu mir!«

Tränen liefen ihr über die Wangen. Die Nacht schloß sich wieder um sie, und die Stille kehrte zurück. Kinson stand langsam auf und ging auf die junge Frau zu. Er zog sie vorsichtig an sich. »Ich glaube nicht, daß er noch viel dazu zu sagen hat, oder?«

Sie schüttelte wortlos den Kopf, der an seiner Brust ruhte. »Ich war eine solche Närrin. Ich konnte nicht anders. Ich mußte ihm einfach zuhören. Ich habe ihm beinahe geglaubt! All diese Lügen! Aber er war so überzeugend. Wieso wußte er von meinem Vater? Woher wußte er, was er sagen mußte?«

Kinson strich ihr übers Haar. »Ich weiß es nicht. Die dunklen Wesen dieser Welt kennen manchmal die Geheimnisse, die wir verborgen halten. Sie entdecken unsere Ängste und Zweifel und nutzen sie gegen uns. Bremen hat es mir einmal erzählt.« Er drückte das Kinn auf ihr Haar. »Ich nehme an, diese Kreatur hat auf einen von uns gewartet – auf dich, mich, Bremen, Tay oder Risca – weil wir ihren Meister bedrohen. Diese Falle ähnelte der, die der Dämonenlord in Paranor für uns bereithielt, und sie war für die erstbeste Person gedacht, die hineinlaufen würde. Aber Brona benutzte diesmal einen Schädelträger, und das bedeutet, daß er sehr viel Angst vor dem hat, was wir tun könnten.«

»Ich hätte uns beinahe getötet«, flüsterte sie. »Du hattest recht mit dem, was du über mich gesagt hast.«

»Ich hatte nicht recht«, erwiderte er rasch. »Wäre ich alleine hierhergekommen, ohne dich, wäre ich tot. Du hast mir das Leben gerettet. Und das hast du mit deiner Magie getan. Sieh dir den Boden an, auf dem du stehst, Mareth. Und dann sieh dich selbst an.«

Sie tat, was er sagte. Der Boden war schwarz und verkohlt, aber sie war unberührt. »Siehst du es nicht?« fragte er sanft. »Der Stab hat deine Magie in bestimmte Bahnen gelenkt, genau wie Bremen es vorhergesagt hatte. Er trug das fort, was dich bedrohen konnte und behielt nur das, was gebraucht wurde. Endlich hast du Kontrolle über deine Magie.«

Sie sah ihn fest an, und die Trauer in ihrem Blick war deutlich.

»Das zählt nicht mehr, Kinson. Ich möchte keine Kontrolle mehr über die Magie haben. Ich will gar nichts mehr damit zu tun haben. Ich habe genug. Ich habe genug davon – wer ich bin, woher ich komme, wer meine Eltern waren, alles, was mit mir zu tun hat.«

»Nein«, sagte er ruhig. Er hielt ihren Blick fest.

»Doch. Ich wollte der Kreatur glauben, sonst hätte ich mich nicht so einfangen lassen. Wenn du dich nicht aus ihrem Griff hättest befreien können, wären wir jetzt beide tot. Ich war nutzlos. Ich bin so von der Suche nach der Wahrheit über mich gefangen, daß ich alle um mich herum in Gefahr bringe.« Ihr Mund wurde hart. »Mein *Vater*, so nannte er sich. Ein Schädelträger. Diesmal waren es Lügen, aber beim nächsten Mal vielleicht nicht. Vielleicht stimmt es. Vielleicht ist mein Vater ein Schädelträger. Ich will es nicht wissen. Ich will gar nichts mehr von Magie und Druiden und geflügelten Jägern und Talismanen wissen.« Sie begann wieder zu weinen, und ihre Stimme bebte. »Ich habe damit abgeschlossen. Jemand anderes soll dich weiterbegleiten. Ich will nicht mehr.«

Kinson starrte ins Dunkel hinaus. »Das kannst du nicht tun, Mareth«, erklärte er schließlich. »Nein, sag jetzt nichts, höre mir einfach nur zu. Du kannst das nicht tun, weil es nicht zu dir paßt. Du mußt weitermachen. Du wirst gebraucht, um denen zu helfen, die sich nicht selbst helfen können. Ich weiß, du hast nicht nach Verantwortung gesucht. Aber sie ist da, die Bürde, die du tragen mußt, weil du eine von den wenigen bist, die die Last auf sich nehmen können. Du, Bremen, Risca und Tay Trefenwyd – die letzten Druiden. Nur ihr vier, denn es ist sonst niemand mehr da, und es wird vielleicht auch niemand mehr da sein.«

»Das ist mir gleichgültig«, murmelte sie matt. »Es ist mir egal.«

»Nein, das ist es nicht«, beharrte er. »Es ist euch allen nicht gleichgültig. Wenn es so wäre, wäre der Kampf mit dem Dämonenlord längst vorüber, und wir wären alle tot.«

Sie standen da und schauten einander an, wie Statuen in den Ruinen der Stadt.

»Du hast recht«, sagte sie schließlich so leise, daß er sie kaum verstehen konnte. »Es ist mir nicht gleichgültig.«

Sie hob den Kopf und küßte ihn auf den Mund. Sie schlang ihre Arme um seine Taille und drückte ihn fest an sich. Es war ein langer Kuß, den sie ihm gab, und es war mehr als nur Freundschaft oder Dankbarkeit. Kinson Ravenlock fühlte, wie etwas tief in seinem Innern warm wurde, etwas, von dem er bisher nicht gewußt hatte, daß es da war. Er erwiderte den Kuß und schlang seine Arme um sie.

Danach blieben sie noch einen Augenblick eng aneinandergedrückt stehen. Ihr Kopf ruhte auf seiner Brust, und er konnte spüren, wie ihr Herz klopfte, hörte ihre Atemzüge. Sie trat einen Schritt zurück und sah ihn an, ohne ein Wort zu sagen, und Verwunderung stand in ihren großen dunklen Augen.

Sie bückte sich, hob den heruntergefallenen Stab auf und ging wieder auf den Wald zu, um dem Silberfluß weiter nach Osten zu folgen. Kinson starrte ihr nach, bis sie nur noch ein Schatten war; er versuchte zu begreifen, was geschehen war. Dann gab er auf und folgte ihr.

Sie marschierten zwei Tage, ohne jemandem zu begegnen. Alle Dörfer, Höfe und Handelsplätze, an denen sie vorbeikamen, waren ausgebrannt und verlassen. Es gab Hinweise darauf, daß die Nordlandarmee vorbeigekommen war und die Zwerge geflohen waren, aber es gab keine Überlebenden. Vögel flogen über den Himmel, kleine Tiere schossen durch das Unterholz, Insekten summten in den Sträuchern, und Fische schwammen im Wasser des Silberflusses, aber es waren keine Zwerge oder Angehörige anderer Rassen zu sehen. Die beiden achteten wachsam auf weitere Schädelträger oder andere der unzähligen Kreaturen der Unterwelt, die sich dem Dämonenlord verpflichtet hatten, aber es tauchten keine auf. Sie fanden etwas zu essen und Wasser, aber niemals viel und immer in der Wildnis. Die Tage vergingen langsam und waren heiß, und nur hin und wieder kühlte die schwüle Luft durch gelegentliche, unregelmäßige Regenfälle ab. Die Nächte waren klar und tief und voller Sterne. Die Welt war friedlich und ruhig und leer. Es entstand das Gefühl, als wären alle, Freunde und Feinde zugleich, vom Angesicht der Welt verschwunden.

Mareth erwähnte ihre Herkunft oder den Gedanken, die Suche aufzugeben, nicht wieder. Sie sprach nicht mehr von der Abscheu, die sie gegenüber ihrer Magie empfand oder von der Furcht vor denen, die sie ausübten. Sie schwieg den größten Teil der Reise, und wenn sie doch etwas sagte, so betraf es das Land, durch das sie zogen und die darin lebenden Geschöpfe. Es schien, als hätte sie die Ereignisse bei Culhaven hinter sich gelassen und sich an den Gedanken gewöhnt, bei Kinson zu bleiben, wenn sie auch ihre Entscheidung nicht in Worte kleidete. Allerdings lächelte sie ihn häufig an und setzte sich manchmal, bevor sie einschlief, noch nah zu ihm.

»Ich bin nicht mehr wütend«, sagte sie schließlich, als sie nebeneinander über eine Wiese mit lauter gelben Wildblumen gingen. Sie sah nach vorn und wich seinem Blick geschickt aus. »Ich war so lange wütend«, fuhr sie nach einem Augenblick fort. »Auf meine Mutter, auf meinen Vater, auf Bremen, die Druiden, jeden. Die Wut gab mir Kraft, aber jetzt entzieht sie mir Energie. Jetzt bin ich einfach nur noch müde.«

»Ich verstehe«, erwiderte er. »Ich reise seit mehr als zehn Jahren – so lange, wie ich mich erinnern kann – immer auf der Suche nach etwas. Jetzt möchte ich einfach nur stehenbleiben und mich ein wenig umschauen. Ich möchte irgendwo ein Heim haben. Hältst du das für dumm?«

Sie lächelte bei seinen Worten, sagte aber nichts.

Gegen Ende ihres dritten Tages, nachdem sie Culhaven verlassen hatten, erreichten sie das Rabenhorngebirge. Im Schutz seines Schattens erklommen sie die Gebirgsausläufer, als die Sonne hinter dem westlichen Horizont zu versinken begann. Der Himmel war ein wunderbarer Regenbogen aus Orange, Purpur und Lila. Die Farben breiteten sich überall aus, sie befleckten die Erde und reichten bis in die dunkler werdenden Ecken des Landes. Kinson und Mareth waren stehengeblieben und schauten sich gerade fasziniert dieses Schauspiel an, als ein einzelner Zwerg auf dem Weg vor ihnen erschien.

»Wer seid Ihr?« fragte er sie unumwunden.

Er war allein und trug nur einen schweren Knüppel, aber Kinson wußte sofort, daß noch andere in der Nähe waren. Er teilte dem Zwerg ihre Namen mit. »Wir suchen nach Risca«, verriet er ihm. »Der Druide Bremen trug uns auf, ihn zu finden.«

Der Zwerg erwiderte nichts darauf, sondern drehte sich statt dessen um und winkte den beiden, ihm zu folgen. Sie marschierten mehrere Stunden lang über einen Weg, der zwischen den Gebirgsausläufern hindurch auf die unteren Abhänge der Berge zuführte. Das Tageslicht verblaßte allmählich, der Mond und die Sterne krochen hervor und beleuchteten ihren Weg. Es wurde kühler, und ihr Atem bildete kleine Wölkchen. Kinson versuchte, noch andere Zwerge zu entdecken, aber er sah niemals mehr als den einen.

Schließlich kamen sie in ein Tal, in dem mehrere Wachfeuer brannten und zehnmal soviel Zwerge um sie herum kauerten. Die Zwerge schauten auf, als sie die Südländer erblickten, und einige erhoben sich von ihren Plätzen. Ihre Blicke waren ernst und argwöhnisch, und die Worte, die sie miteinander wechselten, waren bewußt leise gehalten. Sie trugen nur wenig Besitz bei sich, aber jeder einzelne von ihnen war schwer bewaffnet.

Kinson fragte sich plötzlich, ob er und Mareth in Gefahr waren. Er rückte dichter an Mareth heran, seine Augen bewegten sich unaufhörlich nach links und rechts. Er hatte kein gutes Gefühl, er fühlte sich bedroht. Vielleicht waren diese Zwerge Abtrünnige, die sich von der Hauptarmee entfernt hatten. Vielleicht existierte die Armee überhaupt nicht mehr.

Und dann war plötzlich Risca da. Er wartete, während sie auf ihn zugingen. Er hatte sich nicht verändert seit dem letzten Mal, als sie ihn am Hadeshorn verlassen hatten – bis auf ein paar zusätzliche

Narben. Als sich auf seinem wettergegerbten Gesicht ein Lächeln ausbreitete und er ihnen seine Hand zur Begrüßung entgegenstreckte, wußte Kinson Ravenlock, daß alles wieder gut würde.

Kapitel 30

Zehn Tage nach Jerle Shannaras nächtlicher Attacke griff die Armee des Dämonenlords im Tal von Rhenn die Elfen an.

Der Schlag traf sie jedoch nicht unvorbereitet. Die ganze Nacht hindurch war es im feindlichen Lager ungewöhnlich hektisch zugegangen. Es waren so viele Wachfeuer angezündet worden, daß es schließlich aussah, als stünde das gesamte Grasland in Flammen. Die Belagerungsmaschinen, die nach dem Überfall noch funktionierten, wurden nach vorne geschafft. Wie Riesen ragten sie in die Nacht. Ihre quadratischen, unförmigen Türme schwankten quietschend und knarrend hin und her, und die langen, gebogenen Arme der Wurfmaschinen warfen Schatten, die an gebrochene Glieder erinnerten. Lange vor Tagesanbruch begannen die verschiedenen Einheiten der Armee sich zu sammeln, und selbst am weit entfernten Eingang des Passes konnten die Elfen das Klirren von Waffen und Rüstungen hören. Das schwere Dröhnen von Stiefeln verkündete ihnen, daß die Kampfeinheiten sich formierten. Pferde wurden gesattelt und nach vorn gebracht, die Reiterei stieg auf und nahm ihre Plätze an der Seite der Armee ein, wo sie die Bogenschützen und Fußsoldaten schützen sollte. Es gab keinen Zweifel darüber, was gerade geschah, und Jerle Shannara beeilte sich mit seiner Antwort.

Der König hatte die Zeit, die ihm sein Überfall verschafft hatte, gut genutzt. Die Nordländer hatten sogar noch mehr Zeit benötigt, um sich zu erholen, als er zu hoffen gewagt hatte. Sein Überfall hatte den Belagerungsmaschinen und Versorgungswagen außerordentlichen Schaden zugefügt und die Nordlandarmee dazu gezwungen, neue Maschinen zu bauen, alte zu reparieren und mehr Material aus dem Norden herbeischaffen zu lassen. Einige Pferde waren wiedergefunden worden, aber eine große Anzahl mußte ersetzt werden. Die Nordlandarmee schwoll wieder an, als neue Verstärkung eintraf, doch die Elfen waren durch die Tatsache ermutigt, daß sie dieser überlegenen Streitmacht so leicht hatten Schaden zufügen können. Sie hatten neue Hoffnung geschöpft, und der König beeilte sich, diese zu seinem Vorteil zu nutzen.

Als erstes brachte Jerle einen großen Teil seiner Armee vom engen Paß am westlichen Ende des Tals zur Ostseite, wo das Tal sich breit zu den Ebenen hin öffnete. Es gab einen einfachen Grund dafür. Es wäre zwar leichter gewesen, den engeren Paß zu verteidigen, aber Jerle zog es vor, den Feind weiter draußen zu beschäftigen – er sollte um jeden Fuß, den er weiter ins Tal vorrücken wollte, kämpfen müssen. Allerdings barg dies die Gefahr, daß die Linie von Jerles wesentlich kleinerer Streitmacht gegenüber der Übermacht zu dünn werden würde, wenn er sie so weit auseinanderzog. Um diesem Risiko vorzubeugen, hatte der König dort, wo sich das Land zur Ebene hin weit öffnete, von besonderen Einheiten eine Reihe von tödlichen Fallen errichten lassen. Jerle traf sich mit seinen Befehlshabern, um seine Strategie zu diskutieren und einfallsreiche Alternativen auszuarbeiten, von denen er hoffte, daß sie die Übermacht der Nordlandarmee ausgleichen würden. Die Truppen des Dämonenlords würden gewinnen, wenn es ihnen gelang, die größere Anzahl ihrer Kämpfer sinnvoll einzusetzen. Und gerade dies galt es zu verhindern.

Als am zehnten Tag also der Morgen anbrach und die Nordlandarmee sich zeigte, warteten die Elfen bereits auf sie. Vier Kompanien Fußsoldaten und Bogenschützen blockierten mit schußbereiten Waffen die weite Öffnung am östlichen Taleingang. Die Reiterei unter Kier Joplin hatte sich bereits zu beiden Seiten entlang den Ausläufern der Westlandwälder verteilt, die die Felsen säumten. In etwas höheren Lagen waren drei weitere Kompanien von Elfenjägern in Stellung gegangen, von Erdwällen und Barrikaden geschützt und mit Bögen, Schlingen und Speeren bewaffnet.

Aber die Armee, die sich vor ihnen sammelte, war in der Tat entmutigend. Mehr als zehntausend Soldaten hatten sich über die Ebene verteilt, so weit das Auge reichte. Die gewaltigen Felsentrolle standen in der Mitte; ihre großen Spieße erhoben sich zu einem Wald aus Holz und Eisen. Gnome und andere Trolle führten sie an und bildeten die Flanken. Hinter ihnen stand schwere Kavallerie, die Lanzen lässig in die Steigbügel gestützt. Zwillingsbelagerungstürme standen rechts und links von der Armee, und Katapulte und Wurfmaschinen waren in ihrer Mitte verteilt. Im Schimmer des neuen Sonnenlichts wirkte die Nordlandarmee groß genug, um jedes Hindernis aus dem Weg räumen zu können, das sich ihr entgegenstellte.

Erwartungsvolle Stille trat ein, als die Sonne sich über den Horizont schob und den neuen Tag verkündete. Die beiden Armeen standen sich auf dem Grasland gegenüber, Waffen und Rüstungen glänzten, Banner wehten im leichten Wind, und der Himmel war eine befremdliche Mischung aus leuchtendem Blau und mattem Grau. Über ihnen segelten Wolken in gewaltigen, dicken Massen dahin und drohten mit Regen noch vor Tagesende. Der saure Geschmack verbrannter Erde hing in der Luft, ein Rest der mit Wasser gelöschten Feuerstellen. Pferde scharrten unruhig mit den Hufen. Die Männer holten tief Luft und verdrängten jeden Gedanken an ihr Heim, an ihre Familie und bessere Zeiten.

Die Erde erbebte unter den Tritten der Nordlandarmee, als sie auf das Tal zumarschierte. Trommeln gaben den Takt an, damit die Fußsoldaten im Gleichschritt marschierten. Die Räder der Katapulte und Belagerungswagen rumpelten. Stiefel und Hufe donnerten so schwer auf dem Boden, daß das Zittern der Erde bis dorthin spürbar war, wo die Elfen warteten. Staub erhob sich von den verdorrten Ebenen und wurde vom Wind in wilden Wolken aufgewirbelt. Die Armee schien selbst jetzt noch anzuschwellen, als wüchse sie allein durch den Staub, den sie aufwirbelte. Die Stille zerbarst, und das Licht veränderte sich. Inmitten des aufgewühlten Staubes und des Dröhnens der herannahenden Armee erhob der Tod sein Haupt und schaute sich erwartungsvoll um.

Jerle Shannara saß still auf seinem Roß, einem Braunen mit Blesse, und beobachtete, wie der Feind näher rückte. Er sorgte sich um die Auswirkungen, die der Anblick auf seine Männer hatte. Allein die Größe der Feindesmacht war entmutigend, und sie näherte sich mit einem Klang, der das Herz erstarren ließ. Der König konnte die Angst spüren, die sich in seinen Kriegern ausbreitete. Es machte ihn ungeduldig und begann, auch an seiner eigenen Entschlossenheit zu nagen.

Schließlich hielt er es nicht länger aus. Spontan ritt er an die Spitze seiner Armee, so daß Preia, Bremen und seine Leibgarde nur noch verdutzt und entsetzt hinter ihm herstarren konnten. Er preschte vor und zog, sichtbar für alle, die Zügel an, dann begann er, den Braunen vor den ersten Reihen auf und ab paradieren zu lassen. Die Elfenjäger starrten ihn überrascht und erfreut an, während er kühn zu ihnen sprach.

»Beruhigt euch«, rief er gelassen. Er lächelte sie an und blickte jedem einzelnen in die Augen. »Die Größe allein macht den Unterschied nicht aus. Dies ist unser Land, unsere Heimat, unser Volk. Wir lassen uns nicht von einem Eindringling vertreiben, dem es an Mut fehlt. Wir können nicht geschlagen werden, solange wir an uns selbst glauben. Bleibt stark. Erinnert euch an unseren Plan. Erinnert euch daran, was wir tun müssen. Sie werden als erste zerbrechen, das verspreche ich euch. Bleibt ruhig. Behaltet euren Mut.«

Dann ritt er die Reihen auf und ab, hielt hier und dort inne, um dem einen oder anderen Mann, den er erkannte, eine kleine Frage zu stellen und ihnen die Zuversicht zu zeigen, die er hatte, und sie an den Mut zu erinnern, von dem er wußte, daß sie ihn besaßen. Er verschwendete keinen einzigen Blick auf die Lawine, die sich ihnen näherte. Sie sind nichts gegen uns, bedeutete er ihnen. Sie sind bereits geschlagen.

Als der Gegner nur noch zweihundert Meter von ihnen entfernt war und das Dröhnen so laut wurde, daß kein Raum mehr für andere Geräusche blieb, erhob Jerle den Arm zum Salut, wendete den Braunen vor den vorderen Reihen und nahm seinen Platz zwischen ihnen ein. Staub wehte über die Ebene und umhüllte die marschierende Armee und die rollenden Wagen. Trommeln hämmerten einen betäubenden Rhythmus. Die Belagerungswaffen bewegten sich immer näher, von Packtieren mit gewaltigen Seilen ruckartig gezogen. Schwerter und Spieße glänzten im dämmrigen Licht.

Dann, als die herannahende Armee noch etwa einhundertfünfzig Meter entfernt war, gab Jerle Shannara das Zeichen, die Ebene in Brand zu stecken.

Eine lange Reihe von Bogenschützen rannte nach vorn und ließ sich auf ein Knie fallen, um die Pfeile anzuzünden. Gewaltige Langbögen hoben und reckten sich gen Himmel, Sehnen wurden gespannt und losgelassen. Die Pfeile flogen mitten in die Nordlandarmee hinein und landeten in dem Gras, das die Elfen in der Nacht zuvor im Schutz der Dunkelheit mit Öl getränkt hatten, als sie wußten, daß der Angriff kurz bevorstand. Überall zwischen den engen Reihen der Feinde flammte Feuer auf, schoß in die staubige Luft, flackerte in den Himmel. Das Feuer raste die langen Reihen entlang, und die Nordlandarmee wurde erst langsamer, bevor sie auseinanderbrach und die Schreie der verängstigten Männer und Tiere sich in die frische Morgenluft erhoben.

Aber die Gegner zogen sich nicht zurück und versuchten auch nicht zu fliehen. Statt dessen durchbrachen die vorderen Reihen die tödlichen Flammen und griffen an. Bogenschützen der Gnome schossen ihre Pfeile in wilden Salven in die Luft, aber sie hatten nicht die Langbögen der Elfen, und die Pfeile flogen nicht weit genug. Die Soldaten kamen näher, die Waffen schwingend und brüllend vor Wut, mit dem einen Ziel, dem Feind entgegenzutreten, der sie so überrascht hatte. Es waren über tausend, hauptsächlich Gnome und gewöhnliche Trolle, wenig diszipliniert und impulsiv, und sie drängten nach vorn in die Falle, die auf sie wartete.

Jerle Shannara ließ seine Krieger bleiben, wo sie waren. Die Bogenschützen hatten sich wieder hinter die Reihen zurückgezogen. Als der Feind nah genug war, so daß sie ihn förmlich riechen konnten, hob der König sein Schwert als Signal für eine Gruppe besonders kräftiger Krieger, sich zwischen den Schwertkämpfern in Position zu bringen. Sie zogen an den schweren, gefetteten Seilen, die im Gras lagen, und Dutzende von Barrikaden mit scharfen Spitzen richteten sich auf, um dem Ansturm zu begegnen. Die Angreifer waren bereits zu nah und konnten ihre Geschwindigkeit nicht mehr drosseln, da sie von den nachfolgenden vorwärtsgedrängt und in die tödlichen Spitzen getrieben wurden. Einige versuchten, die eingefetteten Seile durchzuschneiden, aber die Klingen glitten wirkungslos ab. Aus den Angriffsschreien wurden gellende Schreie des Schmerzes und Entsetzens, und qualvoll wurden die Nordländer von den Barrikaden aufgeschlitzt oder von ihren eigenen Leuten totgetrampelt.

Jetzt ließen die Bogenschützen ein zweites Mal ihre Pfeile in gleichmäßigen Wellen von den Sehnen schnellen. Die Nordländer, deren Vordringen durch die Barrikaden blockiert war, bildeten leichte Ziele. Da es keine Möglichkeit gab, sich zu verstecken, konnten sie sich nicht schützen und wurden zu Dutzenden getötet. Das brennende Gras schloß sie von hinten ein und ließ ihnen keine Chance zu entkommen. Der Rest der feindlichen Armee hatte sich in dem Versuch, das Zentrum des Infernos zu umgehen, aufgeteilt und versuchte denen zu helfen, die weiter vorne gefangen waren. Aber die Belagerungsmaschinen, die von Tieren gezogen und in Position gebracht wurden, behinderten ihren Vormarsch, und schon kamen Elfenjäger von beiden Seiten herbeigeritten und griffen ihre Flanken mit Speeren und Kurzschwertern an. Einer der

Türme fing Feuer. Katapulte spuckten einen tödlichen Hagel aus Steinen und Metallstückchen, doch ihr Ziel wurde von Qualm und Staub verdeckt.

Dann ließ Jerle Shannara die Seile der Barrikaden senken. Die Elfen marschierten vorwärts. Speerwerfer und Schwertkämpfer standen in gestaffelten Reihen. Ihre Reihen waren eng, der Schild des Mannes rechts schützte den Mann links von ihm. Sie marschierten direkt in die verwüstete Nordlandarmee hinein, ein erbarmungsloser, stetiger Vormarsch. Verzweifelt über ihre aussichtslose Lage warfen die Nordländer, die zwischen den Elfen und dem Feuer gefangen waren, ihre Waffen weg und versuchten zu fliehen. Aber es gab kein Entrinnen. Sie wurden jetzt von allen Seiten umschlossen, und da sie nirgendwohin konnten, wurden sie schnell in Stücke zerrissen.

Dann jedoch begann das Grasfeuer zu erlöschen, und eine Kompanie von Felsentrollen, die das starke Herz der feindlichen Streitmacht bildeten, marschierte mit großen Spießen in den Händen voran. Die Trolle blieben in Reih und Glied und verlangsamten ihren Schritt auch dann nicht, wenn sie über ihre eigenen Toten und Sterbenden trampelten. Sie machten keinen Unterschied zwischen Freund und Feind. Alles, was ihnen im Weg stand, wurde in Grund und Boden gestampft. Jerle Shannara sah sie kommen und gab den Befehl zum Rückzug. Er zog seine Armee bis zur ursprünglichen Position zurück und sorgte dafür, daß sie sich dort wieder aufstellte. Auf der rechten Seite hatte Cormorant Etrurian den Befehl, auf der linken war es Rustin Apt. Arn Banda stellte die Bogenschützen zwischen beiden Kompanien versetzt auf und ließ sie Pfeile auf die Trolle abschießen. Aber die Trolle waren zu gut geschützt, als daß sie ihnen Schaden hätten zufügen können, und der König gab allen das Zeichen, sich zurückzuziehen.

Die Felsentrolle traten aus dem Feuer und dem Qualm – die besten Krieger der Vier Länder, mit gewaltigen Schultern und Oberschenkeln, mit massiven Muskeln, bewaffnet und zum Kampf bereit. Jerle Shannara gab wieder ein Zeichen, und eine neue Reihe von Barrikaden entstand, um den Weg zu blockieren. Aber die Felsentrolle waren disziplinierter als die Gnome und gewöhnlichen Trolle, und sie machten sich daran, die gespickten Barrikaden zurückzuschieben. Hinter ihnen schwärmte die Hauptmacht der Nordlandarmee; in endloser Zahl erschien sie mit Belagerungstürmen und Katapulten aus dem Dunst. Die Flanken wurden von der Kavallerie geschützt, die sich um die Truppen von Kier Joplin kümmern und sie in Schach halten sollte.

Jerle Shannara zog seine Armee weitere hundert Meter zurück und damit ein gutes Stück in den breiten, östlichen Mund des Rhenntals hinein. Reihe für Reihe wichen die Elfen zurück; es war ein disziplinierter, geordneter Rückzug, aber dennoch ein Rückzug. In der Armee der Nordländer erschollen Jubelrufe – man glaubte, die Elfen wären von Panik übermannt worden und würden fliehen. Niemand in der gewaltigen Nordlandarmee schien die Reihen kleiner Fähnchen zu bemerken, zwischen denen sich die Elfen sorgfältig zurückzogen und die sie im Vorbeigehen verstohlen entfernten. So unerbittlich, wie die Felsentrolle vorrückten und in das Tal drängten, nahmen sie die geordnete Form des Rückzugs ihrer Feinde überhaupt nicht wahr. Hinter ihnen flammten Feuer und Rauch noch einmal auf, stiegen in kleinen Böen empor und erstarben schließlich, als der Wind allmählich nachließ. Das Kommando unter Kier Joplin preschte zurück ins Tal und vor die Spitze der Nordländer, um nicht abgeschnitten zu werden. Sie ritten hinter die Fußsoldaten und formierten sich an den Flanken neu. Die gesamte Westlandarmee war jetzt in Position und erstreckte sich erwartungsvoll über die Breite des Tals. Es war kein Anzeichen von Panik zu sehen, kein Hinweis auf Unsicherheit. Sie hatten eine zweite Falle aufgebaut, und der arglose Feind war geradewegs hineingelaufen.

So stand es also, als die vorderen Reihen der Felsentrolle den Eingang des Tals erreichten und der Boden unter ihren Füßen nachgab. Die schwerbewaffneten Trolle taumelten hilflos in die Gruben, die die Elfen einige Tage zuvor gegraben und getarnt hatten. Sie selbst hatten sie auf ihrem Rückzug sorgfältig vermieden. Die Reihen der Feinde teilten sich und bewegten sich weiter vorwärts, sie vermieden jene Löcher, die sie sehen konnten, aber die Gruben waren über eine Strecke von fünfzig Metern in unregelmäßigen Abständen verteilt, und so brach der Boden ein, ganz gleich, welchen Weg die Trolle wählten. Verwirrung verlangsamte ihren Vormarsch, und der Angriff brach schließlich zusammen.

Sofort gingen die Elfen zum Gegenangriff über. Der König gab den Kriegern, die in den Felsen zu beiden Seiten versteckt waren, ein Zeichen, und Fässer mit Öl rollten über verborgene Rampen auf das Grasland hinunter, um an Felsenstücken zu zerbrechen und sich in die Gruben zu ergießen. Wieder schraubten sich Feuerpfeile in den Himmel und setzten das gesamte östliche Ende des Tals schlagartig in Flammen, als sie in die ölgefüllten Gruben einschlugen. Die Felsentrolle in den Löchern verbrannten bei lebendigem Leib. Die Hauptmacht der Nordlandarmee eilte herbei, aber die Reihen der Trolle waren gesprengt. Schlimmer noch, sie wurden unabsichtlich von den Nordländern überrannt, die ihnen gefolgt waren. Verwirrung breitete sich aus und schien die Oberhand zu gewinnen. Das Feuer verfolgte die Nordländer, Pfeile prasselten auf sie herab, und jetzt marschierte die Westlandarmee mit gewaltigen, gespickten Rammböcken gegen sie. Die Rammböcke stießen mitten in die bereits ausgedünnnten Reihen und rieben die Trolle noch weiter auf. Jetzt kamen die Elfenjäger herbei und fielen mit ihren Schwertern über den Rest her. Diejenigen, die zwischen den Elfen und dem Feuer standen, hielten ihre Position und kämpften kühn, aber auch sie mußten sterben.

Verzweifelt erklommen die überlebenden Nordländer die Felsen zu beiden Seiten des Tals, aber auch dort wurden sie erwartet. Felsblöcke stürzten von oben herunter und zerschmetterten die Kletterer. Pfeile lichteten ihre Reihen. Aus ihrer überlegenen Verteidigungsposition heraus schlugen die Elfen den Angriff beinahe mühelos zurück. Unter ihnen herrschte ein hilfloses Durcheinander, ein regelrechtes Inferno. Der Angriff wurde langsamer und brach dann vollständig ab. Erstickend an Staub und Rauch, verbrannt von den Grasfeuern und blutend aus Pfeil- und Schwertwunden, begann die Armee des Dämonenlords mit dem Rückzug in die Streleheimebene.

Spontan zog Jerle Shannara das Schwert, das Bremen ihm anvertraut hatte, das Schwert, dessen Magie er nicht meistern, an die er nicht einmal glauben konnte. Er stieß es kraftvoll gen Himmel. Die anderen Elfen um ihn herum reckten ebenfalls ihre Schwerter in die Luft und jubelten.

Beinahe sofort erkannte der König die Ironie seine Handlung. Schnell ließ er das Schwert wieder sinken, ein Narrenstab in seiner Hand, der Zauber eines Einfaltspinsels. Ärgerlich wendete er den Braunen, und die Euphorie in ihm erstarb und machte bitterer Scham Platz.

»Jetzt ist es das Schwert von Shannara, Elfenkönig«, hatte Bremen gesagt, als Jerle dem alten Mann nach dem nächtlichen Überfall enthüllt hatte, daß die Magie des Talismans ihn im Stich gelassen hatte. »Es ist nicht länger das Schwert der Druiden, oder meins.«

Die Worte hallten jetzt in Jerles Kopf wider, als er vor den Reihen auf und ab ritt und sie auf den nächsten Angriff vorbereitete, den er kurz vor Sonnenuntergang erwartete. Das Schwert hing wieder in der Scheide an seinem Gürtel, unsicher und rätselhaft. Denn Bremen war zwar schnell dabei gewesen, dem Schwert einen Namen zu geben, aber das hieß noch lange nicht, daß Jerle Shannara dessen Magie auch wirklich beherrschen könnte. Selbst jetzt, nach allem, was er wußte, hatte er nicht das Gefühl, als wäre es wirklich seins.

»Es ist deine Aufgabe, die Magie zu beherrschen, Elfenkönig«, hatte der alte Mann ihm in jener Nacht zugeflüstert. »Aber die

Stärke, es zu tun, wird aus dem Glauben geboren, und dieser Glaube muß notwendigerweise aus dir heraus entstehen.«

Sie hatten sich im Dunkeln zusammengekauert, zehn Tage zuvor, als die Morgendämmerung noch eine Stunde oder länger entfernt war und ihre Gesichter mit Schmutz und Ruß verschmiert und schweißbedeckt waren. Jerle Shannara war in jener Nacht dem Tod sehr nahe gewesen. Das Ungeheuer des Dämonenlords hätte ihn beinahe getötet, und obwohl Bremen noch rechtzeitig erschienen war, um ihn zu retten, war die Erinnerung daran, wie nah er dem Tod gekommen war, lebendig und intensiv. Preia war irgendwo in der Nähe, aber Jerle hatte sich entschieden, mit dem Druiden alleine über seine Niederlage zu sprechen, um die Dämonen zu vertreiben, die in seinem Innern tobten. Er konnte nicht leben mit dem, was ihm widerfahren war, wenn er nicht daran glauben konnte, daß er es ein zweites Mal würde verhindern können. Zuviel hing von der Kraft des Schwertes ab. Was hatte er falsch gemacht, als er sie in dieser Nacht gerufen hatte? Wie konnte er sichergehen, daß es nicht wieder geschehen würde?

So hatten sie allein im Dunkeln gesessen, so eng beieinander, daß sie nur das Pochen ihrer Herzen und das heiße Rauschen ihrer Atemzüge hören konnten, als sie sich der Frage stellten.

»Dieses Schwert ist ein Talisman, der nur für einen einzigen Zweck bestimmt ist, Jerle Shannara!« hatte der alte Mann beinahe ärgerlich gefaucht. Seine Stimme hatte heiser und ungeduldig geklungen. »Es hat nur einen einzigen Zweck und keinen anderen! Du kannst die Magie nicht herbeirufen, um dich damit gegen alle Kreaturen zu verteidigen, die dich bedrohen! Die Klinge mag dein Leben retten, aber die Magie wird es nicht!«

Der König war bei dieser Zurechtweisung förmlich erstarrt. »Aber du sagtest doch ...«

»Erzähl mir nicht, was ich gesagt habe!« Bremens Worte hatten seine Einwände scharf und beinahe verletzend beiseite gewischt und ihn zum Schweigen gebracht. »Du hast nicht zugehört, was ich gesagt habe, Elfenkönig! Du hast gehört, was du hören wolltest und nicht mehr! Leugne es nicht! Ich sah es, ich habe es beobachtet! Diesmal mußt du mir mehr Aufmerksamkeit schenken! Wirst du das tun?«

Jerle Shannara hatte die Lippen zusammengepreßt und ein wütendes Nicken zustande gebracht. Er hatte seine Zunge nur deshalb zurückgehalten, weil er wußte, daß er verloren wäre, wenn er nicht tat, wie ihm geheißen.

»Gegen den Dämonenlord wird die Magie antworten, wenn du sie rufst! Aber nur gegen den Dämonenlord, und nur, wenn du stark genug daran glaubst!« Bremen hatte tadelnd den grauen Kopf geschüttelt. »Die Wahrheit kommt aus dem Glauben – merke dir das. Die Wahrheit kommt mit der Erkenntnis, daß sie allgemeingültig ist und allumfassend und keine Vorlieben hat. Wenn du das nicht in dein eigenes Leben aufnehmen kannst, wirst du es auch nicht in die Leben der anderen zwingen können. Zuerst mußt *du* sie erfassen, bevor du sie weitergeben willst. Du mußt sie zu deiner Rüstung machen!«

»Aber sie hätte mir gegen diese Kreatur helfen müssen!« hatte der König beharrlich erwidert. Er hatte einfach nicht zugeben wollen, daß seine Einschätzung falsch gewesen war. »Warum hat sie nicht reagiert?«

»Weil es bei einem solchen Ungeheuer keinen Betrug, keine Täuschung gibt!« hatte der Druide geantwortet. Sein Kiefer war angespannt. »Solche Geschöpfe kämpfen nicht mit Hilfe von Lügen und Halbwahrheiten. Sie bewaffnen sich nicht mit Unwahrheiten. Sie betrügen sich nicht selbst, indem sie glauben, etwas zu sein, was sie nicht sind! Die Magie des Schwertes, das du führst, ist dem Dämonenlord vorbehalten! Nur gegen ihn kann sie genutzt werden!«

So hatten sie weitergestritten, bis zum Morgengrauen waren die Argumente hin- und hergeflogen, bis beide sich endlich etwas Ruhe gönnten. Bremen hatte den König allein gelassen, damit er über das nachdenken konnte, was er ihm gerade erzählt hatte, damit er versuchen würde, die Worte mit seinen Erwartungen in Einklang zu bringen. Nach und nach hatte Jerle begonnen zu akzeptieren, daß wahr sein mußte, was Bremen glaubte. Die Magie des Schwerts war auf einen einzigen Zweck beschränkt, und wenn er auch etwas anderes wünschte, so war es nicht zu ändern. Die Magie des Schwertes richtete sich einzig und allein gegen Brona und niemanden sonst. Er mußte dieses Wissen in sich aufnehmen, und irgendwie mußte er einen Weg finden, die Magie, so fremd und verwirrend sie auch war, zu seiner eigenen zu machen.

Er war schließlich zu Preia gegangen; die ganze Zeit über hatte er gewußt, daß er es schließlich tun würde, genau wie bei allem, das ihm Sorgen bereitete. Denn seit Tay Trefenwyd tot war, war es ihre Stimme, auf die er sich am meisten verließ. Er war ihr sehr viel näher gekommen seit dem Tod seines Freundes, seit ihrer Hochzeit, seitdem er König war. Es waren immer Berater da, die ihm Hilfe boten, und bei einigen von ihnen – besonders bei Vree Erreden – lohnte es sogar zuzuhören. Aber niemand kannte ihn so wie Preia, und die Wahrheit war, daß auch niemand so ehrlich mit ihm war wie sie. So hatte er sich entschlossen, ihr die Wahrheit anzuvertrauen, auch wenn es schwierig sein würde, ihr gegenüber zuzugeben, daß er versagt hatte und jetzt voller Furcht war, wieder zu versagen.

Es war später an diesem Tag gewesen, und seine Unterhaltung mit Bremen war noch frisch in seinem Gedächtnis, die Erinnerungen an die vorhergegangene Nacht noch sehr lebendig. Der Himmel über dem Tal von Rhenn hatte sich bewölkt. Die Elfen hatten argwöhnisch auf eine Antwort der Nordländer auf den Angriff der vorherigen Nacht gewartet. Der Nachmittag war grau gewesen und nur langsam vorübergegangen, und die Sommerhitze hatte sich tief in den ausgetrockneten Boden der Streleheimebene gegraben. Die schwüle Luft hatte den herannahenden Regen angekündigt.

»Du wirst einen Weg finden, die Magie zu beherrschen«, hatte Preia sofort sicher und beharrlich gesagt. Ihr Blick war fest gewesen. »Ich glaube fest daran, Jerle. Ich kenne dich so gut. Du hast noch gegen jede Herausforderung bestanden, und du wirst auch diesmal nicht aufgeben.«

»Manchmal«, hatte er ruhig geantwortet, »manchmal denke ich, es wäre besser, wenn Tay an meiner Stelle wäre. Er würde vielleicht einen besseren König abgeben. Auf jeden Fall würde er sich besser für das Schwert und seine Magie eignen.«

Aber sie hatte sofort den Kopf geschüttelt. »Sag das niemals wieder. Niemals.« Ihre klaren, zimtfarbenen Augen waren hell und klar. »Du warst dazu ausersehen, zu leben und König der Elfen zu werden. Das Schicksal hat dich lange Zeit zuvor auserwählt. Tay war ein guter Freund und bedeutete uns beiden sehr viel, aber er war nicht dafür bestimmt. Hör mir zu, Jerle. Die Magie des Schwertes wird dir gehorchen. Die Wahrheit ist für dich nichts Fremdes. Wir haben unser Leben als Mann und Frau begonnen, indem wir uns Wahrheiten enthüllt haben, die wir noch einen Monat zuvor nicht zugegeben hätten. Wir haben uns einander eröffnet. Es war schwer und schmerzhaft, aber du weißt jetzt, daß du es kannst. Du weißt es. Du weißt es ganz genau.«

»Ja«, hatte er leise zugegeben. »Aber diese Magie scheint so ...«

»Unvertraut«, hatte sie für ihn geendet. »Aber du kannst sie dir vertraut machen. Du hast akzeptiert, daß Magie ein Teil deiner Elfenvergangenheit ist. Tays Magie war real. Du hast selbst entdeckt, daß sie Wunder vollbringen konnte. Du hast gesehen, wie er dafür sein Leben hingegeben hat. All diese Dinge waren möglich mit Hilfe der Magie. Und die Wahrheit gehört ebenfalls dazu, Jerle. Sie ist eine Waffe von großer Macht. Sie kann stark machen, und sie kann zerstören. Bremen ist kein Narr. Wenn er sagt, die Wahrheit ist die Waffe, die du brauchst, dann ist es so.«

Aber noch immer zehrte etwas an ihm, flüsterte ihm etwas Zweifel zu und brachte ihn dazu, sich zurückzuhalten. Die Wahrheit schien eine so schwache Waffe zu sein. Welche Wahrheit konnte mächtig genug sein, ein Wesen zu zerstören, das Ungeheuer aus der

Unterwelt herbeizurufen vermochte? Welche Wahrheit konnte ausreichen gegen eine Magie, die eine Kreatur Hunderte von Jahren am Leben gehalten hatte? Es erschien lächerlich zu glauben, daß Wahrheit allein für irgend etwas ausreichte. Feuer war notwendig. Eisen, gestählt, geschärft und mit vergifteten Spitzen. Eine Kraft, die Felsen spalten konnte. Soviel würde es mindestens brauchen, dachte er immer noch – selbst, als er sich daran machte, die Magie in sich aufzunehmen, die Bremen ihm anbot. Soviel mindestens.

Und jetzt, als er mit dem Schwert von Shannara an seiner Seite das Schlachtfeld auf und ab ritt und die Freude über ihren Sieg seinen Elfenjägern Auftrieb gab, staunte er wieder einmal über die gewaltige Verantwortung, die ihm auferlegt war. Früher oder später würde er dem Dämonenlord gegenüberstehen. Aber dazu mußte er ihn zur Konfrontation zwingen, und das wiederum würde erst geschehen, wenn die Nordlandarmee selbst bedroht war. Wie konnte er nur hoffen, so etwas zuwege zu bringen? Denn wenn die Elfen auch einem Angriff standgehalten hatten, so sagte das nichts darüber aus, ob sie einem weiteren, und noch einem, und danach noch einem standhalten würden – unaufhörlich drang die Nordlandarmee weiter vor. Und selbst, wenn es ihnen irgendwie gelingen sollte, wie konnte er den Kampf so wenden, daß die Elfen sogar die Offensive übernahmen? Der Feind war so überwältigend, dachte er immer wieder. Er hatte so viele Leben zur Verfügung, ohne darüber nachdenken zu müssen, ob und wie sie verschwendet werden würden. Für ihn war es nicht so – und auch nicht für seine Krieger. Dies war ein Zermürbungskrieg, und er hatte kaum Hoffnung zu gewinnen.

Dennoch, er mußte es. Denn das war alles, was ihm blieb. Das war die einzige Wahl, die er noch hatte.

Wenn sie nicht siegten, würden die Elfen vernichtet werden.

Eine Stunde vor Sonnenuntergang griff die Nordlandarmee wieder an. Wie ein körperloser Geist marschierte sie aus dem verbrannten, staubigen, rauchverhüllten Grasland in das Tal von Rhenn. Fußsoldaten hielten sich hinter gewaltigen Schilden aus Holz verborgen, das so grün war, daß es nicht brennen konnte. Die Kavallerie ritt an den Seiten, um sie gegen Angriffe aus den Felsen im Süden und Norden zu schützen. Langsam und gleichmäßig schritten sie aus dem Dunst. Das Feuer des Graslandes war bereits erloschen, aber die Luft noch immer stechend und herb. Die Nordländer machten einen Bogen um die verkohlten Gruben und die verkrümmten Toten, und als sie erst einmal im Tal waren, suchten sie nach neuen Fallen. Es waren fünftausend Kämpfer, die sich mit klirrenden Waffen dicht hinter den Schilden drängten. Die Trommeln gaben den Takt an, und während sie marschierten, sangen sie zu dem Dröhnen ihrer Schritte und dem Klang der eisernen Klingen und hölzernen Griffe. Sie schleppten ihre Belagerungstürme und Katapulte mit und brachten sie am Eingang des Tals in Position. Eine einzige gewaltige, dunkle Masse waren sie, und sie breiteten sich in der hereinbrechenden Dunkelheit aus, bis es schien, als würden sie ausreichen, um die gesamte Welt zu überwältigen.

Jerle Shannara hatte seine Armee tiefer ins Tal zurückgezogen und ließ sie auf halbem Weg Position beziehen. Er hatte einen Ort gewählt, wo das Tal zum westlichen Ende des Passes hin langsam anstieg, und stellte seine Jäger auf den Anhöhen auf. Er mußte seine Strategie ändern, denn der Wind hatte sich im Tal gedreht und blies jetzt in Richtung der Verteidiger – in dieser Situation würde Feuer nur dem Feind nützen. Er hatte hier auch keine Gruben errichten lassen, denn seine eigene Armee hätte dann nicht mehr genügend Raum gehabt, um sich bewegen zu können. Außerdem war ohnehin klar, daß der Feind inzwischen damit rechnen und darauf achten würde.

Statt dessen hatte er den Bau von Dutzenden von Barrikaden angeordnet, deren Enden gespitzt und die so zusammengebunden worden waren, daß sie wie zylindrische Wagenräder aussahen. Jedes Teil maß zwanzig Fuß in der Länge und war leicht genug, um transportiert und in Position gebracht werden zu können, wo die nach unten zeigenden Spitzen sich in die Erde gruben. Er hatte sie in versetzten Abständen über die gesamte Breite des Rhenntals aufstellen lassen, in einem Band dicht vor der Frontlinie der Elfen.

Als sich die Armee des Dämonenlords nun ins Tal ergoß und zielstrebig auf die Elfen losmarschierte, stieß sie als erstes auf dieses Gewirr aus stachelbewehrten Barrikaden. Als die ersten Reihen des Feindes sie erreichten, gab Jerle Shannara seinen Bogenschützen, die er in drei Reihen hintereinander entlang des Abhangs postiert hatte, den Befehl zu schießen. Für die Nordländer, die von den Barrikaden am weiteren Vordringen gehindert wurden, sie aber auch nicht beiseite schieben konnten, gab es keine Möglichkeit zu fliehen. Sie waren in einem vernichtenden Kreuzfeuer gefangen und wurden zu Dutzenden bei dem Versuch, unter, über oder hinter die Barrikaden zu kriechen, getötet. Die Kavallerie versuchte einen Angriff gegen die Elfen weiter oben am Abhang, aber die Abhänge waren zu steil für Pferde, und die Reiter wurden wieder zurückgetrieben.

Schreie erschollen von den Verletzten und Sterbenden, und der Angriff kam zum Erliegen. Die Nordländer versteckten sich hinter ihren Schilden, aber auch mit dieser Deckung kamen sie nicht weiter als bis zu den Barrikaden. Äxte wurden gebracht, um damit die Holzbalken zu durchtrennen, doch jene, die sich ungeschützt hervorwagten, um die gespickten Wagenräder zu zerhacken, blieben nicht mehr lange am Leben. Schlimmer noch, um auch nur durch eine der Barrikaden hindurchzubrechen, mußte man sie an mehreren Stellen zerhacken. Das Licht wurde schwächer, der Nebel dichter, und die Welt wurde schemenhaft und vage. Die Nordländer hatten Feuer mit zu den Barrikaden genommen und wollten sie in Brand setzen, aber die Elfen hatten sie vorsorglich aus grünem Holz hergestellt. Lediglich das Gras fing Feuer, doch da die Elfen Gräben zwischen sich und den Barrikaden angelegt hatten, brannte es nur östlich der Verteidigungslinie.

Die Elfen warteten, bis die Dunkelheit alles eingehüllt hatte, dann begannen sie von den Abhängen aus in einer Serie von kontrollierten Ausfällen mit dem Gegenangriff. Da die Elfen die Nordländer auf dem Grund des Tals festgenagelt hatten, war ihr Ziel selbst in dem düsteren Licht einfach auszumachen. Eine Kompanie nach der anderen kam von den Höhen und zwang die Nordländer, sich in allen Richtungen zu verteidigen, erst in die eine, dann in die andere zu drehen. Heftige Kämpfe von Mann zu Mann wurden auf dem Grund des Tals gefochten, das sich schon bald in eine Leichenhalle verwandelte.

Dennoch wich der Feind nicht zurück. Die Nordländer starben zu Hunderten, aber es gab immer neuen Nachschub, und eine gewaltige, ungeheure Streitmacht wälzte sich unaufhörlich ins Tal. Langsam und unausweichlich drängte der Feind nach vorn. Die Barrikaden hielten die Nordlandarmee im Zentrum des Tals in Schach, aber die Abhänge wurden überrannt. Die Elfen, die unter dem Kommando von Cormorant Etrurian die Felsen gehalten hatten, wurden langsam aus ihren Verteidigungspositionen gedrängt und zum Rückzug gezwungen. Schritt für Schritt, Meter für Meter drangen die Nordländer weiter vor, nahmen die Anhöhen in Besitz und zerbrachen die Zange, in die Jerle Shannara sie genommen hatte.

Der König sah, was geschah. Der Himmel war bewölkt, und es begann zu regnen. Der Boden wurde schlammig und rutschig. Schlachtrufe hallten von den Abhängen wider. Die Dunkelheit machte es nahezu unmöglich, irgend etwas zu erkennen, das weiter als ein paar hundert Meter entfernt war. Jerle Shannara benötigte nur einen Augenblick für seinen Entschluß. Schnell hatte er seine Läufer ausgesandt, um die Männer Etrurians zu den Barrikaden zurückzuziehen, die er parallel zu seinen eigenen Linien oben auf den Abhängen hatte errichten lassen. Dort sollten sie stehen und die Stellung halten. Er sandte Läufer, die Arn Banda und seine Bogenschützen zum Rückzug auffordern sollten. Dann stellte er zwei

Kompanien Elfenjäger unter Rustin Apt zum Angriff auf. Als die Kämpfer unter Etrurian und die Bogenschützen sich erfolgreich zurückgezogen hatten, ließ er lange Spieße nach vorn bringen und befahl seiner Kompanie, direkt in das Zentrum des feindlichen Angriffs hineinzumarschieren. Er stürmte in dem Moment auf die Nordländer los, als die Armee des Dämonenlords die rechte Flanke durchbrechen wollte. Ihre vorderen Reihen wurden gegen die Barrikaden genagelt. Jerle Shannara ließ Fackeln anzünden, damit die Bogenschützen in dem Durcheinander etwas erkennen und den Feind von den Abhängen treiben konnten.

Die Nordländer, die von den Flanken her beschossen wurden, sammelten sich um die ungeheuren Felsentrolle und setzten zum Gegenangriff an. Sie schoben und wanden sich ihren Weg hinter die Barrikaden und schlugen auf die Elfenjäger ein. Riesige, geflügelte Schatten erschienen aus dem rauchigen Dunst, als Schädelträger sich in den Himmel erhoben, um die Nordländer zu unterstützen. Die Verteidigungslinie gab nach. Der ergraute Rustin Apt ging zu Boden und wurde vom Feld getragen. Trewithen und die Elfengarde preschten nach vorn, um die bröckelnde Verteidigung zu stärken, aber der Feind war zu zahlreich, und die gesamte Elfenfront begann zusammenzubrechen.

Voller Verzweiflung gab Jerle Shannara seinem Pferd die Sporen und warf sich selbst ins Kampfgetümmel. Umgeben von seiner Garde hieb er sich den Weg bis zur feindlichen Front frei und versammelte die Elfenjäger um sich. Die Nordländer kamen von allen Seiten auf ihn zu. Sie versuchten, ihn vom Pferd zu ziehen, ihn aus dem Sattel zu stoßen, alles zu tun, um ihn am weiteren Vordringen zu hindern. Hinter ihm richtete sich die angeschlagene und abgekämpfte Elfenarmee wieder auf und folgte ihm. Schlachtrufe erhoben sich über dem Schreien und Stöhnen der Verletzten und Sterbenden, und die Elfen warfen sich noch einmal auf die Nordländer. Jerle kämpfte, als wollte er den Feind ganz allein zurück ins Nordland treiben, sein Schwert glänzte im Schein der Fackeln und schlug laut klirrend auf feindliche Waffen und Rüstungen. Gewaltige Trolle tauchten vor ihm auf, große, gesichtslose Ungeheuer mit Streitäxten in den Händen, doch der König kämpfte sich durch sie hindurch, als wären sie nur aus Pappe. Nichts und niemand konnte ihn aufhalten, und er erschien nahezu unbesiegbar. Selbst seine Leibgarde konnte nicht mit ihm Schritt halten, und in dem Bemühen, ihm zu folgen, warf sie sich um so heftiger auf den Feind.

Dann zuckte ein Blitz aus einer Felsnase, die dem Kampfplatz am nächsten lag, und glühende Erdklumpen und Scherben aus zerbrochenem Fels explodierten in den Himmel und regneten auf das gesamte Tal herab. Die Männer bedeckten ihre Köpfe und duckten sich vor dem stürmischen Ausbruch, und für einen kurzen Augenblick erstarrte die Zeit. Während die Nordländer zögerten und einen Moment lang zu Statuen wurden, richtete sich Jerle Shannara in seinen Steigbügeln auf und reckte das Schwert von Shannara gen Himmel – ein Zeichen des Trotzes und des Widerstandes, das die entsprechende Wirkung auf seine Männer hatte. Sie stießen wilde Schlachtrufe aus und warfen sich mit solcher Kraft auf den Feind, daß sie ihn vollständig überrannten. Diejenigen unter den Nordländern, die am weitesten entfernt standen und noch in der Lage waren zu fliehen, verkrochen sich hinter den zerbrochenen Barrikaden; sie hatten jegliche Angriffslust verloren. Kurze Zeit hielten sie in diesem Wald aus hölzernen Gebeinen und verbrannter Erde die Stellung. Dann zogen sie sich verdrossen und erschöpft in den östlichen Teil des Tals zurück.

Jerle und die Elfen, vollkommen verdreckt von Regen, Erde, Schweiß und Blut, sammelten sich bei den Barrikaden und beobachteten, wie die Feinde abzogen.

Zumindest an diesem Tag gehörte der Sieg ihnen.

Kapitel 31

Der Morgen zog an einem Himmel herauf, der vom schweren Regen der vorherigen Nacht düster und grau war. Der verbrannte und zerfurchte Boden des Tals von Rhenn war schwarz und dampfte im Dämmerlicht. Die Elfen standen bereit und warteten auf den nächsten Angriff, von dem sie wußten, daß er kommen würde. Erwartungsvoll spähten sie ins Dunkel. Aber es drang kein Geräusch aus dem in schweren Nebel gehüllten Lager des Dämonenlords zu ihnen, und es regte sich auch nichts in der leeren, öden Landschaft. Als die Sonne aufging und es heller wurde, löste sich der Nebel jedoch immer noch nicht auf, und es gab auch keinen Hinweis auf einen Angriff. Es war allerdings undenkbar, daß diese gewaltige Armee sich zurückgezogen hatte. Die ganze Nacht hatte sie wie ein verwundetes Tier ihre Wunden geleckt, nur zu deutlich hatten sich Geräusche von Schmerz und Wut über den Nebel und Regen erhoben und das Donnern des nachlassenden Sturms ersetzt. Die ganze Nacht hatte die feindliche Armee ihre Streitkräfte neu geordnet. Der östliche Teil des Tals war vollkommen in ihren Händen, bis hinauf zu den seitlichen Anhöhen. Sämtliche Belagerungsmaschinen, sämtliches Versorgungsmaterial und die gesamte Ausrüstung waren nach vorne gebracht und über die breite Mündung des Tals verstreut worden. Die Armee konnte sich vielleicht nur langsam und schwerfällig vorwärtsbewegen, aber sie blieb dennoch eine unerbittliche, unaufhaltsame Lawine.

»Sie sind da draußen«, murrte der einäugige Arn Banda. Er stand links neben Bremen, und sein Gesicht hatte einen besorgten, mißmutigen Ausdruck angenommen.

Jerle Shannara nickte. »Aber was haben sie vor?«

Ja, was hatten sie vor? Bremen zog den dunklen Umhang fester um seinen mageren Körper, um sich vor der morgendlichen Kühle zu schützen. Sie konnten nicht bis zum anderen Ende des Tals sehen, ihre Augen durchdrangen das Dunkel nicht, aber sie spürten den Feind deutlich. Die Nacht war voller Geräusche und Raserei gewesen, während die Nordländer sich wieder auf die Schlacht vorbereitet hatten, und erst in den letzten Stunden war es so bedrohlich still geworden. Der Angriff an diesem Tag würde in einer anderen Form erfolgen, vermutete der alte Mann. Der Dämonenlord war am Vortag mit hohen Verlusten zurückgeschlagen worden und würde keine Lust haben, diese Erfahrung erneut zu machen. Selbst seine Kraft hatte Grenzen, und früher oder später würde die Macht über jene, die für ihn kämpften, schwächer werden, wenn es keine Siege oder Beute gab. Die Elfen mußten bald zurückgetrieben oder geschlagen werden, sonst würden die Nordländer anfangen, die Unbesiegbarkeit ihres Meisters in Frage zu stellen. Und wenn das Kartenhaus erst einmal begonnen hatte einzustürzen, würde es kein Halten geben.

Rechts von Bremen bewegte sich etwas, klein und heimlich. Es war Allanon. Verstohlen blickte der Druide zu ihm hinüber. Der Junge starrte vor sich hin, mit angespannter Miene, die Augen ins Leere gerichtet. Er sah dennoch etwas – soviel konnte man eindeutig an seinem Gesicht erkennen. Er sah durch den Nebel und das Dunkel auf etwas Dahinterliegendes, seine erstaunlichen Augen drangen zu etwas durch, das den anderen verborgen blieb.

Der alte Mann folgte dem Blick des Jungen. Nebel wirbelte in der Luft, wie ein Umhang, der über dem gesamten östlichen Ende des Tals lag und wie von einer unsichtbaren Macht bewegt wurde. »Was ist es?« fragte er leise.

Aber der Junge schüttelte nur den Kopf. Er konnte es spüren, aber nicht einordnen. Seine Augen blieben weiterhin auf den Dunst gerichtet, er war vollkommen konzentriert. Er konnte sich gut konzentrieren; das wußte Bremen bereits. Tatsächlich war er darin noch viel besser als nur gut. Seine Intensität war beängstigend. Er hatte es sich nicht erarbeitet, während er aufwuchs, und es war auch kein Teil des Schocks, den er durch die Zerstörung von Varfleet erlitten hatte. Es war etwas Angeborenes – wie die befremdlichen Augen und der rasiermesserscharfe Verstand. Der Junge war außerordentlich ernst und von enormer Zielstrebigkeit, aber vor allem besaß er eine Intelligenz und einen Wissensdurst, die grenzenlos waren. Erst eine Woche zuvor, nach dem nächtlichen Überfall auf das Lager der Nordländer, war er zu Bremen gekommen und hatte den alten Mann gebeten, ihn die Druidenmagie zu lehren. Genauso. Zeigt mir, wie sie benutzt wird, hatte er gefordert – als ob jeder sie lernen könnte, als ob man die Fähigkeit einfach weitergeben könnte.

»Man benötigt Jahre, um auch nur den kleinsten Teil zu beherrschen«, hatte Bremen erwidert, zu verblüfft über die Bitte des Jungen, um sie gleich auszuschlagen.

»Laßt es mich versuchen«, hatte der Junge beharrt.

»Aber warum willst du es überhaupt?« Der Druide war ehrlich verwundert. »Ist es Rache, was du suchst? Glaubst du, die Magie kann sie dir verschaffen? Warum verbringst du nicht deine Zeit damit, den Gebrauch gewöhnlicher Waffen zu erlernen? Reiten zu lernen? Oder die Kriegskunst zu studieren?«

»Nein«, hatte der Junge entschlossen erwidert. »Ich möchte nichts davon. Ich mache mir nichts aus Rache. Ich will so sein wie Ihr.«

In einem einzigen Satz hatte der Junge alles gesagt. Er wollte ein Druide sein. Er fühlte sich zu Bremen hingezogen, und Bremen fühlte sich zu ihm hingezogen, weil sie näher verwandt waren, als der alte Mann vermutet hatte. Galaphiles vierte Vision war ein anderer, kurzer Blick auf die Zukunft gewesen, ein Zeichen, daß es Bande gab, die den Jungen an den Druiden fesselten, ein Versprechen ihrer gemeinsamen Bestimmung. Bremen wußte das jetzt. Der Junge war ihm von einem Schicksal geschickt worden, daß er noch nicht ganz verstand. Hier war vielleicht der Nachfolger, nach dem der alte Druide so lange gesucht hatte. Es war merkwürdig, daß er ihn auf diese Weise finden sollte, aber es war auch nicht ganz unerwartet. Es gab keine Gesetze über die Auswahl von Druiden, und Bremen war klug genug, um nicht damit anzufangen, jetzt welche festzulegen.

So hatte er Allanon ein paar kleine Tricks gezeigt, die er meistern sollte – kleine Dinge, die hauptsächlich Konzentration und Übung erforderten. Er hatte geglaubt, das würde den Jungen für mindestens eine Woche beschäftigt halten. Aber Allanon hatte alles bereits nach einem einzigen Tag beherrscht und war wiedergekommen, um mehr zu erfahren. So war es jeden der vergangenen zehn Tage gegangen. Bremen hatte ihm ein wenig aus der Überlieferung der Druiden mitgeteilt und ihm die Entscheidung überlassen, in welche Richtung er anwenden wollte, was er bereits gelernt hatte. Intensiv verwickelt in die Vorbereitungen gegen den nächsten Angriff der Nordländer, hatte er auch kaum Zeit gehabt, darüber nachzudenken, was der Junge bewerkstelligt hatte. Als er ihn allerdings jetzt beobachtete, wie er in das schwache Dämmerlicht spähte, war er erneut verblüfft über die so offensichtliche Tiefe und Unveränderlichkeit von Allanons Entschluß.

»Da!« schrie der Junge plötzlich. Seine Augen weiteten sich vor Überraschung. »Sie sind über uns!«

Bremen war für einen Augenblick so erschrocken, daß er kein Wort hervorbrachte. Ein paar Köpfe hoben sich als Reaktion auf die Worte des Jungen, aber niemand unternahm etwas. Dann schwang Bremen seinen Arm gen Himmel und sandte sein Druidenlicht in einem weiten Bogen über den Himmel, woraufhin sich auch ihm die dunklen Schatten offenbarten, die über ihnen kreisten. Schädelträger drehten sich rasch um und flogen davon, als sie entdeckt wurden, und tauchten mit weit ausgebreiteten Flügeln wieder in den Dunst hinab.

Jerle Shannara war sofort an die Seite des Druiden geeilt. »Was tun sie?« wollte er wissen.

Bremens Blick blieb in den leeren Himmel gerichtet. Er sah zu, wie das Druidenlicht verlosch. Das Dunkel kehrte zurück, trüb und bedrückend. Irgend etwas stimmte mit dem Licht nicht, dachte er plötzlich. Irgend etwas stimmte damit ganz und gar nicht.

»Sie spähen«, flüsterte er. Dann drehte er sich schnell zu Allanon um. »Schau wieder über das Tal. Dieses Mal aber vorsichtig. Versuche nicht, etwas Besonderes zu sehen. Sieh in den Dunst und ins Grau. Betrachte den Nebel.«

Der Junge tat es, und sein Gesicht verzog sich vor Anspannung. Er hielt den Atem an und war vollkommen reglos. Dann riß er den Mund auf und schnappte vor Entsetzen nach Luft.

»Guter Junge.« Bremen legte seinen Arm um den Jüngeren. »Ich sehe es jetzt auch. Aber deine Augen sind schärfer.« Er wandte sein Gesicht zum König. »Diesmal werden uns die dunklen Gestalten angreifen, die dem Dämonenlord dienen, die Kreaturen, die er aus der Unterwelt herbeigerufen hat. Er hat sich entschieden, sie statt seiner Armee gegen uns einzusetzen. Sie wollen durch das Tal zu uns kommen, und daher kundschaften die Schädelträger den Weg für sie aus. Der Dämonenlord benutzt seine Magie, um ihr Kommen zu verschleiern, er verändert das Licht, verdichtet den Nebel. Wir haben nicht viel Zeit. Deine Befehlshaber sollen ihre Truppen aufstellen, und die Krieger sollen sich bereithalten. Ich werde sehen, was ich gegen diesen Angriff tun kann.«

Jerle Shannara gab den Befehl weiter, und die Befehlshaber eilten zu ihren Einheiten, Cormorant Etrurian zur linken Flanke und der verwundete, aber immer noch einsatzbereite Rustin Apt zur rechten. Kier Joplin war bereits an Ort und Stelle, und die Reiterei hatte hinter den Fußsoldaten Stellung bezogen. Arn Banda raste zum Südhang, um die Bogenschützen dort zu alarmieren. Prekkian mit der Schwarzen Wache sowie Trewithen und der größte Teil der Elfengarde wurden als Reserve zurückgehalten.

»Komm mit mir«, sagte Bremen zum König.

Der König, der Druide, Allanon und Preia Starle machten sich zur rechten Seite der Frontlinie auf. Sie gingen zu den vordersten Reihen der Armee, wo der Druide sich umdrehte.

»Die in den ersten Reihen sollen ihre Waffen bereithalten«, ordnete der Druide an. »Sag ihnen, sie sollen keine Angst haben.«

Der König tat es, ohne zu fragen warum, denn er vertraute dem Urteil des Druiden. Er gab den entsprechenden Befehl, und Speere, Schwerter und Spieße reckten sich in die Höhe. Bremens Blick wurde starr, er hob die Hände und rief das Druidenfeuer herbei. Als es sich in einem hellblauen Ball auf seinen Handflächen sammelte, sandte er kleine Flammen aus, die von Waffe zu Waffe zu sprangen, von einer eisernen Spitze zur nächsten, bis das Feuer alle berührt hatte. Die verblüfften Soldaten zuckten zusammen, als die Flammen auf sie zukamen, aber der König befahl ihnen stehenzubleiben, und sie gehorchten. Darauf gingen Bremen und Jerle Shannara zur nächsten Einheit, und sie wiederholten den Vorgang. Sie schritten die Reihen der unsicheren Soldaten entlang, und der Druide versenkte seine Magie in das Eisen ihrer Waffen, während der König ihnen die Notwendigkeit dieser Aktion erklärte und sie gleichzeitig ermahnte, bereit zu sein, da ein Angriff kurz bevorstünde.

Als der Angriff dann erfolgte, war die Druidenmagie an Ort und Stelle und das Herz der Elfenarmee geschützt. Dunkle Schatten krochen aus dem Zwielicht und nahmen Gestalt an, als bildeten sich Geister aus dem Nebel. Sie kamen in kleinen Gruppen und warfen sich auf die Reihen der Elfen, heulend und kreischend, Wesen mit spitzen Zähnen und geschärften Klauen, mit gesträubten Borsten und rauhen Schuppen. Sie waren Geschöpfe aus einer anderen Welt, aus der Dunkelheit und dem Wahnsinn, und kein anderes Gesetz als das des Überlebens hatte Bedeutung für sie. Sie kämpften mit stürmischer Wut und roher Kraft. Einige kamen auf zwei Beinen, andere auf vieren, und sie alle schienen Ausgeburten krankhafter Alpträume zu sein.

Die Elfen wurden zurückgeschlagen, meist gaben sie aus Angst Boden auf, denn sie waren zutiefst erschrocken über diese Bestien. Einige Elfen starben auf der Stelle; die Angst schnürte ihnen Kehle und Herz so zusammen, daß sie nicht in der Lage waren, sich zu rühren und zu verteidigen. Andere starben im Kampf, niedergestreckt, bevor sie selbst auch nur einen einzigen richtigen Hieb hatten austeilen können. Aber es gab auch solche, die sich sammelten und erstaunt feststellten, daß sie die Ungeheuer dank der Druidenmagie auf ihren Waffen tatsächlich treffen konnten, daß diese bluteten und Schmerzensschreie ausstießen. Der erste Angriff hatte die Elfenarmee tief erschüttert, dann raffte sie sich auf und setzte sich zur Wehr.

Aber an der rechten Flanke brachen die Ungeheuer durch. Sie folgten einem gewaltigen Wesen, das in Lederhaut gekleidet und mit Metallplatten gepanzert war. Seine riesigen Klauen zerrissen jeden Mann, der sich ihm in den Weg stellte. Rustin Apt versuchte, es aufzuhalten, wurde aber zur Seite gefegt.

Bremen, der die Gefahr erkannte, eilte hinzu.

In der Abwesenheit des Druiden hielt Jerle Shannara die Mitte; er sah zu, wie die Ungeheuer immer näher herandrängten. Er rief seinen Männern Mut zu, brach sein Versprechen, sich herauszuhalten, riß sein Schwert aus der Scheide und eilte durch die Reihen, um sich am Kampf zu beteiligen. Preia war an seiner Seite, und seine Leibgarde schützte beide. Gewaltige Wölfe kauerten außerhalb der Reichweite der eisernen Spieße und Schwerter, die gegen sie gerichtet waren; sie führten Scheinangriffe, zogen sich wieder zurück und warteten auf eine Bresche in den Reihen der Verteidiger. Als Jerle Shannara sich ihnen näherte, schwebte ein dunkler Schatten aus dem Dunst herunter und sprengte die Linie der Elfen. Ein Schädelträger erhob sich, die Krallen blutigrot. Sofort stießen die Wölfe in die Lücke vor, wild um sich beißend. Aber die Verteidiger hieben auf sie ein, und die Druidenmagie drang durch ihr dickes Fell. Die ersten starben in einem Hagel von Hieben, die restlichen zogen sich knurrend und jaulend zurück.

Auf dem rechten Flügel war Bremen dabei, zu dem Knäuel von Ungeheuern vorzustoßen, die hier die Flanke durchbrochen hatten. Als sie den alten Mann sahen, kamen sie auf ihn zu. Es waren zweibeinige Kreaturen, die einen gewaltigen Brustkorb und schwere, muskulöse Glieder besaßen, mit denen sie einen Mann nur zu leicht zerreißen konnten. Der Kopf saß tief zwischen den nakkenlosen Schultern und versank so in den Hautfalten, daß nur die wilden Augen sichtbar waren. Mit wildem schadenfrohen Geheul rasten sie auf den alten Mann zu, aber Bremen sandte ihnen sein Druidenfeuer entgegen und warf sie zurück. Elfen eilten dem alten Mann zu Hilfe und griffen die Bestien von der Seite an. Die Ungeheuer wirbelten herum und schlugen zurück, aber die Klingen der Elfen und das Druidenfeuer zerfetzten sie.

Dann erhob sich vor Bremen herausfordernd die riesige Kreatur, die zuvor die Elfenlinie durchbrochen hatte. Ihre Augen glühten, ihre ledrige Haut glänzte vom Blut der getöteten Elfen. »Alter Mann!« zischte die Kreatur und stürzte sich auf ihn.

Druidenfeuer barst aus den Händen Bremens, aber das Ungeheuer war bereits zu dicht bei ihm und ergriff die Handgelenke des alten Mannes. Mit der ganzen Kraft seiner gewaltigen Arme zwang das Monster den Druiden zurück. Ganz langsam gab Bremen Boden auf. Jetzt drängten auch die anderen Ungeheuer mit neuer Zuversicht wieder nach vorn. Das Ende war nah.

Da erschien plötzlich der Junge. Er tauchte aus dem Zwielicht auf, sprang auf den ungeschützten Rücken des Ungeheuers und krallte seine Finger fest um dessen gelbe Augen. Brüllend vor Wut zapfte Allanon eine verborgene Kraftquelle an und verband sie mit dem bißchen an Magie, das er beherrschte. Unkontrolliert und widerspenstig, so wild wie ein Sturmwind schoß das Feuer aus seinen Händen und sprühte in alle Richtungen. Es explodierte mit einer solchen Kraft, daß es den Jungen rücklings zu Boden schleuderte, wo er verwirrt liegenblieb. Aber es explodierte auch ins Gesicht des Ungeheuers und zerriß es.

Das Monster gab Bremen sofort frei, riß die Klauenhände an die Augen und floh. Bremen kämpfte sich auf die Beine, er ignorierte die Schwäche, die ihn durchströmte, ignorierte seine Wunden und schickte neues Druidenfeuer auf die Kreatur zu. Dieses Mal raste das Feuer vom Rachen der Bestie bis zu ihrem Herzen hinab und verbrannte sie zu Asche.

Jerle Shannara hatte sich währenddessen bis zur linken Flanke der Armee vorgekämpft. Cormorant Etrurian war zu Boden gegangen. Seine Männer umringten ihn und versuchten, ihn zu beschützen. Der König drängte sich in ihre Mitte und führte einen schnellen, gezielten Gegenangriff gegen die buckligen Kreaturen aus, die über die Reihen der Elfen sprangen und dabei zweischneidige Äxte und böse gezackte Messer schwangen. Banda hatte das Feuer der Bogenschützen auf eine Stelle direkt unterhalb des Abhangs gerichtet, und die Langbögen durchbohrten den Nebel und die Ungeheuer, die sich darin verbargen. Die Elfen hoben Etrurian hoch und trugen ihn weg, und Kier Joplin spornte seine Reiter an, beim Schließen der Lücke zu helfen. Der König übergab Joplin das Kommando und kehrte schnell wieder ins Zentrum seiner Linien zurück, wo der Kampf sogar noch heftiger geworden war. Zweimal wurde er von Hieben getroffen, die ihn taumeln ließen, aber er wehrte sie ab, ignorierte Entsetzen und Schmerz und kämpfte weiter. Preia war links neben ihm und schützte ihn; schnell und wendig parierte sie mit ihrem kurzen Schwert. Neben ihnen kämpfte die Elfengarde, einige von ihnen starben in ihrem Bemühen, den König und die Königin zu schützen. Die Geschöpfe der Unterwelt hatten die Reihen der Westlandarmee jetzt überall durchbrochen, und die Elfen kämpften gegen Angreifer, die aus allen Richtungen zu kommen schienen.

Schließlich hatte Bremen genügend Verteidiger um sich versammelt, um die Ungeheuer, die die Reihe auf der linken Seite durchbrochen hatten, zurückzudrängen. Die Monster wurden fast völlig aufgerieben, und die wenigen Überlebenden drehten sich um und rannten davon; ihre ungeschlachten Gestalten verschwanden im Nebel, als hätte es sie niemals gegeben. Die Armee drängte weiter gegen die vor, die immer noch im Zentrum kämpften, und auch sie gaben nach. Langsam gewannen die Elfen die Oberhand. Die Bestien der Unterwelt fielen zurück und verschwanden.

Zurück in der grauen, dunstigen Leere blieb die Armee des Westlands; wortlos vor Erschöpfung starrte sie den fliehenden Gegnern hinterher.

Die Nordländer griffen am späten Nachmittag erneut an, dieses Mal wieder mit ihrer normalen Armee. Der Nebel hatte sich jetzt verzogen, und der Himmel hatte sich aufgeklärt. Das Licht war grell und klar. Die Elfen sahen von ihrer neuen Verteidigungsposition aus den Feind das zerstörte Rhenntal heraufkommen. Diesmal hatten sie sich noch tiefer ins Tal zurückgezogen, ganz in die Nähe des Passes. Klippen und eine erst kürzlich errichtete Steinmauer, die mit scharfen Spießen gespickt war, umgaben die neue Position. Die Armee der Elfen war zerlumpt und blutig, am Rande der Erschöpfung, aber ohne Furcht. Sie hatten schon zuviel überlebt, um noch Angst zu haben. Ruhig und dichtgedrängt hielten sie ihre Positionen, denn an der Stelle, wo sie warteten, verengte sich das Tal zum Paß. Die Abhänge waren hier so steil, daß nur eine kleine Truppe Bogenschützen und Elfenjäger nötig waren, um die Anhöhe gegen einen Angriff zu verteidigen. In der Mitte drängte sich der größere Teil der Armee. Cormorant Etrurian war zurückgekehrt, seine Schulter und sein Kopf waren bandagiert, sein mageres Gesicht grimmig. Zusammen mit dem sogar noch mehr geschwächten Rustin Apt befehligte er die Einheiten, die dem Herzstück des feindlichen Angriffs standhalten sollten. Arn Banda war mit seinen Bogenschützen auf dem Nordhang. Kier Joplin und die Reiterei hatten sich zum Eingang des Passes zurückgezogen, denn es gab nicht mehr genügend Platz, um sie zum Einsatz bringen zu können. Die Elfengarde und die Schwarze Wache bildeten noch immer die Reserve.

Auf einem Felsvorsprung genau hinter der Elfenlinie standen Bremen und Allanon. Sie konnten den Kampf von hier aus gut überblicken.

Der König und Preia Starle führten auf ihren Pferden die Mitte der Verteidigung an, geschützt von der Elfengarde um sie herum.

Das Hämmern der Trommeln und das Echo schwerer Schritte hallten von der Ebene herauf. Gewaltige Massen an Fußsoldaten marschierten zum Angriff, so viele, daß sie den Boden des Tals vollkommen bedeckten, als sie näher kamen. Hinter ihnen kamen die Kriegsmaschinen – Belagerungstürme und Katapulte, die von Pferden und schwitzenden Männern gezogen wurden. Die letzte Gruppe bildete die Reiterei, Lanzen und Spieße und wehende Banner in den Händen. Gewaltige Felsentrolle trugen den Dämonenlord und seine Anführer in Wagen und Sänften, die in schwarze Seide gehüllt und mit weißen Knochen geschmückt waren.

Dies ist unser Untergang, dachte Bremen plötzlich. Ungebeten drängte sich der Gedanke auf, als er den Vormarsch des Feindes beobachtete. Sie sind zu viele, und wir sind zu schwach. Der Kampf ist zu hart geworden und hat zu lange gedauert, und dies ist nun das Ende.

Er fröstelte bei der Gewißheit, die ihn bei dieser Vorahnung beschlich, aber er konnte ihre Kraft nicht leugnen. Er spürte, wie sie ihn niederdrückte, eine unerbittliche Wahrheit. Er sah, wie die Nordlandarmee weiterrollte, ihre Wagen hinter sich herzog, wie sie das Rhenntal füllte, und sie entwickelte sich in seinen Augen zu einer Flutwelle, die über die Elfen hinwegtoben und sie ertränken würde. Sie hatten nur zwei Tage gegen sie gekämpft, aber der Ausgang war bereits unausweichlich. Wenn die Zwerge ihnen zu Hilfe gekommen wären, hätten sie vielleicht eine Chance gehabt. Wenn irgendeine Stadt des Südlandes eine Armee zusammengestellt hätte, wäre es vielleicht anders gewesen. Aber die Elfen waren allein, und es gab niemanden, der ihnen helfen würde. Sie waren bereits auf ein Drittel ihrer ursprünglichen Stärke geschrumpft, und selbst, wenn der Schaden, den sie dem Feind zugefügt hatten, zehnmal größer sein mochte, spielte es keine Rolle. Der Feind hatte zu viele Kämpfer, deren Leben er aufs Spiel setzen konnte.

Der alte Mann blinzelte müde und rieb sich am Kinn. Daß es so enden sollte, war mehr, als er ertragen konnte. Jerle Shannara würde nicht einmal Gelegenheit haben, sein Schwert gegen den Dämonenlord einzusetzen. Er würde hier sterben, in diesem Tal, mit dem Rest seiner Männer. Bremen kannte den König gut, er wußte, Jerle würde eher sein Leben aufgeben, als sich selbst zu retten. Und wenn Jerle Shannara starb, gab es für niemanden mehr Hoffnung.

Der junge Allanon neben ihm regte sich. Auch er konnte das drohende Unheil spüren, dachte der alte Mann. Der Junge besaß Mut, er hatte es an diesem Morgen gezeigt, als er Bremen das Leben gerettet hatte. Er hatte, ohne sich um seine eigene Sicherheit zu sorgen, mit nur einem einzigen Ziel die Magie benutzt – den alten Mann zu retten. Bremen schüttelte den grauen Kopf. Der Junge war übel zugerichtet worden und benommen gewesen, aber er war jetzt nicht weniger zielstrebig als zuvor. Genau wie der König würde er in diesem Kampf tun, was in seinen Kräften stand. Bremen wußte, daß Allanon sich bereits einen Platz aussuchte, von dem aus er kämpfen konnte.

Die Armee des Nordlandes war noch etwa zweihundert Meter entfernt, als sie holpernd stehenblieb. Hektisch brachten die Pioniere und Schlepper die Katapulte und Belagerungstürme nach vorn. Bremen stieg ein Kloß in den Hals. Der Dämonenlord würde keinen direkten Angriff durchführen. Warum so viele Leben verschwenden, wenn es nicht notwendig war? Statt dessen würde er die Katapulte und die in den Türmen versteckten Bogenschützen benutzen, um die tödlichen Geschosse auf die Verteidigung der Westlandarmee niederprasseln zu lassen, bis sich ihre Reihen lichteten – bis sie so wenige waren, daß sie keinen Widerstand mehr leisten konnten.

Die Kriegsmaschinen breiteten sich über die Weite des Tals aus, eine Achse neben der anderen, die Schlingen der Katapulte mit Felsstücken und Eisenblöcken beladen, und in den Schächten der Türme stand hinter jedem Schlitz ein Bogenschütze. In den Reihen der Elfen bewegte sich niemand. Es gab keinen Ort, zu dem sie fliehen, keinen Platz, wo sie sich verstecken, keine bessere Verteidigungslinie, zu der sie sich zurückziehen konnten. Denn wenn der Paß verloren war, war auch das Westland verloren. Das dumpfe Geräusch der Trommeln dröhnte weiterhin und fügte sich in das dumpfe Mahlen der Räder an den Kriegsmaschinen. In der Brust des alten Mannes erklang der Widerhall. Er warf einen Blick auf den dunkler werdenden Himmel, aber der Sonnenuntergang war noch eine Stunde entfernt und die Dunkelheit würde ihnen zu spät zu Hilfe kommen.

»Wir müssen es aufhalten«, flüsterte er. Er hatte nicht absichtlich laut gesprochen, die Worte waren ihm einfach so entschlüpft.

Allanon blickte ihn wortlos an und wartete. Die befremdlichen Augen hefteten sich auf ihn und ließen ihn nicht mehr los. Bremen hielt seinem Blick stand. »Wie?« fragte der Junge leise.

Und plötzlich wußte Bremen es. Er sah es in diesen Augen, entnahm es dem Wort, das der Junge gesprochen hatte, dem Wispern der Eingebung, die plötzlich in ihm wuchs. Es kam in einem Augenblick schrecklicher Einsicht, geboren aus seiner eigenen Verzweiflung und schwindenden Hoffnung.

»Es gibt einen Weg«, sagte er. Die Falten in seinem alten Gesicht vertieften sich. »Aber ich brauche deine Hilfe. Ich allein habe nicht mehr die Kraft dazu.« Er hielt inne. »Es wird gefährlich für dich sein.«

Der Junge nickte. »Ich habe keine Angst.«

»Du könntest sterben. Wir könnten beide sterben.«

»Sagt mir, was ich zu tun habe.«

Bremen wandte sich der Reihe der Belagerungsmaschinen zu und bat den Jungen, sich vor ihn zu stellen. »Höre also gut zu. Du mußt dich mir überlassen, Allanon. Kämpfe nicht gegen das, was du fühlst, egal, was es auch sein mag. Du wirst ein Kanal für mich sein, für meine Magie, für die Magie, die ich besitze, der ich aber nicht mehr genügend Kraft zur Verfügung stellen kann, um ihren Einsatz durchzustehen. Ich werde sie durch dich einsetzen. Ich werde meine Kraft aus dir beziehen.«

Der Junge schaute ihn nicht an. »Ihr wollt Eure Magie mit meiner Energie nähren?« fragte er leise, beinahe ehrfurchtsvoll.

»Ja.« Bremen beugte sich zu ihm. »Ich werde dich mit soviel Schutz versorgen, wie ich habe. Wenn du stirbst, werde ich mit dir sterben. Es ist alles, was ich dir anbieten kann.«

»Es ist genug«, erwiderte der Junge. Er hatte den Blick immer noch abgewandt. »Tut, was Ihr tun müßt, Bremen. Aber tut es jetzt, tut es schnell, solange noch Zeit ist.«

Die Nordlandarmee hatte sich vor ihnen aufgebaut – ganz vorn standen die riesigen Kriegsmaschinen, die über und über vor Waffen strotzten. Staub stieg von der verbrannten Erde auf und verhüllte sie, daß es aussah, als hätte sie zu existieren aufgehört. Lichtreflexe tanzten über die Metallklingen und Spitzen, Banner flatterten in hellen Farben.

Der Druide und der Junge sahen sie gemeinsam an, die Männer und die Tiere, die Maschinen, die Geräusche und Bewegungen. Still und allein standen sie auf dem Felsvorsprung. Niemand sah sie, und wenn sie es doch taten, schenkten sie ihnen keine Aufmerksamkeit. Selbst die Elfen kümmerten sich nicht um sie, sondern richteten ihren Blick auf die Armee vor sich.

Bremen holte tief Luft und legte seine Hände auf Allanons schmale Schultern. »Falte deine Hände und zeige mit ihnen auf die Türme und die Katapulte.« Seine Kehle schnürte sich zusammen. »Sei stark, Allanon.«

Der Junge faltete die Hände und schlang die Finger ineinander. Dann hob er die dünnen Arme und zeigte mit ihnen in die Richtung der Nordlandarmee. Bremen stand genau hinter ihm, seine Hände waren ruhig, seine Augen geschlossen. Er rief in seinem Innern das Druidenfeuer herbei. Es sprühte und erwachte zum Leben. Er mußte vorsichtig damit umgehen, ermahnte er sich. Das Gleichgewicht zwischen dem, was notwendig war und was er leisten konnte, war sehr empfindlich, und er mußte vorsichtig sein, wollte er es nicht verletzen. Nur ein einziger Fehler in der einen oder anderen Richtung, und sie waren alle verloren.

Auf dem Schlachtfeld wurden bereits Katapulte zurückgezogen, und die Bogenschützen in den Türmen legten die Bögen an.

Bremen öffnete jetzt wieder die Augen – sie waren so weiß wie Schnee.

Als ahnte er etwas, wandte sich Jerle Shannara, der weiter unter ihm stand, plötzlich um und schaute ihn an.

Druidenfeuer raste aus Bremens Armen und in Allanons Körper hinein, dann fuhr es aus den geballten Fäusten des Jungen über die Köpfe der wartenden Elfenarmee, über das zerfurchte und verbrannte Grasland hinweg und mitten hinein in die zweihundert Meter entfernt stehenden Kriegsmaschinen des Feindes. Zuerst wurden die Türme getroffen, die in Flammen standen, bevor auch nur irgend jemand mit der Wimper zucken konnte. Von dort sprang es zu den Katapulten, entflammte die Bedienungsmannschaften, zerriß die Seile und verbog die metallenen Stücke. Wie ein lebendiges Wesen, das sich erst das eine, dann das nächste Ziel suchte, fraß sich das Feuer fort, hellblau und so strahlend, daß die Männer beider Armeen gezwungen waren, ihre Augen mit den Schilden vor dem grellen Schein zu schützen. Immer wieder raste es an den vorderen Reihen der Nordlandarmee entlang, verschlang alles und jeden. Nur wenige Momente dauerte es, dann stieß die Flammensäule unzählige Meter in den Himmel, schlängelte sich in gewaltigen Schleifen durch die Luft und zog riesige Rauchwolken hinter sich her.

Schreie und Rufe erschollen aus der feindlichen Armee, als das Feuer sie zerriß. In den Reihen der zuschauenden Elfenarmee herrschte jedoch nur verwundertes Schweigen.

Bremen spürte, wie seine Magie nachließ und das Feuer schwächer wurde, aber in Allanon war immer noch genügend Kraft. Allanon schien an Stärke sogar noch zu gewinnen, die dünnen Arme nach vorn gestreckt, die Hände erhoben. Bremen fühlte, wie der schlanke Körper des Jungen vor Kraft und Entschlossenheit bebte. Immer noch schoß Feuer von seinen Fingerspitzen, sprang hinter die Kriegsmaschinen mitten in die erstaunte Nordlandarmee und grub sich einen tödlichen Pfad der Verwüstung. *Genug!* dachte Bremen, als er eine gefährliche Wendung im Gleichgewicht wahrnahm. Aber er konnte die Verbindung zwischen sich und dem Jungen nicht lösen, er konnte den Strom seiner Magie nicht unterbrechen. Der Junge war jetzt stärker als er, und es war der alte Mann, dessen Kraft angezapft wurde.

Angesichts dieser neuen Attacke wichen die Nordländer zurück, aber es war kein geordneter Rückzug, sondern eine wilde Flucht – ihr Mut war gebrochen. Selbst die Felsentrolle schlossen sich an; schnell tauschten sie die Feuersbrunst, die ihre Kameraden verschlang, gegen den Schutz der Abhänge. Auch für sie war die Schlacht dieses Tages vorüber.

Dann endlich ließ Allanons Kraft nach, und das Druidenfeuer, das zuvor aus seinen Händen gesprudelt war, erstarb. Er keuchte hörbar und sackte gegen Bremen, der selbst kaum noch stehen konnte. Aber der alte Mann fing sich und hielt den Jungen fest an sich gedrückt. Er wartete, bis sich der Puls ihrer Körper wieder beruhigt hatte und der Herzschlag langsamer geworden war. Schlaff wie Vogelscheuchen lehnten sie aneinander, flüsterten sich gegenseitig beruhigende Worte zu und starrten auf das Inferno, das die Kriegsmaschinen des Nordlands verschlungen hatte und die Rükken des fliehenden Feindes in blutiges Rot tauchte.

Nach der Zerstörung der Kriegsmaschinen des Nordlandes, als sich die Dunkelheit über die Vier Länder senkte und die Feuer in der Mitte des Rhenntals niederzubrennen begannen, ging Jerle Shannara zu Bremen. Der alte Mann saß mit Allanon auf dem Felsvorsprung und aß. Es war jetzt ruhig, die Nordlandarmee hatte sich hinaus auf die Ebene zurückgezogen, und die Elfen behaupteten immer noch die Linien am Westende des Tals. In den Reihen der Verteidiger wurden Mahlzeiten eingenommen, aber man aß in Schichten, um gegen einen Überraschungsangriff gewappnet zu sein. Feuerstellen brannten im hinteren Teil des Lagers, die Abendluft trug den Geruch von Essen mit sich.

Der alte Mann stand auf, als der König kam. Er sah in Jerles Augen einen Blick, den er nicht deuten konnte. Der König grüßte beide, dann bat er Bremen, mit ihm ein kleines Stück zu gehen. Der Junge wandte sich ohne Kommentar wieder seinem Essen zu. Der Druide und der König verschwanden zusammen im Schatten.

Als sie weit genug entfernt waren, daß niemand sie hören konnte, drehte sich der König zu dem alten Mann um. »Ich möchte, daß du etwas für mich tust«, sagte er ruhig. »Ich möchte, daß du deine Magie benutzt, um die Elfen zu kennzeichnen. Sie müssen sich bei einem Kampf im Dunkeln erkennen können, damit sie sich nicht aus Versehen gegenseitig töten. Kannst du das tun?«

Bremen dachte einen Augenblick über die Bitte nach, dann nickte er langsam. »Was willst du tun?«

Der König war müde und abgespannt, aber in seinen Augen lag eine kalte Entschlossenheit, und seine Gesichtszüge wirkten schroff. »Ich plane einen Angriff – jetzt, heute nacht, bevor sie sich wieder neu formieren können.«

Der alte Mann starrte ihn sprachlos an.

Ein bitterer Zug trat um die Lippen des Königs. »Heute morgen brachten meine Fährtenleser die Nachricht von feindlichen Truppenbewegungen an den Flanken. Sie haben weitere Armeen – kleinere als die, der wir gegenüberstehen, aber immer noch von beachtlicher Größe – nach Norden und Süden geschickt, um uns in einem Bogen zu umgehen und von hinten anzugreifen. Nach dem zu urteilen, wo sie jetzt sind, müssen sie vor mindestens einer Woche losmarschiert sein. Sie kommen nur langsam voran, aber sie werden uns früher oder später einschließen. In wenigen Tagen sind wir von Arborlon abgeschnitten. Wenn das geschieht, sind wir verloren.«

Er starrte in die Dunkelheit, als suchte er dort nach dem, was er als nächstes sagen könnte. »Sie sind zu viele, Bremen! Wir haben das von Anfang an gewußt. Unser einziger Vorteil war unsere Verteidigungsposition. Wenn sie uns einschließen, wird uns nichts mehr bleiben.« Sein Blick richtete sich wieder auf den alten Mann. »Daher habe ich Prekkian und die Schwarze Wache losgeschickt, um Vree Erreden und den Rat zu warnen und die Verteidigung der Stadt vorzubereiten. Aber unsere einzige wirkliche Hoffnung besteht darin, daß ich das tue, was du mir gesagt hast – ich muß mich dem Dämonenlord entgegenstellen und ihn vernichten. Um das tun zu können, muß ich jedoch die Nordlandarmee zerschlagen. Ich werde niemals wieder eine bessere Gelegenheit haben als jetzt. Die Nordländer sind verwirrt und abgekämpft. Die Zerstörung ihrer Kriegsmaschinen hat sie nervös gemacht. Die Druidenmagie ängstigt sie. Dies ist der richtige Zeitpunkt für den entscheidenden Schlag.«

Bremen nahm sich etwas Zeit zum Nachdenken, bevor er antwortete. Dann nickte er. »Möglicherweise hast du recht.«

»Wenn wir jetzt angreifen, werden sie unvorbereitet sein. Wenn wir hart genug zuschlagen, können wir vielleicht bis zum Dämonenlord durchbrechen. Die Verwirrung eines nächtlichen Angriffs wird uns helfen, aber nur, wenn wir uns von den Feinden unterscheiden können.«

Der Druide seufzte. »Wenn ich die Elfen markiere, damit sie sich gegenseitig erkennen können, wird auch der Feind sie erkennen.«

»Das ist nicht zu ändern.« Die Stimme des Königs war fest. »Es wird ein wenig dauern, bis die Nordländer begreifen, was die Markierungen bedeuten. Zu dem Zeitpunkt werden wir den Kampf ohnehin bereits gewonnen oder verloren haben.«

Bremen nickte wortlos. Es war eine kühne Taktik, eine, die die Elfen zum Untergang verdammen konnte. Aber die Notwendigkeit war sofort ersichtlich, und der Druide wußte, daß er in Jerle einen Mann vor sich hatte, der in der Lage war, einen solchen Angriff durchzuführen. Denn die Elfen würden Jerle Shannara überallhin folgen, und Vertrauen in ihren Anführer war das, was sie am ehesten aufrechterhielt.

»Aber ich habe Angst«, flüsterte der König plötzlich, während er sich hinunterbeugte. »Ich weiß nicht, ob ich es schaffen werde, die Kraft des Schwertes herbeizurufen, wenn es nötig ist.« Er hielt inne. Seine Augen blickten starr geradeaus. »Was ist, wenn das Schwert mir nicht antwortet? Was werde ich dann tun?«

Der Druide streckte die Hand aus und umfaßte die des Königs mit festem Griff. »Die Magie wird dich nicht im Stich lassen, Jerle Shannara«, sagte er sanft. »Du hast ein zu starkes Herz, du hast dich zu sehr deiner Aufgabe hingegeben, bist zu sehr der König, den dein Volk braucht. Die Magie wird erscheinen, wenn du sie rufst, denn das ist deine Bestimmung.« Er lächelte traurig. »Du mußt daran glauben.«

Der König holte tief Luft. »Komm mit mir«, sagte er.

Der alte Mann nickte. »Ich komme.«

Nördlich des Rhenns, wo die Wolken Schatten auf das offene Grasland warfen und die Ebene sich ausdehnte, schlüpfte Kinson Ravenlock geräuschlos von dem lärmenden Lager des Nordlands fort und kämpfte sich den Weg zurück, den er gekommen war. Er brauchte beinahe eine Stunde, immer im Schutz von Schluchten und ausgetrockneten Flußbetten, fern von den offenen Ebenen. Er wollte die anderen nicht zu lange auf sich warten lassen und ging schnell voran, und er war erleichtert, weil sie möglicherweise doch nicht zu spät gekommen waren.

Mehr als zehn Tage waren vergangen, seit Mareth und er mit dem Rest der Zwergenarmee aus dem Ostland aufgebrochen waren. Die Zwerge zählten noch immer beinahe viertausend, und sie waren schnell vorangekommen. Sie hatten allerdings eine ungewöhnliche Strecke gewählt. Ihr Weg hatte sie nördlich über die Ebene des Rabb geführt, durch den Jannissonpaß hindurch, über die Ebene von

Streleheim, die sie im Schatten des alten Waldes überquert hatten, der das unglückselige Paranor umgab. Raybur und die Zwergenältesten hatten lange über die Route diskutiert, wenn auch nicht länger als über die Frage, ob sie überhaupt kommen sollten. Was das letztere anging, so war Kinson überzeugend gewesen, als er Bremens Argumente vorgebracht hatte, und Risca stand fest auf seiner Seite. Als Raybur erst einmal überredet war, war die Angelegenheit besiegelt. Die Wahl ihres Weges war weniger nervenaufreibend, aber ebenfalls anstrengend gewesen. Risca war überzeugt, daß ihre Chance, ungesehen zu bleiben, größer sei, wenn sie vom Norden durch feindliches Gebiet kämen – die Armee des Nordlands war schließlich ins Westland marschiert, um die Elfen im Rhenntal zu belagern, und so würden ihre Kundschafter, wenn überhaupt, dann nur aus dem Süden weitere Feinde erwarten. Schließlich hatte er sich durchsetzen können.

Die Zwergenarmee hatte einen halben Tag nördlich vom Rand der Drachenzähne Position bezogen. Risca, Kinson, Mareth und zweihundert andere waren vorgegangen, um die Situation abzuklären. Als die Sonne unterging, war Kinson allein weitermarschiert, da er sich ein genaueres Bild verschaffen wollte.

Jetzt, drei Stunden nach seinem Fortgang, tauchte der Grenzländer wieder aus den Schatten auf.

»Heute früh hat es einen Angriff gegeben«, erklärte er atemlos. Er war große Teile des Rückwegs gerannt, erpicht darauf, seine Neuigkeiten mitzuteilen. »Er ist mißlungen. Die Kriegsmaschinen der Nordländer liegen alle verbrannt im Tal von Rhenn. Aber sie bauen neue. Das Lager des Feindes befindet sich am östlichen Eingang. Es ist eine gewaltige Streitkraft, aber sie macht einen unorganisierten Eindruck. Alle laufen wild durcheinander, und nirgendwo sind Anzeichen der dunklen Kreaturen. Selbst die Schädelträger fliegen in dieser Nacht nicht.«

»Bist du zu den Elfen durchgekommen?« fragte Risca schnell. »Hast du Bremen oder Tay gesehen?«

Der Grenzländer nahm einen großen Schluck aus der Bierhaut, die Mareth ihm reichte, und wischte sich über den Mund. »Nein. Das Tal ist blockiert. Ich hätte mich irgendwie durchschlagen können, aber ich entschied mich, es nicht zu riskieren. Ich beschloß, statt dessen zu euch zurückzukehren.«

Die beiden Männer sahen sich an, dann blickten sie auf die Ebene. »Es liegen viele Männer tot auf dem Schlachtfeld«, sagte der Grenzländer leise. »Zu viele, wenn auch nur ein Zehntel von ihnen Elfen sind.«

Risca nickte. »Ich werde Raybur benachrichtigen lassen, daß er die Armee bei Sonnenaufgang weiterführt. Er kann selbst wählen, von wo er angreifen will.« Sein aufrichtiges Gesicht verzog sich jetzt leicht spöttisch, und seine Augen glänzten. »In der Zwischenzeit bleibt uns nichts anderes, als auf ihn zu warten.«

Der Grenzländer und das Mädchen schauten sich an und schüttelten langsam die Köpfe.

»Ich werde nicht warten«, erklärte Kinson Ravenlock.

»Ich auch nicht«, sagte Mareth.

Der Zwerg nahm seine Streitaxt in die Hand. »Das habe ich auch nicht wirklich erwartet. Sieht so aus, als würde Raybur uns einholen müssen, nicht wahr? Also gehen wir.«

Kapitel 32

Es war drei Stunden nach Sonnenuntergang und nahe Mitternacht, als Jerle Shannara die Elfen in den letzten Kampf führte. Er nahm nur die vollkommen Gesunden mit und ließ die Verwundeten sowie einige Auserwählte als Schutz und Rückendeckung zurück. Alle zusammen – Elfenjäger, Elfengarde, Bogenschützen und weitere Fußsoldaten – zählten sie über zweitausend Mann. Die Reiterei bestand noch einmal zusätzlich aus vierhundert. Er versammelte sie unten im Tal ganz in der Nähe der zerstörten feindlichen Kriegsmaschinen, die immer noch vor sich hin schwelten. Er ging von einer Einheit zur nächsten und erklärte, was er vorhatte.

Bremen ging neben ihm; er trug einen kleinen Topf glühenden Lichts bei sich. Das Licht war von bläulicher Farbe und strahlte ein phosphoreszierendes Glimmen aus, das in der Dunkelheit hell leuchtete. Es schien weder eine Paste noch Flüssigkeit zu sein, sondern einfach glühende Luft. Zum größten Teil bestand sie aus Druidenmagie, aber auch andere Substanzen waren enthalten, obwohl niemand sie erkennen und benennen konnte. Bremen ging auf einen Mann nach dem anderen zu und markierte sie mit dem Licht, indem er einen Stock in das glühende Etwas tauchte, ein kleines bißchen von der mysteriösen Substanz aufnahm und damit die Kleidung des Soldaten bestrich.

Als sie sich im Dunkeln auf den Weg in das Herz des Rhenntals machten, trug jeder Mann Stoffstreifen über den hellen Markierungen, um ihr Kommen vor dem Feind zu verbergen. Ausgewählte Mitglieder der Elfengarde gingen voran, sie schwärmten vor der Angriffstruppe aus, erklommen die Abhänge an den Seiten des Tals und schlichen dann weiter, um die Höhen zu sichern. Als genügend Zeit verstrichen war, marschierte Jerle Shannara mit der Hauptmacht los. Er hielt sich in der Mitte, mit Preia Starle und Bremen an seiner Seite, während er Cormorant Etrurian auf die linke und Rustin Apt auf die rechte Flanke gestellt hatte. Über die gesamte Breite ihres Angriffs, genau hinter der Frontlinie von Elfenjägern, gingen die Bogenschützen unter Arn Banda. Dahinter folgten weitere Elfenjäger, und am Ende, als Reserve für den äußersten Notfall, kamen die Elfenreiter unter Kier Joplin.

Die Strategie des Königs war einfach. Die Elfen sollten sich so nahe wie möglich an die Linien der Nordländer schleichen, ohne gesehen zu werden, und dann aus dem Dunkeln zuschlagen. Sie mußten den Vorteil der Überraschung und Verwirrung nutzen und den Ring der Wachen überrennen – in der Hoffnung, die Wucht ihres Angriffs würde sie bis ins Herz des gegnerischen Lagers tragen, wo der Dämonenlord lauerte. Dort würde Jerle Shannara dann den rebellischen Druiden stellen und vernichten. So war der Plan. Es gab so viele Dinge, die schiefgehen konnten, daß es sich gar nicht lohnte, jede einzelne Möglichkeit zu berücksichtigen. Zeitliche Abstimmung und der Überraschungseffekt waren alles, was ihnen blieb, wenn man von Entschlossenheit und Mut einmal absah.

Sämtliche Zweifel und Ängste der Elfen lösten sich jedoch beim ersten Schritt bereits auf, in der Erkenntnis, daß der Angriff begonnen hatte und es kein Zurück mehr gab, in einer überwältigenden Flut von Erwartung, die alles andere verdrängte. Sie marschierten schnell durchs Tal, so geräuschlos, wie es nur Elfen vermochten. Es gab kein Licht, das ihnen den Weg wies, denn der Himmel hatte sich wieder bewölkt, und die Luft war dick von dem hängenden Rauch der nachmittäglichen Feuersbrunst. Die Feuer im feindlichen Lager vor ihnen wirkten wie eine Serie einsamer Baken, kleine Punkte, die in der Düsternis gelb aufflackerten.

Jerle Shannara dachte nicht an einen möglichen Fehlschlag, als er seine Krieger anführte. Das Schwert von Shannara hing über seinem Rücken. Er dachte an nichts anderes als an die vor ihm liegende Aufgabe und schob alles, was ihn ablenken konnte, von sich. Preia und Bremen waren an seiner Seite, und in ihrer Gegenwart fühlte sich der König der Elfen seltsam unbesiegbar. Es war nicht so, daß er sich unsterblich gefühlt hätte; das hätte er niemals angestrebt. Aber in diesen verzweifelten Augenblicken schien es ihm, als wäre eine Niederlage undenkbar. Stärke umgab ihn, aber auch Abhängigkeit. Eine merkwürdige Mischung, aber für einen König nichts Ungewöhnliches. Die Elfen würden ihr Leben für ihn geben, aber er mußte bereit sein, auch seines zu opfern. Nur in diesem Gefüge, in diesem Gleichgewicht konnte Hoffnung darauf bestehen, zu überleben, nicht aufzugeben, den Sieg zu erreichen, den sie so sehr anstrebten.

Die Augen des Königs wanderten zu den Schatten auf den Höhen, sie suchten nach den Wachen, die möglicherweise Alarm schlagen könnten. Niemand erschien. Die Elfengarde hatte die Wächter beseitigt, ohne entdeckt zu werden. Hinter sich, tief in der Wiege des Tals, konnte Jerle das ferne Klimpern der Zugriemen und das Quietschen von Leder hören, als die Reiterei folgte. Die Flammen der Wachfeuer vor ihnen waren jetzt gut zu erkennen, und auch das Lager der Nordlandarmee dahinter. Die Größe des Lagers schien plötzlich ungeheuerlich, ein ausuferndes Gewirr von Zelten und Vorräten und Männern, ein Durcheinander zahlreicher Leben, wie in einer kleinen Stadt. Es waren immer noch so viele, dachte der König. Der Angriff der Elfen würde schnell und gezielt vonstatten gehen müssen.

Die Westländer waren etwa fünfzig Meter vom Lager entfernt, als er sie anhalten ließ, damit sie sich vor dem enthüllenden Licht der Wachfeuer verkriechen konnten. Wachen standen da und starrten in die Nacht hinaus, einige blickten träge über ihre Schultern auf das, was im Lager vor sich ging. Sie erwarteten ganz sicher keinen Angriff. Jerle Shannara spürte eine heiße Woge von Zufriedenheit in seiner Brust. Er hatte richtig geraten, schien es. Plötzlich dachte er an all das, was er durchgemacht hatte, um bis zu diesem Punkt zu gelangen, und er wünschte sich, daß Tay Trefenwyd bei ihm wäre. Zusammen hätten sie alles erreichen können. Ohne Tay würde es niemals mehr dasselbe sein, dachte er. Niemals mehr.

Er gab den Elfen ein Zeichen, sich bereitzuhalten. Dann ließ Banda seine Bogenschützen in Stellung gehen und die Pfeile auflegen. Jerle Shannara hob sein Schwert, und die Pfeile stiegen in einem tödlichen Hagel in die Luft. Zu dem Zeitpunkt, da sie ihre ahnungslosen Ziele fanden, stürmten die Elfen bereits zum Angriff.

Sie näherten sich mit tödlicher Geschwindigkeit. In Sekundenschnelle hatten sie den freien Platz überquert und die Grenze des Lagers durchbrochen. Die Wachen waren alle tot, getroffen von Pfeilen oder Speeren. Die Nordländer, die sich um die Feuerstellen gekauert hatten, sprangen auf, als die Elfen auf sie einstürmten, sie griffen nach ihren Waffen, stießen Warnschreie aus. Aber die Elfen waren so schnell über ihnen, daß die meisten tot waren, bevor sie sich verteidigen konnten. Jerle Shannara führte die Gruppe an, er bahnte sich seinen Weg durch die äußeren Linien, wie er wollte, die Elfengarde immer an seiner Seite. Auch Preia war dicht bei ihm. Bremen fiel zurück, er war zu alt und zu langsam, um Schritt halten zu können, rief dem König jedoch zu, nicht auf ihn zu warten und weiter voranzustürmen. Auf den Höhen waren jene Gegner, die nicht bereits hatten beseitigt werden können, in Einzelkämpfe mit der Elfengarde verwickelt – die sich zwischen sie geschlichen hatte, während sie schliefen. In der rauchigen Dunkelheit konnten nur die Elfen einander erkennen, da die Markierungen des Druiden auf ihren Schultern glühten. Das ganze feindliche Lager war in wildem Aufruhr.

Dann fand sich der König plötzlich mitten in einer Kompanie gerade erst erwachter Felsentrolle wieder. Die gewaltigen Kreaturen taumelten von ihren Lagern hoch, als sie den Alarm hörten. Die Rüstungen lagen verstreut umher, aber die Waffen hielten sie bereits in den Händen. Jerle Shannara brach zum Innern des Lagers durch, er bemühte sich, jedem Hindernis auszuweichen, aber einigen Trollen gelang es, sich vor ihm aufzubauen, und so mußte er stehenbleiben und mit ihnen kämpfen. Er wandte sich dem nächststehenden zu, schwang das Schwert von Shannara in einem weiten Bogen, und der Troll ging zu Boden. Andere versuchten jetzt, den König zu erreichen, sie hatten ihn erkannt und riefen mit gutturalen Stimmen nach ihren Kameraden. Aber die Elfengarde stellte sich den Angreifern in den Weg, sie schwärmte von allen Seiten über die Trolle hinweg, um sie niederzuschlagen und zu töten.

Aus der Dunkelheit hinter sich vernahm der König das Hornsignal von Kier Joplin, das den Angriff ankündigte, und dann donnerte die Elfenreiterei ins Schlachtengetümmel. Eine Explosion erschütterte das Lager, und eine Feuersäule schoß in den Himmel. In ihrem flackernden Schein fing der König einen Blick von Bremen auf, der inmitten fliehender Gnome und gewöhnlicher Trolle stand, eine kleine, zerlumpte Gestalt mit mageren, weit von sich gestreckten Armen, Allanon an seiner Seite.

Weiter vorne kamen die dunklen, mit Totenköpfen geschmückten Zelte des Dämonenlords und seiner Befehlshaber in Sicht. Jerle Shannara verdoppelte seine Anstrengung, die Reihe der feindlichen Soldaten vor ihm zu durchbrechen. Dann tauchte etwas Gewaltiges aus der Nacht neben ihm auf, und er war gezwungen, sich ihm zuzuwenden und es anzusehen. Es sah aus wie ein Wolf, aber der Kopf mit einem Kiefer voll zackiger Zähne war nur noch schwach menschlich. Das Ungeheuer schnappte nach den Elfen, die versuchten, es zu fassen, und schleuderte sie zur Seite. Es griff nach Preia Starle, aber sie sprang zur Seite und bohrte ihr Schwert in den Nacken des Monsters. Mit schnappendem Kiefer stürmte die Bestie auf Jerle Shannara zu, verwundet, aber nicht langsamer geworden. Der König wurde umgerannt und fiel zu Boden, unfähig, der Wucht des Aufpralls auszuweichen. Vergeblich kämpfte er darum, wieder auf die Beine zu kommen, während die Elfenjäger verzweifelt auf das Monster einhieben. Dann, als sich die Kreatur auf die Hinterbeine stellte, um Jerle in Stücke zu reißen, rammte er ihr das Schwert von Shannara tief in die Brust bis ins Herz, und die Bestie sackte leblos zu Boden.

Der König rappelte sich wieder auf. »Die Zelte!« schrie er den Elfen in Hörweite zu, und mit Preia an seiner Seite stürmte er nach vorn.

Hinter der Mündung des Rhenntals, nördlich des Lagers, arbeiteten Kinson, Mareth, Risca und die Zwerge sich zu den östlichen Anhöhen durch, wo sie hofften, eine Lücke in den Linien der Nordländer zu finden. Als der Angriff der Elfen begann, erstarrten sie, voller Unsicherheit darüber, was geschehen war. Rufe und Schreie drangen aus dem Lager der Nordländer empor, und blitzartig verwandelte sich alles in ein Chaos. Sofort bildeten die kampferprobten

Zwerge einen Keil, der auf das bereits mitgenommene Lager zeigte. Sie sahen, wie die am Rand des Lagers liegenden Nordländer aus dem Schlaf gerissen wurden, nach ihren Waffen griffen und sich verwirrt umsahen.

»Was ist geschehen?« zischte Mareth in Kinson Ravenlocks Ohr.

Dann hörten sie den Schlachtruf der Elfen, hörten, wie er sich über den Lärm erhob, sich von einer Stimme auf die andere übertrug.

»Die Elfen greifen an!« rief Risca verwundert aus.

Pfeile flogen von den Höhen ins Lager, durchbohrten die Wachen. Am äußersten Rand des Lagers schlugen Waffen klirrend aufeinander. Die Zwerge standen wie angewurzelt da, als der Kampf begann, sie lauschten den Geräuschen, die stärker wurden und näher kamen. Die Elfen hatten die Verteidigung der Nordländer durchbrochen und stürzten mitten in das Herz des feindlichen Lagers.

»Was sollen wir tun?« fragte Kinson. Er starrte durch die Dunkelheit auf das Gewimmel feindlicher Soldaten, wie sie auftauchten und in dem rauchigen Dunst der Wachfeuer wieder verschwanden.

Direkt vor ihm erhob sich ein Schädelträger in die Luft, er stieg auf wie ein Gespenst, mit ausgebreiteten Flügeln und gekrümmten Krallen. Er wendete sich von den Zwergen ab und glitt in östliche Richtung auf die Ebene zu. Einen Augenblick später folgte ihm ein weiterer.

»Sie fliehen!« brachte Mareth ungläubig heraus.

Dann explodierte im Lager etwas, und eine Flammensäule schoß in den Himmel, erhob sich wie ein Speer in die Dunkelheit, von unsichtbaren Händen den Wolken entgegengeschleudert. Einen Augenblick hing sie noch in der Luft, dann löste sie sich in Rauch auf.

Risca ergriff seine große Streitaxt und schaute die anderen kurz an. »Ich habe genug gesehen. Die Elfen brauchen uns. Lassen wir sie nicht warten!«

Sie gingen weiter, Risca als erster, Kinson und Mareth an seiner

Seite. Die Zwerge formierten sich in Angriffsposition. Risca führte sie nach Osten zu den Anhöhen, immer auf der Hut vor den Bogenschützen und bestrebt, von ihnen nicht für Nordländer gehalten zu werden. Sie wanden sich durch den hinteren Teil des Lagers hindurch, wo die Reiter der Gnome bereits dabei waren, aufzusitzen und fortzureiten. Als sie gerade unterhalb der Vorpostenkette waren, stieß Risca den Schlachtruf der Zwerge aus und führte seine Leute in den Kampf.

Beinahe sofort wurden sie angegriffen. Ob es nur Zufall war oder eine Folge der schnellen Reaktion der Verteidiger, rasch waren die Zwerge umringt von einer ganzen Kompanie Felsentrolle in vollständiger Rüstung. Zwei Dutzend Zwerge starben in der ersten Minute des Kampfes, unfähig, sich gegen die soviel kräftigeren Trolle zu behaupten. Risca sammelte die am nächsten Stehenden um sich, rief das Druidenfeuer herbei und brannte sich einen Weg durch die Nordländer, die jetzt gezwungen waren zurückzuweichen. Riesige Wölfe, die Brona von den Schwarzen Eichen herbeigerufen hatte, setzten in einer keilförmigen Formation zum Angriff an. Wieder mußten die Zwerge zurückweichen, und dieses Mal wurde ihre Gruppe in der Mitte gespalten.

In dem Durcheinander wurden Kinson und Mareth von Risca getrennt. Der Druide ging nach links zum hinteren Teil des Lagers, während der Grenzländer und das Mädchen sich nach rechts wandten und dem Trupp von Zwergen folgten, die sich jenen Elfen anschließen wollten, die bereits in der Mitte des Lagers kämpften. Der stürmische Kampf nahm Risca zunächt so in Anspruch, daß er die beiden nicht sofort vermißte – seine Gedanken waren auf etwas ganz anderes gerichtet. Die Intensität, mit der die Nordländer sich verteidigten, hier im hinteren Teil des Lagers, wo doch der Hauptangriff der Elfen von vorne erfolgt war, bestätigte ihm, daß der Dämonenlord ganz in der Nähe sein mußte. Er hatte bereits zwei Schädelträger davonfliegen sehen und vermutete, daß der Angriff mehr Zerstörung angerichtet hatte, als die Elfen hoffen konnten, und daß Brona sich auf die Flucht vorbereitete. Während die Felsentrolle und die Kreaturen der Unterwelt ihn verteidigten, würde er sich mit den Schädelträgern aus dem Lager schleichen und wieder in den Norden zurückziehen. Die Nordländer rasten bereits in die Nacht davon, sie flohen aus dem Lager wie Schlangen, die aus ihrem Nest vertrieben wurden. Die Gnome und gewöhnlichen Trolle zogen sich aus dem Kampf zurück und überließen es anderen, an ihrer Stelle zu kämpfen. Die Reiterei zerstreute sich in alle Richtungen, führerlos und voller Panik. Der hintere Teil der Nordlandarmee war zerschlagen, und es erforderte nicht viel Einsicht zu erkennen, daß die Anführer – für die Zeit keine Bedeutung hatte – wieder hinter dem Messergebirge Schutz suchen würden, um sich dort neu zu formieren und eine neue Invasion vorzubereiten.

Aber Risca hatte zuviel durchgemacht, um dies so einfach zulassen zu wollen. Der Druide war fest entschlossen, sie aufzuhalten, und zwar jetzt und hier.

Mit einem Dutzend seiner Zwerge um sich, kämpfte er sich zu den ungefähr zwanzig Gnomenreitern durch. Ein Schädelträger raste und tobte zwischen ihnen, ein wildes Gespenst mit glühenden Augen und wogendem Umhang, bemüht darum, die verängstigten Gnomen in Reihen aufzustellen, um die Flanken zu schützen. Hinter ihm, wo die Nacht am schwärzesten und das Lager unbeleuchtet war, bewegte sich etwas unter den schwarzen Seidenzelten. Pferde wieherten, als sie mit Peitschenhieben zu einer bestimmten Stelle getrieben wurden, und riesige, dunkle Wagen rollten durch den Rauch hindurch auf die Ebene hinaus.

Mit der Streitaxt in der Hand und dem Druidenfeuer in der Brust machte Risca sich daran, sie aufzuhalten.

Jerle Shannara kämpfte sich seinen Weg mit einer schon beinahe erschreckenden Zähigkeit frei. Er war immer noch an der vorderen Front des Elfenangriffs, tief im Lager der Nordländer, und er führte die anderen, als er sich dem dunklen, wehenden Stoff des Zeltes des

Dämonenlords näherte. Es gab dort einen Ort absoluter Finsternis, einen Platz, zu dem kein Licht drang. Die Wachfeuer, die sie an den Grenzen des Lagers hinter sich gelassen hatten, ließen seltsame Schatten entstehen, aber es gab wenig zu sehen und noch weniger, dem man trauen konnte. Die Feinde, die versuchten, den Elfenkönig aufzuhalten, wurden zu einer gesichtslosen Masse, einige waren Trolle oder Gnome, andere vollkommen andere Wesen. Er ging auf sie los, ungeachtet dessen, was sie waren, und ohne sich um etwas anderes als sein Vorankommen zu kümmern. Preia kämpfte an seiner Seite so stürmisch und wild wie er. Dahinter bemühte sich die Elfengarde vergeblich, Schritt zu halten.

Dann ging Preia zu Boden. Ein Schatten, der auf allen vieren aus der Schwärze aufgesprungen war, hatte sie aus dem Gleichgewicht gebracht. Mit weit aufgerissenem Maul und glühenden Augen warf sich ein riesiger, borstiger Körper auf die Königin. Jerle wirbelte herum, um ihr zu helfen, aber in einem Moment der Unachtsamkeit wurde er auch zur gleichen Zeit von einem dieser Wesen zu Boden gezwungen. Andere erschienen, Wölfe, die aus der Dunkelheit hinzudrängten und eine Bresche in die Gruppe jener Elfen rissen, die versuchten, den verbotenen Boden zu betreten. Die Bestien tauchten in solcher Anzahl auf, daß es einen Augenblick schien, als wären sie unbesiegbar. Preia war in einem Wirbel von Gegnern verschwunden. Jerle Shannara kämpfte auf dem Rücken liegend, er schwang das Schwert gegen jeden, der ihm nahe kam, und versuchte, wieder aufzustehen.

»Shannara! Shannara!« Elfengarde und Elfenjäger eilten hinzu, um ihm zu helfen.

Druidenfeuer leuchtete auf und verbrannte die angreifenden Wölfe mitten im Sprung. Bremen beteiligte sich am Kampf, sein Umhang in Fetzen, seine Augen glühend wie die der Kreaturen, die er vernichten wollte. Die Wölfe zogen sich angsterfüllt zurück, die Zähne immer noch gefletscht. Noch einer verschwand in der blauen Flamme, und der Rest stob auseinander, heulend vor Wut und

Schrecken. Der König kam wieder auf die Beine, drehte sich nach Preia um. Aber sie stand bereits neben ihm, mit schweißüberströmtem und schmerzverzerrtem Gesicht. Blut lief an einem Arm herunter, wo das feste Ledermaterial zerbissen und das weiche Fleisch bis zu den Knochen aufgerissen war. Sie band die Wunde ab, aber ihr Gesicht war blaß.

»Lauf weiter«, rief sie ihm zu. »Warte nicht! Ich komme schon!«

Er zögerte nur einen Augenblick, dann rannte er los, eine Handvoll Männer der Elfengarde hinter sich. Die Wölfe waren die letzte Abwehrreihe gewesen, hinter der sich der Dämonenlord verkriechen konnte, und der Weg lag jetzt frei vor ihm. Der Boden war wie ein schwarzes Loch, aber Jerle Shannara verlangsamte seinen Schritt keinen Augenblick. Nur eine Sache zählte – daß er den feindlichen Anführer fand und stellte. Er überquerte das unbeleuchtete Gelände in rasendem Tempo, nicht mehr länger besorgt, was ihn erwarten könnte. Er war so entschlossen, diesen Kampf zu einem Ende zu bringen, daß er sich allem gestellt hätte.

Irgendwo hinter sich hörte er Bremen einen Warnruf ausstoßen; aber es war vergeblich. Der alte Mann war von dem Kampf dermaßen erschöpft, daß er nicht folgen konnte.

Jerle Shannara erreichte das Zelt des Dämonenlords wie im Fluge, riß sein Schwert nach unten, schnitt durch den dunklen Stoff und ließ Totenköpfe und Knochenschmuck an den Pfosten klappernd in die Nacht fliegen. Der Zeltstoff klaffte unter seiner Klinge, und ein kalter, trockener Wind wehte aus der Öffnung.

Drinnen war es so schwarz, daß Jerle nichts erkennen konnte. Bemüht, sich zu verteidigen, schwang er das Schwert in einem wilden Bogen über sich, zerfetzte alles in Reichweite. Aber seine Klinge zischte nutzlos durch die Luft. Jerle warf sich zur anderen Seite des Zeltes, zerschlitzte dort den Stoff und ließ die Nacht herein. Qualm und Geräusche drangen ins Innere, und die Kälte wich erneut der Wärme des Sommers.

Der Elfenkönig wirbelte hastig herum und sprang abwehrbereit in die Hocke.

Doch das Zelt war leer.

Im gleichen Augenblick griffen Risca und seine Zwerge die restlichen Gnomenreiter an. Der Schädelträger, der die letzten in Schach hielt, wich vor Riscas Druidenfeuer zurück, und die erschreckten Gnome schossen davon. Einen Augenblick lang stand niemand den Zwergen gegenüber. Dann erklang das schwere Rumpeln von eisenbeschlagenen Rädern, und eine Karawane von dunkelgekleideten Reitern und stoffverhängten Wagen tauchte aus dem Lager auf. Risca warf sich der Karawane in den Weg und schickte sein Druidenfeuer auf das Leitpferd, das scheute und zurückzuckte und die Wagen zu einem plötzlichen, unruhigen Halt brachte.

Beinahe sofort schwärmte eine Horde Ungeheuer hinter den schlingernden Transportwagen und den wiehernden Pferden hervor – Wesen aus der Unterwelt. Der Angriff war heftig und zwang Risca und die Zwerge trotz ihrer Bemühungen zurück. Sie kämpften mit grimmiger Entschlossenheit, dicht um ihren Anführer geschart. Risca sandte den Angreifern eine Welle seines Druidenfeuers nach der anderen entgegen.

Inzwischen hatten die vermummten Fahrer die Pferde wieder angetrieben und fuhren in einer anderen Richtung weiter; brüllend vor Wut peitschten sie auf die Tiere ein. Risca versuchte, sie zu erreichen, die Karawane noch einmal zum Halten zu bringen. Aber die Wesen aus der Unterwelt waren überall, und er konnte nicht genügend Druidenfeuer entfachen. Die Überzahl des Gegners machte sich jetzt bemerkbar. Immer mehr von Riscas Kameraden fielen.

Dann plötzlich wichen die Ungeheuer zur Seite, und Wellen von panischen Nordländern fluteten aus dem Schlachtgetümmel heraus, strömten an den Zwergen vorbei. Ein großer Teil der Nordlandarmee schien sich auf der Flucht zu befinden, als hätte jeder einzelne

Soldat zur gleichen Zeit festgestellt, daß er jetzt genug ausgehalten hatte und ihm nur noch eins übrig blieb, nämlich zu fliehen. Gnome und Trolle rasten in die Nacht. Es war eine gewaltige, unaufhaltsame Welle, und Risca und seine Gefährten hatten Mühe, nicht einfach mitgeschwemmt zu werden.

Als der Andrang sich etwas legte, schaute Risca sich um. Er stand allein am Rand des sich auflösenden Lagers. Die Zwerge, die an seiner Seite gekämpft hatten, waren alle tot. Die Bestien aus der Unterwelt waren verschwunden, geflohen mit den Nordländern. Der Kampf im Lager ging unvermindert weiter, da die Elfen auf diejenigen Feinde einstürmten, die noch immer standhielten. Beide Seiten waren in einen letzten verzweifelten, wilden Kampf verwikkelt.

Im Norden, wo die Ebene von Streleheim sich unter einem bleiernen Himmel erstreckte, begann die Karawane des Dämonenlords langsam zu verschwinden.

Roter Dunst verschleierte den Blick des Druiden, und ein Gefühl von Hoffnungslosigkeit durchströmte ihn. Er wirbelte herum auf der Suche nach einem Pferd, aber es war keins da. Die immer noch vorbeirasenden Nordländer machten einen großen Bogen um ihn, sie hatten das flackernde Druidenfeuer an den Fingerspitzen seiner rechten Hand und die glühende Streitaxt in seiner linken gesehen. Blut lief ihm übers Gesicht, und seine Augen glitzerten voll kalter Wut.

In der Ferne verschwand die Karawane in der Nacht.

Kapitel 33

Im Morgengrauen war die gesamte Nordlandarmee in die Flucht geschlagen, und die Elfen jagten hinter dem Dämonenlord her. Die Schlacht hatte noch den größten Teil der Nacht gedauert; noch

Dutzende von kleinen Handgemengen waren mit aller Härte ausgetragen worden. Ein Teil der Nordländer mochte bereits frühzeitig geflohen sein, aber viele waren geblieben. Die stärkeren und disziplinierteren Einheiten hatten bis zuletzt jeden Fußbreit Boden bitter und verzweifelt verteidigt.

Die Zahl der Toten auf beiden Seiten war beeindruckend. Die Elfen hatten nahezu die Hälfte all derer verloren, die in dieser Nacht mit Jerle Shannara in den Kampf gezogen waren. Rustin Apt lag tot am Eingang des Passes, seine Truppe war stark geschrumpft. Der einäugige Arn Banda war auf der Anhöhe getötet worden. Cormorant Etrurian hatte eine so schwere Wunde erlitten, daß er einen Arm verlieren würde. Allein Kier Joplin von den Elfenreitern und Trewithren von der Elfengarde hatten nur leichte Verletzungen davongetragen, und daneben gab es noch achthundert Männer, die kräftig genug und in der Lage waren, weiterzukämpfen.

Es war ein kühler, frischer Tag, der das Ende des Sommers und den Beginn des Herbstes ankündigte. Im Osten erhob sich die Sonne blaß hinter den zerklüfteten Gipfeln der Drachenzähne, als Jerle Shannaras Kommando über das nebelverhangene Grasland ritt. Leichter Frost bedeckte den Boden, silbern und feucht schimmerte er im zunehmenden Licht, und der Atem der Männer und Pferde war in Form kleiner Wolken sichtbar. Habichte kreisten über ihnen, glitten im Wind auf und ab, stille Zuschauer einer Jagd, die weit unter ihnen stattfand.

Jerle Shannara hatte nicht einen Moment gezögert, die Verfolgung von Brona aufzunehmen. Er war längst jenseits der Angst, jenseits der Unentschlossenheit, jenseits von Müdigkeit und Hunger und weit davon entfernt, aufzugeben. Er war bei dem Kampf in der Nacht verletzt worden und blutete, aber er spürte keinen Schmerz. Er hatte das Schwert von Shannara auf den Rücken geschnallt und verschwendete keinen Gedanken mehr daran, ob die Magie auf seinen Ruf reagieren würde oder nicht. Die Zeit zum Nachdenken war vorüber, und jetzt blieb ihm nur noch, sich der

Verantwortung zu stellen, die man ihm übertragen hatte. Zweifel und Ängste mochten noch weit hinten in seinem Kopf lauern, aber das gleichmäßige Dahintreiben, Meile um Meile, vertrieb sie immer mehr aus seinem Bewußtsein. Er spürte die fließenden Bewegungen seines Pferdes unter sich, aber abgesehen davon nahm er nur das Rauschen seines Blutes, das Pochen seines Herzens und die Stärke seiner Entschlossenheit wahr.

Preia Starle ritt neben ihm, obwohl sie so übel zugerichtet war, daß sie ohne Hilfe nicht einmal in den Sattel gekommen war. Ihr Arm war verbunden und die Blutung hatte nachgelassen, aber ihr Gesicht war blaß und verzerrt, sie atmete stoßweise. Dennoch hatte sie sich geweigert zurückzubleiben, als Jerle sie darum gebeten hatte. Sie war kräftig genug zum Reiten, hatte sie beharrlich gesagt, und sie würde es tun. Sie würde das Ende dieser Sache genauso erleben wie den Beginn – an seiner Seite.

Bremen und Allanon waren ebenfalls mit von der Partie, obwohl der alte Mann kaum kräftiger war als Preia. Er war so ausgelaugt von der intensiven Anwendung der Druidenmagie, daß er kaum noch Reserven hatte. Nicht, daß er sich beklagt hätte, aber jeder mit Augen im Kopf und klarem Verstand konnte es erkennen. Dennoch – er hatte versprochen, beim König zu sein, wenn es an der Zeit wäre, das Schwert zu benutzen, und er würde sein Versprechen halten.

Mareth, Kinson Ravenlock und Risca, um einiges ausgeruhter und kräftiger, begleiteten die anderen ebenfalls. Für sie stand die Schlacht noch bevor, und da sie sich über den erschöpften Zustand der anderen durchaus im klaren waren, hatten sie sich insgeheim geschworen, ihnen soviel Unterstützung und Schutz zu geben, wie sie konnten. Hinter ihnen ritten Kier Joplin mit seinen Leuten und Trewithren mit der Elfengarde sowie das letzte Häuflein Zwerge, die mit Risca in den Süden gezogen, aber gleich zu Beginn der Schlacht von ihm getrennt worden waren. Alle zusammen zählten sie weniger als neunhundert. Sie wagten nicht, zu lange darüber nachzudenken, ob sie genug wären, den Dämonenlord zu vernichten. Niemand wußte, wie viele mit dem rebellischen Druiden geflohen oder seither zu ihm gestoßen waren. Sicherlich waren noch Schädelträger und Bestien der Unterwelt unter ihnen, dazu Wölfe von den Schwarzen Eichen und Felsentrolle und andere Geschöpfe aus den Ländern im Norden und Osten. Auch wenn nur ein kleiner Teil von der Armee übriggeblieben war, die das Rhenntal belagert hatte, waren die Gegner in der Überzahl.

Immerhin wußten die Elfen, daß ihnen von Norden Raybur mit fünftausend Zwergen entgegenkam. Wenn sie es schaffen konnten, den Dämonenlord in diese Richtung zu treiben, hatten sie durchaus eine Chance.

Die Sonne stieg höher am Himmel empor, der in eine seltsame Mischung aus Grau und Silber getaucht war, und das Licht verjagte die nächtlichen Schatten und die Kühle. Aber der Nebel weigerte sich, sich aufzulösen, und blieb beharrlich nah über dem Boden hängen, er legte sich über breite Mulden und sanfte Hügel. Kleine Tümpel bildeten sich an tiefer gelegenen Stellen und ließen das Grasland zum Morast werden. Nichts rührte sich in der Ferne, der Horizont war leer und still. Die Habichte über ihnen waren verschwunden. Jerle Shannaras Armee ritt schweigend, in gleichmäßigem, festem Tempo, immer ein Auge wachsam auf das Land um sie herum gerichtet.

Es war Nachmittag, als sie den Dämonenlord endlich einholten. Seit Mittag hatte es schon so ausgesehen, denn sie hatten liegengebliebene Wagen gefunden, deren Achsen während der Flucht gebrochen waren. Eine Stunde zuvor waren sie auf eine deutliche Fährte ihrer Beute gestoßen, eine solche Menge an Spuren von Rädern, Tieren und Männern, daß es sogar für die Fährtenleser schwierig war zu entscheiden, wie viele den Dämonenlord begleiteten. Preia war abgestiegen, um nachzusehen – gegen den Wunsch des Königs – und hatte in ihrer ruhigen, sicheren Art berichtet, daß es weniger als tausend sein mußten.

Als das Elfenkommando jetzt auf einer kleinen Erhöhung stehenblieb, einige hundert Meter südlich von der Stelle, wo der restliche Teil der Nordlandarmee zum Halt gezwungen war, konnten sie selbst sehen, daß ihre Königin recht gehabt hatte. Die Feinde hatten die dunklen Wagen in die Schatten einer Reihe von Bergausläufern gezogen, die sich im Osten terrassenförmig gegen die Drachenzähne erhoben. Davor standen die Geschöpfe des Dämonenlords – Felsentrolle und andere menschenähnliche Gestalten, verhüllte Wesen aus der Unterwelt, graue Wölfe, die am Rande des Nebels kauerten, und schließlich Schädelträger, von denen einige wie große dunkle Vögel über der Gruppe schwebten.

Hinter ihnen aber hatten sich die Zwerge unter Raybur quer über die Ebene verteilt, kampfbereit verstellten sie den Nordländern den Weg. Der Dämonenlord schien in der Falle zu sitzen.

Aber der Nebel täuschte, und die schattenhaften Bilder waren eine Illusion. Viele der Kreaturen, deren Körper in Fetzen von schwebendem Grau gehüllt waren, waren tot. Ihre Körper waren verrenkt, gegen Felsenstücke gedrückt und auf Waffen aufgespießt. Arme und Beine ragten wie zerbrochene Stöcke in den Himmel. Dunkle Umrisse schimmerten im Dunst, die verbrannten Überreste derjenigen Toten, die aus der Unterwelt gekommen waren. Es hatte bereits ein Kampf stattgefunden. Der rebellische Druide und seine Anhänger waren auf die Zwerge gestoßen und hatten versucht, ihre Reihen zu durchbrechen. Aber der Versuch war mißlungen, und Rayburs Männer hatten sie zurückgedrängt. So hatte der Dämonenlord den Rest seiner Armee um sich geschart und sich auf die jetzige Position zurückgezogen. Die Zwerge standen zu einem neuen Angriff bereit. Beide Seiten warteten.

Jerle Shannara wunderte sich. Worauf warteten sie?

Die Erkenntnis kam rasch. Auf mich, dachte er. Auf das Schwert von Shannara.

Er begriff jetzt, daß hier alles enden würde, hier auf der Ebene von Streleheim, auf diesem bereits blutgetränkten Boden. Er würde dem Dämonenlord im Kampf entgegentreten, und einer von ihnen würde getötet werden – so war es vorherbestimmt und bereits vor langer Zeit vom Schicksal entschieden.

Er sah die anderen an, verwundert darüber, wie ruhig er sich fühlte. »Er sitzt in der Falle. Er kann nicht entkommen. Die Zwerge haben ihm die Flucht in das tiefe Nordland unmöglich gemacht, und jetzt muß er sich uns stellen.«

Risca hob seine Streitaxt. »Lassen wir ihn nicht warten.«

»Einen Moment.« Es war Bremen, der so alt und abgehärmt wirkte, daß er sich in dem verschwindenden Licht des Nachmittags selbst nicht mehr ähnlich sah; ein mitgenommener alter Kauz, der sich nur noch auf seine Entschlossenheit stützen konnte. »Er wartet auf uns, allerdings. Er will, daß wir kommen. Wir sollten uns eine kleine Pause gönnen.«

Risca sagte trotzig: »Er hat keine andere Wahl als zu warten. Was bekümmert dich, Bremen?«

»Denk nach, Risca. Er sucht den Kampf mit uns, weil er glaubt, daß er noch entfliehen kann, wenn er gewinnt.« Der Blick des alten Mannes wanderte von einem Gesicht zum anderen. »Wenn er uns alle zerstört, die letzten Druiden und auch den König der Elfen, würde er fast alle Gefahren beseitigen, die ihn bedrohen. Er könnte sich dann verstecken, sich wieder erholen und schließlich zurückkehren.«

»Er wird mir nicht entwischen«, brummte Risca dumpf.

»Unterschätze ihn nicht, Risca«, warnte der alte Mann. »Unterschätze nicht die Macht der Magie, über die er verfügt.«

Sie schwiegen. Risca erinnerte sich daran, wie nahe er dem Tod gekommen war, als er das letzte Mal versucht hatte, sich dem Dämonenlord entgegenzustellen. Er sah den alten Mann an, dann ließ er den Blick über die dunstige Ebene schweifen. »Was schlägst du also vor? Daß wir nichts tun?«

»Nur, daß wir vorsichtig sind.«

»Warum sollten wir etwas anderes sein?« Riscas Stimme war

voller Ungeduld. »Wir verschwenden nur Zeit! Wie lange sollen wir hier noch stehenbleiben?«

»Er wartet auf mich«, sagte Jerle Shannara plötzlich. »Er weiß, daß ich zu ihm kommen werde.« Die anderen blickten ihn an. »Er wird gegen mich kämpfen, weil er glaubt, daß es der einfachste Weg für ihn ist. Er hat keine Angst vor mir. Er glaubt, daß er mich problemlos vernichten kann.«

Der alte Mann sagte nichts. Preia Starle trat einen Schritt nach vorn. »Du wirst nicht allein zu ihm gehen. Wir werden bei dir sein.«

»Wir alle!« schnappte Risca, der nicht zurückstehen wollte.

»Aber es liegt große Gefahr darin«, warnte Bremen wieder, »wenn wir alle zusammen kommen. Wir sind müde und abgekämpft. Wir sind nicht so stark, wie wir eigentlich sein sollten.«

Mareth trat jetzt vor, mit energischem Schritt. »Wir sind stark genug, Bremen.« Sie nahm ihren Druidenstab fest in beide Hände. »Du kannst nicht erwarten, daß wir einfach hier stehenbleiben und zusehen.«

»Wir sind einen langen Weg gekommen, um das Ende zu sehen«, echote Kinson Ravenlock. »Dies ist auch unser Kampf.«

Sie alle starrten jetzt den alten Mann an, warteten darauf, daß er sich äußerte. Er sah sie an, ohne sie zu sehen, sein Blick war weit in die Ferne gerichtet und wirkte verloren. Er schien etwas zu bedenken, was jenseits ihres Begreifens lag, weit entfernt vom Hier und Jetzt, etwas, das über die bevorstehende Gefahr hinausging.

»Bremen«, sagte der König sanft. Er wartete, bis die müden Augen sich wieder auf ihn richteten. »Ich bin bereit. Zweifle nicht an mir.«

Der Druide starrte ihn einen langen Augenblick an, dann ergab er sich müde und nickte. »Wir werden tun, was du willst, Elfenkönig.«

Risca ließ Flaggen auf die Speerspitzen stecken, um Raybur zu benachrichtigen, was sie vorhatten. Sofort erschien ein Zeichen als

Antwort. Die Zwerge würden auf das Kommando des Elfen hin vordringen. Der Weg in den Norden war blockiert für jeden, der zu fliehen versuchte. Jetzt lag es an Jerle Shannara und den Elfen, die Falle zuschnappen zu lassen.

Der König ließ Trewithren und ein Dutzend Männer der Elfengarde zur Unterstützung kommen. Risca rief sechs Zwerge zu sich. Während sie sich versammelten, trat Jerle Shannara mit Preia Starle zur Seite und sprach ruhig mit ihr. »Ich möchte, daß du hier auf mich wartest«, sagte er.

Sie schüttelte den Kopf. »Das kann ich nicht, und du weißt das.«

»Du bist verletzt. Du hast nicht die Geschwindigkeit und Kraft, auf die du dich verlassen kannst, wenn du in Ordnung bist. Womit willst du das ausgleichen?«

»Verlang nicht von mir, daß ich dich allein gehen lasse.«

»Es wird mich nur ablenken, wenn ich mir Sorgen um dich machen muß!« Sein Gesicht war gerötet, sein Blick zornig. Seine Stimme war kaum mehr als ein Flüstern. »Ich liebe dich, Preia.«

»Würdest du von Tay Trefenwyd verlangen zurückzubleiben, wenn er hier wäre?« erwiderte sie sanft. Sie ließ ihn einen Augenblick darüber nachdenken, während sie seinen Blick suchte. Ein kaum merkliches Lächeln stahl sich auf ihre Lippen. »Ich liebe dich auch. Also erwarte nicht weniger von mir, als ich es selbst tue.«

Zur selben Zeit sprach Kinson Ravenlock mit Mareth. »Bist du wirklich bereit?« fragte er sie ruhig.

Sie sah ihn überrascht an. »Natürlich. Warum sollte ich es nicht sein?«

»Du wirst deine Magie benutzen müssen. Es wird nicht einfach sein. Du hast selbst davon gesprochen, wie wenig du sie magst.«

»Das habe ich«, gab sie zu. Sie rückte näher zu ihm und berührte ihn mit der Hand leicht an der Schulter. »Aber ich werde tun, was ich tun muß, Kinson.«

Bremen schritt zu den ersten Reihen der Kompanie und wandte sich an die Männer. »Ich werde uns mit genügend Magie umgeben, um den ersten Schlag abzulenken, aber mehr kann ich nicht tun. Meine Kraft ist am Ende. Risca und Mareth müssen für uns alle eintreten. Achtet aufeinander, aber achtet am meisten auf den König. Er muß die Gelegenheit erhalten, sein Schwert gegen Brona zu benutzen. Davon hängt alles ab.«

»Er wird seine Chance bekommen«, versprach Risca, der direkt vor dem alten Mann stand. »Das schulden wir Tay Trefenwyd.«

Danach zogen sie los. Jerle Shannara und Preia Starle führten sie an; rechts und links vom Königspaar gingen Risca und Bremen. Einige Schritte hinter ihnen folgten Allanon, Kinson Ravenlock und Mareth. Die Elfengarde und die Zwergenjäger verteilten sich an beiden Seiten. Dahinter folgte der Rest der Armee. Im Norden kamen die Zwerge langsam von den Anhöhen herunter. Das Licht begann jetzt zu verblassen, und mit den länger werdenden Schatten brachte die Luft die Kühle des frühen Abends. Die Kreaturen vor ihnen auf der Ebene rüsteten sich im Nebel zum Angriff.

Die grauen Wölfe schlugen zuerst zu; sie stürmten vorwärts, rissen an den ersten Reihen der Elfen und Zwerge und schossen wieder davon. Risca ließ sein Druidenfeuer hervorschnellen, um die nächststehenden zu zerstreuen, aber sofort wurde er von anderen angefallen. Riesige Ungeheuer aus der Unterwelt wälzten sich schwerfällig in Sicht, wischten das Feuer fort, stießen die Klingen zur Seite. Felsentrolle marschierten in festen Formationen hinzu, ihre großen Spieße zu einer blitzenden Reihe von Metallspitzen gesenkt. Der Rauch des Druidenfeuers mischte sich mit dem Nebel, und das gesamte Schlachtfeld war in grauen Dunst gehüllt.

Jerle Shannara ging unberührt weiter. Niemand näherte sich ihm, sämtliche Angreifer wichen zur Seite. *Der Dämonenlord wartet auf dich*, flüsterte eine Stimme tief in seinem Innern. *Der Dämonenlord will dich.*

Die Felsentrolle kamen auf Kinson Ravenlock zu und schlugen ihn zu Boden. Mareths Stab sprühte blaue Flammen, aber sie konnte das Feuer nicht benutzen, ohne zu riskieren, daß Kinson verletzt wurde. Die Elfenjäger eilten dem Grenzländer zu Hilfe und hieben auf die Trolle ein, dann griffen andere Kreaturen in den Kampf ein, und bald waren alle in das Gewühl verwickelt.

Vor Jerle Shannara erschien ein Schädelträger, der aber gleich wieder zur Seite trat, um statt seiner Bremen herauszufordern. »Alter Mann«, zischte er voll finsterer Erwartung.

Allanon stellte sich schützend vor Bremen; er wußte, daß der Druide ausgelaugt war, daß seine Magie so gut wie am Ende war. Aber es war Risca, der an seiner Stelle eingriff, dessen Feuer mit solcher Kraft in den Schädelträger einschlug, daß es das Ungeheuer nach hinten schleuderte und in ein qualmendes Bündel verwandelte. Der Zwerg drängte sich wieder zur Spitze des Angriffskeils, seine Kleidung hing vom Kampf mit den grauen Wölfen in Fetzen, sein Gesicht war blutverschmiert. »Kommt schon!« brüllte er und reckte seine Streitaxt herausfordernd hoch.

Kinson war wieder auf den Beinen, mitgenommen und übel zugerichtet, aber er hieb wild mit seinem Breitschwert auf die Felsentrolle ein, die sich ihm entgegenstellten. Die Elfengarde und die Zwergenjäger standen Seite an Seite neben ihm und zwangen die Nordländer zurück. Vor ihnen im wirbelnden Nebel kräuselten sich die dunklen, seidigen Dächer der Wagen wie Leichentücher.

Jerle Shannara ging weiter. Er war jetzt allein, abgesehen von Preia. Bremen und Allanon waren zurückgefallen, und Risca war irgendwo im Handgemenge verschwunden. Die Elfenjäger und die Elfengarde rannten durch den Dunst, aber dort, wo der König hinging, wagte anscheinend niemand zu folgen. Der Dunst öffnete ihm einen Korridor, an dessen anderem Ende Jerle eine dunkle, verhüllte Gestalt erkannte. Die Gestalt streifte die Kapuze zurück, und rote Augen brannten trotzig und voller Wut. Der Dämonenlord. Er hob den Arm und winkte Jerle Shannara zu.

Komm zu mir, Elfenkönig. Komm zu mir.

Weiter hinten bemühte sich Bremen, den König zu erreichen. Allanon half ihm jetzt, er stützte ihn. Der alte Mann hatte das

Druidenfeuer herbeigerufen und benutzte den Jungen wieder als zusätzliche Kraftquelle, aber seine Schwäche war zu groß. Er sah, wie der Dämonenlord aus dem Nebel heraus Gestalt annahm, sah, wie er Jerle Shannara zu sich winkte. Die Kehle schnürte sich ihm zusammen. War der König bereit für diese Konfrontation, oder würde ihn seine Entschlossenheit im Stich lassen? Der Druide wußte es nicht, er konnte es nicht wissen. Der König verstand so wenig von der Magie des Schwertes, und wenn er ihre Macht erkannte, würde er vielleicht ins Taumeln geraten. Es lag große Kraft in Jerle Shannara, aber auch Unsicherheit. Was würde die Oberhand gewinnen, wenn der Dämonenlord vor ihm stand?

Mareth erreichte Kinson und zog ihn zur Seite, während sie die Felsentrolle mit dem Druidenfeuer zurückjagte. Sie überschwemmte den Boden damit, und die Nordländer zogen sich vor ihrer Wut zurück. Kinson schwankte, als er mit ihr Schritt zu halten versuchte; er hatte tiefe Schnittwunden an der Seite und an den Beinen. Ein Arm hing lose herab. »Geh weiter«, sagte er. »Beschütze den König!«

Der Kampf wurde jetzt mit ungeheurer Verbissenheit geführt, da die Elfen und Zwerge die Nordländer von beiden Seiten eingeschlossen hatten. Schreie erschollen im nachlassenden Nachmittagslicht, vermischten sich mit dem Klirren der Waffen und dem Stöhnen der kämpfenden und sterbenden Männer. Blutlachen bedeckten die Erde, und Gestalten mit verrenkten und zerschmetterten Gliedmaßen lagen sterbend am Boden.

Einer der Wagen wurde herübergezogen, und Geschöpfe, die aussahen, als wären sie aus Metallbrocken gegossen, kamen zischend wie Schlangen aus ihrer Höhle. Hinterhältig gingen sie auf Raybur los, aber die Zwerge beschützten ihren König und trieben sie zurück.

Voller Wut und Enttäuschung über den Fehlschlag wandten sie sich Bremen und Allanon zu.

In Windeseile hatten sie den alten Mann und den Jungen umzingelt. Diese Geschöpfe waren drahtig und knotig und ließen jede menschliche Form vermissen, ihre Gesichter waren stumpf und wirkten zerschmettert, wie als Folge eines schrecklichen Unfalls. Sie durchbrachen die Front der Elfengarde, die sich ihnen in den Weg zu stellen versuchte, und warfen sich rücksichtslos nach vorn. Allanon rief das Druidenfeuer herbei, aber diesmal versagte er bei seinen Bemühungen. Bremen kniete im Gras, er hatte den Kopf gesenkt, seine Konzentration war auf Jerle Shannara gerichtet, den er mit dem Geist suchte, während er tiefer in den Nebel wanderte.

Es hätte das Ende für sie beide bedeutet, wenn Kinson Ravenlock nicht gewesen wäre. Geschwächt von seinen Wunden war er Mareth gefolgt und hatte den Angriff auf den alten Mann und den Jungen bemerkt. Instinktiv raffte er zusammen, was er an schwachen Reserven noch in sich trug, und eilte zu ihnen. Er erreichte sie gerade rechtzeitig, als eine Horde Ungeheuer an der Elfengarde vorbeistürmte. Er schwang sein Breitschwert in einem großen Bogen, und drei der Kreaturen gingen zu Boden. Dann stürmte er auf die anderen los, zwang sie zurück, hämmerte mit der Waffe auf sie ein. Zähne und Klauen rissen an ihm, und er spürte, wie ihm neue Wunden gerissen wurden. Und die Feinde waren zu zahlreich, als daß er sie allein hätte aufhalten können. Er rief Bremen und dem Jungen zu, sie sollten fliehen. Einen Augenblick später überwältigten die Kreaturen ihn und rissen ihn zu Boden.

Wieder wurde er von Mareth gerettet. Sie erschien in einem Meer aus Druidenfeuer, und ihr Stab loderte wild auf. Die Geschöpfe der Unterwelt wirbelten herum und wollten sich auf sie stürzen, doch das Feuer verschlang sie wie alte, dürre Zweige. Weitere Ungeheuer schossen herbei und versuchten, hinter ihren Flammenschild zu gelangen. Kinson mühte sich, auf die Beine zu kommen, aber er wurde wieder in den Kampf gezerrt. Die Elfengarde, die Zwerge, die Felsentrolle und Ungeheuer erschienen jetzt scharenweise, und einen Moment lang sah es so aus, als hätten sich sämtliche übriggebliebenen Soldaten beider Armeen an genau diesem Punkt des Schlachtfeldes wiedergefunden.

Weiter vorne, vom Nebel verdeckt, näherte sich Jerle Shannara immer noch dem Dämonenlord. Brona wuchs mit jedem Schritt, den der Elfenkönig tat, an Größe, bis seine dunkle Gestalt das Licht am anderen Ende des Nebeltunnels verdeckte, und seine Augen blitzten grell voll wilder Verachtung. Ungeheuer bewegten sich schützend im Nebel um ihn herum. Jerle spürte, wie sein Selbstvertrauen und seine Zuversicht ins Wanken gerieten. Dann schoß etwas aus dem Nebel und riß Preia von seiner Seite. Jerle wirbelte herum, um sie zu retten, aber sie war bereits fort, verschwunden in der Dunkelheit. Der König schrie auf vor Angst und Wut, dann hörte er Preias Stimme an seinem Ohr, spürte, wie sie seinen Arm drückte, und bemerkte, daß sie ihn niemals verlassen hatte. Was er gesehen hatte, war nur eine Illusion gewesen.

Das Gelächter des Dämonenlords troff von Niedertracht und Verschlagenheit.

Komm zu mir, Elfenkönig! Komm zu mir!

Preia stolperte und ging zu Boden. Ohne den Blick von der dunklen Gestalt vor sich zu lassen, griff Jerle nach ihr, aber sie schob ihn weg.

»Laß mich hier«, sagte sie.

»Nein«, erwiderte er sofort.

»Ich behindere dich nur, Jerle. Du bist zu langsam mit mir.«

»Ich werde dich nicht verlassen!«

Sie streckte die Hände nach seinem Gesicht aus, und er spürte das warme, schlüpfrige Blut. »Ich kann mich nicht mehr auf den Beinen halten. Ich blute zu sehr, um weitergehen zu können. Ich muß hierbleiben, Jerle. Ich werde hier auf dich warten. Bitte. Laß mich hierbleiben.«

Sie sah ihn unbeirrt an, der Blick ihrer zimtfarbenen Augen war fest auf ihn gerichtet, ihr bleiches Gesicht schmerzverzerrt. Langsam richtete der Elfenkönig sich auf, zog sich von ihr zurück, kämpfte gegen die Tränen in seinen Augen an. »Ich komme wieder zurück«, versprach er.

Sie hatte sich auf den einen Ellbogen gestützt und hielt das kurze Schwert in der freien Hand. Jerle tat nur wenige Schritte, dann drehte er sich wieder um und sah nach ihr. Sie bedeutete ihm mit einem Nicken weiterzugehen. Als er eine Sekunde später wieder nach ihr schaute, war sie verschwunden.

Kinson Ravenlock war inzwischen wieder auf die Beine gekommen und versuchte, sein Breitschwert gegen die Masse der Feinde einzusetzen, die Mareth einzuschließen drohten. Er erhielt jedoch einen solch fürchterlichen Schlag, daß er auf dem Boden landete und um Atem rang. Mareth wandte sich ihm zu, und im selben Augenblick griff ein riesiger Wolf sie an. Er war über ihr, bevor sie das Druidenfeuer herbeirufen konnte, und schlug so fest zu, daß ihr der Druidenstab aus den Händen glitt. Sie stürzte zu Boden, während der Wolf immer noch an ihr zerrte. Kinson hörte ihren Schrei und versuchte verzweifelt, zu ihr zu gelangen, aber seine Beine gehorchten ihm nicht. Er lag da und spuckte Blut, sein Atem war flach, und er war nahe daran, das Bewußtsein zu verlieren.

Dann explodierte Mareth förmlich, und das Druidenfeuer schoß in alle Richtungen aus ihr heraus. Der angreifende Wolf versank in Flammen. Alle, die näher als zehn Meter um sie herumstanden, verbrannten. Kinson bedeckte instinktiv den Kopf, aber das Feuer leckte an seinem Gesicht und an seinen Händen und sog die Luft weg, die er zu atmen versuchte. Der Grenzländer schrie hilflos, und alles um ihn herum versank in einem gewaltigen Meer aus Flammen.

Preia Starle lag in dem Tunnel aus Nebel, der zum Dämonenlord führte, und beobachtete, wie ein Schädelträger Gestalt annahm und auf sie zuging. Jerle war nicht mehr zu sehen, er war jetzt zu weit entfernt. Sie hätte ihn rufen können, aber sie entschied, es nicht zu tun. Unter Schmerzen kämpfte sie sich auf die Knie; weiter schaffte sie es nicht. Wut überkam sie. Trotzdem, es war ihre eigene Entscheidung gewesen mitzukommen. Sie sah zu, wie die Kreatur näher kam und hielt ihr Schwert schützend vor sich. Sie würde nur einen einzigen Schlag führen können, und das wäre wahrscheinlich in jedem Fall zu wenig. Sie holte tief Luft und wünschte, sie hätte genug Kraft, um zu stehen.

Der Schädelträger zischte, und seine großen, ledernen Flügel schlugen gegen seinen buckligen Rücken.

»Kleine Elfin«, flüsterte er begierig, und seine roten Augen glühten.

Er griff nach ihr, und sie holte mit dem Schwert aus.

Jerle Shannara hatte die Entfernung zwischen sich und dem Dämonenlord bis auf ein Dutzend Meter verringert. Er sah, wie sich die dunkle, verhüllte Gestalt vor ihm hin- und herbewegte und veränderte, als wäre sie ein Teil des Nebels, der um sie beide herumwirbelte. Die Glutfeuer im Innern der Kapuze brannten mit wilder Intensität. Als wäre er schwerelos, schwebte der Dämonenlord über der Erde – eine hohle, leere Hülle. Die seltsame, bezwingende Stimme fuhr fort, den Elfenkönig zu rufen.

Komm zu mir. Komm zu mir.

Jerle Shannara tat es. Er hob sein Schwert, den Talisman, den er bis zu dieser Auseinandersetzung getragen hatte, dessen Magie er aber nicht kannte und von der er nicht wußte, wie er sie anwenden sollte, und machte sich zum Kampf bereit. Während er das tat, tanzte ein heller Funke über die Oberfläche der Klinge, glitt die polierte Längsseite entlang und verschwand in seinem Körper. Er stockte, als das Licht in ihn eindrang, spürte, wie es vor Energie pulsierte. Sein Körper wurde von Wärme erfüllt, die sich von der Brust bis zu den Gliedmaßen ausbreitete. Er fühlte, wie die Wärme zum Schwert zurückkehrte, etwas von ihm mitnahm und sie beide verband, so daß er mit der Klinge eins wurde. Dies geschah so schnell, daß es vorüber war, ehe er überhaupt daran denken konnte, es aufzuhalten. Verwundert starrte er das Schwert an, das jetzt eine Verlängerung seiner selbst war, dann die dunkle Gestalt vor sich, und schließlich die jetzt langsam schwindende Welt aus Nebel und Schatten.

In diesem Augenblick stieg er tief in sein Inneres hinab, gezogen von einer Kraft, der er nicht widerstehen konnte. Er wurde immer kleiner, immer winziger, je größer die Welt wurde, und bald war er zu einem unbedeutenden Körnchen Leben in einem gewaltigen, vor Lebewesen nur so wimmelnden Universum geschrumpft. Er sah sich, wie er war, kaum mehr als Staub. Auf dem Rücken eines Windes wurde er über die gesamte Welt getragen, über all das hinweg, was war und was jemals sein würde. In einem gewaltigen Schauspiel breitete sich die Welt vor ihm aus und erstreckte sich viel weiter, als er jemals würde sehen oder gar bereisen können. So war es, erkannte er. Dies war sein Stellenwert im allumfassenden Lauf der Dinge.

Dann schien sich die Welt, über die er flog, schichtweise zu häuten, und was vorher hell und vollkommen gewesen war, wurde jetzt dunkel und fehlerhaft. In kleinen Segmenten der Offenbarung erwachten Verrat und Grauen sämtlicher Geschöpfe, die je gelebt hatten, zu neuem Leben. Jerle Shannara wich zurück vor dem Schmerz und der Bestürzung, die jedes einzelne Wesen ihn spüren ließ, und dennoch gab es kein Abwenden. Dies war die Wahrheit – die Wahrheit, von der er gewußt hatte, daß das Schwert sie ihm enthüllen würde. Er erzitterte angesichts der Tiefe, der Gewalt ihrer Wirkung. Erschrocken und voller Scham, jeglicher Illusionen beraubt, war er gezwungen, die Welt und ihre Bewohner so zu sehen, wie sie waren.

In diesem Augenblick hatte er das Gefühl, als würde er in seiner Entschlossenheit versagen. Aber die Bilder verschwanden, die Welt verdunkelte sich, und für einen Moment stand er wieder im Nebel, wie angewurzelt vor der hoch aufragenden Gestalt des Dämonenlords, während das Schwert von Shannara in weißem Licht glühte.

Hilf mir, betete er. Die Bitte richtete sich an niemanden, denn er war vollkommen allein.

Von neuem erfüllte ihn das Licht, und wieder zog sich die Welt der Nebel und Schatten zurück. Jerle stieg zurück in seine innersten

Tiefen, und diesmal sah er sich der Wahrheit seines eigenen Lebens gegenüber. Mit unerbittlicher Entschlossenheit entfaltete es sich vor ihm, Bild für Bild, eine gewaltige Collage aus Erfahrungen und Ereignissen. Aber dies waren nicht die Bilder, die er sehen wollte; es waren jene, die er zu vergessen wünschte, die er in der Vergangenheit begraben hatte. Es war nichts dabei, auf das er stolz war, mit dem er jemals hatte konfrontiert werden wollen. Lügen, Halbwahrheiten und Täuschungen standen vor ihm wie Geister in einem Spukhaus. Hier war der wirkliche Jerle Shannara, ein fehlerhaftes und unvollkommenes Geschöpf, schwach und unsicher, unsensibel und voll falschem Stolz. Er sah das Schlimmste, was er in seinem Leben getan hatte. Er sah, wie er andere enttäuscht hatte, wie er ihre Bedürfnisse ignoriert, sie in Schmerz zurückgelassen hatte. So viele Male hatte er versagt. So viele Male hatte er falsch entschieden.

Er versuchte wegzuschauen. Er versuchte, die Bilder aufzuhalten. Er wäre vor dem, was ihm gezeigt wurde, davongelaufen, wenn er sich dazu aus der Magie des Schwertes hätte befreien können. Er konnte sich diesen Wahrheiten nicht stellen, denn sie trafen ihn mit einer solchen Härte, daß sie seine geistige Gesundheit bedrohten. In diesem Augenblick begriff er die schreckliche Macht der Wahrheit, und er erkannte, warum Bremen so besorgt um ihn gewesen war. Aber ihm fehlte die Kraft, die Entschlossenheit. Der Druide hatte einen Fehler gemacht, als er zu ihm gekommen war. Das Schwert von Shannara war nicht für ihn bestimmt. Ihn als seinen Träger auszuwählen, war ein Fehler gewesen.

Aber er gab nicht vollständig auf vor dem, was er zu sehen bekam, auch wenn es Tay Trefenwyd und Preia Starle berührte, auch wenn es die Tiefe ihrer Freundschaft enthüllte. Er zwang sich hinzusehen, zu akzeptieren, sich selbst zu vergeben angesichts der Eifersucht, die in ihm aufstieg, und er spürte, wie er dabei an Stärke gewann. Er bemerkte, wie er zu glauben begann, daß sein Schwert tatsächlich eine wirksame Waffe gegen den Dämonenlord sein könnte, gegen eine Kreatur, deren gesamte Existenz auf einer Illusion aufgebaut war. Welchen Preis würde die Magie von Brona fordern, wenn er gezwungen war zu erkennen, daß er aus wenig mehr als den Ängsten der Menschen bestand – ein Trugbild, das bei der kleinsten Veränderung des Lichts zu verschwinden drohte? Vielleicht war der Dämonenlord ja so erbärmlich, daß nichts von seiner Menschlichkeit, seinem Fleisch und Blut, seinen Gefühlen und seiner Vernunft übrigblieb. Vielleicht war die Wahrheit ihm ein Greuel.

Die Bilder lösen sich auf, und das Licht erlosch. Jerle Shannara sah, wie die Luft vor ihm aufklarte und der Dämonenlord wieder Gestalt annahm. Wie lange hatte die Magie gebraucht, ihm dies alles zu enthüllen? Wie lange hatte er hier wie angewurzelt gestanden? Jetzt näherte sich die verhüllte Gestalt, gleichmäßig und unaufhörlich verringerte sich die Entfernung zwischen ihnen. Die Stimme des Dämonenlords zischte vor Erwartung. Übelkeit stieg in Jerle auf, eine Welle nach der anderen hämmerte gegen seine Entschlossenheit, versuchte, seine körperliche Stärke zu durchbrechen und ihm seinen Mut zu rauben.

Komm zu mir. Komm zu mir.

Jerle Shannara empfand sich als ein Nichts, als vollkommen hilflos gegenüber dem Ungeheuer, dem er sich entgegenstellte. Die Macht des Dämonenlords war so gewaltig und schrecklich, daß kein Wesen dagegen bestehen konnte. Sie war so unveränderlich, daß keine Magie sie überwinden konnte. Beharrlich flüsterte die Stimme weiter.

Leg das Schwert nieder. Komm zu mir. Du bist nichts. Komm zu mir.

Aber der Elfenkönig hatte sich bereits zu einem Nichts schrumpfen sehen, war Zeuge seines schlimmsten Selbst gewesen. Selbst die fürchterliche Verzweiflung, die ihn innerlich zerriß, als der Dämonenlord näher kam, brachte ihn nicht dazu, sich abzuwenden. Die Wahrheit ängstigte ihn jetzt nicht mehr. Er reckte das Schwert in die Höhe, ein heller silberner Faden in der Düsternis. »Shannara! Shannara!« rief er.

Das Schwert stieß herab, fuhr durch die Abwehr des Dämonenlords, zerschmetterte seine Magie und drang in die dahinterliegende verhüllte Gestalt. Der Dämonenlord erbebte, verzweifelt versuchte er, den Schlag abzuwenden. Aber jetzt wanderte das Licht des Schwertes von der Klinge auf den ummäntelten Schatten zu, drang in ihn ein. Der Dämonenlord wich erst einen, dann einen zweiten Schritt zurück. Jerle Shannara drängte weiter vor, angewidert von der Wut und dem Haß, die von seinem Gegner ausgingen, aber unerbittlich in seiner Bestimmung. Der Kampf zwischen ihnen würde hier enden. Der Dämonenlord würde an diesem Tag sterben.

Der Dämonenlord hob ihm die verhüllten Arme entgegen und richtete die knöcherne Hand voll kalter Entschlossenheit auf ihn. Er zischte vor Wut.

Wie kannst du es wagen, über mich zu urteilen? Du hast sie sterbend zurückgelassen! Dafür hast du sie geopfert! Du hast sie getötet!

Jerle zuckte vor den Worten zurück, und in unbarmherzigen Bildern sah er Preia Starle hilflos auf dem Boden liegen, sah, wie sie blutete und mit ihren Kräften am Ende war und wie ein Schädelträger mit ausgestreckten Klauen nach ihr griff. Sie stirbt wegen mir, dachte er voller Entsetzen. Weil ich sie im Stich gelassen habe.

Die Stimme des Dämonenlords drängte sich in seine Gedanken.

Und dein Freund, Elfenkönig. Bei der Kau-Magna. Er starb für dich! Du hast zugelassen, daß er für dich starb!

Jerle Shannara schrie wild auf vor Bestürzung und Wut. Als wäre es eine gewöhnliche Waffe, nahm er das Schwert und hieb mit aller Kraft, die ihm geblieben war, auf den Dämonenlord ein. Das Schwert schnitt geradewegs durch den dunklen Umhang, aber das Licht, das auf der Klinge erstrahlte, flackerte wie in Bedrängnis. Der Dämonenlord fiel in sich zusammen, seine haßerfüllte Stimme ging in verzweifeltes Flüstern über, und sein dunkler Umhang lag in einem kleinen Häuflein auf dem Boden.

Zurück blieb ein schattenhaftes Etwas, das augenblicklich in den Nebel entfloh.

Vollkommen reglos verharrte der Elfenkönig in der anschließenden Stille; erst starrte er geradeaus vor sich, dann auf den leeren Umhang. In seinen Augen standen Zweifel und Fragen, die sich jeglichen Antworten verweigerten.

Mareth stand allein auf einem Stück Erde, das von ihrer Magie schwarz verbrannt war. Das Druidenfeuer hatte sich schließlich von allein verbraucht, und sie hatte ihre Macht wieder unter Kontrolle. Überall lagen Leichen, und schaurige Stille hing wie eine Glocke über dem Schlachtfeld. Blinzelnd sah die junge Frau zu, wie der Dunst sich lichtete. Ein langes, tiefes Klagen erscholl, eine Kakophonie aus Stimmen, die sich voller Verzweiflung erhoben. Aus dem Nebel stiegen Geister empor, die so gegenstandslos wie Rauch waren, dunkle Bilder gegen das verblassende Tageslicht, formlos und treibend. Waren es die Geister der Toten? Sie stiegen in das Rot des Sonnenuntergangs und verschwanden, als hätten sie niemals existiert. Weiter unten verwandelten sich die Leichen der Schädelträger zu Asche, die Kreaturen der Unterwelt lösten sich auf, und die Wölfe rannten heulend über die leere Ebene.

Es ist vorbei, dachte sie verwundert.

Der Nebel wirbelte umher und hellte sich auf und verschwand dann ganz. Das Schlachtfeld lag jetzt unverhüllt da, ein Leichenhaus voller Toter und Verwundeter, Blutender und Verbrannter und Entstellter. In seiner Mitte stand der Elfenkönig mit gesenktem Schwert. Sein Blick war ins Leere gerichtet.

Mareth griff nach dem Druidenstab, den sie im Kampf verloren hatte. Dann sah sie Risca ausgestreckt in einem Haufen toter Feinde liegen. Er hatte so viele Wunden erhalten, daß seine Kleidung über und über mit Blut getränkt war. Ein verwirrter Blick lag in seinen offenen, starrenden Augen, als wäre er überrascht, daß das Schicksal, das er so oft herausgefordert hatte, ihn schließlich doch für sich beanspruchte. Wann war er gefallen? Sie hatte es nicht einmal gesehen. Ihr Blick wanderte weiter. Kinson Ravenlock lag ein paar Meter hinter ihr, seine Brust hob und senkte sich schwach. Hinter ihm, etwas weiter entfernt, kauerten Bremen und der Junge. Mareths Blick blieb an dem Druiden hängen, und einen Augenblick lang starrten sie sich an. Sie dachte daran, wie lange und mühevoll sie nach ihm gesucht hatte, wieviel sie geopfert hatte, um eine Druidin zu werden. Bremen und sie. Sie waren die Vergangenheit und Gegenwart der Dinge, der Druide in der Dämmerung und die zukünftige Druidin. Tay Trefenwyd war tot. Risca war tot. Bremen war ein alter Mann. Schon bald würde sie die letzte sein, die von ihrem Orden übrig blieb, die letzte der Druiden.

Ihr Blick verließ Bremen, und sie nahm den Stab auf. Sie hielt ihn in ihren Händen, als würde sie mit ihm die Verantwortung dessen messen, wer und was sie war, und sie starrte verzweifelt auf das Schlachtfeld.

Tränen traten in ihre Augen.

Laß es hier enden, dachte sie.

Dann warf sie den Stab fort und beugte sich hinab, um Kinson in die Arme zu schließen.

Kapitel 34

Jerle Shannara rettete an diesem Tag seiner Königin das Leben, denn indem er den Dämonenlord verbannte, verbannte er die Schädelträger – auch denjenigen, der Preia bedrohte. Nachdem er sich nicht mehr von der Macht des Dämonenlords ernähren konnte, verschwand Preias Angreifer einfach im Nichts. Preia erholte sich von ihren Verletzungen und kehrte mit Jerle ins Westland zurück. Zusammen regierten sie viele Jahre über das Elfenvolk. Sie kämpften niemals wieder in einer anderen Schlacht, statt dessen richteten sie ihre Energie darauf zu lernen, wie man in einer immer komplizierteren und anspruchsvolleren Welt herrschte. Mit Vree Erreden als Berater an ihrer Seite vervollkommneten sie die Kunst der Staatsführung. Sie hatten drei eigene Kinder, alle Töchter, und als Jerle Shannara viele Jahre später starb, folgte ihm der älteste der letzten Söhne der Ballindarrochs, die Jerle und Preia viele Jahre zuvor adoptiert hatten.

Jerle Shannara trug das magische Schwert bis zu seinem Tod. Sein Sohn, der ihm auf den Thron folgte, trug es ebenfalls eine Zeitlang, dann steckte er es in einen Block Tre-Stein und ließ diesen nach Paranor bringen.

Kinson Ravenlock starb nicht an seinen Wunden, sondern erholte sich nach einigen Wochen der Genesung in der Nähe von Tyrsis. Mareth blieb an seiner Seite und sorgte für ihn, und als es ihm gut genug ging, folgten sie dem Mermidon nach Westen zu einer bewaldeten Insel im Schatten der Drachenzähne, wo sie sich niederließen. Hier lebten sie zusammen und heirateten schließlich. Sie bebauten das Land, errichteten dort einen größeren Handelsplatz und schließlich weitere kleine am Fluß entlang. Andere aus dem Grenzland zogen zu ihnen, und bald lebten sie inmitten einer blühenden Gemeinschaft. Im Laufe der Zeit entwickelte sich diese Handelsansiedlung zu der Stadt Kern.

Mareth benutzte ihre Magie nie wieder im Sinne der Druiden. Sie wandte ihre Fähigkeiten statt dessen der Heilkunst zu, und aus allen Teilen der Vier Länder kamen Kranke zu ihr. Sie nahm Kinsons Namen an, als sie heirateten, und von ihrem eigenen war niemals mehr die Rede. Kinson machte sich noch lange Zeit Sorgen um sie, er befürchtete, ihre Magie könnte wieder ausbrechen und ihre Entschlossenheit untergraben, aber dies geschah niemals. Sie hatten mehrere Kinder, und lange nachdem sie gestorben waren, sollte ein Kind aus ihrer Blutslinie in einem anderen Kampf gegen den Dämonenlord eine besondere Rolle spielen.

Raybur überlebte und kehrte mit den Zwergen nach Hause zurück, um sich der beschwerlichen Aufgabe zu widmen, Culhaven und die anderen Städte, die die Nordlandarmee vernichtet hatte, wiederaufzubauen. Er nahm Risca mit und begrub den Druiden in den neuangelegten Gärten des Lebens, hoch oben auf einem Felsvorsprung, von dem aus es möglich war, viele Meilen weit den Silberfluß durch die Wälder des Anar fließen zu sehen.

Die Nordlandarmee war an jenem Tag in der Ebene von Streleheim so gut wie vernichtet worden. Diejenigen Trolle und Gnome, die etwas früher aus dem Tal von Rhenn geflohen waren, fanden den Weg in ihre Heimat. Die Macht des Dämonenlords war gebrochen, und die Rassen im Norden und Osten begannen mit dem schmerzlichen Prozeß, ihr in tausend Scherben zerfallenes Leben wieder zusammenzusetzen. Sowohl das Volk der Gnome wie auch das der Trolle, die von Natur eine stammesgebundene Gesellschaftsstruktur besaßen, distanzierten sich von den anderen Rassen, und eine Zeitlang gab es nur wenig Kontakt. Es sollte mehr als hundert Jahre dauern, bevor eine Form von Gleichheit zwischen Siegern und Besiegten entstand und zumindest wieder mit dem Austausch von Handelsgütern begonnen werden konnte.

Bremen verschwand bald nach dem letzten Kampf. Niemand sah ihn fortgehen. Niemand wußte, wohin er gegangen war. Er sagte Mareth Lebwohl, und durch sie auch dem zu diesem Zeitpunkt noch bewußtlosen Kinson. Er teilte der jungen Frau mit, daß er sie beide niemals wiedersehen würde. Es gab später Gerüchte, daß er nach Paranor zurückgekehrt sei, um dort seine letzten Jahre zu verbringen. Kinson dachte manchmal daran, sich auf die Suche nach ihm zu machen, um die Wahrheit herauszufinden. Aber er tat es niemals.

Jerle Shannara sah ihn noch einmal, weniger als einen Monat nach der Schlacht im Tal von Rhenn. Es waren nur wenige Minuten spät in der Nacht, als der alte Mann nach Arborlon kam, um mit Hilfe seiner Magie den Schwarzen Elfenstein fortzuschaffen. Sie sprachen nur flüsternd von dem Talisman, als wären selbst die Worte zu schmerzvoll, als würde selbst die Erwähnung der dunklen Magie ihren Seelen Narben zufügen.

Das war das letzte Mal, daß ihn jemand gesehen hatte.

Der Junge Allanon verschwand ebenfalls.

Langsam kehrte die Welt zu dem zurück, was sie vorher gewesen war, und die Erinnerungen an den Dämonenlord begannen zu verblassen.

Drei Jahre vergingen. An einem warmen und vom Sonnenlicht erhellten Nachmittag im Spätsommer kletterten ein alter Mann und ein Junge die Gebirgsausläufer der Drachenzähne zum Tal von Shale empor. Bremen war jetzt runzlig und vom Alter gebeugt, und sein Haar und sein Bart waren inzwischen vollkommen weiß. Er war nicht mehr gut zu Fuß und seine Sehfähigkeit ließ nach. Allanon war fünfzehn, größer und viel stärker jetzt, seine Schultern waren breit, seine Arme und Beine kräftig. Er war beinahe ein Mann, und sein Gesicht zeigte bereits die dunklen Schatten eines Bartes, seine Stimme wurde tief und rauh. Inzwischen war er Bremen im Gebrauch der Druidenmagie ebenbürtig. Aber es war der alte Mann, der voranging, und der Junge, der ihm auf ihrer letzten gemeinsamen Reise folgte.

Drei Jahre lang hatte Allanon bei Bremen gelernt. Der alte Mann hatte akzeptiert, daß der Junge sein Nachfolger werden würde, der letzte der Druiden. Tay und Risca waren tot, und Mareth hatte einen anderen Weg gewählt. Allanon war jung, aber er war begierig zu lernen, und es war von Anfang an klar, daß er die notwendige Entschlossenheit und Stärke besaß, um das zu werden, was er werden mußte. Bremen arbeitete drei Jahre lang jeden Tag mit ihm, brachte ihm alles bei, was er über die Magie der Druiden und die Geheimnisse ihrer Macht wußte; er gab ihm die Möglichkeit zu experimentieren und zu entdecken. Allanon war voll stürmischen Eifers, beinahe übermäßig zielstrebig, immer auf Erfolg aus. Er war klug und intuitiv, und sein Vorwissen nahm im Lauf seiner weiteren

Entwicklung nicht ab. Häufig sah Allanon, was dem alten Mann verborgen war; sein scharfer Verstand fing Möglichkeiten auf, die selbst der alte Druide nicht erkannt hatte. Er blieb mit Bremen auf Paranor, wo die beiden sich vor der Welt verschlossen, die Historie der Druiden studierten und die Lektionen lernten, die die Bücher der Vorfahren lehrten. Bremen benutzte seine Magie, um ihre Anwesenheit in der leeren Festung vor anderen zu verbergen. Niemand kam und störte sie.

Oft dachte Bremen an den Dämonenlord und die Ereignisse, die zu seiner Verbannung geführt hatten. Er sprach mit dem Jungen darüber, erzählte ihm alles, was geschehen war – von der Vernichtung der Druiden, von der Suche nach dem Schwarzen Elfenstein, vom Schmieden des Schwertes von Shannara und vom Kampf im Tal von Rhenn. Er teilte Allanon die Einzelheiten erst mündlich mit, dann schrieb er sie für die Historie der Druiden nieder. Insgeheim sorgte er sich um die Zukunft. Seine eigene Kraft ließ nach. Sein Leben neigte sich dem Ende zu. Er würde die Vollendung seines Werks nicht mehr erleben. Das würde Allanon überlassen bleiben und jenen, die ihm nachfolgten. Aber wie unzureichend das schien! Es genügte ihm einfach nicht, hoffen zu können, daß der Junge und seine Nachfolger sein Werk fortführen würden. Er selbst war es, der die Verantwortung und die erforderlichen Fähigkeiten hatte, um auszuführen, was notwendig war.

Also hatte er vier Tage zuvor den Jungen zu sich gerufen und erklärt, daß seine Studien jetzt abgeschlossen seien. Sie würden Paranor verlassen, um zum Hadeshorn zu gehen und den Geistern einen letzten Besuch abzustatten. Sie packten Vorräte ein und verließen die Festung bei Sonnenaufgang. Vorher rief der alte Mann die Magie herbei, damit sie die Mauern von Paranor schützte und die alte Festung verbarg. Aus den Tiefen des Druidenbrunnens wirbelte ein grünliches Licht nach oben. Als der Junge und der alte Mann in Sicherheit waren, begann Paranor wie das Trugbild einer Luftspiegelung zu schimmern, schmolz langsam im Sonnenlicht und verschwand in der Luft. Es würde von da an in regelmäßigen Abständen auftauchen und wieder verschwinden, manchmal bei hellem Mondschein, manchmal in schwärzester Nacht, aber es würde niemals bleiben. Der Junge sagte nichts, als sie sich abwandten und zwischen den Bäumen verschwanden, aber der alte Mann konnte an seinem Blick erkennen, daß er verstand, was geschah.

So erreichten sie bei Sonnenuntergang den Eingang zum Tal von Shale und schlugen im Schatten der Drachenzähne ihr Lager auf. Sie nahmen stumm ihre Mahlzeit zu sich und sahen zu, wie es dunkler wurde und die Sterne zu leuchten begannen. Als Mitternacht anbrach, standen sie auf, gingen zum Rand des Tals und schauten in seinen von Felsen gesäumten Kessel. Der Hadeshorn schimmerte im Sternenlicht, er wirkte ruhig und unberührt. Vom Tal drang kein Laut herauf. Nichts bewegte sich auf der glatten Oberfläche.

»Ich werde in dieser Nacht fortgehen«, sagte der alte Mann schließlich.

Der Junge nickte, sagte aber nichts.

»Ich werde hier sein, wenn du mich brauchst.« Er hielt inne. »Das wird eine ganze Weile nicht der Fall sein, vermute ich. Aber wenn es soweit ist, mußt du herkommen.«

Der Junge sah ihn unsicher an.

Bremen seufzte; er bemerkte, wie verwirrt Allanon war. »Ich muß dir jetzt etwas erzählen, was ich niemals jemand anderem erzählt habe, auch nicht Jerle Shannara. Setz dich zu mir und höre mir zu.«

Sie setzten sich auf die Bank aus zerklüftetem Fels. Ihre Gestalten hoben sich als Silhouette gegen den Hintergrund der Sterne ab. Der alte Mann schwieg einen Augenblick, während er die Worte in seinem Kopf vorbereitete. Die Linien in seinem Gesicht vertieften sich.

»Jerle Shannara hat bei seinem Versuch, den Dämonenlord zu vernichten, versagt«, sagte er schließlich. »Als er zögerte, das Schwert zu benutzen, als er sich erlaubte, von Selbstzweifeln und

Anklagen abgelenkt zu werden, ließ er Brona entwischen. Ich wußte von diesem Versagen, weil ich – auch wenn ich von dem Benutzen meiner Druidenmagie zu geschwächt war, um weiterzugehen zu können – dem König mit meinem geistigen Auge gefolgt war und so Zeuge dieser Auseinandersetzung wurde. Ich sah, wie er im letzten Moment zögerte, dann versuchte, den Talisman wie eine gewöhnliche Waffe zu benutzen und wie er meine wiederholte Warnung vergaß, auf die Kraft der Magie alleine zu vertrauen. Ich sah, wie sich die dunklen Schatten aus dem Nebel erhoben, als der Umhang des Dämonenlords unter dem letzten Schwerthieb zusammenfiel, und ich wußte, was es bedeutete. Der Dämonenlord und die Schädelträger sind durch die Magie aus ihrer körperlichen Daseinsform vertrieben worden, sie sind wieder dazu verdammt, als dunkle Geister zu existieren. Sie flohen zurück in den Äther – aber sie sind nicht vernichtet.«

Er schüttelte den Kopf. »Es gab keinen Grund, das dem König zu erzählen. Es wäre durchaus nichts gewonnen worden. Jerle Shannara war ein mutiger und findiger Held. Er hat seine eigenen Bedenken und Ängste überwunden, um die Druidenmagie gegen den wohl furchterregendsten Feind in der Geschichte der Vier Länder anzuwenden. Er tat dies unter den unglücklichsten Bedingungen und den grausamsten Umständen, und bis auf eine Sache hat er alles erfüllt, was von ihm erwartet wurde. Es genügte, daß er den Dämonenlord besiegt und aus den Vier Ländern vertrieben hatte. Es genügte, daß die Magie des Schwertes von Shannara die Macht des rebellischen Druiden so vollständig schwächte, daß es Jahrhunderte dauern wird, bevor er wieder Gestalt annehmen kann. In der Zwischenzeit ist genügend Zeit, sich darauf vorzubereiten, wenn es soweit ist. Jerle Shannara tat, was er konnte, und ich habe mich entschieden, es dabei zu belassen.«

Seine alternden Augen hingen an Allanon. »Aber du mußt von diesem Versagen wissen, denn du bist derjenige, der gegen die Folgen gerüstet sein muß. Brona lebt und wird eines Tages zurückkehren. Ich werde nicht da sein, um mich ihm entgegenstellen zu können. Du wirst es an meiner Stelle tun müssen – oder wenn nicht du, dann einer wie du, einer, den du wählen wirst, so wie ich dich erwählt habe.«

Beide schwiegen und sahen sich lange Zeit nur an.

Dann schüttelte Bremen hilflos den Kopf. »Wenn es einen anderen Weg gäbe, würde ich ihn wählen.« Es war ihm unbehaglich, davon zu sprechen, als würde er nach einer Entschuldigung suchen, seine Meinung doch noch zu ändern, auch wenn er wußte, daß es nicht möglich war. »Ich wünschte, ich könnte noch länger bei dir bleiben, Allanon. Aber ich bin alt, und ich spüre beinahe jeden Tag, wie ich schwächer werde. Der Druidenschlaf genügt nicht mehr. Ich muß eine andere Form annehmen, wenn ich dir in dem bevorstehenden Kampf noch von Nutzen sein will. Verstehst du, was ich sage?«

Der Junge schaute ihn mit dunklen, eindringlichen Augen an. »Ich verstehe es.« Er hielt inne, und das Licht in seinen Augen veränderte sich. »Ich werde dich vermissen, Vater.«

Der alte Mann nickte. Der Junge nannte ihn jetzt so. Vater. Der Junge hatte ihn adoptiert, und es fühlte sich richtig an. »Ich werde dich auch vermissen«, erwiderte er sanft.

Sie sprachen noch länger darüber, was geschehen würde, von der Vergangenheit und der Zukunft und der untrennbaren Verbindung, die sie aneinanderband. Sie teilten die Erinnerungen, die sie in den vergangenen Jahren zusammen geschmiedet hatten, wiederholten die gegenseitigen Schwüre und gingen noch einmal die Lektionen durch, die in den bevorstehenden Jahren wichtig werden würden.

Dann, als die Nacht sich dem Ende zuneigte und der Morgen anbrach, gingen sie zusammen zum Tal von Shale. Nebel war mit der kühlen Luft aufgekommen, und jetzt hing er wie ein Tuch über dem Tal, hüllte es in schimmernde Dunkelheit und schloß die Sterne und ihr silbriges Licht aus. Die Schritte der beiden knirschten auf dem losen Stein, und ihre Herzen schlugen voller Erwartung. Der Hadeshorn glänzte wie schwarzes Eis, glatt und ruhig. Nicht das leiseste Kräuseln störte die spiegelglatte Oberfläche.

Als sie etwa fünf Meter von dem dunklen Rand des Sees entfernt waren, holte Bremen den Schwarzen Elfenstein aus seinem Umhang und reichte ihn dem Jungen.

»Paß gut auf ihn auf, bis du zur Festung zurückkehren wirst«, erinnerte er ihn. »Denk daran, was er ist. Denk daran, was ich dir von seiner Macht erzählt habe. Sei vorsichtig.«

»Ja«, versicherte Allanon.

Er ist nur ein Junge, dachte der alte Mann plötzlich. Ich verlange zuviel von ihm, er ist nur ein Junge. Er starrte Allanon wider Willen an, als könnte er etwas entdecken, was ihm vorher entgangen war, etwas Besonderes an seinem Charakter, das ihm weitere Zuversicht geben würde. Dann wandte er sich um. Er hatte den Jungen so gut vorbereitet, wie er konnte. Es mußte genügen.

Er trat allein an das Ufer des Sees und starrte über die dunklen Wasser. Er schloß die Augen, sammelte sich für das, was nötig war, und rief mit Hilfe seiner Druidenmagie die Geister der Toten herbei. Sie kamen rasch, beinahe, als hätten sie seinen Ruf erwartet, auf *ihn* gewartet. Ihre Schreie erhoben sich aus der Stille, die Erde bebte, und die Wasser des Hadeshorn wirbelten wie im Innern eines großen Hexenkessels. Dampf zischte, und Stimmen flüsterten und stöhnten aus den schattenhaften Tiefen. Langsam erhoben sich die Geister aus dem Nebel und der Gischt, aus dem Strudel der Dunkelheit, aus den gequälten Schreien. Einer nach dem anderen erschien, zuerst kleine, silbrige Gestalten der geringeren Geister, dann die größere, dunklere Form Galaphiles.

Bremen drehte sich jetzt um und schaute noch einmal zu Allanon zurück. In diesem kurzen Moment sah er die Einzelheiten von Galaphiles vierter Vision, derjenigen, die sich seinem Verständnis so lange entzogen hatte – er selbst vor den Wassern des Hadeshorn, Galaphile, der sich durch den Nebel und den Wirbel der verlorenen

Geister näherte, und Allanon, der mit traurigen Augen zusah, was geschah.

Die Gestalt kam weiter auf ihn zu, ein unerbittlicher Schatten, der stärker als die Nacht war, die er durchschritt. Er ging auf den Wassern des Hadeshorn, als wäre es fester Boden, und näherte sich der Stelle, an der Bremen wartete. Der alte Mann streckte die Hand aus, um den Geist zu grüßen.

»Ich bin bereit«, sagte er weich.

Die Gestalt nahm ihn in die Arme und trug ihn über die Wasser des Hadeshorn und in seine Tiefen hinab.

Allanon stand allein am Ufer und starrte in die Stille. Er bewegte sich nicht, als die Wasser sich wieder beruhigt hatten. Er stand immer noch reglos da, als es heller wurde und die Sonne über die Drachenzähne kletterte. Mit einer Hand umklammerte er den Schwarzen Elfenstein, den er in seinem Umhang verborgen hielt. Seine Miene war fest und entschlossen.

Als die Sonne sich vollständig in den Morgenhimmel erhoben und die letzten Schatten aus dem Tal vertrieben hatte, wandte er sich um und ging davon.